U0560779

俞樾詩文集

二

俞　樾　著
張燕嬰　編輯校點

人民文學出版社

乙丙編　春在堂詩編卷十一

福祿壽甎

舊臘於吳下得斷甎，有『福祿壽』三字，乙酉元旦賦此試筆。

昔得福壽甎，右台山之麓。今又得此甎，福壽益有祿。借問所從來，初非意所屬。吳下有荒墟，偶此事畚挶。土中露殘甓，有文人共矚。奴子頗好事，不辭親手劚。剔蘚視其文，三字尚可讀。攜歸獻主人，吉語頗不俗。歲朝無一事，手搨紙數幅。名山福壽編，得此倘可續。

余於壬午年曾作小詩布告同人，有停止作文三載之約，至今秋滿矣，雖宿疴小減，而精力仍衰，敢援舊例，再展三年，即用前韻，又賦一律

荏苒光陰忽已殫，頹唐精力復殊難。古方服食無雲母，新朔頒行又日官。卻憶舊時三載約，已於今歲九秋完。仍申前約如前數，十度春秋倘過韓。再展三年，則余年六十八矣。韓昌黎壽止五十七，故云然。

彭雪琴尚書寄示《虎門軍營除夕述懷》詩，次韻答之

海外真成大漏卮，狂言欲發自嫌癡。要窮鼇軸三千界，別練龍韜十萬師。能使戈船周異域，不愁烽火似今時。待君長劍摩天日，先折欃槍第一枝。余前數日曾以《罄圃罪言》一篇奉寄，故次句云然。通篇亦即罪言之意也。

舟過唐西，觀梅於超山，飯於報福寺，留題香雪樓

鄧尉尋春未有緣，日前擬探梅鄧尉，未果。偶來此地一流連。山中初茁貓頭筍，湖上輕搖燕尾船。是日賃小舟泛於丁山湖，其船名『燕尾』。佛石尚留唐代墨，寺有石刻吳道子畫觀音像。仙梅猶逞宋時妍。寺前有古梅數株，云宋物也。何當更躡超山頂，海色江聲在鳥前。余孫兒陛雲登超山之巔，望錢唐江及龕、赭兩山，了了在目。余以風大，不果登。

贈日本僧無適

始信天涯若比鄰，但論文字總相親。謬承請業蕭夫子，幸識能詩休上人。何肉周妻平等法，無適仍娶妻、食肉，在彼國謂之『真宗』。郊寒島瘦苦吟身。昔年枉結珊瑚網，海外猶餘未採珍。余前年選日本詩，有方外詩

四卷。

嚴少藍夫人所畫墨龍歌

昔有巧工來自騫宵國，畫龍不點龍雙睛。龍睛一點卽飛去，滿堂風雨來縱横。世人但傳僧繇事，豈知語本拾遺記。大凡神物總通神，禹廟梅梁何足異。後來最著四明僧，五代時以畫龍稱。回翔升降皆有勢，直欲前無曹不興。畫龍亦復有工拙，口吻翕張見優劣。開口之貓合口龍，能使畫師肱三折。不櫛進士雄於詩，夫人自稱不櫛進士。餘事作繪尤神奇。偶然貌此鱗蟲長，濡染大筆何淋漓。古人畫馬卽師馬，不知畫龍何師也。得無奇氣在胷中，自有真龍來腕下。阿兄攜圖示我索我歌，夫人之兄爲緇生庶常。愧我少年頭角都銷磨。但願臨摹百本或千本，長爲海國鎮壓蛟黿鼉。

詠日本國櫻花

余觀東瀛詩人之詩，無不盛稱其國櫻花之美，讀而慕焉，求之未得。今年井上子德以小者四株寄贈，賦詩紀之。

不是櫻桃也號櫻，傳來異卉自東瀛。白加婆喜通奇語，在東國有『赤加婆』、『白加婆』之名。黄栗留慙竊美名。屈曲連根盤老榦，繽紛弄影綴繁英。花開卻好春三月，一入中華奉夏正。聞彼國人言，四月開花，乃清明前卽開花，始訝其早，繼乃悟，中、東之朔，本有一月之差也。

瓊譜芝圖總未標，東邦久已入風謠。靜姬應讓三分潔，紫史還輸百種嬌。靜姬、紫史皆東國美女，彼中詩人曾以喻此花也。墨水文波相掩映，東國水名。卯花素質助妖嬈。亦彼國花名。楊妃久住蓬萊島，今日歸從海外遥。有名『楊妃櫻』者。

曾向山僧乞一枝，昔年曾屬東國心泉和尚覓之。春風消息竟遲遲。遙知花國分移日，也似明妃遠嫁時。珍重封題煩驛使，商量澆灌護仙姿。到來喜值初開候，不負飈輪海上馳。

李杜韓蘇見未嘗，東國詩人廣瀨吉甫《櫻花詩》云：『李杜韓蘇誰識面。』我今得見試評量。千金聲價逾萵苣，一笑風神敵海棠。自可靚妝爭玉女，未容驕語壓花王。東國人每云：中土有此花，牡丹不得爲花王矣。斯言也，余未敢信。從今補入羣芳譜，添得東風幾日忙。

花農在都門，於除夕買梅花一株，其花已盛開，至二月下旬，花猶無恙，乃採數朶賦詩寄贈，及至吴中，則三月初矣，色香未變，亦可異也。余因採櫻花數朶報之，而媵以詩，卽用原韻

五雲絢爛一箋開，來書用自製五雲箋。知有新詩日下來。豈止相思慰蕭艾，並教生色到蒿萊。東華道上傳春信，西子湖邊憶舊栽。君於俞樓栽紅梅一株，十月而開，彭雪琴尚書爲繪圖紀之。驛使居然破成例，翻從燕市寄蘇臺。

老夫衰病鬢添霜，喜有名花鬬艷妝。妻島移來雖國色，帝城分到是天香。已煩助我林泉興，亦擬增君翰墨光。寄去白加婆數朵，越裳白雉預呈祥。白加婆，見前詩注。

乾隆間，日本曾以金幣聘吾邑沈南屏先生爲畫師，今余又應其國人之請，選定日本詩四十四卷。沈肖巖廣文以爲皆吾邑盛事，賦詩見贈。率成一絶句酬之

昔賢畫筆重扶餘，浪竊詩名笑我虚。卻使東瀛傳盛事，清溪三絶畫詩書。年來，日本人求書者，幾於無月無之，合之或可稱三絶乎？

孫兒陛雲應科試，以第一名入縣學，口占誌喜

五十年來舊夢存，余於道光丙申入學，今五十年矣。書生門户又傳孫。舟窗燈火兒依母，時二兒婦同行。場屋文章弟僭昆。姪孫同愷亦入學第三十名。已奪錦標前一載，陛雲於去年四月應府試，取第一，因學使更易，故至今年四月始行院試。未符佳話小三元。俗以縣、府、院試皆第一者爲小三元。陛雲府、院試皆第一，縣試則第二。老夫更有無窮興，挈汝秋風到省垣。

送潘伯寅尚書還朝

籬鷃雲鵬本不侔，兩年翰墨頗綢繆。案頭古佛香分炷，君以峨嵋銅佛見贈。架上新書字代讐。余刻《茶香室叢鈔》，君爲校字。劍履俄聞趨玉陛，姓名會見寘金甌。只憐衰病曲園叟，一别何時再共游。

虎邱新築擁翠山莊，爲詩以張之

昔有僧憨憨，曾於横山麓。叩石出清泉，旱潦不盈縮。見《吴郡圖經續記》。云何憨憨泉，又在虎邱足。亦云異僧蹟，圖經不並録。憨與酣音同，地亦近相屬。得無二而一，彼流此則洑。自從軍興來，蘇臺屢走鹿。休問憨憨泉，憨泉知者孰？坐令名蹟荒，未免吾儕恧。朱君雅好事，謂朱脩庭觀察。欲使靈源復。幽討偕山僧，諮訪到樵牧。秦皇所試劍，真孃所埋玉。果有一勺泉，清流細如縠。洪彭諸君子，洪文卿閣學，彭南屏太守。聞而喜相告。鄭子感舊夢，鄭小坡孝廉。意更若有觸。於焉掃荆榛，於焉興土木。於焉命斧斤，於焉具畚挶。爲屋十數楹，閱月未五六。有軒曰抱甕，汲此珠一斛。有亭曰問泉，應聲出空谷。精舍曰靈瀾，蕭然絶塵俗。旁屋曰來青，山翠疑可掬。既成衆來觀，僉曰美哉屋。可以玩素月，可以迎朝旭。可以招輕颸，可以避炎熇。肇錫以嘉名，大書滿一幅。曰擁翠山莊，某年月日築。楊子爲之記，謂楊見山太守。秀語奪山緑。林子爲之圖，林海如名福昌。天然謝彫琢。曲園爲此詩，請與畫同讀。

琴西同年以《七十自壽詩》六章索和，每章皆以『人生七十古來稀』句冠首。余意在翻用杜句，故到用原韻，聊發千里一噱

誰攜尺素叩柴扉，一紙新詩萬斛璣。且喜山翁仍健飯，莫因時事發長唏。青雲舊友書都斷，黃卷初心事未違。從此百年安我拙，休言七十古來稀。

見説年來戰勝肥，天然集蝦又翔璣。不勞故吏投門刺，且與兒童拾澗菲。舊學有源仍不竭，好詩無翼自能飛。知君別有千秋在，莫道人生七十稀。

魂夢猶然傍紫微，乞身歸去爲知幾。厭看海外魚龍戲，怕受山中猿鶴譏。已爲故鄉傳學派，更欣令子繼清輝。壺中甲子無須問，莫道人生七十稀。

領略晨烟又夕霏，山中清福不須祈。雨窗有弟聯牀聽，宦海何人轉棹歸。陶洗閑情仍翰墨，抛殘舊物到牙緋。巋然海内靈光殿，莫道人生七十稀。

詩筆兼長劉孝威，老猶清妙見天機。不知晚歲臥雲壑，可許故人分釣磯。鷗鷺舊曾盟白水，鹿麋同不羡金鞿。願教共享林泉樂，莫道人生七十稀。

琴星零落十三徽，難認延英舊緑衣。異日青山誰誌墓，昔年紫陌共停騑。試於老大看誰健，莫向生平感昨非。一樣優游閑歲月，休言七十古來稀。

磨刀雨歌

五月十三日，俗傳爲關帝生日，有雨爲磨刀雨。吴縣顧鐵卿《清嘉録》云：主人口平安。今年是日有雨，戲作一詩。

我讀關公傳，初不言用刀。但云力可萬人敵，不知五兵何所操。及讀魯肅傳，刀字始一見。諸將軍俱單刀會，人佩一刀而非戰。乃觀陶氏刀劍録，公有二刀鑄於蜀。採鐵都山百鍊成，銘曰萬人文可讀。我疑此亦佩刀耳，與世所傳了不屬。荆門州南關廟前，真有大刀如所傳。其刀今插石竅内，刀如與石相鉤連。千人拔之不可動，一人搖之能回旋。刀重一百八十斤，桿長丈餘八寸圓。見明包汝楫《南中紀聞》。順德有刀更可異，上刻青龍偃月字。襄樊間猶公所經，五嶺以南馬跡未曾至。何況青龍偃月名，此説荒唐本衍義。同是俗傳亦有别，彼或可信此則僞。順德事見國朝羅天尺《五山志林》。更取公傳觀從頭，試於字義深研求。傳云策馬刺顔良，刺之爲言猶云以戈揩其喉。古者刺兵乃矛屬，見《考工記注》。得毋關張所用皆長矛。古事流傳無可考，商女稗官隨意造。至今婦豎識關刀，武林更有九刀廟。凡關廟皆有刀，杭州一廟獨有九刀，周將軍所持一，從者八人，各持一，遂名九刀廟。余謂此與《魯肅傳》諸將軍俱單刀會頗有合也。年年五月十三日，爲公生辰誰所述。是日必有雨滂沱，云是磨刀水流溢。嗚呼，懸弧令日不可知，磨刀俗説尤堪嗤。南方多雨則爲磨刀日，北方多旱則爲曬甲期。宣化府於是日爲曬甲會，蓋神廟有甲，出而曬之也。小窗坐聽雨霅霅，惟神威稜孰敢狎。願借神力挽天河，淨洗人間兵與甲。

彭雪琴親家以陛雲入學和余《誌喜》原韻三章，從廣東大營寄示，疊韻酬之

一紙書來深意存，敬將詩句示童孫。君期黄榜新科第，來詩之意，深以科第勖陛雲。我憶青山舊弟昆。憂國自然常耿耿，休兵聊且慰元元。試歸退省庵中看，翠篠紅蕖正繞垣。

李憲之廉訪以所著《仿潛齋詩集》見示，即次其集中『觴』字韻一首贈之

小集聞詩始濫觴，集中第一卷曰《聞詩集》。已如初日照扶桑。採風遠至南華洞，君曾典廣西試，桂林府西湖有隱山六洞，第三曰『南華洞』。行部親臨東呂鄉。君曾官兗沂曹濟道，東呂鄉在沂州府日照縣，太公望故蹟。忽向胥臺來秉臬，遂教漖叟得登堂。投詩并告兼旬别，正擬芒鞋踏道場。時余擬暫還湖州。道場，湖州山名。

次韻答李黼堂方伯同年

芋禪小築近俞樓，君於俞樓後山築精舍，曰『芋禪』。幾度清談共茗甌。别後頓驚同調少，書來兼有好詩投。且爲昭代存青史，君所撰《國朝耆獻類徵》甚富。莫念前情感白頭。君比年頻有天倫之戚。三復佳章聊一和，

西湖譜作榜人謳。

跳山訪古歌，爲陶心雲作

吾浙從來少漢蹟，不圖迭出道光咸豐間。道光癸未始得跳山之石刻，咸豐壬子又有三老遺記出於客星山。建武建初，相距既非遠。會稽餘姚，地更相接如鶼鶼。古墨流傳不可滅，遂令述庵司寇生懟顔。我昔屢至浙東地，惜乎游覽之福平生慳。陶子心雲篤好古，跳山萬丈窮躋攀。二十二字盡軒豁，明人臆説真堪訕。妄謂武肅跳此幸而免，得毋其下錢字偶未藏榛菅。因而附會錢王事，徒堪讕語欺鄽闤。不知其下更有五行行四字，建初年號烏容刪。明人止見其上『大吉』二字，傳爲錢武肅微時販鹽遇邏者，跳避此山，因書此『大吉』二字，蓋不知其下猶有五行，每行四字，且有『建初元年』字也。其下又有『三萬錢』字。張少薇太守云，豈當時有見『錢』字者而傳會邪？ 昭代崇古古乃出，一字真可當千鍰。三老古拙此奇恣，坐看晉唐名蹟皆羸孱。安得摹拓百本或千本，庶不負君一日搜尋艱。

許氏長外孫女自山左歸，感而有作

記得當初送汝時，自知再面已無期。不圖遠道歸來日，翻是衰翁得見之。浮世光陰真荏苒，空山墳樹已參差。今朝看汝低鬟拜，觸我殘年無限思。

七月七日爲魁星生日，見施可齋《閩褋記》，因祀之而記以詩

文昌司桂籍，語始於宋時。袁桷清容集，曾載其青詞。斗魁戴文昌，天官書有之。因文昌及魁，祀之良亦宜。或謂宜祀奎，我又竊獻疑。奎星爲毒蝥，武庫其所司。試問縫掖徒，祀奎義何居。不如仍其舊，實亦無可訾。宋代有軼事，流傳自淳熙。魁星始臨蜀，又向吳中移。及乎臚唱日，試卷帝親披。甲乙忽互易，甲蜀乙吳兒。始歎太史言，占驗不我欺。可知魁星重，自宋非今茲。獨怪其爲狀，醜乃如蒙倛。得毋肖字形，宜爲亭林嗤。然而天星像，往往多怪奇。二十八宿形，朝暮殊妍媸。歲星爲老人，熒惑爲兒嬉。安必魁星容，白皙鬒須眉。慎勿笑忖留，猶勝拜鍾馗。惟是天垂象，非有生辰垂。乃讀閩褋記，不知傳自誰。云七月七日，是其懸弧期。牛女方良會，湯餅應見遺。此俗本龍巖，江浙無人知。文昌有生日，秩祀兼官私。卽援文昌例，可爲魁星推。禮固以義起，事皆由人爲。敬以乞巧日，再拜陳一卮。不徒壽以酒，又且張以詩。光芒萬丈中，如見髻鬟姿。

食熊蹯作

熊蹯胹難熟，宜酒復宜醯。《太平聖惠方》云：酒醋水同煮，大如皮毬。聞之程侍郎，又云宜用鷄。沃以㵾鷄湯，毨脱成柔荑。與鷄同鼎鬵，不久爛如泥。凡物蟄土者，畏聞雄雞啼。熊亦是蟄物，大小理則齊。

程春海侍郎《遺集》有《熊蹯詩》，其説如此。昔我游溫麻，維舟甌江隄。故人方子春，惜我三日稽。熊蹯食已盡，所存惟詩題。往年如福寧，道出溫州，方子潁觀察方於三日前食熊掌，示我以《熊蹯詩》。今年夏溽暑，蔬食安鹽齏。乃承朱公叔，謂修庭觀察。一緘來小奚。賚我二巨擘，毛毦色則黧。子路居深山，不儕鹿與麑。如何出熊館，一朝入罟罦。遂令鼓刀人，四蹄存其蹄。老夫食指動，洗釜及甑甗。付之庖人手，刮摩宜金鎞。或羹之爲臛，或醢之爲臡。我非晉夷皋，不熟無訶詆。俄而登於盤，試我雙留犂。果然齒可決，柔輭如牛膍。老饕既屬饜，子婦相提攜。分甘到賓客，染指及嫛婗。舉家嘗異味，勝劈尖團臍。熊魚雖並美，有熊可無鮭。春初食鰣魚，來自海舶齎。大嚼竟不可，自愧齒無齯。今春，雪琴尚書及門下士日本陳子德均饋鰣魚，然煮之不爛，余不能食也。不如此一臠，可佐酒一椑。轉惜退省翁，未付鸞刀刲。前在雪琴尚書退省庵中見有二蹯，然不果食。作詩記口福，細字盈幱㡗。

余既作魁星生日詩，并命詁經精舍諸生同作之。或問：魁星生日何以必於七月七日？無以應也，戲作一詩答之

藝文類聚無中秋，而已載有七月七。漢武皇帝是日生，不聞更有人同日。今爲魁星作生辰，此事何從稽故實。嘗讀王逵蠡海集，諸神生辰各有説。然則魁星義何居，以理推求辭轉窒。或者北斗有七星，而魁於斗居弟一。故卽以七爲月數，一七得七魁星出。又聞魁爲陽爲明，此理曾聞孟康述。七爲少陽九老陽，老陽一變失其質。魁生以七不以九，義取少陽陽始茁。至若明莫明於火，焱焱炎炎孰與

四。地二生火七成之，以數取之義亦密。無怪舉世仰魁光，萬丈輝煌觀者怵。宋制州試以仲秋，自宋至今用一律。先期一月祀魁星，禮亦宜之非有失。我爲魁星一再歌，定有光芒照蓬蓽。

贈瞿子玖學使鴻禨

昔秉中州節，今乘浙水軺。詞曹頻出使，弱冠早登朝。爲學能知本，多才自不驕。儀徵文達後，未見此風標。阮文達年三十五歲浙江學政報滿，君今年三十五，新任浙江學政，君其阮文達之替人乎？殷勤承下問，囁嚅轉難陳。精舍二三子，同游十八春。徒勞批尾筆，未見出頭人。許鄭淵源在，從公一問津。

九月之望，浙闈揭曉，余孫陛雲中式第二名，賦詩誌喜

甫於泮水聽鸞聲，又向秋風賦鹿鳴。自入學至此，適五閱月。先德敢期常食報，衰門頗望早成名。巍科已忝唐鄉貢，稚齒剛符漢賈生。陛雲年十八。爲念天南人盼切，捷書飛達老彭鏗。時由電報飛達彭雪琴親家。

老夫昔向月宮游，不作人間弟二流。余於道光甲辰歲舉於鄉，闈中初擬弟二名，後有疵其三藝者，遂抑置三十六。余賦詩云：『不作人間第二流，卻來三十六天游。』先大夫賜詩云：『寄語傍人休惋惜，雖居王後尚盧前。』集内詩曾邀父笑，榜頭名竟爲孫留。羣公競擊闈中節，場後，瞿子玖學使見陛雲文，決其必售。及入闈視填榜，先讀闈墨，至弟二名，知爲陛雲也，卽

與副考官潘嶧琴宮允言之。逮發彌封，果然，相與擊節歎賞。良友先凝日下眸。次日卽得徐花農太史由電致賀，並招入都同住。來歲杏花消息裏，可能平步到瀛洲。

日本人岸吟香年逾五十始舉丈夫子，乞名於余。余以五十曰艾，因名之曰『艾生』，并贈以詩

半百初聽雛鳳鳴，此兒合以艾爲名。請看二十餘年後，爭向東瀛訪艾生。

嘉平十九日，爲第二曾孫女珉寶洗三。適親家翁彭雪琴尚書自粵還蘇，薄治湯餅，賓朋小集。時雨雪未霽，李憲之方伯用東坡《聚星堂詩》韻見贈，次韻答之

我一青氈傳累葉，家世舊聞述螢雪。童孫秋賦倖成名，先代書香欣未絶。頗望桑弧當户懸，不辭屐齒過門折。如何雌霓又連蜷，卻喜槍欃久銷滅。元老新從海外歸，酒籌復向尊前掣。是時玉戲猶未收，看取冰花已如纈。門前佳客來青蓮，坐上名言飛玉屑。但得賓朋聚有緣，不愁歲月去如瞥。險韻同賡坡仙詩，禁體仍用歐公説。只憐頭白老尚書，鬢已如銀心尚鐵。

丙戌二月四日，余親送孫兒陛雲航海入都應禮部試，二兒婦及孫女從焉，蓋自送縣、府試至今，相沿成故事矣。賦此紀行

溯從童試至鄉闈，母子翁孫不暫違。幸得聯翩偕計吏，又教牽率到皇畿。三年三度好春色，前年送縣試以正月往，去年送學院試以三月往，今以二月往。六十六翁大布衣。婦豎提攜人八口，同隨候雁鳳城飛。

至上海，附海晏輪船北行，所居曰官艙，中爲大艙者一，左右爲小艙者各三，一門之内若一家然，亦可喜也，題四絶句

海天如鏡淨無埃，最好晴窗六扇開。若倣西湖湖舫例，此舟題作大浮梅。

飛艫原不異行庵，䑰䑰終宵睡思酣。待問如何安睡法，老夫譬似坐搖籃。

迢遞雲山接北溟，蠻烟蜑雨海風腥。金經一卷清晨誦，可有魚龍檻外聽。

依然一室話喁喁，浮海乘桴婦豎從。我嬾支頤無一事，靜聽四十八回鐘。輪船中擊鐘報時，與自鳴鐘異，一時四擊，自一至八，周而復始，故一日凡四十八次擊鐘云。

到天津，賦贈門下士朱伯華觀察

著録門生數百人，惟君曾共歷艱辛。往歲曾與同避粤寇之亂，相依兩載。蘇臺魂夢廿年别，丙寅歲别於蘇州。柏府頭銜二品新。君已加按察使銜，并賞二品冠服。官職會須功業副，交情已見死生真。君避亂時，感内子姚夫人調護之恩，事之如母。亡兒紹萊殁於津門，君經理其後事甚至。丁沽此日重相遇，老淚龍鍾欲滿巾。

入都，寓居潘家河沿

舊游回首總雲烟，遥望長安遠在天。老我懶尋驢磨跡，嬌孫喜賦鹿鳴篇。因攜骨肉人三兩，重問舟車路幾千。租得潘家河畔屋，孤松一樹暫流連。牆外有松樹一株。

次日，賦五言一章，題客坐之右

自出春明門，二十有三年。甲子歲入都遣嫁第二女。吾衰久矣夫，只合山中眠。豈復有意興，來賦都京篇。惟念膝下孫，稚小素所憐。遠赴春官試，未免心懸懸。老夫爲牽率，自忘旅力愆。其母亦偕行，其姊遂從焉。溯自童試來，若有成例沿。燕臺好春色，多士來聊翩。乃於前一月，賃得屋數椽。其地在何所，潘家河之㶏。門外新桃符，室中舊青氈。祭竈請比鄰，見笑諸英賢。不敢謁一客，客至不敢延。必欲見過者，亦樂與周旋。布衣而朱履，禮法皆所蠲。報謁在何時，期於出京前。更與諸公約，衰老宜從便。一不入酒坐，二不登歌筵。長安人海中，若無此叟然。待過四月望，一笑吾其還。

汪柳門閣學、徐花農太史載酒見訪，賦謝

諸君爲我洗瓶罌，又念衰翁嬾出行。仍仿右台山館例，往年在右台仙館，花農每載酒相訪。倍徵東道主人情。清和且喜宜春服，脱略幾忘在帝城。只惜彭庵老居士，此時杯酒未同傾。

花農率去年秋闈分校所得士來見，賦此紀事

漢以受業爲弟子，轉相授受爲門生。此義發於歐陽公，雖不盡合非無因。古人學問重家法，淵源雖遠烏容泯。世子芊子公孫子，亦許來問洙泗津。請觀漢書儒林傳，自某傳某皆具陳。李唐以來重科弟，乃亦相沿用此例。既有座主有門生，門生門下自宜逮。五代流傳裴皞詩，不與鯉庭桃李異。由來一榜盡通家，合向祖庭稽譜系。鄙人老矣臥空山，長安舊跡皆從删。精舍皋比聊復據，玉堂鈴索無由扳。徐陵才調冠吾黨，二十餘年相往還。雖以文章相契合，實與骨肉同交關。去歲秋闈預分校，蒐羅蘭茝芟榛菅。得士一十有七人，森然玉筍排成班。亦援此例來見我，我轉對之生慙顏。豈聞輩轂冠裳

會，施及山林泉石間。惟喜坐中諸俊乂，瓊柯玉樹交相對。幾人翰墨有前緣，鄧君應潢爲湖州太守幕中客，余孫陛雲應府試取第一，君與閲卷。幾輩英雄留後代。吳君昌坤乃國初吳順恪之後，即世所傳大力將軍者也。王君焯乃道光中定海死難王剛節公之曾孫。布衣朱履曲園翁，得無自顧慙形穢。轉瞬春風蘂榜開，大羅又結羣仙隊。再持白柬叩吾門，十七科前前後輩。

金孝女詩

孝女名爾英，秀水人。七歲喪母，事父至孝。有問名者，曰：願終身事父，不二天也。行年四十，先其父卒。

齊國嬰兒子，終身奉二親。後來無此孝，今又得斯人。願以童真老，休將禮法論。勝他巢許輩，不仕廢人倫。

彭麗崧孝廉八十壽詩

秣陵傾蓋記初逢，皓首龐眉六十翁。丙寅年，與君初相見於金陵曾文正師幕府。年齒推排宜北面，君許余以兄事。淵源契合有南豐。文正師爲君老友。節堂高會羣英集，文正師會東南諸名士，觴余於節署，君亦在坐。講舍清尊一笑同。余曾招君飲於吳中紫陽書院。不覺光陰逾廿載，前塵昔夢太悤悤。

見説精神尚未衰，行年八十近期頤。姓名久仰鄉先輩，著述親傳易祖師。聞新刊《易經解》。高弟春風晨夕共，佳兒秋駕後先馳。君七子，舉於鄉者四人。膝前攜得嬌孫在，玉樹瓊柯弟幾枝。君攜一孫，同住船山書院。

講院船山締造初，便邀長者駐高車。彭雪琴尚書創建船山書院，延君主講席。諸生都向道旁拜，此老猶能鐙下書。經義兩齋安定例，元亭千古子雲居。試從退省庵前過，白髮尚書歎不如。

頻年吳楚悵睽違，幸與諸郎遇帝畿。於都下見君三子：樹森字稷初，言孝字石愚，蘐字畯伍，皆孝廉。芳信傳來雁北向，清歌唱到鶴南飛。敢煩行輩君頻折，君因言孝及蘐皆與余孫陛雲同年，稱謂甚謙。自愧精神我轉非。安得江南重訪舊，湖樓山館共斜暉。

出都，留别諸君子

悤悤催上潞河舟，不覺悽然淚欲流。須念積齡將七十，豈能後約訂三秋。柳門、花農諸君，皆期余己丑歲再至京師。雖承良友殷殷意，徒惹衰翁黯黯愁。記得先人詩句在，殘年未必再來游。先君於甲辰年六十四歲下第出都，有詩云：『寄語杏花休戀我，殘年未必再來游。』余今年六十六歲，又加二年矣。安能再來乎？

余見家人輩所持扇，有京師者，有河南者，有江西者，有廣東者，有福建者，有湖南者，有日本者，有高麗者，至江浙間所有，固勿論矣。因賦詩記之

午晴溽暑逼簾櫳，坐上招涼各不同。五月未交三伏日，一堂先動四方風。巧偷月樣從天上，妙翦冰綃出海東。只有老夫珍舊物，狐裘卅載共蒙戎。余用一羽扇二十五年，幾與晏子狐裘等壽矣。

中秋之夕，與兒婦、孫兒女、外孫兒女輩曲園看月，口占二絶句

大好光陰八月中，最難有月卻無風。盤中瓜果盆中餅，也學吳儂拜月宫。

不醉中秋已四年，或無月，或適有事。偶乘清興一流連。展開八尺冰紋簟，席地團團坐月邊。時新得東洋疊席，陳之曲水亭中，席地而坐。

滬上盛行《學詩捷徑》、《虛字注釋》、《誤字辨正》諸書，不知誰作，而皆託名於余，賦此一笑

虛名我已愧難居，假託微名更覺虛。邵武士爲孫奭疏，齊梁兒造李陵書。虎賁入坐非無辨，贗鼎

欺人或有餘。不解慶虬之作賦，如何總説是相如。

題《唐六如集》，卽贈易笏山方伯。笏山自言六如後身也

桃花仙館久荒涼，賸有流傳翰墨香。明代兩人真可惜，解元唐與狀元康。六如皆幻本非真，明月居然有後身。珍重遺詩與遺畫，一齊付與再來人。

孫琴西同年和余『罌』字韻詩，因疊韻寄贈

老來才盡似空罌，燕市春風又一行。黄榜姓名如隔世，白頭兄弟尚關情。近聞講席虛鍾阜，大可行窩寄石城。舊日朱軒今絳帳，遙知多士定心傾。時金陵鍾山書院講席尚虛，曾沅浦制府欲延令弟蕖田前輩主之，蕖田未决。余謂：如蕖田不就，君宜就之也。

題烏山土神廟壁

吾邑烏巾山，烏巾氏故蹟。借問烏巾誰？父老無能覈。吴興之烏亭，相傳在昇山。亦云烏巾氏，寄跡於其間。烏亭誰爲之？右軍王逸少。吾以右軍故，偶憶張宏號。張宏號烏巾，三國孫吴人。篆

隸皆擅場，飛白尤入神。右軍爲斯亭，必爲斯人築。當以工書故，羲獻皆私淑。吾邑與接壤，地無百里遥。安知張烏巾，不於此逍遥？茲山名烏巾，名當從此始。廣韻烏字下，不載烏巾氏。可知烏巾氏，唐前未有聞。奈何沿俗説，不知有張君。吾擬築烏亭，卽於茲山麓。先出此一篇，敬爲父老告。

吾爲烏山詩，猶未盡吾説。茲因讀真誥，一説更奇絶。漢末淳于斟，隱居烏目山。因遇慧車子，而得出世間。然而烏目山，圖經所不錄。遂令陶隱居，疑卽是天目。天目與烏目，名義固已殊。安得逞臆見，易天而爲烏？吾謂烏不訛，目乃帽之誤。帽字古作冃，誤由形似故。烏帽卽烏巾，巾帽義則均。此雖異前説，或亦可附陳。吾家先人廬，卽在茲山麓。倘遇慧車子，執鞭吾所欲。

蔣烈婦詩

烈婦姓黄氏，少失怙恃，九歲以童養婦歸於蔣，十八歲成婚，甫逾月，蔣氏子死，死百日，依其鄉之俗禮祭於墓，其夜縊而死。

未同牢，先執帚，侍兩代姑九年久。甫好合，俄孀居，合二姓歡一月餘。合歡止一月，祭墓俄百日。百日祭墓歸，吾事則已畢。上堂視舅姑，入室撫遺孤。舅姑幸無恙，嗣子啼呱呱。乃反其私室，乃寢乃燕息。小姑與同牀，覺來一鐙黑。半衾虚無人，驚呼聲不出。一繩高挂牀頭矗，徧體衰麻仍如荼。周身繭纊胡爲乎？此意分明語小姑，我死勿使男子之手親我膚。

任烈婦詩

烈婦姓蔡氏，爲任明經錫庸之妻。明經甫得拔貢生，未會考而卒，女死之。

烈婦年十五，升堂拜姑章。明年十六歲，夫壻龥於庠。逾年年二十，夫壻貢玉堂。玉堂猶徘徊，玉樓俄翺翔。烈婦曰已矣，誓將從之亡。白頭姑在前，黄口兒在旁。謂宜緩須臾，於義夫何妨。竟不緩須臾，激烈殊乎常。上有天子詔，敕建門前坊。下有文人筆，百世流其芳。

瓜勒嘉節婦詩

節婦滿洲人，姓王衣氏，爲瓜勒嘉氏圖幹恰納字廷玉之婦。廷玉卒，節婦請翁娶繼姑，生子觀成。翁旋卒，婦與姑共撫之，至於成立。

夫死請立嗣，是亦人情常。婦則曰否否，吾有翁在堂。與其别立嗣，不如翁生子。翁生子有孫，吾夫有子矣。乃跪於翁前，請翁續斷絃。翁固鑒其誠，天亦報其賢。翁子今成立，不敢忘嫂氏。嫂實撫我躬，嫂實延我祀。其節固可敬，其識尤堪師。謂余不信者，讀憶兒時詩。其夫弟觀成有《憶兒時詩》，樂府體，九解。

送女壻許子原北上

蕭瑟西風賦北征，女亡壻在總關情。五年黄壤無從問，萬里青雲又此行。往事回思如一夢，老夫相見恐來生。未知得第歸來日，能否湖樓酒共傾？距己丑會試尚四年。

重九前一日至杭州，湖樓、山館小住月餘，得詩十七首

西湖不到已經年，婦豎相逢盡有緣。都道年年看此老，如何鬢鬢總如前。道旁一女子，其言如此。

寒露將交暑轉加，無風無雨亦堪嘉。重陽來就菊花約，剛好天公烝上聲桂花。俞樓桂花盛開。

竟日賓朋滿敝廬，宵來一枕且蘧蘧。湖隄靜不聞街柝，只聽僧房敲木魚。

中興李郭盡相知，未識文襄褒鄂姿。今日跨虹橋畔路，扁舟來訪左公祠。聞新建左文襄祠將次落成，晨往一看。

花神廟在左祠東，能否還如往日工。此後文襄前敏達，美人畢竟傍英雄。左文襄祠，卽花神廟故址，因仍於東偏建花神廟。從前花神塑像極工，中奉湖山正神，相傳卽李敏達公也。

清夜來游退省庵，要看明月印三潭。健兒驚起真堪笑，匪寇張弧竟誤占。月夜至退省庵時門已闔，呼於其門，守者驚起，疑爲寇至。

一年三度佛生辰，冠蓋先期集水濱。深感諸公能折節，拜觀音了拜山人。二月十九、六月十九、九月十九相傳皆爲觀世音生日。浙中自中丞以下，皆前一日至天竺行香。余如在湖樓，則諸公出山必來相訪，今歲來此，適逢九月十八也。

映水芙蓉豔似霞，階前書帶翠交加。今朝天竺燒香去，買得觀音髻上花。十九日，使人至天竺燒香，買得觀音花二朵以歸。問之識者，實卽良薑花，山中人美其名，以給香客耳。

靈蹤猶記昔年留，一樹靈松今尚稠。四異此番添作五，金華神又降俞樓。金華神曾降於俞樓之松樹，故建有靈松閣。余作《俞樓四異》詩，此其一也。今年九月十九日又降於俞樓之庖廚，時已薄暮，卽具香燭，飛棹送之歸廟。

湖樓未算是幽棲，策杖來尋山徑蹊。新築墓門高一丈，右台山鬼手親題。今年於右台山館前建立墓門，一面刻『俞氏墓道』四字，署曰『曲園自題』。又刻一小印，曰『右台山鬼』，傍刻一聯，云『且喜故鄉無百里，敢期此後有千秋』，一面刻『溫愛世界』四字，卽余夢中所見也。事具第九卷詩注。旁刻一聯，云『不妨姑説夢中夢，自笑已成身外身』。

老龍井到虎跑泉，歲歲清游成例沿。偏歷九溪十八澗，理安寺讀舊題聯。從龍井寺歷九溪十八澗，於理安寺小坐，至虎跑泉而回。余自癸酉至今，如此游者數次矣。理安寺懸余一聯，云『竹筧潛通十八澗，蒲團小坐兩三時』，猶甲戌年所書也。

聽取烏烏野兔聲，空山夜靜少人行。何來老麂惟三足，彳亍荒墟時一鳴。山中有鳴聲烏烏者，實卽狐也，諱之曰野兔。又有一麂，不知何年斷其一足，至今彳亍而行，厥聲頗異。

驚來相告語聲囂，爲報精廬一炬燒。回憶無邊好風月，自慚德薄福難消。十月初六日，詁經精舍第一樓不戒於火，館人來告，時已半夜矣。樓有『風月無邊』四字額，彭雪翁所書也。

無端村落聚豺獌，白晝柴扉處處關。頓使草堂增氣色，森嚴刁斗警空山。有流民聚居村落，或言皆非善類。因函知劉吉園總戎，命健兒入山干掫。

高下松楸襍舊新，須知我亦此中人。括蒼太守來相訪，笑説他年是比鄰。新補處州陳鹿笙太守入山相訪，自言所卜佳城近在咫尺。

湖樓尚擬暫徘徊，忽漫歸心一夕催。不獨菊花虚未賞，女蘿兩樹欠攜回。初擬出山，再至俞樓，因孫女隨行，偶患瘧疾，遂即回蘇。王同伯比部餽菊花四十盆在湖樓，未一見；雪舟和尚餽女蘿兩盆在山館，忘未攜歸。

越水吳山歲歲經，水程未暮棹先停。今宵喜借飈輪力，穩載魁星與壽星。江浙間，夜不行舟五十年矣。此次因借小輪船曳之而行，竟夕不停，自杭至蘇，歷時凡九。余時出新意，爲魁星、壽星兩像，在杭州刻版，攜回。

王氏子婦哀詞婦姓孫氏，王夢薇之子婦也。

我與夢薇友，知其子婦賢。何以知其賢，乃其翁云然。翁曰婦來前，吾有文一篇。汝爲我書之，勿使訛烏焉。翁曰婦來前，吾事紛聯翩。求書者接踵，索畫者隨肩。門前客幾輩，案上書幾箋。汝爲我識之，勿使淆後先。婦曰謹受命，翁毋心悁悁。翁曰婦來前，我母病未痊。飲食宜有節，斯責惟汝專。婦曰謹受命，以意爲節宣。小而餅與餌，大而粥與饘。多寡量所受，取求隨所便。母乃大歡喜，宿疾皆如蠲。翁曰賢哉婦，翁曰悲哉天。天胡奪我婦，不令歲月延。是故曲園叟，謂此婦可傳。何以傳此婦，乃翁語可憐。

花農自都門以綠菊花二朵寄贈。菊之綠色者殊罕見，《花譜》有名『徘徊菊』者，白瓣中微有綠色，豈卽此乎？賦此以答花農

菊花百五十三種，燦爛西風豔似霞。鑄就黄金雖有色，彫成碧玉更無瑕。山中高士陶彭澤，世外仙人萼綠華。花已徘徊人又甚，幾回遙望暮雲遮。

書京師同文館《中西合曆》後

春秋書春王，諸國不一例。晉史用夏正，遂與麟經異。往往春所書，是其冬之事。自漢太初曆，始改用夏正。後世遂循之，歷唐宋元明。二千餘年來，不知子姒嬴。佛說四種月，一日月，二人間月，三月月，四星宿月。頗與中國別。中國與印度，所差有半月。遐荒自成俗，短長誰與絜。赤明及龍漢，道家年號殊。清寧二百年，新宫銘所書。要止廣異聞，誰與徵居諸。惟聞爪哇國，入貢宣德間。自言千三百，七十有六年。當時究其始，謂從鬼國傳。天魔夔罔象，誰復窮其然。我朝大一統，聲教及海外。海外大九州，咸來赴王會。諸國用西曆，推步自稱最。中西各一天，異同無乃太。丁君精西學，丁君字冠西，同文館總教習也。乃思觀其通，中曆與西曆，合之一編中。丙戌冬至始，丁亥冬至終。不憑月晦朔，而憑日過宫。佛所謂日月，不與月月同。唐有朱希真，感時淚成陣。藤州與梧州，互異大小盡。同此歲三月，如何分域

萬里開新疆。每年十月朔，正朔頒明堂。大小兩金川，一一列上方。烏什沙雅爾，節候今猶詳。明年丁亥春，皇帝始親政。小臣愚無知，歌詠共田畯。伏念内治修，斯能外侮勝。富教語本孔，省薄策用孟。行見光緒年，追復乾隆盛。仁者自無敵，制梃不待刃。彼海外諸國，來享兼來王。豈敢以鱗介，而妨我冠裳。年年賀正月，國國列職方。司天班正朔，普及東西洋。奉到時憲書，一例陳餼羊。

眕。追念昇平時，大小有定準。此事與今殊，腐儒休妄引。獨念我聖清，超軼漢與唐。巍巍乾隆朝，

丁巳編　春在堂詩編卷十二

丁亥元旦試筆

算從七歲到今茲，丁亥流年又遇之。天克地衝雖厄運，辛巳生人，遇丁亥歲，爲天克地衝。年豐人壽是昌期。每年元旦，司天例有『人壽年豐』之疏。休援午日持齋例，內子姚夫人爲余午日持齋，事見《百哀篇》。夫人卒，兩兒婦及次女絥裳踵行之。絥裳又卒，其長女代母持齋。卻憶丁科應試時。余丙申年入學，丁酉初應鄉試，中副榜。十載光陰如許假，尚堪重賦泮宮詩。

用洗蕉老人除夕詩韻述懷老人乃惲次山撫部之夫人

春信纔回爆竹中，又看太簇律將終。時已正月之末。廿年只臥茂陵雨，萬里誰乘宗慤風。銅柱勳名傳久遠，吳清卿中丞以勘定中俄邊畍所立銅柱榻本屬題。玉堂詞翰闘精工。徐花農太史寄詩來甚多。吳、徐兩君，皆余門下士。坐看諸子飛騰去，老我積唐不諱窮。

寂寞楊雲不解嘲，一樽且復剖霜匏。浮生似磨勞仍轉，世事如棋嬾更敲。坐上衣冠從脱略，案頭筆墨總叢淆。《唐書·陸贄傳》『案牘叢淆』。虚名浪竊真堪笑，徒使悠悠歲月拋。

青浦金友筠明經文潮，匿姓名與余書，余屬青浦校官陳子愚訪得其姓名，寄詩戲之

堪笑林陰仰雪翁，其寓名也。居然荷篠丈人風。楚狂歌鳳無名姓，早有人知是陸通。

日本陳子德以其國所出紙布見贈，爲賦紙布詩

宋時蘇易簡，曾撰文房譜。謂紙可爲衣，其法傳自古。用紙滿百幅，胡桃一兩許。乳香亦稱是，三物同一釜。熱氣烔烔然，或烝或竟煮。煮熟乃乾之，勿使臭且腐。捲之以箭簳，用笴去其羽。居然積尺寸，初不襍絲縷。微嫌窘邊幅，不免勞綴補。頗聞黟歙間，其製乃更巨。所造紙衣段，幅長可竟户。士人亦服之，道塗禦風雨。又或從佛戒，不衣蠶所吐。以上並蘇説，我疑或讕語。有客東海來，爲我談風土。始知紙可衣，古人不誑汝。爰寄一端來，遠自重洋賈。其色涅不緇，其質柔可茹。其長可三丈，其重不百黍。婦豎相傳觀，驚歎謂未覩。我思布一耳，品類不勝數。冬日則以棉，夏日則以苧。以草有荃葛，以毛有氆氌郎古切。西海水有羊，南荒火有鼠。橦樹花離離，簟竹葉湑湑。蔡侯昔造紙，徵材到網罟。樹膚麻頭外，敝布本所取。既以布爲紙，擣搥費臼杵。又以紙爲布，翦裁禦

寒暑。物變固無窮，良工心亦苦。稍與蘇説殊，彼不待機杼。此則有經緯，尚可見端緒。經仍以木棉，緯以紙爲主。想見工女勞，一月三十五。余幼好奇服，垂老猶童豎。亟命付裁縫，聊可詫朋侶。人笑太觕麤，我喜便輕舉。曳裾卽出游，奮袂旋起舞。倘得十萬牋，直可無錦組。請移黄婆祠，來祀先生楮。

彭雪琴尚書舊蓄一鶴，近忽羽化，慰之以詩

有鶴相依數十秋，一朝化去不能留。老天亦徇蒼生意，未遂先生寥廓游。春風大斾又東行，鶴冢遥知早已營。寄語羽童休戀戀，過三十載再來迎。

三月三日自蘇之杭，以小輪船曳之而行

乘舟安得順風行，人事居然巧與爭。佛法金輪能運轉，仙機丹竈不分明。一繩足抵千帆力，半刻能兼竟日程。我是閑游適相肖，飛來飛去片雲輕。舟名飛雲，乃假之崧振青中丞者。去歲自蘇至滬，亦假此舟。

余主講詁經精舍，自戊辰至丁亥二十年矣。開課之日，招見在精舍肄業諸生小集俞樓，侑之以詩

文字湖山兩有緣，直從中歲到華顛。回思初擁皋比日，只算重交弱冠年。濯濯柳皆成合抱，余初至西湖，湖隄無一柳樹，今則成陰矣。呱呱孫已忝興賢。余孫陛雲即於戊辰年生。一樽戲爲諸君設，二十生辰湯餅筵。

越中紀游〔一〕

自向西陵放畫橈，輕舟容與路迢遥。不知曲折通何處，處處河流處處橋。

蕭山城外儘徘徊，水近湘湖緑似醅。沿路香風吹不斷，黄雲兩岸菜花開。

南錢清接北錢清，閒倚蓬窗玩月明。卻笑蘇杭來往路，斜陽未暮不教行。

天然廣厦頗瓏玲，二十年來兩此經。一朵奇峯依舊好，舊游人已半凋零。七星巖，舊稱烟霞洞，有明胡梅林刻〔二〕『天然廣廈』四大字。憶辛酉〔三〕與内人攜兒女輩同游，至今二十七年矣。

當門老樹緑參天，如此家居儼若仙。攜得嬌孫隨杖履，山中一叟是同年。游七星巖，遇茅孟淵孝廉立仁，乃余孫陛雲同年也，年〔四〕五十三矣。其家門户修整，門外大樟樹，數百年物。

鑿就金身五丈修，巧將山骨細雕鎪。誰書竹垞閒言語，空惹靈山老佛愁。七星巖傍普照寺，有石佛高五

丈，不知何人所鑿，亦鉅觀也。有人隸書竹垞先生記一篇，歷考古來佛像之大者，而以金碧皆民膏血，爲佞佛者諷。然竹垞此記本非爲此寺而發，書此殊無謂也。

遙望柯亭頗鬱盤，中郎祠小不堪觀。只餘一席魁星閣，遠景收來十里寬。途經柯亭，遂往游焉，實則一魁星閣耳。雖可望遠，而偪仄殊甚，下有蔡中郎祠，亦嘈襍無足觀。

金臺歌舞暮還朝，寂寞楊雄耐客嘲。今日來看村社戲，畫船簫鼓鬧周橋。周家橋有龍船之會，且以河臺演劇，遂往觀之。維舟臺畔，坐臥皆便，亦一樂也。余在京師不觀劇，故去歲在都下有『一不入酒座，二不登歌筵』之句，兒輩舉以相質，余笑曰『在周家橋則可』。

精廬小築號雲泉，內有雲根高插天。石壁微凹劣容膝，老僧於此坐三年。將至吼山，有佛舍曰雲泉庵。中有奇峯拔地而起，高可千仞，山罅有小穴，片石覆之，昔有老僧於此閉關而坐者三載。

吼山山〔五〕石太離奇，石骨嶙峋水活之。柔櫓輕搖入山腹，曠如門户奥如帷。吼山水石宕山水絶奇，舟行可深入山中，盤旋而出，惜屋宇不精，無可久坐。

歸途更入繞門山，一樣舟行水石間。可惜世無好事者，不將水榭築迴環。繞門山與吼山風景相似，但稍淺耳，其地並無屋宇，不及吼山。

路旁突兀孝仙亭，欲覓殘碑未有銘。更有小祠祠孝女，擬從父老訪圖經。孝仙亭近繞門山，孝女祠即在山下，皆不知爲〔六〕何人也。

大禹陵存禹井荒，尚留子姓奉蒸嘗。年年六月逢初六，都向陵前奠酒漿。禹陵遇姒姓者，自言大禹之裔，尚有百餘家。每歲元旦及六月六日禹生日，率子孫祭奠。

荒涼禹寺少人來，扇扇窗櫺寸寸灰。爲有唐碑須一讀，雙扉苦遣道人開。禹寺正〔七〕屋三間，荒涼殊甚，內有唐開成年往生碑。

巍巍南鎮會稽山，且賃籃輿一往還。遥望香鑪峯斗絶，不教兒女強躋攀。游南鎮，未登香鑪峯，因二兒婦攜兒女侍游，故未〔八〕克登其巔也。

氣清天朗惠風和，此語昭明指摘苛。我向劉龔村裏泊，迅雷甚雨待如何。至劉龔村，將賃輿游蘭亭，適遇雷雨，遂留待明日。

蘭亭未必竟如前，風景依稀尚儼然。峻嶺清流林木茂，千秋長似永和年。將至蘭亭，風景絶佳，所謂『崇山峻嶺，茂林修竹，清流激湍』，至今如故也。

金吾捨宅國初時，小小精廬處處宜。只有疑團難問佛，如何遺蹟託蓮池。小雲棲，舊名興教院，寺僧言蓮池下院也。然此院本明金吾朱公佩南之别墅，康熙己丑，其妻張淑人捨以爲寺，其族孫題記甚明，不得云蓮池遺蹟。小雲棲之名，所未詳也。

臨水登山興轉增，悤悤五日返西興。未尋大吉磨〔一〇〕崖字，未訪冬青宋六陵。

【校記】

〔一〕此題又刻爲《越中紀遊詩》。用作校本，稱『單行本』。

〔二〕刻，單行本無。

〔三〕『酉』下，單行本多『歲』。

〔四〕『年』下，單行本多『已』。

〔五〕下『山』字，單行本作『水』。

〔六〕爲，單行本無。

〔七〕 正，單行本作『止』。

〔八〕 未，單行本作『不』。

〔九〕 之，單行本無。

〔一〇〕 磨，單行本作『摩』。

盧舍庵記事

我聞有明萬曆中，織造太監來孫隆。自建生祠在湖上，巍然西泠橋之東。無何鼎革入昭代，遺址零落埋蒿蓬。盧公雙泉居此職，始還舊觀仍蔥蘢。大殿奉佛盧舍那，奄祠一變爲梵宫。盧舍庵名從此起，似寓舍宅由盧公。孫東瀛像亦不廢，權作佛寺伽藍供。我讀遺碑考四至，其西比鄰郭孝童。郭孝童墓今尚在，然隔以蔣公祠矣，知彼時庵址頗廣也。樹柵於水活水族，凡鱗常介靡弗充。傳聞春秋好風日，門外常駐游人驄。庵僧賣茶頗獲利，坐上客滿皆盧仝。已而庚申遘大劫，四顧無復積垣紅。去歲有僧曰林泉，忽來闢治地數弓。小築三椽劣容膝，但有宲桷無垣墉。今年三月日初八，大風斗發聲逢逢。一吹而倒俄頃事，榱崩棟折四大空。我憫此僧遂露處，薄有所助慚不豐。又爲徧告諸同人，翼日皆至其數同。僧大歡喜佛亦笑，大悲小閣堪成功。或言此庵本非古，椓人遺蹟何足崇。豈知神奇出臭腐，往往變化殊初終。不見裴家綠野堂，舊屬李家三伶工。裴晉公綠野堂，乃開元樂工李龜年、鶴年、彭年第宅之中堂也，見《明皇雜錄》。湖上精廬半積圮，得此亦足停游蹤。小詩聊復記其事，奚必碑石重磨礱。

雪琴尚書以『霜』字韻詩寄示，次韻酬之

出入兵間四十霜，風雲際遇慶明良。功成朝野威名在，病久江湖舊夢涼。大樹猶新人已老，梅花如舊鶴先僵。尚書所畜鶴新斃。曲園尚有百杯約，往年有此約，至今未滿其數。莫負秋宵月照梁。

傅氏婦三割股、女再割股詩

烏乎割股何事邪？一之爲甚至於三。是真忘其身所苦，而但行其心所甘。夫病三危三活之，至今鄉里爲美談。吾獨異其弟二次，夫南妻北兩異地。數千里外聞夫病，惟有寸心可自致。於此奏刀彼霍然，如響斯應吁可異。乃知割股事無他，但以至誠動天地。其事有效有不效，其誠有至有不至。稍有豪髮近名心，卽屬虛夸無益事。勿信人肉治虛羸，邪説誤人陳藏器。傅氏之婦何其賢，割股救夫夫病痊。夫曰此事良可傳，婦曰吾不求名焉。德清傅懋元雲龍妻李，三次割股救夫病。其第二次，則懋元在德清葬親，李在京師，聞懋元病，禱於天，割股肉，隔數千里，而割股之夕懋元卽愈，以書來告，臧獲皆稱異。烏乎傅氏婦則賢，傅氏有女尤堪憐。其母以殤幼子故，臥病枕席久不痊。女時年甫十有五，見母病危涕如雨。徬徨無計起沈痾，惟有背人私割股。割股食母母有瘳，無何兄又病於喉。女曰兄死母亦死，塊肉又爲兄刵副。一弱女子能辦此，固宜名氏動天子。乃女有弟年十二，亦效爲之如其姊。舊史俞樾聞而嗟，曰賢與孝萃傅氏。傅氏女，

即懋元女，其母即李也。其弟曰范冕，户科給事中。洪良品以傳女事聞，旌如律。

慈谿女子張貞竹字碧筠，年十有二，能書盈丈大字，陳鹿笙太守屬其書『福壽龍虎』四字見贈，爲賦此詩

昔聞順德李氏兒，四歲能書盈尺字。李名世嶼，明萬曆時人。御史馬公巡廣東，抱置膝頭所親試。童子已奇女更奇，如張碧筠吁可異。大字長至一丈餘，妙齡小止十有二。括蒼太守書家雄，羊真孔草靡勿工。亦復傾倒此女子，爲之延譽諸名公。寄我雲箋大如席，一箋一字猶嫌窄。四字福壽虎與龍，紙色銀光文則赤〔一〕。四字皆朱書。古來奇女盧眉娘，繡七卷經一尺方。彼以其細此以鉅，並推絶技無低昂。老夫嗜奇素有癖，對之起舞喜欲狂。取配明人大魁字，樂知堂上生奇光。余家樂知堂上縣明人王時泰所書大『魁』字，其字刻石在山東，汪柳門學使搨以見贈。

【校記】

〔一〕 赤，原作『亦』，據注文『朱書』之意改。

送門下士井上陳子德歸日本

日本遙望海茫茫，送子吳門酒一觴。萬里歸人同晁監，唐王維有《送祕書晁監還日本》詩。三年吾黨得陳

良。攀吟宰樹情何極，將拜其師得能局長之墓。起舞斑衣樂未央。其二親均無恙。更願異時仍過我，尊前重與話扶桑。

徐花農京寓所栽五月菊忽成異種，數朵合而爲一，折以寄贈，爲賦一律

不惟並蒂又連心，想見天工醖釀深。曶鼎◎文雙琢玉，曶鼎有◎字，釋爲環字。梵書∴字亂堆金。佛書伊字作∴。瓣多儼剝同功繭，枝重如棲共命禽。璧合珠聯才子筆，定教譜入墨池吟。花農與徐侍郎用儀有《墨池唱和集》。

寄贈張朗齋中丞

昔年申息久聞名，今歲丁沽喜識荆。文法真從老泉得，君極喜蘇老泉文。神功能與大河爭。時奉命治黄河。秋風弓劒天山道，春色旌旗海岱城。偶作小詩書便面，知君結習尚書生。此詩因去年爲君書扇，率筆作此，久失其稿。今年君書來致謝，因追憶而補録之，故有『今歲丁沽』之句，實去年事也。

盆蘭中有一跗而九瓣者，中有雙心，連合爲一，亦異品也。折賜陛雲，係之以詩

一枝插向膽瓶斜，合蒂同心亦足誇。簇簇繁英舒九瓣，垂垂小朵並雙椏。蘭房騈種宜男草，蘂榜聯開及第花。折付阿孫殊有意，老翁望眼十分賒。

孫婦彭氏歸寧衡陽，夢中賦詩二句送之，寤而足成一律

六年夢繞舊妝臺，歸慰慈親笑口開。不遣吾孫偕汝去，要期後歲奪元來。此二句夢中作。一雙嬌女商行止，攜其長女去，留其次女在家。七十衰翁伴往回。謂親家翁雪琴尚書。記取春風正二月，曲園遲爾共探梅。

落葉次洗蕉老人韻

掃盡巢痕舊燕鶯，滿天霜氣曉來清。平添夜月三分色，略減秋霖幾陣聲。蔭暍竟違平日志，歸根頗動暮年情。積唐不學飛蓬樣，嬾逐長風到處行。

落木蕭蕭景最佳，今年游屐欠安排。亂山荒徑難尋路，古樹斜陽易感懷。㩧帚千金聊坐擁，斷琴

三尺已深埋。此生不作南柯蟻，休問榮枯到大槐。

恩恩節序九秋臨，無復花陰與柳陰。寒士衣裳未裁翦，美人詩句久銷沈。驚沙滾滾流難塞，伏莽重重跡轉深。莫向亭皋頻極目，蕭條千里總傷心。

秋風不設護花鈴，任撲雲亭又水亭。薜荔牆垣猶有贉，梧桐院落最先聽。爛紅乾翠都堪惜，轉緑回黄不暫停。我亦人間一蒲柳，敢同松柏鬭遐齡。

題故人孫蓮叔《翦燭談詩圖》，爲其孫澤臣作

昔年我作新安客，得與興公共晨夕。我因拜母屢登堂，君爲通賓常置驛。是時家世劇豪華，千户侯封未足誇。門館客酣金谷酒，市樓女看璧人車。百萬黄金揮欲罄，淩雲意氣依然盛。酒友詩朋會以雲，燭奴燈婢圍成陣。無何大劫遘紅羊，倉卒全家竄道傍。蟻子蚍蜉誰赴救，蟲沙猿鶴竟偕亡。覆巢完卵雖餘二，集菀集枯今昔異。惟存紅葉讀書樓，君家樓名。猶贉當年題榜字。人間轉眼卽雲烟，何況遥遥四十年。荒冢誰來尋宿草，暮年我亦感華顛。無端有客來吴市，太息一寒胡至此。風流非復越王孫，落魄居然康老子。篋中檢取舊時圖，請以今吾認故吾。圖中二人，一爲蓮叔，一卽余也，然不可復識矣。紅燭談詩當日共，青燈讀畫此時孤。不獨形容渾異昔，卽看字跡今全別。圖中有余題詩，字跡娟秀，與今絶異。老女重描舊畫眉，寒禽難學初調舌。萬事滔滔付逝波，王侯將相總銷磨。汾陽門巷疏槐冷，梓澤園林蔓草多。老夫久悟浮生寄，卻爲斯圖重隕涕。眼看葛帔感窮交，手撫銅駝悲往事。和淚題詩對短檠，雍門

一曲不勝情。舊人無復何戡在，誰與殷勤唱渭城。

光緒十四年正月十二日甲子，是日逢金，又值奎宿。相傳金奎甲子爲文字之祥，祭之者吉。因命孫兒陛雲祭焉，并勗以詩

良辰吉日喜重經，同治十二年二月十五日金奎甲子，陛雲始入塾。再爲吾孫一乞靈。倉史造文先甲子，見《鶡冠子》。宸垣示象本奎星。説本《日知録》。黄金待鑄金門榜，青鐵先鐫鐵硯銘。能慰阿翁癡願否，棗糕明歲祭中庭。

御史大夫祁子禾先生用『堪』字韻見贈，四疊韻報之〔一〕

正擬徵詩續廣堪，彭雪翁屢勸余作詩話，未果。廣堪事出《周書·蕭圓肅傳》。詩來如共德公談。清芬竹葉杯〔二〕浮百，雅韻梅花笛弄三。官貴待調先世鼎，學成更築老來庵。閑情尚憶蘇堤上，三面青山西北南。

約略杭州説尚堪，漁歌樵唱襍街談。神祠擊鼓□○半，西湖春來進香者，多鳴鉦鼓，□讀方，○讀圓，見《禮記·投壺》篇。卜肆搖錢一¦三。香市盛時，間有賣卜者，一讀單，¦讀拆，見《周易朱子本義》。春早探梅到林墓，秋涼載月過彭庵。令人頓觸停雲感，何日輕帆發楚南。時彭雪翁尚在衡也。

笑我衰慵百〔三〕不堪，積唐近狀與君談。貧惟杜老長鑱一，富有容齋續筆三。時又纂《茶香室三鈔》三十卷，未刻。山爲宅幽題退谷，室因娱老署頤庵。祇應未斷閑吟興，時盼傳書雁到南。

日下賡歌豈我堪，擁鑪聊當一宵談。大千春色將過半，七十流年不欠三。白香山詩「相看七十欠三年」，乃六十七歲時作也。余今年六十八矣。公等相將趨鳳闕，老夫隨便築漁庵。滄江一臥居然穩，不作悲歌董邵南。

【校記】

〔一〕《廣集》此爲第九題。用，《廣集》作「以」。

〔二〕杯，《廣集》作「樽」。

〔三〕百，《廣集》作「七」。

文昌生日歌

春王二月月三日，世傳是日文昌生。上自京師下郡邑，一例崇祀陳犧牲。老夫今朝亦蚤起，雞魚豕肉盤中盛。内外諸孫咸會集，衣冠羅拜當軒楹。或言文昌乃星象，不聞入夢符長庚。云何隨俗作生日，是以非禮誣神明。我謂文昌星有六，昭回於天同列宿。上擬三台乃其倫，《周禮》先鄭説，司中三能也，司命、文昌、宫星。下儕七祀則已黷。《祭法》七祀有司命，熊氏云：非天之司命。至於後世祀文昌，僉謂其神出於蜀。附會河圖括地象，帝以會昌神建福。梓潼灌口各爭雄，割據兩川分鼎足。又謂其神實姓張，天上張星豈同族。張仲孝友猶可言，若張惡子無乃辱。文昌化書真可焚，并謂降生入蛇腹。以此事神神弗歆，我有一言告流俗。東漢梓潼有文君，班范兩書都無聞。我讀隸釋始得之，周公禮殿記所云。當時高眹修禮殿，不欲湮没前人勳。云自梓潼文君來，已爲茲土興斯文。文君名參益州守，實與文翁同不朽。華陽國志亦有之，其姓則然名則否。志云文齊字子奇，西漢末已登朝右。梓潼人拜益州官，王莽公孫詔不受。有子曰忳守北海，一門兩世拖青綬。又有文恭字仲寶，斯人或亦文君後。乃知文氏在梓潼，門第不與單寒同。已見傳家有簪紱，豈其廟祭無鼎鐘。始奉烝嘗惟子姓，後遂播滿川西東。檀弓物始昧所自，籍談數典忘其宗。當年私建文君祠，此時大啓文昌宫。傳訛不比石賢士，秩祀宜偕應上公。雖已文章焕奎壁，豈忘弧矢縣桑蓬。降生難考庚寅始，紀年諒不甲午終。《禮殿記》有云：至于甲午。猶幸遺聞出故老，長留初度傳無窮。神禹生日六月六，至今歌舞塗山童。老君生日九月九，至今奔走黄冠翁。固宜援引作生日，未容泯没隨飄風。烏乎，古人已死無定名，古事已往無定評。酆都君爲陰長生，二郎神疑趙仲明。均詳見《茶香室叢鈔》。訛傳千古事所有，奇論一出人皆驚。我歌此詩爲神壽，没而爲靈生爲英。傳説列星古有例，何妨仍唱升天行。起視奎光長萬丈，依然照我東西榮。

清明後一日登舟如杭州，二兒婦攜孫女、曾孫女從焉，許氏兩外孫女亦偕往

秋風未到武林城，去年秋，因病未至杭州。今歲春風又此行。四代都廬皆骨肉，一年容易過清明。且圖領略沿途景，莫漫流連往日情。只恐武夷君笑我，曾孫嬌小太憨生。

嘉興三塔灣詠妙諦和尚事事見國朝徐承烈所撰《聽雨軒贅紀》

昔在勝國時，倭患東南熾。蘇杭皆被兵，嘉禾寇亦至。禾中三塔灣，塔旁故有寺。倭掠諸婦女，纍纍此閉置。寺僧醉守者，縱使悉逃避。倭歸得其狀，大怒相詬詈。縛僧石柱間，叢鏃射之斃。積薪焚其屍，屍毁血猶膩。至今三百年，不與當時異。厥顱尚宛然，肢體亦略備。我聞宋建炎，有寇寇延平。一女爲所掠，以死完其貞。橫屍大道旁，歲久迹愈明。雨乾晴則濕，奇蹟人皆驚。此僧與此女，雖死無殊生。意氣一朝事，蹤跡千古傳。乃知不壞體，惟在片念堅。維舟三塔旁，石柱猶巋然。榜人指而告，過客歎且憐。訛傳在國初，其名無聞焉。我爲作此詩，軼事徵由拳。此僧名妙諦，事在嘉靖年。石柱猶未泐，吾詩儻可鐫。

唐棲水嬉曲

棲溪春水明如鏡，歲歲水嬉今歲盛。花果欣逢比户豐，其民皆以花果爲業。村民早鼓先期興。先期童稚習歌謳，土穀祠邊眾聚謀。拜殺荆劉看曲本，《拜》、《殺》、《荆》、《劉》，爲元曲中四大家，見朱竹垞《靜志居詩話》。旂盔襍把製行頭。戲具分旂、盔、襍、把四箱，見李斗《揚州畫舫錄》。畫船彩幟風前颭，兩兩相維成巨艦。百寶莊嚴貫月槎，萬花絢爛移春檻。一時簫鼓鬧如雷，齊向長橋河下來。後舞前歌花世界，東舷西舫蜃樓臺。

樓臺歌舞來相續，小與酬勞殊太薄。片片蜂糖玉帶糕，條條鳳蠟金花燭。是日，諸船皆嚮余舟演劇一齣，犒以糕餌及燈燭。燭龍入夜更蜿蜒，燈火高高下下懸。竟可地名星宿海，錯疑身到燄摩天。清明時節沿成例，是會皆在清明前後。點綴昇平殊有意。巧借隋宫水飾圖，别翻唐代梨園戲。我偶輕舟到此維，翁孫四代共扶持。水嬉亭畔聊乘興，不是風流杜牧之。

次韻寄孫琴西同年

幾人張丈幾殷兄，垂暮相思倍有情。世事佛言如夢幻，吾儕天使以詩鳴。只愁古井波將竭，看取新田莠已萌。猶賸積唐兩愚叟，漫歌一曲唱同聲。

日本人佐藤楚材字晉用，行年八十有八，賦詩徵和，爲賦此詩

一箋飛到詫伊誰，想見吟成笑撚髭。敢謂新羅知潁士，且同白傅和微之。人間矍鑠九旬叟，海外清和四月時。其生日在四月。安得牧山樓上坐，寫君玉貌倩徐熙。牧山樓，其所居也。

山居漫興

右台小住已兼旬，山館清閑迥絶塵。古佛分貽錫杖水，自法相寺西沿塢而上，有錫杖泉。老僧翦贈玉樓春。法相寺僧醒機，頻以牡丹花相贈。朝朝陶墅挑來筍，南高峯北麓有留餘山居，陶氏别墅也，地多筍，山僧每日來售。日日彭庵採到蒓。彭雪琴尚書退省庵守者，時采湖蒓相餉。

畢竟村居迥不同，有時譁語起兒童。亂飛樹隙黄頭雀，突入窗櫺鐵線蟲。蟲名也，有六足，形與枯枝無異。山中孤寂，不能不以健兒護守。夜静野狐鳴最苦，其聲呱呱然。朝晴山鳥語偏工。鳥聲甚多，不可辨。惟欣一樹薔薇好，枝北枝南白間紅。

朋舊爭來此款扉，清談有味可忘饑。紅堆斐几鶯桃熟，緑滿筠籠蠶豆肥。連日飽食此二物。略具茶盤僧有例，僧舍客至，皆以盤盛餅餌佐茶，余山居亦倣之。襍陳草具客休譏。今朝一雨無人到，山徑苔痕屐齒稀。

老夫天性本疏慵，久住山中興轉濃。箸料收來千个竹，山中有細竹，可爲箸，遠方親串爭來索取。杖材削得一枝蓉。屋邊芙蓉甚高，余曾斫其老榦爲杖。懶觀東嶽祠邊社，時值三月廿八日，鄰近東嶽廟香火頗盛。願作南高峯下農。時擬買山田數畝，爲山館之糧，然力未能辦也。戲唱村歌傳父老，好教樵牧和喁喁。

臨平襍詩

昔年曾住藕花洲，今日重來理舊游。猶有外家兄與姊，蕭蕭白髮總盈頭。春伯表兄與余同歲，伯蘭表姊八十有一矣。

史翰林居片瓦無，兒時蹤跡未模糊。如今畫入雲萍錄，史埭春燈第一圖。余童時寓居史家埭，乃史翰林故居也，有樓臨街，每元夕張燈，必登樓觀之。門下士張小雲明經圖余生平所游歷，凡四十事，爲《雲萍圖》，《史埭春燈》居第一。

馬家陜巷一條長，遺址難尋舊草堂。惟賸乾河沿畔屋，泥金曾照此門牆。馬家衖中屋亦余舊居，即所謂『印雪軒』也，今燬矣。惟乾河沿之屋，今陳氏居之，猶無恙，余中進士時居此屋也。

外家舊宅榖魂銷，六十年前事未遙。記得同依門檻看，斜陽人影戴家橋。外家姚氏屋亦無恙，今曹氏居之。其後門臨河，隔河有戴家橋，每夕陽返照，則橋上往來人影悉入橋畔人家牆壁之上，頗有畫意。余兒時與姚夫人共觀之。

大陡門前人語譁，市廛未改已全差。倘教再抱書包過，何處來尋賣餅家。大陡門乃市中極鬧處。余兒時抱書赴塾，親至餅家買餅，今不復存矣。

算有青山總似前，景星觀尚傍山邊。更來夕照庵中坐，細品山中一擔泉。宋時景星觀旁有東嶽廟，今則并而爲一，與夕照庵均在臨平山下。庵旁有一擔泉，泉小，僅可容一石，而千夫汲之不竭，故得此名。

舊游如夢認猶堪，且共孫曾一夕談。只惜悤悤難徧訪，午潮廟與永平庵。午潮廟演劇，童時屢往觀之；永平庵，則嘗讀書其地。

去歲今年兩度過，釣游舊地總情多。莫教補入臨平志，恐與丘丹一例訛。沈東江先生《臨平志》誤唐詩人丘丹爲臨平人，余曾辨正之。余寓臨平凡三十年，釣游舊地，不異故鄉，後世安知不與丘員外一例訛傳乎？

光緒戊子鄉試，余於順天、江南、浙江、福建、河南、湖北六省闈題皆有擬作，得文七篇，詩四首，合爲一册，每册賣洋錢十分之一，集有成數，寄上海賑局，助直隸、河南之賑，賦此紀之

去歲寫楹聯，一揮五十幅。賣得百洋錢，聊以振煢獨。去年秋冬間事。黄河決鄭州，海内盡輸粟。我亦効區區，杯水不自恧。今歲大比年，多士賦鳴鹿。山中一陳人，豈復名場逐。見獵心忽喜，弄丸手猶熟。偶成文七篇，如踏棘闈六。東坡擬對策，直言暢所欲。我則游戲耳，文心鬬場屋。遂令好事者，人人思寓目。傳寫疲鈔胥，災禍到梨木。老夫忽出奇，笑謂此可鬻。鬻此一千本，或比楹聯速。千而取百焉，值比楹聯薄。滬上諸君子，勇哉過賁育。集貲累巨萬，災黎徧蒙福。以此小助之，或可供饘粥。億萬飢民中，一二得果腹。太倉粟一粒，滄海水一掬。勿笑此戔戔，勿厭再三瀆。賣字又賣文，算我硯田沃。

梵書唵字歌

蔣澤山孝廉貽我梵書唵字，云刻石在陝西。有跋云：『義静三藏於西天取得此梵書唵字，所在之處，一切鬼神見聞無不驚怖。』又有太宗皇帝讚曰：『鶴立蛇行勢未休，五天文字鬼神愁。儒

門弟子無人識，穿耳胡僧笑點頭。』不刻年月。余以義静即義淨，斷爲宋太宗詩，因賦此歌。

義静三藏取經至，得此梵書一唵字。其字儼然如人形，上顱下趾無不備。附有太宗皇帝詩，蛇行鶴立稱其奇。惜無年月供探討，爲唐爲宋無人知。我聞唐僧有義淨，咸亨二年初發軔。遠慕法顯玄奘風，偏探鹿苑祇林勝。證聖元年還中朝，駝來經典千牛腰。閲歷二十五年久，經由三十餘國遥。其時臨朝乃武后，距貞觀元六十九。太宗貞觀之末年，義淨五齡未髫首。此字實由義淨傳，此讚非出貞觀年。太宗宋帝非唐帝，一言可決無疑焉。人言此字有神異，野仲游光皆歛避。右台仙館太荒凉，留向空山鎮魑魅。

壽星真形圖亦蔣澤山所贈

宋嘉祐八年，仲冬十一月。市有一異人，奇古無凡骨。飲酒不計數，百杯猶未歇。好事圖其像，流傳徧闤闠。遂動仁宗聽，野服許朝謁。賜之酒一石，狂飲如羌羯。司天忽上奏，壽星臨帝闕。再訪市廛間，其人倏已滅。徒令君與臣，相顧驚咄咄。至今傳其圖，千載幸無缺。廣顙豐顴頤，秀目鬒須髪。雙足森有毛，草鞋而不韤。人間壽星像，視此乃全别。惟其身甚短，不殊俗所説。雖有其詭異，終無其秀發。壽星見真形，拜觀豈敢褻。蔣子知我者，謂我好奇譎。爰命其猶子，摹寫窮豪末。遂令楮墨間，丰采儼如活。其上有跋語，託之邵康節。其然豈其然，斯疑未能决。事載聞見録，邵氏所采掇。不言康節翁，當日有此跋。吾爲作此詩，不必託前哲。兼擬寫萬本，鐫刻同碑碣。庶以廣異聞，非敢祈大耋。蔣君猶子名在鎔。

書室中偶來三客，蔡君芸庭年八十三，王君濟川年七十一，余年六十八，合成二百二十二歲，戲作小詩

三人二百二十二，屈指年華我最輕。戲學香山白居士，笑呼張丈與殷兄。

今年夏，余以孫女許嫁宗湘文觀察之子舜年字子戴。及江南鄉試榜發，子戴與焉，湘文觀察有詩誌喜，次韻和之

吳山越水迢遙路，消息傳來榜上花。宗姓者通榜止一人，亦榜花也。時余在浙中聞捷。得信已教姻婭賀，彭雪琴尚書輿疾來賀。題名猶恐弟兄差。子戴從兄弟同應鄉試者三人，其名下一字皆同，傳者猶以爲疑。深閨未向嬌孫說，廣坐先將快壻誇。弱冠妙齡纔廿四，老夫回首感年華。余領鄉薦時亦年二十四。

見説青年已有聲，一黌旗鼓冠諸生。七年前，子戴以弟一人入上元縣學。能文久播京華譽。門下士徐花農太史、女壻許子原水部都下書來，盛稱子戴年少能文，蓋皆聞之許春卿舍人者。繩武休虚里巷名。金陵城中有宗老爺巷，見上、江兩縣《誌》，乃宗氏始遷祖通政公所居。紫陌不勞偕計吏，湘文觀察將引覲京師，即挈之赴禮部會試。綠衣會見對延英。贈詩兼爲吾孫勗，湛賁登科彭伉驚。

嘉平十三日遣嫁孫女，疊前韻誌喜

廿四年前思往事，山妻一笑對黃花。孫女之將生也，内子姚夫人使一嫗卜問男女，嫗偶持菊花一枝而返，夫人笑曰：黃花乃女子之祥也。已先弱弟三年長，余孫陛雲小於其姊三歲。止較新郎兩月差。子戴與孫女同庚，但小兩月耳。婉娩聽從嬌女態，性情容止老夫誇。湘文觀察與余門下士馮夢香孝廉書，問孫女性情容止，余笑曰：皆好。門闌迎到乘龍壻，子戴入贅寒門。何減風流鄧仲華。東漢鄧禹年二十四封侯。

傳來臘鼓正聲聲，已見春從三九生。此夕洞房初合巹，明年金榜更題名。成禮之日，余製大金字八，縣樂知堂上東西兩序，曰『金榜題名』、『洞房花燭』。自憐門户清於水，喜見丰姿美似英。爲語右台猿與鶴，一鳴再聽不須驚。余今年於右台仙館聞子戴秋闈之捷，明年春闈報捷，余時或亦在右台也。

醉司命日，孫女偕壻同歸常熟，口占二十八字，示孫壻子戴

臨歧把袂頗難堪，老淚龍鍾與壻談。學得安昌侯一語，愛憐孫女甚於男。

至常熟，謁仲雍、言子墓，各賦一律

熟哉遺冢未沈淪，緬想高風儼可親。中子不援孤竹例，逸民直接采薇人。翻因讓國能開國，莫謂文身是辱身。千古完人應第一，兩全父命與天倫。仲雍墓。

鬱鬱佳城枕大岡，顔曾而外見文章。西河並世同傳教，南國千秋此破荒。偶試弦歌偕宓子，若論豪傑過陳良。一抔土在虞山麓，禹穴姚墟共久長。言子墓。

己丑正月，聞徐蔭軒同年拜協揆之命，時漢人三相，南皮爲丁酉同年，合肥爲甲辰同年，蔭軒則庚戌同年也。感白香山『五相一漁翁』之語，戲賦一律

五十餘年事，升沈迴不同。朝中三宰相，湖上一漁翁。曳履星辰上，挐舟烟水中。香山詩句在，聊可贈羣公。

送許氏第二外孫及四、五兩外孫女赴滇

萬里滇南路，難堪此别離。汝曹歸有日，吾老見無期。少小游偏壯，崎嶇到恐遲。日邊與泉下，何以慰相思。時次女亡久矣，壻在京師，外孫輩隨其伯父赴雲南禄豐縣任。

送彭雪琴親家還湖南

二十年來交誼舊，三千里外别愁新。回思歷歷夢中事，相對依依病裏身。君病未愈，余亦大發宿疴。人羨還鄉衣有錦，我憐攬鏡鬢如銀。惟期同保桑榆景，猶欠花前酒幾巡。舊有百杯之約，至今未竟。

書城隍歌

宋鄭祭四墉，事載於左氏。杜訓墉爲城，是卽城隍始。成都城隍廟，建自李贊皇。乃稽崇廟貌，初不由於唐。蕪湖舊有廟，赤烏二年建。可知三國時，祀已偏郡縣。凡物之所聚，其中必有精。聚久精氣厚，是以有神明。中霤與井竈，名殊理則一。既凝而爲精，斯孕而成質。吾家環堵室，積書固已多。積至數萬卷，高連棟與阿。其上巍然隆，其中窈然曲。雄關天府秦，危棧劍門蜀。古人擁書坐，謂可抵

百城。如我書室内，不媿書城名。有城則有神，有神則宜祀。書城隍之名，吾竊以義起。清晨一瓣香，敬爲書城隍。願神守書城，勿爲鼠蠹傷。人謂禮無徵，我謂神如在。除夕祭長恩，請以城隍配。城隍之祀，當以《左傳》所載宋、鄭祭四墉爲始。或謂即八蜡水庸。然水墉乃田間水道，非城隍也。

四月二十二日，爲内子姚夫人忌日，距其亡也，正十年矣，漫賦一律

年年此日一吁嗟，自隔幽明十載賒。孫不成名吾已老，貧仍如故病稍加。竟登耄耋誠無味，欲抱曾元未有芽。細事報君聊發噱，小浮梅檻又堪划。曲園中小浮梅壞，又修治之。

六月三日爲内子姚夫人生日，計其生年，七十歲矣，又賦一律

白頭偕老付空談，欲遣前情總未堪。一别十年年七十，又逢六月月初三。我生亦似燈將燼，世味真如蠟不甘。明歲嘉平初度日，可能同坐右台龕。

烏目山人王朝忠所書細字歌

其字凡五十有四，刻象牙爲胡麻形，兩面書之，文曰：『《詩》云：「樂只君子，民之父母」。

民之所好好之，民之所惡惡之，此之謂民之父母。庚午十一月書於印月山房之西，烏目山人王朝忠年七十有一。』以顯微鏡照之，行款整齊，筆畫清晰，洵奇作也。孫壻宗子戴孝廉以示余，因爲賦此。朝忠字蘊香，吳縣人，寓居常熟，有《護花廊詩草》。庚午爲同治九年。

昔聞覃溪翁先生，歲歲歲朝有故事。每於西瓜子上書，萬壽無疆四楷字。五十歲後目力衰，天子萬年字稍易。六十歲後力更衰，改書天下太平四。又於一粒胡麻上，手把毚豪恣游戲。一片冰心在玉壺，七字分明工且細。其後富陽董文恭，能寫胡麻亦其次。天下太平字不難，難於寬綽有餘勢。古來絶技誰能同，惟師宜官有此異。曾聞寸紙寫千言，究竟不知真與僞。異哉王君伊何人，有此奇能是宜識。刻象牙作胡麻形，與真胡麻形無二。執筆爲書大學篇，當日不知焉取義。詩云樂只至父母，二十九字密如毳。字分兩面各數行，其下年月無不備。烏目山人王朝忠，書於某年與某地。其地印月山房西，其年庚午今猶記。是歲七十有一齡，古稀老翁見者悸。異哉王君伊何人，豈非熙朝一人瑞。我於何所得見之，出以示者吾孫壻。老夫自愧目力孱，借光於鏡始能覿。豈惟字跡不模糊，更覺筆端饒嫵媚。眾手把玩懼銷磨，一家聚觀同愕眙。此技從來不多見，願爾珍藏勿輕棄。眉娘尺絹七卷經，以此視之亦何愧。倘逢老輩董與翁，吾知欣然定把臂。

九月之季，自杭還蘇，久雨之後，大水瀰漫，舟中率書所見

雨晦風瀟兩月連，推篷四望意茫然。長川浩浩都無岸，野水滔滔亂入田。童子操舟過橋上，老翁

淅米坐階前。臨流不少參天樹，今日看來僅及肩。

今年湖州各縣皆荒於水，而吾邑德清爲甚，聞之蠹然。因念去歲曾以擬墨一千四百本賣得洋錢一百四十圓，助直隸、山東之賑。余今歲亦有擬墨之作，乃援舊例，印一千本，每本賣洋錢一角，集成百數，寄上海施君少欽彙付德清賑局，以効杯水之助，賦詩紀之

故鄉昨日有書傳，話到窮閻實可憐。老我空存周急意，貧儒惟仗賣文錢。叨分阿堵青銅百，時洋錢一角止值錢百。廣印麻沙白版千。去歲發棠今又請，車薪杯水總戔戔。

余賣文助賑，以擬墨百本寄龔仰蘧觀察，每本售洋錢一角，乃承以十倍之直相讎，賦此謝之

集腋成裘未覺勞，戲憑筆墨換錐刀。書來忽拜百朋賜，文價俄增十倍高。君以千緡謝皇甫，我將一粥助黔敖。他年龔遂傳中看，此事雖微亦足豪。

詠東瀛二物

懷鑪以洋鐵爲之，形如片瓦，空其中，以炭屑裹紙爇之，可置懷袖間，故名懷鑪。

金錘熏香未足珍，東瀛佳製得來新。老夫冷盡心頭火，懷抱猶存方寸春。

齒磨形如粉，色微赬，用以擦牙，可去齒垢，故以磨名。

刮垢摩光用最奇，瓠犀能使白如脂。老夫零落殘牙少，留贈人間利齒兒。

余賣文助賑，已以洋錢二百寄上海矣。又念今歲以賑册屬代募者甚多，余杜門養拙之人，不能爲沿門托盋之事，因一并寄還施君少欽，而媵以賣文續得之洋錢二十，賦詩志愧，且謝不能

呼癸呼庚大可矜，自慙吾力竟難勝。須知中散閉關客，不是阿難托盋僧。惟有癡符聊可畫，敢求諧價再從增。一齊寄付施元長，愧此戔戔兩十朋。

誤也。

孫女自常熟寄詩來，次韻和之

冬來晴旭滿窗寮，日日清晨坐到宵。庭竹無風猶自戛，瓶花不凍尚須澆。病魔未共三尸斬，詩壘猶堪一戰挑。知爾紅閨將詠雪，尖叉險韻鬭蘇潮。韓如海、柳如泉、歐如瀾、蘇如潮，乃李耆卿語，今人輒云韓潮、蘇海，誤也。

德清蔡家橋有章菊泉者，以種痘爲業，年八十餘矣。今秋因久雨成災，禱天求霽無效，乃縊而死，其愚不可及也。賦詩哀之

天降秋霖不可止，有翁庭中跪不起。叩頭禱天求天晴，一雨四旬猶未已。額角流血膝爲穿，皇天高高不我視。翁力竭矣無能爲，中夜一繩雉經死。嗚呼此翁何其奇，爲民請命身殉之。其人能爲小兒醫，其家亦具中人貲。有子有孫不孤獨，八十九十將期頤。愚不可及乃至此，天高聽卑胡不知。雷霆曾爲匹婦下，山岳曾爲愚公移。至今晴檐長杲杲，或者天亦憐其癡。是可歿而祀於社，蔡橋土穀翁宜尸。豈惟下伍大官廟，兼當上配戴侯祠。異時村巫走報賽，絃管嘔啞歌我詞。大官廟、戴侯祠，皆吾邑土神。戴侯名繼元，宋延祐中以拯溺而水死，成神，封保濟顯佑侯。大官廟在新市鎮大官橋側。大官者，失其姓名，其人開米肆，歲大無，賤糶以予貧民，米盡，抱升斗赴水死，亦成神。

花農典試山西，歸途於平定州青玉峽得白石一，琢爲文具二，自京師寄贈，爲賦此詩

白石固晉產，見於詩唐風。粼粼與鑿鑿，不與他山同。我疑太行雪，終古難消融。千載化爲石，湍水相磨礲。遂令谿澗内，吐氣成白虹。徐子使三晉，驛路馳花驄。驚見青玉峽，茁此白芙蓉。采之質磊砢，叩之聲玲瓏。琢爲文具二，貽我曲園翁。近朱與近墨，隨其所遭逢。一爲印泥盒，一爲墨牀。要其本來質，皓然無汙隆。是有君子德，竊以勵我躬。老夫年七十，不慕喬與松。但求返太素，堅白完初終。

沂水劉次方給諫綸襄，今年分校禮闈，得余孫陛雲卷，謂其用筆迴不猶人，奇賞之，乃薦而未售，甚以爲惜，賦兩絶句，由花農寄示。因次其韻寄花農，并呈給諫

阿孫稚小未成名，虛費先生太息聲。想在青雲深處看，誤將籬鷃當焦明。

五星聚處夜沉沉，遙望龍門俯萬尋。但願舊栽花更好，不教姑負養花心。

再疊『寮』字韻兩首寄孫女

知汝裁箋傍畫寮，寄從昨日到今宵。膚寒或藉懷鑪熨，前數日，寄去東洋懷鑪二。氣順無煩肺露澆。聞嗽疾已愈，肺露治嗽甚效，吳市有之。杯酒香甜常酩酊，書來，言每夕飲酒。匣琴生澀嬾句挑。料應妝罷趨庭日，歸棹剛乘黃浦潮。計其君舅湘文觀察當從滬上歸矣。

日映簾櫳月映寮，憐余寂寞度昕宵。鬢毛久被嚴霜壓，肝木難憑聖水澆。時余發肝疾。世事嬾撐雙睫看，俗緣擬卸一肩挑。門前尚有求書者，苦遣分書學李潮。日有求書者，且約必作八分書，甚厭之。

十二月十七日，次曾孫女珉寶生日，適有餽鹿筋者，煮以啖之，戲賦一詩

今日汝生朝，明歲汝年六。啖汝以鹿筋，願汝壽如鹿。

庚辛編　春在堂詩編卷十三

庚寅正月十五日立春作

元旦春，人稱奇，我生以後兩遇之。道光九年、光緒十二年皆元旦立春。元宵春，同一律，七十年來始遇一。昔聞竹垞翁，謠諺徵三農。立春值元旦，百歲人難逢。此説不足信，讕語欺兒童。試從元至元，追數宋寶祐。三十八年耳，誰云不易覯。無怪竹汀翁，笑其所見陋。我謂不如元宵春，請將歲月從頭掄。上溯嘉慶十九年甲戌，是年亦元宵立春。下逮光緒十六年庚寅。老夫自憐生太晚，要問世間七十七齡人。

花農在京師，有從山西以汾水鯉魚置冰中以餽者，卽轉寄吳下餉余。洗釜烹魚，欣然舉箸，爲賦此詩

冰中鼷鼠冰中蠶，至陰中有生機含。是以膳羞供冰鑑，可免魚餒肉不甘。故人貽我金色鯉，此鯉得之汾河水。自晉至燕燕至吳，負冰而行四千里。昔食湘水魚，漬之以鹽形如腒。前年彭雪翁曾以湖南鳙魚見餉，甚大。今食汾水魚，藏之以冰仍鮮腴。我命雙鯉傳還書，書中多謝城北徐。附以小詩供軒渠，算我

咀嚼冰中蛆。

百花生日，曲園小飲

老夫不自作生辰，免費山廚酒一巡。偶向小園陳草具，爲將初度祝花神。青陽好景無多日，白髮衰翁已七旬。莫怪欄干頻徙倚，殘年能更幾回春。

陳寶渠太守福勳以貝多葉十番見贈，賦謝

我聞貝多有三種，西域寫經皆用之。多羅多梨用其葉，部婆一種用其皮。葉長尺半廣五寸，貓頭筍殼無其嫩。卻能遠歷五百年，竹膜楮皮功盡遜。佛法淩替耶蘇興，三印度國無一僧。英吉利人據其地，徧栽罌粟如田塍。貝多樹亦無顔色，空留舊植三婆力。太丘道廣富交游，得此新從舍衛國。西戎卽敘路迢迢，佛性堅牢喜不凋。十葉何殊金十笏，愧無詩句和張喬。唐張喬有《興善寺貝多樹》詩。

題花農《晉闈選士圖》

皇帝龍飛親大政，詔舉慶科羅傑儁。徐陵吾黨舊知名，御筆標題赴三晉。禮部題請放正、副考官，皆御筆

親書姓名。同事欣逢謝幼輿，是科山西正考官，爲謝君雋杭。同年同讀玉堂書。涼秋七月聯鑣出，突兀天門度使車。自京師至晉，所經山道有四天門。天門度後龍門啓，門外森嚴置蘭棨。如玉如英采晉材，豈輸蘭芷生沅澧。偶將瓜果供蟾宮，敬以精誠達上穹。晉國自來多大駔，河汾豈敢忝文中。多少經生頭盡皓，論才未厭馮唐老。但求器識稱文章，不必門生盡年少。更念孀閨節婦兒，百年冰檗苦支持。欲酬雪柏霜筠意，惟有墳頭桂一枝。中秋夜，豫東屏中丞餽瓜果，花農仿吳中風俗，陳瓜果祭月宮，并焚香籲天，願多中耆宿及節婦子若孫。果然佳士聯翩至，拔茅連茹居其四。解元段成章、第二張棨、第三王珮瑤、第四吳觀亨，皆花農所定。雙凫乘雁不須拘，自來兩主考分雙單名取中。一鳳高飛三鳳次。知名半是老諸生，花農所取，果多耆宿。撤棘開門衆論平。更有孤寒三十輩，家家有母是陶嬰。又有三世守節者之子孫及節母之子三十餘人。避暑宮前秋正好，繫舟山下寒猶早。悤悤一拜汾河祠，輕車歸去長安道。花農出闈六日卽行，但至汾河神祠一瞻禮而已。歸途秋色滿旌旗，猶是金風玉露時。背水陣邊搜漢石，過井陘，於淮陰侯背水陣處得一奇石。壽陽驛裏和韓詩。過壽陽驛，和韓文公詩。天顔甚喜歸朝速，是科，各省考官，惟山西覆命獨早。僚友爭求程墨讀。篋中出此一圖看，心秤公平儼在目。明遠樓頭鼓角高，不知佳節過題餻。九月初十出榜。昔年曾玩金臺月，花農於乙酉年分校京兆秋闈，有《瑣闈玩月圖》。一例留簪青瑣毫。花農近著《青瑣簪毫記》，載館閣及科場事。老夫老向吳中住，喜見日邊傳尺素。披圖讀此十篇詩，漢畫唐碑何足數。花農以漢周勃所畫壽星及唐清河王紀功碑搨本見贈。然余謂：漢畫非真也。更幸高門世澤留，好將嘉話播杭州。請看選士晉闈日，正是西堂得桂秋。花農以其從弟珂是科浙江中式，賦《西堂得桂》詩四律。

閏二月歌

二月爲花朝，八月爲月夕。置閏得遇之，人情良所適。如何嘉慶癸酉年，置閏當在九月前。先是彗星出西北，奏請改閏由司天。乃以癸酉閏八月，改爲甲戌閏二月。不知當日議如何，曷不上稽康熙之戊戌。嘉慶十七年辛未，彗出西北方，欽天監奏改癸酉閏八月於次春二月，於是俗説有謂本朝不宜閏八月者。其實康熙五十七年戊戌，固閏八月也，説見禮親王《嘯亭襍録》。嗣後八月閏再逢，龍飛元年咸與同。咸豐元年、同治元年皆閏八月。惟閏二月遇者罕，未嘗再見孤星中。試從庚寅溯甲戌，歲星六度周蒼穹。老夫今年七十歲，竟難以此詩兒童。再援元夕立春例，敬問世間七十七齡翁。自嘉慶甲戌，至光緒庚寅，七十七年，與元夕立春同。余前詩所謂『要問世間七十七齡人』也。

有鸜鵒者，畜之逾月而死，葬之牆外隙地，以詩代誌

天生慧種出滇中，有客攜來自粤東。江建霞庶常自粤東歸，攜以見贈，云本滇産。綠鬢朝雲借名字，金輪武媚冒家風。修翎已見絛絛長，巧舌方期語語工。丹趾翠衣竟零落，鴛鴦冢畔葬氄毴。往年有兩鴛鴦死，亦葬其地。

藺村廟

昔吾先王母，求子藺村廟。已而如所求，欣然子在抱。是卽吾先君，年譜今可考。事見先君自撰年譜。亡婦姚夫人，垂暮未有孫。乃援故事請，弧矢懸蓬門。先室姚夫人於丁卯年求孫於藺村廟，逾年而陛雲生。是神與吾家，有大功德存。爰考藺村廟，已見於宋代。春渚紀聞中，曾將靈蹟載。宋何薳《春渚紀聞》載有藺村大王事。七百餘年來，廟貌巋然在。不知始何年，求子者趨之。神理固難測，世俗安能知。不見任彥昇，今爲眼目司。吳中有眼目司神廟，所奉卽任彥昇也。老夫年七十，關懷在似續。亦援故事請，不嫌再三瀆。但求子生孫，五世蒙神福。

西湖褉詩

悤悤兩日走飆輪，時借小火輪船名萬和者，曳帶而行。剛好鶯花三月新。閏二月晦到西湖。太末移來一拳石，唐藝農觀察來攝臯篆，以常山縣石洪溪石命健兒負以相贈。曲園帶到數枝春。時於吳下曲園折褉花數枝插瓶，帶至湖上，供亡婦姚夫人之前，欲其粗領年來曲園風景也。休嫌已過踏青節，猶喜來逢脩褉辰。只怪故人吳季子，龍泉寶劍贈何人。同年龍泉吳冠齋世珍，以龍泉劍見贈。余老矣，雄心消盡，殊無所用。

一到西湖便是家，老夫幽興近來加。掘來園內貓頭筍，連日食筍甚美。採得山中雀舌茶。時向墳鄰湯姓者乞得清明節前所採茶少許。嬾著青鞋踏谿澗，自丙戌秋後，久不作九溪十八澗之游矣。喜從白首話乾嘉。法相寺僧醒機年已八十，話西湖舊事甚悉。惟憐退省庵中叟，老病龍鍾音信賒。雪琴尚書臥病家居，久無親筆書矣。

布衣蔬食向來堪，隱士家風事事諳。麥秸粗疏編作扇，時以青蚨十二，買得麥秸扇一柄。竹筠精巧結成籃。杭人編竹爲小籃，於香市賣之，甚精。飽嘗蒓菜柔還滑，細嚼茅根澀亦甘。掘茅根食之，亦殊有味。攜得曾孫隨杖履，不嫌嬌小髮鬖鬖。謂曾孫女琎寶。

湖樓山館儘荒涼，時有賓朋集草堂。戲仿淘真作平話，前年，從潘伯寅尚書處借得《三俠五義平話》，戲爲改定，易其名曰《七俠五義》，今滬上已排印成書，盛行於時矣。淘真亦作陶真，乃平話小説之類。宋時有此名目，汴京舊俗也。閒繙串雅檢單方。丁松生大令刻趙氏學敏《串雅》未成，先成《内編》，余從書局得之。『單方』二字，見《直齋書錄解題》，有《本草單方》三十五卷，王俣撰。披裘藉禦晨窗冷，揮箑還招午枕涼。寒燠不時，一日之中，箑裘並用。惟有一端殊自笑，未忘孫輩踏名場。時孫兒陛雲與子戴孫堉同赴禮部試。

花農以去歲典試山右，遠寄牲醴之資，屬爲祭告亡婦姚夫人。乃於右台仙館設祭，并焚寄一詩

秋風使者出衡文，初駕輶軒意自欣。千里歸來西晉路，一杯祭告右台墳。蘋蘩奠醊剛初夏，是日立夏。杞梓蒐羅到彼汾。料得九泉應色喜，老夫詩報老妻聞。

余既成《西湖襍詩》四首，山中小住旬餘，又得七律四首

綠雲繞屋樹參差，又到清和首夏時。時已立夏。青粈飯香留客共，立夏日，有餽烏米飯者，即道家所謂青精飯，亦名青粈飯。紅藍花好乞僧移。從淨慈寺雪舟上人乞得臙脂花數枝，移歸種之。戲書福壽雙脩字，山中無事，偶寫草書「福壽」二字，如兩人對坐之形，刻版摹搨，以貽好事者。廣索山林襍詠詩。詁經精舍三月望課，余命諸生賦《山中襍詠》詩，凡二十題，曰山房讀書、山齋延客、山家訪友、山寺尋僧、山洞攓雲、山梁步月、山谿聽瀑、山田看耕、山轎晨游、山廚午爨、山泉煮茗、山果釀酒、山竹翦箸、山松斧薪、山花插瓶、山石供几、山雞報曉、山鳥噪晴、山蔬供饌、山藥延齡。雖爲農桑祈霽色，草堂卻喜雨如絲。雨則山中愈靜。

自來山館已旬餘，剝啄柴門無日虛。垂死鄰童還乞藥，有鄰童，病已不治，日來乞藥，未知能活之否。慕名野衲亦求書。山中諸僧，時來求書。詩文一任流傳濫，求詩文者甚多，率爾應之，不計工拙。賓客休嫌禮數疏。余在山中，惟以便衣見客。忽訝鳴騶震泉石，輶軒使者此停車。潘嶧琴學使入山相訪。

宵來踞坐此胡牀，婦孺依然共一堂。喜有行庵便游覽，黃山谷有《王良翰行庵銘》，云「翦楼作廬，駕以人肩」。余雖無此製，然有小轎，亦頗輕便。愧無立饋嬾收藏。宋沈括《補筆談》云：「大夫七十而有閣，閣者板格以皮膳羞，正是今之立饋。」按此，知今人呼廚爲櫃，乃宋時立饋之遺語，字當作「饋」。余居山中，有餽盛饌者，輒以無廚櫃卻之。辟除瘴癘惟宜酒，消釋霉黷賴有香。卻喜春光似秋色，滿山開徧野花黃。山中有草，開黃花，徧地皆是。乃悟張季鷹《襍詩》賦暮春景色，而有「黃花如散金」之句，殆卽此種。

庭前新結竹籬笆，莫笑山居小似蝸。日下門生醊清酒，徐花農太史以去年典試山西，遠寄牲醴之資，屬爲祭告亡婦。湘中勁旅掃閑花。劉吉園總戎命健兒數輩入山，干掫之外，兼助掃除。淚因傷逝頻頻墮，時新得彭雪琴尚書騎箕之信。餐爲扶衰稍稍加。晚食向只粥一甌，入山后，易以飯半椀。一事自慚真鹵莽，亂塗真草整還斜。求書者多，日不暇給，率以行艸書應之，不輕作篆、隸書矣，殆亦衰徵也。

哭彭雪琴尚書一百六十韻

公功在天下，公名在國史。四海所推崇，百代所仰企。此不待吾言，吾言不在此。惟懷姻婭情，請溯論交始。同治之八年，太歲在己巳。公初謝兵符，養疴游浙水。西湖第一樓，巋然西湖涘。公謂此樓佳，於焉駐鞭弭。我亦適來游，一見承倒屣。走筆畫梅花，權作屋租抵。公於己巳年來浙養疴，借居余詁經精舍第一樓，畫梅花一幅見贈，題詩云『一樓許借元龍住，畫幅梅花當屋租』。此吾兩人訂交之始。自此交益密，自此情益昵。乃禮切。清游踵相接，高談掌共抵。詩筒倡和百，酒座往回幾。爲我飯置糜，公喜食硬飯，余至，必令廚人具軟飯相待。爲我酒設醴。以余不飲故。相交二十年，有若昆與弟。及至壬申年，公入覲天子。乃權本兵職，乃觀大婚禮。兩江適虛位，朝議惟公以。公堅乞骸骨，請歸守桑梓。有詔命巡江，歲歲必躬履。公受詔南還，訪我於吴市。仍假第一樓，聊以寄行李。我時獻末議，所議良亦韙。西湖湖裏湖，三潭印月俗呼湖裏湖。三塔尚鼎峙。長橋九曲折，有若珠穿蟻。東北隅隙地，彌望草蕤蕤。於此築精廬，當不讓湘澧。公聞而欣然，短章奏黼扆。臣有退省庵，衡陽舊鄉里。西湖亦築庵，庵名卽同彼。巡江至下游，願於此休止。於是工始鳩，於是材更庀。不半載樓成，樓小屋亦庳。與我第一樓，相望如尺咫。坐上麈同揮，門前舟共艤。嘗作西溪游，扁舟入蘆葦。共飯於∴庵，∴乃梵書伊字，山中庵名。坐有老學使。謂黃恕皆侍郎。一壺兩楪子，陶然共舉匕。每人具酒一壺，蔬菜兩楪。又作雲棲游，山中走邐迤。石公爲主人，楊石庵制府時撫吾浙。殽嘉酒亦旨。公卽席賦詩，詩成不逾晷。右筆左持杯，豪氣出十指。我偶與公言，縱談西湖美。九谿十八澗，幽秀無與比。公卽發高興，遙指白雲裏。乘樏共入山，愈入愈可喜。山壓人面前，泉流我足底。攝衣渡清泠，披襟坐嘉卉。公舍輿而徒，回頭轉我徯。大叫驚林烏，健步逐山麂。臨流兩踝没，登高一足跬。我謂君此游，山靈笑欲死。不是游名山，竟是摩賊壘。一時游戲語，亦足見奇偉。前後數寒暑，年年駐旌棨。我本梁伯鸞，賃廡不自恥。偶爾營曲園，公喜爲啓齒。太歲在丁丑，承公枉玉趾。我孫甫十齡，攜向尊前侍。一見大稱賞，頗不謂鄙俚。腰間漢玉佩，手解手親遞。遂合二姓歡，永受百年祉。丁丑歲，公至吴下，余攜孫兒陛雲出見，時甫十歲。公一見大悅，解漢玉佩贈之，遂成二姓之好。及乎戊寅冬，吾婦病類痞。公勸游西湖，庶幾病可已。是年俞樓成，我猶未及視。公謂太隘小，垣成乃更毁。廓而使大之，依然相連纚。鑿就泉瀏瀏，疊成石𡾰𡾰。徐辟與彭更，佳話徧遐邇。杭人有以『俞樓』二字爲謎，射《四書》人名二，曰徐辟、彭更，謂花農創之，而公更擴大之也。己卯歲二月，春風正旖旎。我與婦偕來，牽率到奴婢。公時聞我至，卽起命船欐。攜來酒滿壺，佐以肴填樏。黃道卜良辰，紅箋聘媒氏。蓋篋出金釵，寒廚洗瑤篚。良緣從此結，大禮不嫌菲。湖光山色中，盛會殊濟濟。誰料樂生哀，迭嘗荼與薺。吾婦踰月亡，老夫爲隕涕。傳語親家翁，吾衰可立俟。逝者已九原，存者不可恃。願孫早有室，及我未爲鬼。公亦憐此意，報我書曰唯。庚辰臘嘉平，月望非有朏。卜吉在十二月十六日。燈火照軒楹，笙歌震階戺。堂前玳瑁筵，牀上鴛鴦被。攜來小比肩，穠華壓桃李。市兒詫丰姿，坐客問年齒。自我所寓廬，至公所居邸。相距半里遙，往來不嫌駛。揖讓忘主賓，嘲詠襍汝爾。臘鐙爲公挑，春酒爲公釃。吟箋傳輿儓，禮幣及娣姒。守歲坐團欒，憂時語歔唏。無何海氛惡，邊郵苦難敉。詔下命督師，公老起撫髀。昂首望南天，海雲何靉霼。戰士未裹糧，輿圖先聚米。羊城勢固雄，虎門實相踦。列營宜鉤連，築壘更崎嶬。公時在軍中，甘苦共下士。張我黃皮室，庋我烏皮几。其上設枕簟，其下置釜錡。零丁洋風濤，大黃滘泥滓。一一躬受之，病遂深入髓。孔明入不毛，伏波征交阯。勞或與公同，功未足公擬。三年躬況瘁，百蠻魄盡褫。遙望越王臺，不敢發一矢。試與鄰境衡，孰臧而孰否。民咸曰休哉，而公死此矣。聞公病戎幄，經月不動履。驟聞吾孫捷，躍起躡鞮䩥。如此意拳拳，足徵情亹亹。公歸自粵東，笑口又一哆。是何蘭房中，不夢熊夢虺。我抱女曾孫，其前尚有姊。攜之以拜公，瑤環而瑜珥。遂開湯餅筵，金樽連日洗。公時尚能飲，兼能啖餅餌。雖已病支離，或未傷根柢。儻可臻期頤，不憂遽委靡。自此又六年，年年共栖匜。一見一回老，病勢加倍蓰。心血吐已空，形骸枯若枲。有手不能動，有足不能跂。有口不能言，有舌不能舓。莫禁射姑旋，竟遺廉頗菌。猶憶戊子春，遺我以雙鯉。尚是親筆書，此後無一紙。去歲遇禾中，清淚爲公泚。逖矣此歸途，殆哉此病體。深懼半途中，或竟長城圮。歸帆告安穩，私心竊自揣。明知病無救，猶疑未及是。乃聞歸家園，展轉在牀笫。既未減沈疴，又且困瘡痏。一朝謝塵寰，飄然騎箕尾。失此老成人，安危更誰倚。即今論大局，猶未登上理。橫海有長鯨，伏莽有封豕。安得盡如公，以爲天子使。庶幾制夷狄，不必煩鞭箠。然此公論耳，公論人所紀。吾但論私情，私情固在已。二十二年來，臭味共蘭芷。詩文必互商，道義亦交砥。笑貌猶在目，聲音猶在耳。重登一寄樓，淚盡目爲眯。側聞建公祠，卽在水中沚。行當籲臺司，疏請陳籩簋。嬌孫公所憐，爲婦亦媞媞。已命營齋奠，素服易羅綺。吾孫試春闈，能否拾青紫。得公此噩耗，定亦有餘悢。吾家西齋中，一榻爲公庋。憶否去年秋，閑軒猶一啓。公旣返太虛，塵事豈復記。拉襍書告公，聊以代些只。我今年七十，亦與風燭似。不久從公游，扶桑到濛汜。

四月二十二日，亡婦姚夫人忌辰，焚寄

歲歲年年風景同，光陰荏苒一星終。十二年矣。自憐我老還多病，惟盼孫賢略慰翁。歷試三科仍未第，連生兩女竟非雄。黄泉不久應相見，何計酬君屬望隆。

余今年七十矣，犬馬之齒，不足言壽，預賦一律，敬告同人

休道人生七十稀，年年此日一欷歔。父憂母難何言慶，漏盡鐘鳴久擬歸。逆旅已知身是寄，畸人本與世相違。諸君莫費殷勤意，留唱虞歌送襚衣。壽言壽禮，概不敢領，請留作輓歌及賻賵之禮。

詠老

未老年華已早衰，況今年老更衰羸。齒疏久廢剔牙杖，骨痹頻施敲背椎。坐處每須長枕倚，立時亦藉短笻支。我生七十便如此，不信人間有耄期。

病魔從我廿年賒，境迫桑榆勢更加。朝忌葷腥餐白粥，每晨喫粥，不用鮭菜。暮防腹削啜紅茶。茶有紅綠，綠者尤損人。蓄痰成飲酸頻嘔，積癖生瘍癢屢爬。始信有身真大患，老聃此語竟無差。

自入名場五十春，姑以二十歲爲始。而今非復舊精神。詩文謄寫多塗乙，書札標題誤日辰。容易遺忘藏弆物，最難記憶往來賓。莫嫌報謁遲遲甚，名氏模糊想未真。

端居深苦食難消，襆沓賓朋又畏囂。回憶兒時翻覺近，偶思門外便如遙。抑搔賴有童孫侍，膳飲全憑子婦調。留此人間一長物，作詩自歎自相嘲。

夜游曲園，籠燭數十枝以代月，漫賦一律

良宵安得月當空，絳蠟高燒亦與同。燈佛光明堪繼日，燭奴圍繞喜無風。分懸樹杪疏還密，倒映波心綠間紅。老我暫時猶健在，不辭嬉戲共兒童。

今年六月大風，園中楊柳枝條爲風吹折，故秋宵得月較往年爲多，疊前韻成一律

試從良夜望長空，覺與從前迥不同。掩映清光雖有樹，芟除密葉喜因風。虚堂頓覺新生白，險韻重拈舊限紅。壬午年，孫兒女月下賦詩，有『紅』字韻。但願年年多得月，不嫌稍減蔭童童。

書湯貞愍公殉難事略後公之孫曰世佺者所述

咸豐三年春，二月乙酉日。爲初十日。賊攻儀鳳門，金陵勢岌岌。湯公率練丁，大呼出擊賊。遇賊於鼓樓，衆寡固非匹。籠東各四散，公怒猶狂叱。家人强扶持，同入李氏室。拔刀欲自刎，奪刀人繞膝。謂公且無死，聞賊已奔逸。公亦色有喜，傳言招潰卒。寓書上元令，火速具糧食。是時天曛黄，白日已西匿。爰與鄰里輩，仍効扞掫職。行夜夜至丙，街衢闃無色。寂不逢一人，羣情憂且惑。上元使者歸，一一口爲述。制府已授命，重城已全失。鄰里各散去，公惟仰太息。扶歸李氏居，勸公姑勿急。暮夜偵探難，黎明當得實。俄而東方明，犬聲起餱餱。一夫乘垣窺，賊幟滿南北。公乃曰信矣，吾計有所出。或刎或雉經，死狀良可惻。汝曹覩此狀，能無心惴慄。不如赴清流，此死安且吉。乃賦絶命詩，從容自命筆。詩成欲啓户，家衆跪而泣。此居幸僻静，出户事難必。萬一與賊遇，不得死淨域。安坐

待宵深，庶免逢鬼蜮。公笑而頷之，計定何必亟。且圖與汝曹，團坐此片刻。丙戌夜子時，無月一天黑。公曰此其時，汝曹無我尼女乙切。遂出後門行，有水清且溧。向北九叩頭，臣死有餘責。又向東叩頭，先塋遠難卽。褰衣自赴水，猶手一椰栗。有女實從之，公第四女歸王氏者。忠與孝爲一。倉卒不得棺，衾裯裹嚴密。葬之竹園中，實在菜圃側。公本將帥臣，嫻雅通儒術。與我先君子，相交深翰墨。久聞公死事，死狀未詳悉。公有從曾孫，名鞠榮。從游登我閾。出示此一編，明白無差忒。念公已家居，不死有誰逼。乃持一念堅，不顧羣情曬。慷慨又從容，良由其志壹。曾子易簀斃，季路結纓踣。以今方古人，如公復何恧。我爲此詩歌，可補國史佚。

題陳恪勤公畫像

遺祠幸未委蓬蒿，公祠在葑門外。遺像真堪壓鄂褒。蚯蚓矢難汙潔白，聖祖南巡時，有置蚯蚓矢於行宮御坐前，欲以傾公。蜻蜓賦已寫清高。公九歲作《蜻蜓賦》。勵精敢負初年誓，公初入官卽誓天，以清白自勵。盡瘁安辭末路勞。公卒，世廟有『鞠躬盡瘁』之諭。賦不可加官可罷，長教江左被恩膏。兩江總督阿山欲增地丁耗羡，公力爭曰：『官可罷，賦不可加。』

九死孤蹤亦可驚，保全端賴聖聰明。朝衣幾戮鼂家令，藜杖仍還劉更生。公再論死，皆蒙恩免，命入武英殿修書。宰相一言迴主聽，謂李文貞。小民萬户署官清。公知海州日，值歲除，民間皆署『官清民安』四字於門。兩番被逮拘囚日，市井號咷盡哭聲。知江寧，知蘇州，兩次被逮，民皆爲罷市。

漕河兩節拜恩濃，以河督兼署漕督。自以精誠達九重。夢兆生同岳忠武，公生時，母夢一大鳥，故名鵬年，與岳忠武事同。祠堂死配海剛峯。江南祀公名宦，以配海忠介。孤忠雖受當時忌，正學終爲後世宗。自是衡湘鍾間氣，森森松柏在隆冬。

一生宦蹟未銷磨，豈獨蘇臺受賜多。出手經綸先赤縣，公初仕，官浙江西安縣。到頭心力盡黄河。終於南河總督任。姓名已足驚魑魅，公守蘇州時，吳人書公名於門，以驅疫鬼。方藥猶堪起疾痾。吳人有疾，於公祠中求方，頗效。見説三吳諸父老，賽神歲歲舞婆娑。吳人呼公祠爲陳太爺廟，報賽甚虔。

偶於吳蔗農孝廉處借小書數種，觀之，漫賦一律

老去深知精力孱，舊時學業半從删。拚將暮史朝經力，都付南花北夢間。楊蓉裳以《天雨花彈詞》、《紅樓夢平話》並稱，謂之『南花北夢』。往日虚名真自誤，異時俗論莫相訕。驪山女紀文君傳，擬闢名山山外山。余擬以《史》、《漢》所載驪山女事爲《驪山女紀》，即世傳『驪山老母』也。又以今世祀梓潼文昌帝君，謂即高眹《禮殿碑》之『梓潼文君』，擬撰《梓潼文君傳》，然亦徒存其説而已。

西湖六絶句

西湖烟水足清娱，紅樹青山儼畫圖。只惜未除人事擾，愛西湖又畏西湖。每到西湖，應酬繁冗，意甚畏之。

吾孫北上到皇都，南下衡湘萬里途。余孫陛雲春間入京會試，秋間又至衡州弔彭剛直，南北往返，萬里有餘。我只一汪看死水，嘉慶間，成親王有詩嘲一内監，云「一汪死水謗西湖」，見袁隨園《詩話》。畏西湖又笑西湖。

彭庵往事未模糊，往返扁舟興不孤。今日淒涼祠下拜，笑西湖又哭西湖。

待尋十景舊規模，花港蕭疏麯院蕪。惟有功臣祠數處，哭西湖又惜西湖。

年年依樣此葫蘆，二十三年不少殊。山色湖光皆見慣，惜西湖又厭西湖。

殘年七十日西徂，未卜明年健在無。攜得曾孫同眺望，厭西湖又戀西湖。

《張船山集》有《觀我詩》四首，命詁經精舍諸生擬之，因亦同作

未到無生便有生，由來此事誤非輕。年年描畫葫蘆樣，日日支撑傀儡棚。籬溷簾茵隨所適，趙丁李丙強爲名。須知入世多煩惱，聽取呱呱第一聲。生

衮衮年華去似雲，滿頭霜雪已繽紛。青燈尚憶兒時味，黄土將營身後墳。朋舊凋零渾欲盡，孩童嬉戲轉成羣。莫言晚景猶堪愛，太息人間易夕曛。老

晦明風雨盡爲疴，氣血俱衰可奈何。方劑君臣難配合，鼎鑪夫婦欠調和。病魔來似空中箭，俗言「病來似箭」，此語深合「疾」字從「矢」之義。醫手操將暗裏戈。我視此身如槁木，不勞師利問維摩。病

莫將天壽較彭殤，同是黄粱夢一場。空向名流乞銘誄，虚留子姓奉烝嘗。仙家尸解終銷滅，佛説輪迴更渺茫。還我本來了無物，不從石火再爭光。死

冬日園中小集

連日晴和雪未來，園林猶可暫徘徊。且攜冬釀一尊酒，來認春光數點梅。甌茗香浮青橄欖，盂羹豔糝紫玫瑰。余以玫瑰花乾瓣糝羹中，頗有香味。吾生如寄姑行樂，莫問消寒弟幾回。

十二月二日，至象寶山送長女壻王康侯之葬，有感而作

回思二十五年前，迎到王郎正妙年。壻於丙寅年入贅寒門。門第烏衣仍未改，壻爲文勤公次子。科名金榜竟無緣。壻久困場屋。欲爲先世存遺蹟，王氏本由蘇州遷寶應。不礙他鄉卜墓田。七十衰翁初度日，山中親送汝歸泉。老夫今年七十，是日即生日也。

嘉平二十四日，爲弟二曾孫女珉寶上學

最小曾孫最所憐，髫髫短髮未垂肩。杯盤略具先生饌，即以王氏大外孫爲師。章句初開大學篇。授以《大學》四句。啓發聰明宜破日，是日爲破日，余謂於破蒙最宜。祛除懵懂避盲年。明年無立春節，俗謂之盲年，不宜上學，故於臘尾行之。幾時有弟同書塾，莫使衰翁望眼穿。

辛卯元旦試筆

天假我年到八十，亦止三千六百日。試以三千六百錢，日日清晨去其一。自十而百百而千，錢貫一年短一尺。老夫殘年亦如此，而況八十那可必。請從辛卯元旦始，固已銷除一錢訖。

穀日之夕，於園中放花爆爲戲

迅如掣電豔如霞，好博兒童一笑譁。錯落夜珠奪明月，玲瓏火樹吐銀花。世情陽燄同無著，文筆光芒或有加。未到元宵豫行樂，老來景物不嫌賒。

上燈日作

自入新年旬日餘，宵來寒氣未全除。坐間猶擁金錢豹，有餽豹皮者，置之坐上。盤内常陳土附魚。連日食此魚，甚美。老嬾無能真廢物，清平有味是閑居。試燈風裏聊從俗，莫使元宵景物虚。

歸王氏長女頻來，喜賦一詩

相違半里儼比鄰，每到吾廬不浹辰。少日深愁兒女累，老年翻喜往來頻。無煩竈妾添饔饌，已戒閽人婉謝賓。小小園林堪小坐，老梅猶賸數枝春。

天山赤松歌

亦稱萬年松，出西域伊犂山中，古之天山也。松高幾及千丈，有僵踣山谷者，皮色變赤，厚可數尺。紀文達《閱微草堂筆記》曾載之。武林趙恕軒《本草拾遺》載松皮膏，卽此松也。汪寶齋司馬以一片見贈，余鑿成小山，空其中，而爇香其下，使烟氣自穴出，如雲出山中，亦頗可玩，爲賦此歌。

祁連山高不知幾千億萬丈，乃有羣松簇簇欲與山爭高。蒼鱗翠鬣，歲久化爲赤赤松，仙人安知非其曹。龍顛虎倒臥山谷，赤虬夭矯澗中伏。偷鑿片鱗殘甲來，壓斷明駝千里足。傳聞天山萬年松，可入仙家千金方，以治血枯功最良。老人病欬久不愈，一勺入口如瓊漿。昔年紀文達，親至塞外見其異。趙氏補本草，收拾藥籠不敢棄。汪倫贈我長尺餘，何異投我瑤與琚。略施雕琢用人力，居然一角峯巒如。人驚雲氣滃滃出巖穴，不知其下爇香其中虛。嗚呼，此松絕遠不易得，我得玩之几席側。蒼官非復舊時容，舉以示人人不識。爲作天山赤松歌，五臺白松天台金松相對總無色。

二月十五日，園中玩月

孤燈如豆嬾頻挑，小步園林破寂寥。初不擬出，及至園中，洋鐘八擊矣。且進紅茶當緑酒，余不飲酒，惟啜茗而已。是夕婢以紅茶進。最難月夕即花朝。二月十五日亦稱花朝。寒威自喜衰能耐，清興須知淡更饒。明夜無風期再至，不教辜負此春宵。

十六日，又至園中玩月

昨宵有約不容差，今夜清光比昨加。滿地竟如流水浸，長空并乏片雲遮。老梅零落猶餘馥，新柳蕭疏未放芽。忽訝瓊林高出屋，誰知元是玉蘭花。時玉蘭盛放，月光照之，竟似玉樹。

十七日又至，是夕月初不佳，已而風起雲開，清光大勝

連宵景物尚依依，何意清光此夕微。賴有好風作鞴扇，遂教明月脱蓑衣。吴俗以月在雲中爲蓑衣月。辛夷照耀仍堪愛，丙夜流連不忍歸。料得西湖應更好，湖樓遥望興遄飛。

鏡屏串月歌

春在堂西偏設一鏡屏，月望前後數夕，於月當午時，從鏡中仰視天上，月化一爲五，竟如一串，但末後一月稍淡耳。乃悟石湖串月，亦止如此，爲賦此歌。

吴中八月中秋節，都向石湖看串月。想見波光瀲灩中，冰輪成串真奇絶。不圖小小鏡屏風，風景依稀亦與同。是時二月十五夜，月如明鏡懸長空。玻璃窗内清光入，扇扇玻璃不相襲。清光射入鏡屏中，莫辨是分還是合。但驚璧合又珠聯，五顆銀丸一樣圓。不比五雲分異彩，儼如五緯聚同躔。一串牟尼光奪目，我疑吐自驪龍腹。縷縷穿成絡索珠，團團琢就連環玉。大小看來總不殊，後頭一月較模糊。粉本初濃終略淡，文章前密後還疏。此景惟於當午見，好比優曇花一現。綺疏開闔了無干，晶鏡推移仍不變。古語一光夾二光，墨家此論豈荒唐。見《墨子·經説篇》。抱珥重輪皆此理，三潭相映更尋常。石湖奇迹吴兒豔，或横或直無從驗。或以行春橋洞言，是横説；或以上方塔鐵索言，是直説。老夫只向鏡中看，不必刻舟去求劍。

贈吴蔗農孝廉

孔李通家自昔然，余與君家累有世講之誼。又從文字結新緣。阿孫忝與君同歲，小較於君三十年。余孫陛雲與君爲乙酉同年，然君長三十歲也。

猶憶秋風棘院開，吾孫竊占本房魁。誰知一一鶴聲句，竟向楊衡偷得來。闈墨初出，誤將君第三藝刊作余孫陛雲名。

如君才調本翩翩，麗句清才儼欲仙。北夢南花傳誦外，而今又唱遂初緣。君著有《遂初緣彈詞》。

休因下第感劉蕡，且向文壇自策勳。倘許湖樓安一席，願將風月與平分。君謀充浙中書院監院。

書箑贈張朗齋中丞

虎符龍節鎮東方，已見威名動八荒。横海將軍拜韓説，治河都尉領平當。士欣廣廈千間庇，帝倚嚴城萬里長。偶作小詩寫公箑，遥瞻泰岱正蒼蒼。

自蘇至杭襍詩

都盧骨肉又同來，攜到曾孫七歲纔。傳語健兒休鹵莽，不須輕發震天雷。時假得礮船護送，因攜有小曾孫女，戒勿發礮。

緑波春水暖盈盈，百六韶光雨乍晴。看取家家插楊柳，教人知道是清明。舟中值清明節。

猶記棲溪看水嬉，畫船簫鼓過遲遲。戊子年事。而今重泊長橋下，又是來觀耍舞時。

田蠶尚早共嬉娛，綠女紅男總不孤。船尾船脣相對坐，便知盪槳是兒夫。鄉間婦女乘小舟，若與操舟者相對，必其夫也。

清明作社是鄉風，三社還分綠與紅。只怪村農迎旋去聲社，雷轟電掣太悤悤。吾鄉於清明日迎神，舁之趨行市廛間，謂之作社，亦逐疫意也。社有三，曰大社、曰紅社、曰綠社，鄉間有所謂旋社者，舁神旋轉而行，往往壞人廛舍，亦敝俗，宜禁也。

大虹橋下是通津，藤蔓牽纏已滿身。古語磨兜堅最好，願題橋柱示行人。吾邑東門外大虹橋，舟過其下者，戒勿開口。杭州武林門外拱宸橋亦然。

明聖湖邊未一游，彭公祠下遽維舟。焚香只向祠前拜，不願重登一寄樓。到杭州第二日，卽率兒婦輩詣彭剛直公祠，一拜而返，退省庵風景不忍再領略矣。

年年來往此蘇杭，精力衰頹學問荒。卻訝朝陽一鳴鳳，甘心走狗列門牆。聞杭州駐防營中有如如老人者，名鳳瑞，年六十餘矣。援青藤門下之例，刻一小印，曰『曲園門下走狗』。

潘嶧琴學使於署中築一小亭，環植修竹，名曰『此君亭』。時方續輯《兩浙輶軒錄》，因繪《此君亭選詩圖》，索余題詩

曾聞古有采風使，采取風詩獻天子。漢唐以後曠不修，昭代右文重有此。儀徵文達來觀風，收拾珊瑚歸網中。排比略依科甲乙，徵求已徧浙西東。茫茫墜緒無人繼，欣見森然重起例。廣文泠署奉官符，都講高材獻私議。驛使平添傳送忙，戟門投遞總詩囊。梅聖俞詩搜算袋，柳耆卿句覓垣牆。零珠

墜玉蒐羅眾，詩律寬嚴常互用。果然人各以詩鳴，有時詩亦因人重。夜燭晨鐙手一編，不辭辛苦費丹鉛。觚編豪絡五十卷，考獻徵文一百年。是時軺車行部畢，歸到節堂多暇日。滿院親栽綠玉君，無邊秀色侵詩帙。何來妙手擅傳神，敬爲先生一寫真。修竹萬竿詩萬首，儀徵而後此傳人。我忝詁經主函丈，講堂文達留遺像。詁經精舍講堂有阮文達公像，石刻嵌壁。願移君像配儀徵，萬古烟雲同供養。

送許星臺方伯奉召還朝

頒來玉詔促朝天，帝念賢勞暫息肩。坡潁弟兄同禁近，兼謂筠庵同年。劉樊夫婦並神仙。聞夫人同行。迢遙道路三千里，矍鑠精神七十年。我亦浙西一黎老，幨帷悵望倍依然。

昔年傾蓋在吳中，君昔官蘇臬，始相識。此後清談歲歲同。十字摹從齊代石，君曾集泰山經石峪十字，製楹聯見贈，此字不知何人所書，或曰王子椿，或曰唐邕，皆北齊人也。一鐙留得漢時銅。君贈雁足鐙一具。紫霞杯酒流香遠，又贈紫霞杯二。綠牡丹詩寫豔工。君賦《綠牡丹詩》，和者甚多，余亦同作。大好湖山資管領，芝泥合向錦箋紅。余得六舟和尚所刻『管領湖山』印，君擢浙藩，即以贈之。

頻年宦蹟在西湖，問水尋山興不孤。濟勝羨君真有具，詅癡爲我竟成符。君售余《春在堂全書》甚多。坐間鐘鼎如屏幛，君坐間環列古器。鏡裏鬚眉入畫圖。君有畫像置鏡屏中，甚肖。去歲山齋承遠訪，欣然野蔌配村沽。君去年秋曾訪我於右台仙館。

潞河一棹去徐徐，君擬從水道入都。正是春光駘蕩餘。人羨成仙班景倩，自憐如水鄭尚書。略援比翼朝天例，尹文端有《比翼朝天圖》，君伉儷偕行，亦擬繪圖紀之。可憶騎驢覓舉初。我儻攜孫來日下，宣南坊曲訪君居。明年又屆會試，余儻如丙戌年事送孫兒陛雲入都，當訪君於日下也。

有婢玲兒將嫁，以詩遣之

玲兒生小最玲瓏，伴我嬌孫繡閫中。今遣于歸還一笑，吾家婢總嫁英雄。余家舊有婢曰福兒，嫁富蘭生都統，後署將軍，每歸余家，綠幃紅繖，從騎如雲，頗極貴寵。又有婢曰翠筠，嫁蔣君金田，今此婢嫁韓君浦臣，兩君皆長江水師營中實缺武員也。

題壑雷亭亭在冷泉亭側

冷泉泉水靜無聲，風定波澄似鏡清。一派忽從潛壑瀉，千秋長作怒雷鳴。要爲趙宋留遺跡，特向軒楹署舊名。只惜故人拋此去，九衢車馬聽轟轟。亭爲宋安撫使趙公所建，後又改名瀑來，許星臺方伯同年集貲建復，仍名壑雷。今方伯内召，即將首塗北上矣。

自杭還蘇襍詩

來時新綠到垂楊，歸日農家已翦桑。小住武林逾一月，清明節物换端陽。來時於舟中過清明，住杭州四旬，距端陽尚遠，而市有鬻端陽節物者矣。

棲溪溪水水嬉歌，記得春游樂事多。今日重來看鐙戲，鶴鐙過後蝶鐙過。戊子歲曾於唐西看水嬉，有詩紀之。今過此，適逢鐙戲。

西洋花卉影扶疏，時攜西洋花數種歸。坐對舟窗一事無。戲與兒曹同角勝，老夫新製勝游圖。時出新意，製《勝游圖》，亦《選仙圖》之遺意也。

柔滑凫葵透水生，老僧采贈滿盆罌。盛將清水攜歸去，同喫西湖蒓菜羹。聖因寺僧滿上人采蒓菜見贈，攜歸，分貽親故。

憔悴篙師雪滿顛，崎嶇戎馬憶從前。不須更話沙場事，來聽先生唱老圓。有篙工，曾從僧親王轉戰山東，不離鞍馬者五晝夜。

蘇杭一水本通津，去楫來橈不浹辰。多謝封姨頻助力，不煩辛苦借飈輪。從前江浙省垣皆有小火輪船，可借以牽曳，今則無矣。然余此行，其來也五日，其歸也四日，因風順，亦不甚遲滯也。

四月二十二日，亡婦姚夫人忌辰，焚寄一律

一十三年去不回，每逢忌日有餘哀。人間萬事真如夢，膝下重孫尚未來。孤姪差堪酬宿諾，夫人之姪祖詒字穀孫，余爲娶妻杜氏，今生二子一女矣。女兒新又到泉臺。表姊歸周氏者，八十四歲矣，三月中病歿，乃夫人之伯姊也。只憐草草勞人在，何日安閑臥右台。

林屋山民餽米歌

滑縣暴式昭字方子，官太湖西山巡檢。以清操自勵，勤於民事，不善事上官，坐是失官。暫寓山中，饔飧不繼，山中民爭以米饋，未匝月得米百餘石，柴薪腝菜稱是。於是秦君散之爲作《林屋山民餽米圖》。秦亦山中人也。

一官深壓百僚底，今又一官去如屣。尚何勢力能動人，乃有山民來送米。東村送米來，佐以薪與柴。西村送米來，益之菜與腝。魚豕雞鳧無不有，更有饅頭及牢九。願官之壽年年高，餽官年餻配春酒。借問送者誰？其人素未知。弱者婦與孺，老者艾與耆。或爲農家子，或爲市中兒。趙丁李丙非一族，前于後喁同一辭。烏呼，君官山中有年矣，止飲太湖一杯水。不媚上官媚庶人，君之失官正坐此。乃從官罷見民情，直道在人心不死。薄宦不能一朝留，清風可以百世祀。無怪當年譚中丞，巡檢微員告天子。譚序初中丞護蘇撫時，曾以君名登薦牘。君今歸矣斯圖傳，披圖誰不知君賢。豈無大官解組去，投來瓦石盈其船。

虹橋木歌

武夷君幔亭之會，以木爲虹橋，接引鄉人，會散而歸。遙聞風雷之聲，虹橋倏爾斷絶，橋版片片飛著巖壁間。事見《圖志》。至今猶存好事者，以計取之，得其斷版，甚爲寶貴。祝安伯太守家在武夷山下，以兩片見贈，高一尺有半，廣六寸，厚三分許，合兩片爲一，儼如木山，置之坐右，賦詩紀之。

武夷仙人高會日，山中架木成虹橋。酒闌人散橋亦斷，木柹片片隨風飄。或著山巔或山岬，不援不繫長堅牢。偶然吹墮一二片，得者珍惜如瓊瑤。考亭先生笑不信，遠溯堯時洪水儆。下民避水競登邱，伐木營巢此其賸。朱子謂：堯時民避洪水，爲巢所遺。果如此説愈遙遙，更比武夷仙跡勝。至今要已數千年，不是陶唐卽秦政。隨園老人曾見之，山舟學士親題詩。當時所見僅盈尺，非松非柏無人知。仙人船木不可得，得此已極人間奇。武夷有仙人船七，明萬曆時偶墮其一，人爭取船木爲佩。風流太守持贈我，斲就嶙峋山一朵。攜歸置之春在堂，其色斑斕形磥砢。以配天山萬年松，伯之仲之無不可。余藏天山萬年松一段，汪寶齋司馬所贈。欲知此物究何時，安得仙人問張果。

余前作《鏡屏串月歌》，但寫其奇，未明其理。嚴芝僧同年來問，又成二絶句示之

金波瀲漾太玲瓏，竟與牟尼一串同。若問如何成此景，只緣斜射鏡屏中。如天上月在南，則鏡屏宜東嚮，使月光斜射鏡中，自然成串矣。

側看分明正看無，鏡屏大小總無殊。一匳秋水纔盈尺，照出團欒九顆珠。手執小鏡，斜對月光，亦能成串。

余嘗命孫婦彭於廊下執小鏡照之，居然有九月也。

病中寄宗子戴孫女壻及孫女慶曾

無端一病竟淹纏，堪歎桑榆欲暮年。伏枕終宵纔一寤音忽，授衣七月已重緜。偶聞風雨心先怯，便話烟波興亦闌。未識能來湖上否，黄花紅葉九秋天。

花農視學廣東，飛電來告，倒疊從前『堪』字韻寄賀

喜駕軺車指嶺南，好音先到我蓬庵。電傳錦字纔盈六，電音簡略，止六字。露湛丹毫已至三。花農考差四次，得之者三，凡放差，皆御筆親署姓名。但使匠門無樸木，何愁委巷有游談。前後左右皆得其人，自然弊絶風清矣。誰謂廣東弊藪也？從君欲訪羅浮勝，衰病心情愧未堪。

病間口占

病來又閲幾晨昏，心緒蕭條不可論。天上將來雁父母，褌中已長蝨兒孫。余素無蝨，忽捫得數枚。郵筒遠道仍通信，遠近書札，仍力疾親寫。書室經旬不啓門。只惜中秋三五近，負他明月照金尊。

病中厭食葷腥，而零落殘牙，並菜根不能齩，日以醬炙蘿蔔食之，戲成一絶

肥甘無福不能饕，零落殘牙更不牢。只合終朝喫皛飯，蘇家蘿蔔未曾毛。

花農書來，請益其所短。余謂：使者當用所長，不必用所短也。仍倒疊『堪』字韻示之

文明自古屬離南，不必重營問道庵。但願鳳樓真造五，何勞鼯徑別開三。用長大可參兵法，有我方能聽客談。網取珊瑚獻天府，詞臣報國料應堪。

病中紀夢二首

昨夢至一處，衙署若大吏。夾道聲傳呼，似報貴人至。高門蕩蕩開，門右千人侍。一夫趨我前，右膝爲著地。入門我遂覺，覺而不稱意。死後果如斯，何異人間世。兜率與海山，竟無我位置。遥遥白雲鄉，可望不可致。

昨夢見一人，尊嚴若天使。予我鴆一杯，云此賜汝死。其熱如沸湯，不可探以指。引吭一飲盡，擲

杯聲鏗爾。覺而驚且疑，怪事那有此。然而胷膈間，自此稍舒矣。得毋仙之人，治我轉我詭。休咎不可知，聊復書此紙。

九月十一日，亡兒紹萊生日也，計其生年五十矣，感賦一律

玉樹長埋不記春，算來已是五旬人。桑蓬舊事猶如昨，簪笏浮榮豈是真。嗣子未能拋白苧，而翁久已厭紅塵。今朝爲汝營齋奠，少箇曾孫小石麟。

潘嶧琴學使前以《此君亭選詩圖》索題，已爲賦一詩，今又以《輯雅堂校詩圖》索題，又爲賦此

昔題此君圖，我已盡厥旨。今披輯雅圖，欲言反無以。惟念中興來，二十餘年矣。欲求上理登，必自文教始。文教之盛衰，轉移在學使。安危將相外，尤宜注意此。江浙兩行省，夙擅人文美。天子甚神聖，萬幾躬自理。妙簡左右臣，往教東南士。公昔乙酉年，軺車臨浙水。乙酉典試浙江。今又奉簡書，來將浙學視。按行十一郡，搜羅杞與梓。傳授舊衣鉢，培植新桃李。果然三年來，文風蔚然起。衡文有餘力，采詩趁暇晷。李家錦囊中，梅家算袋裹。長篇固足珍，短章亦可喜。觚絡又豪編，晝夜不停指。裒然六十卷，羅列滿棐几。下可示浙人，上可獻天子。側聞王祭酒，用意亦類是。續輯經解成，價

貴三吳紙。王益吾祭酒視學江蘇，刻《皇清經解續編》。皆於儀徵後，殷殷仰而企。方今號治平，隱憂猶抱杞。鹿或鋌於險，蜃或噓爲市。安得如公等，持節行萬里。遠探學海源，嚴立修途軌。文軫交中外，絃歌徧遐邇。豈惟文治興，兼可兵端弭。中興麟閣功，在此不花彼。吾言大非夸，可使國史紀。獨惜金石志，編纂猶未已。擬輯《兩浙金石志》，未成。文達之遺意，將無猶有俟。甲午公再來，觀成當可跂。

買菊花數十盆，置之艮宧，賦詩紀之

一曲小園太落寞，乃於秋來大賞菊。所費青蚨不盈貫，所得黄華已滿屋。相對可至一月餘，不比春光易零落。牡丹芍藥自言妍，美人只合居金屋。高價幾將十倍增，盛開難得一旬足。論值不如此花廉，計候反比此花促。造物以此娱幽人，敢不拜嘉受其福。大盆小盎來駢闐，北牖南榮環曲彔。高高下下若陂陀，疊疊重重類帷幄。誰云入室非芝蘭，已覺滿堂盡金玉。嫩蘂兼堪羹匕調，殘英更可枕函蓄。天生三絶色味香，人稱四友梅蘭竹。是真費少而利多，毋乃功高而賞薄。沾沾較量在花前，菊花大笑先生俗。

菊花下張鐙小坐

宵來看菊興尤狂，更爲高燒燭數行。莫道秋光遜春色，也同銀燭照紅妝。遥看鏡裏能增豔，久坐花中自覺香。小集團欒殊可愛，天時未冷夜初長。

曾文正公登鄉榜時名列三十六，余與楊性農同年彝珍同之，性農書來述及，并云『出處隱顯，易地皆然』。此語余不敢當也，爲賦此詩

與君進士是同年，更溯秋風折桂先。舊夢重重難捉搦，微名六六竟聯翩。幸存文字因緣在，敢附真靈位業傳。或者前身猶可證，本來同在大羅天。道家以大羅天爲第三十六天。

性農又言：庚戌同年，落落晨星，惟性農與余及琴西三人爲歲寒松柏。余感其言，又爲賦此

卌載光陰去絶蹤，歲寒珍重後凋松。昔年一夢爭分鹿，此日三人合作龍。我輩竟成同命鳥，傍觀莫笑瘦腰蜂。庚戌一榜，介丁未、壬子間，舊有蜂腰之誚。只愁齒冷朝中友，別有巖巖太華峯。性農此言，就林下言也。庚戌同年在朝中者，有徐蔭軒參知、錢馨伯、許筠庵兩侍郎，則朝野各三人矣。

用西法照全家小像，爲賦一詩并記

余據胡牀扶杖而坐立，余後者，余孫女及許氏第二外孫女，又稍右爲孫婦彭氏，餘人雁行而

立，左行之首大兒婦樊，右行之首二兒婦姚，樊之下爲從孫同愷及許氏外孫引之，姚之下爲孫兒陛雲及許氏第六外孫女，其依余膝下者，兩曾孫女也。備書之，以告我後人，辛卯十月曲園老人記。

布幃氊褥净無塵，寫出分明鏡裏身。一老龍鍾曲園叟，兩行雁翅合家人。傳神西法由來妙，照影東坡遜此真。婦豎團欒聊共樂，不須辛苦畫麒麟。

十月十四日，孫女慶曾生日也，戲出新意，爲治具十數品，所用止鷄子一味，賦此一笑

爲侑嬌孫酒一觴，菊花叢裏小排當。謹遵禁體詩功令，獨出新裁食憲章。二卵傷廉嗤衙將，千鷄鬬富笑齊王。何當更製大鵬彈，捧向筵前勸共嘗。

余去年七十生辰，友朋投贈，概謝不受。不料日本有舊隸門下之井上陳子政爲我徧徵詩文也。今年八月寄至吳中，因刻成一集，名曰《東海投桃》。率題其後

虚名何意滿東瀛，祝我期頤我轉驚。論學幾同鄭北海，每云：鄭康成、服子慎不能遠過，又云：許、鄭復出。策勳竟配李西平。每論中原人物，以余與合肥並論，不知其不倫也。讜言燕棗原無實，雅意投桃大有情。只惜陳

良吾黨士，倫敦城下滯歸程。子德時奉使英吉利。

寒夜用孫兒陛雲、孫女慶曾唱和韻

晚來庭際望，又見月纖纖。風勁搖簾押，寒深襲帽簷。鑪灰留餤小，硯水帶冰銛。明日天開霽，晴窗喜更添。

嚴緇生同年得余鏡屏串月法，試之而效，大悦，賦《串月弟子歌》見示。報以小詩

明月前身有宿因，竟煩折節老詩人。坐風立雪尋常事，不及俞門串月新。

『大明生東月生西』一章，示串月弟子緇生同年

大明生東月生西，此古渾天家之説。渾天家説天渾圓，以天包地無欠缺。日月盤旋於其中，無所謂入無所出。陽左陰右乃定位，陽升陰降亦常轍。因而日月有東西，古人即以此爲别。日生於東而上行，月生於西而下徹。今人見月出東方，不知在月已爲没。其實日月何所知，玉兔金烏自跳擲。東西

乃自人區分，出入亦以意排列。先儒所見不到此，注家疏家義皆闕。鄙人平議始發明，究竟然否未敢決。今因串月弟子問，先生轉以此言質。

伯蘭表姊哀詞

姊爲舅氏姚平泉先生長女，余婦之女兄也。適周氏，年八十四而卒，將葬矣，爲哀詞，以代輓歌。

姊生長我十三年，自幼提攜最見憐。辛苦慈親事鍼黹，每勞劍我坐鐙前。
尚在髫年不解愁，每逢佳節共嬉游。年年元夕看鐙戲，與姊同憑史埭樓。
周郎僚壻最相親，文字論交誼更真。情話蟬聯常竟日，兩家何異一家人。
兒女昏姻一諾諧，誰知初願竟全乖。彩雲莫惜悤悤散，玉樹同歸黄土埋。
無端大劫遘紅羊，竟誦離騷弔國殤。太息人間有何味，卅年已歷小滄桑。
干戈纔定又承平，姻婭仍如往日情。昔歲吳門來訪我，青裙白髮話平生。
大年八十慶生辰，我亦來爲祝壽人。談笑如常行步健，期君穩享百年春。
幼子才高賦鹿鳴，燕齊遠客爲微名。更憐愛女隨夫去，迢遞滇南萬里程。
精神矍鑠尚如前，何意頤齡竟不全。見説臨終了無病，宛如熟睡到重泉。
外家姊妹似同胞，此後餘生更寂寥。我亦殘年風裏燭，與君相見定非遙。

零落殘牙，存者無幾，今又落其一，感賦

連朝齮齕不相安，一旦分張轉覺歡。蜕去豈堪仙骨比，藏來聊作佛牙看。人言文貝重編易，滬上有善補齒者，與真齒無異。自問紅綾再啖難。零落輔車猶賸八，莫將無齒例楊蟠。

沈烈婦詩

粵有馬氏女，嫁爲沈郎婦。馬氏家海濱，厥族素稱右。爲仁和喬司鎮人。沈郎亦儒流，早擷泮池茆。從徐邈讀，音柳。己卯試於鄉，名副賢書後。沈爲吾邑人，光緒五年副榜貢生，名寅禾。清才良堪珍，僻性亦所狃。不樂世途趨，惟願衡門守。婦能順事之，靜好無訾咎。衣必適燠寒，羹必嘗旨否。無端嘻出聲，融風連夕吼。一炬竟成災，危樓勢難久。路已斷梯桄，焰且及栱枓。時窮力乃生，情急計偏有。重繇裹郎軀，重氈蒙郎首。抱持到軒楹，提擲出窗牖。己亦從之下，離地不嫌陡。身如猿狖輕，背更駏蛩負。相將出險中，生一死且九。偉哉健婦力，何異武夫赳。大勇在寸心，豈徒在雙肘。夫婦慶再生，不絕僅一綹。室廬蕩如洗，器用掃如帚。别謀粱廡賃，不辭顏巷陋。童蒙來求我，饘粥聊餬口。天既厄其境，天更奪其壽。一病竟不起，淒涼寡婦笱。乃爲具衣衾，乃爲營脯糗。乃爲買棺槥，乃爲卜岡阜。墓木樹以松，柩車載以輀。自亦營生壙，同此一培塿。曰吾事畢矣，送死頗不苟。誓將從之逝，夜臺侍姑舅。更偕我良人，拜我亡父母。麻衣身尚著，苴絰手自扣。口含雙明珠，其大幾及拇。非無臂上釧，灼爍如瓊玖。非無指上環，珍重等金釦。拉襍毀棄之，視苦土瓦缶。擊碎齊后環，撞破亞父斗。艱難自求死，楚毒拌俱受。百鍊一鉤金，入喉忍不歐。佐以阿芙蓉，一杯當鴆酒。奄忽竟長逝，精白信無垢。感泣到途人，讚歎及田叟。天子重節烈，要使風化厚。行且樹綽楔，行且陳尊卣。嗚呼沈烈婦，千載名不朽。

花農度大庾嶺，有早梅迎馬首而開，折一枝見贈，并媵以詩。次韻酬之

天將山水助精神，看取風光一路新。河上游龍迎瑞石，渡黃河時，以『一片冰心』石印投之，示白水盟心之意，賦長歌紀之，有云『龍君繫作肘後印，留與龍門永作鎮』，不獨見清操拔俗，亦徵意氣之豪。此事可傳也。淮濱靈鳥候清塵。淝水、淮水間，有一鶴迎送。廬山已許窺真面，庾嶺還教報好春。我讀君詩參佛語，梅花消息卽蓮因。君母鄭夫人，夢受佛偈，末句云『蓮花會上有前因』，故以蓮因名其室。

五羊城内節堂開，杞梓楩楠盡待栽。佳氣已將春送到，好音先有電傳來。君發電報，告知十二月初九日接印。羨君家世清芬紹，惜我年華暮景催。賴有羅浮芳訊在，不辭一醉艮宧杯。曲園中東北有斗室，名艮宧，向陽頗煖，余時率婦豎小飲其中。

花農途次又倒疊『堪』字韻見示，未有以報也，因寄書之便，走筆成此

狂吟一路到天南，君途中詩甚多。詩格陶庵又邵庵。佳節剛過臘月八，使星相繼武林三。君前任爲樊君介軒，又前任爲汪君柳門，皆杭州人。試從剛直祠前拜，可憶明湖酒後談。定向楣楹濡大筆，雄文非子更誰堪。彭剛直公廣東專祠想已落成，君必拜其祠下，且題楹聯也。得子真稱吾道南，更煩吉語祝頤庵。以十二月二日爲余生日，駢詞寄祝。書傳丹鳳雲飛五，君自製五雲箋，書來用之。字寄金蛇電掣三。君途中三發電報至蘇。日下舊聞懷舊雨，廣東新語佐新談。諸生好自承衣鉢，若問淵源我不堪。

庾嶺梅枝北亦南，新添春色到寒庵。殘牙零落猶存八，余新又墮一齒，存者僅八。好事平章卻有三。新爲姪孫箴璽娶婦，而許氏長外孫及二外孫女昏嫁之事，亦半由我處料量也。鄧尉山中傳雅詠，越王臺下聽雄談。莫言迢遞關河隔，只當湖樓促膝堪。

詠黄芽菜

自海舶暢行，北方白菜滿吴市矣。此黄芽菜，乃家鄉所產，余自幼食之，兒時風味，極可念也。爲賦此。

北來白菜漫相驕，愛此園蔬最沃饒。入望竟如黃䆉稏，捲心也學綠芭蕉。捲心者佳。雖非蓴鱠頤堪朵，一任花豬首亂搖。吳人呼爲豬搖頭，不知何義，殆不喜食之故耳。爲有兒時風味在，老夫舉箸每魂銷。

壬癸编　春在堂詩編卷十四

壬辰元旦口占

歲朝婦孺共團欒，八九衰翁強盡歡。未便衣冠都脱略，已於拜起倍艱難。明窗試筆年規在，余每年元旦書『元旦舉筆，百事大吉』八字。靜室焚香日課完。每日誦《金剛經》一過，元旦不輟。莫對屠蘇悲失歲，夕陽光景暫盤桓。

新正二日，花農自廣東省垣傳電賀年，率書一絶句復之

金蛇紫電御風行，吉語傳來不計程。親筆老夫書客籍，嶺南星使賀新正。

立春前一日聞雷，詩以紀之

迎春官吏剛入城，阿香駕車隨之行。依依格格雌雄鳴，老夫坐聽心爲驚。傍有村嫗喜相慶，道此

休徵名臘迸。每逢臘迸是豐年，莫訝冬而行夏令。斯言載籍無所徵，卻思舊事從前曾。吾年十六歲在丙，除夕聞雷聲鼕鼕。光緒九年十一月，葭管飛灰纔六日。亦聞雷鼓填然鳴，似挾一陽從地出。乃知此事初無奇，我生以來兩遇之。其餘記憶所不及，試問故老當能知。連日煩蒸不可奈，強御重裘思解帶。豐隆鬱律出奇兵，石破天驚來意外。臘迸之說雖無稽，其象非同震遂泥。但願今年果大有，吾先農父操豚蹄。

正月十六日，許氏二外孫女歸王氏長外孫，媵之以詩

嬌養吾家十八春，外孫女六歲來吾家，今二十四齡矣。今朝爲汝締良姻。阿爺日下孃泉下，憑仗衰翁作主人。

梅花香裏月團欒，十六良宵好合歡。春在堂前添色澤，分將喜氣到門闌。

王郎年少最翩翩，名姓曾經達九天。王氏外孫於其祖文勤公身後奉有『及歲引見』之諭。爲有文勤遺澤在，他年知是玉堂仙。

更欣從母卽慈姑，佳婦佳兒兩足娛。明歲姑年剛五十，壽筵能得抱孫無。其姑卽吾長女也，今年四十有九矣。

至退省庵，率二兒婦姚、孫女慶曾、曾孫女璡寶同拜彭剛直公祠。時公《奏稿》新於吴下刻成，即以一册交守祠者，置公神龕

刻成奏議及遺詩，《詩》八卷亦已刻成，尚未印釘，故未攜來。後死難將此責辭，青史大名奚藉此，白頭老友合如斯。只憐近日余衰甚，大似當年公病時。余近者腰脮酸痛，艱於行步。扶杖三潭三太息，餘年幾度拜彭祠。

新市人沈阿長在西湖爲余操舟有年矣，以婢瑞香妻之，并爲製一小舟，使操以爲業

浮家莫笑似浮萍，爲製烟波一小舲。他日我來湖上住，漁童前導後樵青。

余殘牙零落，能喫筍，而不能喫蓴，有問者，口占答之

尚堪大嚼貓頭筍，無可如何雉尾蒓。吾齒居然仲山甫，剛柔茹吐異常人。蒓絲柔滑，入口無可捉摸，不如筍，固鈍根，可任人咀嚼也。此非親歷老境者不知。

曲水池上新成一小橋，賦詩落之

園林一曲柳千條，但覺扶疏綠蔭饒。爲惜月明無可坐，故於水面強爲橋。平鋪白版儼成路，俯倚紅欄剛及腰。更置梯桄通小閣，差堪布席置茶銚。自有此橋，曲水亭與回峯閣通矣。

花農學使以羅定所出蒲席兩端寄贈，并云此即古所謂蒲越。越讀如字，以地得名也。固衍其意，賦此爲謝

輶軒使者乘輕軺，羅銀水畔何迢遙。迢遙寄我兩端席，發視何啻瓊與瑤。彼中民俗俱工織，織蒲爲席好顔色。陸離儼似錦成文，滑笏不同裘有緎。使臣行部偶得之，更發高論前無師。古云越席即謂此，以地得名夫奚疑。尤可徵者曰蒲越，經師誤讀音如活。豈知蒲席自越來，故名蒲越配稾秸。不見磬石出韶州，云是虞廷之鳴球。嘉魚出自肇慶府，南有嘉魚歌於周。而況蒲越製最古，祀天用之義有取。須知蒲席來從越，亦如苞茅貢於楚。王者豈以異物珍，所貴德足來遠人。德足來遠遠物至，郊壇乃敢陳明禋。我朝規模更無外，海外珍奇盡來會。區區一席何足言，寄與先生當縞帶。老夫得此成奇觀，草堂六月俄生寒。韓公贊歎黃琉璃，杜老驚詫青琅玕。作越席歌滿一紙，老夫之意不止此。願君廣搜席上珍，杞梓楩楠貢天子。

曲園即事

手治園林十八年，亭臺泉石故依然。自從添造平橋後，風景依稀較勝前。

回峯閣小小於舟，經歲無人此一游。今日人人連步上，要看新月柳稍頭。自造平橋，曲水亭始與回峯閣通矣，每新月初出，其地得月較早也。

玻璃爲鏡即爲門，曲水亭北設小門兩，而皆玻璃，闔之則似鏡屏然。別有雙匳壁上存。爲是吾園難縱目，教從鏡裏看吾園。

竹筒引水作流泉，滴瀝清聲到耳邊。試向橋頭憑檻看，水紋添得幾重圓。盛水於缸，置山石間，以竹筒引水而下，激之使上，流入池中。

小浮梅檻又重新，緑幕紅闌映水濱。更仿鐵龍濬河法，頓教翳穢變清淪。小浮梅檻敝矣，時又新之，并以曲水池中多柳葉翳穢，濬之使清。

每逢月夜儘倘佯，無月還來此納涼。偶有微風生樹杪，已聽簷鐵韻琳琅。

書花農《國香三瑞》詩後

並蒂花開第一枝，風流猶是秀才時。六朝駢體無多讓，已兆徐陵絶妙詞。君第一次於杭州三元坊館舍得並蒂蕙，君猶諸生也，同里許君贈詩云『名花自古如名士，駢體文章愛六朝』。

並蒂花開第二枝，老夫及見爲題詞。更煩鐵面趙清獻，同賦煖風芳草詩。君第二次於姚園寺舊宅中得並蒂蕙時，已以庶吉士假旋，余爲賦詩，彭剛直公時在西湖，亦爲賦詩。

而今開到第三枝，使者銀羅校射時。莫向騎奴頻問訊，夢中早已報君知。今歲四月，君校士羅定，又於輿中得並蒂蕙，問誰置此，無知者，而其夜曾夢人以麥蕙四盆見餉。

三十年來三見之，遙知九畹舊曾滋。海棠雖避詩人諱，正是清芬克紹時。君避太夫人之諱，故易其名曰蕙實，則三次所見，皆九畹之秀也。第一次在辛未歲，第二次在辛巳歲，今歲壬辰，三十年矣。

焚寄彭剛直公

謝病臨淮自乞身，璽書再起舊綸巾。象牀寶帳無遺語，虎節金符又重臣。辛苦灰盤當日事，飛揚油幕此時新。雲旂倘向江邊過，一笑相逢兩故人。

花農以荔支見惠，卽次原韻賦謝

杜老猶銘菜把恩，況貽珍果到寒門。已分冷豔來梅嶺，去年君度庾嶺，曾折早梅寄贈。更擷甘芳到荔園。高價可傾吳下市，輶車正歷海邊村。只慙一語真非分，天上人間與並論。君詩云：『天上慈雲罔極恩，人間風義託師門。』蓋以所得荔支分半薦先，分半寄余也。

即事口占

本來虀菜孟嘗君，暑日腥羶更厭聞。不是聞韶亦忘肉，居然三月食無葷。

善飯廉頗是將才，豈余衰朽敢追陪。近來飯量殊堪笑，朝一茶杯夕酒杯。

莫將眠食問何如，老去精神尚似初。九九炎天八十一，著成十四卷新書。長夏杜門不出，著書，得十四卷。因夏至後亦有九九之諺，故題曰《九九銷夏錄》。

截筩引水作泉聲，注見前。翦紙爲鐙代月明。以綠紙糊圓燈，懸空中，望之如月。世事由來都是假，老夫何必不人情。

又得四絶句

寂寞閑居養散材，經時冠帶滿塵埃。門前投刺人稀少，有女歸寧當客來。謂歸王氏長女。

江花鄭草總荒蕪，尚有童心只自娱。三要近來添作四，西湖新製勝游圖。《曲園三要》者，一爲《八卦葉子格》，二爲《三才中和牌譜》，三爲《勝游圖》。今又製《西湖勝游圖》，則四矣。

大槧大好滿人間，無怪昌黎欲汗顔。草草課孫文一卷，吉林傳誦到臺灣。余所著《課孫草》，前年有自吉林來求者，今年有自臺灣來求者。

計字酬縑非敢叨，也煩潤澤此枯毫。曲園文價年年長，試比隨園總未高。隨園當日竟有以千金求一文者，余文雖極貴，尚不能得其三之一也。

中秋夜作

萬里陰晴今夜同，此言未敢信坡公。客談偶及兩年事，風景懸殊百里中。妻姪姚穀孫言，前年在上海、舊年在無錫，中秋皆遇雨，而蘇州則皆晴也。東坡謂：中秋晴雨皆同，此言未信。塵世只須論見在，清光且喜滿長空。吾生如寄姑行樂，也學吳兒拜月宮。

朱將軍殺虎圖

將軍名洪章，字煥文，貴州開泰人。官永州鎮總兵時，有虎入城，將軍發火槍斃之，故作是圖。

朱將軍，勇冠軍，雲臺烟閣銘其勳。以戰功賜騎都尉，世襲。永州城，虎入城，呀呀張口誰敢攖。萬槍隆隆聲不徹，無奈虎皮堅似鐵。將軍一槍揺其喉，狂吼未終虎已絶。昔時李將軍，射虎非真虎，已自英名震千古。將軍所斃真於菟，真虎所至千人逋。將軍直前無跱躇，真視猛虎如鼪鼯。至今披此圖一幅，尚有威風動林麓。我謂此事猶尋常，將軍當年手縛虎中王。克復金陵時，地雷發，將軍首先入城，破僞王府，親擒僞王之兄。

任筱沅中丞訪我春在堂，適潘蔚如中丞及盛旭人觀察繼至，旭翁年七十九，蔚翁年七十六，筱翁年七十，而余則七十有二，三賓一主，共二百九十七歲，因以詩紀之

四人二百九十七，一主三賓春在堂。五老未全誰繼至，八公分半已成行。蒼浪鬚鬢看俱古，脱略衣冠恕我狂。三公皆盛服，余則布衣朱履。太史明朝書盛事，老人星聚在金閶。

筱沅中丞見示和章，疊前韻酬之

三壽作朋真我幸，一時並集在茲堂。珠槃敢主耆英會，來詩語意，非所克當。花樣休題官錦行。旌節輶軒皆是夢，湖山壇坫尚能狂。坐中潘鬢蕭疏甚，猶擬秋風叩帝閶。蔚如中丞有重九日北上之意。

重九前二日，崧鎮青中丞、劉景韓方伯、黄澤臣廉訪、王心齋觀察不期而集，並訪我於西湖俞樓。中丞曰：是亦一盛事，可與吳中四老之會並傳矣。不可無詩，因疊前韻，又成一律

曲園居士湖濱住，大會羣公在一堂。十載戟門老賓客，中丞、方伯皆吳中舊雨，近十年矣。幾人詞館舊班行。廉訪、觀察皆翰林後輩。湖山眺覽能增色，年齒推排許放狂。余馬齒最長。再報德星杭郡聚，又教傳述到吳閶。

吳季英以所藏隨園十三女弟子請業圖索題，率書四絶句

授經從不到姬姜，絲竹徒聞集後堂。天爲先生開創格，穠桃豔李滿門牆。
春日湖樓雅集時，蛾眉羅拜老袁絲。括蒼洞裏前身在，或者猿公本是雌。
少小流傳歸娶圖，白頭眉案未曾孤。編詩倘使容周姥，應集名流拜大家。
曲園何敢比隨園，未許山莊舊例援。卻笑合肥賢相國，強從師友較淵源。新得合肥相國書，以余與相國並出曾文正公門下，引鄧遜齋語『門下一文一武』爲比，而又自謂過之。姑存此説，俟後人論定耳。

姚少泉表弟言余鼻有元峯，是神仙中人謫降，此説余所不解。又言，凡謫降者，多不得志於人世，甚有流爲乞匄者，則頗似有見。戲作一詩，紀其霪言

敢云生本謫仙人，且借讕言證夙因。十匄九儒無定格，三茅二許有前身。料應洞口雲猶在，莫把人間事認真。久住閻浮竟何味，枉將碧落換紅塵。

觀影戲作

湖樓良夜小排當，老尚童心興欲狂。戲劇流傳黑媽媽，南宋時以影戲著名者。彈詞演説白娘娘。是夕所演，爲宋時青白二妖事。輕移韓壽折腰步，明露徐妃半面妝。曲罷局闌人亦散，世間泡影總茫茫。

青溪別色鑪歌爲潘偉如中丞賦

中丞撫黔時，奏開鐵礦，遂於青溪建造別色鑪。鑪成，適值大雨，其介弟觀察君通西學者又逝，遂封閉，至今甚可惜也。中丞爲圖以紀之，屬以詩張之。

中丞材識當代無，一生心血存此圖。借問此圖圖何事，貴州青溪別色之洪鑪。嗚呼，周官丱人失其職，地愛其寶祕不出。禮失求野學在夷，古法流傳來異域。方今人人言富強，生金生粟徒茫茫。金銀有氣人不識，翻教鼰地來狼筦。中丞杖節到貴水，上察天文下地理。古稱產鐵三千六百有九山，誰料菁華乃聚此。問此何地曰青溪，鐵苗滿地無高低。乃於此地建大廠，高淩霄漢深及泥。耳目心思三者竭，一旦鉅觀成突兀。汽鑪礦鑪通陰陽，風管氣管窮豪髮。自古材大用必難，又逢大雨天漫漫。次公逝矣疇人散，徒令異論交謾讕。我謂東山宜復出，大鑪重開應有日。玉英色白金英黃，豈止鐵官慶饒溢。先生一笑搖其頭，已將此事付東流。五十萬金六年力，博得千秋萬載古蹟青溪留。

哭門下士朱伯華觀察

伯華名福榮，紹興人。隨其父在蘇州，曾以文字就正於余。庚申春，蘇州陷，余挈之出危城中，從浙西轉至浙東，相依一載有餘。以内子姚夫人撫視有恩，事之如母，與亡兒紹萊猶兄弟也。後以孝廉官部曹，出爲監司，分發直隸，於李傅相營務處司支放，兼筦海軍衙門出納。一歲中，經其手者無慮數百萬金，而絲豪無所私。傅相甚重之。年未中壽而卒，惜哉。

哭君何事最淒其，難忘相從患難時。廿載事余真似父，一官爲國不知私。曩生竟夭殊堪惜，伯道無兒更可悲。泉下倘逢吾婦子，爲言尚未定歸期。

授經石歌

花農行部於英德，得一石，若老人危坐而手一編者，因名之曰『授經石』，寄贈余於吳下。余觀之，其左一翁危坐，其右又似有人跽而受者，笑曰：此吾《曲園墨戲》中所謂『曲園課孫』者也。蓋仿佛形似，各以意視之。因賦此詩，卽寄謝花農。

老夫恣筆爲墨戲，華石衡雲出新意。曲園二字似老翁，一孫字似童子侍。是曰曲園課孫圖，以字爲畫從古無。不圖世間有此石，此石得無爲老夫。一老儼然岸幘坐，約略須眉竟是我。手中似有一卷書，有人俯而受之左。使者行部偶見之，歡喜絶倒相奉持。云是曲園授經像，神工鏤刻非人爲。遠自天南寄吳土，頓使米顛首爲俯。授經愧無經可授，課孫又慙孫也魯。惟念英石世所珍，況此石爲我寫真。置之案頭竊自笑，我本山中一石人。

天寒風勁，久不至曲園矣。日來以看雪數至，遂於艮宧小飲

一年好景過如雲，歲暮園林未足欣。冬月矜嚴真御史，宋人陳昉《潁川語小》云『秋月如翰林，冬月如御史』。朔風跋扈上將軍。枯楊落落都無色，凍雀啾啾若有云。今日偶來看雪景，不辭久坐趁微醺。

小窗婦豎話喁喁，三白今年喜竟逢。市脯製成剛趁臘，村沽釀就卻宜冬。臘肉、冬釀酒，皆席間物。風

飄竹葉飛青鳥，雪壓松枝臥玉龍。此句乃許氏二外孫女抱珠作，上一句則老夫對之。自煮瓊華殊有味，掃雪自煎之，以瀹茗。明朝還擬再扶笻。

癸巳元旦

歲歲年年老學庵，又迎春色到江南。青郊韶景一百六，絳縣衰年七十三。葷血已將除宿垢，近喜蔬食。茶香還擬緝叢談。時又草《茶香室四鈔》，未知成否。待將小牘松窗寫，自顧積唐恐未堪。《松窗小牘》，宋無名氏百歲老人著。

題張价人太守《銅官感舊圖》

咸豐四年，金陵賊由武昌犯長沙，上據湘潭，下扼靖港。曾文正公檄精鋭攻潭，自帥師攻靖，敗於銅官渚，公自投於水。太守先在莫府見公手草遺疏，知必將死，潛匿舟尾，至是突出援之。公問何來，以湘潭捷告，蓋僞言也。公大喜，遂不死。已而果捷，賊遂遁。此一舉也，實中興大局所係，斯圖所以識也。而人鮮知者，惟見李次青方伯紀事及左文襄《感舊文》。太守名壽麟，長沙人，終於泰州牧。癸巳春，有以圖見示者，率題一絶。

大將一星危欲摧，有人扶起上雲臺。乾坤旋轉皆由此，只算手援天下來。

吕烈女詩女父名佩芳，母吳氏。女於光緒十八年五月四日死，年二十三。

無錫遷蘇州，有編户吕氏。其業爲縫人，生計賴十指。家有好女兒，嬌豔若桃李。閨中習鍼線，廚下佐刀匕。許嫁顧氏兒，馮氏之義子。纓繫已多年，冰泮猶有俟。去年媒氏來，言壻甚不美。鼻涕一尺長，狼藉無人理。惟嗜阿芙蓉，終朝守牀笫。今年媒氏來，言壻見逐矣。馮氏棄不顧，誰怙復誰恃。行從伍大夫，吹簫於吳市。一説母搖頭，再説父切齒。家有好女兒，嬌豔若桃李。閨中習鍼線，廚下佐刀匕。若以嫁此兒，終身復何倚。償爾聘幣錢，還我年庚紙。一刀兩決絶，概付東流水。女始聞而驚，猶疑未至此。女繼聞而悲，天乎竟至此。疊用二「至此」，用《采薇》二「之故」，《車舝》二「庶幾」例也。嗚咽閉户泣，慷慨仰藥死。客冬大雨雪，今春寒未已。倮然顧氏兒，凍餓不能起。一朝斃路隅，踡曲若羊豕。上距女死時，不過期年耳。黄泉倘相見，其顔定有泚。一爲餓莩鬼，泥塗化蟲蟻。一爲貞女魂，雲路鳴環珥。俗論徒悠悠，誰歟表厥里。吾爲烈女篇，敬俟采風使。

往年潘文勤公以峨眉銅佛見贈，銅廣一尺，修五寸，鑿佛十八尊。云是峨眉銅佛殿之壁，殿毀壁摧，偶得其殘片也。然其色黝黑，不類銅。余讀范石湖《吴船録》，知峨嵋有三千鐵佛殿，因疑此爲鐵佛。賦詩紀之

峨眉山顛佛放光，普賢大士開道場。徒衆三千競來會，白猿青鴿森成行。後世因有鐵佛殿，不識何年何代建。三千鐵佛聚一堂，長聽山禽呼佛現。往歲文勤潘司空，貽我古佛云是銅。銅廣一尺修半之，鑿成佛像大小同。纍纍三六一十八，想見良工費磨刮。言此銅佛殿之壁，昔孟蜀時所建刹。毀此殿者張獻忠，殿毀壁亦無遺蹤。偶然得尺或得寸，無異琥璜圭璧琮。獨怪黝黑非銅色，青銅黄銅莫能識。摩挲再四竊有疑，其色黟然竟似墨。疑此鐵佛殿所遺，石湖居士親見之。彼時三千今十八，宜乎貴重逾尊彝。故人文勤已長往，應到光明巖頂上。倘從法界參普賢，爲鐵爲銅試一訪。

司馬溫公澄泥硯歌

硯有溫公銘，云『與蓮兮同出，與玉兮同質。顧我非君子兮，胡爲處此室』，署曰『涑水君實志』。有真西山跋及延平李侗與文徵明觀款。今藏杭州孫君仁甫家。

古人之硯惟用瓦，是故昌黎氏以陶。後世之硯取材廣，金銀銅鐵紛其曹。就中石硯用最普，端石

歙石各有譜。最奇澄泥出虢州，歐公曾以貽原甫。又聞高平吕老人，所治泥硯若有神。偶得一二價百鎰，若無吕字猶非真。溫公此硯世罕見，重以其人非以硯。笑他紅漆鳳皇臺，遺物流傳蜀王衍。摩娑此硯有深思，與玉同質無磷淄。想見辛勤十九載，通鑑全書屬草時。

戴氏妾割臂詩

丹徒戴樹人觀察，有妾袁氏。戴他出，妻吴小産，甚危。妾割臂肉，羹以進，竟愈。夫人子之於父母，妻妾之於夫，此事恆有之，若妾之與嫡，則自古無聞也。爲賦此詩，以襮其事。

割股非正理，昌黎之所訶。然實由至性，迫於無如何。苟非性之至，安肯刀輕磨。事之最奇者，莫如呼延贊。割股療子疾，過情良可歎。亦因愛厥子，方寸爲之亂。今有戴氏妾，割臂事尤奇。不惜妾膚痛，但求嫡病治。塊肉入嫡口，效過蓡與蓍。戴公時外出，妻吴孕未育。一朝危欲墮，乳醫手盡束。妾袁計無出，背人自刲肉。吾觀周易象，二女卦曰睽。同居志不得，一室相勃谿。異哉戴氏室，有此妾與妻。戴固能齊家，吴亦能逮下。至於袁氏者，吾所見蓋寡。至性至情事，夫豈有所假。乃歎天下事，文義難拘牽。父爲子則悖，妾爲嫡則賢。同此一奇行，而有然不然。此事格於例，未能旌於朝。要當表襮之，以回薄俗澆。倘有輶軒使，采我此風謠。

聞浙藩署有瓊花，戲作小詩，乞劉景韓方伯翦贈數枝

聞説瓊花開正妍，乞公翦贈數枝鮮。好揩老眼分明看，莫誤尋常聚八仙。

越日，瓊花至，實卽聚八仙也。口占一絶句

將謂天葩出化工，誰知原與八仙同。千秋衛霍麒麟閣，多少英雄草澤中。

景韓方伯索作瓊花詩，爲賦長歌

揚州瓊花天下無，北宋移植至汴都。南宋臨安亦移到，兩處旋植皆旋枯。還之舊地乃復茂，春來花葉仍扶疏。宦者陳源弄奇譎，偷得劉郎接花訣。劉禹錫詩云『接樹兩般花』，古來言接花者，始見此。翦取瓊柯三兩枝，聚八仙根巧相接。杭州自此有瓊花，后土蕃釐幾莫别。或云金兵下維揚，瓊花一樹先摧傷。道人偷以聚八仙，潛種舊日瓊花旁。河豚贋本已非實，鸜鵒遷地安能良。又聞鄠縣有炭谷，炭谷瓊花白於玉。中央一瓣如蝶形，隨花開不隨花落。花落蝶飛飛上天，將無去傍瑤池宿。如斯不媿稱奇葩，移根疑自仙人家。仙種凡間那能見，紛紛目論能無差。且邀廿四橋頭月，來認無雙亭畔花。我客杭州

垂卅載，未識瓊花竟安在。襍組丹鉛弗討論，謝肇《五襍組》、楊慎《丹鉛錄》均辨論瓊花。山礬梔子徒欺詒。忽得劉公一紙書，貽我盈筐珠琣瓃。山中適開聚八仙，家僮折取來爭妍。細看兩花實同類，花開皆在三月天。色香相近形亦似，八朶排列如環圓。我出一言花勿惱，是一是二勿深考。此花開傍行中書，固宜膺受瓊花號。在山則名聚八仙，伴我山中成九老。

杭州瓊花歌

余前謂瓊花之與聚八仙，二而一者也。乃丁君松生以明人楊端《瓊花譜》見示，則瓊花九朶，而聚八仙八朶，區以别矣。余適以《杭州瓊花歌》課詁經精舍諸子，因走筆成此篇，雖似《考異郵》，仍是《參同契》耳。

瓊花謂卽聚八仙，斯言未定然不然。譬如滿山紅躑躅，謂卽鶴林之杜鵑。將以此説爲是歟，西施乃只直一錢。將以此説爲非歟，邢尹原不分媸妍。或謂聚八仙有子，瓊花無子異在此。恐亦如麻有雄雌，雌者爲苴雄者枲。苴則有子枲則無，是亦陰陽之定理。又況物類不可知，區者萌者多參差。八月桂花無一子，四季桂花子滿枝。芭蕉之子亦罕見，閩廣甘蕉子離離。尋常穀樹皆有子，獨於斑穀則無之。如以子有無爲辨，世間凡卉皆堪疑。又謂其葉有分别，瓊花之葉光而潔。聚八仙葉微有毛，此其所論殊瑣屑。虎薊貓薊等薊耳，一皺一光竟何説。亦猶山林之民毛，地土使然非有劣。乃今得見瓊花圖，繪之者傅序者盧。前明監察御史傅公繪圖，三山盧昭爲序。傅公名不傳。國朝周熙又重繪，兩圖傳刻無模糊。

要皆九朵非八朵，竟與聚八仙懸殊。八朵九朵既有別，難云一樣如雲荼。將毋瓊花實仙種，自元以後見者無。陳源弄巧已堪歎，如以鶴頸來續鳧。自命程嬰唐道士，道士名大寧。恐其所存非趙孤。作僞更有金丙瑞，竟以贋鼎充昆吾。瓊花之論自此定，誰言莫辨雌雄烏。花下徘徊忽自笑，按圖索驥亦未肖。天下之物惡能齊，齊物莊周見未到。自六十莖至百莖，不妨同受靈蓍號。自十五萼至八萼，不妨並入建蘭考。梔子之花固六出，而八出者亦自妙。桂樹之花同四出，而五出者亦不少。即如雪花本六出，翦水仙人同鬪巧。至於春雪則五出，玉戲天公又改造。雖有八朵九朵殊，難定上中下中表。虚煩討論楊鐵崖，楊詩云『泠然墜下一枝香，九朵攢頭白如玉』，又云『後人恐負無雙號，八仙換取如瓊貌』，考訂甚明。徒費咨嗟于少保。于詩云『愛爾蕃釐玉一叢，奇花不與八仙同』。然忠肅實未見揚州舊植也。宋鄭興裔辨瓊花，一異三異苦探討。獨於八九置不言，於意云何人莫曉。老夫欲爲花解嘲，前人成見毋相膠。洛以流坤吐地符，河以通乾出天苞。洛出九疇河八卦，八數九數分其曹。要皆乾坤之精蘊，能得其一皆足豪。古之瓊花九疇數，今之瓊花八卦爻。奇偶陰陽天所定，雌雄牝牡物莫逃。雌者有子雄無子，無分倮羽鱗介毛。一奇一偶數既判，有子無子理亦昭。乾坤苞符於此洩，豈一道士權能操。我讀爾雅雖未熟，蟲魚草木粗紀錄。唐蒙均號女蘿類，椴櫬同稱木槿屬◎如必屑屑與分晰，安得老圃爲我告。何者鹿葱何者萱，孰爲苦薏孰爲菊。芙蓉菡萏今同名，牡丹芍藥古一族。古今時異物亦異，未可故見拘碌碌。空山獨坐荒榛荆，忽然滿眼皆瑶瓊。九老未能共談笑，八公猶幸同年庚。中郎虎賁既近似，玉環飛燕毋相輕。揚州瓊花不可見，見此敢謂非瓊英。走筆爲作瓊花詠，佳話應徧杭州城。

花農以手製蜜漬荔枝自高州寄贈

嶺南荔枝遠莫致，自漢至唐歎不易。趙宋移植到汴京，居然成實亦堪異。近來海舶走飈輪，閩粵雖遥三日至。應笑當年楊玉環，年年辛苦紅塵騎。要其香味固已殊，盤中飣餖聊勝無。嶺南學使出新意，百花仙醴盛冰壺。蜜漬鰠鮧古所貴，況此佳果逾楊盧。果然歷久味不變，絳羅衣襦白玉膚。高涼山下仙雲墮，頓使全家頤盡朶。老夫笑謂姑徐徐，未可尋常視果蓏。一盤先供大士前，次及亡妻次及我。君來書，屬以一盤先供余所奉觀世音大士，再以一盤供亡婦姚夫人。攝衣手進身鞠躬，重違來意焉敢惰。我初食荔丙寅年，郭遠堂中丞所餽。爾來歲歲登我籩。方紅江綠徧領略，或已臭腐或尚鮮。飽食内熱解以蜜，良方曾聞前人傳。東坡先生啖荔日，定使蜜殊同流涎。君出新意合古法，人疑妙製來于闐。于闐國食粳沃以蜜，見歐公《五代史》。豈與煮食哀家比，或猶醋浸曹公然。迢迢千里薦時食，進之家廟陳几筵。餘甘分我已可感，不煩再奠荒山阡。君又寄一瓶至杭，屬其友楊君代薦家祠，又薦之亡婦姚夫人墓下。余力辭之。

橘珠

廣東化州有小橘，土人琢爲珠，亦頗可玩。花農以二串見贈，爲賦一詩。

蘇澤堂前種獨殊，垂垂小實滿高株。誰將王母萬年橘，琢就牟尼一串珠。香比麝臍收到靜，形如驪頷摘來粗。不須更詫奇藍好，剛配懷中橄欖壺。閩中橄欖核製爲小壺，可盛鼻烟。余得其一枚，亦頗滑笏。

女蘿篇

哀魯氏女也。魯女適李氏，不得於舅姑及其夫，仰藥死。其父幼峯太史，余門下士也，賦詩悼之，寄以示余。余賦此篇弔魯女，兼慰幼峯。

女蘿附喬木，願與喬木齊。兩枝并一榦，終古無分睽。何意此喬木，非杞復非楝。鼪鼯之所穴，鵂鶹之所棲。方春亦冽冽，雖晴猶淒淒。所見是何象，終日惟昏翳。所聞是何物，終年惟寒蜺。女蘿質太弱，女蘿枝苦低。憔悴萱蒯色，零落桃李蹊。女蘿長已矣，能弗念舊閨。返魂今無術，轉世古有稽。春風一潛吹，幽質或再荑。不復爲女蘿，以弁易其笄。化爲階下蘭，伴爾天上藜。

花農又以蜜漬鮮龍眼見贈，媵以詩，次韻賦謝

昔時曾荷杜當陽，贈我驪珠一斛量。卻好彭鏗同在坐，手攜班扇共招涼。往年杜小舫觀察曾以鮮龍眼見贈，適彭雪翁在坐，共食之。十年前事渾如夢，萬里傳來別有香。定比茯苓松子好，堪供服餌孔元方。

石蟹蛸蚌味各存，品題應感老坡恩。久聞虎眼推殊品，新與龍牙共到門。龍牙乃荔枝中異品。雋物豈容辱奴隸，龍眼有荔枝奴之名。餘甘兼許逮童昏。南方草木知無數，好倩諸生細討論。花農初至粵觀風，以《南方

草木頌》命題。

花農以助振拜花翎之賜，以詩賀之

新聞恩命出朝端，翠羽飄搖大可觀。昭代酬庸推獨重，儒臣拜賜得尤難。昔年席帽游燕市，今日貂蟬勝漢官。頓使老夫爲起舞，山中欹側竹皮冠。

火浣布

火浣之布非一類，或云獸毛或木皮。猪猸之獸出南海，鎖鎖之木生西夷。萬里隔絕不易得，無怪疑論騰曹丕。故人新自蜀中返，章一山棱。乃以此布充餽遺。其大數寸僅如掌，其粗更過綌與絺。其色亦非皚如雪，若黄若白又若黟。投之火中轉燦爛，居然縷縷如銀絲。始知真有火浣布，安得飄炁一問之。不知石絨之所織，抑或火毳之所爲。相傳建昌有此布，今來自蜀夫何疑。所惜不堪製爲服，并不中爲巾與褵。惟於東洋紙布外，老夫得此又一奇。往年，日本門下士陳子德曾以東洋紙布一端見贈。

壽孫琴西同年八十

回思四十四年前，與子相逢在日邊。詞館一時推好手，君與慎芙卿、曾樞元皆庚戌榜中善書者。名場三度作同年。丁酉、甲辰、庚戌皆與君爲同年。乍聯鵷鶴猶非熟，得到蓬萊總是仙。文字論交何日始，南歸送我有詩篇。余癸丑出都，君有詩贈行。

災年百六苦相催，太息昆明有劫灰。我已歸從五湖去，君初飛下九天來。君由上書房出守安慶。紫陽偶共文壇啓，丙寅、丁卯，余與君分主蘇、杭之紫陽書院。白下旋看行省開。吾榜曾王兩開府，謂文誠、文勤兩公。相期同作濟時才。

從前筮易得明夷，冏伯還朝亦一奇。君曾筮得明夷卦，余謂：明夷，馬壯吉。君以太僕卿還朝，亦其驗也。倘使三天重入值，料應八坐總堪期。長安道上收殘局，老學庵中補舊詩。尚有永嘉流派在，商量千古太平基。君刻永嘉諸先生書甚多。

七十詩成共唱酬，曾和君《七十自壽》詩。而今又越十春秋。世間百歲一彈指，林下三人都白頭。楊性農同年言，庚戌同年中，性農及君與余爲歲寒三友。未必兒孫無繼起，最難耄耋更同游。尚期一十二年後，重聽賓筵賦鹿呦。計是時君年九十一，余亦八十四，若預行於癸卯正科，則尚可少一年也。

人生天地間二首答坐客

人生天地間，與逆旅無異。前之人尚存，後之人又至。同處一室中，不能無情意。乃區分輩行，乃設立名字。爲子孫曾元，爲伯仲叔季。是乃古聖人，以此強維繫。實皆過客耳，同策長途騎。老夫逾七十，百年亦容易。猶未抱曾孫，計代不盈四。愛我爲我期，置之不足計。涼亭一椀茶，客枕一覺睡。須知後客來，本爲前客替。後客未到門，前客姑少壓。

人生天地間，與戲場無異。或貴爲侯王，或賤於奴隸。或尊嚴若神，或㦬慌若魅。或名士風流，或力士贔屭。鮑老與郭郎，各坐各人位。蒼鶻與參軍，各執各人事。總之皆戲耳，博人一笑咥。老夫逾七十，久已謝冠珥。一孫歌鹿鳴，尚困南宮試。愛我爲我期，置之不足計。冠帶漢官儀，巾服唐人製。笙簫鬧袍笏，金鼓舞旗幟。不過梨園中，各演一場戲。

朝鮮人池君文光字叔謙，航海而至中華。訪我於姑蘇，而余適在杭，乃來杭州，而余又還蘇，因留杭以待余之至，自夏而秋，五閱月始得一見。余感其意，爲賦此詩

萬里東瀛外，乘槎到浙中。遠煩平壤客，來訪曲園翁。歸國期難定，懷人句轉工。吳山還越水，夏

雨又秋風。自愧衰羸甚，虛叨譽聞隆。西湖好風月，聊慰子游蹤。

右台仙館題壁

祇此西湖景，今來又不同。輪船參滬俗，高氏豁盧有木輪船。燈舫染吳風。張勤果公祠有蘇製燈船。景物年年異，園林處處工。右台仙館裏，寂寞老楊雄。

借高氏豁盧木輪船，乘之游張勤果公祠

已整歸裝尚未旋，時即將還吳下。沿隄小試木輪船。富春舊館猶前日，張勤果公祠，本嚴氏富春山館舊址。勤果新祠又幾年。徑路崎嶇走山罅，樓臺絢爛照湖邊。轉添兒婦憑欄感，陳迹回頭一惘然。二兒婦姚氏，姚與嚴故有連，兒婦幼時侍其祖母游西湖，即寓富春山館，所居曰萬卷樓，推窗北望，可見後湖。迄今四十年，陳迹全非，萬卷樓故址亦不可復識矣。

鎮青中丞過訪山中，賦謝

頻年車騎到西湖，今入山中路更紆。人謂嚴公優杜老，史傳李及訪林逋。綠軿安穩無騶唱，紅樹

蕭疏即畫圖。見説先生新戒酒，不煩村鳥喚提壺。

去年，嚴緇僧同年曾以《孝婦詩》見示，余亦賦詩美之，不存於集。今年十月，余在吴下病瘧，瘧止又發氣痛宿疴，委頓異常。二兒婦姚晝夜奉侍，衣不解帶者已月餘矣。余感其意，補前詩，成一絶

曾讀嚴家孝婦詞，病中伏枕有餘思。吾家婦亦如君婦，七十衰翁仗護持。時大兒婦樊、孫婦彭均還母氏，惟大兒妾于氏隨同侍疾，備極勞勩，附告後人。

病中成生老病死四絶句

無端失足墮塵寰，大氣盤旋一瞬間。辜負劬勞無報答，每逢生日總潸潸。生

重重往事過如烟，百歲光陰付逝川。一箇泥塗絳縣老，居然七十又三年。老

自知久客早應回，底事還勞二豎催。寄語病魔休作劇，爾姑先去我當來。病

鐘鳴漏盡勢難留，便是千秋第一秋。兜率海山隨處好，莫教飄墮又來游。死

生死問答四絶句

聞説生人樂，生人樂若何？春花與秋月，想比夜臺多。死問生
人間是何物？道左一涼亭。各走東西路，無非此暫停。生答死
但有生而死，從無死更生。茫茫死後事，尼父不分明。生問死
聞君體不適，一睡卽安然。暫眠猶是好，何況是長眠。死答生

病起試筆

偃仰胡牀兩月寬，病中踞一胡牀，半眠半坐，兩月有餘。起來庭院暫盤桓。病情子母循環易，初發瘧疾，輕重相間，俗謂子母瘧。藥劑君臣配合難。陰陽虚實，病者不自知，何責醫者？余所以執廢醫之論也。水面泡痕渾欲散，燈中油燼未曾乾。尚留槁木形骸在，明歲春風且再看。

峨嵋小松

蜀藩龔仰蘧方伯寄贈，長不二寸，十餘株爲一束，紅紙緘封，歷數千里不槁。栽小盌中，培以

泥土，青葱如故，亦奇品也。

濕活乾枯萬卉同，天生異質細如絨。山厓蘊蓄千年綠，紙裹封題一寸紅。久閉筐箱無灌溉，略沾泥土便葱蘢。已從蜀道來吴下，又寄燕臺與粤東。余以分寄京師許子原、廣東徐花農。

石花

徐花農學使自廣東寄贈，其質石也，其形花也，玲瓏可愛。此與上蜀松二題，本擬爲作長歌，老病未能，各賦一律而已。甚矣衰也。

刻玉雕瓊出化工，是花是石總玲瓏。天邊靉靆雲同白，海底珊瑚樹未紅。芝菌叢生形略似，柏松變化質難同。世有松化石，閩中又有柏化石。遙知使者搜求富，多少珍奇鐵網中。

嘉平二十九日寅時立春，余於卯初忽捫得一蝨，念春德在生，不忍殺之，放置草間，戲賦一詩

吾非王景略，又非王介甫。此蝨何爲來？其大幾一黍。是時甫立春，生氣正和煦。君子順時令，推愛到雛乳。是亦一佛子，豈論微與巨。余不忍汝殺，放爾就泥土。爾其吸春風，爾其飲春雨。物類有變化，久久且生羽。化爾爲青蟲，飛翔到園圃。視在敗絮中，豈不大得所。吾愧非江泌，不容爾生聚。吾亦非薛嵩，不責汝報補。一笑賦此詩，春色到豪楮。

甲丙編　春在堂詩編卷十五

甲午元旦，於孫兒陛雲書室中見瓶菊猶存，爲賦一律

柏酒桃湯換歲華，尚留瓶菊數枝斜。且斟元旦屠蘇酒，來看重陽隱逸花。未必秋容爲我壽，莫將春色向人誇。須知冬暖渾閑事，敢擬吳中太傅家。吳縣潘文恭公有《元日菊花詩》。

題羅兩峯山人所繪尹文端公諸人小像後

兩峯山人寓居隨園時，諸名公皆請其畫小像，前後得八像。袁子畬同正乃隨園先生從孫也，乞余題後。

熙朝人物盛乾嘉，唐宋元明未足誇。幸有兩峯留妙墨，儼於諸老接清華。相國文端推領袖，椒園開府承華胄。名慶保，文端公子。滋圃參知衣鉢傳，節堂綸閣相先後。陽湖孫氏一名儒，老坐書城校豕魚。更有風流兩名士，船山詩筆夢樓書。丙堂司馬名稍晦，查奕昭號丙塘。要亦同時推老輩。誰其殿者小倉山，白髮朱顔彌可愛。一人一幅互傳摹，如對詩家主客圖。自是隨園遺澤好，至今文采照寰區。惜我遲生三十載，鬢眉空向圖中對。七人不幘一峨冠，隨園先生外，七人皆不冠。同是莊襟兼老帶。八人皆便服。

病腕題詩力未堪，惟欣盛會冠江南。斯人雖不科名重，八老居然鼎甲三。莊滋圃狀元，孫淵如榜眼，王夢樓探花。八人中備三鼎甲，亦奇。

余來右台仙館，適山花盛開，折取數十枝，插瓶罌中，羅列架上，亦頗可觀。爲賦一詩

蕃釐觀瓊花，鶴林寺杜鵑。不圖空山中，能教兩美全。世謂聚八仙卽瓊花，映山紅卽杜鵑，雖未必然，要自同類。更有花中王，萬卉難爭姸。參差置架上，絢爛羅庭前。遂令山齋内，春色來無邊。豪門買春色，諧價百與千。磁斗横斜插，錦幔高低懸。可憐賦十户，不敵酒一筵。誰知山中花，賤若薪蒸然。山童拗花至，養之以山泉。盆盎皆適用，瓶罍隨所便。居然大富貴，初不費一錢。世間朱與紫，對此皆菸蔫。作詩自誇耀，勿向城中傳。

劉鐵樵珊瓚，河南南陽人，余視學中州時取列高等食餼者也。今以卽用知縣來浙，聞余入山，親至山中展亡婦姚夫人之墓。賦詩謝之

屈指於今四十年，大梁舊夢付雲烟。猶餘白髮門生在，來拜青山墓道前。已愧登龍虚夙望，尚煩下馬過荒阡。老妻地下聞知否，回首夷門定惘然。

余去歲賦《瓊花詩》，謂今之聚八仙卽古瓊花，但有八朵九朵之殊，因發奇偶牝牡之論，自謂至確。今年山中此花盛開，細審之，則九朵者亦或間有，且有十朵者，同在一樹，而朵之多少不同，乃知前説亦不盡然。而聚八仙與瓊花同類，則益信矣。補賦一律

瓊花九朵古流傳，八朵花名聚八仙。誰料妍媸鬬邢尹，非如奇偶卜坤乾。品流晉代幾難別，眉嫵唐宫各樣全。想自陳源移接後，至今花國竟無權。宋宦者陳源以瓊花移接聚八仙，至今種類之襍，想由於此。

游崇先襲慶寺，觀珍珠泉

欲訪珍珠泉，因度馬鞍嶺。非僧爲我道，遙望但引領。輿丁迷不得路，虎跑寺僧爲導之。崎嶇久乃至，小屋類舴艋。屋上三重茅，其高僅及頂。旁有一泓泉，清瑩如古井。僧言朝暮間，泉出力殊猛。一串牟尼珠，照映日光炯。我以足蹴之，果然沸如鼎。深感泉有神，非時應我請。此寺雖荒涼，此山實幽靚。肇始吳越時，歲年亦既永。薦福與崇教，舊名誰復省。崇先襲慶名，記載尚彪炳。南宋造官酒，於此置修綆。泉甘酒味好，無人不酩酊。方今西湖上，寺寺盡荒梗。僧謀開此山，檀施夫誰肯。惟念巖壑佳，頗足塵囂屏。倘有好事者，閑來啜新茗。小築數椽屋，藉領四時景。虎跑龍井外，是亦一佳境。

湖樓山館襍詩

蘇杭來往路，歲歲借飈輪。戲詠香山句，題爲一隻䑳。余於二月二十四日發蘇州，樂峯中丞借普慶小輪船曳帶。

水驛經臨熟，如將舊例稽。棲溪今晚泊，明日到餘溪。余途中不謁客，惟於唐西小泊，二兒婦母家存焉。次日至德清掃墓，即開赴杭州。

一到西湖上，先登剛直祠。城中諸舊雨，相見不嫌遲。余至西湖，即率兒婦輩謁彭剛直公祠。

年年湖上住，婦豎總追陪。今日香山叟，攜將月上來。余每至西湖，兩兒婦及曾孫女必有從者。今歲則歸王氏長女亦來。

久作山林客，休嫌禮數寬。只堪談風月，初不具衣冠。余至俞樓，即縣手書一聯，云『止談風月，不具衣冠』，右台仙館亦然。

陰晴殊頃刻，涼燠辨幾希。惟藉暑寒表，自量朝暮衣。壁縣寒暑表一，以爲衣服增減之節。

處處皆詩料，因教詩興加。階前書帶草，屋角繡毬花。俞樓階下書帶草甚茂。

孤山林處士，竟不果移居。我向右台去，逋仙定羡余。林和靖隱孤山，有詩云『山水未深猿鳥少，此生猶擬別移居』。可知孤山猶非隱處，然竟不果移也。俞樓即在孤山西麓，余每歲至俞樓小住，即移居右台仙館，此一事勝逋仙矣。

寂寞山齋內，聊堪一事誇。客來憑檻坐，高下盡瓊花。瓊花即聚八仙，詳見余所著《瓊英小錄》，山中甚多，折以插瓶，羅列滿架。

壁上何所有，存留舊日詩。墓圖漢畫古，唵字梵書奇。右台仙館壁上縣余往年落成之作，女壻許子原所錄也。又縣漢董君石闕所畫祭墓之圖，門下陳子宣所摹。又縣宋刻咸寧縣臥龍寺唵字，則從孫篤臣所摹也。

晚來扶竹杖，徙倚墓門前。密樹藏松鼠，空山叫杜鵑。余偶以『松鼠』命對，王氏弟三外孫女對以『杜鵑』，頗有會心，卽以入詩。

攜得嬌孫去，能將樂事尋。滿籃采桑椹，盈把拔茅鍼。時曾孫女璡寶從。茅根初茁，可食，曰茅鍼。

出水絲蓴細，掀泥毛筍粗。兩皆宜素食，肉食客知無。城中喫蓴菜必用鷄湯，又細切火腿拌之，余殊不知其佳也。山中但以筍湯煮之，乃得其真味。喫毛筍亦然。謂此物宜配以豬肉，余不敢謂知味者也。

連日陳湯餅，老懷聊自娛。兒孫生日好，歲歲在西湖。三月初二日爲二兒生日，十七日爲孫兒陛雲生日，山館、湖樓皆爲具湯餅。

一雨幸無事，仍難掩敝廬。門前人乞藥，坐上客求書。湖上及山中此二事最多，日不暇給。

結夏權輕重，山中偶效之。自慙非孟業，什一我猶羸。立夏日以大秤稱人，余謂是僧家結夏之制。山中逢立夏亦戲爲之，余稱得九十觔。《語林》載孟業肉重千觔，余不及其十之一也。

索居寡聞見，近事廣搜求。湖上佛傳戒，城中官慮囚。昭慶寺僧傳戒，余往觀之，威儀頗盛。四月五日擬入城謁客，聞中丞是日秋審過堂，乃止。

山花非一族，隨意插籬笆。且養哺鷄筍，休栽老虎花。老虎花卽鬧楊花也，亦名黃杜鵑，花雖好，有毒。

家近南山下，南山事頗詳。山村問徐范，山客訪王張。徐村、范村皆在南山。又有一山家，覆姓王張，余曾訪其主人，乃張氏子贅於王氏者也，其事猶在康熙間。

游事都成例，於今廿二年。曉斟龍井水，暮酌虎跑泉。余每游山，自龍井走九溪十八澗而至理安小憩，又至虎跑品茗而還，自癸酉年始，幾成游例矣。

叢祠滿山麓，名姓未能詳。只怪胡公廟，夫人乃姓郎。龍井有土神廟，卽宋侍郎胡則配以夫人郎氏。余按其墓志，夫人乃陳氏也。同年應敏齋廉訪爲其鄉人，余嘗以語之，然未能訂正。

天竺開山後，都將佛地看。緇流滿湖上，只有兩黄冠。西湖惟照膽臺、關廟及葛嶺初陽臺爲道觀，餘皆僧廬也。

遙指盤陀石，靈龜此是家。寄言老元緒，慎勿過張華。後湖有鉅石贔屭，湖邊相傳下有巨龜，大可盈丈，能化爲人。

古墓竟誰氏，墳前石几留。何年鑄頑鐵，錮此土饅頭。後湖有古墓，以鐵錮之，不知其誰也，傳聞異辭。墓前石几猶存。

珍珠泉最好，惜少屋三椽。何必乾坤洞，虚抛六萬錢。珍珠泉在馬鞍嶺，山景頗佳，但止一茅棚，無可坐耳。乾坤洞在石屋洞上，甚偪仄，虎跑寺僧曾以六萬錢買之。

山居雖僻陋，幽事亦紛淆。花寄寺中養，文煩門下鈔。以牡丹兩盆寄法相寺僧依盟養之。又以山中所作文數篇託門下士王硯香鈔録。

老夫聊慕古，門下各求新。有客來投刺，周秦以上人。有門下士孫鏡江吏部來，見其名刺，摹鐘鼎文。

絶妙閨中筆，臨摹散氏盤。徐陵有嬌女，試寫折枝看。鏡江吏部命其女公子摹散氏盤銘，書便面以贈余。因寄廣東，倩花農學使女杏文於一面畫花卉。

老去陳京兆，來談般若經。能降卽能住，方寸自虚靈。余注《金剛經》，以『卽住卽降伏』發明無實無虚之旨。陳六舟大京兆見訪，乞一卷去。

送去劉公是，旌麾到汴中。山人入城市，誰授歙烟筒。劉景韓方伯每見余，必命侍者進烟筒，時移藩汴梁，余往送之，臨别依依。余謂之曰：此後入城，無以此進者矣。歙烟筒，見佛經。

魚菽年年例，湖樓亦一陳。因逢家忌日，不拜佛生辰。四月八日，先大夫忌日也。余每歲是日皆還蘇寓致祭，設或不及，卽於俞樓行之，亦往年故事也。

山肴兼野蔌，風味總山家。爛煮夔州麫，濃煎盧洞茶。蜀士張君鋆彦贈夔州麫，麫甚佳，然必爛煮乃可食。盧洞茶，出廣西。

平生不解飲，小飲亦陶陶。且學杜陵叟，樽中有蜀醪。趙展如方伯以家釀見餉，乃其鄉甘泉縣釀法也，云曹參飲醇酒，即此物。少陵詩『蜀醪誰造汝』亦謂此。

御冬雖有蓄，御夏倩誰供。賴有盤中物，青青乾菜蕻。門下士馮夢香以菜蕻乾見，云以開水漬之，即青翠如生。夏日苦無鮮菜，得此殊可喜。詩人以旨蓄御冬，此則可以御夏也。

宋嫂魚羹好，城中客未嘗。況談溪與澗，何處白雲鄉。西湖醋溜魚，相傳即宋嫂遺製，余湖樓每以供客。陳六舟學使、趙展如方伯皆云未始知有此味，況九溪十八澗諸勝，城中諸公，宜無知者矣。

海内求文字，誰知百不工。閻羅亦從俗，乞序曲園翁。去歲杭人許仲孫茂才德達曾爲冥官，權閻羅王者數月，著有《冥記》一篇，求余作序。

全孝以身殉，斯人亦可傷。姓名猶未識，何以發幽光。有求書『殉身全孝』四字者，轉展相託而來，竟不得其姓名事實，但爲題年月而已。

吾書行海内，頗亦費舟車。好事曹修古，編排石印書。門下士曹小槎茂才，以吾全書行世已久，而卷帙繁重，舟車攜挈爲難，謀用西法石印，以廣流通。

爲惜詩僧少，湖山意興孤。擬開方外社，島可作生徒。劉景韓方伯言湖上無詩僧，亦大減色，倘再莅浙，此事亦須提唱，擬設詩課，專課方外。余笑曰：公果有此舉，余願以月旦自任。

偶校堯夫集，頗堪怡我情。痛删吴氏注，土飯與塵羹。邵康節《擊壤集》有三本，一本二十卷，編年者也，一本八卷，分體者也，二本均善，一本十卷，乃前明兩吴氏所注，注皆淺陋，而分其詩爲五類，亦殊可怪。門下士宋伯言大令恆坊，其鄉人也，擬假活字版排印，屬余校讎。余謂：宜從二十卷本，即《四庫》本也，其闕誤之處，以八卷本校之，若十卷本，則可燒也。

於世一無濟，徒然抱熱腸。燕傷敷妙藥，犬癩覓奇方。梁燕爲貓所傷，以藥敷之，不愈。湖樓守者蓄一犬，病癩，授之以方，不知效否也。

佛會偏逢雨，湖隄竟寂然。黄旗風裏颭，知是放生船。浴佛日遇雨，故湖上無游船，惟放生船數隻，黄旗招展而已。湖船懸幟，亦惟放生會有之。

回憶初來日，桃花豔似霞。今年花事早，看到石榴花。時甫交立夏，而榴花已盛開矣。

甫見陰霾合，旋看霽色開。天公重蠶事，豫爲作黄梅。連日陰晴不定，山中謂之蠶黄梅，以時方育蠶也。

湖上太荒寂，健兒宵打更。因將三鼛義，索解到諸生。湖上人稀，劉吉園統領使健兒數輩聚欜，因以《三鼛解》課詁經諸生，亦自作一篇。馮夢香謂，三鼛義得余説而定，未知然否。

聽取鼕鼕鼓，山中膽氣豪。朝空山麂跡，暮斷野狐嗥。有三足麂，今不復見，晚間狐鳴亦稀矣。

今歲淹留久，居然近五旬。輿丁與舟子，相習總相親。搖湖船者沈阿長，轎夫阿王，湖樓守者五十，皆事我多年矣。

山館東頭屋，經年築未成。我來知幾度，何必費經營。余擬於山館東頭添作一屋，然竟不果。

歸過杉青閘，扁舟偶一停。不逢皇甫坦，孤負落帆亭。歸舟泊嘉興城外，游落帆亭，得電報，知孫兒陛雲又下第矣。郭象《睽車志》載：皇甫坦能知休咎，書一『落』字與應試士子，揭榜乃二十三名，蓋分析『落』字爲『二十三名』四字也。惜吾孫不能應此耳。

記游多七絶，今作五言詩。太息曲園叟，江郎才盡時。余記游之作多七言絶句，今作五言，乃變格也。

送劉景韓方伯移藩汴梁

纔看節鉞駐錢唐，時護理浙撫。又送旌麾到大梁。魏闕定承天語渥，夷門行聽頌聲長。紛紛吏治隨時異，滚滚河流自古狂。帝意倚君爲砥柱，嵩高維嶽鎮中央。

不才何幸接餘風，歲歲西湖一笑同。已向仙家分玉樹，承折瓊花見贈。更從佛坐授烟筒。事詳前詩注。鍾王書法留傳在，以所臨樵各種見贈，並乞題跋。韓范勳名屬望隆。他日重來吾及見，定先竹馬衆兒童。

四月二十二日，亡婦姚夫人忌辰，焚寄

一别悠悠十六年，略將懷抱訴當筵。孫兒十載名難就，孫婦三春病未痊。老我精神非昔日，舉家食用倍從前。不如早謝人間去，不管紅塵事萬千。

京師市上有以陶瓦鐫成小山及屋宇者，亦頗有致，外孫女許緗芸寄贈一具，爲賦小詩

老夫無别好，所好只山林。但得山林意，便存猿鶴心。盆池雖小小，盤谷亦深深。扶杖巖間叟，清泉許共斟。一老翁扶杖立，一童子烹茶，又有一猿、一鶴、一鹿。

蜀僧竹禪出新意，作九分書，謂行書一分，真書三分，篆書五分，以所書千字文見贈。賦詩謝之

八分本從篆隸出，割八取八并爲一。工此體者代有人，鮫龍盤拏妙無匹。或云八分始於秦，李斯小篆同時新。作者上谷王次仲，本是秦時一羽人。何期相隔三千載，上谷家風傳後代。禪師俗姓王。不爲羽士爲高僧，一樣書名傾海内。三真六草皆可焚，我行我法前無聞。行一真三篆書五，合而計之名九分。九分書與八分異，同是神通小游戲。雖寫梁朝散騎文，不臨智永禪師字。曲園居士亦好奇，曾集其字爲百詩。今以一卷寄丈室，禪誦餘功試寫之。余曾集《千字文》字爲七言絶句一百首，今以一卷寄竹禪，詩多儷句，可以寫作楹聯也。

哭孫婦彭氏

作婦吾家十五年，迢迢吳楚締良緣。重親奉侍堪稱孝，三黨周旋總道賢。静好閨房無詬誶，與吾孫陛雲伉儷十五年，閨其閨房中無一語齟齬。主持門户有經權。最難去歲衡湘返，買得明珠一顆圓。去年孫婦歸衡陽，以匳中資爲陛雲買一妾而還。余因其姓龍，名之曰懷珠。回憶尚書送女來，一時喜氣滿庭陔。全無門第驕矜意，孫婦性極謙和，雖婢媼輩，不以聲色加之。略有琴書狡獪才。孫婦喜彈琴，一學卽成，小楷書亦秀整可觀。小惠常思逮糠市，有以貧告者，必小助之。科名并不望金臺。今

年陛雲下第南回，孫婦語其姑曰：吾家本不以科名富貴爲重。如斯懷抱真堪詫，似比鬚眉更覺恢。

只住人間廿九秋，曇華幻影竟難留。鶴書雲信全無準，今春余在杭州，孫婦病已亟矣，親筆與余書，必曰：身體健適，服藥甚投。斗火盤冰總浪投。恆服養陰之劑，亦間進葠茸、肉桂。忍使慈姑揩淚眼，惟遺嬌女拜靈幬。誰知身後無窮事，都爲吾家豫運籌。孫婦病亟時，語其嗣姑甚詳，蓋於吾家事，已自謂布置妥帖矣。

老夫何罪又何辜，總坐虛名誤此軀。名者造物所忌，余以無實之虛名流播海内外，適足折除薄福矣。泡夢電雲十年内，元魏留支譯《金剛經》云『一切有爲法，如星翳燈幻，露泡夢電雲』，與今本異。寡鰥孤獨一家俱。余老鰥夫也。大兒婦則寡婦也。陛雲有父非孤，無子而未老非獨，然爲大兒後，則孤子也，其妻死無子，喪帖止列一虛名，則不得謂非獨也。鰥、寡、孤、獨，吾家備矣，惟二兒夫婦全福，然二兒病廢久矣。自知住世應非久，竟不忘情亦大愚。轉爲癡兒長太息，從今誰與奉盤盂。余二兒有心疾，儚儚無知。孫婦事之甚謹，偶有小疾，必往問視，日或至八九次，每朝暮具膳，稍不精潔不以進，是尤人所難也。

六月初三日，亡婦姚夫人生日，焚寄

前詩焚寄墨猶新，懷抱今朝又一陳。試向亡妻詢近況，又添孫婦拜生辰。婉孌定博晨昏喜，剛直遥知過往頻。謂親家翁彭剛直公。頓使老夫歸思切，不堪久戀此紅塵。

西湖葛嶺之陽有古墓，錮以鐵，余前詩所謂『古墓竟誰氏』者也。丁君松生謂是宋孫花翁墓，以朱青湖《抱山堂集·訪孫花翁墓詞》證之，良塙。余爲文記之，又賦此詩

水仙廟毀舊基空，桑九祠存宿莽豐。孫花翁墓，本在水仙王廟側，今乃在桑九郡王廟側，疑卽水仙廟故址也。過客但知尋鐵墓，東坡詩『太昊祠東鐵墓西』，今借用其語。詞人誰更弔花翁。但看石几今猶在，墓前石几甚長，朱青湖詞所云『石几横陳八尺長』也。欲薦寒泉尚可供。定我小文丁敬禮，不辭殘碣再磨礱。松生擬以吾文刻石墓前。

哀鄰女

女姓馬氏，名阿富，自幼許嫁張氏子。母因其壻不才，索庚帖歸。女不樂也，越兩月，竟因小故服毒而死。殆亦其志有不可奪者乎？賦詩哀之。

本來身世太零丁，綠女紅男兩葉萍。女幼隨其母改嫁，依繼父以居，聞其壻亦如是。十載鴛盟消鯽墨，一杯鳩毒死鴉青。所服毒乃生鴉片烟。不勞妙藥來施救，似悟浮生總委形。臨死時有此語。欲勒貞珉竟何處，老夫詩筆當碑銘。

馬氏女死未逾月，聞其壻亦服生鴉片而死，莫測其故。豈女固烈女，而其壻亦義夫邪？再以詩哀之

鶼鶼莫惜未同飛，生死曾無一月違。倘譜吳中新樂府，不妨改唱華山畿。《華山畿》故事，男先死，女從之，此則反是。

彭剛直公祠下焚寄

年年祠宇拜崔嵬，今拜公祠意更哀。大樹葱蘢遺蔭在，寒柯憔悴女蘿摧。公諸孫皆英英秀發，而長孫女歸吾家者，乃賢而不壽，何也？料應依舊追隨去，孤負從前遺嫁來。不獨吾孫腸欲斷，老夫哀淚漬瓊瑰。

無端毒霧起扶桑，又費軍符日夜忙。辛苦枕戈劉越石，倉皇單騎郭汾陽。幾時東海銷兵氣，正擬南山獻壽觴。料得忠魂還耿耿，問公何計固金湯。

毛烈女詩

張漢章司馬繙雲，宰江山縣，適有毛烈女事，司馬訪得其實，表烈懲奸，悉如律令。受代還省，詳言於余，余爲賦此詩。

貞烈毛氏女，待年於王氏。王氏姑不貞，家又貧如洗。比鄰婦周氏，見女詑女美。含笑與姑言，汝家不貧矣。家有錢樹子，豈以饑寒死。不愁吠有尨，但慮媒無雉。我與爾爲豳，行見趨如蟻。一説姑點頭，再説姑啓齒。一章。何來輕薄兒，容止亦翩翩。買女一夕歡，願輸五萬錢。介周告其姑，姑聞而欣然。爲女具膏沐，爲女置花鈿。女啼走爨室，面目塗煤烟。化作鳩盤茶，非復姑射仙。客驚走而去，姑盛怒而前。二章。乃絶其飲食，三日無杯羹。願爲蟬而死，不爲蜣而生。乃更箠楚之，徧體遭笞搒。乃更錐刺之，流血成膏餳。乃更炮烙之，皮肉皆如黥。乃更斷其指，不使能枝撐。乃更翦其舌，不使能咿嚶。巨綆縛其體，手足皆絣繃。沸湯灌其喉，腸胃皆煎烹。嗚呼女之死，百毒何交并。天地爲之泣，鬼神爲之驚。三章。鄰里噤不語，母族又無主。父死母已嫁，得錢賣死女。姑喜周亦喜，人命輕如羽。無端縣官來，黑索縛之去。青天一聲雷，膽落衆狐鼠。縣官坐堂皇，如見爾肺腑。開棺面如生，血出猶濡縷。如何死七日，尸骸不臭腐。姑惡鳥無聲，俯首就囹圄。械脰縶兩足，周歷徧所部。爾民鑒於茲，毋若此豺虎。四章。爰營烈女墓，爰建烈女祠。墓在紫竹林，祠亦於此宜。厥墓何蔥蘢，厥祠何嵬義。傾城來拜送，士女相追隨。縣官親主祭，佐以學校師。爲文紀其事，讀者皆漣洏。女年十有六，女家娶江湄。女名曰鳳英，敬告輶軒知。五章。

與法相寺僧般洲話山中風景，偶賦

不與山僧話山景，幾忘山客住山家。神牛夜出巡羣獸，牛色青。老麂晨行制毒蛇。麂遇毒蛇，以前兩足蹴之，三蹴蛇死。幽谷梟聲藏密樹，危巖虎跡踏閑花。朝朝猿狖來分芧，深掩禪關未許撾。

雪後口占

連朝愁抱鬱難開，又被殘年急景催。天末烏頭風未起，俗謂『黑雲多風，白雲多雨』，故有『烏頭風』、『白頭雨』之諺。空中赤腳雪先來。諺又以不雨而驟雪爲『赤腳雪』。消除兵氣無奇策，抵禦冬寒有濁醅。更喜客傳讕語好，行看泰運共陽回。有術者言，過冬至後，世運即亨泰矣。

乙未春日，寄馮夢香孝廉

聞君今又客衢州，應笑吳蒙不解愁。詹尹卜居無善地，祝宗祈死是良謀。春來花事三分過，老去情懷萬念休。擬向右台生壙内，安然一臥到千秋。

春在堂東軒瓶梅結實，孫兒陛雲以告二兒婦，援紀文達家瑞杏軒爲證，因爲書『瑞梅軒』額，并紀以詩

膽瓶賸有一枝春，春老天教碩果存。儼似萍花能結實，休嫌芝草竟無根。觀時已悟浮生寄，從俗還將吉語論。手寫瑞梅軒額在，留爲後驗付吾孫。首句出韻，用前人入羣孤雁例。

曲園有牡花一叢，爲柳陰所蔽，久不花矣。今春忽開兩朵，亦紀以詩

百寶欄前事久非，忽開兩朵鬬芳菲。紫霞釀醉仙家酒，白氎新裁佛國衣。兩花一紫一白。竟似薛滕來競長，休嫌環燕不同肥。紫者稍瘦。花間追誦先人句，五十六年知者稀。余家舊住臨平印雪軒，有牡丹數株，歲久不花，庚子春忽開兩朵。先君子有詩紀之，至今五十六年矣。

余自杭州移瓊花至蘇寓，植之書室窗前，今春開花甚盛，喜而有作

瓊英小錄昔曾編，今歲繽芬滿檻前。海上逢迎盡魑魅，花中聚會有神仙。瓊花實卽聚八仙也，詳余所著《瓊英小錄》。移根惜未雙株並，杭州移到兩株，爲人乞去其一。吐蕚欣看八朵全。見説奇葩還有子，行教吳下徧流傳。

送花農學使還朝

春水胥門兩泊船，浹辰聚首亦前緣。今春君兩過蘇州，相聚十日。迢迢珠海還朝日，草草銀河洗甲年。世事豈惟長太息，吾儕聊復暫留連。他時英蕩重來日，未必衰翁尚似前。

哀小獅猧

十年豢此小波斯，似有因緣不我離。未曉已來牀下伺，已昏猶向足邊隨。病中灌劑無良法，死後薶藏有敝帷。適有敝帷，翦半薶之。買得荒涼數弓地，青衣黄耳共題碑。舊有小婢秋香死，買地葬之，今即瘞犬於其旁。

書長曾孫女璡寶所持便面

吾愛重孫女，含飴倍覺甘。聰明渾似母，珍惜不殊男。上口詩篇熟，居家禮數諳。爲書雙福壽，副此定應堪。一面書『福壽』二字，一面寫此詩。

次韻寄贈六橋都尉三多

何以銷磨三伏天，不談吐納不談禪。蕭條門巷堪羅雀，枯槁形骸欲蜕蟬。吳下聊充蘇子美，湖州不是杜樊川。神仙宰相都無分，欲和君詩自恧然。來詩云『山中宰相陶宏景，地上神仙葛稚川』。

七月二十一日，爲孫兒陛雲聘定許氏第六外孫女爲繼配，以詩記之

真是親從親上加，俗語有『親上加親』之信。傳來喜氣自京華。女壻許子原時官工部。吾孫未可虚中饋，此女由來長外家。自次女亡，即撫養於吾家，時止四歲耳。卻爲絢華彭氏孫婦所居室名。三太息，更因慧福次女樓名。一咨嗟。惟期早日成嘉禮，老我崦嵫暮景斜。

廣東梁垣光星堂善刻玉，花農屬刻小玉章見贈，大不徑寸，刻字一百四十二，神乎技矣。爲賦一詩

往者吴縣王藴香，能於胡麻寫細字。一粒胡麻兩面書，其字五十而有四。詳見第十二卷。行列整齊筆致妍，此已人間稱絶藝。要止目力過常人，運動毚豪未爲異。異哉粤東梁星堂，善以鐵筆刻玉章。借問玉章大幾何，建武銅尺一寸方。刻我福禄壽甎歌，我歌雖短頗亦長。凡二十句句五字，百字分布爲九行。前有題目後有跋，姓名年月無不詳。一百四十有二字，字字工妙窮微茫。一尺絹繡七卷經，古稱神女盧眉娘。今觀梁君刻此印，當使眉娘走且僵。嘗讀櫟園印人傳，切玉如泥不多見。皜臣死後良工歇，樊榭山人有餘戀。『皜臣死後良工歇』，樊榭句也。皜臣江姓。後來妙手祝漢卿，其技亦殊令人羨。寸石能刻百餘字，奏刀從容目不眩。要之刻石非刻玉，孰易孰難不待衒。梁君今年六十餘，目力腕力仍如初。其壽曼衍不可量，其藝精進當何如。異日朝廷倣古制，鐫刻剛卯驅夔魖。剛卯之制，長寸二分，方六分，刻

六十六字，見《後漢·輿服志》。梁君絶技世所僅，固宜徵召來公車。豈惟列名技術傳，或且待詔承明廬。老夫何幸得此印，自應什襲而藏諸。流傳五百餘年後，人人珍重如瓊琚。

九月十六日，舟泊石門，薄暮雨雪，積寸許，時距霜降甫十日耳，詩以誌異

纔看佳節過重陽，六出飛來太覺狂。青女司霜兼及雪，《淮南子》云：青女乃出，以降霜雪。黄花傲雪甚於霜。觀時已悟堅冰至，卜歲還愁晚稻傷。薄暮石門城外泊，禦寒賴有酒盈觴。

寄題臨平孫氏謙六堂

余家與孫氏有連，余自十歲至十五歲，讀書其家之謙六堂，有樓曰硯貽，乃余輩挾册咿唔地也。樓燬於兵，亂後重建，撫今思昔，爲賦此詩。

謙六堂前桂已摧，硯貽樓下首重回。吳三汪六皆黄土，賸有白頭俞二來。吳、汪皆往時同學少年也。

於右台仙館遺嫁張貞竹女士，口占兩絶句

記得相逢十載前，愛他真有筆如椽。至今鶴字存留在，寫足霞光八尺箋。貞竹曾書一『鶴』字見贈，其長八尺。

洞房酒後集簪纓，一笑來將行輩爭。都説曲園女弟子，今朝下嫁小門生。所適錢君英甫，乃花農門下士。

十一月初八日，許氏第六外孫女來歸，再紀以詩

四齡到此髮鬖鬖，女自幼失母，育於我家，來時止四歲。今日來歸亦美談。擇壻可能似溫嶠，薦賢深喜得曹參。此舉乃亡孫婦彭氏遺意也。余戲比之蕭何薦曹參自代。願孫早茁蘭芽秀，使我稍嘗蔗境甘。七十耋翁無久計，鄭康成説，年餘七十曰耋。惟存後望是多男。

題李小池刺史《環游海國圖》

地圓之説本曾子，地球之名從此始。緯書稱地有四游，古人固已喻其理。然而地猶雞子黃，水包其外何茫茫。禺䝞禺京，父子不能易而處。東公西母，夫婦不過遙相望。漢掾甘英到西海，大秦條支歷歷窮所在。沮於安息船人言，臨流而返氣何餒。自從泰西各國來敂關，周行地軸如循環。朝聞陶珠南海至，暮見法顯西天還。偉哉李謫仙，豪邁恥家食。發自吳淞江，周歷徧異域。中華之與美利堅，頂趾倒顛適相值。我國亭午日正中，其地夜半天猶黑。乃信地體本來圓，一孔腐儒固不識。自西徂東若轆轤，自夏至冬猶須臾。計日二十六旬外，記里八萬五千餘。爰以耳目所聞見，繪爲二十有四圖。鯨渚鯋潯險更惡，蚪柱虹梁麗且都。鵬騰鼇倒可怖畏，鸞歌鳳舞堪嬉娛。有時重洋受顛簸，幾疑赫怒攖天吳。有時山椒恣登眺，仍將清話招浮屠。船車楫馬走儵忽，尺洲寸島工描摹。豈比方士作讕語，蓬

萊圓嶠兼方壺。嗚呼，黄帝以來定九牧，海外九州擯弗錄。千年隔絶今又通，天意殆將舊軌復。嘗聞半部論語可以治天下，今則孟子一篇足。切要之言曰反本，刑罰從輕税歛薄。耕於其野行於塗，無不欣然得所欲。鄰國仰與父母同，海外九州盡來屬。羣公辛苦議更張，無乃下喬入幽谷。因君此圖發長歎，迂哉吾言聽者孰。

周黄鐘玉律琯歌，爲吴窓齋中丞賦

黄鐘之管長九寸，班志鄭注無不同。陰律以銅陽律竹，此説本於鄭司農。後鄭説與先鄭異，十有二律皆以銅。黄帝造律雖取竹，亦聞黄帝律用玉。舜祠襄冢得皆符，誰謂取材必嶰谷。王莽始變而用銅，兩鄭所言均未塙。以上並本《晉書·志》。至其長短初無聞，古傳三寸有九分。又云黄鐘管一尺，史志所載何紛紜。後人謹守九寸説，班鄭云云吾亦云。要其受黍千二百，自漢以來莫之易。如何多寡有參差，各因其時所用尺。隋開皇時稽古制，有辛彦之有鄭譯。自漢晉至後魏周，尺之大小竟懸隔。同長九寸徑三分，受之以黍有寬窄。或九百黍不能容，或二千黍猶可益。惟遵銅籥蔡中郎，不多不少逢其適。宋代鐵尺亦與同，惜哉其一未如額。此由庣腹有盈虚，拙工使然何足責。以上並本《隋書·志》。今欲追定古黄鐘，古尺端宜先考覈。窓齋中丞富收藏，羅列古玉千百方。珧華黎綠滿几案，琥璜珽瑁圭璧璋。修短豐殺各殊異，手摹目瞭心忖量。乃知周時有三尺，一一爲之言其詳。俄於秦中得玉琯，玉色潔白微兼蒼。證以所定搢圭尺，實得一尺二寸長。内徑七分又有半，宛如嶰竹空中央。適受一千二百黍，減一則弱增則強。定爲黄鐘古律琯，考驗得實喜欲狂。出以示我我亦喜，君更爲我言其理。天之大數十有二，黃鐘陽律宜準此。九寸舊説未可拘，古來沿誤自班史。隋志考定諸黃鐘，嚮壁虚造無一是。今以古尺定古律，乃是實測非虚擬。萬事根本出黃鐘，度量權衡從此起。上自朝廷下郡國，大而宫室小杯匜。皆可是則而是效，無不有綱兼有紀。方今人人言變法，先民規矩棄如屣。古制疑將一掃空，毒過秦坑更倍蓰。何圖此琯出此時，天意茫茫必有以。或者猶未喪斯文，樂備禮明當可俟。願君持此獻明堂，制度考文佐天子。

卽事有感

世事茫茫不可論，一重公案此中存。請開海禁宋文恪，今日輪車走墓門。宋文恪公墓在婁門外，時開火輪車路，適當其衝。公諱德宜，字右之，康熙朝賢相也。然請開海禁，實自公始。

除夕口占

除夕仍開餞歲筵，又添新婦更欣然。家風只與常時似，世事驚看逐日遷。冉冉衰齡春有限，茫茫後路海無邊。行當再見唐虞盛，屈指天元九十年。

余於道光丙申年入縣學，至今光緒丙申，六十年矣，追念前塵，憮然有作

光緒二十有二年，老夫行年七十六。歲陽在丙歲陰申，六甲循環如轉轂。後丙申溯前丙申，余年十六未冠巾。始以文字試郡縣，有司程式粗能遵。衡堂史公來校士，倖博一矜青其身。歷數名場得意事，此是生平第一巡。是時海内猶全盛，丹徼青冥都息警。萬里提封元版圖，百年休養漢文景。逾兩年有黄鴻臚，力言民患猶未除。請塞漏卮培國本，欲以法令懲頑愚。中外會議僉曰善，煌煌厲禁懸通衢。邊帥奉行稍過當，實始挑釁波斯胡。踵其後者變其議，竟以和戎爲上計。和議既成海禁開，從此蕩然無限制。中間又值大亂來，轉戰廿年殊不易。中原無復有金湯，一任狼朊來嗅地。去歲邊釁開東洋，蠻烟蜑雨何茫茫。但有鼓鐘延海鳥，竟無弧矢拒天狼。結贊要盟馬莊武，維州棄地牛奇章。不獨黄金擲虚牝，并教黑眚掃文昌。議強議富紛然起，變法行從取士始。莫將八股困英雄，且握六觚窮物理。喇第諸字譯華文，歐邏巴人充教士。光學化學妙無窮，尼山俎豆將祧矣。舊德先疇不復存，矜奇弔詭伊何底。前丙申至後丙申，人事變遷竟如此。六十年來老秀才，撫今思昔不勝哀。遂將世上滔滔事，都向心頭歷歷來。旁人爭爲衰翁喜，今歲重來游泮水。誰知一領舊青衫，斑斕漬透憂時涕。

青楊歎

蘇州盤門外有地曰青楊，時於此創設繅絲紡紗諸局，平治地基，掘出骸骨一萬餘具，且有甚異

者。余爲賦此歌，以寄浩歎。

漢廣川王好田獵，境内古墳皆被搰。魏王鐵冢掘到泉，袁盎瓦棺穿見骨。後來煬帝開汴河，汴隄冢墓傷殘多。千載大金仙蜕骨，亦遭浩劫無如何。嘗疑此事未堪信，小説家言難盡聽。誰料吳中真有之，古事茫茫今可證。一從機器西洋來，紗廠絲廠同時開。盤門城外青楊地，千夫椎鑿聲如雷。哀邱莽莽無封樹，舊是義園叢葬處。閃爍青燐黯有光，縱横白骨森無數。冢中枯骨亦太奇，或黔或赭或則黟。（骨色不同，或云地氣使然。）或爲白鼠走躑躅，或爲赤蛇蟠躨跜。（皆冢中所有者。）更有一墳完且固，巨靈力擘纔呈露。中有楩枬兩具棺，不知何代何人墓。一時吳下偏傳聞，傾國來看冥漠君。名流憑弔孫王冢，（盤門外孫王墓，或云孫堅，或云孫策，宋滕宬有記，明盧熊有辨，今相傳亦被發，然實無據也。）婦豎喧傳閣老墳。（得枬木棺二，父老相傳云王閣老墳。然明代王文恪公鏊墓在東洞庭，王文肅公錫爵墓在閶門外，則此亦不足據。）豈無義士同陳向，枯骸八萬將收葬。（尤中書先甲主錫類善堂之事，使人檢拾掩埋，然日不暇給也。）數十輕舠載不完，半填沙土半隨浪。嗚呼，重泉一閉便千秋，誰料中郎善發邱。劇賊如逢朱漆瞼，讖言豈應劉黄頭。陰風慘淡無從繪，每過午時天必晦。（自正月來，大率如此。）今宵雨雪昨宵雷，（二月初五日大雷，初六日大雨雪。）人事天時吁可慨。纔完商局又洋場，日夜丁夫畚挶忙。道畔髑髏如解語，莫將至樂傲侯王。

《歲暮歸書圖》爲孫仁甫明經題

武林孫氏藏書九千萬卷，乾隆間開四庫館，孫氏進書甚多，宋杜大珪《琬琰集》其一也，《四庫》著録，由翰林院鈐印發還。庚辛之亂，藏書散失，亂後蒐訪，僅得十一。乙未歲除，有以書求售者，卽《琬琰集》也。仁甫以洋錢五百買得之，繪《歲暮歸書圖》，命其子康侯茂才入山求詩，爲賦此篇。

武林孫氏推名族，故家不僅森喬木。九千萬卷舊收藏，富敵石渠與天祿。四庫館啓乾隆年，詔求遺籍窮垓埏。君家進書最夥夠，至今著錄存文淵。中有名臣琬琰集，宋紹熙年杜氏輯，密行細字色黝然。百七卷書猶宋刻，蘭臺采錄仍封還，玉堂鉅印何斒斕。頓令此書倍增重，重其曾自天家頒。嘉道升平人共慶，湖山歌舞猶全盛，坐老縹囊緗帙間。瑯環福地安能勝，無端大劫遭紅羊，末流積毒歸錢唐。傑閣文瀾付一炬，何論杜庫兼曹倉。亂後歸來搜墜簡，多少烟雲重過眼。千百之中十一存，汾河委筴知何限。去年臘月歲云徂，有客攜來一袱書。發函瞥視得此集，珍重何啻瓊瑤如。賈人儓佔逾常格，縱典魚須非所惜。酬伊王面五百錢，還我家傳十六册。自從西學興西洋，光學化學窮微茫。一時異論遂蠭起，幾疑吾道將淪亡。今觀此事余心慰，故物青氊未可棄。士食舊德猶有期，天喪斯文知尚未。君家橋梓盡名流，弓冶箕裘世澤留。盍倩良工重影寫，臨安舊志共雕鎪。君去年重雕《臨安志》三卷，亦當時進呈者也。

石屋嶺覩明人霍韜題名

石屋嶺下有一小洞，曰乾坤洞，亦曰小石屋，其旁又有一洞，狹僅容人，深可三丈餘，不知何名。洞口刻字云：余應兆、霍韜同游，嘉靖癸未又四月十二日。按《明史》，韜於正德九年舉會試第一，謁歸成婚，讀書西樵山。世宗踐祚，除職方主事。癸未乃嘉靖二年，或正其自家赴闕之時，自廣東至京師，故經由杭州也。韜卒於嘉靖十九年，年五十四，則當生於成化二十三年。其成進士已二十八歲，何婚之遲也？計癸未年已三十七歲矣。余應兆不知何人，與韜同游，遂得留名，幸矣。

文敏題名古洞旁，想因赴闕過錢唐。山中已了讀書事，殿上將陳議禮章。青史紛紜徒聚訟，蒼苔剝落尚成行。翻憐碌碌同游者，空谷長留姓氏香。

前詩序中所云余應兆，實查應兆也，余偶誤記耳，丁君松生以拓本見示。查之爲人頗非碌碌者，又賦此詩正之

石墨摹來再細看，磨崖名姓未曾刓。底須青史留佳傳，明史無傳。自有蒼生頌好官。官山東參議及淮徐兵備道，所至有聲。大禮是非無所附，權璫氣燄不能干。何當更向吳中問，墓道崇碑或尚完。查字瑞徵，長洲人。正德辛巳進士，除工部主事，榷浙江木税。時鎮守中官方倨侮，查與二御史入謁，中官據上坐笑，引卻之。尚書林俊以忤中官被逐，疏請召還。後歷官至河南布政使。詳見《蘇州府志》。蓋據劉鳳所撰墓志也。按，辛巳爲正德十六年，明年即嘉靖矣。檢《明史·七卿表》，林俊嘉靖元年四月任刑部尚書，二年七月致仕，則查釋褐即榷税浙江，與霍同游，正此時也。然林俊致仕，非被逐，劉志小誤。

有二蝶飛集曲園，一即飛去，一墮蛛網死。取視之，大如掌，色純緑，亦異種也。爲賦緑蝴蝶詩

漫將蝶粉配蜂黄，别樣風神别樣裝。誰料蘧蘧漆園叟，竟成楚楚緑衣郎。飛來窗下疑鸚武，挂向

枝頭即鳳皇。想是花神弄顔色，借他翠袖襯紅妝。

七夕戲作

七夕拜雙星，乞巧亦舊俗。遲可至十月，說本《開元占經》。早或用初六。見宋陳元靚《歲時廣記》及明沈德符《野獲編》。要惟七月七，故事聞之熟。今歲天氣佳，候已過中伏。一雨喜新晴，庭院淨如沐。更有蛾眉月，娟娟懸屋角。兒女援成例，焚香更然燭。老夫亦好事，不辭拜匍匐。自惟愚且魯，至老猶碌碌。但能如弦直，不能爲鉤曲。但知抱古心，不知悦今目。方今大巧開，事不從其朔。人可行於空，海可化爲陸。應變圓如環，趨時疾於鏃。而我獨何爲，困守愚公谷。天孫幸憐我，塊然若一璞。鈍根爲我拔，靈泉爲我沃。庶幾破混沌，不憂困蹐跼。天孫聞而笑，所見胡不卓。吾方憫世人，機巧競馳逐。履蹈辭故常，師資求異族。不就馳驅範，不遵布帛幅。蟬羽較重輕，蟻封計盈縮。精氣偷列缺，神功奪阿育。奇想從天開，絶技矜我獨。異說遂風行，禍心已陰蓄。如何人不悟，信好日以篤。效顰自謂妍，逐臭翻言馥。豈知勝其巧，惟在守吾樸。吾願世之入，不雕又不琢。風俗洗澆漓，紀綱守嚴肅。農夫服先疇，商賈循世鬻。伏臘從鄉風，兒童赴家塾。毋喜其新聲，毋眩其奇服。毋攘人之瑜，毋失己之鵠。毋芸人之田，毋離我之局。民風比懷葛，世運追軒頊。參魯而柴愚，工樸而商慤。甘抱漢陰甕，恥襲邯鄲躅。願遵四達衢，畏走九疑麓。彼即以巧來，一笑非所欲。其事吾弗爲，其書吾弗讀。入巧我則拙，制勝以此足。再拜謝天孫，斯言幸我告。守我定盤珠，養我不材木。飽我家常飯，閉我環堵屋。耳目杜聰明，身世忘榮辱。問奇謝楊雄，歸真師顔歜。呂相糊塗人，郭令癡聾福。其樂陶陶然，期頤不待祝。

告西士

西士固好奇，我好奇更甚。嗟爾西士人，奇巧猶未盡。但知爲火器，流毒何其忍。電線與火輪，能以遠爲近。究之何所益，徒爲識者哂。馳騖八極外，真乃擲虛牝。爾果有巧思，我當爲爾引。試舉一二事，能否爾自審。

有生必有死，賢愚皆同之。乃有道家言，謂可自主持。火候養丹田，精液生華池。交合配龍虎，胎息成嬰兒。其書雖具在，其語殊支離。鉛汞何所取，爐鼎何所施。此是一大事，爾盍爲深思。魏伯陽之易，張平叔之詩。無不窮其奧，兼能攻其疵。著書立一説，要使人人知。遂令蜉蝣質，同爲龜鶴姿。上追李八百，下及陳希夷。爾能爲此否？當以爾爲師。

老成子學幻，四序爲變遷。盛夏冰皚皚，隆冬雷䨻䨻。及讀抱朴子，書有黃白篇。言雲雨霜雪，雖皆由於天。可以藥爲之，與真無異焉。乃知人之力，可奪造化權。魏書西域傳，有國曰悦般。國人有奇術，疑神又疑仙。爲風風刁調，爲雨雨連緜。參觀此諸説，神妙真無邊。三里五里霧，豈得云訛傳。爾誠有巧思，於此宜鑽研。倘逢旱魃虐，良苗皆菸蔫。爾爲作霖雨，霑被陌與阡。倘逢黑蜧災，隴上堪行船。爾爲出杲日，仍可驅烏鞬。遂使人間世，歲歲大有年。但有和甘福，而無陰陽愆。菽粟如水火，箱萬倉斯千。禮義生富足，盜賊銷戈鋋。熙熙與皞皞，如在羲皇前。爾能爲此否？人必稱爾賢。

丹砂化黃金，漢時有此説。欒大李少君，借此行其譎。然而神仙家，又言真有益。或煮土而凝，或燒鉛而結。茅君與葛翁，似皆得其訣。五代李道殷，并能化以石。南唐耿先生，又能鍊以雪。其事既有徵，其説自難蔑。儒家固弗言，民用實最切。爾誠有巧思，盍試一搜抉。點化果有成，家家皆金穴。府藏既充盈，度支無匱竭。下逮蔀屋民，衣食總無缺。大可絶戰爭，小可泯盜竊。何必事通商？水陸走杌隉。何必事開礦？發掘到山骨。朝饔而夕飧，冬裘而夏葛。如取亦如攜，無巧亦無拙。官不知賄賂，民不知攘奪。道路有餱糧，門户無扃鐍。無懷葛天民，視此亦何别？爾能爲此否？勿云吾不屑。

天既付爾聰，天既付爾明。嗟爾西士人，自命良非輕。挾其心計巧，欲與造物爭。上可極九天，下可窮八瀛。如何所造作，徒以資縱橫。願爾知變計，望爾能專精。於我諸所説，黽勉觀其成。天必錫爾福，萬國同昇平。

詠古

秦皇并六國，天下合爲一。魁柄不下移，號令不旁出。漢唐以至今，相沿皆一律。骨肉無篡殺，家國無夷滅。僉謂此制善，戰爭可永絶。然而四海廣，難以一人治。一人之耳目，天下交蒙之。簿書日以積，法律日以滋。堂廉遠隔絶，情僞難周知。上既豐其蔀，下各行其私。政以賄賂成，柄爲胥吏持。文誥雖備具，綱紀皆淩遲。君門萬里遠，呼籲無所施。郡縣之天下，積弊皆如斯。民窮則盜起，養毒成瘡痍。一夫走跳踉，萬里無城池。四夷窺我隙，坌集如通逵。中原何蕩蕩，無復存藩籬。互市徧内地，開第居京師。海且化爲陸，夏且變爲夷。閉關固不可，學步徒見嗤。不知蒼蒼者，此後將何爲。必欲救其弊，莫如復封建。封建之難復，智愚所共見。試觀西漢初，不僅有郡縣。大啓諸侯王，帶礪頒金券。不過數十年，忽焉消如霰。根本既不牢，宗社豈能奠。必待大變後，兵荒四海徧。終歲不遇春，終朝不見晛。村落無夜尨，林木有春燕。民生於其間，生計無一線。人人困毒痡，處處愁昏墊。遂有豪傑士，出而承其變。一呼衆皆應，一舉衆皆願。始一鄉一邑，繼愈推愈遠。家各自爲守，人各自爲戰。方圓數百里，奉之使南面。小亦百十里，稱孤不爲僭。是卽古諸侯，不必冕而弁。君亦不甚尊，民亦不甚賤。耳目所能及，黑白無能眩。視民所好惡，若己之恩怨。國相則鄭僑，邑宰則言偃。教不外里塾，官不設曹掾。兵卽寓農田，富惟資穀絹。各正我封疆，無勞爾郵傳。既已內治修，何有外憂痗。爰有聖人作，一出人皆忭。善政所流行，仁聲其欣羨。萬國羅歌謳，四方修貢獻。是卽古天子，無勞舜禹薦。要其所自治，固不踰畿甸。此外從其宜，各有邦之彥。天子坐明堂，慶讓示懲勸。方岳巡侯封，輶軒采民諺。中外盡昇平，乾坤皆清晏。何必軒與羲，此象應重見。惜無彭與喬，吾言竟誰驗。

分久則必合，合久則必分。天下之大勢，古人有是云。但其所見小，未足窮無垠。只就九域內，區別町與畛。北不越幽薊，南不踰粵閩。東不出遼瀋，西不過峨岷。時而爲三國，正閏爭齗齗。時而爲南北，史傳徒紛紜。豈知大九州，州各環以海。其在皇古時，九州盡來滙。鄒衍猶知之，所言固非紿。後王德不及，一州自爲宰。茫茫六合外，擯棄吾勿采。蓋自黃帝來，不知幾千載。分久則必合，閉久則必通。時既逢其會，天亦開其蒙。心思之智巧，耳目之明聰。豈惟絕一世，直欲無化工。電線捷如響，火輪迅於風。雷可出自海，人可行乎空。遂令禹迹內，皆有海客蹤。豎儒不知變，成見猶未融。謂可絕其使，謂可摧其鋒。豈知天視下，廓然而大公。皆吾所覆載，無南朔西東。分久而欲合，誰能違蒼穹。東鶼與西鰈，會見皆來同。久之同文字，學校彼可充。久之同風俗，嫁娶人皆從。此謂一大合，不復分華戎。三國南北朝，小哉蟻與蜂。要之合與分，無一非天意。分合若循環，合易分亦易。更歷千百年，天意又有異。不過反掌間，閉關絶其幣。舟車斷往來，主客廢交際。完我清靜天，還我乾淨地。惜無千載人，不能見此事。吾儕生今日，空灑憂時涕。守先以待後，舍此無良計。

佛氏談世界，三千又大千。世界在何許，此語空流傳。西人創新説，頗足證其然。日月與五星，各自成一天。亦有人有物，亦有山有川。推之於恆星，無量復無邊。多若恆河沙，悉數誰能全。疑佛大神通，固嘗游其間。不然佛弟子，安得無疑焉。古説九重天，第一重爲月。其上水與金，又其上爲日。火星與木土，與日又懸隔。其上恆星天，迥乎不可測。惟月去地近，與人疑可卽。嫦娥竊靈藥，奔逃到月窟。此雖悠謬言，乃自歸藏出。淮南之所載，張衡之所述。得無真有之，流傳自載籍。及讀起世經，詳言月宮闕。高十六由旬，廣則兩之一。中有月天子，其壽歲五百。我疑佛曾游，是以能具説。其後唐明皇，曾作月宮客。此固不可信，要亦不可闢。安知方士輩，不真有此術。又聞水晶宮，曾容盧杞謁。向皆斥爲誣，今亦未敢決。西人取輕氣，製之而爲球。飄飄乎高翔，上與浮雲浮。奇肱之飛車，當亦與此侔。御風列禦寇，對之瞠其眸。傳至百年後，其制宜更優。豈獨翔寥廓，豈獨淩滄洲。月宮竟可到，法曲堪重偷。更進而愈上，何異乘飛虬。日輪或難至，火烈無能留。金水兩重天，儻皆人可游。下土衆蟣蝨，天路行夷猶。張騫到銀漢，李賀登玉樓。八十一萬里，從此堪置郵。我言偶至此，聞者笑不信。不知非妄言，吾説本經訓。絶地與天通，見之於呂命。可知皇古時，天人固相近。天神或下降，地民或上聘。周書與楚語，其説兩堪證。聖人惡其然，謂非理之正。乃命重與黎，絶之務使淨。苟非舊曾通，何必新著令。我恐今之世，地天又將併。精騖乎八極，心游乎萬仞。非不快一時，無乃非王政。何當命重黎，清問侍虞舜。

傅曉淵茂才以其先德江峯先生《梅嶺課子圖》屬題，率書一絶句

白雪嬌兒白髮翁，梅花嶺畔舊儒宮。笑他處士林君復，難把詩篇課羽童。舊題本二絶句，不存於稿，曉淵固請存之，乃補録其一。時曉淵已登拔萃科，不負乃翁之教矣。

東書房有梧桐樹，高六七丈，爲蟻所穴，其中空焉，風雨之夕，殊爲可慮。因伐去之，而悼以詩

枝高百尺力難扶，雨雨風風更可虞。解腕壯夫非得已，當門芳草竟須誅。新荄尚望陳根茁，雙植俄驚隻影孤。右畔一株尚在。手種梧桐今若此，老人自顧一長吁。

彭氏孫婦之亡二十有七月矣，命兩曾孫女釋服，而移其主附祀先人神機。漫賦一律

三年歲月過逡巡，往事回思總不真。新婦賢聲猶在口，嬌兒素服已離身。自憐白髮難親送，是日余以小病不出。且喜紅閨有替人。何日阿侯真入抱，泉臺應亦問頻頻。

偶檢舊書，得枯蓮一瓣，書五言絶句六首，似是詠荷花者，末署『丙申七月子振書』。其人不知何人，其年則必道光丙申，卽余入學之年也，今六十年矣。爲書一絶句於其上

一瓣枯蓮兩丙申，舊時花對舊時人。青衿黯淡無顔色，白石紅欄句尚新。蓮瓣所書，其首二句云『回文白石塘，亞字紅闌曲』。

尤麓孫哀詞

麓孫名瑩，臨海人，肄業詁經精舍。篤志好學，壯年殂謝，臨歿歎曰：『吾功名不成，無所恨，恨不得再至西湖一見吾師曲園先生耳。』其婦殉夫，同日死。嗚呼，是皆可哀也。

尤生古之人，樸茂含美意。所嗜惟學問，不知有餘事。每讀一書竟，貫串其大義。千緒與萬端，條分而件繫。爲我作年譜，摭拾頗云備。嗟我一腐儒，瑣瑣何足記。去秋歸臨海，云就有司試。試旣無所得，一病竟長逝。上有父在堂，下無子可嗣。與我獨拳拳，至死猶不替。不恨百無成，恨不再把臂。其婦亦賢淑，湯藥經年侍。泣問君已矣，將何爲妾計。君呼楮墨來，手示以二字。一節又一烈，聽其自位置。婦曰吾決矣，潛以烈自誓。君死婦亦死，棺槥竟雙具。此夫與此婦，迥與世俗異。嗟我老而衰，

久溷人間世。硜硜抱經術，將爲世所棄。惟望二三子，起而張我幟。今又弱一个，吾道殆將廢。

送孫女慶曾還溫州，并示孫壻宗子戴

辛苦從夫去，呻吟帶病行。老夫猶自可，汝母若爲情。鬱鬱心頭事，迢迢海上程。臨歧無待屬，壻意自分明。

松生又於乾坤洞搨示明人李元陽題名，再賦一律

李元陽字仁甫，雲南太和人。嘉靖丙戌進士，選庶吉士，歷官至荆州府知府。世稱中溪先生。淹博爲滇士冠，楊升庵以畏友稱之。其爲御史巡按福建時，刻《十三經》九行本，至今稱善焉。

諸老名從古洞題，訪求又得李中溪。至今滇士心猶折，在昔升庵首亦低。尚有經書閩舊刻，豈無歌頌楚遺黎。大梁開府同鄉里，景仰風徽試一稽。豫撫劉景韓中丞，其鄉人也，往年在浙時，曾購求所刻《十三經》而去。

三歎息

始皇焚書二世滅，漢興乃除挾書律。禮樂詩書未盡灰，山厓屋壁隨時出。皓首經師苦講求，專門

弟子同傳習。豈無僞書如張霸，豈無異説如王弼。後來理學出程朱，又與漢儒門逕別。要是同由孔氏來，尊儒重道無他術。自從西學來西洋，細入微茫不可詰。尼山舊位幾從祧，利瑪新書方競譯。慨自二千餘年來，六藝表章空費力。一齊付與水東流，老夫爲之一歎息。

明季空疏經學絶，本朝右文重采輯。順康以來到乾嘉，老輩鉅儒時一出。顧閻毛惠導其前，江戴段錢益加密。尚書討論古文僞，周易闢正先天説。聲音訓詁通乎微，制度典章核其實。儀徵相國集大成，學海堂書成巨帙。前有通志何足言，後有南菁庶堪匹。自從西學來西洋，阮王兩刻皆抛擲。慨自二百餘年來，諸老抱殘又守缺。一齊付與水東流，老夫爲之再太息。

嗟我明年七十七，垂老回思少壯日。雕蟲小技事詞章，漢注唐疏均未識。中年官罷居姑蘇，妄擬名山留著述。博觀國朝諸老書，最喜高郵王氏説。明堂修廣有新圖，卦氣陰陽殊舊術。親屬安排三黨九，亂臣考定十人一。大而典禮精參稽，小而字義細搜擷。春在堂書行海内，卷帙已經逾四百。略竊南閣祭酒門，冀參東漢喬夫席。自從西學來西洋，從此研經將輟筆。慨自四十餘年來，暑日寒宵常矻矻。一齊付與水東流，老夫爲之三歎息。

丁戊編　春在堂詩編卷十六

丁酉元旦口占

七旬又閲七年餘，坐對韶華暗自吁。風燭已成垂盡勢，月宫尚憶乍游初。余於丁酉中副榜，今又丁酉矣。舊交寥落同年録，新學支離異域書。飲罷屠蘇還一笑，久居人世待何如。

董壽母詩

壽母馮氏已於甲午歲計閏滿百歲，由浙撫題請建坊，至今年正一百歲矣。其孫伯騤茂才乞詩。

曾聞恩賫下彤廷，又向華筵進醁醽。若計五年逢再閏，已登百歲又三齡。巷衢歌舞娱元夕，正月十六日生辰。婦豎提攜拜壽星。嘉道咸同又光緒，世間能有幾人經。

汪郎亭侍郎以家製罐兒山雞來饋，賦謝

侍郎來書云：『罐兒山雞，以豬油灌入山雞腹中，蒸熟切片，此惟咸安宮庖人能爲之。翰林充日講起居注官，年終進起居注之日會食於起居注衙門，例用咸安宮庖人，必有此品。寶文靖極嗜之，城內外均不知作法。鳴鑾住內城，令廚子往學之，雖非唐臨晉帖，尚得皮毛之似。此亦翰林一小掌故也，故附及之。』以上均侍郎來書語，節錄之以代序。

侍郎歸築鍊珍堂，食譜新奇許我嘗。爲念庶羞容有雉，《儀禮·大射儀》『庶羞』，注云：或有雉兔鶉鴽。費君一曲艾而張。《宋志》『艾而張』與『雉子斑』本是二曲，唐李賀擬此曲，則皆用雉事。盤中片片渾如玉，批以并刀勻且薄。竟似羹調白兔胎，非同脯切紅虬肉。君言簪筆侍丹除，曾爲宮廷注起居。歲暮成書恭進日，年年珍膳出天廚。雕盤綺食紛難記，皆自咸安宮裏製。就中此品最稱珍，老去平章猶酷嗜。君家鐐子得真傳，晉帖唐臨竟儼然。員外花餻無此軟，嬰兒雪莢遜其鮮。嘗聞明代廷臣讌，炮鳳烹龍巧相眩。劉若愚《酌中志》云：遇大典禮，光祿寺備辦茶飯，有曰『炮鳳烹龍』者。鳳乃雄雉，龍則宰白馬代之。何如竟號罐兒雞，山雞亦足充公膳。河豚贋本各爭長，都下庖人效爲之，或細切野雞肉及豬油，納豬腸中，蒸熟切片，皆君所謂『不知作法者』也。灌注豨膏別有方。能使人間嘗禁臠，勝於宮外竊霓裳。老夫久冷春明夢，只向空山飽虀甕。玉堂天上不須論，白莧紫茄佐清供。君時以自製茄子同饋。

乾坤洞李元陽題名與林雲同同題，余初不知林爲何人，今於《圖書集成氏族典》得之，補賦一詩

中溪昔到此山前，端簡林公袂共聯。林謚端簡。老去尚書官一品，少時進士榜同年。林與李皆嘉靖四年進士。外臺不入七卿表，林由右都御史轉尚書，皆在南京，故《明史·七卿表》不載。吾土偏留再至緣。先爲浙江提學僉事，後官浙右布政使，轉左。莫惜姓名明史漏，長存石墨在林泉。

余主詁經精舍講席，至今歲三十年矣，開課之日，慨然有作

先皇同治七年春，是年太歲在戊辰。我來始主詁經席，第一樓頭作主人。荏苒光陰卅年久，竟自戊辰到丁酉。我年七十又七齡，尚擁皋比不自忸。春風講舍年年開，撫今思昔心徘徊。遂將三十年來事，都向心頭歷碌來。其時大亂初平定，士習文風方日盛。一朝學派溯乾嘉，千古經師宗許鄭。多少名流載酒過，晨燈夜燭與磋磨。硜硜家法持能正，落落微言得已多。學人門户無歧出，道德同而風俗一。讀書都解擯枚賾，學易咸知闢王弼。春華秋實鬬斕斑，頗在孫陽一顧間。歷來典浙試視浙學者，咸稱詁經人材極盛。幾輩翱翔到雲路，春秋兩榜得雋者幾及百人。幾人著述壽名山。黄元同、馮夢香皆詁經肄業生，今皆書院老山長矣。我亦沾沾私自喜，壇坫湖山吾老矣。俞舫搖來綠水湄，俞樓築向青山趾。一年兩度此招邀，朝聽

劉瓛暮聽苞。衰朽翻將師李謐，英豪頗不笑邊韶。三十春秋成一世，天時人事從而異。梨棗爭刊新譯書，丹鉛競寫旁行字。萬國同文西學興，西方教士髮鬅鬙。已愁禹蹟淹將盡，更恐秦坑燄又騰。孟氏遺書深有味，一言反本無辭費。省刑薄税信能行，堅甲利兵非所畏。如何異喙各爭長，辛苦羣公日夜忙。未見長材能逐鹿，空教大道歎亡羊。今朝循例來開課，吾道非歟無乃左。痛器先師許鄭前，一杯難勝車薪火。老我行將與世辭，諸生努力強支持。守先待後百年事，會有天元極盛時。

蘇武婦詩

《文選》載蘇子卿詩云『結髮爲夫妻，恩愛兩不疑』，可見其伉儷之篤。又云『生當復來歸，死當長相思』，則其生死不渝，臨别時必有要言矣。《漢書》本傳載李陵勸降之言，曰『來時太夫人已不幸，陵送葬至陽陵』，此必實有其事；又云『子卿婦年少，聞已更嫁矣』，託之傳聞，其不實可知。蓋李陵僞造此言，絶武歸志耳，子卿聞之，固當不信。千載下，轉因李陵一言使蘇婦蒙冤，余甚惜之。既載此説於《茶香室四鈔》，又作此詩存集中。

生當相見死相思，屬國當年贈婦詩。卽此死生一自決，可知恩愛兩無疑。不圖降將來饒舌，竟説生妻已去帷。試問陽陵親送葬，可曾親見去帷時。

節旄禿盡未還鄉，十九年來兩鬢霜。欲寄家書無漢使，代傳閨怨有梁皇。梁武帝有《代蘇屬國婦》詩，纏綿悱惻，梁武去漢未遠，必知其實。不嫌胡婦分新寵，應笑陵妻改舊妝。贋筆沿訛何足據，齊梁學語小兒郎。李陵書云：老母終堂，生妻去帷。東坡言此書是齊梁小兒僞作。

子戴書來，言五月十二日孫女慶曾暴卒，哭之以詩

久病原知不可醫，驟聞噩耗轉淒其。病則已久，死則非病。春林風緊啼姑惡，秋浦潮回斷子規。本擬秋間還蘇。已杜生機生亦贅，莫名死狀死猶疑。汝惟一德差堪取，持向夫家竟不宜。

前詩意有未盡，再成十絶句

十年幽恨苦難平，荆棘叢中了此生。見説赤繩初繫定，英雄名士一齊驚。既聯姻，彭剛直在金陵，徐花農在京師，同聲詫歎曰：誤矣，誤矣。

迎來贅壻頗風流，春在堂前喜氣浮。金榜題名花燭夜，一時佳話滿蘇州。孫壻宗子戴來贅姻時，新中式舉人。余製大金字八，懸之廳事，云『金榜題名』、『洞房花燭』。

落溷飄茵任所遭，命宮磨蝎總難逃。年年樹上聽姑惡，飛上高枝聲更高。到溫州後益甚。

申申怒詈在堂前，緝緝翩翩又耳邊。試向虎丘祠下拜，令人流涕小姑賢。蘇州虎丘有地名小姑賢，昔有姑虐其婦者，小姑曲解之，因建祠，而即以名其地。

迎來桃葉最輕盈，顆顆楊家果已生。日向杯中和輕粉，翻言釜内櫟鷓羹。姑爲買妾，妾生楊梅瘡，未即納。翁問之，則詭言慶曾不容也。

輪船旬日一來游，欲報平安慰白頭。裁得衍波將下筆，淚痕漬透筆仍投。其侍婢言之。

虞山小住竟兼旬，強作清游病後身。一事真教成讖語，破山寺裏過生辰。去年慶曾生日，與子戴在常熟，同游破山寺。

亦恐無名死太輕，遲遲未肯遽捐生。居然忍到三年久，絶命詩詞久已成。三年前已作絶命詩。

柔腸寸斷到臨終，回首庭闈夢不通。費盡經營無限意，親書死字寄家中。臨終前三日，附書子戴書尾，云『朱喜何病而死？』朱喜者，吾家老僕，三月中死者也。止此一句，不更著一字，其意在書一『死』字寄家中，非問朱喜也。

垂死衰翁淚滿顋，追思前事不勝唉。始知王滿連姻事，宜有黄門白簡來。向讀沈休文，奏彈王源，以爲太過，今乃知古人所見遠矣。

《太常仙蝶圖》爲徐壽蘅侍郎、叔洪侍御題

侍御奉諱家居，仙蝶來止其廬，時丙申六月二十二日也。因繪圖寄侍郎京師，圖到，而蝶又集於侍郎之寓，則八月十六日也。侍郎徵詩，因賦此。

太常老道本來仙，專結名流翰墨緣。一樣池塘有青草，飛來飛去總翩翩。

飛來湘水去燕臺，五十光陰一往回。應笑人間太多事，迢迢蘆漢火輪開。

自從光緒溯乾隆，無限遷流百歲中。惟有仙人長不老，蘧蘧還與昔年同。

當代機雲兩儁才，故應仙蝶許追陪。曲園園裏非無蝶，只是尋常村裏來。

姚夫人生日焚寄

年年六月初三日，家祭仍開設帨筵。若計閏餘剛八秩，今年七十八歲，計閏則八十矣。又添孫女到重泉。夜臺翻有生人樂，塵世將逢末劫年。頓使老夫歸思切，右台山下共長眠。

光緒丁酉距道光丁酉余中副榜之歲六十年矣，八月初九日，晨起書此

舊夢重重化作烟，又逢丁酉又秋天。玉堂後進廿餘輩，溯自庚戌來，二十二科矣。金榜微名六十年。屈指一周花甲後，回頭初踏棘闈先。題名小録今猶在，碩果孤存亦可憐。正副榜一百十四人，今存者，余之外恐無人矣。

徐壽衡同年前輩典試浙江，以闈中述懷詩見示，次韻二首

文章自古屬離明，水有瀟湘嶽有衡。人喜中興羅將相，天留大老領科名。漢廷自重九卿長，浙士虛期三載成。來歲春風持玉尺，會看桃李鬬菁英。君已拜視學浙江之命，旋由吏部侍郎遷左都御史，還朝供職。士論惜之，故以明年會試總裁爲祝。

不堪言命管公明，且與論文陸士衡。薛燭卞和難長價，曹蜍李志豈求名。自全散木安愚拙，力挽狂瀾仗老成。三十年來人事異，白雲天半自英英。

壽衡同年前輩贈詩二首，次韻奉酬

東西兩浙溯前游，今日相逢又九秋。已向瀛洲推老輩，近科認啓單，公名居首。更煩砥柱鎮中流。兩翁白髮稱知己，公手書楹聯見贈，云『大千世界一知己，八十老翁猶著書』。多士青雲仗蹇修。一笑雲泥都不計，三杯清酒共湖樓。

朝端封事幾篇書，公頻上封章，甚切。物望都歸陸敬輿。此去行開丞相閤，閑來尚訪野人居。浪傳階下多書帶，湖樓書帶草甚多。只惜山中少洛如。湖州山中有洛如花，郡有文士則生，今科湖郡獲售者少，公以爲惜，故云然。懸擬程文殊自愧，恐教安處笑憑虚。余於浙闈題有擬作。

又次壽老韻，即以爲别

不能叨附鹿鳴筵，空作蟾宫兩度仙。副榜無鹿鳴宴，余六十年老副榜，不能叨重宴之榮。天上再煩修月户，山中且和聚星篇。餘霞黯黯猶成綺，舊夢重重欲化烟。齒較於公三歲長，不知繼見是何年。

晤世振之都轉，談論甚相得，賦詩贈之

一年兩度接清襟，高論如君實可欽。匡濟時艱須本務，維持國脈在民心。但存方寸權衡正，不畏尋常習染深。異日封疆膺重寄，願持此意作良箴。

徐季和學使自高氏山莊步至右台仙館見訪，是日乃其六十生日也。清談小飲，賦詩贈之

積雨經旬一霽纔，每逢佳客草堂開。鳴騶入谷將軍至，前兩日濟均普將軍入山見訪。安步當車學使來。見説年將開七秩，休嫌官未到三台。輶軒徧歷東南地，時又拜安徽學使之命。藉挽悠悠世運頹。

聞花農入直南書房，寄詩賀之

御齋儤直最宜南，此贈君舊句也。余一見君，即以此期之，故云然。三十年來有此談。喜向禁廷簪彩筆，勝於驛路駕征驂。考差未得，方爲君惜，今乃釋然。前徽已紹二勳一，君承文敬、文穆兩公之後，而文穆亦曾直南書房。慈壽恭逢六十三。君入直後，恭逢皇太后六十晉三萬壽，恩禮優渥。芝草迭生真有驗，君京寓屢有芝瑞。豈惟瑞菊比羅含。

惲菘耘方伯以家製湯圓見餉，賦謝

使者傳來字數行，欣然嘉惠拜承筐。碓中細碾羊脂糯，鐺内匀浮蟹眼湯。潔白自存公本色，輕清頗得佛圓光。膝前攜到曾孫女，呼作牢丸與共嘗。

送日本楢原陳政子德歸娶

日東有奇士，相識廿年前。已貫中西學，方當少壯年。豪游猶歷歷，雅意最拳拳。執摯蕭夫子，曾居余門下。傳真白樂天。兩次爲余寫照。贈余吳客縞，盼爾祖生鞭。聽打回帆鼓，言開合巹筵。人欣聯舊雨，日本有舊雨會，子德與焉。天爲締新緣。妻島添春色，師門拜暮烟。所娶得能氏，乃其師之孫。鷄鳴纔共警，鵬路又高騫。别後一彈指，攜將小比肩。雙雙來見我，杯酒再流連。

光緒丁酉，西湖有開鐵路之議。余在山言山，不能無言，輒作長歌，以代蕘唱

西湖山水天下勝，唐宋以來稱極盛。雨奇晴好百皆宜，轉覺東坡詩未盡。時局一變洋人來，拱宸

橋畔洋場開。議傍西湖興鐵路，好從湖墅達江隈。其地逶迤三十里，高者山腰下山趾。自茅家步向南來，逾翁家山猶未已。植竿立幟費經營，雖未興工勢已成。一路松楸將伐盡，萬家冢墓待填平。有人創此非常議，意欲從中圖自利。高貲億萬託空言，異日成虧渾不計。問君地有幾由旬，只自江干到拱宸。舟楫往來稱便利，何須爭此一逡巡。此邦貨物由來少，北毳南琛都不到。江西葛布安徽茶，衢嚴橘柚金華棗。看取洋場地尚荒，不聞巨賈此通商。尚無鬼市開羅刹，奚取神車走阿香。無端鑿空到林麓，奪盡山光與湖淥。豈惟怨毒積幽明，兼恐生機窮水陸。方今天子愛黎元，大吏憂勤重本原。豈向山川殘地脈，定從道路採人言。傳聞鐵路行將罷，早已歡聲騰四野。西湖花柳故嫣然，依舊游春又銷夏。

壽君殉難詩

壽君名星，字同春。習申韓家言，乾隆中爲淡水廳幕客。林爽文之亂，同知程公死之。君年已七十餘，招集義民，恢復竹塹城，擒斬賊目三十餘，固守年餘，後移駐大甲溪。會官軍勦賊，馬蹶被擒，罵賊而死。賞知縣職銜，祀忠賢祠。其族元孫錫恭，余門下士也，請賦此篇。

臺灣自古居荒服，赤嵌城爲荷蘭築。鄭氏竊據數十年，昭代龍興方內屬。乃其民氣猶未馴，承平未久亂又伏。往往征討煩王師，遠渡澎湖島卅六。乾隆盛世同華動，一夫倡亂林爽文。淡水地與鷄籠接，實於臺北居要津。官死吏逃民亦散，幕中有客曰壽君。七十老翁誓殺賊，蜑丁漁户皆成軍。自丙迄丁凡二載，長城賴有先生在。一朝追賊大甲溪，馬蹶被擒神不餒。嚼齒張巡氣益豪，銜鬚溫序心無悔。至今廟食竟千秋，歲歲崇祠薦蘭茝。嗚呼，鹿耳鯤身氣象雄，山川猶與昔時同。朝廷已棄珠厓郡，父老空懷鐵稍公。遂使海疆淪異域，竟無義士激孤忠。紅毛樓下三更月，空有長鯨鼓颶風。

余主講詁經三十年矣，明歲中丞又致禮幣，宜以衰朽辭。然念近來時局日新，余去後，精舍規模必大變矣，姑藉孱軀，稍留殘局

自擁皋比三十年，衰齡何敢再流連。但思興廢關吾道，猶把修明待後賢。滄海狂流無計挽，夕陽殘景暫時延。明年一掬憂時淚，重灑先師許鄭前。余今年詁經開課，有『痛哭先師許鄭前』之句。

題陳蓉曙太守《峯泖宦隱圖》

九峯三泖間，東南稱勝地。宜有隱君子，輕世而肆志。君以五馬來，固已與隱異。況聞所建豎，足與龔黃儷。爲士講經訓，爲民籌樂利。云何繪此圖，仍以隱取義。或嫌出處殊，或笑名實戾。我獨謂不然，仕隱固一致。君昔金馬門，亦自稱避世。今雖擁旌麾，何異衣荷芰。一郡小試耳，大任行且至。存君隱者心，行君仕者事。春風有太和，秋水無纖翳。雖至督八州，依然衡與泌。

吴穎芝太史蔭培，以其祖、父兩代孝行乞詩，爲賦是篇

隋書孝義傳，載有二孝子。鈕回鈕士雄，父子相濟美。隋祖表其閭，稱爲累德里。不圖至今日，又見於吴氏。恂恂彦欽君，名仁榮。內行粹無滓。爲後卽爲子，豪髮無歧視。刲股治母疾，母疾竟爲已。歿以孝子旌，崇祠陳簠簋。厥子菡青君，名恩熙。又以孝繼起。嘗事父母疾，醫來窮於技。兒臂一臠肉，兩度付刀匕。雖有效不效，精神泣神鬼。兩君一鄉望，人中梓與杞。嘉言與美行，閭史不勝記。姑舉其大者，已足式浮靡。孝義天所祐，科名人所喜。令子掇巍科，龍門躍仙鯉。英英金閨彦，翩翩探花使。日下寄聲來，乞我詩一紙。我乃老賓氓，半生寓吴市。清門雖未登，仁里素所企。異時累德名，亦當載青史。幸鄰孝子鄉，恭敬比桑梓。

恆春片石歌

恆春乃臺灣縣名，地產赤石。光緒壬辰、癸巳間，吴下張翰伯廷驤游其地，得片石以歸，未幾而臺灣遂淪爲異域。翰伯乃繪《恆春片石圖》，余爲題詩。

此石昔在蠻荒中，隔絶不與中原通。隋將略地偶一至，遥望但見雲濛濛。前明海盜據其地，嘉靖間林道乾，萬曆間顔思齊。林顔平後荷蘭繼。明亡鄭氏自稱雄，此石依然化外棄。我朝聲教暨南荒，一統車書

邁漢唐。已變荒洲爲郡縣，更開行省劃封疆。此時此石應生色，絶赫奇光照水國。儼從海底出珊瑚，壓倒懸黎與垂棘。無端海水嘯天風，鹿耳門邊不待攻。銅柱銘勳無馬援，珠崖議棄有楊雄。有人曾作臺洋客，攜到恆春一片石。奇蹤應不讓陳倉，雅玩真堪比靈璧。而我深爲此石愁，赤嵌已不隸神洲。昔年白石神君廟，今日紅毛鬼子樓。我又深爲此石喜，何幸攜歸君袖裏。他年天祿補琳瑯，錄此恆春歌一紙。

戊戌元旦試筆

高軒一任曉來過，坐對籸盆自放歌。計閏年爲八十歲，三十年積閏月十二，作爲一歲，六十年得兩歲。余今年七十八，計閏年則八十矣。連恩榜算廿三科。余庚戌翰林，自庚戌至戊戌一十七科，加恩科六，故爲二十三科。浮生冉冉行將盡，塵世滔滔奈若何。願似熙隆全盛日，不嫌薄蝕到羲和。元旦日食，溯康熙、乾隆間，皆嘗有此事。

盧童子詩童子名人麟，字欣如。

我聞宋代神童多，其最著者晏元獻。朱天錫與朱天申，兄弟兩難人共羨。四齡童子呂嗣興，入侍皇孫共筆硯。尤有奇者蔡伯俙，襁褓之中蒙召見。誦詩一百有餘篇，真宗皇帝大歡忭。三歲奇童出盛時，七閩山水多才彥。二句即用真宗賜詩意。所憐末路轉蹟唐，垂老猶將祠俸戀。若黃居仁十三齡，此已尋常不足炫。明代惟有李東陽，四歲兒童拜金殿。后來文忠楊廷和，一十二歲領鄉薦。乃聞順德李世嶼，四歲能書大字匾。又有大庾嶺頭碑，大書雁回與人遠。旁書八齡童子書，名宋世勳無郡縣。從來髫齔有英奇，能使停年格一變。項槖甘羅大有人，張蒼羅結難同傳。老夫今年七十八，一二時髦曾入眼。新安童子黄崇信，九齡口角何輕便。元箸超超自不同，小時了了殊堪念。或試令屬對，曰『小時了了』，應聲曰『元箸超超』。淮南童子張家釗，八歲來投童試卷。當初未與一衿青，今日思之猶惓惓。嶺南童子余瑞鸞，輶軒使者以詩先。謂徐花農。孿經頤壽寫銀花，墨彩淋漓今尚絢。江右童子黄國楨，擘窠福壽筆尤健。去歲七齡今八齡，想見婉孌猶未弁。不圖又有此盧郎，玉樹臨風抑何蒨。問年纔當幼學初，家在桂林寓茂苑。元和大令爲揄揚，李君紫璈。遂使老夫親覿面。試之文字頗清疏，走筆繽紛如集霰。倘教挾册試風簷，孤羆深叢堪一戰。安知不作史唐英，粉紅袴赴鹿鳴宴。此卽古之張童子，禮部二經堪入選。只惜時無韓昌黎，誰爲宏奬誰爲薦。盧郎盧郎聽我歌，此後青雲宜自勉。願如晏元獻，三十五歲入黄扉，勿如蔡伯俙，八十老翁爲人賤。

句麗古碑歌有序

高句麗之建國，始於朱蒙。朱蒙者，東扶餘國王，得河伯女，閉之室中，日照之而孕，既而生一卵，有一男破卵出，卽朱蒙也。故自言日子，河伯外孫，見《魏書·高句麗傳》。此碑亦云『我皇天之子，母河伯女郎』，與史合。史又言：夫餘之人謀殺之，朱蒙東南走，遇大水，魚鼈並浮，爲之成橋，與此所云『渡奄利水』事亦合。《後漢書·東夷傳》亦載此事，云『南至掩淲水』。掩淲即奄利之異文。惟《魏書》言名朱蒙，《後漢書》言名東明，疑東明是其名，朱蒙是其王號，彼國之例固然也。此碑云『鄒牟』，與史不合。然朱與鄒，蒙與牟，一聲之轉。朱蒙爲鄒牟，猶掩淲爲奄利，譯音固無定耳。碑首所云雖似虛誕，而實見正史，凡言高句麗之先者，類如是也。此碑則爲其十七世孫廣開土而立。據《朝鮮史略》，晉孝武帝太元十七年，高句麗故國壤王伊連薨，太子談德立，是爲廣開土王。至安帝義熙九年，談德死，子巨連立，是爲長壽王。然則廣開土立於太元十七年壬辰，薨於義熙九年癸丑，止二十二年。此云『卅有九宴駕』，乃計其生年，非計其享國之年。上文云『二九登祚』，由十八歲數至二十二年，適三十九矣。此王名談德，廣開土是其王號。而又云『號爲永樂太王』，豈永樂是其年號耶？明成祖年號永樂，當時且不知前涼、南唐及宋方臘皆有此號，高句麗號更非所知矣。廣開土亦是約舉之辭。碑首云『廣開土境平安好太王』，後云『廣開土境好太王』，可知此是美稱，猶中國之徽號，故文有詳略，而約舉之，則但曰『廣開土』也。碑云『永樂五年，歲在乙未』，其下又有『六年丙申』、『八年戊戌』、『十年庚子』、『十四年甲辰』、『十七年丁未』、『廿年庚戌』，紀載歷歷，則當立於晉太元十六年辛卯，薨於義熙八年壬子，可以訂正《朝鮮史略》之誤。碑云『以甲寅年九月廿九日乙酉遷就山陵』，則薨後兩年而葬也。碑爲守墓而立，蓋其國舊俗，以國人供王墓灑掃。廣開土王遺命則欲以所掠取濊韓之奴客充之，而又慮其不知法則，故參用國人三之一，碑所云『國烟三十，看烟三百』，皆謂此種人也。碑立於義熙十年，至我朝光緒二十四年，凡一千四百八十五年，而碑文完好如新，惟闕一百五十餘字，未知何故，疑有所諱而刻去之也。日本使者中島時雨雄以拓本自京師屬花農寄贈，因賦此詩。

高句麗之始，鼻祖曰朱蒙。生自東夫餘，神物殊凡庸。以日爲阿耶，以河爲阿翁。一朝避難去故土，大河前阻無戢戢。河伯聞之大驚詫，嗟吾外孫塗其窮。立召魚鼈黿鼉龜鮫龍，鉤連成橋環環如長虹。履之而渡何從容，洵由神力非人功。宜乎立國七百有五歲，二十八世長爲東夷雄。傳十七世而至廣開土，神武頗有鄒牟風。二九登祚號永樂，國富民殷五穀豐。每戰必勝攻必克，掃除部洛如撥蘴。碑書『部落』作『部洛』。惜乎壽不永，三十九而終。不及其子號長壽，在位七十九年，壽過殷中宗。乃爲山陵制，頗較先代隆。洒掃之户三百有三十，三新一舊相彌縫。新者濊韓諸奴客，舊者仍使國民供。爰有國烟看烟別，刊碑示禁藏祠宫。此碑立於晉義熙，至今一千四百八十五年，猶若新磨礲。文不盡可識，義不盡可通。要其書法實雄秀，令人如對古鼎鐘。是時北方碑刻險怪可怖畏，南人又以俗書姿媚欺兒童。句麗古碑誰所寫，漢隸雖遠堪追蹤。東瀛仙客知我好古胷有癖，遠從日下郵寄來吳中。花農太史逞臆説，謂我下筆頗與同其工。魚目難與夜光混，虎賁豈敢中郎充。惟愛此碑自奇絶，不辭連月摩雙瞳。百殘卽百濟，平穰卽平壤，既可以證史文異，赫奴爲赫怒，唯有爲雖有，更可以知古字同。嗚呼，玄菟樂浪，故土今已不可問，惟此片石，奇光尚燭扶桑紅。

天津二等中西學堂招考學生，從孫箴墀考取第二，送之北去，爲賦此詩

百年世業守箕裘，惟有楹書數卷留。祖德衰微行且盡，儒門淡泊竟難收。遂教吾黨趨新學，從孫中

習西學者尚有一人，曰同悌，今在福建。不及農夫守舊疇。送爾北行雖可喜，悠悠時局使人愁。

上巳口占

積雨新晴一笑堪，客來時事不須談。休論海外九州九，且過園中三月三。人被老侵心已槁，花因寒勒萼猶含。長安道上諸年少，春色如何試共探。

排悶偶成

三春長是雨廉纖，永晝如年不捲簾。窗下喃喃貓念佛，牀頭唧唧鼠求籤。二句皆據俗語。但知精力隨年減，未覺韶光遇閏添。今年閏三月。今歲西湖好風景，酒痕襟上未曾霑。

余臥室前有山茶花一樹，甚盛，前年十月一花忽開，經霜雪萎焉，而至今不落。今年花開尤盛。此花猶在枝頭，賦詩紀之

一花開早飽風霜，冷抱冬心不吐芳。兩度春風吹不動，眼前爛熳是孫行。

禮闈揭曉，孫兒陛雲獲售，口占一律

未冠先登鄉飲筵，孫領鄉薦年十八。五回孤負杏花天。五赴會試未售。已拚學校司丁祭，本科大挑二等。誰料科名利戌年。余庚戌進士，至今年戊戌，四十九年。尚冀青雲能遠到，已看紫電徧流傳。蘇滬均有電報。固由祖德留猶在，一半還因汝母賢。二兒婦賢孝，且好善。

新昌俞氏有名煥斗字五峯者，過蘇來訪，因得見其家譜，敬紀以詩

吾家烏巾山，寥寥數十户。族微無譜牒，家寒但農圃。自吾高祖來，歷歷始可數。其前竟闕如，名字莫能舉。但聞自元時，家已在此土。爰有希賢公，遐哉吾遠祖。見明沈御史松《族譜序》。見於先君詩，徵諸沈氏序。嗟我生更晚，望古色先沮。君從新昌來，示我新昌譜。一世祖曰稠，家世本齊魯。二世祖曰珣，來綰剡縣組。實始居新昌，舉族於此聚。十二傳至樞，族乃從兹鉅。所生有四子，命名各有取。賢哲皆所希，更願顔閔伍。四子曰希哲、希賢、希顔、希閔。四子分三宅，一子獨無所。因父官吳興，就彼築環堵。希哲爲中宅，希顔爲西宅，希閔爲東宅，希賢則因父官吳興參軍，故遷居吳興。其後又三傳，希賢下尚有三世，曰日義、曰光泖、曰楠，以後無考。自此不復敘。至今東西宅，繁生若苞栩。中宅雖式微，亦向衍螽羽。惟吳興一支，無從更覼縷。詎知卽衰宗，鄉居又貧窶。吾祖南莊公，讀書窮四部。相承近百年，科名幸接武。飲水當

窮源，纚絲貴抽緒。鼻祖鄭俞彌，吾嘗徵之古。詳見《春在堂隨筆》。清溪有俞氏，豈等自生稽。得君示崖略，爲我細分剖。追溯所由來，或竟自天姥。援筆紀以詩，世系惜難補。

臚唱日，孫兒陛雲以第三人及第，再紀以詩

氈筆纔題淡墨香，又聽臚唱九天長。未符吾邑戊年盛，德清蔡氏，康熙間兩狀元，一庚戌，一壬戌。已放先塋丙舍光。先高祖明遠府君墳樹春間吐光如火。梓里補全三鼎甲，德清有兩狀元，一榜眼，未有探花。棘闈閱歷六科場。自丙戌至戊戌，凡七科會試，有一科未赴，故止六科。微名回溯真堪笑，雲路無風鷁退翔。入學第一，鄉試第二，會試第三。

汪柳門侍郎以詩來賀，率次其韻

長安棋局幾番新，一第聊堪慰老身。科甲寒家剛五世，自先祖以來五世科甲相繼。探花吾郡過三人。湖州探花，順治間吳光，康熙間茆薦馨，光緒間馮文蔚，至陛雲而四。已題黄榜名堪喜，未副紅閨意勿嗔。陛雲續娶婦許氏，本其中表妹也，自幼失母，育於吾家。甲午科，陛雲會試，賦詩送行，以狀元期之。如果得狀頭，亦唐盧儲後一佳話，惜不能也。分得龍頭剛一角，生平不負歲逢辰。陛雲於戊辰年生。

書戊戌科會試闈墨後

聚奎堂上一編成，功令俄傳已變更。遂使時文掃殘局，還容孺子附微名。孫兒陛雲文亦刻在内。天留此卷長爲殿，人望他年再遇庚。猶記康熙庚戌榜，陸清獻與李文貞。康熙癸卯、甲辰，鄉、會試廢時文，用策論，至己酉、庚戌，鄉、會試又廢策論，用時文，陸、李兩公，皆庚戌會試所得士。

戊戌冬日，留别詁經精舍

一擁皋比三十年，年年講舍聚羣賢。幾人白髮名山長，謂黄元同、馮夢香諸君。幾輩青雲閬苑仙。謂吴子修、徐花農諸君。秋實春華猶爛漫，冬裘夏葛已推遷。老夫一掬憂時淚，屢灑先師許鄭前。

先師許鄭鑒微誠，精力衰頽竊自程。縱使豹皮猶護惜，不煩螳臂再支撑。節堂維縶非無意，廖穀士中丞以書慰留。講舍攀留更有情。精舍諸生皆稟請中丞挽留。寄語諸君仍努力，他年會有濟南生。

彭剛直公祠下作

衰病龍鍾强自支，又來湖上拜公祠。英姿颯爽猶堪見，大局艱難不可知。幕下危巢真似燕，道中堅臥奈無羆。九京隨武如重作，正是長沙痛哭時。

雷陳交誼又朱陳，自締絲蘿意更親。天上曇華原不久，人間幻夢竟非真。最憐秋夜墳頭月，不照春風陌上人。公以長孫女妻余孫陛雲，及陛雲以第三人登第，而孫婦不及見矣。此夕雲旗如過我，知公清淚亦沾巾。

余病臥，忽夢與人議治河。余主掘地注海之説，而諸人或言築遥隄，或言築禦黄壩。余大聲曰：然則教從何處去。侍疾者皆聞此言，咸來問訊，余笑而不答，爲賦此詩

漢廷三策竟空陳，欲澹沈災未有因。但守良規一字掘，休嫌故道九河湮。若偕河伯交爭土，徒費羣公苦負薪。説與當途資笑噱，老夫囈語本非真。

己庚編　春在堂詩編卷十七

己亥元旦試筆

支離病叟太伶仃，七十居然又九齡。門榜偶題新鼎甲，房幃未抱小添丁。余未有曾孫。賓氓手稿仍編集，今年擬刻《褋文六編》。山長頭銜謝詁經。去歲已辭詁經講席。一拜影堂還復臥，不堪扶杖到園亭。每年元旦，必至曲園，望空三揖，致敬於花木之神，今病未能也。

風箏續舊作

金繩覺路認依稀，憑仗封姨爲指揮。俯仰風塵無俗韻，翱翔雲路有危機。此一聯乃四十二年前舊句。重如壯士千鈞挽，輕若仙人一舄飛。安得泠然追列子，排空竟去不須歸。

諸暨令沈君劍芙以『浣紗』二字拓本見贈，卻寄二絶句

浣紗溪上浣紗石，兩字傳由王右軍。賴有櫟園書影在，始知名蹟出唐君。此二字乃龍游唐堯臣書，諸暨令也，見周亮工《櫟園書影》。

大令今逢沈隱侯，平生詩酒擅風流。何妨再染摩崖筆，不讓堯臣在上頭。

花農以全家照像寄示，率題一詩

的皪銀光一幅鋪，鬚眉如鑑不模糊。人從福慧雙修到，數與乾坤六子符。君與夫人三子三女皆在。眷屬神仙都絶俗，精神松柏本非臞。君來書言近狀，視照像較腴。紫宸黄閣他年事，再畫朝天比翼圖。

花農又以乾隆窑茶甌寄贈，賦謝

内府茶甌製最工，百年故物認乾隆。甌署『敬畏堂製』四字，乾隆内府物也。一篋寄自蓬萊客，十詠添來桑苧翁。祕色卻分蘋果緑，好花剛映石榴紅。案頭適供榴花。茗餘追話昇平事，寫入甌南小録中。往年花農贈一茶壺，余爲著《壺東漫録》，今又以茶甌贈，因請援甌北例著《甌南録》，然恐未能矣。

徐壽蘅前輩同年拜工部尚書，以詩寄賀

清才碩學冠朝中，五十年來拜下風。荀子齊廷三祭酒，在朝翰林，公爲領袖。毛公周室大司空。約園光景前游在，公新刻《約園志》，園在浙學署。綸閣勳名後望隆。惜我阿蒙吳下老，幾時再得一尊同。

壽蘅前輩又寄贈二詩，次韻奉酬

一品穹官八秩年，尚將妙墨灑松烟。真人自抱神仙骨，古佛還參文字禪。處世良規無過耐，公賜余孫陛雲書，云「五十年翰林，始至一品，得力在耐字」。投時高論竟誰賢。孫枝幸許龍門附，敬拜先生此祕傳。

試拈枯管和新吟，三復來書意轉深。且喜此翁猶矍鑠，緣知吾道未銷沈。長沙太傅憂時涕，小雅詩人憫亂心。來書言：「交食頻仍，訛言煩興，皆小雅詩人所三歎也。」自愧蹉跎無遠志，坐看歲月去侵尋。來書言：「蕭勺羣慝，望之有道君子。」然余非其人也。

花農於五月三十日召對儀鸞殿，詳錄問答語寄示，爲賦此詩

儀鸞宮闕啓重重，親上雲階拜袞龍。金殿平明天咫尺，玉音問答語從容。兵農籌度時方亟，書畫

評量職所供。二句括問答大意。日旰君勤微示意，徘徊尤見聖恩濃。召對至四刻之久，皇太后乃從容曰『那没你……』語止半句。蓋命之出而不忍言出，所以待近臣者如此其厚也。

詁經精舍今歲又虛講席，劉景韓中丞兩次來書，請復主詁經，而精舍諸生亦同稟中丞，力申是請。率賦小詩謝之

衰翁八十太穨唐，明年八十矣。壇坫湖山卅載長。世上從無不散席，人生難得好收場。二句皆據俗語。蛇成畫足功徒費，豹死留皮願或償。他日講堂香一瓣，可容末坐附孫王。精舍奉孫淵如、王蘭泉兩先生木主，皆始掌教也。

余言於景韓中丞，請以汪柳門侍郎主詁經講席，聞開課有日，喜贈一詩

卅年手握大文衡，桃李春風滿鳳城。君累充主考、學政、會試總裁、殿試讀卷，門生滿天下。北闕夔龍存舊望，西湖鷗鷺訂新盟。好尋嘉道流傳派，莫負儀徵創建情。我似老僧宜退院，敢將衣鉢屈先生。

余與花農以『堪』字韻唱和，已二十餘疊矣。今年夏，花農又四疊韻，徐澂園尚書見而喜之，亦四疊韻，并寄吳下。余亦疊韻如其數，呈澂園，卽寄花農

頭白尚書興尚堪，每憑高詠發高談。飛騰雲路天門九，接洽恩光晝日三。萬壽節，尚書蒙賜宴，賞賚優渥。花農亦於前數日召對，歷四刻之久。已有勳名懸魏闕，還將詩句寄陶庵。金華殿内雍容語，一片承平雅與南。余每得花農書，歎曰：真金華殿中人語也。

司空新喜拜巢堪，漢司空巢堪見《和帝紀》，其人又見《曹褒傳》，言『一世大典，非褒所定，不可許』，蓋亦守舊之君子。蒿目時艱每共談。橫議喧闐十人九，騷情微婉一篇三。梅花待賦王沂國，著草休拈朱晦庵。但願羣公襄上理，空山高臥讓圖南。

六十年前記尚堪，何戡不在共誰談。惟期同作野王二，定許重賡宵雅三。余與尚書皆道光甲辰恩科舉人，至癸卯正科，可重賦鹿鳴矣。朝右耆臣靈壽杖，山中禪客太平庵。雲鵬籬鷃遙相望，未覺天涯限朔南。

老擁皋比我不堪，今歲詁經又虛講席，劉景韓中丞兩函來請。余力辭之，薦柳門自代。鼓詞平話佐閑談。荒祠考定唐桑九，西湖有唐桑憲保祠，憲保行九，故題曰桑九部王，今誤作三九。余考正之，載《春在堂隨筆》。豪蹟鋪張沈萬三。余《茶香室續鈔》載沈萬三事甚詳。吳下偶成新樂府，余新著傳奇二種，曰《驪山紀》、曰《梓潼傳》。湖濱空鎖舊吟庵。近來筆墨疏慵甚，莫誤經師訪濟南。

前詩既成，覺所以答花農者尚略，因又疊韻二首

敢同韓愈屈牛堪，昌黎有《送牛堪序》，自云師屬也。殊勝秦青服薛談。元澗採芝曾過五，花農屢有芝瑞。黃翁洗髓又經三。花農時生瘍。仍開日下詩人社，花農有《日邊酬唱集》。爭訪橋東米老庵。花農寓虎坊橋東。見説已成青瑣記，花農著此書將成。不須叢話索甌南。花農前以茶壺贈余，爲著《壺東漫錄》，今又贈茶甌，曰可成《甌南叢話》矣。

自問原非殷仲堪，也教揮麈作清談。看君穩步花甎八，容我閒開竹徑三。尚擬清風拜徐墅，西湖俞樓與清風草堂鄰。還將老淚灑彭庵。每過退省庵，時或流涕。相從幸有高賢在，五絶無慚虞世南。

花農宮庶所種盆荷連開並蒂花，以蓮房二枚寄贈，賦謝其意

蓮因慧業遠留貽，花農母夫人有《蓮因室集》。喜見奇葩放並枝。人在九霄承雨露，天將二美鬪風姿。生皆兩兩周家士，來必雙雙魯國姬。最好房中都有子，合存偶數不嫌奇。一房十五子，一房十三子，皆奇數也。奇爲陽數，多男之兆，而并之則二十八，仍是偶數。

世振之都轉以京倉老米寄贈，賦此謝之

老米偏於養老宜，來書云：高年服食最宜。一囊捆載出京師。多承良友加餐意，回憶長安索米時。自昔太倉曾忝竊，而今遠道又分貽。秋風湖上高軒過，畾飯相留可不疑。

余前辭詁經講席，詩云『可容末坐附孫王』，興到妄言，且亦身後計也。乃詁經諸君子卽言於中丞，於精舍設立長生位，雖感盛意，實非鄙懷，漫賦四詩

第一樓頭舊主人，悠悠三十一年春。生祠敢引于公例，尸祝奚煩畏壘民。竊比何嘗心弗喜，堅辭豈謂意非真。余一辭於監院曹小槎孝廉，再辭於院長汪柳門侍郎，三辭於撫部劉景韓中丞，均不見聽。祇慙不及曾文正，自奮雄威斧作薪。曾文正在日，有欲爲設長生位者，公怒曰：吾見必手劈之。

耿耿殷憂許鄭知，頻年灑淚對先師。余丁酉開課，詩云：『痛哭先師許鄭前，一杯難救車薪火。』以後詩屢及此意。庚辛劫運還如昨，甲子天元未有期。風雨雞鳴空宛轉，雪泥雁爪任迷離。惟欣咫尺彭庵在，常似蓬瀛相對時。俞樓後山有小閣，花農名曰『小蓬萊』，蓋戲以對彭祠前『小瀛洲坊』也。

鶴書雲信約同儕，有楊君榮壽等聯名出小啓，招集同人，期於九月十九日。是日新晴天氣佳。一紙官符軍府

下，是日奉中丞札，飭監院以安設日期報院。兩行看案講堂排。生而受祭陶元亮，陶公《輓歌》云『看案盈我前』，想光景必似之。死或成神蔡伯喈。盛會不知何以繼，且圖高興此時皆。

老夫匿跡在林泉，頗訝虛名處處傳。海外學堂留小像，日本人橋口太郎壽用西法照我小像去，云將攜歸，置之大學堂。山中書藏庋新編。靈隱書藏有余《全書》。已愁薄福銷除盡，無怪衰年老病全。不久右台安穩臥，余生壙在右台山。隨他毁譽滿人間。末句出韻，用唐人孤雁出羣格。

太常仙蝶，見於前人歌詠屢矣，花農所見有一仙二仙三仙四仙之多，則可異也。爲賦一詩

蓬萊瑞靄望中凝，得接靈蹤一再仍。古佛竟兼三四五，《金剛經》有三四五佛之語。老仙疑有子孫曾。知君疊喜來相告，愧我無緣見未能。余生平從未一見。惟祝源源相繼至，異時畫稿再摹滕。

十月初八日誌感

六十年來一夢如，不堪回首舊居諸。當年十月逢初八，正是盧生入夢初。六十年前此日，乃余新昏日也。一别悠悠二十年，杳無消息到重泉。倘教舉案人猶在，此夕重開合巹筵。

曉枕口占

最難調護小春天，乍暖還寒屢變遷。自笑衣裳顛到甚，暖披裘褐冷披棉。有灰鼠裘甚薄，一木棉裘較厚，並置杝架上，隨其寒暖而用之，不嫌倒置。

更漏無如冬夜長，遲遲未入黑甜鄉。老貓只念彌陀佛，不管宵來鼠輩狂。有一貓，自京師攜回，畜之已十有四年。初亦甚辟鼠，今則老矣，不爲馮婦。

先生頭腦本冬烘，一到天寒意轉慵。紅日滿窗猶擁被，聽他二十四聲鐘。近來晨起頗遲，自鳴鐘八下矣。牀上一鐘，案上一鐘，隔房又一鐘，俟三鐘齊鳴而後起，故二十四聲也。

老年精力愈衰微，暮史朝經事盡非。平話偶看花獨占，彈詞更聽鳳雙飛。偶看《今古奇觀平話》，內有《獨占花魁》一回。《鳳雙飛》則新出彈詞也，頗可觀。

偶然微物足娛情，隨手拈來總見成。靈藥冬蟲還夏草，奇花濕死又乾生。蜀友張紹歐以冬蟲夏草來餽，可入藥，亦可入饌。又兄子同愷往年寄我乾菊花數朵，以微火烘之，花瓣皆舒，如初開時，置水中則仍乾沾矣。余謂伊犂有濕死乾活草，殆即此類也。

零落殘牙滿口空，屠門大嚼苦無從。廚娘頗解衰翁意，製罷魚鬆又肉鬆。

仕宦原非三世家，隨常粥飯不求奢。盤中白菜兼青菜，壺內紅茶與綠茶。

湖山笑傲舊吟身，今日湖樓景色新。紅燭兩行香一瓣，老夫未死已成神。詁經監院曹小槎來言，十月十九日於精舍爲余設長生位，陳設香燭。

接到盧綸外弟書，窮愁潦倒苦難扶。如何專喜談兵事，地網天羅布陣圖。表弟姚少泉年七十一矣，喜談兵，自言能布天羅地網陣，可以制四夷，欲余言之劉中丞。余謝不敢。

萬事雲烟盡掃除，老人所喜是閑居。客房每倩客陪客，書賈還求書換書。東偏書屋，賓朋所集，余衰慵，未克陪侍也。書坊中頻以閑書來易余《全書》中零星小種。

老去文章總厭陳，不如兒戲逐時新。已看擁腫蓮蓬老，更見峻嶒蘿蔔人。曾孫女輩削蘿蔔爲人形，厥狀可怖。

寂寞門庭客到希，吾孫新又入京師。閑中只學王摩詰，一弄葫蘆一首詩。花農寄贈葫蘆四枚，云大内物也。余懸一枚於杖頭，時一摩弄。

銷寒吟每字限九筆

徐花農宫庶以《宫中銷寒圖》鉤摹見示，乃『庭前垂柳珍重待春風』九字，字皆九筆。花農并與吾孫陛雲言，擬作《銷寒詩》，每字限九筆。余聞而欣然，臘尾年頭，一無所事，雪窗枯坐，弄筆自娱，得詩九首，以符九九銷寒之義。傳觀同好，兼寄花農。

品流契洽帝城洪，英彦星斿炯若虹。要促南柯赴春信，故封[illegible]界卻秋風。茻枯孤峙茆亭苩，音白，《集韻》云『百濟有苩氏』。余見近人所著《稀姓考》云：白氏入蕃加草作苩，是苩卽白字也。香炰重挑柘炭紅。姑昵粃盆為活計，胡牀削版叟施狨。

巽風恊律祝春皇，星柬南飛首為昂。屋後苔垣拾枯柟，亭前柳陌映甠洸。幽扃宋宋恆思臥，重帟垂垂突冒香。陋室形神相祖洽，「祖洽」二字，見《禮記・孔子燕居》篇，義詳鄭注。卻看洹界故徉徉。

信風昨既度南陔，建首昜春萬萬迴。幽客承迎訂幽約，奇吧怒長茁奇胎。室施厚帟姑娱耇，「娱」字依《康熙字典》「涙」字之例作九筆。盆洒香泉待洗孩。余新得曾孫。俛看亭柯乖皆活，東皇威柄甚恢恢。「東」字作東，用韓勑碑體。

美哉春昫炤柴扃，竗甚香風拂画屏。飛度前岡俄後邑，依徊南垞叓[illegible]亭。要迎奇客恆祛俗，為盼甠昜故拜星。卻鬥妍姿挑祕思，依音按律奏玲玲。

衍律昜迴政待迎，依依苑柳叓垂英。帟挑延苧重重帥，音潑，淺白色，見《集韻》。垣染枯苔垛垛𣏾。即頳之或體，見《說文》。要客拜為括春使，竒軍派赴奕秋坪。重岈幽室長持卷，便是侯封南面城。

垣茻亭吧乖耐枯，弦韋幽侶迭相欨。迠迴秋囿恆持臿，拂拭春庭故奏竽。「庭」字謹遵《宮中銷寒圖》作九筆。孤叟厖眉為耇長，姣娃洗面拜神姑。客星曷待迢迢祝，卻指星南便是弧。余明年八十生日，有詩預辭親朋魄贈。

南苑垂珂故鬥姿，謂花農。枂為要約甚矜持。威俠若迫軍苛政，偈促重紆叟苦思。香郁盆柑姑染指，昫迴囿柳叓修眉。亭泉幽宋神飛迣，長使英流洒炫竒。

亭苕俌俏鬥風神，宋臥南岡便是春。幽度枀楒思眇眇，「枀」字見《漢書・地理志》，師古云：「古松字。」明修某垞咽津津。某，古梅字，見《說文》。勉祛俚俗神長活，苦保英竒品恰珍。荇柳姿枯香叓甚，姑持是卷眂珉珉。宋蘇昜簡小名珉珉，余曾孫中有名珉者，故借用之。

勉依故律按紅弦，奇思奔流赴若泉。苛挍音形神惘惘，成此九詩，頗費苦心，然按之字典，仍恐不無出入。苦㝉匡㢜痔便便。郊庠狀首皆為冠，姬姑修眉迭奏妍。指画重重廻叓夏，俄看春信降風前。

余作《銷寒吟》，已得九首，而潘補琴庶常又言宜作九言詩九句，因又成此八十一字

孤昜既彔叓夏柔若孩，彔夏，即剝復，用近人朱駿聲説。恊風柄政亭毒咸配哉。春皇陟降要使香界恢，封姨威怒卻為妍姿廻。南陌[illegible]郊枯梼俄胚胎，修柯孨峙青流屋後苔。烎柳長垂紅映垣前某，古梅字。依徊陋室約客重持盃。即杯字，見《集韻》。神悏形洽斿衍依庭陔。『庭』字遵《宮中銷寒圖》作九筆。

戲題《銷寒吟》後

昃香炔音皆近桂，若云九筆總參差。惟看石慶誤書馬，頗可通融入此詩。漢人以昃、香、桂、炔四字爲九筆，實皆非也。石慶誤書馬字，則真成九筆矣。

臘八日，陛雲舉一子，賦此誌喜

吾生臘月剛初二，此子還遲五日生。卻好良辰逢臘八，不虛吉月是嘉平。余雖生於臘月，然小寒未届，猶子月也。今年則初六日已小寒矣。

夜闌回憶我生前，尚有先人舊句傳。七十九年春不老，又吹喜氣到幽燕。余生時，先大夫在京師，故有詩云『春風吹喜氣，千里到幽燕』。今陛雲亦在京師，已發電報告知。

爭向牀前告老夫，耳長頤闊好肌膚。怪伊大母前宵夢，莫是高僧轉世無。二兒婦三日前夢一僧來，云將託生於此，余故擬乳名曰僧寶。

曾孫三抱皆嬌女，陛雲已連舉三女。今日桑弧真在門。自笑龍鍾八旬叟，不能再抱是元孫。

余往年七十歲時，親友饋贈壽言壽禮概謝不受，賦詩云：『諸君莫費殷勤意，留唱虞歌贈禭衣。』今年庚子，余八十歲矣，再申前説，敬告同人

七十纔過八十臨，更將微意付長吟。要須賤子歸真日，再費羣公念舊心。或助麥舟營後事，或歌薤露發哀音。此時投贈真無謂，徒惹衰翁淚滿襟。

花農知余新得曾孫，賦詩寄和，次韻酬之

日下仙人寄我詩，燕臺喜氣已先知。余詩云『七十九年春不老，又吹喜氣到幽燕』。吟成恰在洗三日，花農作此詩在十二月十日，正洗三日也。傳到剛逢數九時。余時正作《銷寒吟》，每字限九筆，即花農創格也。昔弄房帷皆是瓦，陛雲已生三女。今生階砌亦非芝。惟應夢兆差堪異，或者前生老戒師。事詳前詩。

僧綽僧虔古有名，且將一笑佐盱衡。殘年待盡同蛇蟄，余生年屬蛇。往事回思媿鶴鳴。余生長子時，術者謂：是歲直中孚九二爻，有『鶴鳴子和』之象。且喜芳蓀新在抱，已徵喬木略敷榮。先高祖在康熙中言，吾家必有興者，至今二百餘年，似有小驗。迢遙湯餅難相餉，聊把清談付管城。

曾孫僧寶雙滿月，鬀頭

正月穀日，僧寶彌月也。蘇俗正月不鬀兒頭，二月二日謂之龍擡頭日，宜鬀頭，然是日火日，又非宜也。因改於二月四日，老夫抱之鬀頭，口占一詩。

臘八良辰產此兒，而今春日已遲遲。欣當乳燕出巢候，恰直神龍昂首時。胎髮膩仍留丱角，白香山詩『膩剃新胎髮』。毛衫軟不礙柔肌。兒衫不縫邊，俗呼毛衫。吾孫遠作金臺客，勞動衰翁抱袞師。

述祖德篇

高祖明遠公，蓋生康熙初。高祖、曾祖生年皆失考，然吾祖生於雍正三年，則高祖之生，至近亦康熙初矣。家世實寒微，世業惟耰耡。生有子女七，一一羅庭除。其六吾曾祖，頭角初無殊。高祖獨奇愛，謂此非凡雛。後必有興者，昌大吾門閭。歲時伏臘祭，必吾曾祖俱。曾祖天因公，披褐藏璠璵。讀書既未就，識字耕田夫。吾祖南莊公，乃始專爲儒。一生亦偃蹇，青衿白髭鬚。行年躋七十，久已名心枯。從子新采芹，初曳龍門裾。吾祖爲牽率，老幼相提扶。是科竟入彀，不料仍齟齬。監臨吉中丞，謂與恩例符。失正乃得副，聞者爲嗟吁。中丞亦自悔，吾祖殊愉愉。留此貽子孫，何爭乎桑榆。先祖南莊公，於乾隆甲寅歲行年七十，久不踏名場，是歲，有從子新入學，乃與同應省試。填榜日，先祖已中式矣。監臨吉公曰：是可邀恩賞舉人，乃撤去之。及入奏，年七十者止賞副榜，不賞舉人。中丞大悔，先祖聞之笑曰：『此何足道？留貽子孫，不更美乎？』吾父躙花公，始得登賢書。先君乃嘉慶丙子科舉人。春官十一試，鬱鬱志不舒。傳至吾兄弟，先志何敢渝。官職雖未達，科名皆有諸。兄林道光癸卯科舉人，余道光丁酉科副貢，甲辰恩科舉人，庚戌科進士。兄子名祖綬，少年赴公車。祖孫皆丙子，佳話傳京都。惜乎竟不壽，未老身已殂。兄子祖綬，光緒丙子科舉人，距先君中式適六十年。吾孫舉於鄉，年未弱冠逾。吾孫陛雲，光緒乙酉科舉人，時年十八。六試始登第，忝入承明廬。陛雲於光緒戊戌科以第三人及第。吾邑數科甲，頗足雄偏隅。狀榜各有二，惟探花獨無。吾孫彌其缺，如鼎三其趺。遂令邑人口，藉藉南埭俞。余家居德清東門外南埭，人稱南埭俞家。徐胡與譚蔡，吾邑推崔盧。徐、胡、譚、蔡，爲德清四大姓。敢云尾附驥，已欣脛續鳧。

峩峩明倫堂，赫赫新規模。大書三鼎甲，誘勸諸生徒。俞氏雖後起，上配徐蔡胡。去年，德清明倫堂落成，書三鼎甲姓名榜之楣，狀元蔡啓傳、蔡升元，榜眼胡會恩、徐天柱，探花俞陛雲。回思高祖語，然歟非然歟。康熙至光緒，歷年二百餘。二百餘年前，朕兆何所儲。二百餘年後，徵驗似非虚。惟當益自勉，無令先業蕪。讀書乃本計，積德真良圖。我年登八十，光景惟須臾。作詩告後人，庶可銘盤盂。既以策才智，兼以警頑愚。要使吾雲仍，各奮青雲途。無使我高祖，追悔前言誣。

曾孫女琎，取牡丹花墜瓣，用竹絲穿插成朶，綴之枝葉間，人不能辨，爲賦一詩

爲惜殘英尚豔姿，又教擡舉上高枝。零脂賸粉無遺憾，翦月裁雲有巧思。佛手拈來自成片，神鍼穿就不須絲。居然花落春仍在，重憶衰翁廷試詩。

立夏日，循俗例秤人，戲賦

僧家結夏律最精，以蠟爲人較重輕。可知每年結夏日，先須一一經權衡。人間亦復沿成俗，堂前高挂鞦韆索。手把秤星經一編，鍾肥胡瘦覩甄録。骨人肉人爭釐豪，黍頭麥頭殊低高。抱到曾孫纔五月，居然十倍逾羲爻。曾孫僧寶，秤得十斤。老夫忝作一家長，黄鍾干黍難輕讓。八十衰翁九十斤，未改六

年前舊樣。余甲午歲在右台仙館亦秤得九十斤。吁嗟乎，燕雀低昂何足論，從來輕乃重之根。孟業千斤亦無謂，但願一十六兩元氣年年存。宋張安道遇一道人，云：凡人元氣重十六兩，老則秏。見蘇子由《龍川別志》。

蔡曜客自天津赴湖南，訪我於吳下。因招傅曉淵、章式之同集春在堂。曜客、曉淵皆諸暨人，而式之原籍亦諸暨也。爲賦一詩

論交文字自來真，草草盤飧作主人。且學東坡行享禮，不勞西子認鄉親。苧蘿村裏誰尋豔，楊柳溪邊舊問津。天津修志，實余始之，今成於曜客之手，然相距幾四十年矣。姑借吳門一杯酒，尊前同喫聖湖蒓。時西湖僧滿舟，適以蒓菜相餉。

徐壽蘅同年前輩輓詞

三月春風芳訊來，雲箋幾幅尚親裁。接公三月十三日書，凡五紙，紙五行，猶親筆也。方期怡老堂常在，不料靈光殿竟摧。寥落交游三五少，客臘，得合肥相國書，言甲辰同年，相國外，惟公與余矣。優長學問九重推。歿後，有『學問優長』之諭。哭公自是悲吾道，豈爲黃壚酒一杯。

卽將交誼論初終，亦與尋常迴不同。青史千秋真待我，黃扉十載竟遲公。尚書北闕星辰上，處士西湖烟水中。誰識雲泥仍不隔，年年往復費詩筒。

文字因緣信有之，吾孫又得拜緇帷。臚傳幸附三人末，陛雲廷試卷，適在公手。耐守真成一字師。賜陛雲書曰：余生平得力，惟一耐字。愛士儼如親子弟，立朝猶見古須眉。非才忝注韓門籍，珍重長安此素絲。

飾終恩詔下楓宸，四海人思一个臣。章奏每持根本重，詩歌亦見性情真。案頭哨徧詞猶在，公曾和東坡《哨徧》詞見贈。牀上陀羅被已陳。賜陀羅尼經被。他日約園重訪舊，老夫衰淚定沾巾。約園在浙江學署，公有《約園志》。

張恕齋大令年七十四，潘譜琴庶常年七十二，汪郎亭侍郎年六十二，同日訪余，余年八十，合成二百八十八歲，戲賦一詩

三人二百二十二，蔡君芸庭八十三，王君濟川七十一，余六十八。四人二百九十七。盛旭人方伯七十九，潘霨如中丞七十六，任筱沅中丞七十，余七十二。誇張盛會憶當年，前二事並有詩紀之。翕集耆英又今日。坐中一主三嘉賓，合作人間一大椿。遲來不數陳驚坐，次日有陳君辰田來，年七十九，惜未及預斯會。最少還推汪應辰。謂郎亭。幸與淮南八公友，三度相逢賓主九。三會十一人，余皆預焉，則九人矣。九人八百有七齡，堪步香山九老後。香山七老會，詩云『七人五百八十四』，後加李元爽一百三十六，僧如滿九十五，爲九老，共八百十五歲。方今萬壽正開科，柰此風聲鶴唳何。但願甘泉烽火息，我偕五老共游河。蔡、王二君及潘中丞皆已下世，存者六矣。

倣張船山寶雞題壁詩十八首

橫流初起只涓涓，誰料崇朝便蔓延。婦女能爲祆廟火，兒童競習内家拳。豈真梵呪傳紅教，更甚姦民聚白蓮。喫菜事魔從古有，最奇篤信有諸賢。

溯從海禁弛滄溟，門户東南竟莫扃。不礙青蠅紛聚市，生憎白馬亂馱經。已教市虎人人惑，叵耐城狐處處靈。遂使羣情疑且憤，一朝坌起似蛸蟆。

已聞嚴責大金吾，朝政多門又改圖。豈爲齊人工技擊，遂教鄭國拜神巫。紅燈夜半明霄漢，白刃朝來滿道塗。多少瓊鋪珠箔内，令人難信赤非狐。

衆正盈廷望太平，誰知禍亂已潛萌。哭求佛救無馮道，笑練神兵有郭京。雞鶩只爭鸜鵒粒，豺狼早滿鳳凰城。戈鋋首指西河館，坐困波臣幾客卿。

無端一炬竟成災，甲第連雲付刼灰。憔悴姬姜中路泣，倉皇丞相小車來。抛殘謝墅圍棋局，悽斷梁園作賦才。此夕甘泉閒眺望，滿城烽火照樓臺。

玉帳誰司大將權，朝來伐鼓又淵淵。行間兵仗蚩尤戲，篋裏軍符盜跖篇。搜刮錢刀窮室内，飛揚旌旆駐門前。閭閻有客京華返，親見尚書第化烟。

槐柳衙前一駐車，半成焦土半成墟。燒殘官地蛙都絶，閒殺臣門雀亦虚。詩興久抛何水部，履聲并斷鄭尚書。不知日日通明殿，更有何人直玉除。

北御河邊一水清，仙曹游戲住蓬瀛。秦牢已歎蟲難化，亳社俄驚鳥又鳴。大典那能存永樂，直廬空自憶承明。他年欲認巢痕舊，劉井柯亭處處平。

溢郭闐城九市開，終朝車馬走如雷。南金北毳千鍾室，東舞西音七寶臺。紫陌一時燒拉襍，黃罏他日榖徘徊。陳花腳麪曹婆餅，都入華胥錄裏來。

閒將棋局看長安，中外危疑事百端。鼂錯朝衣竟東市，鍾儀軍府尚南冠。將來青史知誰是，如此黃扉亦大難。老去平章無賴甚，一龕佛火借蒲團。

黑風白雨舞鯨鯢，丁字沽邊落日低。見説一軍皆化鶴，似聞六國竟連雞。不知大局誰榰柱，遂使中原盡鼓鼙。草澤英雄隨處有，非惟擾擾徧燕齊。

豈無壯士氣淩雲，欲向危疆自策勳。韋叡麾幢終不去，要離妻子已先焚。但將碧血酬君父，難把青萍掃敵氛。異日角飛城下路，令人流涕故將軍。

跋扈將軍氣似虹，自提勁旅襍羌戎。徒傷飛矢行人義，未奏搴旗斬將功。竟倚苗劉安社稷，豈將傕汜當英雄。悠悠付託何容易，都在鈞天一醉中。

東南諸將各專城，玉敦珠槃共會盟。似有意煩回紇馬，尚無人起晉陽兵。據爲欒土真難恃，撐住危天幸未傾。太息舉棋無定著，白頭愁殺李西平。

帷幄諸公坐運籌，無端笑擲此金甌。悤悤破竹今誰禦，一一分瓜舊有謀。何地堪稱天下脊，有人要索太師頭。若教韓范仍當國，盛業中興尚未休。

鶴唳風聲滿四郊，金城千仞不堅牢。舉朝猶自爭牛李，一戰何曾有鄂褒。韓侂胄雖邀倖免，陳宜中已報潛逃。惟應書遯深寧叟，未損生平物望高。

一朝戎馬滿京師，三月光陰遽至斯。平日嬉堂惟有燕，此時臥道竟無羆。紙鳶已斷南來信，鐵馬空馳北上師。赫赫宗周今茂草，傷心欲廢黍離詩。

恭聞玉輦已西巡，迢遞關山晉與秦。青鳥傳書渾不定，黃楊厄閏果然真。強鄰大有投鼂意，草莽非無逐鹿人。努力中興諸將帥，安排勳業畫麒麟。

秋懷四詠

輟筆

平生撰述費居諸，卷帙哀然四百餘。老竊虛聲雖可喜，生逢末劫待何如。將來伏勝誰傳業，此後虞卿罷著書。水火風災更迭起，名山料亦不堪儲。

斷葷

蟣蝨紛紛殺運開，尸陀林裏最堪哀。已驚流血將千里，奚忍分羹更一杯。滋味本來宜淡泊，干戈況乃正喧豗。何曾與我原同飽，枉殺鷄豚浪費財。

傳家

曾聞七十老而傳，況我頽唐又十年。案上虛陳家用簿，趙松雪有親書家用簿，見《香祖筆記》。囊中那有御書錢。都盧總付吾孫手，了當還憑汝母賢。莫道阿翁依舊管，管山管水暫流連。辛稼軒詞『乃翁依舊管些兒，管竹管山管水』。

祈死

世緣夢幻本非真，況此膠膠擾擾身。豈望死歸兜率國，莫教生作亂離人。舊疴猶記前庚子，道光庚子，余年二十，是歲大病。佳話思符兩戊辰。《左傳》成十七年，范文子使祝宗祈死，戊辰卒。昭二十五年，叔孫昭子使祝宗祈死，戊辰卒。二子同祈死，同以戊辰卒。元盛如梓《庶齋老學叢談》以爲異。寄語兒孫休戀我，十年前已厭風塵。

八十自悼

平生一事學伊川，每遇生辰總黯然。俞元德《螢雪叢談》云：伊川生日，致齋恭肅，不事飲燕歌樂。正苦未除煩惱障，不圖已届耄荒年。戲場離合悲歡幻，劫運刀兵水火全。自製人間可哀曲，烏烏唱向草堂前。

二百年前世澤存，苦將崛起望仍昆。先高祖明遠府君，在康熙初言，吾家當有興者。遺書雖守青箱學，先祖南莊府君，手鈔書甚多。老屋空存白版門。四歲移家居史埭，余四歲從德清移居仁和臨平鎮之史家埭。七年教授客汪村。三十歲前，館休寧之汪村，首尾七年。回思少壯艱辛事，尚有襟邊奮淚痕。

已分青氈了此生，蹉跎三十幸成名。置身瀛閬雖堪喜，回首窐衡轉自驚。月下吟情仍賈島，花前詩句竟韓翃。也同入夏春猶賸，偷領春風一日榮。余進士覆試，以『花落春仍在』句爲曾文正所賞，遂忝第一。此事屢見余詩文矣。後觀姚伯昂先生《竹葉亭襍記》載，六安陳鼈，嘉慶丙辰進士，覆試第一。詩題『首夏猶清和』，陳詩云『入夏初居首，春光賸幾分』。不數日竟卒，人以爲讖。余詩雖稍勝，要非春風得意中人也。

授簡抽豪朶殿旁，先皇垂賞到文章。傳來盛世都俞語，添得衰翁翰墨光。咸豐八年，河南巡撫英桂入覲，文宗語及臣樾，有『寫作俱佳』之諭。即以此四字刻小長印，有求書者輒用之。萬事雲烟何足計，九天雨露總難忘。貞元朝士今餘幾，北望觚棱淚兩行。

一自中州卸使車，歸來何地可閑居。未栽堂北忘憂草，時先太夫人在閩。且住城南獨學廬。自河南罷歸，於吳下賃居石琢堂先生獨學廬，亦稱城南老屋，有五柳園。故里漫愁無片瓦，名山猶望有傳書。余生平著述皆始於此。不圖烽火連吳越，五畝園林化作墟。

倉卒姑蘇一炬紅，頻年蹤跡似飄蓬。耐寒申浦朝看雪，黃浦舟中遇大雪，深可四五尺。冒險丁沽夜走風。坐夾版船，將抵天津，陡遇颶風，飄流竟夕，幾及朝鮮。性命居然逃虎穴，妻孥時或寄牛宫。在上虞縣避地楂浦時事。維摩詰女今無恙，猶共當年哭路窮。眷屬中同歷患難者，惟大女及二兒存，然二兒不復能記憶矣。

豈有雄心欲據鞍，如何草草便登壇。江湖正滿黃巾盜，鄉里聊充白版官。亂後溪山都破碎，危時丘墓幸平安。書生戎馬真堪笑，失計生平第一端。邵幼村師充團練大臣，以浙西鮮熟識之人，奏派余辦湖屬團練，勉強於德清敷衍數月，甚無謂也。

兵火餘生亦幸存，偶隨估舶到津門。途危轉覺他鄉好，錢盡方知債主尊。貧賤名思留著作，神仙累苦迫兒孫。悤悤十六年來事，坐席曾無三載溫。自庚戌至乙丑，十六年遷徙幾二十次。

喜聞烽火息南天，重向吳中寄一廛。二品封因兒拜命，兒子紹萊爲余請二品封。九旬壽爲母開筵。太夫人九十生辰，於吳下稱觴，頗極一時之盛。頭銜從此稱山長，浪跡居然類水仙。不意承平真再覩，浮生堪幸亦堪憐。

詁經精舍聖湖濱，一擁皋比三十春。常願師承牢守舊，豈期學派驟開新。料無滄海迴瀾力，甘作雲房退院人。自是湖山緣分盡，俞樓俞舫總生塵。

溯自青年至白頭，曾於四部略研求。著書不僅兩平議，兩《平議》行世最早，然余所致力者，尤在兩《襍纂》及《茶香室經説》等書。觀世曾懷三大憂。余有《三大憂》一篇，刻《賓萌續集》。驪女姓名登十亂，余考定驪山女爲『十亂』中之婦人，自謂最碻。孟皮俎豆到千秋。余在學政任内，曾奏請以孟皮從祀崇聖祠。老來回想皆堪笑，付與悠悠逝水流。

初踏名場尚是童，而今閲歷竟成翁。余十七歲中式副榜，即閲歷名場，今六十四年矣。已經小謫除仙籍，未許重游到月宮。光緒丁酉科，距余中副榜花甲一周。然副榜例無鹿鳴宴也。再三年癸卯正科，例得重宴鹿鳴，然恐不及矣。風雨空山幾猿鶴，雲霄舊友半蒿蓬。偶然檢點懷中刺，只少同年一紙紅。余比年往來江浙，丁酉、甲辰、庚戌諸同年皆無人矣，是以竟無年愚弟帖。錢子密尚書來，欲用之，檢尋不得，爲之憮然。

曲園草木逐年春，徙倚雕闌感又新。泉下沈沈無信息，花間黯黯欠精神。凋零頻有天倫慼，姚夫人亡後，大兒、次女及孫女皆相繼下世。飄泊猶非土著人。如此烽烟何處好，桃源可奈未知津。

吾孫偶忝探花郎，黌舍題名頗有光。德清向止有狀元、榜眼，而無探花。陛雲以第三人及第，乃補書三額，懸明倫堂。

正擬高堂嬉燕雀，誰知大局變蜩螗。朝中洛蜀爭朋黨，闕下苗劉作戰場。一入承明能幾日，兩番風景彀傍徨。

甘泉烽火竟頻仍，凝碧池頭感慨增。諸將可能功唾手，小臣惟有涕沾膺。羈留幸免王摩詰，奔赴終輸杜少陵。更費中宵懷轉展，經時魚雁斷親朋。女壻許子原、外孫王少侯尚在京中，花農已至固安，亦未知何往也。

後庚重與話先庚，道光庚子，海氛初起於廣東，至今六十年。八難三災已數更。早歲嬉游驚入寇，余二十二歲時作《聞戒篇》，爲甬東之警作也。中年轉徙誤歸耕。自中州歸即遇大亂。山林何處堪投老，天地無情未厭兵。藐是流離今暮齒，江南愁殺庾蘭成。

蓬門寂寞謝衣冠，纔到秋風便戒寒。長女還家將客待，曾孫入抱作兒看。桐棺已具難空庋，余置一櫸，已二十餘年。虀甕無多易報完。余近已蔬食。安得崑山周壽誼，周壽誼生宋景定間，歿明洪武間，年一百十三歲，見章有謨《景船齋襍記》。天元甲子再盤桓。

未到懸弧預賦詩，自知暮景薄崦嵫。好從秋桂飄香候，待到寒梅破臘時。余生日爲十二月二日，此詩則作於八月也。生日何勞問史記，死期已遣祝宗祈。青童句曲山中會，倘許從游定不辭。《真誥》云：十二月二日，東卿〔一〕司命君於是日，上要總真王君、太虛真人、東海青童合會於句曲之山。余生適當是日，欣然規往矣。

【校記】

〔一〕卿，原作『鄉』，據《真誥》改。

秋來買菊百十盆，陳列春在堂内。有一榦雙花，與尋常一榦雙枝而綴兩花名爲並頭並蒂者不同，賦詩紀之，草木之異，不足言瑞也

並頭並蒂總尋常，一榦雙花見未嘗。人笑尹邢嬌避面，兩花相背。天教達适燦成行。摹來古篆真如㢶，古弗字，見《玉篇》，花形如之。挹取清芬妙是馦，音香，大香也，字出《篇海》。只我貞元老朝士，不堪重檢舊冠裳。花色紫若微蔫者，據《菊譜》，此名『舊朝衣色』。

郜荻洲觀察雲鵠，年七十六時舉一子，至今年九十二，則子十七齡矣，爲之納婦，有詩誌喜，洵佳話也。賦詩賀之

春秋郜子最年高，《春秋》僖二十年，郜子來朝，余考其人已八九十歲，説詳《俞樓襍纂》二十八。白髮盈頭興更豪。九十詩人同衛武，一雙嘉耦羨枚皋。《漢書》枚皋年十七上書吳王，召爲郎。欣看此日開鴛社，定有旁人乞鳳毛。羅結異時過百歲，孫曾繞膝樂陶陶。

書外孫王少侯都下來書後

頻年薄宦客金臺，飽歷艱辛志未灰。慈母當歸空自寄，癡兒遠志竟難回。不辭溫嶠絶裾去，會見王尊叱馭來。尚有文勤遺澤在，家聲應許紹三槐。

花農拜閣學之命，寄詩賀之

數載南齋契聖衷，疊承恩命自岐豐。芒鞋未克趨行在，君以兵燹後衣裘未具，不克赴行在。芸閣先教兆夢中。君日前夢至一處，有樓臺一坐，内懸一匾，曰好嚼梅花。余謂所夢卽是内閣，匾字則調羹兆也。抛去晶章方寸白，照來榴火十分紅。君十月朔與余書，官猶庶子也，越二旬得閣學。書言：案頭失一水晶印章，盆中榴花至重陽猶開，且結一實。余謂庶子冠用水晶頂，閣學冠用珊瑚頂，榴實有珊瑚之象。此二事，不啻預爲君告矣。黄扉舊望今應紹，焜耀江湖老長翁。君爲文穆來孫。江湖長翁，余自寓也。

孫蕖田前輩乃道光二十一年辛丑恩科進士，至明年光緒二十七年辛丑，六十年矣，例得重赴恩榮之宴，疆臣先期以聞，詔報可，亦科名盛事也。寄詩賀之

疊頒恩命下彤墀，盛事流傳到浙西。昔歲鹿鳴曾再賦，乙未年事。此時雁塔又重題。青雲千輩皆居後，近科翰林認啓單共一千餘人，而公爲之冠。黄閣三公孰與齊。朝中大學士，皆公後輩矣。更有臨淮元老在，同將山斗拜昌黎。李少荃傅相，乃公會試分校所得士。

頭銜一世似冰清，今日欣邀異數榮。二品卿班新拜命，聞加侍郎銜。四朝詞苑舊登瀛。卻符故事黄崑圃，本朝重宴恩榮，自乾隆辛未黄叔琳始以詹事賞加侍郎銜。爲溯遺聞張杲卿。宋張昇，字杲卿，大中祥符八年乙卯登科，至熙寧八年乙卯，歷一甲子。龐元英《文昌襍錄》載之，以爲佳話。按，此卽重宴恩榮之權輿。只惜未留莘老在，《宋史》孫覺、孫覽兄弟同傳，莘老乃覺字也。今借謂令兄琴西太僕同年。令人回首不勝情。

余浪得虛名，海内皆知有俞樾矣。乃吳中諸生有曰俞鉞者，不知何許人也。賦詩以發一笑

姓名假設本無干，木落還欣金未刓。王逸少宜偕逸老，白居易又見居難。競傳此客能驚坐，欲爲

先生製大冠。我愧崔崔兼杜杜，尚留一半與人看。

每歲二月十九、六月十九、九月十九，俗傳是觀世音生日及出家成道之日，余家於此三日皆戒廚下勿得以腥血入饌，謂之淨竈，亦俗例也。十二月二日爲余生日，亦援是例淨竈一日，并作一詩垂示後人，世世子孫，無違此戒

齋廚俗例久相安，生日何妨與並看。共體慈悲菩薩意，卻宜粗糲腐儒餐。欲將古訓銘饕鼎，先作新詩附食單。歲歲嘉平逢二日，子孫爲我淨杯盤。

是日五更聞風雨聲，枕上口占

天爲衰翁作生日，一宵風雨大排當。眼前景物只如此，此後光陰料不長。孤負好音傳紫電，徐花農閣學自京師傳電致祝。空勞苦口勸黄堂。吳下羣公謀製屏爲壽，倩濮紫泉太守來道達其意，苦勸勿辭。老夫自把門闌鎖，一任高軒來去忙。是日扃門謝客。

郎亭侍郎製蜂窩豆腐見餉，其名甚新，爲賦小詩

大烹豆腐嫩兼鬆，小樣蜂房疊又重。莫遣葛仙和飯嚼，防他噴出便成蜂。

僧寶於去年臘八日生，今歲此日，歲一周矣。江南風俗，有試兒之例，見《顔氏家訓》，聊一行之，喜賦此詩

去年臘八此兒生，今歲重聽臘鼓鳴。抱向筵前見賓客，競言頭角已崢嶸。

晬盤羅列看如何，小手居然解撫摩。只愧儒門欠英武，但能取印不提戈。是日，兒先以手撫摩書册，旋以左手取小金印，右手取珊瑚帽頂，把持不釋。旁有小寶劍，不取也。

親朋投贈滿堂前，兒帽兒鞋黼黼鮮。坐客更欣郃老在，杖頭解付古時錢。潘譜琴庶常以古錢二十枚贈，皆吉語也。言其幼時所佩，時年七十三矣。

老夫從不作生辰，今日欣然酒一巡。仍爲家風存淡泊，不勞褉技更紛陳。親友中有欲以褉戲爲一日之娱者，余峻拒之。

郇亭示和章，疊韻酬之

吾孫婚早子遲生，陛雲初娶婦止十三歲。今日方聽雛燕鳴。敢望此兒成大器，但求中品列鍾嶸。

阿翁吟苦是陰何，枯坐空齋又達摩。若望元孫還入抱，魯陽爲我試揮戈。

欲將舊德話從前，鄭草江花總不鮮。惟盼書香存一脈，豈期衰族振俞錢。

欣逢臘八是嘉辰，笑向梅簷試一巡。更喜汪倫頻過我，兩家原是舊雷陳。

郇亭再和，因又疊韻奉酬

香山正待賦春生，再八日卽立春矣。東野仍於詩一鳴。不問此兒賢與魯，且將詞筆鬭崝嶸。

喜抱重孫奈晚何，《詩》『曾孫篤之』，《爾雅》『孫之子爲曾孫』，鄭箋、郭注並云：曾猶重也。故曾孫亦或稱重孫矣。在前兩女已肩摩。是男應有元孫見，塗抹粗知畫與戈。陛雲連生三女，長者十八歲，次者十六歲，又次者則尚小也。使長、次二女有一是男，則余此時應有元孫在抱矣。

光景欣逢六九前，好將菽乳當冰鮮。盤中有凍豆腐。如斯湯餅真堪笑，破費青銅三百錢。

記得生孫歲戊辰，陛雲生於戊辰年。蒼龍天上幾周巡。但求世講通家誼，交紀交羣總是陳。

俞廙軒中丞新得彭剛直墨梅一幀，寄余乞題，率題數語

廣平賦梅花，人之風度如花妍。剛直畫梅花，花之風骨如人堅。姑射仙人抱冰雪，淩波俏立原幽絕。二句用原題詩中意。乃其奇氣盤輪囷，此老心腸究是鐵。嗚呼，於今鬼魊方縱橫，公亡畫在公猶生。張之素壁宵來驚，虬枝偃蹇蒼龍鳴。

觀剛直原題，云『癸酉除夕前一日作於寄蜉閣』，至今二十八年矣。緬懷舊好，再題一絶

待向湘中訪寄蜉，悠悠二十八春秋。昌黎重對孟郊竹，那得風前淚不流。

辛丑編　春在堂詩編卷十八

辛丑元日

纔過鼠後卽牛前，俗傳有此語。坐對韶華黯自憐。九九殘年隨逝水，重重舊夢化輕烟。且將白日黄雞曲，寫入紅情緑意箋。余手製箋也。但願四方烽燧息，春臺大衆共陶然。

新年褉詠皆用俗語，聊示㻫、珉二曾孫女。

悤悤短晷過殘冬，又見春光檻外濃。一品鍋宜除夕設，萬年糧爲歲朝供。紫姑未動箕頭筆，紅紙先開井口封。最是竈神迎要早，迎遲猶恐太龍鍾。

循例家風又一遭，兩行紅燭影堂高。堆盤滿滿金錢餅，飣坐團團元寶糕。未免羹湯勞婦子，且圖燈火戲兒曹。老夫扶杖瞻遺像，回憶童時舊緑袍。「今夕逢除夕，開箱取緑袍」，余七歲時詩也。

貧家豈有買燈錢，且喜晴和景物妍。杯茗分持賓主柄，年家子沈芷卿自江西寄贈茶椀數枚，其椀有柄，柄有在左、在右之分，蓋從賓主並坐，左右手之便也。盤飧羅列子孫圓。粉餈不拘大小，謂之『子孫圓』。老梅盆内香猶澀，殘菊瓶中色已蔫。卻爲花園安土地，年年三揖在花前。花園土地之名，宋時已有之，余家曲園雖小，亦不容無。每年元旦，余必具衣冠三揖。

空費寒廚幾日忙，老夫頓頓是家常。敝袍已染二藍色，藍色深者爲二藍，其淺者爲三藍，余布袍黯敝，淺藍變爲深矣。淡飯還澆三白湯。白菜也，鹽也，水也，余謂之『三白湯』，最喜食之。利市肉香嫌久腊，俗以豬頭祀神，謂之『利市肉』，然皆醃以鹽而風乾之，非腥也。糊塗圓好喜多糖。吾鄉作粉餈，不裹餡，而以赤豆沙拌之，謂之『糊塗圓子』。先大夫嗜之，故至今猶必以薦。偶呈小食羣公笑，齒冷人間食憲章。

自換桃符只幾天，又看春餅早登筵。盤龍饅乍沿街賣，蘇俗舊有盤龍饅頭爲過年祀神之用，見《清嘉錄》。走馬燈俄滿市懸。迎到財神分五路，翦成喜字總雙全。七人八穀都經過，飛帖猶煩補拜年。

春到貧家亦可誇，冬青柏子插橫斜。瓦盆青種萬年草，竹爆紅開百子花。出釜孛婁純是糯，入甌橄欖最宜茶。西湖攬勝圖猶在，聊共兒童一笑譁。《西湖攬勝圖》見《三要》。

眼前景物再搜尋，隨手拈來味轉深。筍片層層皆是玉，筍脯中有名『玉蘭片』者，甚佳。糖條寸寸總成金。新年兒童喜食寸金糖，美其名也。紅箋喜試新年筆，余每年元旦裁紅箋，書『元旦舉筆，百事大吉』八篆字。黃曆愁牽暮歲心。竈有送迎燈上落，十二月二十四日送竈，元旦接竈；正月十三日上燈，十八日落燈，皆舊例也。一齊收拾付長吟。

曲曲園林本不寬，草堂春在未知寒。盤中細搗長生果，鑪內深埋歡喜團。纔擁粈盆謀餞歲，又排彩格賭升官。詩成莫笑香山俗，寫付重孫嬌女看。

潘譜琴庶常以桃核壽星賜曾孫僧實，賦謝

巧匠雕成徑寸形，鬚眉衣裓盡瓏玲。幾時偷自東方朔，一夕飛來南極星。何必青田求大核，且從絳縣算遐齡。君今年七十三，故以絳縣老人擬之。衰翁手挈重孫拜，敬祝先生老復丁。

花農自庶子升閣學，余有詩賀之矣。茲以謝摺稿寄示，再賀以詩

上苑高遷出谷鶯，絲綸喜紹舊家聲。廿年名在八科上，君庚辰翰林，至戊戌已九科矣。九代封邀一品榮。君擬請三代一品封誥，上接文僖、文穆兩公，九代一品矣。自有文章稱臺閣，了無災難到公卿。鈔來疏稿郎君筆，其長子名興東。異日應聽雛鳳鳴。

正月十三夜，於曲園假山上放花爆，亦年例也

枝枝火樹鬬槎枒，銀礫金沙整復斜。夭矯九龍來取水，翩躚雙蝶去穿花。眼前一瞬飛如電，空際千條散似霞。且與兒曹同盡興，認春小坐共杯茶。認春卽春在堂後軒。

余以虛名流播東瀛，日本國人能讀余書者多矣。有上海領事繙譯官白須直寓書於余，言曾讀余《課孫草》，此則可異也。漫紀以詩

時論方將制藝焚，科場學校議紛紛。誰知地隔兩頭洞，兩頭洞乃海嶼名，自日本至寧、紹經由之路，見《圖書編》。尚有人談八股文。當日膝前聊講習，此時海外遠傳聞。莫將覆瓿區區物，了卻玄亭楊子雲。

日本人樵原陳政，字子德，曾在余門下，庚子之變死於京師。其所照小像猶在，對之泫然，賦詩弔之

湖樓猶記共論文，頰上三毫儼對君。膝下應留金瓠在，君有女尚幼。閨中已痛玉臺分。君娶西鄉氏未久，偕至中華，君死始歸國。茫茫妻島無春色，黯黯哀丘有夕曛。一樣才人來異域，如何竟不及陳芹。陳芹，交南國人，避黎氏之難，遂來中華，中嘉靖甲午舉人，官知縣，有詩集。見《靜志居詩話》。

盆梅盛開

衰年不是漫游身，鄧尉空傳在比鄰。盆内偶成些子景，堂前已足十分春。有香贈我真清友，無地

容君愧主人。倘得白家園五畝，玉鱗百樹已輪囷。余每年有盆梅四五枝，若有隙地栽種，二十餘年來，百餘樹矣。

滬上有以余所製《勝游圖》及《西湖攬勝圖》用西法照印各一千紙售以助振者，賦詩一笑

暮史朝經老亦停，聊於游戲闢畦町。亂鈔玉笈三山志，借用骰盤五木經。只合編排成彩格，豈期衒賣徧郵亭。藉輸秦粟尤堪笑，可值銅錢三百青。

繆悠詞

語皆俚俗，意涉荒唐，殊非雅正之音，是謂繆悠之說。

孟姥亭邊酒一杯，阿貓阿狗各投胎。十方善信開綠薄，四海英雄打擂臺。寶塔竟將天戳破，夜叉真把海擡來。隔簾花影分明看，福有根苗禍有荄。

烏頭莽起一天風，吹醒人間渴睡蟲。買得乾魚爭死活，拖將老虎看雌雄。草依兔子窠邊長，水向龍王廟裏衝。莫把骨頭敲大鼓，大家都在鼓當中。

無端六賊戲彌陀，咄咄人間怪事多。欲躲雷公偏霹靂，難當小鬼況閻羅。投明有路蠅鑽紙，避熱無方蟻走鍋。只有蝦蟆心不死，陰溝裏想喫天鵞。

花對還愁葉不當，從來鷂遠要繩長。有鑼有鼓成臺面，無酒無漿豈道場。已見鬼迷鍾進士，又聞狗齩呂純陽。粉牆竟倩何人打，一面須教兩面光。

幾箇忙家幾會家，同談苦話喫甜茶。瞎跑終露雲端馬，亂打徒驚草内蛇。枉費涼棚千里搭，竟無錦被一牀遮。死棋盤裏尋仙著，著錯還防滿局差。

一陣狂風一陣烟，八哥飛到畫堂前。竟無大鑊煎乾海，尚有長人頂住天。臂上幾曾能走馬，腹中真見會撑船。何時劉海來相助，腳踏金蟾手耍錢。

欲憑懞懂破陰陽，太歲臨頭不可當。安得三杯銷塊壘，但聽兩椀響玎璫。通衢大道蛇攔路，白日青天鬼打牆。畢竟半斤還八兩，莫將黄雀笑螳螂。

燈籠黑漆太模糊，六六幺幺信口呼。即使拾回甜橄欖，終難打破悶葫蘆。觀音勉力齋羅漢，醜婦羞顔見舅姑。莫倚牡丹稱國色，名花也要葉來扶。

萬花筒裏看多時，眼飽誰憐腹自飢。已歎運衰常見鬼，敢期病退便逢醫。金剛有力難擡理，強盜何心肯發慈。地久天長只如此，彩雲易碎況琉璃。

分明不是蜃中樓，一段風光一段愁。臥榻側容人熟睡，矮簷底要客低頭。戴將石臼跳難好，打破砂鍋問未休。幸有肚皮彌勒大，送來都向袋中收。

兩舍三家小小村，也將戲法教猢猻。螺螄殼裏排場大，鴨蛋頭邊菩薩尊。兔弱那禁獅去搏，蝶微也有虎來吞。一枝錫杖輕提起，竟可敲開地獄門。

花落安能再上枝，近來世事十稀奇。偷雞已悔徒拋米，藥虎何當自服砒。膽小常防雷劈頂，心粗又惹火燒眉。何堪再作回頭看，張果驢兒莫倒騎。

自題繆悠詞後

愁裏光陰睡思多，聊憑筆墨試銷磨。千秋隋志俳諧集，一曲元人罷要歌。炙輠談天總游戲，輶軒絶代儘搜羅。還當問訊郎亭老，弦外聽來究若何。郎亭題詩云『弦外誰知寄託深』。

正月晦日園中卽事

正月晦猶正月朔，本來元夕共繁華。古人未置中和節，此日爭停游冶車。《藝文類聚·歲時部》，正月十五日後卽繼以晦日，是正月晦日，古人固與元宵並重，自李鄴侯請於二月一日置中和節，而晦日之節廢矣。欲爲始和存舊俗，卻當小病慶新瘥。前兩日余有疾。杏花已吐將開萼，梅樹猶含未放葩。朶朶玉蘭初展瓣，條條絲柳正舒芽。掃除院落無黃葉，拂拭窗櫺有碧紗。浮世偷將閑半日，重孫抱到髻雙丫。且因佳日資歡噱，莫爲危時發歎嗟。大椀濃盛青菜麪，以青菜下麪，余最嗜之。深杯清注白圓茶。橄欖大者名白圓，點茶最宜。明年今日如猶在，再共兒曹一笑譁。

二月八日又至園中

九十春光強半過，再十日卽清明矣。又攜婦豎此婆娑。襍花芳草童心在，高柳斜陽老淚多。且喜風和宜杖履，渾忘雲擾有干戈。待從一百七齡叟，問訊乾隆景若何。上溯乾隆六十年所生人，至今一百七歲矣，殊歎余生之晚也。

移盆梅數株於園中，擇地種之

爲愛盆中數樹梅，不辭幾處劚蒼苔。夜寒惜未親鋤月，春暖欣逢始發雷。凡種植，宜於驚蟄之後。自較黃楊容易長，只愁白髮要來催。使君種荔香山笑，白香山聞楊使君種荔枝，戲之云『愁君得喫是何年』。我顧積齡亦自咍。

花農以程君房墨兩笏寄贈，賦謝

明代製墨誰最精，其始方與羅齊名。方正、羅小華。蘇汪兩邵置不數，蘇眉陽、汪中山、邵青邱、邵格之。後又易以方與程。方子魯、程君房。元元靈氣妙無比，元元靈氣，乃程墨，名上元，字恭代。壓倒青麟一滴髓。青麟髓乃方墨名也。俗論翻嫌膏太輕，誰知聲價傾燕市。其時論者，以程用膠太輕，宜南不宜北。方今九市烟塵紅，金壺妙汁應已空。君從何處得此墨，將無價與黃金同。憶昔吾孫偕計吏，豹囊曾拜烏丸賜。余從前應殿試，未知有明墨也。及陛雲丙戌入都，則人人言明墨矣。君亦曾以見賜。願留此墨付曾孫，儻許彤廷重與試。

二月十二日，汪郎亭侍郎招集楊定甫、費屺懷、喻志韶、曹石如、潘西生、蔣季和及吾孫陛雲同飲於其寓廬，主賓八人，皆翰林也，亦吳下一盛事。以詩紀之，索郎亭和

春水桃潭千尺深，招邀勝侶共題襟。百花未過三生日，二月十二、十五、十八，世傳皆百花生日。蓋八月十五爲月夕，則以二月十五爲花朝，亦自有理。其兼及十二、十八者，用宋時三大節前三後四之例也。一席先羅八翰林。時翰林在蘇者，官場不計，外尚有潘譜琴、朱硯生、吳清卿、沈穀臣、鄒詠春、鄧孝先。仙桂自然無襍木，新苔此外幾同岑。憐余二十三科客，老耄何緣與盍簪。

花農拜經筵講官之命，寄賀

稽古桓榮本絕倫，鸞臺鳳閣掌絲綸。論文精舍猶高弟，進講經筵已大臣。新命疊頒行在所，舊游重話聖湖濱。青雲遙望原堪喜，自顧殘陽轉愴神。

題宋陳居中《朝貢圖》

圖爲武林吴氏所藏。吴君耳似，奉其父子薇之命乞題，乃其曾祖藴香司馬官撫州時所得也。舊不止此，亂後所存僅八國，曰撒虎兒罕、曰浡泥、曰爪哇、曰韃靼、曰真臘、曰占城、曰三佛齊、曰吐蕃，每幅之後以别紙題識國名，略附考語。有一紙署楊士奇書，又有文三橋、張東海兩跋，未知真贋，然畫則似真蹟也。

嘉泰畫苑陳居中，人物蕃馬咸精工。時論以比黄宗道，謂其猶有宣和風。所畫入貢各蕃使，鬚眉衣裓無一同。可知南宋雖偏安，諸夷朝貢猶時通。吴君耳似寄示我，云自曾祖傳之聰。吴君名惟聰。亂後所存僅八國，餘皆散佚隨飛蓬。奉其父命乞題句，想見世守同裘弓。我披宋史外國傳，五國可考餘無從。浡泥、真臘、占城、三佛齊、吐蕃。乃歎史家有闕略，翻藉畫史存奇蹤。獨怪南宋畫苑畫，題記奚待西楊公。文張兩跋尤草草，得無贋鼎非真龍。但求畫真他勿問，名論吾服淮海翁。秦濟如觀察題跋有此語。樊榭山人遺句在，已如崔灝難爭雄。樊榭集中有《陳居中入貢蕃王圖詩》，丁君松生命其子和甫録附此卷。率書數語副來意，或託名蹟傳無窮。

園中兩樹海棠，高出於屋，今年花開特盛，游賞其下，竟逾旬日，風雨一宵，零落滿地。呼童持帚掃歸其根，使異時卽化爲根畔之土。竊謂是收拾落花第一妙法也，他樹有落花亦倣此爲之。因賦此詩，告世之惜花者

海棠零落竟無存，半褋苔痕半蘚痕。葉落尚知宜糞本，花殘豈可不歸根。何須别築新鴛冢，更與重招舊蝶魂。蓄聚菁華待來歲，春風枝上再溫馨。

余舊有齒疾，年來僅存三齒，遂無疾矣。今又有一齒欲落，不免又痛，因賦詩留之

楊蟠無齒頗優游，齒疾如何迄未休。矍相圃憐人已僅，買臣妻訝勢難留。長存餘孑原非望，稍緩須臾試與謀。老我積唐應不久，何妨相伴到山邱。

謝袁海觀觀察惠牡丹

好風寄到洛陽春，穀雨纔過未浹辰。時交穀雨方五日。蝶亦隨香款蓬户，花還從俗趁飇輪。附輪船至蘇。

天葩已吐三分豔，野蔌兼分幾味新。君因余喜素饌故，又附以東瓜、王瓜、茄、匏等數種，皆市中未有之珍品也。富貴依然行我素，相知尤感此情真。

書丁竹舟《武林藏書錄》後

武林山水甲神州，文物東南莫與儔。緗帙縹囊富藏弆，香梨文梓競雕鎪。丁君好古承遺緒，上溯六朝范與褚。吳范平、晉褚陶。遙遙書藏訪錢家，宋錢龢。下逮瓶花兼玉雨。吳焯瓶花齋、韓文綺玉雨堂，皆藏書家。我披此錄心忡忡，千秋過眼如飛蓬。自歎衰年逢厄運，因將盛事話乾隆。乾隆一代空千古，文治武功無與伍。大小金川盡削平，更命遺書蒐四部。同時四閣建崢嶸，淵溯源津各錫名。舊典已教稽永樂，新書更爲訪寰瀛。收藏最富惟江浙，特下璽書問存佚。浙中首及曝書亭，次及寧波范天一。猶恐叢殘未盡蒐，山厓屋壁徧搜求。亂危傾覆詔無忌，諭云：即有忌諱，並無妨礙。帝虎烏焉官與讐。山塘書賈推金氏，古籍源流能僂指。吾湖書客各乘舟，一棹烟波販圖史。不知何路達宸聰，都在朝廷清問中。見乾隆三十八年閏三月初七日上諭。星火文書下疆吏，江湖物色到書傭。窮陬僻壤開風氣，何況之江名勝地。遂使汪吳范鮑孫，汪啓淑、汪汝瑮、吳玉墀、范懋柱、鮑士恭、孫仰曾。各將私藏呈中祕。大開書局太平坊，編次諸君日夜忙。浙中進呈之書，皆於太平坊設局編次。一十四回分奏御，四千餘種各提綱。浙撫進書一十四次，共四千五百八十八種，他省無出其右者。原籍發還歸世守，玉堂巨印鈐如斗。諸書著錄發還者，皆鈐以翰林院印。頒來圖籍共幾家，浙江蒙賜《圖書集成》者三家，鮑士恭、范懋柱、汪啓淑；賜《佩文韻府》者三家，吳玉墀、孫仰曾、汪汝瑮。奉到御題凡幾首。進書稱旨者，皆有御題詩句。西湖建閣號文瀾，百有餘年未改觀。偶爾黄埃興黑霧，依然緑水映紅欄。茫茫天道殊難計，時局日新還月異。爭從西學拜西師，各習洋文譯洋字。回憶篁庵設局年，同治六年，巡撫馬端敏公奏開書局於篁庵，而校勘諸君皆在戴氏之聽園，余忝總其事。中興氣象故依然。戴園風景無更改，人事烟雲有變遷。北望神京堪痛哭，古來淪陷無斯速。劉井柯亭化作灰，邉論牙籤兼玉軸。似聞太學幸猶存，石鼓遺文尚可捫。留得幾家書肆在，廠西門到廠東門。有客書來慰遲暮，昨得門下士章一山明經來書。八十衰翁鬢似絲，河清可俟恐無時。惟援小雅詩人例，難重覩。異日蒲輪下漢廷，誰爲伏勝誰轅固。升平未必思古傷今自賦詩。

排悶偶成

暮啃朝欷亦太癡，不妨一室自怡怡。積書環堵成之字，書室中積書凡三曲。稱意栽花喚可兒。襟上蝨皆爲佛子，余近來時或有蝨，戲用無畏三藏語。案頭貓已到期頤。余畜一貓，已十六年，羣呼爲壽貓。莫言心緒無聊甚，益是無聊益有詩。

截竹爲筒，盛水插花，分懸左右坐，臥其下，儼若花陰，饒有雅致

截竹爲筒蓄水深，插花高下儼成陰。胡牀踞坐花陰下，不覺飛來花滿襟。

花農寄贈宣德鑪，賦謝

鑪底刻『大明宣德六年工部尚書臣吳邦佐監造』十六字，他鑪所無也。檢《明史》，亦無其人，聊賦此詩，質之花農。

故人贈我宣德鑪，宣德六年所造作則箇切。鐫刻監造人姓名，工部尚書吳邦佐。我因考明史，史傳無其名。又觀七卿表，表列殊分明。宣德六年歲辛亥，是歲工部無紛更。曰吳中曰李友直，皆居本部爲正卿。異哉吳尚書，不知竟誰某。得無亡是公，子虛與烏有。或疑留都例不書，南京七卿不列表。此說誠然而亦否。在南則爲南工部，不署南京何太苟。明自永樂後，時而置行部，時而罷行部。宣德三年罷行部，則北京去行在字，而南京應加南京字矣。惟喜此鑪製作精，入手便覺光瑩瑩。微論甘南與施北，卽爲蘇鑄何容輕。宣鑪有甘家南鑄、施家北鑄、蔡家蘇鑄諸名目。敬爇名香供我佛，陳之觀世音菩薩坐前。討論前朝徒兀兀。一笑歸之史闕文，金石原堪補史闕。

謝郋亭餽鯧魚

如此丰昌水族稀，本作昌魚，李時珍曰：『昌，美也。』冰盤傳送到柴扉。柳公權不嫌多骨，其骨甚軟。楊太真還笑欠肥。肉甚肥白。魚婢可容充下女，時珍又曰：或言羣魚皆隨而食其沫，有如乎娼，故得此名。龙兒一任臥斜暉。《升庵外集》言：此魚臾以粳米，可連骨食之，故名狗渴睡魚。昨朝鱻音蘇字今鱻字，詩去應將䲜音業字歸。君先餽鰣魚，繼又餽靠子魚，今又以此魚餽，來書云『聊備三魚』，故以此言戲之。

辛稼軒壽人八十詞云：『人間八十最風流，長貼在兒兒額上』。校者改下『兒』字爲『孫』字。顧澗蘋云：兒兒，或是奴家之稱。二語之意，當以八字作眉字解。余按，稼軒又有壽岳母八十詞，云『臙脂小字點眉間，猶記得舊時宮樣』，則顧説信矣。余八十老翁，賦此一笑

老夫耄矣復何求，齒豁頭童萬事休。自謂百年如夢幻，人言八十最風流。便從九九圖中數，余今年八十一。仍向兒兒額上留。只惜老妻久黃壤，臙脂小字欠眉頭。

張君春岫以余舊寓臨平，作《臨平圖》見贈，披圖感舊，爲賦此篇

憶我生年四歲初，始從南埭徙東湖。余舊居在德清東門外南埭。臨平湖有東湖之名。扁舟一棹潘橋艤，老屋三間史埭租。余初遷臨平，僦屋史家埭，乃康熙丙戌翰林史尚節故居也。門前一小河，有潘家橋。外家家住赭山港，阿母提攜時一往。余外家姚氏居赭山港，外曾王父意山先生爲同里孫文靖公《東湖十友圖》中之一。十友凋零幾姓存，雍乾人物猶堪想。百年喬木上公家，卽謂孫文靖。老桂槎枒兩樹花。聽事前有木樨花兩株。我昔抱書此中讀，硯貽

樓上鬧咿啞。余家與孫氏有連，余自十歲至十五歲，讀書其家之硯貽樓上。大小陡門人藉藉，其地有大陡門、小陡門，唐宋時乃蓄洩之區，今水道變遷，兩陡門皆市廛矣。市廛橫貫東西柵。有長街自東至西。休言小市少肥鱻，春日燒鵞秋鳥腊。二物皆臨平著名食品。偶隨樵步到山邊，夕照庵前起暮烟。靈境未探龍母洞，山有龍洞，昔有室女生一白龍，此其遺蹟。每年四月八日，人多至洞卜水旱，余憚登涉，未一至也。仙蹤時訪葛翁泉。《康熙仁和志》言：臨平山下有煉丹泉，爲葛仙翁遺跡。沈東江《臨平記》不載，殆失所在。今夕照庵前有一擔泉，瀹茗極佳，余疑即此也。『一擔』蓋因『煉丹』而誤。兩康志稿真堪惜，康蓮伯、子蘭兩君輯《臨平志》甚詳，惜亂後失其稿。辛苦張君重採摭。門下士張小雲孝廉撰《臨平記補遺》四卷。司命難尋外氏墳，臨平舊有姚司命冢，見元人劉大彬《茅山志》。余外家姚氏當即其裔，然莫知冢所在矣。永思空訪吾家額。羊嫁橋有小屋數椽，内懸『永思』二字額。相傳宋高宗爲金兵所迫，有俞氏兄弟二人，兄名太和，弟不可考，匿高宗而出戰，皆死焉。後高宗追思其功，書此二字賜之。先君有詩存集中，余亦有記一篇，存《外集》。然此事疑以傳疑，究未知信否也。典午中興建武元，臨平俞氏有淵源。《咸淳臨安志》載：周絳侯廟，晉建武元年，侯裔孫卓卜居臨平，鄉大姓俞氏即其地祠侯。是晉時臨平有俞氏，且爲大姓也。晉惠、晉元並有建武年號，然惠帝建武止有兩月，此建武元年，必元帝年號也。千秋莫考遷流跡，一旦重營印雪軒。余家寓臨平時，青田端木先生國瑚爲書『印雪軒』三字額。草草寓廬無所愛，移居非一還非再。凡三徙。紅牆剝落將軍祠，居馬家衖時，池西有曹將軍廟，將軍名信，唐乾符時人。綠草蒙茸美人埭。居乾河沿時，池東有美人埭，不知所以名。自憐白髮八旬翁，往事雲烟付太空。忽向畫圖尋舊地，宛從衢巷認新豐。一篇長句爲君賦，歷歷釣游猶可數。倘補東江詩記中，莫教又似邱丹誤。沈東江《臨平記·詩記》中誤以唐丘丹爲臨平人。

余有一鷹毛扇，同治元年買於天津者，今四十年矣，爲賦一詩

白髮衰翁首屢搔，坐觀人事去滔滔。萬邦公法新金布，八股時文舊弁髦。明月空留頭上古，浮雲難據眼前牢。惟餘一握鷹翎扇，四十年前此羽毛。

日本國子爵長岡護美過訪草堂，以詩見贈，次韻酬之

文園寂寞臥相如，何幸高軒過敝廬。風月曾窮五洲外，詩有小印曰『五洲風月』。鬚眉不信六旬餘。年已六十，止如四十許人。縱饒戚里家聲貴，其人乃日本國后之兄。未盡書生結習除。購取老夫全集去，虚名浪竊轉慙予。時購余《春在堂全書》一部而去。

次日報謁，又贈以詩

貴極椒房戚，榮膺轂璧封。衣冠仍脱略，風度自雍容。春訪吳中樹，雲歸墨上峯。白頭憐我老，何日再相逢。

題汪退谷所書徐大臨《宫詞》後

詞爲明宫作，作者徐大臨昂發，書者汪退谷士鋐也。有以索題者，率書二絶句。

絶妙宫詞一卷開，偏存奇字費疑猜。我疑當日宫門榜，竟署雲𡍏不作臺。第一首云『雲𡍏門聳接三躔』。𡍏字不識，檢《集韻》『臺』或作『𡍲』，疑『𡍏』即『𡍲』字之誤，或當口門榜竟如此寫也。雲臺門即後左門，見《天啓宫詞注》。

透玲碑古文無考，爪拉冠新製不傳。均見詩中。安得虞山陳次杜，搜羅軼事作詩箋。常熟陳次杜作《天啓宫詞》，自注頗詳，此詩『雙樹長懸多寶珠』及『剝成蝴蝶堆銀盌』，均見彼詩注也。

宣德鑪第二歌

花農又以一鑪贈，文與前鑪同，再賦此歌。

花農昔贈宣德鑪，誰歟監造尚書吳。考之明史其人無，一笑等之先生烏。乃今第二鑪繼至，竟與前鑪文不異。若使當年無是公，何以一僞又再僞。嗚呼，青史傳人本不多，惟憑表志爲搜羅。年深代遠事繁賾，掎摭往往遺羲娥。前明嘉靖時，宫觀大興造。揚州有木工，姓徐名則杲。歷官兵部至尚書，何嘗載入七卿表。徒憑史表爲有無，竊恐湮埋人不少。明朝祖制遵高皇，褦流亦得登巖廊。吴縣木工有蒯祥，凡所營建咸精良。歷事永樂至成化，累官工部左侍郎。及觀王元美所記，又有蒯義與蒯鋼。

並以木工官工部，一爲左堂一右堂。若郭廷英若蔡信，兩人亦以木工進。皆居工部侍郎官，可見褫途流品盛。我疑吳邦佐，與此猶季孟。憑藉一藝長，躋躐三台峻。史體謹嚴擯弗登，一鑪翻得留名姓。如今一再出人間，或欲流傳託歌詠。吉金熊熊長不磨，傳疑則可非傳訛。我又爲作宣鑪歌，寄示花農將云何。

外孫王少侯隨那琴軒侍郎赴日本，賦詩送之

送爾乘桴去，臨歧無限情。艱難感身世，辛苦事功名。夜夜北堂夢，朝朝東海程。歸期先屈指，秋月幾回明。

陸鳳石侍郎自西安寄贈商山芝草

四皓游仙去不還，尚留芝草滿商山。蔓延空谷同薇蕨，余家人有識之者，曰實卽薇蕨類耳，但色紫爲異。照耀斜陽異蒯菅。好配花豬成雋味，來書云：煮肉最佳。宜偕杞狗駐衰顔。并以甘州枸杞一匣同贈。報君欲仿君家例，卻惜梅花未可攀。

今年有兩廣、雲、貴、甘肅五省鄉試，而日久未見闈題，賦詩誌慨

時文試帖一齊休，今歲猶聞數處留。業已事同強弩末，更誰書訪大航頭。竟成棄物真芻狗，尚冀回春此土牛。寂寞楊雄還欲擬，幾番拈筆又重投。余自戊子科以後頻有擬墨之作，今亦無復此興矣。

園中有大柳樹二，風雨搖撼，池岸傾穨，慮其顛仆，敗我牆屋，不得已伐而去之，悼之以詩

園林最喜柳扶疏，到此如何付翦除。樗櫟不材原許壽，芝蘭有礙竟須鋤。非貪明月來花徑，爲怕秋風敗草廬。廿七年前親手植，早知今日悔當初。

八十一歲作歌

春秋二百四十年，見聞傳聞分三世。可知一世八十年，自是春秋家舊例。若云一世止三十，如有王者何太易。三十年而至於仁，勝殘去殺非難事。如何善人得爲邦，又必百年方可冀。孔子自言知百世，此必非以三十計。百世果止三千年，自孔子來數將備。五百年後非所知，尼山一席誰其替。孔子生

於周靈王二十一年庚戌，至今光緒二十七年辛丑，二千四百五十二年，再五百四十八年，卽三千年。是故一世八十年，義本春秋非苟異。倘謂此説未可信，吾請更與論字義。世字從十從七十，篆體分明不我秘。七十加十是爲八，不取諧聲專會意。南閤祭酒知有知，定采芻蕘不見棄。許解『世』字云：從卉而曳長之，亦取其聲。余謂，世字從十從七十，似較簡捷。我年八十又加一，前之一世嗟已逝。今歲纔交一歲初，桑弧蓬矢須重置。杜下相君食人乳，市中壤叟爲兒戲。引睡宜聞嗄喏聲，看書惟識之無字。嘉平二日我生辰，或可晬盤聊一試。吾孫天幸又生男，與我同庚堪把臂。時孫婦將免身。從今嬉戲共曾元，不免諠闐爭餅餌。花下仍堪竹馬騎，案頭又可村書肄。儻不三歲四歲殤，行將九歲十歲至。不知此後幾春秋，弱冠登朝吾尚覬。

春在堂桂花盛開，歸王氏長女來，與之游賞終日

桂花香滿小庭中，準擬年年一醉同。不是多愁卽多病，更難無雨又無風。每年有此意，然往往不果。秋光卻喜今番盛，良會休教此日空。草草杯盤誰與共，招來月上伴衰翁。維摩詰女名月上，白香山詩『月上新歸伴病夫』。

花農以康熙年瓷杯二枚見贈，爲賦一詩

昭代人才古無偶，一技之長皆不朽。濮仲謙以雕竹鳴，時大彬以沙壺壽。張鑪伊扇各知名，嘉興張鳴岐銅鑪，江寧伊莘野紙扇。海内風行不脛走。誰知瓷器亦成家，更有浮梁昊十九。以上皆本王漁洋《池北偶談》。

然李日華《紫桃軒襍綴》已有『昊十九』之名，疑其人在明末國初也。昊十九，精選材。剛不瓿，柔不坏。巧妙得未有，莫如卵幕杯。薄如雞卵幕，潔淨無纖埃。借問重幾許，半黍當一枚。以上見《紫桃軒襍綴》。惜哉絶技無人逮，彩雲易散琉璃脆。將無此器久銷沈，未必留貽逾百載。乃承遠寄從京師，更看題識爲康熙。儼如内府珍藏物，想見康熙全盛時。聖祖削平諸大亂，武功文治超唐漢。已開鴻博聚羣英，更集圖書成鉅觀。商僮工樸俗敦厖，物阜財豐世清宴。卽如一器偶流傳，亦復千秋同愛玩。入手幾同蟬翼輕，膩人更比鵞肪偄。我疑此卽卵幕杯，神物護持辰不瑕。康熙至光緒，二百有餘年。二百餘年來，萬事如雲烟。人官與物曲，隨世俱推遷。西洋奇巧日日出，流霞妙器無人傳。昊十九流霞器，亦見《池北偶談》。我作此歌君莫和，柄鑿方圓吾自左。思古傷今涕淚多，一時都向杯中墮。

送外孫許汲侯赴朝鮮

送爾游平壤，兹行亦壯哉。涉波惟仗信，賦海莫矜才。欲向三韓去，先驅五馬來。已官知府。衰翁悲往事，喜極首重回。傷吾女之不及見也。

表弟姚少泉以所著《天地元始開化論》二篇見示，率題其後

太極團團一箇圓，先成大地後生天。論中大意如此。獨翻盤古相承案，直溯洪荒未判先。但見兩儀

分上下，誰知三易有坤乾。殷易首坤，義或如此。命門探得真消息，亦論中所及。莫向悠悠俗耳傳。

張春岫爲畫俞樓及右台仙館圖，各題一絶

右台仙館

山館沉沉不見春，先生妙筆寫來新。他年倘築董君闕，再畫墳前拜掃人。

俞樓

六一泉邊小小樓，西湖勝概已全收。圖成莫署俞樓字，一任張王李趙游。

京師有請箕仙者，其仙自稱賀知章，能爲人作書畫。花農請爲余書『春在堂』三大字，壯偉可觀，賦詩紀之

葛仙手署天台觀，飛白大字仙乎仙。道林歐筆國清柳，便覺相去如天淵。説本米襄陽《海岳名言》。人間仙筆不可見，徒令凡筆紛流傳。那得更起薛稷寫，鬱鬱三字鮫龍纏。吾家春在堂，偪仄復偪仄。湘鄉爲題榜，遺墨今猶黑。蕭然環堵中，已覺大生色。不圖仙之人，更爲潑醉墨。四明狂客賀知章，晚以黄冠歸故鄉。草書隸書無不妙，一時箋翰人珍藏。如何靈爽至今在，爲我大書春在堂。封題遠寄來吳

下，歡喜奉持疑且訝。鳳翥鸞翔體謹嚴，當年不信張顛亞。君不見蘇州太守黄堂居木蘭，堂額云是香山書。棗木傳刻失真久，不知元本當何如。大筆懸空走如電，不啻唐賢親覿面。請看春在堂前賀監箕筆真，應勝木蘭堂上白公摹本贋。

送孫兒陛雲入都銷假

菽水承歡力尚艱，重將風景認蓬山。家貧未辦蒓鱸計，官冷宜居木雁間。材不材間，固處世之方也，況在今日。盼爾青雲能遠到，憐余白髮太衰孱。蜩螗世事休多問，姑祝明年乘傳還。

奎樂峯制府自蜀中寄贈邛竹杖二枝，賦謝

頻年踞坐一胡牀，記得移來狨坐旁。余年來坐一皮倚子，猶公撫蘇時所贈也。誰料青城千里遠，又貽緑玉兩條長。槎枒有角根仍瘦，滑笏無斑質自蒼。欲寫羲之邛竹帖，祇慚蛇蚓不成行。

憤言

公然倡議廢羣經，滬上爲新學者有此説。異論高談不可聽。萬古秋陽常皜皜，一朝秦燄又熒熒。鋪張

海國新聞見，播棄尼山舊典型。昔抱三憂今竟驗，一憂無中國，二憂無孔子，三憂無天地，余二十年前有此説。坐看白日變幽冥。

余最善食菜，今年所蓄頗多，有毘陵之蹋菜，有金陵之飄兒菜，而從孫壻趙卓士又以家園所種菜見餉，堆置一室。白香山云『此翁何處富，酒庫不曾空』。余無酒庫，而有菜庫，亦可喜也，賦詩張之

虀鹽風味本來長，老去何嘗一飯忘。菜庫今年頗豐足，菜神應祀蔡中郎。

朱修庭觀察招髯者四人，同集於其寓齋，主客皆髯，名曰『五髯會』。詩以張之

天旋地轉世升平，時初聞兩宮自汴啓蹕之信。盛事先從吳下生。八翰林纔成雅集，汪郎亭侍郎春間曾有八翰林之會。五髯仙又聚耆英。鶴猿共訂長生侶，鸞鳳還聞得意鳴。修庭招客之柬，有『鸞鳳和鳴』四字，乃吳俗喜事所用也。惜我衰積難與會，余不赴人招已二十四年。不然尚許喚殷兄。坐客有盛旭人侍郎，年八十八，長於余七歲。

日本子爵長岡君以倣宋刻《尚書正義》寄贈，賦謝

舊籍曾歸足利儲，舊藏於其國足利學。遙知珍重等璠璵。封題寄自東瀛遠，槧刻傳從南宋初。據紹熙壬子黄唐《毛詩》、《禮記》跋，知此刻在南宋初。山井尚難求缺葉，原本缺十五葉，以别本補。山井鼎作《考文》，謂之補本，今所補止存一紙，又據宋十行本補。儀徵竟未見全書。阮文達公作《尚書校勘記》，所據宋本即此本也。然文達止見《盤庚》以下諸篇，蓋未見其全。菅家論語參疑信，比較兹編恐不如。日本津藩有造館藏有鈔本《論語》，相傳其國名臣菅公所書，世稱『菅家本』，余案頭亦有之。

庚申歲，戴文節在杭州殉難，余有詩弔之。其明年，寫贈一友，至今歲，而此紙爲文節之從子子謙參軍所得，標飾求題。事越四十一年，不特所贈何人茫不記憶，并字蹟亦不自識矣，賦此一歎

昔年辛酉今辛丑，相距迢迢四十年。烏兔奔忙殊可歎，蚓蛇醜劣轉堪憐。姑留翰墨因緣在，卻笑酸鹹嗜好偏。寶此一箋何所用，好教坡老去鑱錢。

送許氏二外孫善侯挈婦王氏、三外孫女赴朝鮮

昔年送汝滇南去，已覺迢迢行路難。何意新婚纔兩月，又攜汝婦到三韓。故園景物休多戀，平壤風光莫久看。總是外家兄妹輩，明春相聚又長安。聞明春將至京師，吾孫亦在京也。

蹋菜

常州所產，其葉鋪地，如人以足蹋之者，故名。余十五歲時侍先大夫讀書常州，嘗食之，至今六十餘年矣。門下士竇旬膏辛武進，以此菜餽，爲賦此詩。

蹋菜常州出，寒畦滿地鋪。毬場非蹴鞠，塔影有浮屠。常州東門外有塔，甚高，塔影東西所及，方圓數十頃，其菜尤美，故亦名塔菜。巨跡憑誰認，嘉名任俗呼。雪泥重問訊，爪印尚存無。

飄兒菜

金陵所產，以形似得名。劉少峯觀察以此菜相餉，亦賦一詩。

白下飄兒菜，經霜味更鮮。狂奴如許買，高士竟堪懸。舀去枝枝濕，兜來葉葉圓。一箪疏食在，下

箸倍欣然。

題程忠烈公遺像公名學啓

偉矣程忠烈，平生智勇俱。艱難經百戰，談笑定三吳。剗盡六門壘，梟來八賊顱。當年無此舉，麋鹿尚姑蘇。公殺降之，舉世或以爲非，然有功於蘇甚大，蘇人宜感之，寓於蘇者，亦宜感之。

滬上一隅地，安危倚外洋。惟公建旗鼓，能與抗顔行。箕尾歸何早，旄頭氣轉張。臨淮元老在，感舊涕沾裳。中國與日本之戰，李文忠歎曰：程方忠在，何至於此！

元微之《春游》詩用『闌散』字，讀『散』作『珊』，入寒韻。余按《集韻》二十五寒『跚』下有重文『散』，蓋本《史記·平原君傳》『槃散』義也。元詩以『闌散』作『闌珊』，亦猶『蹣跚』之作『蹣散』，義尚可通。乃李端民和之，竟作『聚散』字用，則可異矣。《容齋五筆》載之，戲倣其例

殘冬最苦夜漫漫，起對晨光又一歎。豈有功名追票姚，二字依師古注，作去聲讀。何妨懶惰過中散。詩文喜共故人賞，時世愁看來日難。偶學元詞歌罷耍，時倣元人《罷耍詞》作《呸呸歌》。自歌自樂不堪觀。

疊前韻，作仄聲讀

孶叟依然漫郎漫，何爲又作牛山歎。世人爭駕彌戾車，吾道將成廣陵散。老臥山林爲不才，飽嘗憂患緣多難。倚樓看鏡兩相忘，八十詩人陸務觀。

嘉平二日生辰，淨竈一日，再賦一詩示家人，申去年之意

一日蠲除豢與芻，生辰食品付寒廚。菜根虀切如肪白，豆腐濃煎比肉腴。常願道循同令甲，不嫌清淡似浮屠。他年支派難稽考，但問今朝淨竈無。

魯幼峯太守鵬自江右來蘇，賦贈一詩

龍湖講舍舊從游，自出承明又幾秋。五馬銜姑書牘尾，八人命已活刀頭。君去年奉檄治吉安教案，有八人者將正法矣，君察非正犯，以去就力爭，八人者竟得活。休因家室傾衰淚，君時喪偶。且借江山佐壯猷。三十二年老山長，居然得此一名流。君舊肄業龍湖書院。

陛雲舉第二子，未百日而殤，悼之以詩

明珠入手喜如何，奈此曇華一刹那。盆内暫看些子景，尊前長聽阿呀歌。余新作《阿呀歌》，一似爲此兒作者。五行缺水知無濟，八字中無水。三月咳名算已過。生九十三日。孤負殷勤邠老意，玉牛奚忍再摩挲。潘譜琴以玉牛一枚賜兒，以其生年同屬牛也。

樂峯制府又以卬杖一枝寄贈，其來書有『扶掖大雅，榰柱名教』語。余謝不敢當，然不能無感，輒賦此詩

卬竹得名從漢時，至今卬杖天下知。故人杖節鎮西蜀，秋間曾以二杖貽。浣花老人舊有例，敢不拜受謝以詩。無何又寄一枚至，初意謂公憐我衰。肅衣見客受其杖，江叔海太守齎杖來。焚香展函讀其詞。一言大雅賴扶掖，再言名教宜榰持。讀之舌撟不能下，斯言於我安所施。必執此言用此杖，杖不宜受宜乎辭。三復公書三太息，公言可爲深長思。竊思我朝稱極盛，後有乾隆前康熙。五經謹嚴遵御案，四庫閎大開京師。薦舉經學得吴顧，乾隆辛未保舉經學，取四人，第一吴鼎，第四顧棟高。召試鴻博來彭倪。康熙己未召試鴻博，第一名彭孫遹，第二名倪燦。其時風同道惟一，士論不敢差豪釐。嘉道以來百餘載，謹守成軌無他歧。不圖風會忽一變，放言高論殊離奇。謂六經可一炬毁，聖賢經傳同糠粃。謂三綱可一筆掃，

大泯亂我民之彝。四子之書宋儒定，元明至今循其規。我儕束髮抱書讀，孰不奉此爲初基。乃謂以是課蒙士，未足開發人心脾。遂使新書日日出，其意直欲無宣尼。國家功令置不問，先民榘矱棄若遺。大雅淪亡且勿論，直恐名教將陵夷。扶綱植紀誰之責，安得有杖頒伊耆。我老且病又微賤，雖操此杖將奚爲。重爲告曰，杖兮杖兮汝努力，勿徒爲我扶衰羸。逐日去追夸父走，化龍來共壺公嬉。運以巨靈之高掌，輔以扶桑之喬枝。庶幾有以副公意，我將扶杖來觀之。

壬寅編　春在堂詩編卷十九

壬寅元日

元日新詩寫此箋，壬寅舊事溯從前。道光壬寅，余年二十二。半升分煮家常飯，是年先大夫失館，命余兄弟各謀生計，始異爨。余《百哀篇》所云『當年初治饔飧日，日食惟消米半升』也。四萬全支館俸錢。是年，余館杭州蔡氏，歲入四十千。驢磨重尋真大夢，鹿鳴再賦待明年。秋冬此老如猶在，尚擬恩施乞九天。余道光甲辰恩科舉人，例於明年癸卯正科重赴鹿鳴筵宴，今年秋冬即可入奏。

『何處春深好』四首，倣元白體，不用其韻

何處春深好，春深吾道中。淵源秦博士，絲竹魯王宮。欲使微言紹，休將異説攻。饒伊王輔嗣，止作應門僮。

何處春深好，春深吾意中。營營非所願，靄靄與人同。不慕莊周達，奚悲阮籍窮。須知方寸內，懷葛古遺風。

何處春深好，春深吾室中。好花常在眼，俗客絶無蹤。香篆一鑪碧，牙籤萬卷紅。世間新譯本，未許楝邊充。

何處春深好，春深吾筆中。縱無文似錦，也有氣成虹。詩格參長慶，經師拜鄭公。卮言雖日出，一掃盡皆空。

寄花農

聞君一謫下蓬萊，鍾鼎旂常願盡灰。春夢不堪重問訊，閑雲惟望早歸來。白蘇隄畔新詩料，許鄭堂前舊講臺。大好湖山供笑傲，老夫猶幸得追陪。

仿陶園詩，爲園主人美含戴翁作

昔我先祖母，實惟戴氏女。戴氏在吾邑，不下徐蔡許。三家皆德清著姓。溯其所自來，淵源從歙浦。吾邑戴氏自徽州隆阜遷來，所謂紫竹林戴氏也。歙西有隆阜，亦一大邨聚。隆阜紫竹林，戴氏所聚處。我昔客汪邨，前後七寒暑。屯溪至隆阜，經由有定所。余從前館休寧汪村，每由屯溪登陸路，經隆阜。每過紫竹林，籃輿爲延佇。惜無賢主人，不克叩其户。乃今仿陶翁，於此闢園圃。高踞文墩巔，地有高墩，曰文墩。俯臨歙江渚。危樓試一登，泬寥空四宇。白岳與黄山，天外兩眉嫵。倘我再來游，定許共揮麈。枇杷花開時，良會我亦與。園多枇杷樹。舊戚話潘楊，新交訂嵇呂。惜乎衰且病，訪戴託空語。走筆題此詩，蒼茫感舊雨。

元旦詩和者頗多，因疊韻自和

諸公爲我劈吟箋，我亦何妨韻疊前。一百難逃習詩杖，宋政和制，習詩賦者杖一百，時功令廢詩賦，故戲爲此語。萬千空唱賣癡錢。吳下除夕童謠云：『千貫賣汝癡，萬貫賣汝呆。』且欣連日皆晴日，豫卜今年是有年。尚擬重探湖上勝，清明寒食暮春天。

偶成

春光小半過無痕，情事何妨試一論。袖内臂纏蛇總管，有藤鐲，名蛇總管藤，云帶之可以去風。盤中手剝鴨餛飩。時偶食高郵鹹鴨蛋。目昏終日慵開卷，身嬾兼旬不出門。孤負西湖烟水好，白沙隄畔碧沄沄。

毬場歎

我聞蹴鞠始黄帝，後世軍中傳此戲。洋人技擊最精工，拋球場開上海地。如今傳習來京師，都人聚看咸稱奇。衮弄飛弄般般好，神妙無窮八片皮。清明白打爭開宴，歡笑渾忘時局變。有人過此獨徘徊，記是當初翰林院。翰林自古最清高，況在重熙累洽朝。青史人人盡班馬，黃扉代代出蕭曹。乾隆九年歲甲子，是年院署新修理。天子親乘玉輦來，臣僚都在金坡俟。綺食雕盤出上方，玉書仙札降奎章。叨陪筵宴分蓮炬，恭進詩篇和柏梁。昭代隆文稱極盛，院中圖籍尤充牣。庋藏大典自前明，四庫搜羅猶未盡。玉河橋畔水淪漣，方丈蓬萊望若仙。一樹金槐高百尺，不知封植自何年。蚩尤妖霧飛來毒，三月咸陽無此酷。柯亭劉井總成墟，門外沙堆應盡劚。火輪車過聲如雷，天門蕩蕩洋人來。稱雄各把方隅據，選勝還將圓社開。人生俯仰成今古，滄海揚塵真目覩。此日西人蹋蹴場，舊時東壁圖書府。貞元朝士白頭翁，天上巢痕一掃空。不須感慨摩銅狄，仍算金家兀朮宮。

六橋都尉三多以余食後易嘔，自都下寓書，勸用西醫之説，每食先飲湯數匙，次食魚，次食肉，然後進飯，云是養胃之法也。賦此一笑

老去加餐勉自強，故人愛我爲評量。儼頒令甲新條教，來換庖丁舊約章。已進小鮮方食肉，未陳脱粟豫澆湯。近來事事皆西法，變到先生藜莧腸。

喻志韶太史長霖自都下寄和余元旦詩，疊韻奉酬

數行瑤字寫羅箋，來書用羅紋箋，詞館例也。車笠論交十載前。君與余孫乙酉同年。共喜清香近郗桂，君爲乙

未第二人，陛雲亦忝戊戌第三人。定容遠派附俞錢。喻俞本一姓，故《晉書》『俞歸』，《隋志》作『喻歸』。煎茶試院期今歲，課讀寒機話昔年。君有《寒機課讀圖》。記與渭陽賢舅氏，謂王子莊先生。同探委羽洞中天。黄巖縣有委羽山，亦云是道家福地洞天之一。

肅親王手書楹聯見贈，賦謝

梁園無分伴鄒枚，欲賦屏風謝不才。兩地雲泥方隔絶，九天珠玉忽飛來。沛王經論儒林重，江夏書名藝苑推。寄到杜銘人共看，一時光彩照蘇臺。

竹林舊仰大司成，謂伯羲祭酒。當代龍門負重名。教澤猶應在南學，賢聲又見起東平。經綸雷雨關家國，宏奬風流本性情。師友淵源知有在，固應勳業冠宗盟。

青萍結緣待評論，羣士爭希一顧恩。大匠自然無棄物，小孫何幸得登門。龍跳虎臥楹間字，曾賜陛雲楹帖一聯，屏四幅。玉蟻金醅席上樽。又蒙招飲。莫道頭銜冰樣冷，得陪笑語便添溫。

曲園衰叟已積唐，辱荷謙尊愧不當。辱稱曲園先生。甘與子雲同寂寞，敢偕太史論文章。聯語云『太史有書能著録，子雲於世不邀名』。小眠齋裏愁難到，大雅堂前喜共望。自笑才非杜陵老，也將詩贈汝陽王。

明衡陽王書『永思』二字額歌

臨平山南半里遥，小溪曲折難通橈。有一石梁架其上，居民云是楊家橋。亦作『揚嘉』，又作『羊嫁』，未知孰是。橋邊俞氏家其地，不識由來幾何世。室中有額曰永思，相傳南渡高宗賜。高宗南渡金兵追，蕭王危渡無其危。俞家兄弟出禦寇，同時戰死殊堪悲。臨安他日開行在，御墨淋漓寄深慨。亦止流傳故老言，未見他書曾記載。兩康志稿費蒐羅，自躡梯桄細揣摩。見有衡陽王署款，乃知舊説盡傳訛。道光間，康蓮伯、子蘭兩君修《臨平志》，親至其家，梯而觀之，有『衡陽王書』四字，乃知非宋高宗書也。惟念衡陽開國久，宋齊梁陳無不有。稽之《南史》，宋、齊、梁、陳均有衡陽王。唐代猶聞有惠莊，唐惠莊太子亦曾封衡陽王。此王畢竟爲誰某。張君賈勇又褰裳，刮垢磨光看得詳。永思二字親模拓，竟有皇明宗室章。光緒初，張小雲孝廉作《臨平志補遺》，屬張君春岫又梯而觀之，并手拓其文，中央鈐有『皇明宗室印』，始知是明代諸王也。我因世系徵明史，衡陽王乃遼王子。明太祖子植，封遼王，其子貴熒，封衡陽王，謚莊和。王名貴熒謚莊和，此是衡陽受封始。一傳靖僖再悼僖，三傳安僖國祚衰。靖僖名豪墣，悼僖名恩鐠，安僖名寵瀍。茅土頒從成祖日，鐘簴廢在世宗時。莊和於永樂二十二年受封，安僖於嘉靖十八年薨，無子，國除。四世三王史所録，悼僖王恩鐠未襲封而卒，其子襲封，乃追王之，非真王也，故四世，實三王。歷年一百一十六。惜無歲月此留題，難定當年書者孰。余函問春岫，如額有年月便知爲何王矣。復書云無。遠稽俞氏在臨平，典午中興已有名。《咸淳臨安志》於周絳侯廟條言，有臨平鄉大姓俞氏，詳見余詩卷十八。舊聞零落雖無考，老屋流連倍有情。我作此詩先正誤，印文摹本吾親覩。皇明宗室字分明，何得遠攀宋南渡。又存舊記表雙忠，余舊有《揚嘉橋俞氏雙忠記》，存《賓萌外集》。未敢遂云無是公。離之爲兩成其美，仍爲吾宗弔鬼雄。余謂南宋初年俞氏雙忠事，或竟有之，故兄名太和，至今猶在人口。但明衡陽王所書額，又自爲一事，未可并爲一談耳。

陳筱石漕帥遵詔保薦特科，而余孫陛雲與焉。雖非所克當，其意良可感矣，賦謝二律

鴻博停來百十年，自乾隆丙辰開博學鴻詞科後，至今一百六十七年。又逢明詔降求賢。舊科自寓新章在，時詔求經濟之才，雖援照博學鴻詞科例，而用意稍别。小草偏蒙大匠憐。豈有經綸副廷對，原疏云：以一甲高第出身，而潛研經史，通達時事，不徒以科第見長。并無學術紹家傳。原疏云：家學淵源。重煩擡舉粃糠力，一疏公然達九天。

老夫衰病卧衡門，魂夢依依只此孫。清俸豈能供菽水，輶車未便省晨昏。時頗望其得近省試差，以便歸省，然不可必也。難援令伯陳情例，深感昌黎薦士恩。寄語氉氉須自勉，蜩鳩儻許附鵬鶤。

余道光甲辰恩科舉人，應於光緒癸卯正科重赴鹿鳴筵宴，壬寅年終奏請，定例然也。乃今春，湘撫俞廙軒中丞預爲甲辰恩科舉人周樂疏請重宴，恩詔俞焉。於是吾邑戚友卽爲余具呈本縣過玉書明府，申府轉詳，殆恐風燭殘年，不能久待乎？余感其意，賦詩謝之

鹿鳴重宴始乾隆，重宴鹿鳴，始於乾隆甲午科孟琇，至今光緒癸卯，一百三十年。百有餘年逮我躬。已幸慶科先歲一，若依定例待年終。忽聞湘水飛章告，頓便鄉閭衆議同。卻笑吾家重表姪，扁舟來往太恖恖。戴少鏞大令，乃先祖母姪曾孫也。實預其事，親至吳下來告於余。

筱石漕帥知余有重宴鹿鳴之舉，以詩寄賀，次韻述懷

八十衰翁自憮然，重將往事話當年。槐柯未了一場夢，桂苑真成兩度仙。余先中副榜，後中正榜，舊有小印曰『兩度月宮游客』，適爲今日之兆。頗望孫能持使節，明年陛雲倘能得典試差，亦佳話也。最悲兄不共賓筵。余兄壬甫太守，爲道光癸卯科舉人，如其尚在，明年亦重宴鹿鳴矣。感君重疊投佳句，清宴園中手自編。淮浦節署有清宴園。

五月二十二日，余孫陛雲蒙恩簡放四川副考官，電音馳報，喜賦一律

好音傳自日邊來，藉博衰翁笑口開。雪案猶存課孫草，余舊有《課孫草》三卷。星軺竟到望京臺。成都府有望京臺，唐韋皋所建。一家沆瀣原同氣，正考官乃毓紹岑學士，卽陛雲房師。此地淵雲大有才。使節平安江艬便，小春盼爾共探梅。擬令試事畢後，請附輪船沿江而下，回籍省親。

前詩意有未盡，再成一律

往歲皋比謝蜀中，今看使竹卽孫桐。同治季年，蜀中設尊經書院，延余主講，謝不赴，聞蜀士頗似失望。今吾孫倖典蜀試，庶藉以聯文字之緣。計程官路五千里，編號家書四十通。陛雲聞命卽發家書，書題第四十號。戚許後塵追老輩，吾邑典蜀試者二人，皆在乾隆時，一戚蓼生，一許祖京。夔巫歸棹盼衰翁。紅牙曾譜文君曲，儻有前緣在梓潼。余曾製《梓潼文君傳傳奇》。

女壻許子原自臺諫出守揚州，至吳下相見，喜賦一律，卽用丙戌年送別詩韻

飄然五馬竟南征，藉慰相思兩地情。明月未知何處好，雖簡放揚州府，而與陳筱石漕帥有連，尚須對調。錦衣

先向故鄉行。因到任尚早，先回浙省墓。廿年已歎黄泉隔，女亡二十一年矣。一別俄看白髮生。舊夢茫茫何可問，老夫喜極淚重傾。

光緒二十八年六月辛亥，浙江巡撫任公，以樾中式道光二十四年甲辰恩科舉人，遵例於光緒二十九年癸卯正科重赴鹿鳴筵宴，先期陳奏。奉上諭『俞樾早入詞林，殫心著述，教迪後進，人望允孚，加恩開復原官，准其重赴鹿鳴筵宴』。聞命恭紀〔一〕

貞元朝士倖猶存，重領鄉筵酒一尊。少日風流豈紅袴，宋眉州唐堯弼，年十四赴鹿鳴宴，著粉紅袴，見周密《浩然齋雅談》。暮年光景已黄昏。迂疏未足孚人望，衰朽何堪濫聖恩。爲有疆臣援例請，頒來天語倍加溫。

回思壯歲踏名場，費盡槐花四度忙。余應鄉試共四次。待補曾經登小榜，余丁酉科中式副榜，嘗考今制副榜即宋時待補小榜之遺意。聯科頗足慰高堂。余與兄壬甫於癸卯、甲辰聯科中式。空山久冷姜家被，兄亡三十年矣。恩地全荒陸氏莊。留得漫郎聱叟在，又來廣坐聽笙簧。

卅六年來草莽臣，重煩丹詔起沈淪。試從廢籍稽昭代，再入詞曹得幾人。翰林復原官，異數也。喜有故官題墓碣，悵無前輩列朝紳。只愁計較芸香俸，甘爲吾孫步後塵。

忽聞恩命降從天，自撫衰躬轉黯然。竟許祖孫同翰苑，祖孫同官編修，亦罕事也。未容兄弟共賓筵。壬甫兄在，亦重宴鹿鳴矣。望中長路五千里，陛雲時奉使入蜀。夢裏前游六十年。尚有瓊林一杯酒，春風能否再流連。

【校記】

〔一〕此題及下題又刻入《惠耆録》，用作校本。辛亥，《惠耆録》作「戊申」。

前詩意有未盡，再成四律

河清可待竟非誣，成例居然得與符。廿六科來同輩幾，甲辰同年，除湖南周樂已見奏報外，未知尚有幾人。硛餘年内故鄉無。德清一縣，在國朝無重宴鹿鳴者。大書應附吳張後，在湖郡則有二人，乾隆丙子吳大煒，同治庚午張應昌，並見《湖州科第表》卷首。小録休嫌癸甲殊。余與癸卯諸君本兄弟同年也。只抱頻羅庵主恨，當年雙桂一株枯。梁山舟先生《重宴鹿鳴》詩云：「可惜弟兄雙折桂，北枝今日不齊芳。」與余有同恨。

落拓江湖一角巾，不思再踏玉階塵。屢煩師友招延意，甘作山林放棄身。余罷官後，袁端敏、曾文正並有意招延，謝不往。自分姓名沈廢籍，翻因年例拜恩綸。田間父老休相訝，原是甘泉舊從臣。

光陰似水〔一〕去悠悠，且借虛名慰白頭。泮水昔年曾再到，在丙申年。月宫此日又重游。耆儒莫副天言奬，上諭云「以慰〔二〕耆儒」。盛事差堪藝苑留。上諭云「洵屬藝林盛事」。副榜惜無重宴例，不然三度聽呦呦。

爲憫衰羸各競先，照例應於年終入奏，而今多提前辦理，殆恐風燭殘年，不能久待乎？風光催送〔三〕一年前。須陀洹得完初果，項曼都曾號斥仙。酒醴賓筵難假借，本年雖補行萬壽恩科及庚子正科，然重宴之舉，尚在明年也。文章幕府已流傳。浙撫任筱沅中丞鈔錄奏稿咨送。明秋我老如猶在，尚擬重〔四〕賡宵雅篇。

【校記】

〔一〕水，《惠耆錄》作『駛』。

〔二〕慰，《惠耆錄》作『惠』。

〔三〕風光催送，《惠耆錄》作『探支秋色』。

〔四〕重，《惠耆錄》作『來』。

哭歸王氏長女

汝生回溯甲辰年，我正初登鄉飲筵。今日君恩重錫宴，不圖催送汝歸泉。女初生，余應鄉試中式，今重宴鹿鳴之詔下，而女死矣。

二十年前次女喪，而今長女又淪亡。蘇州茶與杭州飯，換得龍鍾淚兩行。余在西湖，每入杭城拜客，次女必治饌留飯。在蘇城，則長女必瀹佳茗相待，而今皆已矣。

亦知病勢本非佳，誰料兼旬事便乖。臨死無窮遺恨在，二男一女各天涯。時大外孫在汴梁，二外孫及三外孫女均在高麗。

問病誰知便送行，爾時言語尚分明。黯然一握牀頭手，六十年來父女情。七月初七日，余往視之，臨行坐牀前，女握余手，殆示永訣。

行期屈指太悤悤，女每計算日期，至十四而止，果於十四日去。已有香車駐院中。自云：舅姑來迎，轎班頭已到。

地下文勤應不老，料猶問及曲園翁。其舅卽文勤公也。八十衰翁病榻前，時余適臥病。病中哭女倍悽然。人生高壽真非福，不及吾妻子女全。內人年六十而終，二子二女皆在，余八十二未死，而子女殞其三矣。

郇亭以詩賀余重宴鹿鳴，次韻謝之

一出承明歲月遙，每將問仕笑周霄。卻因兩度游莘野，重向三秋候桂軺。人喜青藜又劉向，自憐白髮已班超。年來禿盡生花管，難共諸公賦早朝。

題陳蓉曙觀察《泰山訪碑圖》

秦碑舊在玉女池，後又移之元君祠。存者二十有九字，後昧死請前臣斯。乾隆五年一炬火，遂令殘石無留遺。惟君好古有奇癖，今之劉跂江鄰幾。不惜危崖走犖确，欲將古蹟搜瑰琦。究竟秦碑不可見，但見沒字碑巍巍。今君改官到江左，倘發高興如前時。建業郡庠試一訪，劉摹李刻應未劙。建業郡庠，卽今江寧縣學，舊有李處巽刻劉跂所摹本，今未知存否。

龍湖李氏檇李詩，爲李少園作

豔痕一掐尚分明，李有一掐痕，相傳西施指爪痕也。佳種千秋未變更。許叔重初傳定本，《經典釋文》云：檇李依《説文》從木。疑舊本止作『雋』也。顔師古爲正嘉名。《漢書·地理志》：由拳故就李鄉。其字作『就』，顔師古注乃引應劭曰：古之檇李也，檇音子遂反。買從僧寺幾無價，舊惟淨相寺最佳，今則稀矣。移到君家倍有情。聞自其祖泉石先生始從淨相移植，今三世矣。若仿孔禽楊果例，潘徐兩圃豈容爭。檇李有潘園、徐園之名，皆從淨相移植者。

寄題吴松雲半園

鶯脰湖邊别墅開，聽秋醉月好亭臺。世間不少屾和沝，都可分將一半來。屾，二山也；沝，二水也，並見《説文》。

章一山梫秋闈中式，喜賦一詩

功令求才又一新，秕穅掃盡舊埃塵。别開場屋文章派，遂起山堂考索人。已喜金梯初得路，更煩鐵網遠搜珍。君擬選刻本科闈墨。吾孫忝副輶軒使，能否球琳采蜀岷。時主蜀闈。

霍國夫人歌

郭汾陽富貴壽考，婦豎皆知，乃其妻霍國夫人王氏，亦古今婦人中第一福壽兼全者也，而世無知者，爲此歌以張之。

千秋豔説郭汾陽，富貴還兼壽考長。共歎元功駕褒鄂，誰知賢佐有姬姜。太原望族推王氏，有女穠華若桃李。笄年甫及便來歸，龍虎風雲猶未起。閨中華飾屏珠璣，浣濯長披舊嫁衣。敬奉尊章顔有喜，和諧娣姒意無違。漁陽鼙鼓無端作，萬乘倉皇登劍閣。肅清九廟奠神京，封到真王還是薄。汾陽威望動乾坤，鳳閣龍樓擬至尊。將佐奉槃進頮水，侯王持帚掃宫門。夫人貴亦人臣極，詔自琅琊封霍國。輔佐艱難與有功，制書深獎夫人力。夫人自琅琊郡君封霍國夫人，制云：克著艱難之勳，實由輔佐之力。平康里第擅高華，兒女成行拜内衙。次子雖憐埋戰壘，五郎且喜壻天家。天家貴主顔如玉，粉侯同住黄金屋。一房啾唧不須聽，兩老癡聾都是福。良辰令節綺筵開，流水游龍絡繹來。夜夜笙歌歸院落，朝朝金紫照樓臺。有時循例趨宫禁，戚里恩榮無與並。每把清明御火分，慣將興慶朝班領。晚悟浮生總是空，蒲團禪誦六時中。金錢輦運營蘭若，玉詔標題署法雄。夫人晚年好佛，奏建法雄寺。滾滾年華隨水逝，華堂一慟黄腸閉。縗服親煩帝女裁，御香特遣中官祭。九九衰翁雪滿髯，夫人卒時，王年八十一。不堪老伴失鶼鶼。悼亡永罷元宵宴，夫人卒於正月辛未，考史，正月甲寅朔，則是十八日也。送葬渾忘六月炎。夫人於是年六月二日葬萬年縣之鳳棲原。生死哀榮曾未有，一時朝野稱嘉耦。最巧生年與卒年，妻皆逢巳夫逢酉。汾陽生於神功元年丁酉，卒於建中二年辛酉。夫人生於神龍元年乙巳，卒於大曆十二年丁巳，壽七十三，小於王八歲。鳳棲原上草離離，想見佳城舊有基。不必宋祁重補傳，夫人不見於《唐書》郭子儀本傳。已煩楊綰大書碑。夫人神道碑，楊綰撰。汾陽自是人中傑，霍國賢名何可没。儻教閨閣拜夫人，應勝天孫祈七夕。

陳六笙方伯以《軍中紀事》詩自蜀寄示，次韻和之

昔年精舍我談經，久仰虛堂一鏡澄。余主講詁經精舍，君適守杭州。見説近來添白髮，忽從空際看紅燈。拳匪中有紅燈會。豈真幻似含沙蜮，可奈繁於止棘蠅。賴有匣中長劍在，不辭再奮舊威棱。

莽莽郊原未止弋，又看髦士聚峩峩。時適鄉試。短兵竟作萬人敵，十四日，三場正點名，有拳匪闌入省城，君輿中遇之，親出擊殺數人，餘皆遁去。妙筆仍工三折波。君和余《重宴鹿鳴詩》，書箋寄贈，甚妍妙。八十行將登大耋，君年七十六。七千還仗馘餘魔。《周書·世俘》篇『武王遂征四方，馘魔億萬七千七百有九』。異時持節仍臨浙，再和花開緩緩歌。

偶書所見

孟子所私淑，惟孔爲獨摯。是以七篇中，援引非一次。或傳述其言，自『始作俑者』起，所引凡二十餘。或記録其事。如『孔子亦獵較』之類。乃考論語書，此類皆不具。間或有同者，亦復同而異。不厭與不倦，謂是答衛賜。『學不厭，誨不倦』，即《論語》『爲之不厭，誨人不倦』，然非與子貢言也。大哉與君哉，不留神禹地。《論語》『有天

下而不與』，兼謂舜禹。《孟子》冠以『君哉舜也』，而不及禹。又或論語略，不如孟子備。鄉原止單詞，『鄉原，德之賊也』。《論語》無『過門入室』語。鄭紫失連類。《論語》止『惡紫，惡鄭聲』，《孟子》則『惡似而非者』，凡六句。又或論缺遺，轉賴孟補綴。要殺桓魋謀，桓司馬將要而殺之，不見於《論語》，惟記『桓魋，其如子何』一語。矙亡陽虎計。《論語》止言『孔子時其亡也而往拜之』，不言陽貨先矙亡饋豚。百有餘年後，誰實從旁睨。至取兩書校，更有大乖盭。草尚風必偃，明明孔對季。謂是論喪禮，未免失所謂。祭葬必以禮，孔以告孟懿。引作曾子言，無乃昧所自。吾疑孟子時，固當別有據。七十子所傳，人各自爲記。以視齊魯論，或且過倍蓰。瑣瑣記遺聞，如『昔者孔子歿』之類。堂堂發高議。如宰我、子貢、有若之論孔子。至於論語書，孟子目未寓。孔孟所傳授，不於此乎繫。惜經秦火燒，無復存一字。僅存此十篇，至今配六藝。常山都尉來，流傳無敢替。孟子如復生，驚非吾所肄。後人又纂輯，始自梁武帝。有《孔子正言》二十卷。薛集語猶存，《孔子集語》二卷，薛據撰。孫集語又繼。本朝陽湖孫星衍撰《孔子集語》十七卷。高者采經史，下亦及傳誌。盜蹠篇之妄，衝波傳之僞。一一臚列之，無乃近於戲。巍巍夫子廟，春秋官致祭。西人讀其書，若未滿其意。何者爲微言，何者爲大義。不識其精深，轉疑其平易。嗚乎孔氏書，存者十一二。秦灰不可撥，孔壁無從覬。何處廣桑山，使我窮其秘。

西湖第一樓設余長生祿位。此事倡於曹小槎監院，成於劉景韓中丞，雅非余意也。壬寅冬日，親至湖樓，撤而去之，因賦二絶，播告同人

古聞欒社與于祠，自顧何人豈所宜。奉作鮑君石賢士，諸公戲我已多時。

既非栗主又非桑，難領春秋酒一觴。拋入西湖最深處，好教配食水仙王。

西湖襍詩

一別西湖歲屢更，湖山戀我尚多情。籃輿穩坐無多路，寶石美人含笑迎。余不至西湖四年矣，自武林門馬頭登岸，不半里便見寶石塔，亭亭雲表，對之欣然。『寶石如美人』，湖諺然也。

卻爲登臨一愴神，湖樓山館總生塵。尋僧野外惟殘碣，訪友城中半古人。城中故人，如朱茗生、丁松生、譚仲修、吳季英、毛葆園，皆物故。城外諸僧，如昭慶寺雲溪、靜慈寺雪舟、廣化寺悦勤、法相寺依盟、乾坤洞開亮，亦皆化去。

欲向杭州訪舊游，驚看華屋變山丘。戲場袍笏年年換，看戲人爭不白頭。戊戌來此，中丞則廖穀士，學使則陳桂生，方伯則惲菘耘，廉訪則丁潛生，都轉則世振之，糧道則鄭芝巖，杭嘉湖道則陳養原，杭州府則林迪臣，今諸公皆作古人矣。

歲歲湖樓酒一巵，曹劉此舉竟何爲。今朝親劈長生位，文正遺言我所師。西湖第一樓爲余設長生位，雅非余意，親往撤去之。憶曾文正督兩江，有欲爲設長生祿位者，公怒曰：吾見必手劈之。余此舉竊師其意。曹謂曹小槎監院，劉謂劉景韓中丞，此舉兩君爲之也。

懶向城中謁達官，客來亦復與盤桓。手扶墨竹華山杖，恕我龍鍾下拜難。余孫奉使過秦，於華山得墨竹一枝，攜至杭州，製爲杖，頗佳。

秈稻新嘗雪滿匙，寒天雅與火鍋宜。西湖豆腐東門菜，此味何曾竟不知。杭人食秈米，蘇人頗不慣，余則喜食之也。豆腐與菜，皆常饌美品。

偶將西法照衰容，四坐傳觀一笑同。攜得曾孫隨杖履，天然白叟與黃童。余用西法照小像，一手扶笻，一手攜曾孫僧寶。客至，每與觀之。

玉佛遙從印度臨，招賢寺裏共攀尋。佛光照耀西湖水，何必真身丈六金。有僧自印度募來玉佛一尊。佛是坐像，高逾六尺，玉不甚佳，乃石之似玉者，然亦偉觀也。供奉招賢寺中，余親往瞻禮，擬爲作長歌。

無端鼙鼓鬧江皋，草草軍興又一遭。擬向右台仙館去，山中高枕可能牢。時桐廬有草寇，杭屬之新城、富陽皆戒嚴。

正喜湖隄葉未枯，忽然飛到六花粗。年來飽看雨晴月，老去翻來看雪湖。在湖樓遇大雪。西湖舊有晴湖、雨湖、月湖、雪湖之説。

數年不款右台扉，山館荒涼鎖翠微。今日冒寒重一至，勝如他日鶴來歸。余住湖樓六日，還於山館。

籃輿安穩頗堪乘，竹杖輕扶絶勝藤。山客自依山内禮，官場不拜拜山僧。余此來不入城拜客，中丞以下，均遣一介致意而已。入山次日，即至法相寺見僧亦飛，至六通寺見僧致中。

碧梧翠竹尚周遭，天竹經霜豔似桃。更有手栽雙桂在，如今已比屋檐高。皆山中即景也。

爲憐素壁太蕭然，手寫香山句一聯。老自退閑非世棄，貧猶強健是天憐。余今年猥蒙『教迪後進，人望允孚』之恩諭，而詁經講席，久以老病辭退，今年并歸安龍湖、上海求志兩書院亦薦賢自代。人或譽余老而健者，不知造物哀憐，特未癃癈耳。故題此聯於右台仙館，香山句也。

四十年前遠莫徵，新安舊夢久瞢騰。誰知老撤談經席，尚有傳經一戴憑。休寧戴光輝字美含，乃余前在新安時受業弟子也，年已七十矣。余久不記憶，在湖樓得其來書，言之歷歷，始憶及之。

甲辰同譜已無多，又向湘江感逝波。同採芹香同折桂，不能重聽鹿鳴歌。湖南周樂字笠西，余甲辰同年，今春俞廙軒中丞奏請於明年癸卯科重赴鹿鳴筵宴者也。乃至六月而卒，年已九十矣。謂海内同年，惟余一人，故來赴告。余感其意，寄一聯輓之。此君亦於道光丙申年入泮，蓋進學、中舉皆與余同也，然則余能否待至明年，亦不敢自必矣。

和我新詩迥出羣，郎亭欣賞最殷殷。誰知出自紅閨筆，記取詩人葉墨君。郎亭侍郎命詁經諸生和余《重宴鹿鳴詩》，作者八人，郎亭極賞一人之作。余來杭訪之，乃葉女史筆也。女史名翰仙，字墨君，能詩能畫，且能作賦作論，與王同伯比部有葭莩之誼，故知之甚詳。年垂三十，聞尚未許嫁。

抛開手版卽袈裟，一十年前王克家。頭白尚書竟安在，老僧相伴有烟霞。王克家，安徽通判也。其兄丁丑進士，刑部主事。克家於光緒十八年入京引見，兄與之書，使投浙藩趙展如方伯，一至湖上，愛其山水，卽出家爲僧，名燈裕，字定能，通内典，書法酷似六朝，亦奇人也。至山館相見，爲賦此詩。

東瀛仙客忽經過，一刺通名是大河。問訊長岡與嘉納，岸田等輩近如何。日本駐杭領事大河平隆則至湖樓相見。余所識其國人，如子爵長岡護美、宏文學嘉納治五郎，處士岸田國華，皆問訊及之。

不以衣冠累病身，還愁翰墨費精神。何當説與求書者，千蕙曾無一菊真。余畏衣冠之累，見客率便衣，又憚筆墨之勞，尋常求書者，率命從孫侃代筆。『千蕙叢中無一菊』，范石湖句也。

高論蒼生我不堪，偶然抵掌亦空談。惟憐赤子呱呱泣，代乞慈霖一滴甘。余此次還德清，諸戚友爲言城中及新市鎮育嬰堂苦無經費。余言於省中當事者，請稍增益之。中丞、方伯皆許可，已由邑紳具稟，當可有成也。

何來高論太炎炎，民政平權總不嫌。吾道悠悠竟誰寄，高明信不及沈潛。意有所謂也。

朝來笑口共軒渠，接到家書一紙餘。嬌小曾孫初把筆，鴉塗數字不成書。家書末附曾孫僧寶數語。僧寶名四歲，實止三歲，尚未能書，或其母與其姊把其手爲之也。

句留半月返金閶，又費舟航兩日忙。多謝飈輪遠來接，此情深感費龍驤。余將返蘇，承浙西水陸統領費君毓卿命威靖輪船自嘉興至杭州來接。

臘月剛交初九天，祖孫一舸共言旋。偶書聯語居然驗，認取來船即去船。余來時，舟人索吾孫書柱聯，率書云『祖孫一舸同來往，晝夜六時大吉祥』。及歸時，所坐適即此船，前言竟驗。

玉佛歌

如來金身一丈六，三十二般妙相足。化作金人入夢來，遂令人知有身毒。一時象教中原開，豈僅臒丹塗土木。或鼓洪鑪以銅鑄，或傍名山將石鑿。種種莊嚴種種殊，巧極工窮方琢玉。昔在東晉義熙時，爰有玉佛來京師。師子國中遠入貢，瓦棺寺內羣稱奇。像高四尺有六寸，竟體潔白如凝脂。歷十寒暑甫能到，泥輴山樏千夫疲。惜哉乃遇東昏侯，斲而小之爲釵笄。徒博玉奴一玩弄，遂令玉佛無留遺。人間此像不復見，千秋遺恨留闍黎。今歲杭州有奇事，金牛湖營玉佛寺。老夫好奇夙有癖，親棹扁舟訪其地。古招賢寺今已荒，碧柱赬廊盡穨廢。庭中不見紫陽花，寺舊有紫陽花，見東坡詩。玉佛當門若迎睇。其高六尺猶有奇，趺坐儼然垂兩臂。面如滿月眉清陽，妙得拈花微笑意。雖非和氏與藍田，抑亦琇瑩玉之次。乃揖寺僧求其詳，借問此佛來何方。僧言募自印度國，火輪萬里行重洋。我聞古有旃檀像，所到之國其國昌。此佛遠從西域至，足徵國運方靈長。西湖舊有大佛頭，相傳錦纜維秦皇。佛頭剝落不可辨，巋然頑石留山岡。天竺山中觀世音，或云移至玉河鄉。天福舊刻竟安在，疑有疑無疑存亡。何幸一朝得此像，洵足奇蹟增錢唐。曲園居士瞻禮訖，敬作長歌當短偈。與其摩挲金銅仙，不如贊歎白玉佛。

長女雲裳之葬，發引有期，余先二日往送之，適余生日也。爲賦一詩

記昔七旬初度日，山中親自送王郎。往年女壻王康侯葬象寶山，余親入山送之，是日適余七十生日。難援舊例重臨穴，已命生辰罷舉觴。余每年生日，女必歸來，亦小爲治具，今則已矣。恕我未能躬視窆，從今不復再登堂。次女亡，余不忍再過許氏。今長女亡，余亦不忍再過王氏矣。憑棺欲哭還收涕，相見黄泉樂正長。

有感

天寒容易日西斜，坐對空齋感又加。檢點窗前渾似舊，瓶中惟欠蠟梅花。悼長女也。女每年折其園中蠟梅花一大枝，爲余插瓶。

甲辰同年今年奏請重宴鹿鳴者，余之外，有江南張君丙炎、湖南周君樂。在杭州聞周君亡，有詩悼之，及至蘇州，又聞張君亡，未知尚有續奏者否？恐海内止余一人矣。爲之盡然，又賦一律

已向湘江歎逝波，謂周君也。不圖今又失清河。頭銜學士猶如故，君蒙賞翰林侍讀學士銜。齒錄同年賸

幾何。直恐孤懸成碩果，虛煩異畝附嘉禾。甲辰恩科，例附入癸卯正科。問余能待明秋否，等是人間春夢婆。

件兒豆腐歌

杭州飯店件兒肉，每肉一件賣錢六。城中葷飯山中素，件兒豆腐出天竺。汝南中丞老無事，謂許信臣前輩。時時向我誇口福。君喫件兒豆腐無，壓倒山珍與海錯。因將製法詢闍黎，非惟不用醢與醯。木菌竹菇均所禁，但用一味酸鹽虀。丁丁董董灑取汁，和之以水清無泥。炯炯熱氣出自釜，就而噉者千留黎。我今年老齒牙壞，雖過屠門難一快。惟與腐侯最有緣，爰命廚娘如所戒。果然香味兩俱佳，何必肥甘方可嘬。配此雅宜片兒湯，和麪成片，以湯爚之。佐之或許瓢兒菜。金陵所產。輶軒使者陳太丘，謂陳六舟京兆。往年登我湖上樓。八寶豆腐爲我製，有此謂可無珍羞。其實鷄豚無不有，聶而切之其中投。八寶何如一件好，自有真味天然留。曲園食單殊草草，惟欣軟嚼最宜老。三雅園中豆腐乾，仿而爲之亦殊妙。三雅園，杭州茶肆也，豆腐乾最佳。余家能倣爲之。郎亭聞之發大噱，虀菜孟嘗所見小。請來喫我罐兒鷄，應比件兒豆腐好。罐兒山鷄，內府所製也。郎亭家中能爲之，曾以餉余。

偶檢得舊時大字名片一紙，余初入翰林所用，五十年前物也。爲賦一絕

君恩許復舊時官，舊物居然今尚完。五十年前名紙在，湯盤禹鼎與同看。

余用西法照印小像二，一立像，余布衣，右扶藤杖，左攜曾孫僧寶，一坐像，孫陛雲及僧寶左右侍，祖孫皆貂褂朝珠，僧寶亦衣冠。把玩之次，率賦一詩

衰翁八十雪盈頭，多事還將幻相留。杜老布衣原本色，謫仙宫錦亦風流。孫曾隨侍成家慶，朝野傳觀到海陬。余以立像寄京師肅親王及日本子爵長岡護美，均報其以照像贈也。又分貽家鄉戚友。欲爲影堂存一紙，寫真更與畫工謀。照像不甚耐久，擬更倩畫工摹寫，備他日影堂之用。

次惲季文韻，卽慰其意

如此清門如此才，天公有意爲滋培。莫因瑣屑家庭事，不放英雄懷抱開。慈蔭欣看堂上永，循聲會聽膝前來。謂玉臣司馬。園林試訪梅消息，不日春回斗柄魁。

歸安縣菱湖鎮有龍湖書院，余主其講席三十三年，今年以老病告退。菱湖諸君子欲於院中爲余立長生位，蓋未知余有西湖撤位之事也。賦此辭之

西湖甫撤長生位，苕水仍留已去思。人望允孚雖有驗，余今年奉有『人望允孚』恩諭。經神忝竊總非宜。巫陽幸未來宣召，畏壘何煩遽立尸。縱使大蘇忙不徹，且容身後再謀之。

前詩索郎亭和，郎亭以第三韻爲難，戲疊原韻

從勞一瓣馨香奉，豈慰三秋蕭艾思。主用栗桑皆不可，祭陳荔蓼或相宜。宋太學生歲終祀神，必用棗子、荔枝、蓼花三物，取早離了之意。余辭退講席，則亦荔蓼矣。倘教彌勒龕常據，何若皋比位再尸。只博香山老居士，拈將險韻戲微之。

日本人野口一字貫齋，知余明年重宴鹿鳴，賦詩寄賀。異邦人亦知此舉之榮，是可喜也，次韻酬之

白綾詩一紙，紅映晚來霞。詩以白綾寫之，寄到適薄暮。急向窗前看，摩娑兩眼花。

回首六十年，故交遼海鶴。余甲辰同年無一人矣。碩果幸而存，經霜猶未落。

但享清貧樂，甘爲寂寞人。石帆山下客，八十有三春。余明年八十三矣。放翁詩云：『石帆山下白頭人，八十三回見草春。自愛安閑忘寂寞，天將強健報清貧。』詩全用其意。

待坐月邊舟，重探天上秋。嫦娥如見問，舊事記吾猶。

君已過元宵，吾儕方餞歲。君寄此詩在癸卯正月人日，余接此詩在壬寅十二月二十五日，於日本則爲正月二十三矣。遙望海東天，白雲竟安在。

小除夕，忽有人踵吾門，持洋泉十三，售余《全書》一部而去者。此事不足異，在今日則可異也。賦詩紀之

西株東昧滿乾坤，吾道悠悠孰與論。經術文章總塵土，山厓屋壁付兒孫。誰知輟業方投筆，忽有懷金來叩門。付與時人莫輕覷，殫心著述詔書存。余今年奉有『殫心著述』恩諭，敬刻卷端，以志榮幸。

除夕口占

餞歲辭年又一遭，不辭團坐共兒曹。位叨子婦孫曾上，壽比韓蘇李杜高。詩卷安排新草稿，酒痕濡染舊綈袍。麥丘故老今誰是，八十三翁亦自豪。余明年八十三矣。《新序》云：麥丘封人，年八十三。

癸卯編　春在堂詩編卷二十

癸卯元旦試筆

臘鼓聲中已是春，立春在初八日。喜聽檐鵲噪清晨。八旬耄壽零三歲，四海詞林第一人。翰林前輩，尚有四川伍肇齡嵩生先生一人，亦癸卯同年也。敢向虞庠充庶老，且歌周雅作嘉賓。今年恩準重赴鹿鳴筵宴。吾孫能否重持節，再趁軺車一省親。

又成一律，命孫曾輩和

春在堂前笑語同，衣冠濟楚到兒童。迎祥先掃去年雪，送喜還占元旦風。十八歲貓依案下。家畜一貓，十八年矣。五千里鳥畜籠中。籠中二鳥，陛雲從西蜀攜回。紅箋大吉新開筆，余每年以紅紙寫『元旦開筆，百事大吉』八字。隨意唫詩不必工。

糊塗圓

煮豆極爛，搗之成泥，和之以糖，揉粉作團如龍眼大，合而瀹之，名糊塗圓。先大夫嗜之，故春盤必以薦。

糊塗宜小事，借作粉餈名。遂使浮圓子，翻成骨董羹。粘而風味在，忽突語音更。羊棗昌蒲歜，年年歲歲情。

正月初三夜，寢不成寐，意甚苦之。寅卯之際始矇矓欲睡，若有十許人襍沓而來，疊呼曰：與汝餻喫。果有物如餻者送至余口。余驚而覺，則夢也。旦而語人，曰：此殆吾之病魔乎？二兒婦曰：不然。餻者，高也，來報喜耳。戲賦一詩

豈借題餻賦早春，莫知俶擾究何因。膏薌不助方生氣，皋某難招欲去身。楚楚羔裘雖適體，鼕鼕鼛鼓太煩神。翻勞兒婦來相賀，鼎足高升戲老人。

正月初五夜，小兒女迎紫姑神，戲作

街鼓鼕鼕欲二更，閨中游戲趁新正。雖然未值蘇夫子，《東坡集》有《仙姑問答》，載仙姑謝臘茶詩，云：『如今復有蘇夫子，分我花盆美味嘗。』仙姑卽紫姑也。也許相迎何麗卿。如意佳名應領取，宜男吉兆最分明。皆盤中所畫所書也。只愁難副乘軺望，放字連書總不成。問陛雲能放差否？連書三『方』字。

夜夢讀昌黎《祭田横墓》文，於『雖顛沛其何傷』句下爲增四句，曰：『彼漢家之陵寢，亦衰草與斜陽。感千秋之俱盡，夫何憾乎興亡？』覺而異之，以詩紀之

篇删其章章删句，孔子讀詩有此例。若不議删而議增，玉石襍糅吁可異。昌黎文起八代衰，傋瞀陋儒焉敢議。乃以讛語羼其間，四句六言字廿四。楚存凡亡付達觀，項蹶劉興直閒事。可使田横五百人，千載九泉一破涕。韓公讀此亦欣然，文章有神來把臂。授我胷中丹篆文，長我精神益我智。大雅褊迫無委蛇，使我掎摭補其義。塗改清廟生民詩，點竄堯典舜典字。

光緒二十九年正月八日立春。是日甲子於五行屬金，於二十八宿遇奎，是謂甲子金奎，文明之兆也。曾孫僧寶生甫三十七月，然已五歲矣。幸遇良辰，遂命開卷讀書，以詩紀事

喜逢日吉又辰良，笑挈曾孫上學堂。一歲春朝新甲子，九天奎宿大文章。更兼金水相生妙，僧寶於亥年生。能否聰明比父強。記有而翁前事在，陛雲於同治十二年二月十五日上學，亦金奎甲子也。尚期無負舊書香。

余八十歲時曾戲作《老而不死》文一篇，多至二十八股，長至一千四百餘字，頗傳誦於時。未幾而功令廢時文，余亦不復有作矣。印本猶在，慨然書後

八十衰翁思湧泉，興酣落筆走雲烟。大違功令一千字，雄殿時文五百年。此調竟成廣陵散，從今永絶伯牙弦。王楊盧駱當時體，能否江河萬古傳。

女壻許子原自松郡來，賦贈

一水吴淞易往回，卽今相聚又蘇臺。莫將舊事廿年問，且喜新正十馬來。邵武府彭佩芝，陛雲妻弟也，擬元宵前後來蘇。兩太守，故戲云『十馬』。寂寂曾無鐙可試，恩恩又報印將開。時已迫開印之期，故卽擬回松江。元宵春在堂前酒，悵我衰慵未及陪。元宵，春在堂小飲，止命陛雲侍坐。

子原有和詩，疊前韻酬之

五馬行春第一回，君去秋到任。黄堂清望本烏臺。君由御史出守。鄉園且喜浙西近，宦轍還期吳下來。頗望君調守首郡。西崦頹陽憐我晚，東軒舊館爲君開。館之於東軒，君舊所館也。外孫出拜猶嬌小，風草詼諧未許陪。

郎亭侍郎用胡笑山觀察韻，與月汀將軍、藝棠中丞往復唱酬，辱以見示。因四疊其韻報郎亭，兼質諸公

騷雅前盟孰與尋，欣聞笙磬奏同音。韓蘇才調當今少，孔李交情累世深。余與諸君子皆有年世誼。酒社招邀慵不赴，余不赴人招飲二十五年矣。詩城突兀怯難侵。惟應夙負推敲興，且借吟箋寫寸心。

試將舊事一追尋，譜入巴人下里音。簪笏光陰拋去久，湖山緣分結來深。曾無花向豪端吐，早有霜從鬢畔侵。回憶兒時鐙火好，年逾八十有童心。

而今不計尺和尋，領取泠泠弦外音。未擬南樓陪庾亮，豈煩東觀召樊深。已驚世局垂垂變，一任年華冉冉侵。慙媿聖明猶鑒及，半生著述枉殫心。去年奉有『殫心著述』恩諭。

胥母門邊樹百尋，飛來威鳳吐祥音。西陲秋色廉車遠，謂笑山觀察。南國春風幕府深。謂月汀、藝棠兩君。燈下試拈佳句讀，簾前未覺峭寒侵。一箋寫付郎亭叟，敢與良工鬬匠心。

前詩甫寄，媵之以詩，五疊前韻

眼前詩境不須尋，豈學黃鸝巧弄音。好在性情都坦率，無煩辭句太艱深。夏正將過十三月，《春秋元命苞》夏人以十三月爲正，即謂建寅之月。唐韻同拈廿一侵。泉下莫教亡婦曉，暮年詞賦劇勞心。事見《春在堂詩編》卷四，郎亭前日曾言及之。

郎亭於『尋』字韻已十三疊矣。因再作四首，合前成九疊，鼓衰力竭，不成詩矣，姑博羣公一笑

八十三翁嬾檢尋，候蟲時鳥自成音。若遵功令詩當廢，無奈吟情老更深。迭奏宮商方是樂，大鳴

鐘鼓不爲侵。諸君麗藻先春發，抵得梅花數點心。

底須覓覓又尋尋，天籟由來本有音。氣盛不知雲夢大，思幽未覺武夷深。孟郊自笑吟偏苦，王粲須防貌易侵。《酉陽襍俎》云：今人謂醜爲貌寢，誤矣。《魏志》劉表以王粲爲貌侵而體弱。幾句吟成髭幾斷，難言詩筆襍仙心。

度來斗室不盈尋，自吐蒼蠅蚓竅音。舞恃袖長難見善，汲忘綆短苦求深。興高儼報師三捷，腹儉如逢歲大侵。好在不論工與拙，本來王績號無心。

仰望詞壇十二尋，自然正始有遺音。何期星宿千源富，亦取蹄涔一寸深。疊韻須知賡卽續，《說文》以『賡』爲古『續』字。失眠豈誤寢爲侵。寢、侵古通。《易·謙卦》『王用侵伐』，王廙本『侵』作『寢』。郎亭因作詩失眠，故戲及之。幸叨詩國附庸列，願比春秋蕭大心。

天氣驟暖，有一蝨飛至案頭，隨手斃之，既而悔焉，懺之以詩

蝡動蜎飛得氣先，居然栩栩到人前。生機容易雖堪喜，世路艱難劇可憐。微物何嘗非佛子，多情方許作神仙。從今舉手須留意，養取胷中浩蕩天。

王餘魚

王餘魚與鱠殘魚異。鱠殘者，《博物志》云：「吳王江行，食鱠有餘，棄於江中流，化而爲魚，長四寸，大者如箸，猶作鱠形。」余謂：此魚卽銀魚之大者，故亦有銀魚之名。今吳中銀魚極多，此吳王之説所自來也。王餘則比目之別種。《吳都賦》云：『雙則比目，片則王餘。』注云：『王餘魚，其身半也。俗云：越王鱠魚未盡，因以殘半棄水中，爲魚，遂無其一面，故曰王餘也。』今此魚在蘇罕見，而杭州則多有之。蓋出錢唐江，此越王之説所自來也。《臨海異物志》云：比目魚，亦稱箬葉魚，而杭人呼王餘，亦曰箬魚。則其爲同類明矣。今年春，偶於吳下得食之，爲賦此詩。

雙爲比目片王餘，古語流傳信有諸。化作半人應姓習，妝非全面竟成徐。若呼箬葉形還肖，儻喚銀刀譽轉虛。兩事相同吳越異，登盤莫誤鱠殘魚。

書王古草先生七十壽詩册先生名本，字慕陟，山陰人。

蠻書爨字滿人間，正始餘音不可攀。誰料風簷開巨册，尚留古道照塵寰。古草先生越中秀，遭逢景運真稀遘。乾隆三年戊午春，正值先生六十壽。是年三月詔臨雍，闕下千官濟濟從。躬預圜橋觀聽列，蒼顔皓首一章縫。詰朝駕御太和殿，亦復隨班來覲見。紅雲深處御香濃，草野小臣同舞抃。從茲聲滿金臺，荏苒年華七十來。輦下諸公齊介壽，花牋五色一時裁。至今留得詩牋九，磊落大名皆不朽。莊有恭、張廷玉、劉綸、齊召南、周長發、沈德潛、陳德華、梁詩正、秦大士。狀元宰相各成雙，張、梁兩相國，莊、秦兩狀元。又有詞科人某某。劉、齊、周，博學鴻詞。古香古色好收藏，嘉道咸同歲月長。三度回環花甲子，百年變幻小滄桑。記得文宗初御宇，臨雍鉅典臣親覩。忝列詞曹侍從班，大昕同聽堂前鼓。事在咸豐三年。五十年來事變多，江湖一老獨悲歌。舊游空憶長安道，後事真成無定河。此册無端入我手，儼如揖讓羣公後。前輩風流尚可追，升平景象焉能又。古有名臣獻壽篇，曾邀著録在文淵。後人讀此休輕覩，想見熙朝全盛年。

蒙古喀喇沁王名貢桑諾爾佈，號樂亭，從京師託六橋都尉寄紙來，索余書『夔盦』二大字

喀喇名王雅意多，時時毳帳問東坡。一牋寄自燕臺客，兩字傳之鴞諾河。見《元史》。境内已聞興教育，王於境内廣設學堂。尊前更復喜詩歌。王能爲詩。惜無千里明駝足，去看夔盦景若何。

送孫兒陛雲還朝覆命

簪牙霽色曉來佳，又向春風動別懷。歸里已逾三月假，趨朝待覆四川差。憐余白髮衰彌甚，盼爾

凡三預試。青雲事更諧。此一聯，承用辛丑年送別詩意。幾度保和金殿試，老夫望眼幾回揩。此次入都，散館、考差、應經濟特科，

詠自行樱人

摶土爲人，剪樱爲足，翦紙爲衣，置之盤中，擊其盤則自能行走，各執器械，如戰鬬狀。花農於京師琉璃廠買得十六枚，寄贈。

剪樱爲足紙爲衣，蹀躞而行不用機。巧似棚中牽飽老，輕於盤内舞楊妃。鴛鴦對對皆成耦，螻蟻團團大合圍。每二枚爲一耦，然并置盤中，亦頗可觀。博得兒曹都聚看，終朝鼛鼛鬧房幃。謂盤聲也。

戲以菜花數枝插瓶爲玩

四野黄雲萬頃寬，阿誰曾作折枝看。筠籃買到錢無幾，瓷斗栽來花一般。大可風流成韻事，豈惟粗糲佐儒餐。魚鹽版築多奇士，老死何人薦芷蘭。

次韻陳小石漕帥清宴園三異

並蒂蓮

來自瑤臺第二成，憐憐兩字稱嬌名。玨雕卻配娉婷質，魚戲應聽唼喋聲。喜見紅衣新合舞，可知白水舊同盟。自聞文晁聯嘉耦，對此盈盈倍有情。唐大曆中，有女子晁采以蓮子贈鄰生文茂，墜一於水，花開並蒂，其母卽以采歸茂。事見《全唐詩》。

並蒂蘭

澧沅幽伴遠來尋，空谷雙傳金玉音。燕姞春宵宜共夢，茂陵秋客不孤吟。倘隨桂棹鷗成隊，若入瑶琴鶴和陰。難得同心同臭味，何辭千里訂朋簪。

並蒂菊

一從陶翟東籬隱，久閱秋風幾歲華。處處耦耕開老圃，人人同壽祝名花。孤芳難釀重陽酒，雙萼偏開五柳家。莫被荆公笑零落，兼金鑄就此黄芽。

德清諸同鄉以余重宴鹿鳴爲本朝二百數十年所未有，宜懸匾明倫堂，寄紙乞書。因爲書『重宴鹿鳴』四字，每字方二尺，書成賦此

昔歲親書鼎甲三，戊戌年，余孫陛雲得探花，吾邑鼎甲全矣。鄉人屬余書狀元、榜眼、探花三額，懸明倫堂。已將嘉話播鄉談。承恩再赴賓興宴，題榜重煩老學庵。未必講堂增焜燿，自憐病筆欠狂憨。諸君相看休相笑，更有誰人此事堪。今歲重宴鹿鳴者不下七八人。然親書此榜者，余之外，恐未必再有人也。

贈日本兩九十翁，各次原韻

蕭然心跡兩無塵，留得清閑百歲身。往日雪泥休更問，再看明治十年春。待其國明治四十六年，則君百歲矣。

右贈雪爪先生姓鴻氏，雪爪其名。

如此遐齡卽是仙，至今詩酒尚陶然。記曾齒冢留佳詠，我與湖山舊有緣。

右贈湖山小隱名長願，湖山其氏。

寄題日本金洞仙史三嶽莊，用原韻仙史姓金井，名之恭

占盡名山秀，烟雲處處通。新居三嶽下，謂富士、築波、日光三山也。舊夢卅年中。日本明治初曾倡義勤王。留得豪情在，還將勝事窮。穹碑高百尺，焜燿海天東。聞其工書，爲其國大久保公書神道碑，每字盈尺，尤爲偉觀。

贈日本蓄堂生結城琢，即次其元旦詩韻

料峭春寒不出庭，一牋飛到子雲亭。祖孫同拜瓊瑤賜，封面並署余祖孫名字。篇牘能傳月露形。何幸書來天外雁，儼如風聚水中萍。誦君元日諸佳什，詩格知非宋四靈。

楊古醖大令妻張淑人六十壽

自從詩廢蓼莪篇，不復生辰啓壽筵。大令自丁内艱，七十生日，即不受賀。卻爲閨中揚淑德，故從海内索吟牋。先生年已七旬後，淑人花甲初稱壽。略遲爛漫十年春，剛在清明三月候。昔年絳帳聚菁英，收到蛾眉女學生。誰料金釵當日贅，便聯玉鏡異時盟。從此同心又同德，豈僅蘋蘩供婦職。須知花縣撫循功，半出蘭閨匡助力。烽烟擾擾逼龍游，依舊焚香對茗甌。仗此安閑兩鶼鰈，掃開蠡動萬蚍蜉。宣平

小縣魚軒莅，一琴一鶴隨夫壻。夜寢親將藥椀調，大令時宰宣平，臥病數月。晨窻還共官書議。即今六十未華顛，蘭玉成行滿膝前。武達文通森在側，鸞章鳳誥降從天。長、次郎君皆文官，三郎以都闈候選，故淑人得請三品誥封。不才愧乏安期棗，惟祝劉樊同不老。霍國夫人歌一篇，移頌君家翁與媼。余近有《霍國夫人歌》。

題蘭陵江女史《西樓遺稿》

女史名蕙，字湘芬，江霄緯庶常之女。年二十二，未嫁而卒。有詩一卷、算草一卷，合題曰《西樓遺稿》。

數理精微聖代開，閨中亦復擅奇才。疇人傳補葛王沈，謂江寧葛宜、常熟沈綺、江寧王貞儀也。意本女史詩。再補文通愛女來。

聰明本是世間無，不厭詳求到六觚。嘲橘也存圍徑數，有《嘲橘》詩云：『圍祇三寸弱，徑止一寸強。』切瓜便是割圓圖。有句云『切瓜便作割圓看』。

趨庭更復學爲詩，不是尋常鞶帨詞。說兔論貓都有意，待從集外更搜遺。有《蓄兔說》、《貓捕鼠論》，未刻。

才命相兼自古難，此才留與後人看。千秋兩卷西園集，壓到前朝葉小鸞。

靜山制府德壽自粤中來書，乞書名刺兩字，即書付之，媵之以詩

昔年投刺到行寓，曾爲寒家卻病魔。己亥秋，二兒婦大病，醫者進方，躊躇未敢用。公適至，兒婦見名刺喜曰：『吾病瘳矣。』竟服是方，果愈。今日大名鎮蠻越，行看萬里靖干戈。愧無銀管一枝在，奈此金甌兩字何。請作柳家盈丈押，長留奇蹟映巖阿。宋時柳應辰自作名押，長丈餘，刻巖石間。

向子振太守贈二白兔，賦謝

籧篨載到即時開，博得衰翁一笑咍。卻好卯年逢卯月，先生爲聘卯君來。竟日商量位置難，樊籠太窄枳籬寬。何當帝釋親分付，好向冰輪借廣寒。《西域記》云：帝釋化一老夫，向狐、猿、兔乞食，狐、猿皆有所獻，兔獨無有，投身火中，自獻。帝釋憫之，寄之月宮。月中之兔，由斯而有。

詠日本櫻花日本村山節南所贈。

曾爲櫻花一賦詩，在乙酉年。即今又此對瓊枝。楊家妃子芙蓉面，姑射仙人冰雪肌。且喜繁英仍爛漫，自憐老眼轉迷離。舊時持贈人何在，獨坐春風有所思。從前寄贈櫻花者，井上陳政子德也。其人死庚子之變。

題宋養初侍御絶筆後

侍御名承庠，華亭人。光緒二十七年七月二十一日，洋兵入京城。侍御於是夜三更仰藥死，臨死有遺筆一紙與其同寓章、雷二友。其孤樹基乞題，爲賦此詩。

自熄康梁燄，羣情望中興。升平空想像，變故又頻仍。總被浮言煽，誰能外侮膺。帝城雙鳳闕，烽火照觚棱。

先生中夜起，涕淚滿衣裳。慘澹漏三下，從容字數行。孤忠懷二聖，後事付同鄉。早告家人輩，臨期有主張。其年五月十七日，君有書至家，云：『急難時我自有主意。』

留守飛章入，朝廷鑒苦衷。卿班登四品，時論配三忠。呂鏡宇尚書以徐大司馬、許少宰、袁太常爲比。旅櫬歸程遠，豐碑墓道崇。乾坤存正氣，婦豎拜英風。

我一穨唐老，聞風亦肅然。昔曾題儷句，余聞君訃，即書一聯輓之。今又讀遺箋。名繼夏陳後，光騰峯泖邊。魯公有銀鹿，儻許共流傳。君有僕趙升，與之金，不去，仍扶櫬回南，是亦可嘉也。

余素不工書，而求書者頗衆，殊不可解。疲於筆墨，倦而賦此

平生最拙是臨池，強應人求愧轉滋。一字庵名留靺鞨，蒙古喀喇沁王屬書『夔庵』額。蒙古乃靺鞨之遺種，見

《圖書集成·邊裔典》。數行經訓付禺夷。日本學堂每每乞書講堂直幅，余輒書經語應之。如《易經》『君子體仁』四句，《孟子》『居天下之廣居』一節之類。或説日本爲古禺夷地，以禺、郁、倭三字通假證之，似可信。綾文纔寫尚書刺，粤督德静山尚書屬書名刺二字。唐人名刺有以綾爲之者，故有綾文刺之名。見明張萱《疑耀》。石墨還題宰相碑。時爲李文忠公書神道碑額。只有八旬舊開府，憐余衰病勸余辭。任筱沅中丞見過，謂余『凡人求書者可勿應』。

郎亭侍郎以尊甫小樵先生遺像屬題，感懷舊事，爲賦長歌

我少時從先子游，六年同泛毘陵舟。主人客籍寄吾浙，每因試事來杭州。主人汪樵鄰先生，休寧人。時寓常州，其子弟皆浙江商籍。同學少年人五六，汪氏兄弟叔姪三人，君與令弟恪甫皆其族也，并余則六人。租得運司河下屋。晝飯常横並坐肱，夜眠亦抵聯牀足。三八欣逢别饌期，《漁隱叢話》云：兩學公廚，例於三八課試日設别饌。可知今三八文期，本於宋也。互矜拙速與工遲。朱莊共訪湖邊墅，時有朱氏於湧金門外新闢一莊，花木亭臺極盛，時往游之。今莊已廢，而尚存朱莊名。施社同游橋畔祠。寓左近有施將軍祠，即宋時施全也。君雖比我十年長，不礙詼諧相謔浪。笑君語語帶吴音，君口操吴音，汪氏昆弟每以爲笑。戲我人人呼副榜。余時已中副榜，同人每戲呼余爲副榜公。此事分明在目前，悠悠六十有餘年。不惟舊雨都零落，并覺浮雲盡變遷。令子翰林官少宰，歸到吴門今數載。出君遺像屬題詩，笑貌聲音真宛在。當時城外好門閭，延月軒中坐讀書。君家在姑蘇城外，有延月軒，此圖即名《延月讀書圖》。燕麥兔葵重過訪，風亭月榭總成墟。我亦臨風一回首，湖山景物全非舊。舊夢成烟不可尋，流年逝水安能又。先生有子振家聲，今歲曾孫喜又生。只我白頭談往事，蕭蕭風木不勝情。

黃鸞曲

余去年《西湖襍詩》云：『抛開手版卽袈裟，一十年前王克家。』爲理安寺僧燈裕作也。乃其姓名皆誤。其人實姓黃名鸞，今據其來函，并采陳蘭洲大令説，爲作此歌，以存其真，且正吾誤。

抛開冠蓋卽蒲團，一入空門歲月寬。蒼狗白衣人事變，誰知當日有黃鸞。黃鸞家住南昌府，鶴嶺鸞岡舊游所。不惟家世習儒書，亦且姓名登仕譜。皖公山色最清嘉，此地曾經駐倅車。窮倅一官長落寞，偶然乘興到京華。京華喜有賢昆在，乙丑進士黃俊。郎署星高光皠皠。因而提挈入金門，宮漏遲遲隨衆待。其時拜舞滿班聯，恭值慈僖萬壽年。遥認儀容黃閣老，近瞻風度玉堂仙。謂常熟公及錢唐吳子修太史。臨別阿兄深有意，皖山皖水都無味。兩浙屏藩天水公，借他盈尺階前地。手持尺素又南來，屢叩朱門總不開。兩浙人才多似鯽，豈能異地更求才。無聊閒作西湖客，山色湖光兩清絶。多時醉夢忽然醒，一笑從前吾計拙。乃從昭慶拜雲谿，雲谿乃昭慶寺主僧。明鏡菩提賴指迷。昔日官場稱別駕，此時山寺作闍黎。錢唐太史來禪室，相見居然尚相識。長安棋局竟如何，世事真堪長太息。天水尚書最可憐，氂纓盤水送歸泉。白衣元老歸來日，也向空山泣暮年。郭郎鮑老無非戲，螻蟻王侯渾不異。去來今事不須提，水火風災行且至。我亦邯鄲夢醒人，久知浮世了非真。聞君高蹈滋吾愧，還是拖泥帶水身。

送陳筱石侍郎巡撫河南

正仗漕艫鎮上流，時方爲漕運總督。又移使節到中州。昔年虚拜旬宣命，前年曾拜河南布政使，未赴。今日真爲河洛游。底柱勳名駕張李，唐張鎬爲河南節度使，以功封南陽郡公。李光弼爲河北節度使，以功封臨淮郡王。皆即今之河南巡撫也。梁園賓客盛枚鄒。惜余未克從公去，去看巢痕無恙不。

王居士碣歌

王居士碑新出土，金石諸家目未覩。此碑名碣實非碣，大類石幢兼石柱。石有八面，各廣尺許，長四尺許。徐子示我新拓文，謂花農。文字完善不待補。王君世係出王喬，黄老家言受之祖。祖名海，好黄老術。晚年蹤跡慕林泉，壯歲聲名滿庠序。方將進士貢明廷，翻以賓僚入王府。徐王元禮神堯子，貞觀六年移封徐。四年庚寅君始生，羅綳繡被啼呱呱。君卒於開元二年，年八十五，當生於貞觀四年庚寅。辟召何乃及童稚，揆之年齒殊難符。康王俎謝子茂立，君年應已四十餘。元禮於咸亨二年薨，謚曰康。子茂嗣立。計君年四十三矣。學成名立出而仕，翩然來曳王門裾。徐王尊禮稱先生，必已儼然一丈夫。若其尚在康王世，計年未合先生呼。康王年齒不可考，然其居王位五十年，則其長於王君幾二三十歲。天門中丞精考古，得無於此稍麤疏。胡中丞跋謂：王君所事即康王。殊誤。嗣王繼立雖無道，敬事先生不敢藐。先生曲意與周旋，苦口挽回應不少。禮有坊記詩甫田，卽是先生諫疏稿。均見碣文。無如内行已虧傷，祿位安能百年保。未幾奉詔入京師，雖未明言事可曉。必其逆跡已彰聞，朝廷意在申天討。招君共載君力辭，張翰秋風見幾早。碣載君之言，曰『張翰嚴陵斯可已矣』。存神養壽終天年，竟與汾陽同壽考。郭汾陽卒年亦八十有五。夫人張氏小九齡，亦復齊眉俱到老。夫人張氏，卒於開元五年，年七十九，溯其生在貞觀十三年，小於君九歲。先生有子子四人，人人守璞全其真。季子慎貞仕於釋，竟以巾鉢當朝紳。碣云：『慎貞仕釋爲沙門。』以出家爲仕，亦奇。墓碑卽其所建豎，可知忘世非忘親。作者一僧其名邈，文章古雅無纖塵。題額書丹出一手，翩翩筆致如有神。碣末署名，云：『并府北崇福寺沙門邈文，并書，兼題額。』文則隸書，題額及署名皆篆書。額書有唐古處士，古故通用非無因。額云：『唐古處士王君之碣。』古處士，卽故處士也。關雎黃鳥物不類，齊桓管仲人不倫。古人得意可忘象，下筆不怕俗士嗔。碣文引『生我父母，知我鮑子』，作『成我鮑子』，并以爲齊桓語。又云『翩翩黃鳥，君子好仇』，卽用《詩·關雎》篇意。何意王居士塔外，又得見此希世珍。唐顯慶時王居士塼塔銘，明末出土，已殘缺。此碑近始出土，尚完善。王居士諱公，太原晉陽人。此王處士諱慶，上黨黎城人。王公王慶兩處士，太原上黨真比鄰。我作長歌紀大略，儻附此碣傳千春。

立夏日，支竈於庭，掃葉爲薪，以米和蠶豆，又碎切肉及筍，合煮成飯，飯熟聚餐，謂之喫野飯，鄉俗也。賦詩紀之

南郊迎夏等迎春，野飯年年學野人。敗葉枯枝隨意拾，泥鑪土銼一番新。清泉任淅矛頭米，活火憑燒車腳薪。倘倣七家茶故事，還將庚癸乞比鄰。吳俗，立夏日乞左右鄰七家茶葉，煮茶飲之，免兒童疰夏。野飯之

意，亦是如此，故吾鄉亦有乞鄰米煮之者。

陳六笙方伯奉護理川督之命，寄詩賀之，仍用其《軍中紀事》原韻

新開幕府舊明經，公以拔萃起家。千頃洪波老更澄。閫外風雲歸使節，案頭滋味尚書燈。揮將赤白軍前羽，掃盡青蒼境内蠅。此日浣花光景好，應馳吉語報觚棱。

無須魯鼓與栒戈，好自摹厓大小峩。公善書。朝野傾心期作督，軍民伏地共呼波。蜀語尊老人曰波，見《吳船錄》。公年七十七矣。鬚眉自覺猶非耄，詩酒何妨尚有魔。我寫濤牋寄夔府，余寫此詩，即用公所贈薛濤牋。可容一曲附鐃歌。

光緒癸卯科會試，四川中額十四人，及榜發，而吾孫去歲典試所得士實居其十，不可謂不盛也。以詩紀之

去歲秋闈歲在寅，吾孫奉使到峩岷。正愁玉尺衡量誤，又值金科律令新。是科廢時文，用策論。且與同看夔府月，不知誰占鳳城春。今朝檢點題名錄，十四人中得十人。

題沈越若庶常《鸞簫集》

沈越若庶常，乙未館選後乞假歸娶，彙同人所贈詩而刻之，曰《鸞簫集》，因明宋景濂送張翰林歸娶詩有『紫簫吹月夜乘鸞』句也。讀而豔之，爲題四絶句。

玉堂歸娶最風華，數百年來能幾家。記得前明傳盛事，會元霍與狀元花。明洪武開科狀元花綸，正德九年會試弟一霍韜，然皆非翰林也。

同朝媲美豈無人，洪武時張萬曆陳。洪武時張宣雖翰林而非科甲，萬曆丁丑進士陳泰來則非翰林。最是梅村吳祭酒，明倫堂上洞房春。吳梅村，崇禎辛未一甲二名，歸娶，於明倫堂成禮。

聖代爭傳史與潘，溧陽史文靖、吳縣潘文恭。中間尚有老袁安。隨園居士。如今數到東陽沈，月夜吹簫更跨鸞。

我讀鸞簫詩一編，幾回豔羨幾流連。他年再赴瓊林宴，便請重開合巹筵。

送月汀將軍還京

敢云交紀又交羣，六十餘年意自殷。桂苑叨陪先相國，余與令伯文靖公同年。柳營得揖上將軍。宦游仍訝清如水，君歷任封圻，宦橐蕭然。時局休驚幻似雲。惟願湖山來坐鎮，白蘇隄畔再逢君。

余孫陛雲童試第一、鄉試第二、殿試第三，今散館第四。胡笑山觀察以詩來賀，有『元亨利貞』語，兩疊韻報之

吾孫僥倖屢成名，疊見佳音出鳳城。當日忝曾分鼎足，須知鼎卽籀文貞。《説文》云：『籀文以鼎爲貞。』經濟科開又隸名，陛雲又將應經濟特科。珷玞豈敢望連城。倘容第五橋頭過，否則何妨六曰貞。

送陸春江方伯赴署漕督任

帝命藩臣鎮上游，錦帆細雨送輕舟。屯兵正是周淮浦，轉漕仍稱漢酇侯。『酇』字從師古讀。旌節連翩從此始，園林珍重爲君留。漕署有清晏園，陳筱帥改名留園，以此缺請裁，而仍留也。花間三瑞應無恙，擬共平原再唱酬。陳筱石漕帥去年有《清晏園三瑞》詩，一並蒂蓮，二並蒂蘭，三並蒂菊。

豫撫陳筱石中丞過蘇見訪，并以詩贈，次韻酬之

金符玉節朝天去，卻爲衰翁枉駕來。原唱云『特爲先生買棹來』。情話欲將尊酒敘，征程已被簡書催。欲留一飯，以樞廷有信來催，故不果。小園未盡流連意，大局全憑幹濟才。見説明廷求治急，應煩妙手佐鹽梅。時

論皆期君入贊軍機。

筱石又以《留别清淮》詩見示，卽次原韻送行

長淮千里被棠陰，忽動離愁不自禁。帝以封疆需重任，臣憑河嶽鑒微心。小民悉索愁懸磬，中土膏腴易播琴。想見隨車甘雨徧，不煩父老再呻吟。

送君此去到天津，珍重長塗觸熱身。已見頻繁頒節鉞，行將密勿贊絲綸。晨曦丹陛承新命，夜雨黄扉慟故人。謂榮文忠公。好布朝廷寬大政，康衢擊壤總堯民。

中外翺翔歲月寬，卽今聲望動長安。趨朝未覺天閶遠，時駐驆頤和園。假館何嫌埒水寒。擬借住許氏宅。待赴兩河新使宅，未忘三輔舊居官。君曾官京兆尹。皇州風景今奚似，再向銅駝陌上看。

唱罷陽關第幾聲，不辭一再和先生。自慚地主殊疏闊，但祝天衢總坦平。膝下聊攜小蕭愿，時攜曾孫僧寶出見。人間已算老虞卿。尚煩傳語吾孫曉，幸勿傷君相士明。陛雲承君保薦特科。

徐孝子詩

卓哉徐孝子，名職，諸暨人。至行人難侔。但盡無方養，不作有方游。讀《論語》「不遠游」章，謂：游不游，當體親意。日侍母之膝，夜居母之樓。樓居養親，足不下樓者數年。母或有不樂，笑語常吚嚘。母或有小疾，焚香

露叩頭。爲母刲厥股，爲母舐其眸。有目疾，爲舐之。爲母執梳枇，爲母洗廁牏。有親故慶弔，無旦夕淹留。晨出騎騾行，暮歸放騾休。畜一騾，有事他出，朝乘之出，暮必乘之歸，不逾一宿。小齋曰日省，賓客來綢繆。名理談程朱，詩句聯韓歐。忽聞母一呼，雙袂登時投。倘佯頤園中，年年春復秋。依依烏巢内，不知有王侯。頤園、烏巢，皆築以奉母者。體母之遺愛，族黨無弗賙。遵母之遺命，善舉無弗修。爲母表苦節，上達十二旒。爲母卜吉壤，踏徧東南州。未葬不釋服，麻衣如蜉蝣。此尤今所希，迥異恆人儔。鄉里重其孝，環向臺司求。天子嘉其孝，詔書下所由。建坊表門閭，貞石工雕鎪。方今人間世，風俗亦小偷。天性日以漓，異喙鳴啾啾。卓哉徐孝子，至行人難侔。我爲孝子詩，敬待太史輶。

胡效山觀察賜曾孫僧寶文房珍玩，賦謝

攜得曾孫出草堂，憐渠塗抹未成行。俗書姑託郭祥正，今小兒所書『上大夫』二十五字，宋時已有之。白雲禪師曾舉示郭功甫祥正。楷體難摹姜立綱。明時，《百家姓》、《千字文》諸書皆命姜太僕立綱寫刊，謂之『姜體書』，取其字畫端正。桂府尚宜供面具，蘇家豈合譜文房。重煩長者殷勤意，分付鄒婆好與藏。

六月三日，姚夫人生日，焚寄

歲歲年年酒一尊，今年此日卻堪論。蘋蘩佐祭悲無女，去年此日，長女猶來助祭。霄漢飛騰喜有孫。陛雲

以翰林應經濟特科，取一等第八名。英簜可能重秉節，桑蓬會見迭懸門。陛雲妻妾皆懷任。秋風星使詞曹出，倘許追尋舊爪痕。

余孫陛雲應經濟特科，取列一等第八名，賦此志幸

聖朝經濟特開科，兩試彤廷不厭苛。欲上偪陽須至再，得留夔相竟無多。第一場取數甚寬，共一百二十七人，覆試極嚴，止取二十七人。瀛洲縹緲猶堪到，二等十八人。卬阪嶙嶒豈易過。一等九人。僥倖吾孫叨第八，遂教躐席上鑾坡。有旨記名，遇缺題奏。

自踏名場廿載寬，自甲申年初應縣考始，今二十年矣。居然十度試金鑾。自舉人覆試至今應特科，保和殿考試十次。文壇奪得三重席，進學第一、中舉第二、殿試第三。仙鼎燒成六一丹。進士覆試一等，殿試一甲，朝考一等，散館一等，經濟特科第一場及覆試皆一等。祖德休忘留處遠，吾家科名，皆先祖南莊公所留貽，屢見吾詩文。國恩須念報時難。翱翔雲路非容易，寄語吾孫子細看。

陛雲舉第二男，誌喜

夜半聽啼聲，牀頭鐘再鳴。自鳴鐘適二擊。剛逢庚伏盡，是日出伏。喜報坎男生。暑夕添涼意，是夜頗涼爽。嘉辰錫令名。以其生於六月二十七日，乃萬壽慶賀期內，故取乳名曰慶寶。朝來傳紫電，送喜到燕京。是日即由電

報告知陛雲。詩重二『喜』字，喜不嫌重，勿易也。

答夫己氏

自慙言行只硜硜，聽爾申申意轉驚。管幼安惟貞素履，王夷甫竟誤蒼生。力微難作中流柱，味淡甘爲太古羹。不幸虚名盈海内，爲功爲罪任人評。余從前曾貽浙撫廖穀似中丞書，云『將來必有兩種議論，一謂曲園三十年來造就人材不少，一謂兩浙人材盡敗壞於曲園一人之手』，不圖今日果有斯言。

日本村山節南以所製韻字糕見贈，自一東至十五咸，其數三十，賦詩謝之

粉餈五五儼成行，五枚爲一列。製到删咸字字香。韻譜何妨用平水，食單大可佐重陽。層層燦列同羣玉，一紅一白相間。片片匀排似截肪。其形方。多謝東瀛仙客意，來將詩膽試劉郎。

七月晦，相傳爲地藏王菩薩生日，家家然燭於地，計家中人年齒若干，則然燭若干，香亦如之，俗例也。余曾爲譜《燭影摇紅》詞，今又戲賦此詩

玉露金風幾度忙，草堂花徑十分涼。今年不乞天孫巧，此夕還燒地藏香。冉冉年華聊屈指，摇摇

燭影自成行。秋來又抱曾孫一，添得清烟一縷長。

詠不倒翁

麥熟頭低黍熟昂，休嗤此老太穨唐。不同黄胖游春險，更比朱衣點首忙。大可呼爲強項令，雅宜配以踏搖娘。何人學得翁頑鈍，笑對春風舞幾場。

余有一貓，畜之十八年矣，忽然而死，悼之以詩

不是仙貓亦是仙，誰知數盡竟難延。移來京國三千里，丙戌年得之京師。養到貧家十八年。但覺形骸久消瘦，浪誇毛色尚新鮮。近來每日啖以豬肝，毛色頗好。虬龍高冢無須築，黄耳青衣共一阡。舊有婢死，買地葬之，後有獅犭八犬死，亦埋於此，今貓亦瘞焉。

浙闈將次揭曉，由布政司行湖州府檄，委烏程縣教諭徐君志芬持中丞聶公名東來蘇，請余重赴鹿鳴筵宴。余以衰老謝，不能赴，賦詩志感

六十年前爪印消，不堪霜鬢久飄蕭。賓筵莫副承筐意，軍府翻勞折柬招。浪説衰翁猶矍鑠，敢陪

嘉客再逍遥。閒官勾當閒公事，虚費胥江往返橈。

浙撫聶仲方中丞、浙藩翁小山方伯又以電音來請赴宴，亦以電復之，再賦一詩

吳下年來閉户居，巾箱綏笥總生疏。余在吳下，杜門不出，一年有餘矣。客至，概以便服見。青雲未合陪新進，紫電徒勞到敝廬。衮衮諸公虚勸駕，皤皤此老久懸車。惠耆小録親編纂，也算名山一卷書。時余輯《惠耆録》一卷，紀重宴之事。

鹿鳴之宴，余以衰病謝，不能赴。又由布政司行湖州府委員，齎送銀花二枝、銀爵杯一具，祇領之下，敬紀以詩

八十衰翁老柏塗宅加切，偶因年例拜休嘉。黄封許飲上尊酒，白首叨簪御賜花。鄭重官符行郡國，便蕃恩禮到山家。異時尚有瓊林燕，能否重邀異數加。

九月二十四日，亡女絲裳生日也。女壻許子原適自松江移守蘇州，於前一日接印，爰於郡齋營奠。余聞之，感賦二絕句

自汝云亡廿載餘，二十二年矣。喜看夫壻守姑胥。木蘭堂上風光好，鶼鰈無由得共居。

今日剛開愍忌筵，古人以身後逢生日爲愍忌，見《元秦王夫人施長生錢記》。一門裙屐集聯翩。謝家最小偏憐女，兒女成行繞膝前。其弟六女即余孫婦，亦兒女成行矣。

題明人曹桐邱先生鏷《乞食兒謠》並圖

自鄭俠《流民圖》後，繼之者有明楊東明之《河南飢民圖》，萬曆時所上也。乃今讀先生此謠、觀先生此圖，作於嘉靖三十四年乙卯[一]，楊東明之前矣。其謠既詞旨辛酸，其圖更華墨慘淡，使人生惻隱心。鄭、楊之圖不可見，此宜長留天地間矣。其所上大中丞丁公，乃丁汝夔。按《明史》本傳，嘉靖中巡撫應天。考《職官志》，巡撫應天等府一員，嘉靖三十三年以海警移駐蘇州，先生進此謠，正其移蘇之明年，故云『下車訪求民隱』，情事正合。丁公雖不善其終，然在當時，亦一名臣。傳云：正德十六年進士，距先生於成化二十九年成進士已二十九年，真老輩矣。海警方殷，加以饑饉，又承老成人苦口指陳，未知能有實惠及民否？先生十三世孫贊明寶藏遺墨，乞題於余，率

書數語，并題二絶句。

一曲長謠已可悲，重煩老筆寫流離。溯從鄭俠流民後，又見先生畫乞兒。

自是桐邱世澤長，至今後裔總書香。披圖更爲前朝歎，堪歎當時丁大章。丁汝夔與陳九疇等同傳，史臣讃語，頗有惜詞。

【校記】

〔一〕乙卯，原作『乙巳』，按，嘉靖三十四年爲乙卯，因改。

題日本鈴木蓮岳《塔澤山莊圖》

箱根山高高插天，山中處處流溫泉。塔澤一泉尤清漣，此泉出自慶長年。彼國年號，距今二百餘年。後遭洪水流仍湮，鈴木先生此卜廛。俯見平地生清烟，從而扫之流涓涓。依然氣得春之先，乃搆精舍臨溪前。草堂花徑相鉤連，平橋横亘如虹懸。先生徙倚朱欄邊，孺人稚子隨其肩。下逮鷄犬皆怡然，嗚呼先生人中仙。

題長興鍾偉弢先生家書長卷先生名明還，國初人。

聖世龍興日，羣藩騷擾時。先生持大節，當代未深知。試取遺書讀，還將舊牘披。何須韓吏部，許遠本無疑。

初作惠州守，爭看惠澤流。瓜分俄鄭氏，先生守惠州，海寇鄭氏入犯，逆藩割惠州與之，乃懷印入省。匏繫又廉州。旋移守廉州。莽莽豺狼窟，淒淒狴犴囚。守廉，適祖澤清叛，被執不屈，劫其印去，囚之於桂林。臨刑發高唱，九死免刀頭。賊帥欲殺之，臨刑賦詩自若，賊異之，竟不殺。

甫幸身離獄，俄聞疏達天。傅忠毅疏請褒敘。臣躬無玷缺，吏議太拘牽。吏議以不先投呈格之，傳寫又誤「呈」爲「誠」，事乃益晦。已屆古稀歲，因歌歸去篇。樂山亭在否，世澤至今延。晚年隱居不出，築亭曰「樂山」。

賴有蘭臺筆，蔣丹林總憲跋語最精。千秋得定評。亂時容失印，蔣謂：劫印事，不必諱。歸日豈投誠。蔣謂：公未從賊，何待投誠，部文「誠」字必「呈」字之誤。墨跡今猶在，丹心久更明。牛腰一長卷，永鎮故障城。

郋亭侍郎傳述藝棠中丞之意，以余重宴鹿鳴，欲製扁以贈，賦詩辭之，郋以陳謝

一曲霓裳奏大羅，天教此老又婆娑。倘援學士覃溪例，再待三年丙午科。翁覃溪先生，乾隆壬申恩科進士，嘉慶辛未科即應重宴恩榮，先生願遲一年，以甲戌科重宴。若援此例，余應在丙午科矣。

鹿鳴舊韻疊苹蒿，衰朽何堪異數叨。聞說同年韓比部，力辭此舉意囂囂。癸卯同年韓叔起比部弼元，本年應重宴鹿鳴。聞其力阻公呈，竟未奏請。

老夫意興亦衰慵，竟未輕舟赴浙中。想自頻羅庵主後，賓筵罕見白頭翁。吾浙自梁山舟先生重宴鹿鳴後，

又得七人，而後至余。然以余所聞，七人中如湯文端公、如張中翰應昌、如李侍郎品芳、如孫學士鏘鳴，皆未親赴也。

開府清新已有詩，中丞和余二詩，甚佳。敢叨妙墨耀楹楣。願君留取如椽筆，他日爲題有道碑。

月汀將軍以重九日用杜韻詩寄示，依韻酬之

緯武經文韋孝寬，開招親故共尋歡。不妨暫落龍山帽，未必長懸神武冠。大樹威名猶在望，重陽風景尚非寒。相期勉紹黃扉業，謂文靖相國及文端協揆。好與江湖老友看。

丁厚庵名椿榮，諸暨人，道光癸卯科武舉人，官至平陽左營守備。光緒癸卯例得重赴鷹揚宴，而科停宴廢。因奏準歸入鹿鳴宴，洵異數也。余倖與同宴，又聞其明年正九十矣，賦詩賀之，卽以爲壽

玉詔新頒罷武科，尚餘嚄唶舊廉頗。因將猛士大風曲，并入嘉賓小雅歌。正惜同年儕輩少，欣聞異數聖朝多。惟憐我轉積唐甚，不是詞場老伏波。

聞君束髮戰黃巾，戎馬崎嶇廿載身。刀下不輕戕一命，所至紀律嚴明，不妄殺一人。濠邊何止活千人。守衢州時，城外難民環而求入，哭聲振地。君冒軍法，開城納之。于公種德真無算，翁孺封侯定有因。轉瞬期頤登百歲，引年又得拜恩綸。

臘八日，藝棠中丞親送『重宴鹿鳴』匾額，懸挂寓廬。是日也，鼓吹填門，簪纓滿坐，亦盛舉也。薄治一樽，率呈四律，聊酬雅意，兼述鄙懷

鄉舉重逢六十年，君恩再赴鹿鳴筵。浙中已費嘉招意，浙省先委員來請，又發電音敦勸。吳下還教盛事傳。楊子生平甘寂寞，余曾以詩辭。翟公門巷忽喧闐。樂知堂上人爭看，户册輝煌四字懸。

中丞坐鎮闔廬城，折節論交最有情。同譜叨陪先相國，余與文靖相國同年，故中丞執世誼甚謙。寄居亦是一蒼生。竟煩濡染親題額，更感聯翩共署名。同列名者，胡效山觀察、任筱沅中丞、汪郎亭侍郎、潘濟之太守，而余壻許子原適守蘇郡，故亦與焉。頓使衰翁縈舊夢，儼如金榜叩柴荆。

怡園東望路非遥，迤邐迎來吴苑橋。是日，中丞以下諸公先集於顧氏怡園，然後送至余寓。坐上大羅仙聚集，街頭軟繡仗飄摇。游龍流水前驅盛，志渭臣、文幼峯、吴薌硯、應季中四太守爲之先馬。野鶴閑雲故態驕。今日居然扶病出，布袍朱履舊豐貂。余近來見客，率以便衣，是日已爲盛飾矣。

老夫疏嬾異尋常，自杜門來與世忘。一甲榮歸無賀客，余孫以鼎甲假旋，不受賀。八旬耄壽不稱觴。往年余八十生辰，扃門不見一客。承迎勉副諸公愛，灑掃平添幾度忙。手挈曾孫同下拜，算伊生日小排當。是日曾孫僧寶生日。

嘉平十二日，郎亭招余孫陛雲爲其從孫賢耆入塾破蒙，賀之以詩

鳳雛嬌小試清聲，特召吾孫酒一觥。忝與前科充榜眼，宋時一甲第三名亦稱榜眼，詳見趙雲崧《陔餘叢考》。好爲來歲破年盲。明年首尾無春，俗稱盲年，忌入學，故於年前預行之。萬宜樓迥圖書府，君藏書處名萬宜樓。五世交深車笠盟。時攜曾孫僧寶偕往，與君家訂交五世矣。惟願異時小兄弟，翺翔連步到蓬瀛。

程貞女詩

貞女江寧人。生十五歲，許嫁上元周爲鈞，爲鈞卒，貞女執前約，仍歸於周，以賢孝稱。年二十九而卒，嗣一子，殤。其兄先甲來徵詩。

貞女姓程氏，許嫁周氏子。未嫁而周死，天乎奈何此。一章。耶孃語阿女，汝勿徒悲哀。爲汝擇佳壻，爲汝求良媒。二章。阿女語耶孃，兒既以身許。生則周氏人，死則周氏鬼。三章。乃造周氏門，乃登周氏堂。是日風淒淒，白日無輝光。四章。夫壻渺何所，惟有栗主在。抱之而成禮，麻衣扱地拜。五章。舅姑語新婦，汝志良堪嘉。不以生死異，奈汝青春何。六章。新婦語舅姑，生死誓不負。冰霜兒有心，井臼兒有手。七章。女事其舅姑，一如事其親。舅姑視新婦，亦若掌上珍。八章。女昔在母氏，割股療其父。女今在夫氏，又爲翁割股。九章。既爲夫氏謀，巨細無弗周。

又爲母氏謀，户牖同綢繆。十章。父母既考終，諸弟亦成立。心與力俱盡，無何女亦卒。十一章。是在戊戌歲，閏月暮春天。女生廿九歲，歸周氏十年。十二章。天地之正氣，國家之貞教。名教之幽光，閨闈之奇操。十三章。厥弟曰先甲，好學能文章。乃爲闡其微，乃爲揚其芳。十四章。舊史氏俞樾，感而爲之賦。賦詩十五章，凡章皆四句。十五章。

醉司命日，郎亭以溫州蠶豆見餉

朔風豈是浴蠶天，何處青青豆莢鮮。君説來從九鳳嶺，溫州有九鳳山。我疑彼有八蠶緜。煮成自是偏宜粥，買到須知不論錢。記得老彭曾見餉，冬瓜臘日也登筵。彭剛直曾於臘月餽廣東冬瓜。

代曾孫銘衡賦謝藝棠中丞

欲賦高軒謝不能，如何嘉貺竟頻仍。新頒錦服猶藏笥，又賜金錢託買燈。背諷詩篇慙未熟，命背諷唐詩。面承辟咡喜難勝。他年困學粗成就，百尺龍門儻許登。

賀郎亭侍郎納妾

春風新賦定情篇，老去檀奴尚放顛。博得朝雲呈瓠齒，坡仙真箇是髯仙。君多髯。遥知系出仙人後，五柞山人見説家依㣋水旁，雙林曲巷一條長。君兩娶吴夫人，皆居雙林巷，姬家亦在此。本姓方。姬方姓。

聽徹沈沈玉漏遲，晚妝燈下最相宜。蘇州太守真無賴，投轄留賓到亥時。是夕蘇州太守招飲，君亥刻始歸。

蘭房换去舊桃符，射覆藏鉤總不孤。明歲西湖春水裏，畫船同載有清娱。君每歲必至西湖。

毁譽

毁譽人間本是空，悠悠任彼去來風。腐儒豈是王夷甫，有鄒欽貽書，言余文章學術誤盡蒼生。羸老原非郭令公。門下士陳蘭洲大令，言余乃文壇中郭汾陽。聽彼呼牛與呼馬，化吾爲鼠又爲蟲。但求萬斛中山酒，醉到天元甲子中。

甲辰編　春在堂詩編卷二十一

甲辰元旦

乍雨還晴景物暄，屠蘇在手欲何言。甲辰猶是前鄉貢，前甲辰，余舉於鄉。庚戌真成老狀元。臨平市丐王老人嘗呼余而言曰：爾當作狀元。時余已罷官歸，一笑置之。乃光緒癸卯會試後，翰林認啓單出，則庚戌下止余一人姓名，老人所謂狀元，豈謂此乎？噫，丐其仙矣。抛去歲華難捉搦，拈來詩筆欠騰騫。一年一集頻年事，壬寅、癸卯兩年，各得詩一卷。此例今年儻許援。

藝棠中丞次韻賜和，疊韻酬之

幾日微寒幾日暄，已欣春入鳥能言。銷磨世慮憑黃老，唱和詩篇倣白元。我是寒蟄宜伏處，君如威鳳正高騫。相期勉紹韋平業，君先德爲文端協揆。多少蒼生待手援。

中丞來詩，有『海濤島霧』之歎，因再疊前韻

海濤島霧變涼暄，豈止西鄰小有言。幾見兵氛銷渤澥，惟聞恩詔逮黎元。水犀軍未平時練，金翅船從何處騫。見説貪狼芒角盛，天弧在手試爲援。

藝棠中丞三疊韻賜和，亦三疊韻報之

浪傳吹律早回暄，時立春已半月矣。懷抱悠悠再一言。人道先生如甫里，自憐朝士尚貞元。春蠶已覺絲將盡，病鶴難期翅再騫。欲叩戟門仍未果，不辭秃筆爲君援。

四疊前韻，贈胡效山觀察

先生杖履得春暄，仕宦悤悤口不言。自有遺音追正始，更將舊事話開元。君贈余《八旗文經》五十六卷，内多本朝掌故。登龍望重人爭附，君在京師門下士甚盛。鳴鶴聲高子共騫。謂令子志雲觀察。惟爲君家悲大阮，竹林未許再攀援。余與令叔廸甫明府同年，久作古人矣。

五疊前韻，贈郎亭侍郎

西小橋邊草色暄，君家在西小橋。賓朋滿坐聽高言。君客甚多。笑將乃渹請去聲嘲王導，《世説》『何乃渹』之『渹』相承讀平聲，然劉孝標注云『吳人以冷爲渹』，而《集韻》四十三映有『渹』字，楚慶切，冷也。亦云吳語。則此字可讀去聲也。君善吳語，故云。戲以于思謔華元。君多髯。宛轉嬌鶯啼恰恰，君新納姬人。婆娑老鶴舞騫騫。萬宜樓迴藏書處，君藏書處名萬宜樓。在上高高未許援。

六疊前韻自贈

曲園草木未成暄，花不能言我欲言。且守庚申過暮歲，預籌甲子到天元。依宋王裕説，再八十年爲天元甲子。海魚未必長跳盪，山鳥何妨自翥騫。余已飄然將出世，或如柳下尚堪援。

藝棠六疊韻見示，報以七疊，殊有鼓衰力竭之歎

晨窗把筆趁晨暄，一寫花箋四百言。七疊韻共三百九十二字，四百舉成數耳。但願兵端銷九海，好從歲首慶三元。兒童喜有新詩至，曾孫僧寶喜告曰：『撫臺又有詩來矣。』老朽慙無逸興騫。力竭鼓衰君莫笑，右枹不

敢再爲援。

前詩至七疊韻，意已倦矣，而郎亭此韻多至八疊，讀之鼓興，因亦八疊前韻

八九初交候更暄，是日交八九。興來語語又言言。精神敢望衰中健，世運須開貞下元。草木經春猶未發，蟁虻得暖已能騫。適一蟁飛至。詩成餘勇還堪賈，未向強鄰去乞援。

與家人夜話，九疊前韻

燈前團坐夜仍暄，婦豎追隨共笑言。世系難稽俞跗始，相傳俞姓出俞跗，余考之，未確。生年還溯道光元。余生於道光元年。浮生已分泥塗老，舊夢休從霄漢騫。久擬敖游人外去，爾曹何事苦扳援。

滬上以日俄戰事摹繪成圖，閲之惻然，十疊前韻

偶一披圖慘不喧，蒼生劫運那堪言。魚龍噓氣連濛汜，烏兔韜光入混元。鐵甲船高驅浪立，紅衣礮猛挾鳳騫。茫茫天地無情甚，佛出須知不可援。

韻至十疊，可以止矣，然第十首不足結束諸篇，十一疊韻，以爲之殿

七人入穀總晴暄，坐對梅花可與言。簾内婢攜小鴉角，余晝坐書齋，家人輩以余病後遣小婢隨侍。囊中錢貯大龍元。時官鑄龍元錢。枯豪不惜千枝禿，妙緒還憑一縷鶱。隨意唱酬皆入集，吳中舊事不須援。余疊韻詩多不入集，是以有《吳中唱和集》之刻，今諸詩卽附元旦詩後，故不別出也。

郎亭於『暄』字韻竟至十三疊，因十二疊報之，此後當不再疊矣

老來方寸尚餘暄，槃澗幽人獨晤言。敢望金錢賜高頔，《宋史》高頔年八十四拜左補闕，致仕，賜錢十萬。但期酒食奉曾元。木蟲食字真成蠹，寒鳥投林未是鶱。《說文》『鶱』從鳥，寒省聲，但取其聲，不取其義。疊韻詩終作廋語，三之胡又四之援。《考工記·冶人》云：『胡三之，援四之。』茲但取三四字作十二耳。

正月十三日上燈，聚兒童十數人，各執花燈，盤旋春在堂，亦頗可觀，賦詩一笑

老夫意興故蕭然，偶傍元宵略放顛。綠炬紅釭相掩映，燭奴燈婢共回旋。一堂兒女小游戲，五色

魚龍大曼延。《西京賦》「是爲曼延」，注音去聲，然《魯靈光殿賦》「軒檻曼延」，自讀平聲，當可不拘也。更有銀花開火樹，金沙玉礫滿庭前。是夕又放花爆。

艮宧小坐曲園東北隅室

尋春到艮宧，小坐最相宜。掃葉粗通路，扶花特補籬。盆魚紅韎韐，籠鳥碧琉璃。兩鳥碧色，淺深相間。不覺流連久，怡然忘我衰。

驚蟄前一日，曲園看雪

等是園林雪，春來便不同。萬花將吐豔，一白與爭雄。奪盡楊枝緑，收回杏蘂紅。昨朝當此際，雷鼓正隆隆。昨日大雷。

正月十八日大雷電，十九日大雨雪，藝棠中丞示《聞雷》詩二律，次韻酬之，首章答聞雷，次章詠雪

人間正苦蟲蟲熱，前數日熱甚。天上俄傳虺虺吟。此日一聲起平地，異時四境足甘霖。收回庭院炎

歊氣，聽取雲霄咳唾音。畢竟震方生意暢，豐綏可慰使君心。

去歲冬暄微有雪，今年春早已聞雷。素娥暫出還扃户，十八日雷雨後已見月矣。青女重臨不待媒。《淮南子》云：「青女乃出，以降霜雪。」是青女兼主霜雪。世人習讀李義山詩句，遂若青女專主霜者，非也。作賦人仍梁苑去，尋詩客又灞橋來。祥霙一樣皆堪喜，六出花看五出開。世傳臘雪六出，春雪五出。

聞雷看雪，和胡效山觀察

雄雷初鼓盪，快雪又飄搖。送去仙人謝，謝仙乃雷部中火神。迎來相國蕭。南唐時酒令，借雪合古人名，徐融云「明朝日出，爭奈蕭何」。嗚聲虓音許甫息，戰勢豅音沓方驕。兩日分冬夏，問天天苦遙。

卻助幽人興，新詩次弟成。忘言逢雪子，《莊子·田子方》篇「孔子見溫伯雪子而不言」。點將到雷横。明季《東林點將錄》有「插翅虎雷横」。莫再漉漉降，休輕虓虓鳴。關心民事重，既喜又還驚。

送從孫同奎游學西洋

一經世守又農桑，百有餘年祖德長。吾道無端開别派，爾曹相率走重洋。風霜閲歷窮荒地，眠食商量保衛方。八十四翁衰已甚，恐難再見汝還鄉。

齋前有竹數竿，柏樹、桂樹各一株，吾歲寒三友也，贈之以詩

一自夭桃謝，舊有桃樹，萎謝久矣。添來竹數竿。桂深陰密密，柏老勢丸丸。以此爲吾伴，相依共歲寒。呼爲三老友，晨夕與盤桓。

成都洪元白孝廉子英，乃余孫陛雲典試所得士也。自蜀赴汴，應禮部試，迂道吳中來見，贈之以詩

飆輪正擬走哼哼，迂道吳中款我門。莫悵朝中無老輩，在朝諸老，無一爲余前輩矣。且欣門下有曾孫。明人以門生之子爲門孫，見《都公談纂》。若吾孫之門生，則當爲門曾孫矣。迢迢桂籍逾三世，君曾祖肇東先生，爲先大夫嘉慶丙子同年，而君伯叔曾祖中，又有爲余道光丁酉同年者。忽忽萍蹤欠一罇。轉瞬曲江開杏宴，去年盛事好重論。去年會試，四川額中十四人，而余孫門下得其十，都下頗以爲盛。

春分日，采綠梅花七朵，瀹湯飲之，云可辟疫

窗下兒曹笑語譁，瓷甌手進錯疑茶。如何天上小團月，化作仙人萼綠華。道是春分宜此飲，不知

年例始誰家。老夫一哈聊從俗，疢疾消除氣力加。

效山和余艮宧詩，殆未知吾園之陋也。疊韻曉之

室東北曰宧，名艮固其宜。小小兩間屋，低低一道籬。軒窗欠丹雘，詩句愧琳璃。且喜新開霽，寒威此稍衰。

使人展季碩女史之墓，焚寄一詩

女史蜀人，姓曾氏，名彥，張子馘祥齡之配。詩、畫、篆、隸皆工，且通羣經大義，非尋常閨秀比也。從子馘來蘇，與余兒婦輩皆相識。時子馘猶困公車，食貧相守，伉儷甚歡。子馘多姬妾，不忌也。俄以疾卒。卒後子馘始成進士，入翰林，改官知縣，選授陝西懷遠縣。挈二妾之官，生二子。調大荔縣，宦途頗順。去歲亦卒。聞卽葬陝西，不返蜀矣。而女史之柩尚在吳下，權寄殯房，已十有餘年，既不能歸骨於蜀，又不能合窆於秦，歲月浸久，無人顧問，私竊慮之。適李紫璈大令超瓊來知吳縣，其鄉人也，且與子馘有舊。余因與言之，卒賴大令之力買地而葬焉。余懷爲之一慰。女史所著《虔共室詩集》一卷，高古可誦，余爲製序，子馘刊而行之。又著《婦禮通考》，尚未成書。其病中有句云：『伏生老去傳經倦，擬作來生立雪人。』爲余作也。余感其意，故

遣使展其墓，并焚此詩。其墓地在吳縣十三都四圖律字圩，小地名曰青石橋。地主曰吳福生、曰吳仁山。

小築佳城已半年，壙頭宿草久芊緜。門牆虛訂三生約，著述孤留一卷傳。荒冢難招吳市鶴，吟魂行化蜀山鵑。老夫不負平生意，特遣奴星送紙錢。

有以黃初玉幢求題者，審之贋也，賦此曉之

魏初佛法猶未盛，古事遙遙無可證。緇流一二出其間，嘉平甘露見亦僅。曇柯迦羅於魏嘉平中自西域來至，洛陽沙門士行於魏甘露五年至西域取經。此幢見説出黃初，歡喜奉持不自勝。一面刻像四面文，文字逾百無破璺。世人但讀受禪碑，得此真堪兩輝映。一讀而喜再讀疑，疑其年月殊參差。黃初元年八月朔，此語大錯非小疵。魏文受禪以十月，是月丙午初登基。黃初元年十一月，大書於史如列眉。可知十一月以前，漢家鍾虡猶未移。年則延康非黃初，帝則漢獻非曹丕。奈何於此不深考，虎皮羊質吾誰欺。或云魏初孔廟碑，亦是黃初元年立。據史則在二年春，碑文與史不必合。晉史豕亥易傳訛，魯鼎贋真難辨識。況茲玉色頗黝然，即論刻文亦精絶。摩挲几席自堪珍，辨論是非無乃刻。我聞此言亦自笑，刻舟求劍吾之拙。不如敷衍成長歌，於意云何請問佛。黃初孔廟碑實二年所立，碑首敘受禪事，故云黃初元年也，與此不同。姑作談柄耳。

日本白須溫卿餽衛生飴，賦謝

見説慈闈遠寄將，來書云：老母所寄。米津松製最爲良。題云米津松造，想是人名也。吹簫卻近清明節，題扇爭傳風月堂。售此者爲風月堂，畫月於扇爲記。妙極甘和非俗味，功資保衛是仙方。老夫藉佐含飴樂，擕到曾孫與共嘗。

清明日命陛雲回浙掃墓

病餘未克拜先塋，賴有吾孫代此行。自問頽然一羸老，不知賸有幾清明。薄營祭品常年例，憑仗飇輪數日程。從中丞借小輪船，自德清至杭州，期於七日而返。寄語湖樓與山館，湖山緣已盡今生。

病榻口占

使者輶軒偶此過，車前一揖竟成疴。唐春卿學使見過，送之登車，一揖之後，腰痛大作。折腰豈是陶彭澤，僂背真同郭橐駝。門外高朋來絡繹，問疾者甚多。牀頭小婢費摩抄。時遣小婢摩之。重煩幕府殷勤意，薦到鍼科與砭科。藝棠中丞薦砭科戴姓，試之有小效，又鍼科張姓，未試也。

病七日矣，書以遣悶

一病騤難差，光陰七日賒。雨聲長滴沰，春色自夭斜。枕畔頻攤卷，牀頭亂插花。客來應笑我，高臥教留茶。

郎亭極道閶門外杜三珍齋醬肉之美。適子原在坐，命從騎往購之。余笑曰：此《西都賦》所謂『輕騎行庖』也。率賦一詩，以存一日之興

三珍老店杜家開，吳下爭將美味推。豈我骨人堪領取，煩君肴馹特傳來。一臠乍向盤中奉，匹馬旋從郭外回。割肉正方兼得醬，何妨市脯佐樽罍。

去歲於曲園中栽日本櫻花一株，今歲僅開二朶。日本領事白須君乃以數本栽盆見贈，賦詩謝之

去歲移栽櫻樹花，今年舊榦發新芽。未堪蓬島三芝比，已較溫公一朶加。敢向春風嗟落寞，難從海國鬬繁華。東瀛仙客知吾意，數本分來豔似霞。

閑事

氣血俱衰不耐勞，惟將閑事寫吟毫。杜家買到三珍肉，事見前詩。唐氏傳來萬應膏。時貼鎮江萬應膏，頗效。枯木已拚長偃蹇，困鱗猶冀暫游遨。何時仍向南窻坐，坐擁書城四面高。

郎亭贈蓮蓬蹄，賦謝

操到豚蹄信復疑，蓮房蓮實認迷離。前生本是齊公子，小步翻成潘玉兒。想見紅蕖浮水日，便爲白蹢涉波時。老夫不費荷錢買，高踞牀頭一朶頤。

藝棠中丞以『荷葉餅』對『蓮蓬蹄』，其語甚工，衍之爲詩

老來無齒似張蒼，肉味如何尚未忘。荷葉餅雖難飽啖，蓮蓬蹄幸得親嘗。幾家贋鼎功殊遜，假冒甚多。片刻仙廚候最忙。過午不售。攜得曾孫來共飯，含飴還有藕絲糖。寧波有之。

謝中丞餽食物

病卧經旬體轉虚，欣承嘉惠到蓬廬。免教曹劌食無肉，要使馮驩歌有魚。更喜清香騰餅餌，可知珍貺過瓊琚。衰翁勉爲披衣起，捫腹皤然一飽餘。

郎亭從常熟歸，餽燕來筍

君自虞山買棹歸，攜來春筍數枝肥。爲言掀土籜龍出，正值銜泥梁燕飛。簇簇千株新玉槊，喃喃一隊舊烏衣。笑他旅雁秋來返，只帶紅黄媚夕暉。秋色中有名雁來紅、雁來黄者。

病懷

年衰又與病魔逢，病骨支離事事慵。四體未完牀褥債，三餐便當几筵供。晨光喜捲窗間幔，夜漏愁聽案上鐘。更苦兼旬不巾櫛，鏡中短髮似飛蓬。

高卧真堪避俗氛，尚嫌筆硯未能焚。病夫雖已送迎廢，熟客依然來往勤。鄉里小開童稚塾，郊原頻展故人墳。皆近事。更憐孝女嬰兒子，何日幽光得上聞。時爲同邑徐孝女請旌，部覆未至。

爛漫園林花幾枝，今年開否未曾知。寄來遠信教人讀，嘗到嘉肴問孰貽。憂亂怕談遼左事，消閑愛誦劍南詩。庵庵一病真堪笑，兩過歐洲禮拜期。

連日孱軀費按摩，而今已算起沈疴。幾篇洋板新平話，一具胡牀舊養和。飯不湯澆難下咽，詩非筆授易傳訛。硜硜猶執廢醫論，懶擲金錢聘華陀。

效放翁《幽居述事》四首

休言一病太淹淹，轉覺詩情分外添。揮麈衡開蚊聚市，搥牀打斷鼠求籤。鼠唧唧作聲，俗謂之求籤。盤中燕筍條條嫩，郎亭饋燕來筍。筐内鴉梨箇箇甜。花農自京師寄鴉兒梨。我本無心著游屐，不妨鎮日雨廉纖。

起來時暫臥時常，懶惰真成養病方。合眼苦調臍下息，搔頭快削鬢邊霜。不鬀頭幾一月矣，今勉一鬀之。詩成草稿都藏腹，客到茶湯即在房。最是東牀賢大守，有時一日再登堂。子原適守蘇州，時來問疾。

不須頻問恙如何，九十韶光強半過。欲便宵眠安虎子，怕驚曉夢避鸜哥。櫻花東國移來晚，蒓菜西湖采到多。一朵牡丹盤盌大，小園春色未蹉跎。園中牡丹，因失澆灌，只開數朵，一紫色者甚大。兒曹聚觀，或云如盤，或云如盌。

問卜求醫枉費錢，不如高臥轉怡然。光陰病過重三節，筋骨傷須百廿天。諺云『傷筋動骨一百廿日』。書室定封蠨户網，佛龕久斷鴨爐烟。只餘筆底花仍在，日日吟詩月月鐫。

沈子梅觀察奉命恭送皇太后御容至美國，賦此送之

海槎駕艨艟，雲山路萬重。頒來仙絳節，送去佛金容。鵷鷺班嚴恪，魚龍氣肅雍。待君歸絶域，再話壯游蹤。

許愚山同年《鋤月種梅圖》，其曾孫金樞乞題，爲賦此篇

自叨恩榜甲辰科，六十年來荏苒過。去歲秋闈逢癸卯，鹿鳴宴上再婆娑。疆吏飛章同入告，海内張周存二老。江南張午橋、湖南周笠西。牽連賤子得三人，昔日月宮今又到。張周二老竟山丘，兩君皆未及與宴而卒。碩果孤存我亦愁。誰料事徵丁卯集，又教人憶甲辰秋。汶長後人居歙浦，高貲萬萬輕千户。金穴銅山一旦空，事見《右台仙館筆記》卷十三。清風留到君曾祖。君家曾祖我同年，與我同登鄉飲筵。未容金榜題羅隱，竟借青氈老鄭虔。山中一築歸真室，文彩風流都歇絶。惟賸梅花明月圖，尚存蓮社高僧筆。蓮溪上人所畫。先生攜此客長安，讀畫題詩盡達官。幾人耆舊傳中見，謂朱久香、卞頌臣諸公。幾輩同年録裏看。邵汴生、杜蓮衢皆甲辰同年。劫餘圖畫欣無恙，滿幅琳瑯人共賞。并教婦豎亦驚誇，某某狀元某宰相。謂徐蔭軒、翁叔平、徐頌閣諸公。重孫珍惜比圖球，乞我題詩在上頭。榜下當年雖隔面，圖中此日儼同游。感事懷人一悵觸，爲君寫入雲萍録。尚期勉紹舊清芬，無負梅花千樹玉。

江右女史張蕊仙佩蘭至吴求見，投詩四首，余和其三以謝之

八十四翁行就木，虚名浪竊本非真。曲園不是隨園叟，莫誤金釵作贄人。

何意紅閨亦好名，門牆爭願拜先生。當年力謝劉三妹，此志硜硜未敢更。江北劉古香女史願爲女弟子，余謝卻之。

平生何敢望荆州，一見元非萬户侯。願作玉臺新詠序，慰君積想十春秋。女史自言慕余名十載矣，求序其詩，余不敢辭。

藝棠中丞親來問疾，賦謝

幾度書來問起居，今朝命駕到吾廬。塵埃陋室邀同坐，癡小曾孫送上車。投遞詩無奴便了，連日有詩，因寓中人少，未克送去。流傳稿有女相如。案頭適有江右張女史詩稿，公欣然取觀。自憐衰病兼旬久，好藉清風一掃除。

中丞攜僧寶，問讀何書，戲摺紙作斗形賜之，期望甚厚，再謝以詩

天下人才藉此量，從來斗柄屬文昌。爲憐綺歲六齡弱，特剪羅紋二寸强。欲示三隅先一舉，能周

四角卽中央。其形如此。只愁莫副公期望，大學纔完第七章。

病中有悟，歌以紀之

嗟我一病將一月，至今腰腳孱無力。地雖咫尺不能行，身必憑依方可立。徒勞虎骨與熊油，膏藥名。竟似蜂腰兼鶴膝。如何夢裏轉康強，絶迹飛行疑有翼。矯健幾與猿猱爭，奔馳并可驊騮及。嗟我兩目殊麻茶，今當病後尤增加。安得金篦淨刮膜，那堪銀海常生花。借光空架車渠鏡，糊目如封雲母紗。如何夢裏轉清澈，雙瞳明淨無纖瑕。蠅頭竟可細字寫，蝸角不被輕塵遮。執此兩端還自問，叩寂求音莫能應。跛者能履眇能視，易象寓言非可信。晝夜未嘗判兩人，夢覺何緣分二境。罔象求珠真可期，傴僂登高靡弗勝。豈真字瞽爲伯明，無乃化尻以輪運。香山居士爲我言，是爲形病神不病。本香山詩意。嘗聞天地有壞時，西傾東陷誰能支。獨留者箇終不壞，歷千萬劫常如斯。佛經有云：天地壞者箇不壞。始悟形骸乃外物，惟此真我無人知。鏡花水月有實際，天清地曠無窮期。我斯未信見偶及，狂歌忽發人毋嗤。歌成太息還就枕，目昏足弱孫扶持。

詠牡丹，七言八韻二首，禁用牡丹故實，并『國色天香』、『富貴』等字

東皇降勅領羣芳，花國中稱南面王。獨占繁華春世界，自成官樣大排當。含苞未吐爭探信，重幔

猶遮已覺香。舊住玉樓李長吉，新封金屋郭汾陽。憑他濃淡皆尤物，洵是神仙又豔妝。蕭寺有時偏爛漫，名園無此不風光。癡蜂醉蝡經旬鬧，寶馬香車逐隊忙。我本郊寒兼島瘦，也將錦繡換吟腸。

羣芳譜内試評論，豔李穠桃孰與倫。香盛能聞千步遠，開遲全領十分春。尊榮不比齊王假，絢爛翻嫌石尉貧。品望高華無伯仲，文章飽滿有精神。五雲樓閣居仙子，七寶莊嚴現佛身。但覺魏公偏嫵媚，須知開府本清新。玉牌題處長留種，金剪分來徧贈人。莫惜紅顔易黄土，白描聊復一傳真。

胡效山觀察俊章收藏鄉、會試題名録，會試及順天鄉試自道光元年始，各直省鄉試自咸豐元年始，亦本朝一大掌故也。余聞而美之，爲此歌以張之

聖清二百六十年，惟憑科舉羅英賢。文章八股有程式，功令三場無變遷。康熙初年廢八股，旋廢旋興卯到午。康熙癸卯、甲辰及丙午、丁未兩科鄉、會試均廢八股用策論，至己酉、庚戌鄉、會試仍復八股。美哉康熙庚戌科，文貞清獻俱千古。庚戌復八股，人才極盛，李文貞、陸清獻均出是科。乾隆天子天聰明，謂詩可以觀人情。遂教官燭三條下，添出承平雅頌聲。乾隆二十一年，詔於二場加五言八韻詩一首，四十八年又移於頭場。本朝事事超唐宋，最是科場得人衆。隨陸能武灌絳文，不是祥麟便威鳳。卽從近世論人材，嘉道咸同總有才。試問中興曾左李，何人不自此中來。所惜年逾二百六，未必大名皆卓犖。國學雖刊進士碑，鄉闈只刻同年録。幾家能紹舊門楣，幾輩門衰祚亦衰。當日空題天上榜，此時誰訪墓頭碑。安定先生深念此，年年蒐輯題

名紙。迢遙遠溯道光初，秋榜舉人春進士。兩世相承談與遷，君尊人牧卿先生創爲此，君踵成之。網羅放失意拳拳。不使姓名訛李翊，明末舉人，杞縣李信與潁州人李翊名字傳訛，余曾辨之，見《壺東漫錄》及《右台仙館筆記》。何難籍貫辨張銓。明萬曆甲辰進士有兩張銓，一大名人，一沁水人，俱正月二十六日生，子女皆同。當時衒賣偏都市，更有何人珍視此。亦如歐九省元賦，一紙兩文錢而已。如今積少竟成多，裒然七十有餘科。遂使麻沙舊雕本，儼如魯鼓與栒戈。南宋流傳紹興榜，中有紫陽人共仰。誰知徐履殿蓬山，竟與文公共天壤。紹興十八年榜，朱子第五甲九十名進士。徐履，溫州遂安人。因秦檜欲娶以女，廷對不答一字，故附五甲之末，亦偉人也。事見國朝葉名澧《橋西雜記》。若非小錄至今存，姓氏沈埋不復論。莫道此中惟點鬼，須知所在有傳人。我聞唐代詩人杜，杜荀鶴。又聞宋代平章呂。呂夷簡。偶然試卷留人間，不啻圖書出天府。何況莊嚴千佛經，其人雖往姓名馨。上爲柱史收遺逸，下可鄉閭備典型。近來横議爭相炫，春會秋鄉終不變。時論幾將科舉更，朝廷仍重衡文選。先生辛苦費搜求，鐵網珊瑚一概收。自愧俞錢門望薄，姓名四世荷存留。

余前作禁體牡丹詩，和者頗衆。今續得一章，并前而三矣。用清平舊例，三而不四

爲憐濃豔儘徘徊，八寶欄邊日幾回。每到午時偏極盛，未交辰月不輕開。奪將萬紫千紅幟，脱盡庸脂俗粉胎。妙有葉堪充幕帟，更無花敢恥輿臺。滿堂金玉王侯第，五色絲綸館閣才。蜀國美人綃帳臥，太原公子裼裘來。句留名士香三日，破費豪家酒百杯。見説喬柯能出屋，兒孫世世好栽培。

立夏後一日，子原餉鰣魚

薰風昨日到庭除，正是江鮮上市初。不惜籠中失幺鳳，蓄有兩翠鳥，前兩日失之。且欣盤内得頭魚。登筵未剔鱗間甲，下箸先嘗腹内腴。多感殷勤推食意，分來強半勝王餘。

送丁次軒太守之栻歸武清

西臺清望十年長，五馬南來鬢已蒼。卻喜名區莅峯泖，方期先德紹龔黄。君先德諱浚，字禹川，官廣東新興縣。游蹤忽忽桑三宿，歸路蕭蕭柳幾行。極欲與君商出處，自憐病榻太郎當。

安徽學使紹岑學士毓隆傳電問疾，賦謝

皖公山畔駐軺車，紫電傳來問起居。借重天邊神列缺，垂詢吳下病相如。食眠頗覺都無恙，腰腳難期更復初。爲報故人堪一笑，踞牀見客臥觀書。

臨平鄉人得一龜，一身而兩首，周子雲孝廉紀之以詩，錄以示余，因亦同作

吾聞龜之爲物非一族，詭狀殘形不勝錄。其尾可一而可十，其目或四而或六。甚或附之以兩翼，又或倍之爲八足。惟首止一從無二，天之生是固使獨。不圖臨平鄉，乃有雙頭龜。一腔而二首，大小無參差。伸則俱伸縮俱縮，一首倡之一首隨。投之以食則皆食，并有四目炯炯俱來窺。噫嘻乎，異哉！兩頭之蛇，草際行躞跜。九頭之鳥，空際鳴啞咿。見之聞之驚且疑，此龜兩頭無乃亦一奇。周子作詩紀其事，我爲周子考傳記。宋大觀中曾得兩頭龜，都水使者趙霆獻之以爲瑞。云得此於黄河中，一時紛紜起廷議。有詔棄之金明池，綠波清水聽游戲。可知此物世固有，雖不爲瑞亦非異。譬如荷池開並頭，又如麥隴成雙穗。在人且有比肩民，區區一龜渺乎細。君不見翠山鸛鳥首有二，彭水儵魚首有四。又不見三身之國一首而三身，三首之國三頭而一體。天地之間人固有異種，物亦有異類。漢儒災異之説不足陳，宋儒格致之學亦徒費。獨愧我非博物張茂先，乃有元緒來吾前。不勞東坡先生授我龜冠法，且爲南華真經補入駢拇篇。

或言：鰣魚宜先以醬厚塗鱗甲而後蒸之，味較勝。余試用其法，分半餉子原，而先以詩

銀鱗登市已尋常，新法傳來食憲章。魚以及時思自獻，醬如不得豈爲良。從前覆瓿非無用，此後烹鮮别有方。卻笑桃花潭上客，題餻膽小等劉郎。郎亭得此法而未敢試，故戲云然。

書無錫華氏所藏明敕後

明華節愍公允誠，字鳳超，以東林黨人死國難，亦君子人也。官工部時，爲其父復吉請封承德郎，母秦氏請封太安人，至今誥軸猶在，其裔孫子隨乞題。

明亡於崇禎，實亡於天啓。駕帖走四方，奉行廠公旨。是時王言何足珍，不惟其物惟其人。偉哉節愍公，大節無淄磷。處則爲孝子，出則爲忠臣。起家官工部，敕命榮其親。藏弆三百載，楮墨猶如新。楚弓既失而復得，冥冥呵護疑有神。我聞唐宋諸敕命，不過鈐用吏部印。改用御寶始明時，丹篆輝煌大數寸。又聞詞臣撰誥命，始於本朝康熙初。前明草草付掾吏，内制未足追歐蘇。要之其人足千古，此敕人間爭快覩。不必如朱巨川誥借重顔平原，猶勝於張九齡誥連名李林甫。

朝鮮國人崔曉林時榮投詩求見，余辭以疾，次韻奉酬

何來萍水三韓客，欲結萱蘇一日歡。輕泛仙槎辭故國，重裝詩卷壓狂瀾。流連勝蹟悲今古，涉歷長途耐暑寒。媿我積唐難出見，未能共話海天寬。

藝棠中丞撫吳三載，余以世好得與周旋，今奉恩綸移權漕節，臨歧戀戀，不能無言，輒賦八章，以代驪唱

家世金張重上都，頻年霽月照姑蘇。吳中襟袖留詩本，江上旌旗換漕艫。虎節頒來尊督部，驪歌唱處徧鄉閭。誰知父老謳思外，更有乾坤一腐儒。

少時僥倖到羅天，豈意追隨有大賢。余十七歲中式副榜，忝與相國文靖公同年。當日龍豬身隔絕，此時羔雁世周旋。謬勞折節雖非分，許共題襟亦是緣。何況竹林看後起，吾孫又得附同年。余孫陛雲與公從子笛樓編修爲戊戌同年。

馬醫狹巷一條長，屢見高軒過草堂。坐上衣冠皆脱略，門前旌旆自飛揚。春盤草草殊堪愧，病榻依依最不忘。每因問疾，親至余臥室。攜到曾孫纔六歲，荷衣也許拜公旁。公每來，曾孫僧寶必出見。

騎卒傳箋不憚勞，豈惟詩句互推敲。有時頒到楊家果，幾度分來段相庖。時貽珍果美饌。大字經書

便幼讀，以大字本《四書》付僧寶讀。小裁衣衩稱兒姣。又製衣帽賜僧寶。聚珍聞有新鉛版，更喜吟箋可代鈔。

秋風鼓瑟又吹笙，去歲重叨賦鹿鳴。愧以衰穨陪後進，忽看光彩照前榮。筆飛墨舞楣間字，主獻賓酬席上情。早使吳儂驚盛事，一時傳徧闤闠城。去歲余重宴鹿鳴，公製匾見贈。是日羣公咸集，極一時之盛。

吾孫七載忝清班，南北舟車數往還。未忍桑榆拋白髮，又難松菊戀青山。高低籬鷃都休問，進退藩羝大是艱。每荷殷殷詢出處，雲泥雖隔總相關。

千里長淮鼓吹喧，此行何計更攀轅。官居陶侃八州督，家有香山五畝園。白石赤欄橋略彴，紅蕖翠蓋水潺湲。無邊風景天留取，留取喬林待鳳鵷。署中故有清宴園，陳小石中丞改爲留園，風景甚佳，綠水紅蕖，夏日尤勝。

自顧穨唐八十翁，雲龍角逐那能同。仍思擁篲迎吳下，更盼移旌到浙中。孔李長尋先世好，韋平遠紹舊家風。臨歧無限依依意，豈僅新詩付竹筒。

讀元人襍劇

喬孟符馬致遠關漢卿王實甫各擅長，須知襍劇卽文章。流傳百種元人曲，抵得明時十八房。臧晉叔云：元時取士有填詞科，主司出題目，限曲調及韻，取辨於風簷寸晷之中，故至第四折，雖喬孟符、馬致遠亦成強弩之末。余讀之，頗以其言爲信。

何處傳來委巷言，儘堪袍笏演黎園。蔡邕竟是漢丞相，柳永居然宋狀元。元人《王粲登樓》劇稱蔡中郎爲丞相，又關漢卿《謝天香》劇謂柳耆狀元及第，真戲劇語也。

張千李萬本非真，日日登場不厭頻。只怪輕浮兩年少，一胡一柳究何人。劇中凡官府祇候人皆曰張千，如有二人，則曰張千、李萬，皆寓名也。惟有兩浮浪子弟曰柳隆卿、曰胡子傳，既見於《崔府君斷冤家債主》劇，又見於《楊氏女殺狗勸夫》劇，又見於《東堂老勸破家子弟》劇，似非寓名，不知何以相傳有此二人也。胡子傳，或作胡子轉，蓋由傳刻之訛。

嘯聚梁山卅六人，至今婦豎望如神。何來孔目李榮祖，大可遺聞補癸辛。宋江等三十六人，詳見《癸辛襍識》。乃元人李致遠《風雨還牢末》襍劇有東平府都孔目李榮祖，亦梁山頭目，《癸辛襍識》所無也。余意此即《襍識》中之李英，傳聞異辭，少一『祖』字，而『榮』、『英』聲近，遂誤李榮爲李英。今《水滸傳》作『李應』，則又『李英』之誤也。

狚靚狐猱各鬭工，新奇頗足眩兒童，王蟬老祖桃花女，都入彈詞演義中。鬼谷子姓王名蟬，見《馬陵道》襍劇，乃悟彈詞中有王蟬老祖，即此人也。《桃花女鬭法嫁周公》劇尤爲怪誕，不知所本。明人《西游演義》以桃花女先生、鬼谷子先生並稱，明時猶傳有此語。

八洞神仙本渺茫，流傳曹佾與韓湘。徐神翁已無人識，何處飛來張四郎。谷子敬《城南柳》劇，八仙有徐神翁，無何仙姑。范子安《竹葉舟》劇有何仙姑，無曹國舅，獨岳伯川《鐵拐李》劇有張四郎，無何仙姑，不知張四郎何人也。

豈果蓬山有祕函，仙蹤踳駮甚於凡。邯鄲兩度黃粱夢，一是盧生一呂巖。邯鄲呂翁尚在純陽之前，此事人多知之，乃元馬致遠《黃粱夢》襍劇竟謂是鍾離度純陽事，夢境不同，又不言有枕。此非不知有盧生事，蓋因盧生事而謂純陽亦然，疑元時別有此一説也。

秋胡妻死千年後，更有何人知姓名。今日始知羅氏女，閨中小字喚梅英。石君寶《秋胡戲妻》襍劇，載其妻姓名曰羅梅英，不知何所本也。

連環計定錦雲堂，演義還輸襍劇詳。木耳村中尋豔跡，可能訪取任紅昌。貂蟬連環計，《三國演義》中事也，乃元人《錦雲堂》、《連環計》襍劇并載貂蟬爲木耳村任昂之女，本名紅昌，因選入漢宮掌貂蟬冠故名貂蟬。此則并非《演義》所知矣。

流落文姬塞上笳，曾傳有妹嫁羊家。誰知更有王郎婦，留得香名是桂花。蔡中郎女文姬，人所知也。羊祜之母亦中郎之女，知者已罕。乃讀元人《王粲登樓》雜劇，則中郎又有女名桂花，嫁王仲宣，亦盲詞俗説也。

琵琶女子姓名無，未可娟娟好好呼。元道相逢不相識，何曾知有李興奴。香山《琵琶行》偶然寄託，元馬致遠作《青衫淚》雜劇，杜撰姓名，曰李興奴，謂是樂天長安舊識，真癡人説夢矣。

買臣當日困塗泥，最苦家中婦勃谿。何意忽翻羞冢案，居然不媿樂羊妻。元人《風雪漁樵記》言：買臣妻之求去，乃故激勵之，以成其名，又陰資助之，以成其行，故其後仍完聚如初，不知何意忽翻此案也。

素口蠻腰妝點工，當年曾伴樂天翁。不圖演入梅香劇，白樂天爲白敏中。小蠻、樊素爲香山姬侍，人所共知也。乃元人鄭德輝《傷梅香》雜劇以小蠻爲裴晉公之女，嫁白敏中，樊素其婢也，不知何據。

宋史唐書總不收，何來故事儘風流。御園妃子尋金彈，相府嬌兒抛繡毬。元人陳琳《抱妝盒》雜劇言：宋真宗於三月十五日在御園向東南方打金彈，使宮妃往尋之，得者即有子。此不知出何書。又《梧桐葉》雜劇言，唐宰相牛僧孺女金哥，抛繡毬打中武狀元。然則彈詞、小説所言『綵樓招親』亦有本也。

踏青拾翠儘游行，行樂隨時總有名。見説重三修禊日，當時也唤作清明。元李文蔚《燕青博魚》雜劇云：清明三月三，重陽九月九。又云：三月三清明，令節同樂，院前王孫士女好不華盛。疑當時流俗相傳，上巳、清明并爲一節也。

仕宦原同傀儡棚，棚中關節逐時更。偶然留得排衙樣，人馬平安喏一聲。元雜劇每包龍圖出場，必有張千先上排衙云：喏，本衙人馬平安。他官亦多如此，想必宋元時排衙舊式也。

卜兒孛老各登場，名目於今半未詳。喜看徠兒最伶俐，怕逢邦老太強梁。元雜劇中，老婦謂之卜兒，老夫謂之孛老，兒童謂之徠兒，盜賊謂之邦老，此等腳色，與今絶異。

尋常稱謂頗離奇，數百年來盡改移。夫豈小郎偏大嫂，奴雖老僕亦孩兒。各劇中，凡夫稱其妻皆曰大嫂，至奴之於主必稱孩兒，如《桃花女》劇，彭祖年已六十九，然於其主周公，仍稱孩兒也。

舊本流傳校勘精，偶拈奇字辨形聲。銅鏩音茶官府頒來重，紙毽音見兒童蹴去輕。《包龍圖銅鏩》襍劇中屢見鏩，即鍘字。而喬孟符《金錢記》劇則音茶，殆因一聲之轉，隨文而異讀也。紙毽子見馬致遠《薦福碑》劇，據《帝京景物略》，字本作『鞬』。此字從金、從皮、從毛，字書不載，乃當時俗體也。

絶代才華洪昉思，長生一曲擅當時。誰知天淡雲閑句，偷取元人粉蝶兒。洪昉思《長生殿・小宴》劇中『天淡雲閑』一曲膾炙人口。今讀元人馬仁甫《秋夜梧桐雨》襍劇，有『粉蝶兒』曲與此正同，但字句有小異耳，乃知其襲元人之舊也。

讀金湝生武祥陶廬絶句，率書六絶句於其後

生初回溯道光時，六十年來幾局棋。我比先生廿年長，一生長誦兔爰詩。先生於道光辛丑年生，世變從此起矣。余生於辛巳，較長廿年，詩所謂『我生之初尚無爲，我生之後逢此百罹』也。

大千世界不虛懸，竟可乘舟到月邊。我意一千年以後，并通金水兩重天。先生詩云：『果使衆星成世界，可能都作月宮游。』余亦有此説，謂：不特可到月中，并金星、水星亦可到也。有詩載《春在堂詩編》十五。

紛紅駭緑滿籬東，不在泉明賞鑒中。是桂是蘭都一例，今人不與古人同。先生詩云：『駭緑紛紅翻近俗，有誰古意賞東籬。』余謂：不獨菊花也，今之桂非古之桂，今之蘭非古之蘭。

制詔黜除八股文，源流討論尚殷殷。老夫不自程材力，八百年來殿一軍。先生刻黃、許、馮三先生時文，并

詳論常州一郡制藝名家，有抱殘守缺之意。余曾作《四書義》二十篇，亦頗自負，未識八百年時文許以此殿之否？今寄奉一卷，祈明眼人鑒之。

移家欲向西湖住，山色湖光自可人。媿我湖山緣已盡，俞樓俞舫總生塵。先生詩云：『細數平生舊游處，移家只合住西湖。』余頻年不到西湖，湖山緣盡矣，深愧斯言。

歲除莫作百齡會，秋仲須燒八字香。倘使叢鈔能至六，零星故事好收藏。先生云：『除夕合計一家年齒，如明歲有三人合成百歲，宜使一人避之，否則三人中有一不利。』又云：『八月八日赴八寺燒香，來生可得好八字。』余《茶香室叢鈔》至《五鈔》而止，若作《六鈔》，此等零星瑣事皆可收入也。

窮秀才謠

窮秀才，吉事凶事無不來。非親非故誰招徠，無名無姓羣疑猜。叩首叩首人不回，從而酬之錢百枚。有客爲我言，此亦三學中一士。蘇州有長洲、元和、吳縣三學。不知何年青其衿，遂隸學官充弟子。以一秀字冒儒流，以一窮字驕鄉里。天幸腰腳耐奔波，終日踉蹌走城市。不論喪祭與冠昏，不問張王與趙李。方千三拜意云何，阮孚百錢斯足矣。嗚呼，齊人乞食來墦間，當時妾婦猶羞顔。何意衣冠潦倒一至此，不如呼庚呼癸登首山。重爲告曰：陶靖節腰竟爲五斗折，程不識名并不一文值。勿言一哥五秀户籍向來殊，須知十匄九儒流品本無别。

京甎歌

余壻許子原知蘇州府，奉檄督辦京甎，爲此歌詒之。

宮殿用甎取之蘇，其事始於永樂初。欲識明時製甎法，請觀張氏造甎圖。明人張問之有《造甎圖式》。長洲縣前鳴大鼓，傳齊六十三窰户。窰户家家有祖傳，未議造甎先取土。取土務於陸墓旁，餘雖有土非爲良。萬夫畚挶運而至，其色燦爛如金黄。椎之舂之欲其細，澄而漉之細且膩。七轉得土六轉泥，摶土成泥洵非易。乃以石輪砑使平，又以木掌摩輕輕。避風避日置陰室，凡閲八月而坯成。坯成入窰懼其裂，先以穅草薰一月。片柴棵柴次弟燒，燒到松柴功乃畢。窰户隨時謹護持，文火武火無參差。十有三旬火候足，方是丹成九九時。窨水出窰白如玉，四旁背面無斑駁。不中程式悉從捐，大率十中取五六。蘇州太守吾東牀，正造京甎進上方。物勒工名垂後世，此歌願子細端詳。凡京甎，皆刻蘇州知府銜名。

詠留聲機器

明人彭天錫，串戲妙天下。每串一齣戲，足值千金價。有客憶夢游，張岱著《夢憶》一卷。爲之大歎吒。彩雲頃刻散，好花容易謝。安得縫錦囊，抑或製錦帊。將此緊包裹，不使漏孔罅。悲歡與離合，嘻笑與怒罵。一一皆存留，久久不消化。持贈後之人，千秋長鱠炙。以上並《夢憶》之説。此特戲語耳，戲語固非真。乃今有奇製，出自西洋人。竟能留其聲，不啻傳其神。其下有機器，默運如陶鈞。其上有若盤，旋轉如風輪。一鍼走盤中，入扣絲絲勻。如螺盤屈曲，如蟻行逡巡。聲卽從此發，莫測其何因。老夫坐而聽，須臾聲屢變。關大王單刀，楊太真小宴。慷慨秦瓊歌，嗚咽竇娥怨。不知誰按歌，竟未與覿面。旣非聲傳風，西人有德律風，能傳言語。又非報走電。頗疑彭天錫，尚於此中潛慈黯切。雖得聞其聲，其人固難見。吾知夢憶翁，於此猶未饜。

章一山梫連捷南宮，傳電至滬，因電報書無『梫』字，借用『侵』字，譯者又臆改爲『侯』字，傳者又誤書作『依』字。余固不知也，書來詳述，喜賦此詩

淡墨標題姓氏香，南中傳寫誤偏旁。桓謙竟至訛爲謹，《晉安帝紀》『桓謙』，《孫恩傳》作『桓謹』。蔡抗須知本是杭。蔡元定之孫名杭，《宋史》有傳，誤作『抗』。誰謂高才無遇合，卻於吾道有輝光。余不知其已捷，寄書慰之，曰：非高才之不偶，乃吾道之未光。將來考索如重訂，應改山堂作玉堂。

效山觀察述一夢，甚奇。效山非妄語者，代記以詩

安定先生壇坫開，門牆高弟半三台。君在京師，從游甚眾，今大宗伯溥公卽其一也。不圖一覺游仙夢，收到門

生女秀才。長生堂上人鱗次，左右分排筵各四。一人專席坐南方，桃李春風尊主試。夢至一處，額曰『長生堂』，面南設八坐，分左右兩列，君居右列弟二。面北一坐則主是試者也。不試郎君試女兒，不論文字只論詩。好憑庾鮑清新句，自寫姬姜憔悴姿。所試皆陽間負才偃蹇女子，如何赴試則不知也。分到先生剛七卷，一卷裒然登首選。二十八字盡珠璣，五十六人推弁冕。君定一卷爲第一，止七絶一首，主試者總閱，亦置第一。卷面人人署願留，紅塵何事不回頭。待將凡世黄金屋，換去仙家白玉樓。卷面署『願留』二字，蓋願留人世也，不署願留者，別有閲卷之人。先生此夢真堪詫，我謂先生言不假。異時儻過易遷宮，春女如雲拜秋駕。只惜名籤不并呈，書名於籤，籤皆揭去。不容人識許飛瓊。君家空輯題名錄，難向珠宮問姓名。君收藏累朝題名錄甚富。方今功令廢詩賦，不圖天上還如故。願爲碧落侍郎官，再賞青峯江上句。

次韻酬易實甫觀察

廿年詞賦識相如，歲月滔滔信不居。豸節頒來五嶺地，龍州留得一編書。君著有《龍州褉俎》。諸公辛苦中興日，羣盜縱横轉戰餘。柳下北宮都已矣，用君詩意。不禁爲子更長歔。

次韻酬魯幼峯太守

一麾五馬久專城，琴鶴歸來行李輕。江右長官新德政，吳中游客舊詩名。雪泥莫認重重跡，香火彌增惓惓情。愧我病餘空握手，未將杯酒勸公榮。

自顧原非松柏姿，虛煩公等祝期頤。偶邀白髮門生坐，亦倩青衣小婢隨。余病中見客，有小婢侍側，見君亦然。多謝殷勤詢老病，不辭稠疊和新詩。未知傳𡧃留佳硯，珍重瓊瑤究付誰。君爲女公子相攸，未定。

郎亭以馬鈴瓜十枚賜僧寶，賦謝

天馬來西域，琅琅一串鈴。摘從造父手，拋向故侯塍。鐃鐸名難借，瓊琚價倍增。兒童承寵貺，兼以勗飛騰。

聞吳下紫陽書院廢，詩以歎之

昔時吳下寄琴罇，一再春風講席溫。余於同治初主講二年。白髮門生猶有在，錢君乙生，年已七十。紫陽書院竟無存。百年喬木今蕭瑟，兩地名山舊弟昆。時余與孫琴西同年分主蘇、杭兩紫陽，今皆廢矣。小小雪泥留不得，那堪天上問巢痕。

反正體詩

章一山庶常出新意，集篆文反正如一之字爲詩。余歎曰：方今之世，士不復知有《説文》矣，此可嘉也。因用其體，賦七言八韻。

一閈靈臺無罣牽，空林只索扶蘭荃。竹中巾几三庚爽，室内爻間二酉全。杳杳亭皋齊入画，菁菁茻木闇生泉。高齋典册由來古，小品文章亦自圓。常要美甘畱舌本，未容朱墨累丹田。森開營壘黄山谷，曲合宫商白樂天。丄策莫非宗賈董，英丰大率帶幽燕。艸堂爨缶因皆具，荼苦蘴辛不喜彝。

又七律二首〔一〕

密室工夫善自閑，丹青圖画尚斑斑。美丰一半東南竹，同輩無非大小山。甘苦文章[illegible]莫賞，崇高富貴不容[illegible]。皆而杲杲皆而雨，[illegible]告吾曹早閈關。

兩三竿竹亦森森，乘興[illegible]當共入林。丰小自甘登丅品，文工尚苦帶商音。五車美富皇王典，一曲幽閑太古琴。亭午炎炎申酉爽，不需累日雨[illegible]霜。

常因合坐共商量，黨異宗同兩不當。小品尚容登米芾，大丰未必困王章。山中幽艸生空谷，天丄高文貢玉堂。莫向竝皆問行輩，本來非宋亦非唐。

昔由丁士登黄甲，未入高齋扶白申。子美尚留山上笠，林宗不舍雨中巾。大開竹里天帟幕，小坐茆亭艸當茵。吾鼎只容吾自玉，爾來言行益誾誾。

【校記】

〔一〕實爲四首。

從孫同奎自印度錫蘭島佛廟買得貝多葉一片，兩面有梵字經文甚密，不可讀，姑紀以詩

從孫遠至錫蘭島，見説曾由佛國過。喜有奇文出蘭若，惜難異種辨棃羅。三婆力已分根少，一瓣司宜索價多。我道是皮非是葉，試詢海客意云何。貝多有三種，多棃、多羅用其葉，部婆用其皮。聞葉有廣五寸者，余舊所藏及此次同奎所寄皆只廣寸許，疑其皮也。同奎以英錢一瓣司得之，不知所值幾何。

吴下浙江會館落成，同鄉諸君請署堂名，欲見浙江全省會聚於此之義。余名曰『有宜堂』，而紀以詩

三折江流曲似之，右之有與左之宜。新營高館長春巷，其地名也。特取嘉名小雅詩。可許美談登志乘，惜無健筆壯楹楣。余病不能書，汪郎亭侍郎書之。寓廬咫尺真相近，長願留傳共樂知。余寓大廳署曰『樂知堂』，

彭剛直所書。

和日本人詩二首

梧桐葉落乍涼天，多病衰翁晝亦眠。正喜門前無俗客，忽驚海外有詩仙。先生自昔稱披褐，居士於今署樂全。鄰父酒錢如許借，遥知一醉又陶然。君有句云『好拜鄰翁乞酒錢』。

右和菊川炳文

高風陶靖節，韻事陸天隨。不惜辭官早，惟愁得句遲。烹茶攜碧豎，侑酒倩紅兒。爲戀花間好，流傳五字詩。君詩『遲』字韻云『歸爲戀花遲』，余甚賞之。

右和櫻井勉

謝子原餉哈什馬

老蟇飛上天，偷喫天邊月。吴剛揮巨斧，蟇驚走還穴。無何腹彭亨，其中乃有物。吸得月之魂，孕出月之魄。金刀剖其腹，瑩然一片白。熊白自言珍，象白亦不劣。何圖此幺麽，乃竟與之埒。衛碩人膚脂，藐姑射肌雪。獺髓遜晶瑩，鵝肪輸滑笏。粤人貴錦襖，大可一笑咥。果能中韞玉，何害外披褐。

戞釜瀹作羹，風味乃全別。白逾妃子乳，軟過西施舌。毒不愁鯸鮐，鮮更勝蟚蜞。昔年客津門，記曾一流歠。老病臥吳中，又得快哺啜。聞自關外來，道路劇遼闊。其名哈什馬，音義苦難譯。食譜固弗收，本草亦未列。古稱蟾蜍肪，塗刀玉可切。得毋卽此物，居然充肴核。老夫老無齒，喜此不待齧。徐偃王無筋，趙飛燕無骨。多謝賢東牀，慰我老饕餮。免勞婦豎輩，祝鯁又祝噎。

詠五霸

五霸之説不一，而近人皆宗服、杜之説，以齊桓、晉文、宋襄、秦穆、楚莊爲五霸。然成二年《左傳》載齊國佐之言，已以『四王』『五霸』對舉，是時距楚莊之卒止二年耳，豈當遽列於五霸乎？《孟子》曰：『五霸者，三王之罪人也。』然則五霸自當合三代而言。趙岐注《孟子》，以夏昆吾，商大彭、豕韋，周齊桓、晉文爲五霸，其説甚是。乃愚於豕韋竊有疑焉。《國語·鄭語》載史伯之言曰『大彭、豕韋爲商伯矣』，此趙注所本，乃史伯又言『豕韋彭姓』，而《左傳》范宣子言：『自虞以上爲陶唐氏，在夏爲御龍氏，在商爲豕韋氏。』是商之豕韋氏，乃陶唐氏之後，而非彭姓也。彭姓之豕韋氏，已爲湯所滅矣。《詩》曰：『韋顧既伐，昆吾夏桀。』鄭箋以韋爲豕韋氏，是豕韋、大彭並夏時諸侯，至夏之亡也，與桀俱亡矣。商之豕韋劉姓，非彭姓也。史伯不辨乎此，尚以爲是彭姓之豕韋，與大彭同爲商伯，不亦疏乎？與其信《外傳》，不如信《内傳》，故以豕韋爲商伯，愚不信也。夏昆吾、商大彭、周齊桓、晉文，霸者凡四，欲求其一以足五霸之數，其周之共伯和乎？《汲冢紀年》云：厲王十二年出奔彘，十三年共伯和攝行天子事。《呂氏春秋》曰：『共伯和修其行，好賢仁，周厲之難，天子曠絶，而諸侯皆來歸矣。』是共伯和在當日固受諸侯之朝，行天子之事，霸業赫然可觀，或且駕齊桓、晉文而上之，列於五霸，豈有恧乎？故吾詠五霸，主三代言，黜豕韋，進共伯，以成趙岐之説。

五霸無定名，論者人人異。若秦穆楚莊，豈足伸大義。碌碌如宋襄，霸風更掃地。竊嘗綜古今，一一考傳記。共工霸九州，遐哉可勿計。在三代前，故不列。有夏昆吾一，有殷大彭二。周齊桓晉文，合之已有四。請更求其一，而使五霸備。緬昔周中衰，後幽前則厲。厲王流於彘，天子已虚位。爰有共伯和，出而承其弊。修德行仁政，一時蒙樂利。巖巖共頭山，同軌無弗至。獄訟於此聽，朝覲於此莅。一十有四年，攝行天子事。既非羿奡輩，窺竊到神器。又非徐偃王，始興而終替。以此備一霸，誰敢奪其幟。上紹昆與彭，下則桓文繼。是謂古五霸，千秋此定議。

詠十亂

武王曰：『予有亂臣十人。』十人何人？無明文也。馬注襍舉周公、召公等九人，殆不足據。至十人中『有婦人』，孔子之言，在當時必實有所指。馬氏以爲文母，后儒又改爲邑姜，皆非也。又或改作殷人膠鬲，斯更謬矣。愚嘗考之，此婦人乃酈山女也。《史記》載申侯之言曰：昔我先酈山之女，爲戎胥軒妻，以親故歸周，保西垂。西垂和睦，其有功於周可見。《漢書》載張壽王之言

『驪山女，亦爲天子』，則其爲一時人傑可知矣。周初寄以西方管鑰，始得致力中原，厥功甚鉅，列名十亂，固其宜也。此論吾得之已久，屢見吾文矣。今又爲詩以張之，冀此論既見吾文，又見吾詩，庶幾不泯於後世。

武王稱十亂，初不言何人。褋舉望旦輩，未必皆其真。中有婦人一，聖語必有因。後儒私揣測，擬議殊非倫。太姒與邑姜，豈可儕諸臣。或改作膠鬲，金根誤爲銀。吾生千載下，何處堪諮詢。讀書偶得之，啓發如有神。緬惟酈山女，其始生於申。嫁爲戎王婦，非徒充嬙嬪。實具雄武略，君長其臣民。因念先世來，與周通婚姻。力爲保西垂，半壁支乾坤。周家起西土，實與西戎鄰。管鑰既有寄，邊障遂無塵。專力注中原，大會到孟津。戎衣僅一著，鹿臺焚商辛。若非酈山女，西顧愁昆岷。是亦開國功，豈嫌幗與巾。惜乎書有間，未見曾來賓。宣尼不歎息，奇跡幾沈淪。經生不讀史，辨論徒齗齗。吾論本史漢，非苟求其新。惟願播此論，勿使斯人泯。更願起斯人，長鎮西海濱。

余病五閲月矣。而頭目昏花，腰腳軟弱如故，只能偃仰臥室之中，每日午後，使人舁至外齋小坐而已。漫賦一詩

葛布衣單竹倚輕，『椅』字古只作『倚』。兩人舁我出前榮。曾孫奉杖爲先道，小婢隨車在後行。陶令籃輿雖有例，謝公木屐竟無聲。孔家安國如相遇，八十四齡崔仲卿。崔仲卿年八十四歲，孔安國授以丹方，遂得長生，見葛洪《神仙傳》。余今年亦八十四矣，故云。然此孔安國乃仙人，非傳《尚書》者也。

魯幼峯太守因余贈時有『白髮門生』之句，刻一小印，曰『曲園門下白髮門生』，亦韻事也。爲賦一詩

如如居士太多情，門下甘居走狗名。往年杭州駐防有如如老人者，名鳳瑞，用青藤門下例刻一小印，曰『曲園門下走狗』。不及黄堂賢太守，自稱白髮老門生。卅年萍水回頭遠，錢字芝泥照眼明。尚有吴中錢頁父，論年君合唤殷兄。余近有詩云：『白髮門生猶有在，紫陽書院已無存。』謂錢乙生孝廉也。乙生今年已七十矣。

藝棠漕帥賜寄僧寶油花一篋，賦謝

餅餌之中得此稀，居然劈理又分肌。條條渾似玉條脱，縷縷儼成金縷衣。略用鹽調鹹亦淡，飽經油炙脆仍肥。曾孫癡小還知感，遥望淮雲興欲飛。

疊韻和日本櫻井君

海檝遥難附，吟筇儼許隨。雖殊中外朔，未覺往來遲。中東之朔不同，而與君往返唱和，不一月而達。惜我年逾耋，安能齒更兒。異邦有同志，聊復和君詩。

瘞鶴銘爲午橋中丞題

瘞鶴銘聚訟久矣，自《東觀餘論》斷爲陶貞白，至今無異論。而或又疑有唐一代何以竟無一人道及？及余觀唐儲嗣宗《和茅山高拾遺山中褉憶》詩，有《巢鶴》一首，云：『千萬雲間丁令威，殷勤仙骨莫先飛。若逢茅氏傳消息，貞白先生不久歸。』味其語意，似知此銘爲貞白作，故詩句云然。儲嗣宗爲大中十三年進士，則唐人已有此説矣。午橋中丞以水拓本屬題，爲賦此篇，證成黄氏之説，卽質之中丞。

瘞鶴一銘無定論，諸家聚訟始於歐。遠之則爲王右軍，近之則爲皮日休。或云顧況或王瓚，白雲黄鶴同悠悠。自從東觀餘論出，一言斷定陶貞白。從此人人無異詞，華陽隱居卽真逸。遂令明代張天如，編輯陶文收此石。獨怪有唐諸名賢，窮搜古蹟唐之前。十鼓輦來岐山下，一碑尋到岣嶁巔。何以此石在江左，竟無片語今流傳。我乃遐稽偏唐代，居然留有一詩在。大中進士儲嗣宗，曾向華陽寄遙慨。貞白先生不久歸，珍重鶴巢宜自愛。若非得見此銘詞，何以當年有此詩。是真鐵鑄一佐證，大可贊成黄伯思。前人未見我偶及，試向匋齋一質之。匋齋爲中丞別號。

書明李忠肅公書札後

明季李忠肅，粹然一完人。官位雖顯達，仕途多邅迍。始而蹈黨禍，幾與楊左鄰。繼而肅軍政，又爲勳貴瞋。屢起亦屢躓，一死殉甲申。聖朝褒節義，謚典頒楓宸。明史立佳傳，倪范同玢璘。此書公手蹟，疏淡含精勻。用蘇句。意氣固激烈，語句亦酸辛。二子死洪流，似爲閹黨偪迫使然，丙寅年事，乃天啓六年也。小婦化幽燐。有云：城門一刼，萬辱備嘗，小婦以驚悸溘焉。不知爲何人何事，疑是崇禎二三年間，公以兵部侍郎守城，發礮誤傷滿桂軍，爲言官論列時也。怦怦憂國事，耿耿念老親。公父廷諫時尚在。既不具年歲，名姓亦泯泯。有人題紙背，始得垂千春。書末皆云『名正具』，有人於紙背題識姓名，尚隱約可辨。書致姚文毅，文毅亦名臣。文毅卽姚公希孟，字孟長。并及文文肅，卽文公震孟，字文起，姚文毅之舅也。其情尤諄諄。惟有一書中，語涉溫體仁。溫之去相位，姚已辭世塵。語意既鶻突，考核殊難真。有一書言及溫體仁之決裂。考溫罷相在崇禎十年，姚文毅已下世，不知是致姚否也？所貴公遺墨，歷久猶如新。外孫王氏子，念曾，字少侯。得之京城闉。什襲遠貽我，珍重逾琳珉。其書以人重，是亦希世珍。惜止存七葉，餘者已就湮。籜石翁所見，是否猶具陳。安得好古者，爲我重諮詢。舊爲錢籜石先生所藏，先生并題記云：寄姚文毅公札。然今止存七葉，觀紙背所記數，知所闕者已多矣。

自仲春一病，遂成廢人，約而計之，有六廢焉。各賦一詩，以寄三歎

春露秋霜未敢虛，龍鍾無力拜氍毹。惟應不久歸泉壤，親向尊前問起居。

右祭祀之禮廢

送迎成例竟難援，高踞胡牀與客言。強遣曾孫拜車下，憐渠未解賦高軒。客至，或陛雲不在側，則命僧寶送之登輿。

右賓客之禮廢

趺坐須臾便不支，華陀禽戲竟安施。虎熊猿鹿都無用，只學東坡一字隨。

右導引之功廢

金經兩卷略能通，老病全荒誦習功。領取西來達摩意，語言文字一齊空。余曾注《金剛經》，分二卷，每日誦之，今不能矣。

右禪誦之功廢

病來足軟眼麻茶，一室幽居小似蛙。豈獨湖山緣分盡，不能再看曲園花。此余弟十卷中詩句也。病中以詩自占，適得此句，豈非讖乎？

右游覽之事廢

朝經暮史日孜孜，垂老焉能更費思。不再安排覆醬物，只堪游戲打油詩。

右箸述之事廢

魯幼峯太守，襁褓中得危疾，三日不蘇，得異人鍼之而蘇，時則九月九日也。其贈公命卽以是日爲生日，亦古所未有也，爲紀以詩

玉芽乍茁便成烟，幸賴神鍼始霍然。繡被羅綳重入抱，丹萸紫菊正登筵。因將户左懸弧日，移到山頭落帽天。莫是前生趙松雪，年年此會祝延年。趙松雪亦生於九月九日。

三疊『隨』字韻，酬日本櫻井君

又辱瓊瑤報，儼如笙磬隨。十珠換元稹，匹錦割邱遲。敢倚吾羸老，而呼君健兒。來詩『兒』字韻，太謙，故謝之。惟期傳海外，杜集附嚴詩。

光緒甲辰九月七日，得花農都下六月十日書，頗怪其遲，發視，則庚子年六月十日所寄也，乃不怪其遲，轉怪其久而不失。紀之以詩

日下書傳庚子夏，吳中信到甲辰秋。五年雁足將焉往，千里鵝毛竟尚留。兵火倉皇逃劫海，書凡十二紙，言兵亂事甚悉。仙雲縹緲住瀛洲。面署『南書房徐寄』。一緘預爲君先兆，仍到蓬山最上頭。

花農以所臨東坡書羅池碑銘寄示，率題一詩

儒雅風流徐孝穆，下筆天然絶塵俗。詩歌妙似李青蓮，書法喜摹蘇玉局。閑來無事常臨池，一椷遠寄從京師。發椷展卷奇氣出，紙上騰踔千熊羆。昌黎公銘坡公字，二妙流傳到百世。君臨蘇字如有神，此卷翩躚尤得意。我愧夙欠臨摹功，鸚哥吉了難爲工。觀君此卷三歎息，嗟君即是今坡公。

花農又寄所臨米字，亦題一詩

學蘇卽爲蘇，學米卽爲米。問君何能然，曰得書之髓。我聞當日米襄陽，曾與東坡共一觴。席間兩公各揮翰，得意疾書神飛揚。須臾各得數十幅，幅幅鳳翥鸞翱翔。相易持歸各大笑，謂有神助殊尋

常。君身本來有仙骨，爲米爲蘇原不别。老夫戲學米顛語，笑而謂君曰奇絶。

次韻酬邢厚莊京卿傳經

亦是山林亦市城，門前車馬不須驚。且將流水高山意，來聽朱弦疏越聲。詩派本如睢涣合，騷壇豈效薛滕争。只慙不副經師望，難作他年老伏生。君來書，以經師、人師見稱。

卅載吴中寄一枝，蕭然卽栗與軍持。園林只占三弓地，棃棗纔刊廿卷詩。已愧支離成老病，更憐偃蹇不時宜。段陳竊比吾何敢，來詩以段懋堂、陳碩甫兩先生相擬。未克從君醉習池。余年來杜門不出，未克一訪君也。

雲間歸少蘭錦衣重游泮水，賦詩徵和，和其二首

六十年來姓氏香，而今已是魯靈光。元龍樓上豪情在，天馬山頭舊壘荒。君曾辦團練於天馬山。且喜芹芬重又擷，可知蔗味後方長。惟憐同調凋零盡，三徑難尋裘與羊。

吟箋傳寫竟忘疲，秃盡江郎筆一枝。舊稿猶留戎幕檄，君曾入軍營司文案事。新編爭和泮池詩。自嗟金榜題名欠，君應鄉試，屢薦未售。我愧珠宫識面遲。君投余刺，稱蘂珠肄業生。尚幸吾孫曾邂逅，相逢正值祝釐時。十月十日，蘇郡士大夫咸集玄妙觀，恭祝萬壽。余孫與焉，得與君相見。

徐若洲先生所臨鐘鼎文，爲花農題

武林舊族推徐氏，實從敬穆兩公始。君爲文穆之元孫，是時門第稍衰矣。乃其文武懷全才，風角奇遁無弗晐。甫見上馬殺賊去，旋聞横槊賦詩來。生平八法尤精妙，親受杉泉公口教。君父杉泉公，工篆隸。此卷褋臨鐘鼎文，斯冰復起愁難到。君有令子子曰琪，書畫曾邀天子知。裝君此卷寄示我，斑斕如對古鼎彝。杉泉遺墨今猶在，南中留作甘棠愛。杉泉公曾宰南匯，今南匯人尚有藏其墨蹟者。倘蒙内府采琳琅，寶笈石渠應並載。琪也閉門手自摹，豈徒劖刻到西湖。異時重入南齋直，恭進臣家累代書。花農擬彙刻先世墨蹟於西湖祠堂，題曰『徐氏一家書』。

余每日坐藤椅使人舁至外齋，然苦人力之疲，乃於椅下施四輪焉，遇平坦處則以輪行，稍省人力

爲憐辛苦舁籃輿，小運圓機試疾徐。道上未馳五花馬，家中翻坐四輪車。雖愁户限高難越，且喜堂涂寬有餘。若遇少游應笑我，逍遥下澤願終虛。

次韻章一山庶常《西湖感舊》

自別西湖久不來，春秋雅集欠銜杯。雖存楊子談經席，已換蘇家作論才。萬古江河時局變，小樓風雨我心灰。尚留舊物君知否，只有孤山幾樹梅。

題陳鹿笙方伯《衣冠巷戰圖》

壬寅歲，北方拳匪蔓延川省，八月十四日，闌入成都。時鹿笙以臬攝藩，自大府衙參回，遇賊於走馬街，卽降輿督衆殺賊。輿前騶卒不及二十，人人用命，斬馘頗衆，賊皆驚竄，城以獲全。僚屬爲繪《衣冠巷戰圖》。甲辰初冬，相見吳中，出圖索題。

制府轅門東西開，鼕鼕鼓罷衙參回。騶卒傳唱聲喧豗，綠輿紅繖方伯來。方伯來，與賊遇。十十又五五，裝束殊詭異。無非喫菜事魔人，白刃橫行了無忌。公先一夕微有聞，燈下手書白制軍。軍府不開夜半鑰，嚴城陡起朝來氛。平明賊自南關入，走馬街頭適相值。走馬街，城中大街名。前驅喤引聲忽停，異口同聲賊賊賊。公乃降輿立道塗，頭上翠羽紅珊瑚。頷下百八牟尼珠，殺賊殺賊連聲呼。公一呼，士乃武。士奚武，公所鼓。短兵相接處，戰血飛如雨。賊顱投馬前，賊骸棄糞土。賊非死卽傷，踉蹌竄狐鼠。公仍鳴騶行長街，旂槍棍槊如前排。登輿四顧無一賊，輿前高卓肅靜牌。昔公出城擣賊穴，蘇灣一戰賊膽裂。公曾殺賊於蘇家灣，見《邸鈔》。今又殺賊城闉中，錦城安堵公之功。事聞於朝帝嘉許，稠疊綸音頒九五。已登極品尼哈番，更錫嘉名拔都魯。是歲並行恩正科，吾孫典試到岷峨。非公有此一場戰，三場文戰將如何。閫外戎容方暨暨，門前髦士仍峩峩。合將四牡皇華曲，譜入軍前勝了歌。公有《勝了歌》，以解散脅從。往年杭郡頻相見，今歲吳中重覿面。康強善飯勝廉頗，慷慨據鞍仍馬援。七十八齡一壯夫，如公豈得老江湖。祝公富貴又壽考，再畫衣冠盛事圖。

余止存一齒，今又脱落，送之以詩

僅存一齒已堪嗟，並此難留感倍加。縱使先生非啗肉，那堪居士竟無牙。⿰齒毚⿰齒嚴老態都難再，齠齔童年去更遐。孤負菜根滋味好，紅綾餅餡本來賒。余重宴瓊林，尚待六年，不作此望矣。

靖園

李文忠公之薨也，詔書有『忠靖』之褒，賜謚文忠，以此也。吳下專祠成，余以『靖』名其園，紀天語，兼順輿情。蓋公之功始於戡定三吳，吳人至今思之也。

昔公遺疏上聞時，忠靖深蒙聖主知。賜謚曰忠真不愧，名園以靖亦其宜。緬懷戡定三吳日，實切謳吟百世思。從此山塘添勝景，游人爭賦靖園詩。

滬上近來新出外國小説甚多，病中無事，藉以自遣

奇事傳來海大魚，居然小説仿虞初。譯將東昧西株字，編作南花北夢書。諷刺語言偏有味，支離事實半非虚。黄車使者周流徧，只惜隨車少象胥。聞外國小説甚多，惜無譯之者。

程母裘太夫人百歲壽詩

太夫人乃少潁太守之配，以長子官湖北知府，請二品封。年九十有七，計閏，例得爲百歲。光緒乙巳三月其生日也，以甲辰年恭逢皇太后萬壽故，浙撫聶公先期入告。太夫人逮事祖舅姑，又得見元孫，欽賜『七葉衍祥』額。其叔子輔堂曾宰德清，故徵詩於余，爲賦二律。

寰宇丹青萬壽年，恭逢恩語下堯天。史官特紀熙朝瑞，輿論同歌阿母賢。已爲百齡祈綽綰，更從七葉慶緜延。西湖花柳春如錦，映到萊衣分外鮮。

伊川别派有高門，君家與二程子異派。盛事衣冠試更論。芝誥行將封極品，蘭湯還許浴來孫。家聲久紹黄堂舊，異數頻邀丹詔溫。我是部民無可獻，惟將吉語侑金尊。

日本櫻井兒山六十有一壽詩

七秩初開第一筵，更從花甲祝緜延。當君弧矢懸門日，是我笙簧賜宴年。前甲辰歲，余叨鄉舉。妻島春光應不老，兒山清望儼如仙。遙知小印鐫辛字，印編吟翁十萬箋。

余病久矣，自惟形骸已敝，而神識未衰，或將死而成神乎？戲作小詩，以存讕語

形骸窳敗已難支，神識居然尚未衰。蔣尉安能帝鍾阜，柳侯或可廟羅池。塹無駿馬常存骨，喜有春蠶未盡絲。萬歲千秋非敢冀，不妨聊作百年期。

同治戊辰，余從曾文正公登天平山，公直至上白雲，余與丁禹生中丞僅至中白雲，坐石上待之。公下而笑曰：蓋二客不能從焉。今年冬至日，余孫陛雲與午橋中丞同游，中丞直至上白雲，陛雲與鄧孝先太史亦坐中白雲石上以待。相去三十七年，而祖孫情事略同。計余游時，陛雲始生也，因賦小詩紀之，或亦異日山中一故事乎

昔從文正此扶筇，未到雲山最上峯。但聽半空發長嘯，似言二客不能從。誰知三十七年後，又與諸賢一笑逢。爲語吾孫須認取，石邊還是舊時松。

送午橋中丞自三吴移撫三湘

自公旌節莅三吴，數月謳歌徧道塗。廣爲諸生置縣蕞，長教四境靖萑苻。名山緣分留金石，公喜以所藏金石分置名山。團扇風神付畫圖。公所照印小像甚多。只惜無人能借寇，福星移照洞庭湖。

高軒兩度過蓬衡，何幸殘年得識荆。神讖碑中容署字，瀕行，以天發神讖碑屬題。天平山頂欠題名。公與賓從同游天平山，題名絶頂，余以病未與。衣冠脱略都無忌，余率以便衣見。童穉追隨倍有情。余兩次皆攜僧寶見。垂念吾孫尤惓惓，未忘香火舊時盟。陛雲在京師，與公有異姓昆弟之約。

貞孝唐大姑詩

大姑清苑縣人，湖北來鳳縣知縣唐公殿華女，浙江糧儲道陝西陸公襄鉞長子永棠聘妻。年十八永棠卒，絶粒求死，父母許以如陸氏守志，始食。旋以母病，未果往，刲臂療母，不效。母卒投井，拯之出，俄而竟死。年二十一，光緒六年事也。始以貞女旌，繼以孝女旌，余爲賦此詩。

大姑姓唐氏，許嫁陸氏子，未嫁所天死。所天死，胡獨生？不食三日，饑腸雷鳴。誓將一命，從之而傾。一章。

阿孃語大姑，汝死非良圖。忍抛白髮親，去殉黄泉夫？二章。

大姑語阿孃，爲孃進水漿。兒身伴母住，兒心隨夫亡。三章。

素車素服，將歸於陸。未及歸陸，母病牀褥。四章。

兒臂肉不甘，母命不能續。五章。

父尚存，母逝矣。母既亡，兒何恃？昔本爲母留，今仍從夫游。寒泉古井，其清瀏瀏。化爲瑤碧，萬歲千秋。六章。

陳筱石中丞再次『輕』字韻見寄，亦疊韻報之

魚雁傳來尺素輕，陳遵書牘得爲榮。遠煩開府清新句，下和衰翁傴仄行。想見指麾皆得意，定知鋒鏑早銷聲。祥符以清釐荒賦，刁民聚衆滋事，旋即安堵。太丘門第於今少，名望何慙長與卿。

今歲江南寒意輕，庭中桂樹尚敷榮。只憐抱病劉公幹，非復談經楊子行。深感饒甜賜珍藥，承賜蔆

桂諸品。謬容企喻附同聲。便煩傳語梁園士，五十年前舊客卿。余乙卯奉使河南，至今適五十年矣。

今年十月，恭逢皇太后七旬萬壽，蘇郡耆老咸集於玄妙觀，隨班恭祝。事後又擇十二月七日集於觀中真人殿，用西法照相，名曰百老會。余病不赴，記之以詩

元都觀裏共呼嵩，今日還教一笑同。未見千叟來闕下，『叟』字讀平聲，本劉越石詩。已看百老聚吳中。年齡縱遜李元爽，香山九老會，有洛中李元爽，年一百三十六。圖畫都成陸放翁。愧我衰積難赴會，不堪倍侍衆方瞳。

乾隆米歌

陳鹿笙方伯餉乾隆米一筐，云漢州倉中所積之穀也，有倉册可稽。煮粥甚佳，紀之以詩。

故人仗節鎮巴蜀，君曾權川督。白首歸來手重握。訪我吳中春在堂，餉我乾隆米一斛。我朝極盛推乾隆，萬里車書無弗同。都下宏開四庫館，軍前齊奏十全功。是時海内皆充溢，道德同而風俗一。民敦工樸屏奇衺，時和年豐登黍稷。距今不過百餘年，世局如棋屢變遷。興利虛開農務局，救窮全仗米鳌捐。老夫俯仰蒼茫際，襟邊屢灑憂時涕。惜未能爲乾隆民，猶幸得喫乾隆米。此米由來出漢州，

州倉積穀高於邱。倉册分明載年月，乾隆某歲某春秋。碾之成米粲然潔，煮之爲粥鬻然熱。傾之瓦缶瀏然清，果然色味香三絶。擎甌小啜不須多，已覺胷中滿太和。快哉一鼓堯民腹，吐出康衢擊壤歌。

和于香草明經圓圈韻各五首

隨意題詩亦自妍，吟豪草草寫吟牋。北臺不鬭東坡韻，坡用尖來我用圓。

春蚓秋蛇年復年，老來筆墨益穨然。戲摹魯薛投壺鼓，幾箇方圍幾箇圈。

人生萬事費周旋，正是輪主持世年。大地亦知方不得，如今久已變爲圓。

事事圓通事事便，循環最是妙無邊。羲皇應悔開天錯，一畫何妨改一圈。近册筮者遇老陽，作一圈識之。

挫角磨棱不是天，斲輪老手亦堪憐。偶然移動茶杯底，几上留痕箇箇圓。

煦嘘呼吸亦徒然，高倚胡牀便是仙。含得淡巴菰一口，空中噴出總成圈。

東西烏兔自回旋，莫鑿中央渾沌天。明道先生親授我，一團和氣畫來圓。余嘗篆書『和氣』二字作圓形，謂之『一團和氣』。

抽刀斷水水仍連，於世常存不解緣。曾讀考亭論孟注，每章書上一重圈。

舊夢如雲化作烟，花開花落自年年。滿場袍笏闌珊後，來聽先生唱老圓。《老圓》，余所製曲名。

落寞徒存文字緣，東塗西抹任流傳。莫嗤名姓酸寒甚，少日曾蒙御筆圈。

徐花農閣學自去官後，今年恭逢皇太后七旬萬壽，隨班祝嘏，賜復三品銜，賀之以詩

小別蓬山春復秋，欣逢鳳詔下龍樓。紅塵本是九皋鶴，君自言前生是鶴。碧海真爲三品鷗。補足仙班前未歷，君前自五品超升二品。迎來恩命後加優。清風堂上重回首，君家有清風草堂。尚有傳家祖笏留。

從孫同奎自倫敦寄來小像，已改服西國衣冠矣。爲之一歎

章縫家世魯諸生，何意儒冠忽一更。豈以江充常服見，竟隨李廣短衣行。身投異國真無奈，目睹橫流大可驚。膝下曾孫纔六歲，已將洋字鬭聰明。僧寶於洋文二十六字母已略識之無〔一〕矣。

【校記】

〔一〕無，疑爲衍文。

烏靈參

是物出成都灌縣，土中大小不等，聞雷聲則自能旋轉，故所處之土，䆊然成穴，掘而出之，云是

溫補之品，名之曰參。可以入饌，實不知何物也。亦陳鹿笙方伯所餽。

阿香駕雷車，排空走轣轆。厥聲隆隆然，百里震山谷。有物處土中，爲之感而觸。盤旋如走丸，反復若轉轂。包藏皮渾沌，推移石碌磚。良由氣鼓盪，非有人蹋蹴。遂令此坏土，豁庨空其腹。是物處乎中，不異蟄蟲伏。斲土偶得之，怪哉此何族。撫之形團團，叩之聲硞硞。色墨類凍梨，皮粗欠滑忽。謂是動物歟？無血又無骨。謂是植物歟？非草又非木。強名之曰參，云可補不足。於是豪家筵，爭取佐醽醁。頓使灌縣民，日向空山劚。質疑稟瑤光，價可敵銀樸。一斤值銀十六兩。故人陳太丘，開藩到巴蜀。得之以餉我，數之適有六。兒童詫不識，錯呼泥蘿蔔。銅刀切成片，片片白於玉。亦頗有文理，初不煩琱琢。熟之以進客，果然清且馥。客有自蜀來，亦言昔未矚。外孫壻李友鵬，蜀人也，亦言未之識。老夫逞臆見，謂此乃卵屬。鮫龍皆有卵，大者可盈斛。茲其小小者，是以手可握。聞雷輒奮動，分明爲我告。若非鮫龍類，得氣無此速。龍醢與鮫鮓，固亦我所欲。況此僅胚胎，猶未見頭角。藉以供朵頤，何莫非口福。鮫龍皆屬陽，陽氣所煦育。我固陽虛侯，賴此庶可復。勿誤雷丸名，可補雷公錄。益部記方物，我將以此續。

臘月十五夜大雷電

歲首聞雷臘又雷，今年正月十一日大雷電，余有詩紀之。羣情無事苦疑猜。土牛未送陰寒去，玉虎先催陽氣來。收發不遵秦月令，災祥莫問漢蘭臺。海濤島霧瀰漫甚，憑仗雄威一掃開。

合州民金滿少豪横，爲鄉里患。彭剛直在西湖聞之，招致麾下，積功至守備。感念舊恩，卽其鄉建公祠，命子孫世祀之。祠成來告，紀以詩

白髮尚書湖上游，赤城奇士遠來投。車前兼拜鄭高密，帳下真收周孝侯。當日櫜鞬邀一盼，今朝俎豆報千秋。斯人斯舉從來少，青史應教百世留。

藝棠中丞由署漕督拜江淮巡撫，乃新設也。賦詩賀之

峩峩軍府此權輿，丹詔南來拜特除。朝命寵頒新節鉞，邊防雄鎮古淮徐。卽從袁浦開行省，空令吳民盼使車。自昔荒涼江北地，從今富庶比姑胥。

建業江山千古勝，維揚風月四方無。但看輶轄皆名郡，自是東南一大都。貴粟重農敦本務，整軍經武啓雄圖。知公不負園丁職，漕署有清宴園，公自謙稱『清宴園丁』。海宴河清副聖謨。

贈王壬甫

王君紹中，字壬甫，吾郡之菱湖鎮人。少以家貧，兼習律學，游公卿間，南浮滇海，北度祈連，

年四十餘，始還鄉里應童子試，冠其軍。亦間應龍湖院課。余偶以唐人孔紹安《榴花》詩『開花不及春』句爲試帖題，君詩甚工，余歎曰：老名士也。取第一，并貽書監院者詢其生平。君聞而感之，以『晚香簃』名其所居，仿余春在堂例也。今年客大司馬長公幕中，自京師寄余書，并和余《重宴鹿鳴》詩。余因賦此贈之。

善賦榴花孔紹安，自將哀豔寫豪端。芒鞋蹤跡垂垂老，錦瑟年華細細彈。落拓一衿游幕府，闌珊八韻殿詩壇。功令廢試帖，論本朝試帖者，當以君詩爲殿。晚香簃畔風光好，莫作衰翁春在看。

謝沈旭初觀察餉意大里亞麪

麳麰異品出重洋，萬里風吹麥隴香。洲遠應將界甌亞，味佳直欲勝桄榔。千條挑去銀絲滑，一束封來玉尺長。多謝殷勤沈家令，分貽湯餅試何郎。

乙巳編　春在堂詩編卷二十二

乙巳元旦

今歲行年八十五，屠蘇飲罷自三思。神仙世外陶弘景，富貴人間郭子儀。二公皆八十五而卒。尚且壽難逾此數，況吾病已歷多時。茫茫後事無須問，坐擁粃盆一賦詩。

元旦立春

東郊景物一番新，斗柄今朝乍指寅。莫道百年難得遇，老夫三遇歲朝春。道光九年、光緒十二年均元旦立春。最是難忘第一回，道光己丑我猶孩。流風遺俗般般好，還自乾隆嘉慶來。

八十五歲放歌

大富貴，亦壽考，天孫織女親爲汾陽告。于今傳習爲美談，僉曰善頌又善禱。豈知二語有軒輊，世人鹵莽未探討。大之一言深許之，大富大貴無愧詞。二十四考中書令，天子之尊薄之而不爲。亦之一言未深許，汾陽壽止八十五。天孫視此八十五歲人，何異蜉蝣與蟪蛄。壽考姑從世俗言，是亦唐朝一尚父。未足上比召康公，聊可追隨太公吕。富貴曰大壽曰亦，是謂名與實不與。天孫有知定首肯，此子得吾語外語。重爲告曰：富貴壽考人情同，魚熊難兼吾取熊。世間竟有大富大貴者，爵三公，禄萬鍾，惟此亦字不能加其躬。吾雖貧賤至没齒，要是江南之老而非渭北童。天之予我良亦豐，老夫得此亦足雄。亦字之義妙無窮，吾將自署亦壽翁。郎亭居士聞而笑，戲將成語一顛倒。大壽考而亦富貴，謂此方與曲園肖。曲園不受亦不辭，吾固不富不貧、不貴不賤、不壽亦不夭。

次韻子原《出郭迎春》

太守班春豫勸耕，不辭東郭遠承迎。笙歌未買新年樂，鼓角先占元旦晴。四境和風諧玉律，三杯仙露醉金莖。更看丹鳳銜書至，膝下佳兒喜策名。外孫引之奏保道員，加二品銜。

子原疊前韻，有歸耕之意，詩以勉之

味君詩意欲歸耕，冠蓋遥知倦送迎。但念中興方有象，又逢元旦大開晴。青雲高舉應千里，白髮低垂未數莖。莫爲時艱灰壯志，老夫洗耳聽清名。

次韻許子頌大令《元旦試筆》

貞元朝士舊詞臣，此日徒餘老病身。講舍清談猶似昨，余與君共事詁經精舍有年。宦途幻夢本非真。青樽且醉新年酒，白髮欣逢正旦春。愧我歲朝詩思颯，不堪徵和到同人。余有《元旦》詩，詞意衰颯，不勞賜和也。

沈壽康先生百歲壽詩名毓桂，吴江人。

威鳳祥麟不易逢，人間真有百旬翁。百旬甲子從頭數，尚在先朝嘉慶中。是時海内方全盛，文治昌明儒術正。國家功令重程朱，師友淵源宗許鄭。先生早博一衿青，暑夕寒宵雪與螢。不屑滇中官别駕，自甘吴下老明經。無端擾擾黄巾起，十載干戈殊未已。風移世變中興年，一卷檀弓皆物始。先生壇坫自嶙峋，杖履優游客滬濱。人謂貞元舊朝士，自稱天寶一遺民。白髮蒼顔扶杖出，方瞳炯炯仍如漆。甲辰光緒三十年，正值先生九十七。乾隆恩例至今沿，計閏之例，聞始於乾隆。計閏加爲一百年。試向天邊看明月，已經千二百回圓。疆吏封章援例請，龍樓鳳閣頒恩命。芝誥榮加二品封，儒冠紅掇珊瑚頂。一時賓從共趨蹌，都向華堂進一觴。冠蓋同趨通德里，屏風分寫壽人章。賤子行年八十五，自慙衰朽已如許。先生長我十三年，精神矍鑠鬚眉古。靈光魯殿總巍峩，丹桂靈椿歲月多。惟祝壽逾李八百，光風霽月儘婆娑。

題黄尊古先生《萬里長江圖》

先生名鼎，常熟人。工畫。王麓臺先生門下高第。康熙中奉敕繪《長江圖》。此其副本也。

聖祖命繪長江圖，臣鼎奉詔精描摹。先從京口試染翰，金焦兩點江心驫。北固主人猶揖讓，京口以金、焦爲二客，北固爲主人。筆鋒直掃黄天蕩。燕子磯邊波浪高，石頭城外風雲壯。眉黛方描大小姑，雲中五老來相呼。聯絡吳頭兼楚尾，標題水郭與山郛。黄鶴樓頭一點筆，淺黛濃青爭湧出。豪端綽約有餘妍，兼爲洞庭繪秋色。此後千山又萬山，瞿塘灩澦苦躋攀。先生只是從容寫，千里江陵一日間。數載經營功告畢，臣鼎封題呈北闕。副本流傳在世間，猶然摹寫窮豪髮。先生本是畫中豪，王麓臺門品第高。想見此圖恭進日，丹青深荷玉音褒。巨卷牛腰長數丈，披圖猶見承平象。估帆商舶總安閑，蟹舍漁莊相掩映。千古長江一戰場，百年亦是小滄桑。而今風景如重寫，來去輪船日夜忙。

外孫壻李友鵬大令餽大鹿茸一架。友鵬曾官甘肅，得於其地者也。賦此謝之

天生神物補虚羸，兩角居然各四歧。仙客來從古關隴，佛家無此大伊尼。山中乘坐應呼馬，市上傳觀莫誤麋。八十五翁衰已甚，感君持贈最相宜。

蘧園七老圖

友鵬以其先祖眉生先生《七老圖》見示。七老不署姓名，屬余辨别，余亦不能盡識也。題詩四首，舉所知者告之。

當日流傳七老圖，姓名年月竟皆無。披圖一覽先相識，此是平齋老友吴。按，圖自右而左第一人爲吴君平齋，雖不甚肖，有瘦可識也。

數到蘇鄰第四人，蘇鄰乃先生自號。修頤廣顙好風神。肩隨更有怡園叟，七老中間最逼真。第五人爲怡園主人顧君子山，七老之中尤爲酷肖。

養閑居士處圖終，謂潘君季玉。仿佛鬚眉想像中。此外三人難指實，就中或有杜陵翁。第二人疑是杜君小舫，面盤頗似，但多鬚耳。第三人或曰勒君少仲，第六人或曰彭君訥生。

此會於今廿幾年，摩娑病眼認難全。願君博訪吴中老，莫使傳疑等七賢。唐人《七賢過關圖》，亦無姓名，迄莫能定。

以光緒三十一年《時憲書》『都城節氣』一紙寄從孫同奎於英吉利

重洋萬里賦西征，客裏驚心歲月更。欲爲家風存漢臘，恐無史筆紀周正。天朝頒朔知難偏，憲書止頒使館，不能徧及。元旦逢春料未迎。寄汝憲書剛一紙，好將節氣記分明。

《上海日報》言，日俄兩國將停戰議和，喜賦

楚秦搆怨大興兵，愁殺先生老宋牼。兩國烽烟全局動，萬人性命一銖輕。如聞玉帛仍修好，能否金戈永息爭。垂死衰翁無所望，但求四海共升平。

元宵大雨雪，僧寶於庭中放花爆爲樂

爲厭元宵雪意狂，兒童奇策與爭強。仙翁口内噴來火，進士頭邊放出光。但覺銀花相掩映，不勞玉戲大排當。天公若解從人願，定許明朝見太陽。

壬寅冬日《西湖襍詩》中有一首爲日本駐杭領事大河君而作，今春君聞而索觀，因寫付之，而繫以詩

昔日西湖上，相逢袂便分。愧無小園賦，可贈大河君。歲月如流水，山川隔莫雲。恩恩書此紙，聊與寄殷勤。

上海報館所刊《時報》、《日報》附刻小説，剌取成書，偶題其後

自從西法來中華，滬上報館紛如麻。雖喜耳目擴聞見，頗嫌口舌騰諠譁。誰知附刻有平話，亦復逐日登麻沙。沿習陶真宋時體，依傍小説虞初家。我衰且病百事棄，惟看閑書説閑事。就中剌取使成書，一日編排數百字。婦豎平添丙夜忙，笑談各試并刀利。書成付與老夫觀，無端感憤填胷臆。我朝乾隆古黄虞，詔開四庫蒐遺書。一部永樂大典内，采之擷之無留餘。臣昀臣熊恭校上，縹囊緗帙陳丹墀。斯世斯人與斯事，樂哉何異游華胥。嗟我生在百年後，文采風流銷歇久。文敏一死遂無人，請開四庫有誰某。王文敏公懿榮奏請開四庫館，詔：俟《會典》告成後舉行。後遂無議及者。遂令白髮老詞臣，不采蘭蓀采稂莠。他年唱向趙家莊，負鼓登場一盲叟。

俞保歌

郋亭得孫，取乳名曰俞保，用余姓也，戲爲《俞保歌》。

有僧語歐公，公固不信佛。乃以僧名兒，此則又何説。公言生子期長成，若羊若馬若狗皆可名。佛與衆生何重輕，吾非借佛爲光榮。歐公此言堪絶倒，先生名孫乃更妙。亦作貓兒犬子觀，不名佛保名俞保。俞錢姓氏本來微，當日曾爲梁武譏。俞藥且使改姓喻，俞保命名何所覬。吾非九真太守古循

良，以任名兒非所望。設使流傳至後世，將疑考亭何以名沈郎。竊謂梅聖俞名固然好，似與韋法保字不相當。不如仍用僧哥例，詼諧妙語師歐陽。惟有一言願爲五童保，功令，小試有五童互保。君孫定比吾孫好。異時勿作第三人，桂林一枝高占蓬山春。

正月二十五日，僧寶入塾

聽事東偏隔一牆，卅年安置讀書牀。今朝姊弟新開館，曾孫女琳寶亦附讀。初入塾，俗謂之開館。當日爺孃舊學堂。孫兒陛雲、孫婦仙娜先後於此讀書。婉孌七齡憐尚幼，扶搖萬里望彌長。待攜第二重孫至，記取金奎日最良。四月廿二日金奎甲子日，擬命慶寶亦入塾破蒙。

胡葆生庶常駿，余孫典蜀試所得士也。來見，賦贈

子雲亭畔舊知名，一日聲華滿鳳城。詞館遙遙難論輩，蓬門寂寂幸分榮。淵源浹洽應無間，出處商量倍有情。更感饒甜餽珍藥，龍雷虛燄倘能平。余患虛陽上升，君餽蒙桂，云可引火歸原。

安徽之壽州、四川之長壽縣，各以其印一百作大『壽』字，謂之『百壽圖』。皖學使紹岑學士、蜀人胡葆生庶常同時見贈，爲賦此詩

吾浙西湖照膽臺，舊有漢壽亭侯印。高宗臨幸親留題，長與湖山相輝映。有人印作壽字形，百印百壽無破壘。此由神物世所珍，抑亦天章人共敬。若徒義取大吉祥，何必遠求古漢晉。纍纍印綬滿人間，尋常銅墨亦殊勝。安徽所屬有壽州，州印刓敝文尚留。四川屬有長壽縣，縣印四字甚明顯。無端兩幅來聯翩，每一幅中百壽全。壽州壽縣各一百，并而爲皕陳我前。印章端整不巉互，字畫曲屈相鉤連。雖然不及漢壽古，合爲三壽奚愧焉。惟念天下州縣名，以壽名者多於福。壽昌屬浙壽寧閩，永壽在秦仁壽蜀。山東壽張西壽陽，正定靈壽隸輦轂。若皆摹印使成圖，并此可使成九幅。再加漢壽印爲十，積百爲千意良足。所嫌遼闊各封圻，未得徧求賢令牧。安能各出腰下章，燦爛芝泥娱我目。我昔曾爲百壽圖，惟取漢篆精描摹。與此體例非同符，余曾集漢印壽字一百爲《百壽圖》。況今年邁歲月徂。田光先生精已枯，特此壽我奚爲乎？故人雅意不改虛，姑留此配陳摶書。浙臬署有石刻陳摶『福壽』字，余曾搨得數紙。慎勿又題雙福壽，再向名山圖不朽。余在右台山，曾得『福壽』甎二方，摹其文，曰『雙福壽』，花農爲刻《名山福壽編》。

題金檜門先生《觀劇》詩後

前輩風流今已矣，承平樂事故依然。尋常一樣梨園戲，想見雍乾全盛年。

自慙吳下病相如，精力闌珊筆硯疏。廿首詩題元襍劇，至今嬾惰未親書。余去年讀《元人襍劇》，得詩二十首，欲親書一通，未果也。

雨窗偶筆

連日沈霾積不開，杏花消息苦難猜。陰晴天主堂中出，上海徐家匯教堂，日以次日晴雨告報館登報。雨雪祠山廟裏來。俗傳，二月八日祠山大帝生日。帝三女，嫁風山、雨山、雪山，各以其物爲壽。又一女嫁火山，禁不許來。曉起捲簾稀見旭，宵深伏枕屢聞雷。一年廿四番風信，今歲還愁欠幾回。

病懷

如此支離太不堪，箇中況味我能諳。戒詩仍作詩馮婦，止酒真成酒魯男。病久已拚同廢物，客來應訝減雄談。自憐頭腦冬烘甚，試借西醫理一參。西醫有言病在腦者，余頗似之。

紀夢

二月初八夜，余夢見一人，初不相識，然知爲高郵王懷祖先生也。出一書示余，曰：吾刻此書，每字洋錢五角。又共讀一古書，有一字余不識，先生曰：『都字也。』余生平學術私淑高郵，晚歲夢見先生，似非偶然，詩以紀之。

夢裏分明見石臞，百年嚮往此通儒。文章自定千金價，籒古親傳一字都。信有淵源相浹洽，覺來想像未模糊。不知異日名山業，得與高郵並壽無。

贈胡志雲太守玉瀛

愛我拳拳到十分，衰年何幸得逢君。千金方劑今和緩，兩代交情古紀羣。老去未除兒女累，雨中深感往來勤。向來一卷廢醫論，自遇先生又擬焚。

徐孝女詩孝女父名佩藻，字子芹，江蘇長洲人。

長洲永昌里，敕建孝女坊。借問孝女誰，姓徐名淑英。從古音，讀如央。阿爺病且死，阿女依於旁。阿爺語阿女，汝弟初扶牀。汝能不嫁否？以姊爲弟孃。阿女語阿爺，此兒分所當。阿爺大歡喜，汝孝逾尋常。予汝田三百，水旱無凶荒。以此養汝老，庶不愁空房。再拜謹受命，涕淚流沱滂。一從阿爺死，姊弟相扶將。弟已授有室，弟已游於庠。持此告泉壤，於心無慙惶。獨念父在日，有志建義莊。田止五百畝，未足供蒸嘗。孝女善持家，家業日益昌。續購二百畝，畝畝田皆良。益以父所賜，孝女無私藏。合成一千畝，父志今其償。欽旌孝女徐，具呈呈公堂。顛末述崖略，規條陳精詳。疆吏據入告，天語加褒揚。綽楔何峩峩，綸綍何煌煌。士夫聞此事，俯仰慙冠裳。婦豎聞此事，觀聽傾聾盲謨郎切。今年女六十，戚黨咸稱觴。耆壽固應祝，大孝尤宜彰。方今重女學，女學徧蘇杭。不如此一女，實爲聖世光。我爲孝女歌，歌短意則長。異時傳列女，柱史其無忘。

山茶花

抛卻園林滿院花，余病不窺園一年矣。只堪窗外看山茶。同昌公主塗紅蜜，軒帝宮人點赤霞。似爲病懷嫌落寞，故將春色弄夭斜。隔牆更有一株玉，牆外有玉蘭花。映照瓊英豔更加。『瓊』字從《説文》『赤玉』之訓。

今歲二兒夫婦同庚六十，詩以壽之

夫婦同生丙午年，六旬眉壽喜雙全。小開豆腐瓜茄宴，卻遇重陽上巳天。二兒生於上巳前一日，二兒婦生於重陽日。鼎甲兒郎聊慰籍，臼辛家計漫憂煎。二兒婦持家甚勞。一尊祝汝期頤慶，定見曾元滿膝前。

三月五日，艮宧小坐

病來枯坐學瞿曇，經歲園林未一探。兒婦婉言商再四，二兒婦力勸至園中小坐。老夫游興補重三。玉蘭樹上苞初坼，紅杏枝頭蘂尚含。不負東風留待我，籃輿新製小於籃。時縛小籐椅爲輿，頗輕而便。

余不至外齋兩月有餘矣，昨日至曲園，今日遂至書室

陋室塵封兩月餘，今朝舁到小籃輿。案頭已換新詩本，壁上猶懸舊憲書。卻爲重來三歎息，不知更坐幾居諸。華顛胡老仍相訪，問訊鬚眉可似初。客臘十七日，胡效山觀察來，嗣後臥病内室，不出見一客。今甫出，而效山適來見，亦非偶然也。『華顛胡老』之名，見蔡中郎《釋誨》。

日本駐蘇領事白須君錄示其國乃木將軍詩二首，率題一律，卽寄慰將軍

黯淡烽烟裏，將軍自賦詩。青山銘偉績，碧血葬奇兒。將軍之二子皆戰死旅順口，一於南山，一於百廿山。百戰鯨波窟，雙歸馬革屍。知君抱忠義，有淚不輕垂。

庭前山茶花開至百餘朵，紅豔奪目，再以詩贈之

百朵齊開豔似珊，丹霞絳雪滿林間。竟無詩可紅兒比，錯訝春從赤帝頒。宰相火城光燭夜，閼氏顏色積成山。綠紗窻下終朝對，伴我蕭蕭白髮斑。

三月十三日，諸親友集於春在堂，爲二兒夫婦壽，詩以謝之

一笑姑從俗，羣公過用情。杯盤聊遣興，冠蓋竟傾城。中丞以下諸公咸集。且喜春猶在，兼逢雨乍晴。今朝補修禊，此舉豈無名。唐開成元年，改上巳賜宴於三月十三日，見《舊唐書·歸融傳》。

陸春江中丞自湘移蘇，以《留别湘人》詩見示，次韻奉贈

三年聚散似摶沙，與君别三閱歲矣。旌節聯翩疊放花。先權漕督，又權湘撫，今拜蘇撫。已建旗幢開幕府，仍留壇坫在詩家。自淮赴湘，自湘赴蘇，均有詩留别。官移舊地情尤洽，人近鄉山興更加。想見九重南顧意，教從熟路試輕車。

錯節盤根總不驚，書生仗鉞竟專征。講堂羔雁徵佳士，軍府貔貅練勁兵。公路浦邊春尚在，漕督署

有清晏園。祝融峯下疊都平。在湘撫任，籌防甚力。吳中父老聞風慕，苦憶賢侯舊勸耕。

溯自琴堂海上開，行空天驥已呈材。送將皂蓋青旗去，迎得朱旛緑幰來。君宦吳，自上海縣累遷至方伯，遂大用。帳下健兒楊令寶，幕中名士李之才。此時滬瀆重經過，滿縣花猶憶舊栽。

露冕來頌吳下春，行看政教一番新。主恩已許三持節，吏治爭推老斲輪。回憶過從如昨日，重煩存問到陳人。龍門百尺高難上，敬命吾孫拜後塵。余病，不能報謁，命陛雲代往。

置自鳴鐘數架於案頭旁，又置時辰表數枚，以時考之，殆無一同者。始信天行之不能密合，而憲術之不必過求也。唐堯置閏月，以定四時，三年一閏，五年再閏，自不至春爲秋、夏爲冬矣，小小出入，所不計也。後人精益求精，實無當於敬授民時之本意，私見所及，以詩明之

自鳴鐘韻各鏗鏘，遲速參差總不當。始悟天行難密合，不煩憲術過求詳。但將閏月調贏縮，已免農時誤燠涼。太息前明徐光啓李天經輩，博徵新法到西洋。

以越中名酒分餉子原

爲憐夜枕太惺忪，子原時患不寐之症。喜有醇醪出越中。眉嫵釀成女兒緑，頭銜借得狀元紅。酒名狀元

紅，實紹興之女兒酒也。遥知酩酊微酣後，定奏瞢騰一霜功。從此蘇州賢太守，黄紬被内樂融融。

有蜜蜂無數，飛集於廊

嗟爾奚爲者，嗡嗡結隊來。兩班羅將相，一寸起樓臺。窗外喧還寂，牆頭往復回。此間春色少，何事久徘徊。

白須温卿折櫻花數枝寄余插瓶，賦謝

晝長坐對小窗紗，正苦無聊閑啜茶。一片白雲飛到也，白須君送白櫻花。

翦牡丹數朵插瓶，又以他瓶插菜花數枝，並置案頭，戲賦一詩

國色天香莫與倫，更無凡品敢登門。豈知富貴儻來物，要有田園本色存。荆布亦堪金屋貯，王侯翻讓白衣尊。從來佛法原平等，俗目悠悠何足論。

唐韡之觀察著《鄂不齋筆記》，言余五十歲後即茹素，惟以山藥代餐。唐君固與余相習，何傳訛若此也？戲作二詩，一代唐君贈余，一爲余答唐君

曲園風骨太清奇，只喫藷蕷足療飢。三十年來屏腥血，朝朝石釜煮瓊糜。右代唐君贈余。

涓子休糧餌仙朮，安期辟穀飯昌蒲。由來都是莫須有，不獨先生記載誣。右余答唐君。

立夏日，循俗例秤人，沈旭初觀察秤得一百零五斤，以書來告，賦此調之

不是當初瘦沈郎，春光百五自誇張。除非孟業來相較，更比君家九倍强。孟業肉重千斤，晉時人，見《語林》。

次日汪郎亭侍郎來，言稱得百二十五斤，亦贈以詩

燕雀低昂一旦分，始知髯也最超羣。郎亭多髯。沈郎畢竟腰支瘦，輸與先生二十斤。

江叔海教習以所著《學堂口義》三篇見示，率題其《祛惑篇》後

人人言自由，人人言平權。古有是説乎？吾應之曰然。借問見何書？於書固無傳。其事實有之，蓋在三皇前。天地初開闢，人亦生其間。不識而不知，始若蠕與蜎。繼而日強大，相視皆睊睊。孰貴而孰賤，孰愚而孰賢。操持各有手，負荷各有肩。我之所欲取，我袖我自揎。我之所欲赴，我裳我自褰。萬足各跳躍，萬口同喧闐。無人不自由，無人不自便。無人不自由，無人得自全。小而聚鬭鬩，大而興戈鋋。弱肉強之食，流血成原泉。聖人深惡之，乃齊之以禮。上天而下澤，名其卦曰履。綱紀自此嚴，名義自此起。有天子諸侯，有卿大夫士。國則有君臣，家則有父子。層層相輨轄，不得自由矣。遂使億萬人，俯首就吾軌。朝廷則序爵，鄉黨則序齒。禮讓日以興，禍亂日以弭。五千餘年來，受福猶未已。今之橫議者，惟圖便其私。將使文明世，化爲草昧時。嗟嗟爾何人，盍亦深長思。人之始有生，父母管束之。飢飽受以節，寒燠酌其宜。若令皆自由，赤子夫何知。尋常跬步間，無不瀕於危。安能壯且大，冠帶而鬚眉。人之既有識，則又爲之師。拘置一室中，執卷而唔咿。有過則訶譴，甚或加鞭箠。若令皆自由，必至荒於嬉。一字目不識，一卷手不披。安能學而仕，別異氓蚩蚩。成人不自在，此言不我欺。可知自由者，無一而可施。自由既不可，焉用平權爲？吾試舉一端，問爾可與否。人生有五倫，蓋始於夫婦。儀禮首冠昏，昏姻豈容苟。彼咪咪者貓，與哰哰者狗。春氣一感觸，蠢蠢求其牡。緬昔生民初，昏禮固未有。亦如貓犬然，隨意自匹耦。野田草露間，苟合不爲醜。伏羲氏有作，曰是惡

可久？乃爲制嫁娶，以別於飛走。言必由媒妁，命必出父母。周公又加嚴，同姓禁勿取。而後婚姻嚴，而後人道厚。今爾曰自由，不必有所受。母不施之衿，父不醮以酒。狂姐與狡童，各自相挑誘。是在苗峒中，容或不知忸。中華詩禮家，能無笑破口。

郎亭餽醬炙靠子魚

接到汪倫一紙書，試彈長鋏樂何如。杭州不喫件兒肉，杭市脯也。吳下重嘗靠子魚。妙在烹鮮能得醬，味殊啗鮓更加腴。何當買棹從君去，再訪西湖五柳居。時君將赴杭州。

韓國正三品宏文館纂輯官金君澤榮寄書於余，極道仰慕之誠，并以詩文數篇見示。因次其『晴』字韻二首報之

清和四月雨初晴，吹到三韓一紙輕。已感深情傳繾綣，更驚健筆擅縱横。西京族望推金史，東觀詞臣重墨卿。莫惜緣慳難覿面，好憑魚雁話平生。

海天遼闊異陰晴，時運遷流共重輕。來書言：文章關乎時運。信然。又謂：天與公壽，以左右斯道，亦時運所關。則未敢當也。明月雖然千里隔，青燈同此一編横。只慙示疾維摩詰，不是成仙項曼卿。來書封面稱余爲老仙。欲報斗山推許意，且將錄要寄先生。時以《春在堂全書錄要》一册寄之。

王文勤公親家同年《秋闈步月圖》，外孫輩求題

同榜同官舊弟兄，年來入夢尚如生。況今儼對月中客，令我回思日下情。日下少年多不賤，詞曹無事常游醼。芒鞋屧踏珠巢街，君所寓也。茗椀分嘗玉蘭片。亦當時實事。此時鶵鶴暫同游，一別俄驚歲月遒。我向空山伴麋鹿，君從天路騁驊騮。驊騮一騁誰能企，大纛高牙等閑事。竟去豪游赤嵌城，不來重校白田記。君曾校刻白田先生《讀書記》。此幀流傳乙丑秋，偶然清興發南樓。白頭老友披圖看，兔冷蟾寒無限愁。是歲君初臨浙水，浙省秋闈行甲子。是歲補行甲子科，君以道員派闈差。君時從事棘闈中，明月清風留此紙。回憶咸豐己未年，春闈分校聽傳宣。手披荊棘求蘭茝，取出蓬萊第一仙。咸豐己未，君分校春闈，狀元孫念祖出其門下。其後閩闈逢癸酉，親向文場搜弊藪。百弊全消五效呈，至今傳誦閩人口。同治癸酉福建鄉試，君以巡撫充監臨。事畢與余書，臚陳五效。重重春夢總成烟，爪印巢痕僅此傳。墓上白楊高幾許，天邊明月故依然。同游未識人誰某，尚有何戡能識否。圖中尚有一人，不知誰何，余疑爲薛慰農，未敢質言也。四十年來事變多，不堪風景重回首。猶幸三槐世澤長，兒孫好振舊門牆。昜念曾、念植兩外孫。只憐老我積唐甚，落月凄然照屋梁。

惲季文中翰爲我歌《磬圃自悼曲》，其聲悲壯

季文豪邁當代無，興來鼓缶聲烏烏。偶然爲我歌一闋，銅琵鐵版驚髯蘇。借問此歌爲者孰？磬圃老人新度曲。老人生在太平時，及見華胥好風俗。無端海水同飛揚，又驚盜賊來雚鬉。轉戰十年羣盜盡，方期世運重光昌。誰料遷流殊未已，内憂外患同時起。但留邪詖在人心，何必龍蛇與洪水。磬圃老人心沖沖，高吟低唱思無窮。遂將六十年來事，都付長歌一曲中。此歌非歌渾是哭，此歌雖好無人讀。惟君奮袖起低昂，慷慨悲歌振林木。一歌再歌歌轉高，爲風爲雷爲怒濤。玉龍酣戰舞鱗甲，鐵騎突出鳴槍刀。傾耳細聽又愁絶，慘慘悽悽還切切。月明三峽子規啼，江冷孤舟嫠婦泣。兒童聚笑奴僕驚，至今三日留餘聲。梁上輕塵振欲落，壁間長劍從而鳴。我本江湖一孳叟，藐是流離今白首。從無絲竹可陶情，惟有漢書聊下酒。雙袖龍鍾老淚多，江南春盡怕聞歌。勸君莫唱龜年曲，空遺桓伊喚奈何。

即事四首

春風别我去逡巡，景物驚看幾度陳。蠶豆竟如人易老，鰣魚還與世爭新。殷紅爛煮鷄冠莧，嫩緑匀調雉尾蕁。每到炎天屏腥血，日來便覺嬾沾脣。

晝長無事不思眠，賴有新聞域外傳。沉艦潛行海中地，飛球環繞月邊天。兒童荒島人三五，女子空山歲一千。博得老夫驚又喜，朝經暮史盡從捐。中四句皆外國小説中事。

疾疢終年強自寬，春寒秋熱暫偷安。諺云：老健春寒秋後熱，喻不久也。蔬廚不買三珍肉，市脯也，見二十一卷詩注。藥椀常研六味丸。只倩小鬟隨杖履，雖逢重客不衣冠。兼旬一削頭顱雪，雙月宜雙單月單。余二十日一鬀頭，故有雙月雙、單月單之説。

飽嘗世味任酸鹹，卻有閑情未盡芟。尚擬培高司墓室，右台仙館低窪，擬增築之。司墓室，借用《左傳》語。更求拓大積書巖。孤山舊有書藏，擬擴充之，藏余《全書》。百編新印官堆紙，時用官堆紙印書。一領仍披佛布衫。余喜衣洋布，取其輕也。布出佛蘭西，故有佛布之名。見説東鄰有餘地，可容種菜荷長鑱。

子原餽西洋無核楊梅

南荒有奇樹，厥名謂之櫃。結實九尺長，大亦與之匹。疑必有核存，剖之乃無一。見《神異經》。「櫃」字韻書不載，據《類篇》「尼質切」，宜入質韻。無核則無仁，萌蘖從何出。是乃神物非尋常，人間安得此奇質。蘇州太守有書來，貽我西洋之楊梅。其味微酸其色紫，南村諸楊類如此。一枚入口咸驚疑，異哉無乃食肉糜。無花之果世所有，無核之果人稱奇。我聞無核果，出自聖多默。西域島名，見《坤輿外紀》。無論何果皆一律，此梅無乃從彼得。南懷仁固不我欺，惜未徧嘗桃李實。浙東蕭山蘇洞庭，枝頭顆顆垂瓏玲。野人衙賣來郊垌，示以此種目未經。輪船萬里來滄溟。方今梯航無弗暨，苜蓿葡萄不爲貴。楊家別派生西洋，固宜稍稍變風味。寄語閩中綠荔枝，勿以無核自珍異。我老無齒如楊蟠，欣然軟嚼渾忘酸。請據論衡名曰郁，勿與郁李同登盤。《論衡》云：物實無中核謂之郁。不知何義。郁李有核，非取此命名也。君不見漢武種桃方朔笑，此梅無核良亦好。我非種荔楊使君，即使有核可裁吾亦自知老。

葉眉士太守以漁洋山人手寫《蠶尾續集》二卷見示，率題其後

本朝文治超唐宋，康熙一代詩人衆。清吟安雅各爭鳴，惟有漁洋名最重。漁洋自幼擅奇姿，落葉吟成世已知。受經愛誦綠衣句，屬對閒拈白也詩。厥後詩名滿天下，浸淫漢魏追騷雅。陶韋格調見風神，秦蜀雲山入鑪冶。蠶尾初編有續編，起從亥歲訖申年。乙亥至甲申。至今留得初鈔本，猶是先生手劈箋。先生手筆真希覯，集内所無將此補。有七首爲刻本所無。老夫展卷獨徘徊，二百年來一今古。字欹墨淡了無奇，氣静神閑一至斯。試從字裏行間看，看見康熙全盛時。

逆魚

苕水出天目，飛舞來錢唐。百里經吾邑，貫穿城中央。長橋作一束，怒流已湯湯。城門又一束，如落千仞岡。黄梅水大發，往往摧帆檣。長年老解事，艤舟虹橋旁。吾邑東門外有大小虹橋。舍舟而登陸，崎嶇走城牆。爾魚獨何爲，努力爭雄強。千頭百頭衆，一寸二寸長。逆流而直上，不畏狂流狂。盤渦疊

溜中，尾低頭則昂。嗟爾一白小，秉性何強梁。將軍楊無敵，勇士石敢當。客自故鄉來，餉我盈一筐。老夫雖嗜此，對之心慨慷。我所欲也魚，吾未見者剛。滔滔者皆是，目眩神傍徨。士雖多於鯽，圉圉而洋洋。大率從而靡，甚或走且僵。得無笑此魚，愚哉不自量。區區式蛙意，何路聞巖廊。

費屺懷太史以檀版一具見示，鐫有二詩，并有兩小印，一『洪』字，一『昉思』兩字，蓋稗畦故物也。爲賦二絶句

紅牙檀版是誰遺，小印鐫名洪昉思。想見沉香三易稿，當年嘛徵吐宫時。《長生殿》初名《沉香亭》，又名《舞霓裳》，三易稿而定今名。

老我乾坤一腐儒，不堪擊缶唱烏烏。何當更訪西湖寺，尚有東嘉舊几無。西湖静慈寺舊有高則誠拍曲舊几，見周櫟園《書影》。

惲季文中翰孿舉雙孫，以詩賀之

龍門桐長茁孫枝，倢子鼇孖喜可知。此日兩卿聯德道，他年一甲定郊祁。圭璋雙琢連環玉，臂足分纏五色絲。博得重闈開笑口，欣符佳話鄭昌時。漢鄭昌時一産兩男，見《西京雜記》。

日本駐蘇領事白須溫卿母七十壽詩

旌節離東海，盤匜戀北堂。欣逢開八袠，未覺隔重洋。矍鑠精神健，期頤歲月長。衛生飴最好，藉此祝康強。溫卿曾餽余衛生飴，云其母所寄也，故及之。

溫卿書來，言其母得詩大喜，寄聲致謝，并擷家園中夏橘數枚見贈，蓋亦賢母也。以詩謝之

時當五月正炎歊，錫貢何來此厥包。雖是陸郎懷裏橘，居然王母席間桃。品非丹荔偏同熟，味有紅酥許共叨。兼惠糖製食物數種。爲感殷殷持贈意，惟祈萱壽倍增高。

讀先祖南莊府君《家傳》，感賦

乾隆癸卯科，吾祖與鄉試。闈藝人傳觀，皆云元可冀。誰知命不偶，榜出仍見棄。荏苒六十年，癸卯科又至。吾兄試於鄉，是科竟得利。異哉冥冥中，若有司其事。巧借孫成名，補償祖失意。吾祖在泉臺，定爲舉一觶。賤子忝鄉貢，則在甲辰年。闈中擬第二，三藝皆付鐫。忽有夫己氏，指摘其微愆。

抑置三十六，視吾兄倍焉。壬甫兄中十八名。光緒乙酉科，吾孫登鄉筵。居然列第二，榜上名高懸。俗有亞元稱，戚黨爭諠傳。我失孫得之，似亦非偶然。因感吾祖事，茲事相牽連。世人視得失，旦暮分天淵。得之神揚揚，失之涕漣漣。庸知造物者，不沾沾目前。近則百十載，遠或歲逾千。但當修厥德，培植此心田。勉留子孫地，靜待旦明天。

先祖南莊府君《家傳》載：郡守樊公初下車，觀風七縣士，於吾邑取府君及蔡生甫先生之定二人，決其必貴。後蔡果如公言，而府君不遇。樊公失載其名。檢同治中所修《府志職官表》，竟無之。敬紀以詩

吳興太守有樊公，下馬先觀七縣風。耕讀起家吾大父，文章入彀兩英雄。休嗟末路升沈異，深感當年知遇同。郡志不登家傳在，甘棠清蔭總無窮。

花農寄示《長生籙詞》，以余今年八十五，故從八十五起，遞推至數百歲數千歲，幾及二百人。得七律二十四首，可謂富矣，裝成巨册，厚可寸許。率題其後

八五衰翁強自支，已知暮景薄崦嵫。總登百歲殊無味，不是當年陳損之。《茅亭客話》蜀王氏時有郎官陳

損之，年百歲，妻亦九十餘。朝士有婚聘宴會，必請老夫婦，以乞年壽爲名。

世事浮雲屢變遷，青氊舊物久從捐。竇公總使身長在，難進周官司樂篇。《漢書·藝文志》魏文侯最爲好古，孝文時得其樂人竇公，獻其書，乃《周官》『大司樂』章。師古注引桓譚《新論》，竇公年百八十五歲。

何況彭殤一例休，浮生誰短又誰修。黄安雖極人間壽，才見神龜五出頭。《洞冥記》黄安坐神龜，此龜二千年一出頭，已見其五出頭，近萬歲矣。

文人例不厭荒唐，聊博衰翁笑一場。記取百齡交二十，兒孫莫與冷茶湯。《拊掌錄》王溥父祚招卜者推命，有老兵告以貴極富溢，所不知者壽耳。卜者因極言其壽，七十、八十，至百歲猶未止。祚大喜，因問：『莫有疾病否？』卜者細推之曰：『只是一百二十歲之年微患臟腑。』祚回顧子孫侍立者曰：『孩兒輩切記之，是年莫教我喫冷湯水。』

拉風

製木爲二匡，蒙之以布，兩匡連綴，下又繫布尺許，襞積成襉，懸之空中，曳之以繩，風生四坐，名曰拉風。讀如臘，平聲，亦曰風扇。

炎威無柰此蟲蟲，西法偷來亦自工。空際扶搖一匹練，室中鼓盪四方風。儼如舞袖回旋勢，只費長繩牽曳功。何必同昌澄水帛，居然涼意滿簾櫳。

有以滬上書賈所售中國名人照相見示者，凡一百餘人，襍糅不倫，余亦在焉。賦詩一笑

歷歷鬚眉何處摹，居然衒賣徧江湖。合成老子韓非傳，畫出天吳紫鳳圖。莫怪梟鸞渾不辨，本來牛馬但憑呼。悠悠功罪難言處，著此乾坤一腐儒。其意謂，此百餘人有功有罪聽之公論。然則以余厠其間，亦不知爲功爲罪也。

余嘗爲人作書，得之者疑其非真，後其人於市上購得余書一幅，大喜，寄余請加題記。余視之，贋也。目睫之間，真僞莫辨，遑論千載。賦此一歎

悠悠物論等虚空，況我雕蟲百不工。秦吉了書容易肖，梅河豚體大堪充。敢期賞識風塵外，任付酸鹹嗜好中。賸有題名一字在，苦將目力費羣公。

有議余文集中壽文太多者，以詩解之

碑誌並非古，始自東漢時。麤物載年月，敍述多浮辭。降而南北朝，駢儷體益卑。偉哉昌黎氏，一

變而雄奇。實用史漢體，大起齊梁衰。遂令碑版文，貴重如尊彝。故知文無定，全視人所爲。壽文古亦無，南宋始有作。明代陶安與羅玘，集中已編録。入集誰最多，莫如歸太僕。亦止三卷耳，吾乃倍爲六。有《名臣獻壽集》十二卷。《褓文》六編均有壽文。非惟人所嗤，抑且自知恧。惟念吾所壽，頗亦非凡庸。或爲賢公卿，功烈銘鼎鍾。或爲名將帥，聲名震華戎。或爲布衣士，節行輕王公。或爲閨房秀，禮法稱女宗。一一紀其實，卽與碑誌同。勿謂吾文陋，史職舊所供。勿謂斯體卑，古賤今或崇。文章以義起，亦足垂無窮。異時修國史，無遺此菲葑。

無題

蝦蟆陵下阿儂家，翡翠樓頭入望賒。一闋新歌金縷曲，百年香土玉鉤斜。盈盈秋水匳中鏡，殷殷春雷陌上車。太息天孫真自誤，輕教海客渡靈槎。

烏衣冷落舊門牆，欲託良媒黯自傷。花紙瑤緘勞檢點，楸秤玉子怕商量。虛連鶼鶼鶼鶼會，坐看鶯鶯燕燕忙。拈弄閒鍼又閒線，篋中改盡嫁時裳。

十二闌干面面通，無邊風月入簾櫳。稱身衣試新裁綠，封臂紗銷舊點紅。下蔡多情容易惑，邯鄲小步最難工。偶將玉珮貽交甫，費盡磨礱日夜功。

由來瘵妬總無羨，勞燕東西太不情。鳥爪欲搔何處癢，娥眉翻惹別人爭。劃分神女金釵水，訂定溫郎玉鏡盟。此後可能酣好夢，還防枝上有黃鶯。

往年柳門、花農兩君爲我鑿書藏於孤山，其地卑濕，不能耐久，今年命門下士毛子雲茂才改鑿於南高峯下。而諸暨令張子厚，亦門下士也，又爲鑿書藏於其邑之寶掌山。兩藏同時落成，以詩紀之

辛苦窮經卌載餘，余自戊午至今，四十八年著書垂五百卷，說經者居其半。自憐無益費居諸。未忘敝帚千金意，聊付名山二酉儲。敢望所忠求禪稿，儻逢不準發藏書。悠悠五百餘年後，畢竟誰爲董仲舒。

西湖舊藏未堅牢，繭足營求不憚勞。子雲入山尋求數日，始得南高峯下之地。滄海橫流任東下，奇峯竊據此南高。敢將委宛遺書比，且把闍黎雅意叨。其地屬法相寺，余擬稍酬其值，而寺僧亦非書來，堅謝不受。見說鐵函完固甚，鑄精鐵爲箱。人間劫火儻能逃。

五洩雲山深復深，欣逢仙吏此鳴琴。即謂子厚。地從寶掌禪師闢，碑向香巖佛寺尋。寶掌山爲寶掌禪師道場，有香巖寺，寺有唐碑。白氏櫃將文集貯，倣白香山文集櫃之意，製栗木以爲櫃。烏曹甎免土花侵。用古堲周制燒甎爲之槨。區區妄作千秋想，費盡門牆諸子心。

天元甲子幾時來，用宋王裕說。世運茫茫未可推。已分百年拋荏苒，還勞兩處劚崔嵬。餘芬遠紹芸香業，小慧兼存柳絮才。兼藏先祖南莊府君《四書評本》、先君繝花府君《印雪軒詩鈔》、先舅氏姚平泉先生《瓶山草堂集》及孫女慶曾《繡墨軒遺詩》。願倣石經堂舊例，未逢其會莫經開。

日本諸君子聞余印行《春在堂全書》，附印六部，書成寄往，媵之以詩

日本吾鄰壤，使槎來往勤。雖然尚西學，仍不廢中文。寄語彼都士，須憐此意殷。異時蒐墜簡，遙望海東雲。

諸暨張子厚明府善友，余年家子，亦門下士也，爲我鑿書藏於寶掌山。余甚感之，適從諸暨移知烏程，即用其邑人吳澄甫孝廉原韻寄贈

經生學術即官箴，廿載湖樓賞識深。春日栽花仙吏手，秋宵説餅故人心。時以月餅見餉。三年風月長吟嘯，五洩雲山好帶襟。見説浣溪歌頌滿，傳來都是舊同岑。謂其邑人陳蓉曙觀察、傅曉淵大令，皆君同門友也。烏拒山邊須女泉，皆衢州地。睢陽聞笛有遺篇。君先德厚甫先生，余同年也，力守三衢，厥功甚鉅。龍頭險地躬親冒，鴆治新書手自箋。能使浙防支半壁，遂教楚士著先鞭。余嘗謂吳中力保上海，而李文忠之師得從滬入；浙東力保衢州，而左文襄之師得從衢入，厥功相等。三衢俎豆千秋事，長與文襄共几筵。舊雨云亡繼起誰，翩翩裙屐少年時。不辭屢放明湖棹，來讀重修精舍碑。余有《重建詁經精舍碑》。萬里關山奚憚遠，君題俞樓聯，有云『萬里關山來後學』。一編枕胙自忘飢。傳家書劍分明在，今日真能副所期。帳下偏師半白徒，書生慷慨效狂愚。君屢充營官。懸腰寶劍惟三尺，奮臂雄威在一呼。李廣短衣曾

射虎，王喬飛舄又成鳧。西山雁蕩雖然小，諸暨西境有小雁蕩。小試東坡調水符。

豈有金鍼效指南，竟居北面笑君甘。更援石室藏書例，親向香巖勝境探。寶掌山有香巖寺，唐刹也。吳下荒園春尚在，霅溪清水月初涵。劇思共醉烏程酒，寄語兒童借篠驂。

八月十三日先祖南莊府君忌日，感賦

恭聞先祖有遺言，至此遷流不可論。功令已經廢科舉，留貽那得到雲昆。先祖曾言，願留科第以貽子孫。其後先君子及余兄弟及兄子祖綬均有科名，至余孫陛雲，五代而祖澤盡矣。兒曹頭角雖堪喜，余有兩曾孫，頗見頭角。世業箕裘豈復存。今日筵前扶病拜，龍鍾八十五齡孫。

豆腐

曾傳妙製出劉安，今日真同菽粟看。一味儒餐推極品，千秋化學杖開端。余嘗謂：淮南王製豆腐、蔡倫造紙，皆西人化學也。每逢曉市喧村店，未許豪家上食單。熱氣烔烔新出釜，『熱氣烔烔』四字，本《廣韻》。略加齏菜不嫌酸。鹹齏菜煮豆腐，無上妙品。

韈底酥

何來妙製出廚娘，鈿尺裁量二寸强。名士虚聲空畫餅，美人舊韈尚留香。不知漫火鏊間熱，轉覺微波舄下涼。一樣紅綾風味好，殘牙無分得重嘗。

自笑

自笑龍鍾一病夫，朝朝扶病强枝梧。書高六尺身相等，《春在堂全書》裝釘一百六十本，積之高六尺許。壽過八旬命所無。自來術者爲余推命，無言能過八十歲者。廿五科來詞館絶，余在詞館已歷二十五科，今後無繼起者矣。卅三年後講堂蕪。余歷主江浙講席，共三十三年，今各書院皆廢，惟詁經精舍存，近亦議廢。天留老眼模糊看，看盡雲林十萬圖。

日本櫻井兒山贈瓷器一匣，茶壺一、茶椀五，賦詩謝之

東瀛瓷器最精良，多謝詩人遠寄將。何必鮮紅倣魚靶，明宣德時有紅魚靶杯，靶音霸。已看潔白似鵝肪。傳觀足奪宣窯色，試用須煎岕片香。慙愧瓊瑤無可報，一箋聊侑九霞觴。

素火腿

常州素火腿，以豆腐皮爲之，僧寺所製也。

農夫操豚蹄，壯士啖彘肩。此物古所重，厥製初無傳。金華府熏蹄，出自東陽縣。載《一統志》。俗有火腿名，流傳南北徧。要皆花豬肉，四蹏存其蹄。常州素火腿，妙想開闍黎。淮南王豆腐，公子彭生肉。片片豹胎腴，層層麟脯熟。老夫喜素食，不喜僞亂真。素鷄素鵝鴨，從不輕沾脣。惟此素火腿，風味頗不惡。清香可點茶，微鹹宜下粥。無肉令人瘦，食肉又鄙夫。肉食即素食，此策真良圖。新詩姑留題，舊事巧比附。青陽小宰羊，其實喫豆腐。

諸暨寶掌山書藏告成，山中人乞詩，詩以落之，即刻石上

寶掌峯前路，香巖寺外山。已將青嶂鑿，仍遺白雲關。傳語頻伽鳥，余書寄此間。好煩常護守，莫漬蘚痕斑。寶掌山有頻伽鳥二，相傳寶掌禪師雙屐所化。

次韻寄答韓國金君澤榮

關山何必蓋同傾，千里清風一紙生。浮海未能陪仲路，聞言便足識然明。名山自訂詩文集，君有詩文集十二卷。薄宦渾忘仕已情。君去官後仍任編纂之職。世事悠悠吾道在，莫嫌恃老語言輕。

尖圓方一首，紀吳語也

端午尖，盤中角黍何纖纖。中秋圓，團團月餅登我筵。烏兔東升西又墮，端午中秋容易過。桂花開後菊花黃，市中買到重陽方。重陽方，竟何物？劉郎詩筆之所不敢題，花餻員外之名從此出。執矩司秋誰所操，雖非大方亦足豪。似煩宰肉陳平手，小試昆吾切玉刀。尖者尖如錐，圓者圓如鏡，方者方如翦方勝。手美張家迭出奇，一年風景垂垂盡。老夫老去惜年華，節物催人黯自嗟。戲爲兒曹述吳語，好教小錄補清嘉。方者或以爲年餻。余以重陽餻當之，似較合也。

金危危

光緒三十一年九月十一日，五行屬金，二十八宿值危，建除又值危，是名『金危危』。俗傳是日祭之致富。

建除家説古傳留，日吉辰良巧與謀。泥佛佛無靈可乞，山塘泥孩俗名泥娃娃，亦名泥佛佛。長曾孫女以對金危危，因足成是詩。金危危有福宜求。滿箕滿斗皆堪喜，俗以金箕滿、金斗滿皆爲吉日。逢角逢張不用憂。操一豚蹄殊自笑，也同田父祝甌婁。

王葆山七十壽詩

葆山名元瑞，黟縣人，素不相識，忽以《七十自壽詩》百韻寄示，欲乞一詩，冀見名姓於余集中。余感其意，爲賦二律。

林壓山人長壽身，書來字字見精神。已爲鄉國扶筇客，曾作軍門獻策人。滇海襄勤嘉志節，臺洋壯肅采條陳。謂黔督岑襄勤、臺撫劉壯肅，並見君《自壽詩》注。於今莫悵年華晚，自是齊廷老斲輪。

小桃源裏足優游，何幸瓊瑤遠見投。文字虚名慙我竊，承以紀、阮兩文達見況，非所敢當也。山林清福羡君修。七旬人健渾忘老，百韻詩長未易酬。安得稼軒借詞筆，爲歌一闋最高樓。辛稼軒有《最高樓》詞一首，壽洪内翰七十。

白須溫卿餽長生飴

長生仙果世間無，誰料餦餭卻與符。元石沽來千日酒，涼州進到百年酥。味如粔籹還加美，功比昌陽定不誣。多感故人持贈意，老夫衰病儻能扶。

花農第二郎君策雲駕部附輪船南還，至黑水洋，觸俄國所伏水雷，全船炸裂。躍登小舟，舟小人多，登時覆没。力扳船舷，探頭海面，與海水浮沈約一時許，遇救得生。諺云：『大難不死，必有後福。』故以詩賀花農

天將奇險鍊奇材，黑水洋中異境開。滚滚頭邊走鯨浪，轟轟脚底起魚雷。水雷亦名魚雷。若非忠孝傳家在，那得波濤奪命來。我亦曾經覆舟者，坳堂小水僅如杯。余庚戌歲覆舟青楊浦，其地水面僅數丈耳，然余此行也，成進士，入詞林。策雲之險，百倍於余，他日所至，其可量乎？

肴

肴者何？京口市脯也。豬肉以微鹽滲之，煮極爛，切極薄，茶肆中賣以點茶。愚按，《曲禮注》：骨體曰肴，切肉曰胾。此宜名胾，何以名肴？姑據俗稱，無庸深考。

花豬片片切來勻，略滲微鹽味最真。遂使曹婆店中物，竟於喬姥卓邊陳。《東京夢華録》有曹婆婆肉餅店，《揚州畫舫録》有喬姥茶卓子。煎茶博士高擡價，啗肉先生別鍊珍。豆腐乾葷火腿素，世間何事不求新。余戲呼爲葷豆腐乾，以配常州之素火腿。

胾

子原餽無錫醬肉骨，骨間微有肉，剔取食之，津津有味。余戲名之曰胾，以配鎮江之肴。彼應名胾而反名肴，此應名肴而反名胾，古今語，不嫌相反也。

屠門小嚼到梁溪，筐篚盛來便取攜。肉尚未乾非是腊，《說文》云：『腊，乾肉也。』骨雖有醬不爲臡。《廣韻》云：臡，襍骨醬也。何妨借用持螯手，亦咸兼施刮膜鎞。我比東坡尤坦率，任他饞犬走東西。東坡在惠州食羊骨，與子由書云：此說行，則衆狗不悦矣。

並蒂石榴

昔詠同根菊，在《詩編》第十七。今吟並蒂榴。房中雙百子，枝上兩平頭。曶鼎□文在，兩榴相連，其形如□，古環字也。虞裳□字留。兩榴相背，其形如□，古黻字也。重臺花最好，此合號重樓。

閑看

閑看仙人一局棋，黄粱枕畔有餘思。車書萬國來同日，風雅千秋運盡時。金闉別頒新馬式，玉臺空畫舊蛾眉。自憐廿五科前輩，執柬登門更有誰。

子原折贈菊花數枝，皆異種也，得自高句驪

閒園秋色最夭斜，閒園乃郡齋園名。海外移栽種更嘉。見説陶公籬下菊，本來箕子國中花。絳紗裹就黄金甲，一種黄表朱裏。丹鼎烘開白玉芽。一種每朵分三層，中間紅，上下皆白。莫問三韓舊風景，且留佳品在中華。

菊樹歌

花農於京寓種菊，隔歲茁芽，今歲高五尺許，花開甚盛，名之曰『菊樹』。余爲賦短歌。

昔聞江陰太倉菊，其高可至一丈許。余客吳中亦有年，未見日精如此鉅。江陰、太倉、上海，菊有高一丈者，見明太倉人所著《學圃襍疏》。徐子花農善藝花，菊花隔歲先抽芽。三尺短籬遮不住，尚留二尺枝横斜。連日金風吹玉露，枝頭爛漫開無數。遂將陶令徑邊花，喚作謝公階下樹。寄語花農好護持，明年更茁最高枝。試將鈿尺裁量看，壓倒尋常金絞絲。菊有名金絞絲者，高一丈餘，見《彙苑》。

花農又言，盆中繡毬花自二月開，至十月未謝，賦詩紀之。余亦寄題一律

曾向春風鬬豔陽，小春時節尚餘芳。花天久驟神仙隊，朱長文《繡毬花詩》『八仙瓊萼總含羞』，其實瓊花、聚八仙花，皆繡毬同類也。香國長開蹋踘場。二女同居元是玉，花存二朵。一團和氣不知霜。移將三友圖中去，莫被金哥抛打忙。元人《梧桐葉》襍劇，有唐宰相女金哥抛繡球打中武狀元事。

易笏山方伯八十壽詩

笏山藩吴時，與余往來頗密，而其時倡和之作散佚無存，故録存壽詩，藉識當日周旋之雅。

記昔雄藩吴下開，鯫生何幸得追陪。戟門每爲山人啓，曲巷頻邀車騎來。宦轍喜逢三載駐，吟牋不惜百回裁。今當八秩稱觴日，試話前游侑一杯。

弱翁治行本無倫，卽論文章亦有神。疊韻同填金縷曲，余和君《金縷曲》，各二十四疊韻。高談縱論草廬人。君曾命諸生論孔明自比管樂事。春風仙館桃花舊，君曾修葺唐六如祠。秋夜清歌水調新。君曾於中秋賦《水調歌頭》。卻被才名掩勳業，尚虚玉節一頒春。

見説林泉樂有餘，屏除賓從狎樵漁。仙蹤玉府迎貞一，君有女公子，殁而降箕，自稱貞一子。慧業金環認六如。君自云唐六如後身。人羡須眉長矍鑠，我知心地轉空虚。胷羅道德五千字，不必函關更著書。

一自移家八洞天，君隱居廬山，道書所謂『第八洞天』也。鑪峯瀑布儘流連。已拋浮世三公貴，且結名山五老緣。兒輩飛騰都紱冕，阿翁供養只雲烟。不知匡俗先生後，數到先生第幾仙。

閱學堂章程，禁讀律詩。而余近來乃多作律詩，不合時宜，此亦一端也

老去東坡每自嗤，竟無一事合時宜。未能恪守漢功令，猶是耽吟唐律詩。鶴膝蜂腰拘舊例，花紅玉白鬭新詞。若非寬典逢當代，百杖須知不得辭。宋政和間，禁士大夫習詩賦，犯者杖一百。

聞翰林院始有裁撤之議，繼而不果，喜賦

已聞觀聽罷橋門，國子監已裁并學部。猶幸芸香署尚存。舉世爭趨新彀率，吾儕深戀舊巢痕。外班亦有羣仙集，不由館選而入翰林，謂之外班。時學堂卒業生，亦有授翰林者。前輩仍推一老尊。謂丁未翰林四川伍君肇齡。頓使衰翁發狂興，還思待詔到金門。

日本駐蘇領事白須君購《春在堂全書》兩部，一進朝廷，一存文庫。余感其意，賦謝一律

人臣不合有私交，況我林間一布袍。豈敢問遺通鍭矢，忽蒙采取到干旄。空山抱璞書生老，陸海披珍使者勞。見説君王英武甚，淩雲歎賞恐難叨。

越三日，又有日本儒官島田彦楨翰過訪敝廬，求余所著各書稿本，蓋奉其文部大臣久保公之命也。余筆墨草率，不自收拾，除兩《平議》稿已援唐劉蜕文冢之例埋之右台山，此外各書，隨作隨刊，刊後稿本即拉襍摧燒之，無復存者。余孫陛雲竭半日之力，搜尋敝篋，僅得《襍文》、《詩編》、《尺牘》、《隨筆》稿本各一卷，聊副其意而已

書冢成來廿六秋，紙勞墨瘁幾曾休。筆花已歎江郎盡，文草還邀海國收。流播雞林原盛事，寶藏鼠璞豈良謀。得交久保先生手，此稿人間或幸留。

次韻贈外弟姚少泉鉞

惜君竟以布衣老，留得新書内外篇。弟喜談道，又喜談兵，余謂當分爲内外篇。善用藏鋒方是將，不傷精氣便成仙。目空瀛海三千界，壽到彭籛八百年。慙媿阿兄章句士，未能窺破管中天。

以家鄉所製𥼶羊肉及滷魚餉郎亭侍郎，媵以詩

聊憑微物表微情，莫笑戔戔物太輕。當日曾叨鱻字惠，今將鮮字報先生。君往年屢以魚餽，余詩有鱻鱻鱻之戲，今故云然。此事可與皛飯、毳飯並傳也。

于香草明經於市上買得松江女子袁寒篁手稿一本，詩詞各數十首，皆可觀，字亦妍秀，惜不知其人。有句云『石爛海枯終有日，惟余此恨杳無窮』。殆亦一傷心人也。又有夢中作云：『拂去香塵步玉霜，望中仙桂影蒼蒼。廣寒宮殿何由到，得共嫦娥鬬曉妝。』則亦生有自來者矣。爲題一絶句而歸之

海枯石爛字猶香，一卷詩詞兩擅長。夢裏廣寒宮殿在，寒篁前世是寒簧。

謝胡志雲太守餽臘八粥

曉來不耐小窗寒，喜有瓊糜佐早餐。新樣真堪登食譜，巧心未信出湯官。粥面以果品製成，各飾甚巧，疑出女公子手。共欣宮椀分嘗好，『宮椀』二字出漁洋《居易録》，吾鄉尚有此語。只惜山廚學製難。頓記兒時舊詩句，糖甜米白舉家歡。余八歲時詠粉餈云：『糖甜米更白，飽喫舉家歡。』

胡效山觀察見其女孫公子與余兩曾孫女璡、玟唱和詩，戲用其韻見示，因亦次韻報之

不辭殘錦割邱遲，和到閨中詠絮詞。卻爲兒曹一游戲，有勞我輩兩于思。遙知疊韻頻拈筆，定傍重親笑問奇。只是天寒翠袖薄，莫教辛苦夜鈔詩。君時選西湖詩，半由女孫公子寫錄。

日本人濱野章吉年八十一，自稱猶賢老人，能以左手執筆作左行書，以所書《孝經》一卷寄贈，亦奇蹟也。爲賦長歌

吾人作書皆右手，能左右書古亦有。齊臨川王映工左右書。要之左手仍右書，獨有先生乃否否。我思造字有三人，左行右行人皆遵。卽論倉史所造字，亦復形體難具陳。丨之一字可下上，上下兩字異俯仰。疊或作曡苦難書，倒了作𠄏妙堪想。[illegible]字覆之而爲[illegible]，[illegible]字反之而爲亯。至若左右一遷移，[illegible]本體原如斯。兂字右行則爲旡，后字左行則爲司。肙字右行則爲[illegible]，[illegible]字右行則爲[illegible]。義有屮字[illegible]字別，形有止字𣥂字歧。彳亍丿乀殊向背，爪[illegible]氺[illegible]爭豪釐。可知作書本無定，右而有者左亦宜。又觀周世有[illegible]尊，銘詞繁至五十四。皆自左而讀至右，令人乍讀一愕眙。此外更有[illegible]妊敦，文雖不多十有二。亦復顛之而倒之，異乎尋常古彝器。左旋右轉總從心，何必拘拘守成例。然其文逆字則順，仍是

右轅非左次。先生有意出新奇，天道左行運吾臂。左手執筆筆有神，一波一曳皆如意。讀仍從右字從左，是亦書家一絶技。反正爲乏左傳文，兩已相背虞書義。儼如漢甎作反文，絶勝雷仙寫倒字。試倩移從鏡裏看，字字行行皆正體。所書孝經經一篇，此篇傳自李唐年。四明狂客所手寫，十有八章章句全。所書《孝經》一卷，乃臨其御府所藏唐賀知章寫本也。今得先生一臨寫，翻翻筆致何其妍。尼居曾侍從古本，可見鄭注非真傳。參不敏作余不敏，偶然一字訛烏焉。閨門一章不附錄，是本蛇足宜從捐。安得影寫千百本，棗木摹刻金石鎸。先生今年八十一，想見矍鑠如神仙。老子有言正若反，請問先生然不然。

臨平烏腊舊有名，有顧氏業此百餘年，頗獲其利，兵亂之後，顧氏無一人矣。殆由多戕物命，天絶之也。今業此者又數家，或以餉余，感而賦此

臨平烏腊最爲良，顧氏當時獨擅長。一味牛心堪並貴，百年羊舌竟全亡。炮燔徒博人情嗜，羅綱須憐物命戕。太息市兒惟逐利，又來此品佐壺觴。

花農寄一茶甎，云是宋時貢茶，面刻『丰』字

古人製茶圓如餅，大小龍團皆貢品。此茶何乃方似甎，竟與澄泥硯製等。面刻一字字曰丰，持以問人人不審。徐子謂出元豐年，丰字卽是豐之省。我思周時豐宮瓦，豐字作𡴀兩𡴀並。省兩爲一變作

丰，徐子之言亦殊允。老夫好異不苟從，謂此丯字非是丵。丯字丵字篆體異，變篆爲隸文則同。奉夆等字皆從丵，何嘗曲屈如彎弓。耕鋤等字皆從丯，何嘗欹側如隨風。丯之音義近乎蔡，艸丯艸蔡古語通。許書丯蔡互相訓，竟如水乳相交融。當時君謨有茶癖，想其手製無弗工。刻此丯字代蔡字，隱寓姓氏垂無窮。君不見宋代米與蔡，兩公同爲書家雄。米顛書米或作芊，以丯爲蔡誰敢攻。曲園此説亦未是，姑以質之吾花農。

陳蘭洲書來，言今年杭州有人見我於南高峯下，一笑賦此

以尻爲輪神爲馬，飛行直到南峯下。路人邂逅見鬚眉，驚曰曲園翁來也。惜我游跡無能窮，我更徧游東岱西華北恒南霍中央嵩。濛汜以西扶桑東，下周地軸，上摩蒼穹。一瞬千里又萬里，歸來病榻臥未起。起來蹣跚行室中，右手扶杖左扶婢。

常州新修王忠藎公墓，寄題四律

公名安節，宋德祐時守常州。元兵屢攻不克，伯顔親率大軍圍攻之。城破巷戰，傷甚被執，問其姓名，曰：我守和州王堅之子王安節也。伯顔愛其勇，欲降之，不屈，死。《宋史》有傳。生平善用雙刀，軍中呼『雙刀王』。忠藎疑私謚也。其墓即在常州城中，有四世孫伯與，明兵部主事，移

家守墓。其家本臨川人，故卽名其里曰臨川里。今常州守許君東畬，因江陰金君湝生之言，爲修葺其墓，徵詩於余。

天水淪亡日，江南瓦解秋。有人仗忠義，百戰死常州。臂折猶揮刀，身擒誓斷頭。大呼名父子，肯使九泉羞。

千古論名將，惟推王鐵槍。雙刀豈其裔，一死與爭光。易代賢孫在，移家墓域旁。臨川遺址舊，碑碣矗斜陽。

賢守維風化，詩人弔鬼雄。重爲培片土，長與表孤忠。憶昔咸豐季，其時厄運同。是誰尸幕府，棄甲走悤悤。

毘陵舊游地，風景尚堪思。衙鼓周郎宅，神弦季子祠。如何經故里，竟未讀遺碑。今日頹唐筆，來題墓下詩。

十二月二十九日，亡孫婦彭氏生日也，計其生年，四十歲矣。兒婦憫其賢孝而不壽，命陛雲於寶積寺薄營齋奠，感而賦此

回思兩小締鴛盟，花燭筵前未長成。來歸時僅十五歲。忽已四旬逢愍忌，古人以亡者生辰爲愍忌。尚餘三黨誦賢聲。杳無消息黄泉路，别有低徊白首情。勳業千秋年九十，令人追感老彭鏗。彭剛直公生於十二月十四日，今年九十矣。寓中有其遺像，是日陛雲率子女行禮。余老病，未能一拜，擬作一詩，亦未果也。今附及之。

丙午編　春在堂詩編卷二十三

丙午元旦

平明爆竹振門牆，命陛雲於卯初祀門。喜氣迎來東北方。佳讖難符鄭高密，前年甲辰、去年乙巳，余非康成，不足應龍蛇之讖。耄齡已過郭汾陽。紅箋仍寫新年吉，依年例，書『元旦舉筆，百事大吉』。綠菊還留去歲香。我是山陰陸務觀，不知尚醉幾春光。放翁有詩云：『嘉定三年正月後，不知尚醉幾春風。』其年八十六。

陸春江中丞元旦謁客，余與任筱沅中丞均謝不見，往見郎亭侍郎，云：『吾今日欲見三老，止見一老耳。』郎亭曰：『我乃附庸之老也。』次日以語余。因衍其語爲詩

子男五十里，乃成一邦域。不及五十里，謂之附庸國。人生七十歲，方覺古來少。不及七十歲，謂之附庸老。我聞郜子魯附庸，僖二十年來朝公。其人實已百餘歲，齊嬰吳札將毋同。爵雖卑，年則崇，何必百七十里雄據公侯封。桃潭汪郎六十八，古天子卿原與公侯埒。歸來吳下作寓公，頭尚未童齒未

豁。自稱足力稍蹣跚，人見天機常活潑。自此七十八十九十而期頤，廷年益壽無窮期。今雖暫屈邾滕列，不久吳晉爭黄池。他日周邵康公一百有六十，躬率東方諸侯朝京師。吾儕四五百歲已作雞窠之小兒，降爲任宿須句顓臾其奚辭。

余刻《春在堂襍文》、《王研香傳》、《暴方子傳》已刻於第五編卷三，又刻於第六編卷二，疏忽至此，賦此解嘲

六集刊成聊自怡，兩篇復出大堪嗤。史家原有重登傳，如《宋史》程師孟已見列傳，又見於《循吏傳》。文苑非無並載詞。如《文苑英華》劉孝威《紹古詞》，一見一百二卷，一見二百五卷。儳倣一歌三疊例，還如兩本對讎時。莫當李益韓翃看，同世同名轉可疑。

六橋都尉以同知官吾浙。去年以異常勞績保舉者一，以尋常勞績保舉者二，又經奉天將軍奏調一次，一歲之中，姓名四達天聽，遂以異常勞績得免，補本班，以知府用。書來述及，賀之以詩

才調如君故自超，疊邀恩詔下丹霄。官階已至二千石，藝苑仍傳三六橋。君名三多，號六橋，人稱之曰『三六橋』。余嘗調以詩，云『西湖裏外六橋外，更有詩家三六橋』。四次姓名陳玉扆，百年家世本金貂。君本杭州駐防。屈居

門下門生籍，頓使衰翁老態驕。君受業於余門下士王夢薇，故自稱門人。

人日雨，穀日雪，疊元旦韻

雨打軒窗雪打牆，老懷欲遣苦無方。但將病臥過佳日，益歎衰齡近夕陽。院内飛揚真白起，南唐酒令云：雪下紛紛，便如白起。牀前嬉戲小黄香。謂兩曾孫。元宵能否天開霽，好借燈光伴月光。

光緒三十二年正月十二日立春，例於前一日迎春，而是日適遇忌辰。女壻許子原知蘇州府，諮求故事不得，因從衆議，改於初十日迎春。余因以詩紀之，他日卽吴中一故事矣

先春一日例迎春，今歲恭逢國忌辰。爲報芒神前兩日，恰當陬月最初旬。新詩好付輶軒采，故事奚須掾吏詢。多謝蘇州賢太守，預支芳信與吴民。

子原迎春，輿中得詩，余次韻和之

太守迎春遠出城，要從東作祝西成。祥光轉動旌旂色，協氣調和律管聲。黎庶窮檐同樂利，老夫

病榻自將迎。婆娑枯樹垂垂盡，倘藉陽和一發生。

即事四首，寄陳蘭洲同學

蘭洲書來，言放翁詩多而題目少，吾師詩必有題，殊勝放翁。因戲效放翁體，作此寄之。

病中日月逐年增，俯仰生平感不勝。海内已停科舉學，街頭猶賣狀元燈。但求風月無加減，不管烟雲有廢興。寄語時流莫相笑，本來退院一閑僧。

五十年來吳下居，須知天地我蘧廬。任題鼎甲崢嶸第，只讀盤庚佶屈書。穩便隨身惟竹杖，從容代步有籃輿。所嗟朋舊凋零盡，昔日黃罏處處虚。

老去襟懷強自寬，閑來感慨總無端。竟虚聞喜兩回宴，豈慕編修六品官。聞新設學部編修，官六品。尚有書堪藏宛委，已無夢可話邯鄲。惟餘一片心頭熱，雖到嚴冬不畏寒。余性不畏寒，衣被甚薄，然亦病也。

底事宵闌睡未酣，此心久似老瞿曇。不看日日新聞報，只守年年老學庵。齒過八旬還晉六，詩編廿卷又開三。吟成寄與方山子，借問何如陸劍南。

五年前以盆梅贈外弟姚少泉，至今歲猶盛開，弟婦沈以詩來謝，次韻答之

連朝晴日照苔垣，生意潛回老瓦盆。借此一枝弄春色，伴君五載住吳門。迢遙遠寄孤山夢，弟家自

杭移來。澂灩香浮元夕樽。爲語劉樊賢伉儷，年年強健是天恩。弟夫婦同庚，今年七十八矣。

元宵後一日，郎亭餽浮圓子，佐以醬鴨。賦謝

疊拜承匡賜，頻分舉箸腴。盤中陳粔籹，廚下誤壺盧。芳訊連朝至，清談昨日俱。更無鮮字報，去年餽君魚羊二味，有詩云：『今將鮮字報先生。』毳字學髯蘇。

梅花中有名骨裏紅者，花開紅甚，折而視之，枝榦皆紅，洵異品也，爲賦一詩

老梅日日醉春風，醉盡春風表裏融。竟是千金燕市骨，並非一捻洛陽紅。素心蘭蘂差堪比，人面桃花豈與同。任爾燕支費顔色，箇中顔色畫難工。

劉君光珊六十生日乞詩

中和令節補新正，君生於元旦，於二月朔補祝。共晉筵前酒一觥。只算屠蘇杯再把，本來彌勒佛同生。俗傳，正月初一彌勒佛生日。篋中賀火書猶在，君前年事。海外同風集已成。君在滬，頻與日本詩人唱和。惟願年年春二月，長開盛會比耆英。

徐花農、何梅叟自京師寄和元旦詩，疊韻奉酬

病榻昏昏儼面牆，懶將節物品圓方。吳下節物，有尖圓方之説，謂端午糉、中秋餅、重陽餻。余謂年餻方，元宵團子圓，亦具方圓二種，但無尖者耳。新年已過猶正月，古韻重拈又十陽。今韻七陽，古韻弟十。且喜聯翩來妙墨，更容沾染到天香。花農餽平安香，内府物也。一牋寄去長安陌，老筆雖穨尚有光。

再仿劍南體寄陳蘭洲

無端一病起正初，不覺淹纏半月餘。春夢婆休談往事，秋雲孃且閱新書。《秋雲孃》，外國小説也。琴聲院外隨風散，兩曾孫女彈琴，余未聞也。梅蘂牀頭得暖舒。可奈連朝雨兼雪，杏花消息竟何如。

十七年來病有根，逢春屢發避無門。庚寅歲，余在德清掃墓，於小舟中閃腰挫氣，自是逢春屢發。湧泉兩穴頻頻擦，翦水雙瞳久久昏。駒隙光陰成老大，鷄窠飲食仗兒孫。亡妻遺法如猶驗，擬擁寒衾讀魯論。姚夫人晚年喜讀《論語》，云可以卻病。

東坡敢謂老猶饕，皛飯朝來幸未毛。京口嘉肴小白片，切肉作片，俗呼白片肉。時從孫篆玉餽京口肴，未至。京口肴，見上卷詩。浙中珍菰大紅袍。滬上時銜賣大紅袍，實卽萊菔也，云出浙中。詩腸雖病何曾澀，飯量如前本不高。一日三餐憑几坐，吾孫金殿此揮毫。余牀前據以飲食者，乃吾孫應御試時所用考卓子也。

書室兼旬不一過，惟於臥榻自婆娑。齒牙落盡齦猶痛，心氣虚來夢轉多。朋輩爭賡元旦韻，兒曹爲唱百年歌。施肩吾恃唐才子，憑仗詩篇嚇病魔。

前詩云『心氣虚來夢轉多』，因思晉人論夢，有因有想，實則强作解事。夢由於心，心氣虚則多夢，心氣實則無夢。續賦一詩，衍説此義

虚靈義本紫陽翁，《大學》注云『虚靈不昧』。境到虚時靈自通。若問夢魂何擾擾，都緣心地太空空。一絲飄渺游人外，萬象離奇見鏡中。欲向天王籌補救，古方有天王補心丹。天王一笑謝無功。

陳筱石中丞自汴移蘇，詩以迓之

自送牙幢汴水游，君癸卯年自漕督調豫撫。詩筒歲歲遞蘇州。移旌今喜臨吴會，轉漕人猶憶鄴侯。韓范勳名從此遠，潘楊戚誼本來優。君看竹馬兒童後，更有吾孫迓八騶。

蘭洲餽於潛天生朮一枚，賦謝

往歲左文襄，曾餌於潛朮。食之留其半，千金不與易。扃鐍貯筐箱，封題進宮掖。從此於朮名愈

高，居然入貢如苞茅。朝廷屢下徵求詔，疆吏奚辭采取勞。君妹壻孫氏，舊藏於朮一枚，重十七兩，後由王茗農觀察進之左文襄，文襄餌其半，又由醇邸以其半進今上。服之大效，於是命浙撫歲貢朮。以上皆君書來所説。於潛諸山接天目，奚啻千巖與萬壑。雲花露葉所涵濡，日精月華所孕育。爰有神朮由天生，莫測靈根何地伏。天既生之天亦慳，鬼呵神護求之艱。樵步入山偶有得，荷鑱而往空手還。君從何處得此種，竟與文襄相伯仲。劈之一幹而雙歧，權之九十六銖重。噫嘻此朮殊神奇，固宜包匭馳京師。老夫於世一無補，僭食神朮非其宜。感君之意，勉進一卮。報君之惠，聊賦一詩。朮兮朮兮其無辭，扶我正氣補我脾。譬如初茁山中日，一飽徒供鹿與麋。朮初生，往往爲野獸所食。

日本櫻井兒山爲我作《春在堂全書類聚目録》。因思往年門下士臨海尤瑩字菉生，曾爲吾書作《目録》，分經史子集四類，逐條分析，各從其類，其書幾二十卷，未成而卒。兒山此録，似無其詳悉，然亦嗜讀吾書者矣。賦此寄謝

吾自汴梁歸，始卜吳中屋。一意事纂述，卌年忘寒燠。遂令所箸書，寫之逾萬幅。《春在堂全書》已刻者，一萬一千一百五十葉。吾黨有尤子，病其不易讀。爰仿通鑑例，爲吾作目録。經史與子集，各以類相屬。其書惜未成，此志竟誰續。東海櫻井君，姓名吾所熟。年已過艾者，手不離卷軸。乃就吾全書，分類編爲目。細目雖未詳，大綱已在握。慨自新學興，吾書束高閣。同學二三子，晨星久寥落。甚或走殊塗，

迷陽與卻曲。何意海天外，相從如驂服。吾道其東歟？欣然以此卜。

俗云：『男怕穿韡，女怕戴帽。』謂男忌足腫，女忌頭腫也。余近來兩足頻患浮腫，頗有穿韡之兆，戲賦一詩

不著朝韡五十年，青鞋布韤總翛然。如何白髮八旬叟，又結烏皮六縫緣。脚氣集中添故實，革華傳裏補新編。但求勿向街頭買，學士官銜滿市懸。時浮浪子弟喜著西洋鞋，美其名曰『學士鞋』，滿街衒賣。

詁經精舍歌

文達阮公來視學，招集名流同相度。行宫左畔樓三楹，即志書所稱『第一樓』。纂詁一書從此作。謂《經籍纂詁》。後來節鉞鎮杭州，舊蹟重修第一樓。此是詁經精舍始，孫王栗主至今留。精舍初建，文達延王蘭泉、孫淵如兩先生主講，至今栗主存焉。數十暑寒一俯仰，紅羊劫後成榛莽。謂庚申、辛酉之亂。中興重建是何人，端敏馬公果敏蔣。馬蔣重興與舊同，沈顔兩老太悤悤。同治間重建精舍，延嘉興顔雪廬、湖州沈菁士爲主講，二公皆不久辭去。壇席未容虚浙右，弓旌不惜到吳中。吳中寓客名俞樾，承乏紫陽兩裘葛。儼然來此作經師，始自戊辰終戊戌。顔、沈兩公既去，馬端敏曰：然則非俞蔭甫不可矣。時余主吳下紫陽書院甫兩載，端敏來請，余乃辭蘇而就浙。悠悠三十一年春，長爲湖樓作主人。不負春秋好風月，一年兩度住湖濱。浙水東西十一郡，其時駢集多

才俊。幾人抗手揖班張，幾輩低頭拜服鄭。輶軒使者此經過，深歎人材精舍多。學海詞源隨挹取，春華秋實總搜羅。猶記昔逢丁亥歲，坐擁皋比二十載。戲爲湯餅召諸生，大烹豆腐瓜茄菜。光緒丁亥，余主講詁經二十年矣，招住院諸生於俞樓同飲，有詩云：『算我生辰湯餅筵。』『大烹』句用成句。俞樓一角彀徘徊，俞樓即詁經諸君爲我所築。樓上窗櫺扇扇開。白頭宫保攜詩至，謂彭剛直。滄海門生問字來。謂日本人陳政子德。其時海内猶無事，儼在乾隆嘉慶世。主持風化老元臣，尊禮賓師諸大吏。不圖世局似循環，轉綠回黄一瞬間。雅玷騷壇成往事，鑾書爨字滿人寰。霰雪霜冰機已露，其中消息應堪悟。三十年爲一世人，一年蛇足添來誤。余至丁酉歲已滿三十年，即擬辭退，爲廖中丞及院内諸生挽留，明年戊戌，乃決志謝去。此後相沿又幾年，夕陽光景暫流連。欲尋文達當年舊，只有門前額尚懸。功令新頒罷場屋，精廬一律同零落。八集詁經文可燒，余選刻詁經文，已至八集。重修精舍碑應仆。余有《重建詁經精舍碑》。回首前塵總惘然，重重春夢化爲烟。難將一掬憂時淚，重灑先師許鄭前。即用余舊詩意。年來已悟浮生寄，掃盡巢痕何足計。海山兜率尚茫茫，莫問西湖舊游地。

送陸春江中丞還杭州

卅載賢勞願息肩，恭承明詔暫歸田。乍抛節鉞偏多味，一到湖山便是仙。吴楚謳思從此起，白蘇社會讓公先。只憐來歲之江館，未必能開極盛筵。吴中新建浙江會館，今春團拜，公爲領袖，次之者濮紫泉方伯、朱竹石廉訪、糧道陸申甫觀察、首府許子原太守，皆浙人也，極一時之盛。明歲恐盛筵難再矣。

錢乙生廣文著《長元吳三學諸生譜》，起順治乙酉，迄光緒乙巳，備載無遺。余爲作序，因題一律〔一〕

二百年來文運恢，儒冠儒服滿蘇臺。朝廷雖換新功令，鄉里仍〔二〕尊老秀才。小錄〔三〕青衿今考定，吳中舊有《青衿錄》。彩旗黃蓋舊迎來。閻百詩先生父牛叟先生《游泮圖》，前導彩旗，後張黃蓋。吳中迎學，尚存此意。〔四〕泮林此日重經過，只有黌門兩扇開。

【校記】

〔一〕《長元吳三學諸生譜》（簡稱『《譜》本』）有刻本，書前錄此詩，題作『奉題乙生老弟三邑諸生譜』。用作校本。

〔二〕仍，《譜》本作『還』。

〔三〕錄，《譜》本作『集』。

〔四〕《譜》本小注作『彩旗黃蓋，用閻牛叟《游泮圖》語，吳中亦有此風』。

子澄太史延清裒集太常仙蝶事實及各家詩詞爲《蝶仙小史》，即題其後

自慚不是漆園仙，未結蘧蘧夢裏緣。欲爲翩仙添小史，戲將逸事話從前。

己未初秋秋夕涼，故人招我共壺觴。歸來閒坐紅燈下，錦盒盛來老孟光。咸豐己未，余僦居吳中，蘇撫徐壯愍公招飲。是夕内子姚夫人捉得一大蝶，異而以錦盒盛之，余歸，出而共看，翩翩如故，縱之窗外。余時不識仙蝶，未及細審其形質，亦未知果是否也。

第二回逢己卯冬，又教人訝是仙蹤。是時晨起濃霜滿，亡婦剛營馬鬣封。光緒己卯冬，余葬姚夫人於右台山。晨起，嚴霜滿地，有蝶黑質黃章，翩躚飛舞。越二日又見，亦如之。此殆真太常仙蝶，或與夫人有緣耶？

吾孫戊戌探花回，小蝶翩翩聚作堆。疑是仙人黑老道，化爲千百億身來。戊戌年，余孫以第三人及第。聞報前三日，有小蝶無數飛集春在堂前，皆黑色也。數日後有大蝶來，引之去。

往歲詩篇爲二徐，拙集中實賦太常仙蝶者，惟爲徐壽蘅尚書作七絶四首，爲徐花農閣學作七律二首。今將瑣語補當初。何當問訊唐張果，一樣成仙如不如。

花農於都下禱於箕仙求方，爲余治疾，賦此謝之

十七年來病已深，元非二豎故來侵。莊周未達養生旨，仲路猶存請禱心。欲爲蜉蝣延短晷，翻教鸞鶴發清音。只愁時至終當去，枉費仙方肘後金。

弔潘烈士

潘宗禮字子寅，又字英伯，順天府通州人。自高麗航海回，憫彼國之淪胥，歎中原之積弱，

遺書數千言，託其友呈外務部轉達，遂於光緒三十一年十二月初九日蹈海而死。海内稱爲潘烈士。

直將一死振聾盲，四海爭傳烈士名。古有鮑焦今復見，世人莫道太輕生。

海外於今别有天，樓臺蜃氣莽無邊。須知蹈海猶非計，愁殺先生魯仲連。

禹鐘酒

越中佳釀得名奇，豈果傳從夏后時。當日雖然惡儀狄，至今竟未絶追蠡。鶴觴幸已飛千里，龍勺何妨酌一卮。《禮記》「夏后氏以龍勺」。想見年年六月六，家家清醑獻神祠。余曾謁禹陵，見聖裔姒君，云：族人甚眾，每年六月六大禹生日皆來會祭。余因思禹鐘酒名，殊不可解，疑非鐘鼓之「鐘」，乃酒鍾之「鍾」。此酒蓋姒氏子孫釀以祭禹者，以禹惡旨酒，故清洌〔一〕如此。鍾、鐘音近易訛，姑存此説，質之越中父老。

【校記】

〔一〕洌，底本作「冽」，據詩意改。

與客談詁經精舍舊事

老學庵中老病身，舊游回憶聖湖濆。樓頭雪月雨晴景，西湖有晴、雨、雪、月四景。坐上周秦漢魏人。余課諸生，治經必主古義，賦亦多取古體。前輩典型猶未墜，升平樂事尚堪循。乾嘉雖遠餘風在，不枉生爲盛世民。

往事王益吾祭酒視學江蘇，續刻《皇清經解》，潘嶧琴學士視學浙江，續刻《兩浙輶軒録》，一時稱盛事。今相距纔十許年耳，而此兩刻無過問者矣。披覽之餘，喟然有作

大江南北浙西東，使者星來兩處同。學海堂前蒐墜簡，輶軒録外采餘風。崢嶸壇坫俱稱盛，辛苦丹鉛各奏功。十六七年彈指過，蟫殘烏朽付飄蓬。

謝白須温卿餽湯花

色味香三絶，來從東海槎。瑤瓶瀉瓊蘂，玉液泛金花。已覺甘如醴，還看清似茶。湯煎曾説餅，今又拜君嘉。湯煎餅亦君所餽。

櫻井兒山以魚籃觀音瓷像寄贈，賦謝

是誰海上駕黿鼉，載得慈雲一片過。妙相居然現天女，名窑原不讓官哥。攜來烟水魚籃小，收取

乾坤蜃氣多。中外同沾三藐力，行看萬里永無波。

得樂峯尚書來書，卻寄

一箋投我勝瓊琚，想望清光十載餘。北斗泰山韓吏部，春風紅杏宋尚書。寄來邛杖扶羸步，留得胡牀便燕居。公去蘇日，以皮椅子三具見贈。及至蜀後，又寄贈邛竹枝三枝。倘許南疆重借寇，料應再訪子雲廬。

題吴柳堂同年《罔極編》後

是編自咸豐十年七月一日始，至九月六日止，紀其母宣太夫人病殁時事。而時變亦略及焉。柳堂後以尸諫，言人所不能言，其事當載國史。茲因其孫儀汾出是編見示，率題其後。

四海傳遺疏，千秋仰偉人。今觀罔極錄，尤見性情真。吾榜嗟寥落，惟公邁等倫。康熙老庚戌，應許企前塵。康熙庚戌科得人極盛，陸清獻、李文貞皆出是科。道光庚戌介丁未、壬子間，舊有『蜂腰』之誚。然如公等，亦無愧科名，惟余蝨其間，祇有慚汗而已。

余刻二十二卷詩成，覆閱之，竟有押重韻者，疏忽如此，不禁失笑，賦此以告觀者

一韻居然兩用之，鑄成大錯太離奇。豈真沿襲柏梁體，漢武帝《柏梁臺》詩重押，三之、三治、二哉、二時、二來、二材。抑或規摹梁父詞。孔明《梁父詞》重押二『子』字。見説古人原不忌，顧亭林云：『古人不忌重韻。』須知今律究非宜。輞川居士曲園叟，獨步千秋兩首詩。王摩詰《太子太師徐公挽詩》五律四首，第一首重押兩『名』字。律詩重韻，此爲僅見，而余又貿然繼之，恐千古更無第三首矣。

陛雲還杭州掃墓，親至法相寺看去年所營書藏，在寺後石壁上，其下有亭軒故址，即志書所謂『種石軒』也。因援諸暨寶掌書藏之例，賦五律一首，他日亦擬刻之石上

今日藏書處，當時種石軒。荒蕪軒已圮，埋没石無言。佛借半弓地，天開六甲元。百年留有待，猿鳥莫讙諠。

宿疴小愈，出至外齋

軒窗兩月未曾開，拂拭塵埃又一回。自覺我如魚樂甚，錯疑人化鶴歸來。便從架上繙黃卷，再向階前掃綠苔。小劫居然更逃過，不知能此幾徘徊。

日本櫻花歌

往年看櫻花，高僅尺有奇。井上陳子德以小者數株合種一盆見贈。去年看櫻花，無榦虛有枝。白須溫卿以折枝見贈。今年春風大得意，移得瓊林全樹至。亦溫卿所贈。試將鈿尺一評量，五尺堯禾猶不啻。孤榦直立枝彎環，荏苒柔條未忍攀。高張七寶玲瓏繖，雲花露蘂盈其間。想見東瀛花事好，十里五里看不了。行來如入蘂珠宮，望之儼對瑤華島。老眼摩挲曉日中，微嫌孤樹不成叢。花前戲誦前人句，若得千株便雪宮。花初開微紅，盛開則白，老眼模糊，見白未見紅也。

西洋水仙

洛神小賦倣陳思，一樣根株異樣姿。微步來從滄海外，輕袿換到黤妝時。五色皆備。楊妃浴後原如玉，鄭婢泥中不受緇。或水中，或泥土中栽之皆可。東國櫻花開最好，無香翻覺少輸伊。時東洋櫻花亦盛開，但少香耳。

仁錢筍

鄒君景叔，杭人也。以仁和筍饋，云：筍有仁、錢之别，仁和美而錢塘劣。余衍其語作歌。

春雷隱隱又軫軫，驚起籜龍齊露頂。朝來小市人聲喧，山中人賣山中筍。山中筍擔來聯翩，就中分别仁與錢。錢唐之筍非不美，不如仁和尤甘鮮。我思錢唐古秦縣，仁和今縣宋時建。豈有薛滕爭長嫌，竟如橘枳踰淮變。仁和境内人烟稠，膏腴萬頃皆良疇。一任清廉賢令尹，便堪騎鶴上揚州。錢唐管領湖山美，繞郭荷花三十里。袖中明月與清風，三竺白雲六橋水。弟兄魯衛竟如何，燕瘦環肥相去多。筍味居然同宦況，錢唐只合讓仁和。我昔右台仙館住，飽喫錢唐筍無數。陶莊日日送將來，半帶黄泥半帶露。今日仁和筍入廚，牛齝軟嚼尚能無。只能辨别新蒓菜，嫩是西湖老太湖。蘇州蒓菜皆出太湖，遠不如杭州西湖蒓也。

達齋東偏有山茶一株，高不盈丈。今歲花開，有大如牡丹者，諦視之，一榦兩花，實並蒂也，紀以詩

達齋東畔柳陰稠，小小山茶數尺修。忽訝一花大如盎，誰知兩朵合成毬。瑤臺邢尹同嬌面，香國

郊祁並狀頭。檢點曼陀羅舊譜，不知此卽串珠不。山茶有名串珠者。

聞意大利國非素伊山炸裂，感賦

火山炸裂事，海外常有之。今聞意大利，又有非素伊。土地盡崩坼，人民皆流離。旬日流傳寰宇徧，見説鄰封咸往唁。可知此事不尋常，是亦海邦一大變。我思人身小天地，天地與人原不異。上古黄帝有遺言，陰欲其平陽欲閟。人心馳逐無時休，自忘身世同蜉蝣。力所不能及，智所不能謀，上天下地窮搜求。一刹那中起樓閣，一方寸地興戈矛。天一真源爲之涸，龍雷虛燄從而浮。非但紅潮滿其頰，甚或赤眚盈其眸。亢陽有悔無可奈，膏火自焚良堪憂。今觀泰西人，頗亦類乎此。利必析豪釐，算不遺尺咫。礦金掘到九幽中，電氣收來半空裏。是真天地一蟊賊，吸盡菁華猶未已。山澤氣窮窮不通，陰降陽升卦爲否。炎炎焱焱起山中，雖挽銀河那能止。古之聖人知其然，竭澤焚山禁勿使。常爲天地留有餘，利或未興害可弭。自從堯舜禹湯來，三千餘年蒙其祉。方今事事效西洋，窮高極遠伊何底。自此更歷千百年，天地之大亦窮矣。陰不涵陽陽不潛，冬日花開到桃李。安知中國諸名山，不亦同時報火起。吾聞胡僧論劫灰，世界終爲劫火燬。今觀火山炸裂形，是卽劫火燔燒始。靈源斷絶大塊焚，精氣枯乾混沌死。若要生人與生物，不識幾千萬甲子。老夫竊抱憂天心，抑亦自悟養生旨。愼無再煽昆岡炎，亟宜善養華池水。

陳小石中丞出示《留別大梁》詩，次韻奉贈

千里封圻仗主持，況當庶政振興時。浚儀城外移新節，清晏園中補舊詩。君曾任漕督，有《清晏園三瑞》詩。郇伯雨膏人盡望，江督電請速來。弱翁治行帝深知。命『無庸來見』。怱怱行色吟偏健，一串明珠探得驪。

莫戀樊樓舊酒痕，南邦歌頌至今存。且辭月下梁王苑，來款花前齊女門。到處軍容森壁壘，閱看沿江礮臺。沿途景物攬江村。節樓開日春光滿，喚醒梅魂與柳魂。於三月二十九日接印，下車之始，力求整作。

丹心白水夙同盟，看取翩然琴鶴輕。共仰盛年似荀羨，已驚威望比梁征。未抛伊洛先儒學，君在汴時，創建尊經學堂。別鍊華戎合隊兵。藉慰九重南顧意，本來三輔久知名。君曾官大京兆。

書生本色一吟筇，北轍南轅鮮定蹤。此日劍池春試馬，昔年金闕曉聞鐘。君曾充留守大臣。惟憐桑梓睽違久，尚冀松楸入望濃。可奈簡書催太急，飆輪連日走如烽。君去年擬乞假回貴州籍，未果，今年又擬請二十日假回江西原籍省墓，旋奉旨催赴新任，亦未果。

太丘家世共知聞，霄漢翺翔幾雁羣。君昆弟鼎盛。宋代勳名比韓范，陸家兄弟本機雲。即今旌節臨申浦，可有詩篇寄卯君。欲向池塘尋舊夢，吳門草色綠如裙。

憶接清光癸卯年，集中留得送行篇。在第二十卷。喜聞大旆三吳莅，頗損衰翁一夕眠。余與書云：『聞君將來，喜而不寐。』坐對定應憐老態，起迎不覺聳詩肩。只愁愛壻分襟去，未免欣然又惘然。子原守蘇州，遵例回避。

四月初八日先大夫忌日，感賦

自作孤兒六十年，強扶衰病拜筵前。敬因忌日陳家祭，愧未清明上墓田。比年德清掃墓，皆命陛雲代往。聖世科名今已斷，科舉已停，則吾家科名至陛雲止矣。名山著述可能傳。去歲於西湖及紹興諸暨寶掌巖兩營書藏，《印雪軒詩》、《文》皆敬藏其内。惟欣垂暮崦嵫迫，不久還應侍九泉。

舊錫盂歌，爲周子雲作

君年未六十，風貌甚古朴。訪我春在堂，我因止之宿。每日寅卯間，君已起盥沐。手挈歙烟筒，三字見佛經。來造我之屋。別攜一錫盂，小僅如匳盝。無款亦無識，不琱又不琢。似土簋無蓋，如瓦鐺無足。中盛淡婆姑，烟草名淡巴姑，亦名淡婆姑。零褋可一握。我見爲睜眙，此物目曾觸。是我先母物，手澤今猶溽。我母與若母，姑姪誼最篤。偶然以此贈，詎料至今蓄。緬惟我外姊，長我逾二六。君母，我外姊，先慈胞姪，長我十三歲。從小賴提攜，垂老更友睦。自承我母賜，寶之如和璞。相與共晨夕，都忘幾寒燠。今又傳至君，不厭手頻捉。其色則黝黝，其聲則硞硞。彎彎曲曲脣，凸凸凹凹腹。佩邪不中規，斑斕欲生醭。幾同欹器欹，倖免撲滿撲。置之星貨舖，一錢無可鬻。君看富貴家，傾銀又注玉。麻拂葛燈籠，兒孫以爲辱。君胡獨不然，其意別有屬。一器豈所珍，有懷在風木。老物重摩挲，色笑儼在目。范硯魏公笏，方兹亦何恧。世世永寶用，毋使毁於櫝。卽此拳拳意，可以愧薄俗。而我亦悽然，爲君歌此曲。同懷杯棬悲，老淚不勝掬。

四月二十八夜，夢見先君子。余問大人，近亦作詩否？曰：明日卽有詩課，課題《詠江珧柱》二十韻。覺而異之，紀以詩

夢裏居然笑語聞，老親情興尚殷殷。招來吟侶金鵞麓，先君墓在金鵞山。拈得詩題玉柱君。故事想應徵海月，舊交尚可訪茗雲。先君幼時讀書徐氏茗雲草堂。如何人世翻零落，雅坫騷壇付夕曛。

次韻答小石中丞

未能扶杖暫登堂，且劈吟箋寫麥光。雪唱雲和殊有味，唐僧齊己詩「忽得雲和雪唱詞」，「和」字讀平聲。高鵬低鷃久相忘。從容巾扇看諸葛，脱略衣冠笑子桑。再作小詩邀一笑，妨公半日簿書忙。

陳鹿笙方伯述其伯父仙洲先生，諱錫鈞，乾隆癸酉科舉人，官保定府知府。八十歲，直督李文忠保薦卓異，八十四重宴鹿鳴，八十八與夫人林氏重圓花燭，猶在保定府任也。斯真人瑞，以詩紀之

息廬八十鬢眉白，息廬乃鹿笙自號。生日開筵讌賓客。酒酣與客話遺聞，還效兒童呼伯伯。君家伯父仙洲君，自幼讀書工爲文。鄉榜題名前癸酉，其時弱冠一終軍。身歷仕途容易老，一麾五馬官非小。居然首郡領畿疆，卓卓循聲滿燕趙。畿疆坐鎮李文忠，敬以循聲達聖聰。廉平上考二千石，耄耋高年八十翁。八十老翁登薦牘，已使人人推老福。更聞兩度鼓笙簧，更見兩回拜花燭。兩事人間總大難，天教此老一身完。最奇白首重來客，還是黄堂見任官。佳話流傳遐邇徧，一時歌詠盈千卷。息廬使我補爲詩，不覺臨風生豔羨。我雖鳴鹿兩登筵，一斷鵾弦廿七年。何況朝衫抛棄久，半生蹤跡只林泉。偶向吳中徵逸事，卻有一人聊足誌。定遠方君百歲翁，手版腳靴猶未棄。同治間，有定遠人方寶質，號介亭，以同知候補江蘇，年百歲，以耆員奏請恩施。當年入奏號耆員，宦轍迢遥惜未聯。倘許保陽來聽鼓，府公郡佐兩神仙。

書王可莊太守尺牘墨蹟後

君以第一人，高占蓬山頂。內而史筆操，外則文衡秉。及把一麾出，劇郡兩典領。仁粟被萬家，盜

風空四境。遂使吳中民，謂與況公等。方今求治急，風動各行省。平原走火車，空山鑿金礦。取士由學堂，徵兵徧鄉井。特頒議員章，創定鄉官品。公堂坐律師，官路立巡警。足纏禁婦女，體操教童齔。官設烏烟盤，將擁紅幫艇。彩票奉憲開，護照從洋請。米禁時弛張，漕價歲增損。事涉教堂難，捐到妓寮盡。有司勉奉行，心與力交窘。束手歎封疆，攢眉愁牧尹。倘使君尚在，官位必更迥。或出擁旌麾，或入調鼐鼎。際此時方艱，諒必動中肯。管子審重輕，鄭僑濟寬猛。上免宵旰憂，下爲閭閻幸。豈惟比韓范，行見匹崇璟。惜哉公輔才，年命竟不永。遺墨留此編，對之涕欲隕。走筆書數行，聊以發孤憤。舉世笑科舉，人人齒欲冷。此中亦有人，幸毋一例擯。

題唐朱審山水長卷

嘗聞唐以前畫史，畫入丹青皆實事。山川城郭寫真形，不以白描矜絕藝。語本謝在杭《五雜俎》。朱審唐時老畫師，題名進士建中時。留此山水一長卷，尺洲寸島窮豪釐。所惜相傳千百載，題跋諸家無一在。國朝兩老此留題，米紫來漢雯、汪悔齋楫。空以詩情摹畫態。我思此畫出唐朝，閻顧遺型尚未遙。某水某山當有本，必非粉墨憑空描。惜我生平游覽少，展卷仿偟無可考。中間石佛巋然存，此事頗堪一探討。吾孫奉使過嘉州，嘉州大像今猶留。雙趺贔屭跨江岸，至今江灘名佛頭。然其風景全不似，迴非蜀山與蜀水。更有一寺兩浮屠，回首蜀江亦無是。我詩姑作是云云，敬問人間宗少文。倘使臥游徧海內，定能證實此烟雲。

俗諺云：『夏至有風三伏冷，重陽無雨一冬晴。』『有風』亦作『酉逢』，『無雨』亦作『戊遇』。未知孰是。今年五月朔夏至，是日適逢丁酉，賦詩紀之

衰孱難與夏蟲爭，最怕炎官太不情。且喜一陰生遇酉，不愁三伏日逢庚。已無黴雨沾衣濕，會有涼風入坐清。所惜重陽非是戊，不然還許卜冬晴。

郇亭餽蓮花白

蓮花白，西洋菜也，表似菡萏而大，鬆脆可口。

是何蔬品錫名嘉，見説來從海外槎。蔡伯喈雖司菜庫，張昌宗本號蓮花。珍逾萵苣千金貴，大比芙蕖幾倍加。從此竟堪忘肉食，豚蹄雖好不須誇。君曾餽蓮蓬蹄。

左席卿直牧樹珍贈五言古詩一章，賦此答之

明季士空疏，斯文幾墜地。詩文號復古，誰則知古義。皇朝崇正術，表章先六藝。絶學乃復興，鉅儒出其際。閻顧道其前，江戴後斯繼。僅舉四家，本曾文正見贈詩意。爰從漢唐來，森然樹赤幟。繄余實惷

愚，茫乎其若寐。幸生諸老後，聊亦一得覬。羣經既兼習，諸子亦旁肄。粗通訓詁法，稍知假借例。高郵王氏門，未逮竊有志。書成數百卷，十或得一二。三十餘年來，頗亦行於世。吾道有盛衰，世運有隆替。自從西學興，舍道求之器。士習光化學，童寫俄英字。異學既風行，邪説乃日熾。分可君父忘，嫌不男女避。三綱行且淪，六經固當廢。阮王兩鉅篇，至今高閣置。區區曲園書，不值一笑哂。老夫亦自量，何敢再攘臂。顧視此芻狗，未忍竟拋棄。浙西於錢唐，浙東於諸暨。各營一書藏，藏成深且邃。吾書藏其中，吾意竊有冀。更歷千百年，風會或又異。儻有好事者，出而發吾秘。乃今讀君詩，轉悔此非計。當代有子雲，何必後賢跂。作詩敬謝君，亦以寫吾意。悤悤一席談，落落千秋事。

五月十一日夜，有緑蝴蝶，大如盌，四足，飛集長曾孫女珉寶之室，馴而不去，賦詩紀之

豈果仙蹤出太常，卻驚非黑又非黄。太常仙蝶有黄、黑二種。勸君紅友一杯酒，問是緑衣何處郎。濠濮不堪尋舊夢，羅浮或許認家鄉。老夫戲語重孫女，此蝶分明爲爾祥。

題梁文莊公家書後

昔從湖上拜梁莊，即文莊賜塋。今讀遺書味更長。數紙盤盂垂大訓，百年翰墨發奇光。文莊本是三

天客，舊學甘盤感疇昔。金殿揮豪墨滿襟，純皇御手親扶掖。公在上書房爲純皇帝作擘窠大字，適世宗駕至，命竟書之。見其墨沾袍袖，命純皇帝代曳之。公子黔中遠駐車，其時邊郡拜新除。公子敦書，官遵義府知府。至今留得官箴在，老父清勤堂上書。書尾署「清勤堂筆」。書中語語清勤慎，勉以實心行實政。要言切戒是通融，想見前賢風采峻。手書剛健又婀娜，得力珠林寶笈多。公豫修《祕殿珠林》及《石渠寶笈》。異日山舟擅書法，可知此册是先河。數十年來風會變，老輩典型難得見。回首傳經介祉家，湖山養福徒餘戀。「傳經介祉」及「養福湖山」，皆高宗賜額。當日迎鑾淮水湄，賡颺御製百篇詩。見家書。雨窗展卷流連久，如見乾隆全盛時。

余以虛名傳播海内外，雖知不稱，然或者有以致之也。若幼少之時，天資駑下，不異常兒，而諸長老每有非分之期許，殊不可解。垂老追思，偶得三事，各紀以詩

吾舅平泉君，姈氏娶之黄。爰有黄公者，姈氏兄弟行。吾舅有四女，議以季歸我。姈氏猶遲疑，有可有不可。黄公語姈氏，爾毋與與而猶猶。今失此佳壻，雖列萬炬何從求。嗟我幼魯鈍，日讀不過二百字。不知公何爲，心乎愛之口不啻。今老且就木，未足副公當日意。八十餘年來，黄公名字不能記。

我年二十歲，偶從先子還德清。維舟三里塘，徒步同入東門城。道逢一沈公，名雲字舒白。道光辛卯舉人，甲辰進士。先子命我揖，尊稱叔與伯。後公與坐客，縱論邑中諸名流。有若某某輩，公皆閉目搖其頭。坐客愕不信，豈無一士堪千秋。公乃張目語，曰有俞樾在公等。如欲與爭雄，請學虬髯避

海外。吁嘻乎，道旁一揖須臾間，公從何處窺一斑。此事徐子爲我説，徐本立，字誠庵，亦同邑人。至今懷疑不能釋。

孫公竹孫者，先君子之表妹壻。吾嫂又公女，故我童時以父事。十齡就外傅，讀書於其家。童子六七人，樓上同咿啞。及我二十四，自江右歸應鄉試。公偶留我飯，稱我譽我不我置。公有兄子坐其旁，亦出一語相揄揚。俞氏難兄又難弟，兼謂余壬甫兄。將來名位未可量。公乃憮然歎，爾言何草草。小俞千古一傳人，富貴功名安足道？兄子愧且駭，不敢措一詞。余亦起避席，自覺顔忸怩。嗟我爾時何所有，但有小詩數十首。公何所見而云然，許我名傳千載後。至今垂老一追思，未識公言能副否。孫公名家球，竹孫其號，仁和臨平鎮人，故相國文靖公從孫。

含真仙蹟圖

陳小石中丞喪其愛女，曰昌紋，字繡君。殁後於夢中頗見仙蹟，母許夫人命工繪爲圖，圖凡二十。余按《真誥》，女子得道者居含真臺。因爲題其首曰『含真仙蹟圖』。璡、玟兩曾孫女各爲賦七古一章，余覽之，亦欣然有作。

天風吹轉蓬萊院，世界恒沙誰復戀。爲感高堂展轉思，故教夢境分明見。珠箔銀屏敞畫堂，霞巾羽袖换仙妝。人間羅綺都抛卻，此是華胥第一場。偶然一换男兒服，游戲神通迷撲朔。手中簫管玉玲瓏，頭上冠纓金絡索。菩提明鏡總無埃，竟到華嚴法眄來。兜率陀天迎玉女，阿修羅衆拜瑤臺。有時閒泛芙蓉舫，真從春水來天上。四圍瑤草與琪花，一隊蘭橈兼畫槳。有時茶火見軍容，玉帳牙旗在碧空。多少蛾眉擐甲侍，繡螯弧下女元戎。茫茫俯視塵寰處，黑霧黄埃莽如許。瓶中瀉出一泓清，大地清涼皆淨土。歸來還是九霄旁，宫闕參差别一方。招得龍池諸女伴，仙音三疊奏霓裳。雲情鶴態描難足，寫出丹青剛廿幅。爲署含真仙蹟圖，大堪補入雲仙録。曾孫兩女略能詩，各向窗前苦運思。牽率老夫發吟興，亦拈枯管一題之。題詩并檢瑤華史，千古幾人能得似。慧業應逾葉小鸞，奇蹤不數曇陽子。詩成投筆更茫然，暮景晻嵫轉自憐。兜率海山竟何處，不禁昂首白雲邊。

女壻許子原自松江移守蘇州，三載有餘矣。今年陳筱石中丞來撫三吴，其妹壻也。依例迴避，遂拜贛州之命。余老矣，恐此後再見無期，因歷敘數十年情事，作詩送之，卽以爲别

憶昔絲蘿初締盟，兩家同住鳳皇城。神中一幅紅鸞柬，坐上雙杯碧茗羹。癸丑歲，余在京師，許季傳親家至余寓，袖中出紅柬求親。余亦袖紅柬往報，允杯茗而已，禮無簡於此者。時勢艱難昏嫁早，甲子歲成昏，壻年十七，吾女年十六。阿翁送上長安道。破費研經數月功，布被綀裳殊草草。卽用遣嫁次女詩意。君家門第甲杭州，七子登科額尚留。許氏横河橋舊第有此額。只惜靈椿凋謝早，西華葛帔亦堪愁。吾女相從貧賤際，常憂門户支無計。勸學殷勤螢案功，謀生辛苦牛衣涕。詁經精舍面西湖，壻女同來亦足娱。夜夜俞樓共燈火，朝朝俞舫狎鷗鳧。更喜蘇杭來往便，東偏爲掃梧桐院。曲園花木小徘徊，秋去春來梁上燕。自甲戌至辛巳，

壻與女皆春來秋去。無何一慟淚滂沱，慧福樓頭怕再過。黃壤廿年嗟已矣，青雲萬里問如何。送君又上京華去，此去聲名滿郎署。郎署爭傳水部詩，諫垣榮掌京畿路。一朝五馬向南來，五十年華鬢未衰。已喜名區典峯泖，更欣首郡調蘇臺。蘇臺原是舊游所，春在堂前重笑語。昔時書卷寄芸窗，此日旌麾照蓬户。自憐老病未登堂，車騎頻來亦有光。郢説新奇常借閲，郇廚精膳每分嘗。太守園林花最盛，太守愛花同百姓。不辭日翦數枝來，插我膽瓶斜又整。曲巷平橋路未賒，奴臧婢獲走如麻。吾家孫婦君嬌女，日日堂前盼阿爺。曾孫癡小猶垂髻，令節生辰皆往賀。姊弟明朝赴外家，先生一日停功課。今春歡笑復明春，三載閒園作主人。閒園乃郡署園名也。吳下鶯花常似舊，天邊節鉞驟頒新。新來開府君家壻，國家令甲宜迴避。豈有妻兄顔濁鄒，可使臺參同屬吏。石樓山下路悠悠，章貢分源此合流。君以書生守邊郡，一官雄鎮贛江頭。江南父老咸嗟惜，惜此賢良二千石。尚期陳臬與開藩，還我使君終有日。祗餘衰朽不勝情，忍向尊前唱渭城。惟誦當年舊詩句，老夫相見恐來生。丙戌年送君北上詩也。

午橋尚書登瑞士國布拉德山絶頂，時閏四月十八日，積雪滿山，千里一白，風景絶奇。因用西法照印，以一紙寄贈，爲賦短歌

羨君豪游直到西海西，布拉德山絶頂窮攀躋。俯視滄海深深八千尺，仰觀但覺浮雲低。又況千山萬山雪，合成一片水晶域。願君大筆此留題，萬古洪荒數行墨。

寄贈劉雅賓太守傳福

雅賓乃余主講吳下時肄業生也。時新從四川敘州府調綏定府，以書來告。

五馬新移古達州，宕渠山下已停騶。行蹤幾徧三巴路，名姓應題六相樓。李嶠、李適之、劉晏、韓滉、元稹、張商英並官其地，後皆入相，故有『六相樓』焉。君以翰林出守，或能繼其盛乎？驛路風霜勞宦轍，講堂燈火憶前游。蜀箋蜀錦無煩寄，愛聽循聲動冕旒。

小石中丞之撫汴梁也，因求雪得雪，讌集賓僚於曾文正祠之瓣香樓，賦詩紀事，屬而和者，自學使、方伯、廉訪以下二十二人，刻石祠中，承以拓本見示。余感念前游，預聞盛事，卽次原韻，走筆成詩，不計工拙

五十年前歲丙辰，余從前奉使中州，起乙卯秋，訖丁巳秋，故舉丙辰言之。梁園曾忝坐中賓。今來吳苑新開府，亦是樊樓舊主人。大啓瓊筵因賀雪，小拈斑管便生春。刻成不待碧紗護，紅袖何須再拂塵。

聞爲南豐特起樓，自慚無分到樓頭。欣看好句皆珠玉，莫問浮生幾葛裘。匡濟時艱公等在，優游歲暮我何憂。倘教得預諸賓末，敘齒應叨一席留。聞同會二十二人，合成一千一百餘歲，使老夫得預斯會，恐無出我右者矣。

午橋尚書以埃及古國所得石像數具摹拓其文，製扇贈客。余與陛雲各得其一，洵奇蹟也。爲作此歌

埃及始建國，遠在少昊時。國名密西來，城曰地維司。密西來亦作密西。地維司，其初築城地也。厥後改名作埃及，惟時正在殷中葉。時在西曆前一千四百八十五年，加今西曆一千九百有六年，則三千三百八十有九年也。至今三千四百年，舉成數。乃有遺文書我箑。埃及國文字，肇始伊何人。創之者阿孚，繼之者明侖。後來國勢加恢廓，竟有戰船紅海泊。約瑟登朝解救時，所梛越國來談學。一亡於波斯，再亡於羅馬。茫茫開洛城，故宮無片瓦。尚書仗節駕飛艫，閑來弔古亡王墟。不識當年三石塔，巋然舊址猶存無。近從歐洲歸，貽我一便面。上有埃及文，觀者目爲眩。但見摹拓如人形，虡虒銅尺一尺零。其形或正亦或反，無論反正皆有銘。行列頗分明，文字莫可校。一二象形文，爲羊又爲鳥。聞埃及國文字，亦有象形、會意、指事各種，余觀此文，有若羊者一，有若鳥者三，殆皆象形字也。老夫老病形支離，安能海外從公嬉。布拉豪游已歎絶，君登瑞士國布拉德山，以照片寄贈。埃及古蹟尤驚奇。倉頡石室書，千古無人讀。永福有仙篆，歐公不敢錄。中國文字猶難通，況在大荒西經中。惟欣得此掃殘暑，數萬里外來清風。

日本人有小柳司氣太者，編輯余事蹟，分爲六章，一曰曲園世系、二曰曲園出處、三曰曲園著述、四曰曲園與我國文學、五曰曲園與曾李二公、六曰曲園襍事。余皆未之見，惟其第三章言著述者，刻入其國《哲學襍志》二十一卷，余得見之，而中東文字襍糅，不可辨別。宋澄之孝廉諳習東文，爲余譯成一篇，因題其後

舉世人人談哲學，愧我迂疏未研搉。誰知我即哲學家，東人有言我始覺。哲學襍志來東洋，曲園著述言之詳。豈惟師友追曾李，抑亦源流溯漢唐。自宋迄明講心性，直到清朝經學盛。江戴師生自繼承，高郵父子相暉映。古書假借發明多，古韻部居分別定。曲園生值道光元，諸老彫零垂欲盡。乃從高郵王氏後，又自森然闢門徑。是固二百餘年來，天使曲園爲後勁。以上皆隱括原書語，謂曲園乃中國經學家殿后之巨鎮。我聞此語雖慙惶，或者讕言猶可信。又言新學興泰西，幾視舊學如糠粃。豈知新舊迭相嬗，未可棄置同筌蹄。當以支那諸舊籍，外人皆稱我國爲支那。歐西新説同參稽。天生曲園於此日，豈徒孑孓存遺黎。正於新故傀互處，使爲象寄爲狄鞮。亦隱括原書語，謂曲園乃新舊過渡之大步頭也。我聞此言三太息，此言於我非所徯。方今一變可至道，俎豆危欲祧宣尼。吾儕遺經尚在抱，行見萬口交訶詆。更有何人此問路，山徑閒介原非蹊。老夫年來見及此，兩度藏書山腹裏。儻有一卷兩卷傳，庶可千年百年俟。余去年於浙東西山中皆鑿石藏書。不圖今遇小柳公，竟知世有曲園翁。收歸哲學傳中去，傳語康成吾道東。

畫像

古祭必立尸，精神相感召。尸廢圖像興，則在求之貌。金母畫甘泉，其像必已肖。唐代拜御容，尊嚴比宗廟。流傳逮氓庶，沿襲成典要。若非有畫像，何以寓追孝。西人講光學，其技益奇妙。攝影入玻瓈，寸管窺全豹。惜乎光易流，數年便銷耗。始知鏡取形，不如筆寫照。嗟我八十六，敢謂年非耄。吾榫久已製，吾像猶未造。範金固無貲，刻木亦費料。乃招畫師來，爾技爲我効。形勿忖留嫌，神必阿堵到。異時坐影堂，伯鸞配德耀。子孫沿成例，歲時薦鍘芼。下逮雲仍輩，鐙下來瞻眺。曾孫猶識我，一一指相告。此即曲園翁，老醜幸勿笑。

黄河鐵橋歌

吾聞秦莊襄，實始爲河橋。此橋下逮明萬曆，蒲津古蹟何遙遙。《秦紀》但云作河橋，張守節謂即蒲津橋。此橋在朝邑縣，直至明萬曆時河徙始廢。西晉建河橋，議本杜元凱。晉杜預倡議，於富平津口作河橋，其地在孟縣。此橋累代有廢興，北宋末年橋尚在。宋政和中猶修治之。黄河千古流濺濺，河橋此後無聞焉。不圖聖清奏奇績，鐵橋高架河之堧。自從火車入中國，津漢一塗亙南北。何物黄河當我前，臨流欲渡渡不得。外國工師膽氣粗，謂此何足迂吾塗。初議作鐵橋，猶與未決，外國工師力贊成之。乃聚千斤萬斤鐵，彩虹一道平空鋪。從此飆輪來往便，游龍流水走如電。不消烏兔兩回忙，已自漢濱達京甸。自漢口徑開京師，不兩日而達。從古河橋盡造舟，易竹爲鐵計已周。古之河橋皆是浮橋，故杜預云：造舟爲梁，河橋是也。蒲津橋舊制本辮竹笮以維之，唐開元時始以鐵索易竹笮，見張燕公《橋贊》。眼前突兀鐵橋出，此舉真可空千秋。宋時萬安橋，刻有蔡襄記。橋廣若干修若干，微至楯欄無不具。黄河鐵橋前朝無，固宜備載橋規模。惜哉未有鐵橋記，幸哉猶有鐵橋圖。我撫此圖一擊節，我觀此圖三太息。易以設險戒王公，無險何以守邦域。南條之水江爲大，北條之水河爲雄。九州形勢此其最，金湯天造非人工。往者東南羣盜起，朝廷特遣防河使。彼時千騎聚如雲，此日一橋平似砥。況聞鐵軌徧塵寰，十里百里一息間。入蜀已如無劍閣，游秦何處有函關。勇夫重閉古人語，王道蕩平乃如許。水則徑投苻堅鞭，陸則高叱王尊馭。我言未竟人爭訶，豎儒刺刺言何多。五大洲且合爲一，看余海上梁黿鼉。

陳鹿笙方伯輓詞

鹿笙故有脾洩之疾，今年五月增劇，自知不起，豫賦絶筆詩十章，其月二十八日，作書别余，且贈五絶句，并以絶筆詩寄示。是月小盡，至六月六日而卒，僅隔七日耳。余感其意，和其絶筆詩四首，聊寄一慟。原詩十章，皆用一先韻，不知何取也。

來去分明自了然，不生佛地定生天。人傳巴蜀留遺愛，公與湖山有宿緣。君自川藩罷歸，卽寓杭州。一月病魔愁殗殜，十章詩筆喜輕圓。只憐老友淒涼甚，回憶論交卅載前。

相逢一面訂韋弦，巾子山邊送上船。當日不知行旅苦，至今深感使君賢。余癸酉年至福建，道出台州，君適守台，爲余具舟，并遣健兒護送至黄巖。杭州共賞晴湖勝，蜀道全消夕堠烟。卻好吾孫銜命至，賓筵安穩薦嘉籩。壬寅歲，余孫陛雲典蜀試。第三場點名時，有寇闌入省城，君力戰卻之，否則危矣。

吳中花月話便娟，藉慰相思各一天。前年君來吳卜相見。共訝衣冠能殺賊，即壬寅蜀中事。君有《衣冠巷戰圖》。我看杖履竟如仙。霜松雪竹何妨傲，白髮蒼顔倍覺妍。遙指三台山下路，他年於此共長眠。君卜葬西湖三台山，與余生壙相近。

今歲剛交八十年，欣看荷葉正田田。君今年八十，於四月豫祝。方期文度常依膝，君長公子幼鹿觀察今年六十，與君同日稱觴。何意洪厓遽拍肩。耄耋光陰真露電，仙凡況味異馨羶。不知他日逢君處，能否同依香案邊。君贈余詩云『前身同侍玉皇前』。

馬鈴子

秋蟲也，聲似馬鈴，故名。

平生抗俗走塵紅，車鐸郎當慣耳中。何意野蟲秋振羽，竟如天馬夜行空。不同暑日蟬鳴樹，略比寒宵蟀在籠。我已壯心銷耗盡，儘教伏櫪老英雄。

黟縣程輝卿錫熿以其先德鼎吾翁詩見示，余未深許。又以畫册來，則花草禽蟲，無不入妙，因摘段成式語『活禽生卉』四字題其端，并附二絶句

黄筌禽鳥趙昌桃，宋袁桷句。以畫成名亦足豪。絶勝詩家生活冷，霜情月思寫枯毫。

晴窗展卷幾回看，妙筆天成品目難。且學段家柯古語，活禽生卉是邊鸞。

小石中丞巡視太湖口，賦詩四章，歸以見示，和其一首

直上香山俯太湖，昔時曾伴老龍圖。余戊辰歲從曾文正公游此，今三十九年矣。卌年情事渾如夢，一樣江山總不孤。試向烟渡窮北望，可知形勢冠東吴。何當鼓棹從君去，飽看秋花千頃蘆。

孝女徐二姑詩

老去江郎筆已枯，尚將史筆寫莊姝。不傳才藻劉三妹，只表貞萋徐二姑。二姑昆弟原非一，姑與一兄皆嫡出。坎男離女竟雙生，楚國唐勤同一律。無何乾蔭謝靈椿，庶出諸郎散似塵。只有一男與三女，垢衣生蘚侍孀親。不圖兄又魂游岱，臨死殷勤重語妹。與妹同來不同去，此後孃前惟妹在。可能

竟作北宫嬰，夏清冬溫妹代兄。涕泣誓言聞命矣，拌將丫髻了終生。長女三女後先嫁，留得二姑脂粉謝。長依白髮母堂前，不負黄泉兄地下。廿年事變儘繁多，古井沈沈總不波。惟把前言盟息壤，不將獨處感媿媧。春風深閉閑庭院，蠶母鴉娘稀覿面。肩輿忽過所親家，兩家阿姥皆相見。爲言吾母病龍鍾，後日還期時過從。欲使病親先有託，豈非大命豫知終。晨妝明靚猶無恙，殗殜經旬俄屬纊。歸去泉臺見阿兄，應言恨未能終養。蘭臺舊史曲園翁，爾父曾同入泮宫。二姑父名本立，字誠庵，江蘇知縣。余與同歲入學。已歎故人失城北，更欽孝女勝河東。夏侯碎金奇女子，離夫事父登唐史。何如不嫁更爲高，巾幗完人了無滓。傳語杭州采訪家，莫將奇孝等恆沙。一自封章陳大吏，果然恩命出京華。余告之杭州采訪局，遂得旌如例。百行由來惟孝重，一縣喁喁咸感動。未見門前綽楔高，已看祠内馨香供。光緒三十二年八月二十日入德清節孝祠。老我頹唐病不支，尚將名教强扶持。惜無黄絹中郎筆，來寫清溪孝女碑。

聞子原移守廣信，賦寄

翠微樓在翠微間，郡城有翠微樓。且喜銅魚又此頒。十八危灘休問訊，初授贛州。卌三福也好躋攀。郡西北有靈山，道書稱三十三福地。晨衙已免臺參累，宵枕何愁睡味慳。君素患失眠，今當愈矣。試看南屏與靈鷲，分明移到故鄉山。靈山一名靈鷲山，郡東南又有南屏山，皆西湖山名也。

唐張繼《楓橋夜泊》詩膾炙人口，惟次句「江楓漁火」四字頗有可疑。宋龔明之《中吳紀聞》載此詩，作「江村漁火」，宋人舊籍，洵可寶也。此詩宋王郇公曾書以刻石，已不可見，明文待詔所書亦漫漶，「江」下一字不可辨。筱石中丞屬余補書，姑從今本，然「江村」古本不可没也。因作此詩，附刻以告觀者

郇公舊墨久無存，待詔殘碑不可捫。幸有中吳紀聞在，千金一字是江村。

次韻筱石中丞秋夜作

纔聞攬勝到天平，君前兩日曾游天平山。泉石流連尚有情。吟案燈光摇客夢，戟門鼓吹動秋聲。朝晴應卜農田熟，宵永彌添詩味清。想見八州兼督日，蕭然還是一書生。

悼曾孫慶寶

肌膚冰雪貌丰昌，況復聰明記性强。以我八旬猶未死，致兒四歲便云亡。笑啼都化三更夢，湯藥

空勞一夕忙。始信人間醫可廢，老夫舊論不荒唐。醫來，皆不知何病。

七月初，余用西人攝影之法照一小像，僅五六寸耳。白須温卿取付其國照相館，祏而大之，至四尺餘。立之坐側，偉然可觀，爲賦一詩

六寸俄成四尺強，層層攝取鏡中光。仍留裴楷三毫在，竟有曹交一半長。藤杖過頭人獨立，葛衣稱體候初涼。置之客坐非無意，客到還如我在旁。

陳鹿笙方伯之卒也，余既以詩弔之矣。已而聞其戚施君言，君易簀後，子孫已哭拜訖，忽又張目起坐，索紙筆作書，以洋錢若干分賦其衆，某一百、某二百。又書一絶句，云：『行年八十似浮漚，萬斛塵緣死便休。但願海波風漸息，家聲不墜作清流。』書已，投筆就枕，仍悠然而逝，來去自如，真異人也。賦此紀之

壽陽相國告終時，起擁夷衾又賦詩。聞祁文端公臨没有此事。始信至人原不死，豈期異事又逢兹。數行拉襍分支券，四句蒼涼絶筆詞。就枕悠然仍復去，茫茫此去竟何之。

題程忠壯公遺像

程靈洗謚忠壯，《陳書》有傳。其先在梁時聚兵保黟、歙，拒侯景，領新安太守。至今徽人廟祀之。徽之程姓者，皆奉爲祖，猶徽之汪姓者，皆奉越國公汪華爲祖也。其裔孫錫熿以畫像求題，并有宋寶慶三年九月一日封廣列侯誥，古色黝然。唐宋以來題跋諸家，有文天祥、有虞集，洵程氏世守之實也。因題二律而歸之。

桓桓忠壯邁恆倫，遺像留傳尚似新。百戰功名始黟歙，兩朝辛若事梁陳。旌麾所向生無敵，俎豆常存殁有神。祠廟合鄰汪越國，同看子姓奉明禋。

英姿颯爽照塵寰，想像神威百世間。誥敕崇封猶寶慶，名流題跋有文山。圖麟生面居然在，射蜃遺聞未可删。誥詞有『射蜃息妖』語，於史無徵，必其軼事。也似吾鄉錢武肅，一方鐵券尚斕斑。

六橋太守三多，本杭州駐防也，奉檄權知杭州府事。杭人守杭，事亦罕見。書來乞詩，爲賦一律

從龍勁旅駐吾杭，二百餘年當故鄉。君家自順治二年駐防杭州，至今已傳九世矣。平日鳩車此游戲，一朝燕履忽飛翔。暫因簿領抛松菊，已見旌麾照梓桑。頓使俞樓增色澤，門生門下有龔黄。

明人稱門人之子爲門孫，見《都公談纂》。余偶載之於《茶香室叢鈔》，遂有投刺於余稱門下曾孫者，戲賦一詩

舊游如夢亦如雲，自顧積齡轉自欣。年齒已成野王老，輩行合是武夷君。淵源竟及三傳遠，沆瀣還從一氣分。功令不將科舉廢，元孫門下定成羣。吾孫四川門生，内用翰林，外用知縣者頗不乏人，使科舉不廢，則或放試差、或充同考，所取之士，余可作元孫觀矣。

題張楚寶觀察《三石圖》

一石坐如踞，一石拜如奘。一石夭矯學作龍，神龍欲飛不肯臥。三石得一已大難，兼而有之真奇觀。有如重臺蓮一朶，又若偃蓋松千盤。異哉平泉一品石，竟作太華三峯看。我聞磊字訓眾石，此義曾由洨長釋。請歌楚辭石磊磊，願君石交得三益。

黔士嚴晴初、黎授孫自言：黔去吳萬里，無不知有曲園，今來吳下，不可不一見。余感其意，爲賦此詩

黔士平時所識稀，何來二客款吾扉。謬推海内靈光殿，請看先生杜德幾。言語闊疏無意味，衣冠布素少威儀。不如舍此閑游去，十里山塘好夕暉。

浙西荒於水，吾湖尤甚，因賣字助振，詅之以詩

天將淫雨釀奇荒，見説哀替滿故鄉。昔歲賣文今賣字，戊子、己丑□曾賣文助□。□夫小作餽貧糧。是舉也，得洋錢七百有奇。以一百寄湖州，交李松筠。以二百寄德清，交戴少鏞，小助平糶。又以二百寄上海施子英，彙振江北。餘則分饋族人，并所識貧乏者。一杯之水，聊記於此。

南匯葛氏昆弟四人，曰伯慈、曰仲逵、曰叔莊、曰季華，偶於其師案頭見余賣字助振詩。叔莊時年甫十歲，歎曰：助振善舉也，又可得曲園先生之字，何幸如之！苦無錢耳，因謀於兄弟，各以壓歲錢所餘乞余寫一聯。余聞而嘉焉，欣然寫付，并贈以詩

大好家風葛稚川，四株玉樹總森然。堂前欲寫宜春帖，枕畔同搜壓歲錢。不解何緣知漫叟，最難此意出髫年。就中叔豹尤堪愛，十歲能文謝惠連。

胡效山觀察俊章輓詞

安定先生松柏姿，歲寒標格最堪思。人欽京國知名早，我恨蘇臺把臂遲。幾輩貴游爭北面，（君少負文名，從游者甚眾，今尚書玉岑溥公即其一也。）半年邊瑣寄西陲。（君官延榆綏道，未久即引疾歸。）上方文綺珍猶在，（官秦時，屢於行在拜受恩賚。）行卷麻沙版未劖。（曾以會試硃卷見示。）百年科第題名表，（君蒐輯道光以來鄉會試題名録甚備。）廿卷湖山攬勝詩。（君晚年輯《西湖詩録》，甫畢。）老學究存真面目，病維摩見古鬚眉。仍勤鉛槧何曾倦，能飫肥甘豈是衰。重繭宵披雖畏冷，（君性畏寒。）雙輪晨運竟忘疲。（君出新意，置輪杖端，推之而行。）因余先世通家久，（余與令叔迪甫大令爲庚戌同年。）不惜衰門執禮卑。鐵嶺新編曾再贈，（贈

余《八旗文録》兩册，一硃印，一墨印。輶軒舊録又分貽。君今年買得阮文達《兩浙輶軒録》兩部，分一以贈。桃投李報僮奴熟，雪唱雲酬婦豎知。君孫女與余兩曾孫女均有唱和之作。居易方欣交夢得，伯牙何意失鍾期。已開八秩堪稱壽，偶抱微疴總誤醫。一月前頭猶枉過，九泉何日得追隨。今年吟稿刊粗就，讐校烏焉更倩誰。余每刊書，君爲校字，甚精審。今詩第二十三卷已刊其半，君不及校矣。

美國醫士柏樂文寓吳下二十餘年矣，近得一奇術，能洞見人藏府，其法：以一毬盛電氣，使人背毬而立，一人以鏡窺之，則藏府畢見。吾孫陛雲往觀焉，適見其人之心，長二寸許，本小而末大，本在中而末偏左，其色黝黝然，其動躍躍然，餘無所見。蓋毬之所置正當其人之心也，若移易之，當無不見矣。歸與余言，因爲此歌，以紀其異

龍叔背明立，文摯向明看。看見方寸地，空洞無遮攔。事見《列子》。後來一公謁華嚴，使視吾心在何地。忽騎白馬過寺門，忽上刹端危欲墜。不知何術能使然，或亦寓言非實際。一公事見《酉陽襍俎》。醫家於此精研摩，爰有明堂鍼灸圖。人之藏府歷歷在，竟如依樣描葫蘆。革囊盛血那可見，未免疑真又疑贋。五藏之神各有名，見《雲笈七籤》。安能呼之使覿面。泰西醫士忽出奇，竟於腹内窮豪釐。一毬大如盌，空明如琉璃。雙管貯電氣，輸灌無休時。一人背毬立，一人執鏡窺。鏡中所見惟何物，爲心爲肝爲肺脾。雖有重裘不能隔，遑論其内膚與肌。吾孫亦得與寓目，惟見一心儼可掬。本小末大偏在左，始

信明夷占左腹。此外一皆無所見，非不能見目不屬。吾聞秦鏡高挂咸陽宫，照見五藏何玲瓏。見《西京雜記》。又聞唐時秦淮得一鏡，亦能照見人心胷。見李濬《松窻雜録》。此皆神物世間少，不過文人佐詞藻。西人光學何神奇，電氣用來無不妙。一點靈犀仗此通，何必然犀方了了。倘教此法傳人間，和緩倉公都拜倒。三部九候不須言，脈訣脈經皆可掃。扁鵲洞見癥結未爲難，華陀輕用刳割豈云巧。吾孫歸以語老夫，咄咄怪事人爭呼。老夫舊有杜德幾，往往驚走鄭國巫。柏君柏君聽我歌此曲，奇人奇技誠非誣。吾心超然自在普賢地，試問爾鏡能窺無？

曾孫女玟翦小紅紙三方，大僅分許，摺成一人、一馬、一船，頗極微妙，爲賦一詩

人物纔如粟，成來亦自奇。須知五覆反，不出一豪釐。爾可蝨心貫，吾從蝸角窺。因之齊大小，芥子是須彌。

光緒三十二年十一月十五日，詔升孔子爲上祀，恭紀

江漢秋陽孰與倫，巍巍道德配乾坤。外人方欲羣經廢，明詔還將至聖尊。俎豆森嚴升上祀，章縫歌頌滿橋門。從前私慮今全釋，始信斯文萬古存。

是月二十三日又有詔，於曲阜縣特設一學堂，仍用前韻恭紀

危言日出奈非倫，曼衍將盈大地坤。欲使百家消異喙，須爲萬世定常尊。羅陳俎豆昌平里，屏絶桓文孔氏門。想見詩書崇正術，無論漢宋總長存。余謂，曲阜特設學堂，宜分漢學、宋學二科，使人各就所近而學焉。草茅私見，未必有當，姑存狂瞽，以觀驗否。

王周曲

有唐詩學擅千秋，三百年中不勝收。我愛張皇到幽渺，戲將新曲譜王周。周也晚唐一進士，但有姓名無爵里。或亦東南吳會人，故能私淑天隨子。見《峽船具詩序》。生小聰明阿母憐，五齡課讀在燈前。七歲居然解聲律，柔荑小手擘銀牋。髫年便具青雲志，不與鄰童共游戲。竹馬鳩車盡屏除，麻衣去就春官試。一試春官袍換青，泥金帖子報家庭。鄉中父老皆驚歎，榜下郎君只九齡。九齡登第真奇事，五項橐甘羅何足異。算有張童子一人，或者與君堪把臂。張童子九齡舉於禮部，見昌黎序。朝朝游宴曲江東，五百同年拜下風。題字已加前進士，問年猶是未成童。惜向榜頭看氊筆，未占巍峩名第一。隨例聊將幕職充，蜀山蜀水堪愁絶。崎嶇萬里走瞿塘，十二巫山路渺茫。大好峽江船具詠，奈無魯望共商量。是時海内方喧鬩，十國五朝何倥傯。草草梁唐晉漢周，先生一覺邯鄲夢。夢醒居然宋代存，太平興國五

年春。左輔一牙俄脱落，時年太歲在庚辰。秭歸城外重經過，太息舊游無一箇。倘教王煥偶然逢，兩老尚堪同唱和。王煥，唐天順二年進士，至宋猶在，年九十九。我爲斯人一歎嗟，可憐垂老尚天涯。浮沈薄宦功名小，淪落荒陬道路賒。轉念浮生如露電，當時人物誰堪羨。英雄抛去彦章槍，文字消磨維翰硯。蝼蟻王侯一例休，不如此老擅風流。青年聞喜筵中坐，白首耆英會裏游。宋史唐書都不載，老夫留此長篇在。請讀王周進士歌，勿將烏有先生待。

病中答胡志雲太守贈鴨黄梨

北方有奇樹，秋老結瓊瑶。公子金衣貴，小憐玉體嬌。剝膚全是液，到口便成消。除卻嵰山雪，人間讓爾驕。

陳筱石中丞來視疾，時適余睡未醒，醒後賦詩謝之

大費殷勤意，親臨病榻前。三生猶有待，一面竟無緣。爲問維摩疾，空勞師利旋。知公迴旆際，亦復一淒然。

别家人〔一〕

骨肉〔二〕由來是強名，偶同逆旅便關情。從〔三〕今散了提休戲，莫更鋪排傀儡棚。

【校記】

〔一〕以下各篇存《曲園老人遺墨》（據原稿影印本）中，用作校本。稿本此篇在《臨終自喜》之後，總題爲『留别詩』。

〔二〕骨肉，稿本作『眷屬』。

〔三〕從，稿本作『如』。

别諸親友

閱歷人間數十秋，無多親故共綢繆。今朝長與諸公别，休向黄罏問舊游。

别門下諸君子

寂寞玄亭楊子雲，偏〔一〕勞載酒共論交〔二〕。不知他日三台路，誰過空山下馬墳。

【校記】

〔一〕偏，稿本作『徧』。

〔二〕交，稿本作『文』。

別曲園

小小園林亦自佳，盆池拳石手安排。春風不曉東君去，依舊年年到達齋。

別俞樓

占得孤〔一〕山一角寬，年年於此憑欄杆。樓中人去樓仍在，任作張王李趙看。

【校記】

〔一〕孤，稿本作『湖』。

別所讀書

插架牙籤萬卷餘，平生於此費居諸。兒孫倘念先人澤，莫亂書城舊部居。

别所箸書

老向文壇自策勳，談經餘暇更詩文。一齊付與人間世，毁譽悠悠總不聞。

别文房四友

論交最密是文房，助我成名翰墨場。太息英雄今已矣，莓苔拋棄綠沈槍。

别此世

自寄形於此世中，膠膠擾擾事無窮。而今〔一〕越出三千界，不管人間水火風。

【校記】

〔一〕而今，稿本作『一朝』。

別俞樾

平生爲此一名姓，費盡精神八十年。此後〔一〕獨將真我去，任他磨滅與流傳。

【校記】

〔一〕此後，稿本作『今日』。

臨終自喜〔一〕

自顧生平亦足豪，莫將幽怨付牢騷。聰明曾博先皇喜，文宗顯皇帝曾與故大學士英桂語及臣樾，有云：『人頗聰明，寫作俱佳。』著述還邀聖主褒。光緒二十八年奉有『殫〔二〕心著述』恩諭。五百卷傳文字富，卌三年據講堂高。祖孫同日官詞苑，也算文人〔三〕異數叨。

談經楊子只雕蟲，何意偏孚物望隆。蒙恩諭，云『人望允孚』。已愧品題同北海，曾文正曾〔四〕言：『李少荃拚命做官，俞蔭甫拚命著書。』更驚圖像配南豐。日本人以余與曾文正小像合摹一幅，傳布各國。藏來墨蹟人間滿，和到詩章海外同。擬覓西湖名勝〔五〕處，廣〔六〕營書藏在山中。吾已營書藏二，如後人有力，當更闢之。〔六〕

雲烟過眼總無痕，爪印居然處處存。科老真將作祧祖，趙甌北詩『科老已如祧廟主〔七〕』。年高不僅見門孫。明人有門孫之稱，謂門生之子也。若余孫亦有門生，則不僅門孫矣。叨先詞館人千輩，再領鄉筵酒一尊。更喜峥嶸頭角在，謂曾孫僧寶。儻延祖德到雲昆。

蕭然從此出紅塵，在我真無未了因。三教何須共牽曳，九幽當可免沈淪。生前自定名山業，死後仍完淨土身。不學鳩摩出神呪，臨終詩筆尚如神。

【校記】

〔一〕稿本此篇居首。

〔二〕殫，稿本作『覃』。

〔三〕文人，稿本原作『文臣』，圈改作『人臣』，又改作『書生』。

〔四〕曾，稿本作『嘗』。

〔五〕名勝，稿本作『最佳』。

〔六〕廣，稿本作『再』。

〔七〕稿本小注作：『汪柳門、徐花農曾爲我鑿書藏於孤山之陽，然未備也。後人有力，當更闢一藏，貯我全書。』

〔八〕主，稿本作『祖』。

臨終自恨

茫茫此恨竟何如，但恨粃糠未掃除。七尺桐棺三尺土，此中了卻萬言書。

曲園自述詩

曲園自述詩

宣廟龍飛歲在庚，元年辛巳月嘉平。小寒未屆猶非臘，還是元枵月内生。余生於道光元年十二月二日，距小寒尚兩日，故星命家仍作子月論也。十一月爲元枵月，説詳《春在堂隨筆》卷八，《爾雅》云：『元枵，虚也。』余一生虚名無實，殆坐此乎？

烏巾山下舊居家，鵲喜樓頭靜不譁。一夜春風吹喜氣，迢迢千里到京華。余舊居在德清東門外烏巾山之陽，地名南埭，有小樓曰『鵲喜』，因屋後有老樹一株，鵲巢其上，故得是名矣。余生於是樓。先大夫時在京師，有誌喜詩曰：『春風吹喜氣，千里到幽燕。』

儒門淡泊候嚴寒，最是劬勞母氏難。見説當時扶病起，擁衾手自製兒冠。余生三日，太夫人大病，幾危，至二十餘日未離牀褥。乃曰：兒將滿月矣，不可無帽。擁衾而坐，爲余製帽。

四齡遷徙到東湖，爲苦鄉居聞見無。從此廛封南埭屋，至今先業總荒蕪。道光甲申，余止四齡，而先兄壬甫則十二歲矣。以鄉居不能從師讀書，乃遷居仁和之臨平鎮。蓋太夫人臨平人，依外家以居也。先大夫詩曰：『十齡膝下兒，漸漸解塗抹。窮鄉寡聞見，經師無由得。但恃折葼教，豈合出門轍？巖巖皋亭山，下聚萬家室。新特蔦附蘿，舊姻蛩依蹷。逝將從之居，契龜已云吉。』即此時作也。臨平鎮有臨平湖，亦曰東湖。

年年史埭度元宵，笑倚樓頭興最饒。青白兩龍纔過去，滾毬燈又到潘橋。初遷臨平，所居曰史家埭，有樓臨街。元夕張燈，輒登樓觀之。青龍、白龍皆燈也。滾毬燈最無足觀，而其製最古，見宋陳元靚《歲時廣記》。潘家橋在史埭之西。

生小深蒙外氏憐，每隨慈母去流連。玉臺已聘年皆幼，不礙堂前共簸錢。外家姚氏居赭山港，距史家埭不一里。每侍太夫人往居焉。内子姚夫人卽余外姊，早已聘定，兩小無嫌，仍共嬉戲。

阿母操勞井臼餘，晨窗課讀不敎虚。兒時駑鈍真慚媿，九歲纔能畢四書。余讀四子書，皆太夫人口授。

東湖望族相公家，辰往申還半里賒。五載硯貽樓上讀，兒童三五共咿啞。臨平孫氏乃乾隆間大學士文靖公之近族，先嫂母家也。余十歲讀書於其家，書室卽聽事之樓，額曰硯貽樓。

束髮從師戴次君，本來中表誼殷殷。當時脩脯殊堪笑，斗酒難供一月醺。余讀書孫氏，所從師爲戴貽仲先生，先祖母戴太夫人侄孫也。每歲餽洋錢三枚，以代脩脯。余從之五年，止餽洋錢十有五而已，按月計之，不足三百錢。杜詩云：『速來相就飲一斗，恰有三百青銅錢。』是戔戔者，不足當唐時斗酒之值也。余生平讀書之費止此。

生來從未識離愁，突作江南境内遊。小小醉經書屋裏，新添桂樹一枝秋。余十五歲時，先大夫館新安汪氏。汪寓常州，先大夫挈余俱往，所寓小屋三楹，曰『醉經書屋』。到之次日，偕汪氏昆仲遊城隍廟，買桂樹一株而歸。植之窗外，踰月，花開頗盛。先兄壬甫年十四侍先大夫入都，先大夫賜詩云：『汝生從未識離愁，突作三千里外遊。』余此行也，兄戲改其語以贈，云：『汝生從未識離愁，突作江南境内遊。』此詩首二句卽用其語。

蘭陵城外屢經過，爲愛黄華繞郭多。自是生來秋氣重，編詩先録菊花歌。常州東門外有老圃，以藝菊爲業，如種菜然。花時極可觀。嘗侍先大夫往游焉，爲作《蘭陵菊花歌》，余編詩始此。

馬家長巷巷中央，舊有吾家薜荔墻。墻内小軒題印雪，雪泥蹤跡在青箱。乙未冬，余從先大夫自常州還，始由史埭遷馬家衖，賃孫氏屋以居。青田端木先生國瑚題曰『印雪軒』，故先大夫詩文集皆以『印雪』名。

髫年采得泮池芹，初踏名場望已殷。記得黄昏燈下坐，報船驚聽過紛紛。丙申歲，余年十六，初應小試，學使史蘅塘先生取入縣學。時余寓戴氏，卽先祖母家也。其家後門臨河，學院既發圓榜，聞報喜之船紛紛從後河而過，皆謂曰事不諧矣，余亦嗒然。未幾，報者從前門而入。

鄉闈逐隊到杭州，分得天香一半秋。莫被嫦娥笑唐突，沈崧初次月宮遊。丁酉應鄉試，中式副榜第十二名。

白蠟明經亦足榮，句除名籍魯諸生。區區一試真堪哂，重唱宏文館外名。余既中副車，不隸學宫矣。己亥春，仍至湖州應科試，以是年有恩科鄉試。如不中，則庚子鄉試仍可以本年科試所取者應試，不必考録遺才也。乃庚子科余以病不與，則此試甚無謂耳。吾郡學使考棚名『宏文館』。

催妝詩賦小春天，莫悵秋風未著鞭。但使登堂得佳婦，何妨攀桂緩今年。己亥秋試未售，十一月姚夫人來歸。先大夫詩云：『人生好事猝難全，文戰偏成籙外仙。但使登堂得佳婦，何妨攀桂緩今年。』此詩敬述其語。

秋風一病太郎當，孤負槐花此度黄。病榻惟看日知録，零星箋注不成行。庚子秋闈，余以病不應試，病中惟以《日知録》自遣。今《曲園襍纂》中有《日知録小箋》一卷，始於是時也。

初擁臯比不自珍，村書幾卷課清晨。沈猶行氏來從學，著籍門生第一人。辛丑歲，余在印雪軒讀書，有沈氏子二人來從余學。其兄名燦，字蘭舫，後以校官充詁經精舍監院者十年，嘗語人曰：『凡在曲園門下者，莫如我先也。』

甬上烽烟達浙西，翛然數月住清溪。家家招致嘗新稻，不曉江干有鼓鼙。辛丑秋，海上有警。余家在臨平，距尖山百里而近，因暫還德清南埭舊居。其時新穀甫登，農家壺酒盤飧，互相招延，頗極村居之樂。

小齋虛度武林秋，明月清風何所求。曾向西泠橋下坐，安知他日有俞樓。壬寅歲，余館於武林蔡氏，脩脯所入，不足四萬錢。余《百哀詩》所謂『當時家計殊堪笑，明月清風四萬錢』也。嘗徒步赴崇文書院之課，於西泠橋下小憩。其地蓋即今之俞樓矣。

蘆荻花中小港寬，又攜書劍此盤桓。平生自問無仙骨，不拜純陽吕祖壇。癸卯歲，館荻港吴氏。其地有吕祖壇，扶箕請仙，遠近雲集。余雅不信扶箕之術，或勸余往，笑而謝之。

八月秋風蘂榜開，吾兄奪得錦標回。玉山冰水曾游處，秀老不來清老來。癸卯鄉試，壬甫兄登賢書。其年，兄館玉山汪春生大令署中，榜後乃薦余自代。

江山如畫好吟詩，正是橙黃橘綠時。一路尋幽兼弔古，子陵臺與偃王祠。是年十月初，余赴玉山，於錢唐江干趁義烏船而去。沿途吟咏，得詩頗多。

寂寞誰憐客裏身，頗欣佳伴得汪倫。一燈覓句過除夕，九等論才到古人。既至玉山，適春生大令之從弟茗生調鼎至。一見頗相得。除夕，兩人聯句遂至達旦。茗生曾以《漢書古今人表》有古無今，擬爲補之。次年春，茗生還浙應試，余寄詩贈之。此四句卽其前半首也。詩不存於集，今補刻《佚詩》中。

微名幸得附賢書，莫向名場問毀譽。且博高堂開笑口，明年兄弟赴公車。甲辰秋，余舉於鄉。闈中初擬中第二名，或摘其三藝有疵，改置三十六。

北望燕雲客路長，男兒弧矢志須償。因遵覆試新功令，甫飲屠蘇便辦裝。各直省新中式舉人覆試，自道光甲辰科始，覆試之期定於二月十五日，余於正月初四日自所寓臨平鎮啓行，然到京已二月初十矣。

咫尺金臺未許攀，敝車羸馬又南還。長安花好無由看，且看新安江上山。乙巳會試不中，偕壬甫兄南歸。是秋卽至新安，館於汪氏。

江山與我有前緣，一客新安共六年。歲歲春風二三月，江干來趁四倉船。余自乙巳秋館休寧汪村，次年，先大夫見背，丁未不與會試，至庚戌會試後乞假南歸，辛亥又館汪村者半載，首尾共歷六年。每年春去冬還，所坐者爲四艙船或五艙船。船大，余止賃其一艙而已。古無『艙』字，唐歐陽詹詩云：『隔簾微月入中倉』，是古作『倉』也。

載酒人來楊子亭，先生弟子鬢皆青。戲援康節當年例，門下姜愚長一齡。余客新安，從游者頗眾，皆昌黎《師説》所謂年相若者也。門下高弟爲吴紹正，字則之，實長余一歲。則之後成進士，官吾浙蘭溪令，有政聲。康節事見邵伯溫《聞見前録》。

四月汪邨例打標，錦棚歌舞鬧昕宵。村夫子亦欣然出，去看梨園笑叫跳。每年四月，汪村賽神，謂之『打標』。錦棚演劇，五六日始罷。余歲歲與觀之，有詩存集中。『笑叫跳』乃黎園名目，見李斗《揚州畫舫錄》。

孫賓石亦一時豪，揮盡黃金興轉高。紅葉樓頭紅燭底，君拈畫管我吟毫。余在新安，與孫蓮叔殿齡交。蓮叔長余一歲，有異姓兄弟之稱，其人富家子，豪邁喜客，所居曰『紅葉讀書樓』，賓朋錯坐，絳蠟高燒，作畫題詩，每至達旦。

新安舊刻久消磨，模印流傳亦不多。兩卷詩文聊補佚，免人集外費蒐羅。蓮叔爲余刻《好學爲福齋文鈔》二卷、《詩鈔》四卷，今版已不存，而印本猶有存者。《俞樓襍纂》中所刻《佚文》、《佚詩》各一卷，皆本此也。

五年兩賦弄璋詩，已抱於菟又月支。遂使荆妻心竊喜，果然驥子是吾兒。大兒紹萊生於壬寅年，二兒祖仁生於丙午年，内子姚夫人幼時有推算禄命者曰：『子必屬馬乃佳。』祖仁生，夫人喜之。其後大兒早入仕途，二兒竟以病廢，似乎不驗。然大兒年甫四十而卒，無子。今余止一孫，名陛雲，二兒生也。是其言驗矣。『月支』見《文選·赭白馬賦》注，蓋謂馬之肢體耳。

添得牙牙兩小茶，含飴老母興偏加。年來深喜科名利，兒命真能助阿爺。長女錦孫於甲辰年生，是年余領鄉薦。次女綉孫於己酉年生，明年余成進士。姚太夫人喜曰：『此兩女命運皆好。』

丹陽城外孝廉船，猝遇危機幸獲全。猶記覆舟横水面，弟兄風雨立河邊。庚戌春，余與壬甫兄同舟北上，覆舟於丹陽城外之青楊浦。余兄弟幸從船舷互相扶持登岸，未至入水。然風雨之中，衣履皆濕。從者及舟子則皆泅水得生，危矣。

清遠堂前人語稠，弟兄同住此西頭。柱銘去歲親書與，四十年來舊夢留。既至京師，而吳興會館人滿矣。其聽事曰『清遠堂』，向不居人，乃編秸糊紙障其西頭一間，余兄弟居焉。去歲，都下諸同人葺治會館，屬余題一聯於清遠堂，因書二十八字寄之，曰：『萃一郡七縣人文，科第春秋來接軫；話卅有九年舊夢，弟兄燈火臥聯牀。』楹聯亦稱柱銘，見明人張岱《瑯環文集》。余謂：柱銘之稱，勝楹聯也。

一鞭十里趁晨暉，遠自宣南赴棘闈。戲咏東坡舊詩句，新郎君去馬如飛。凡會試者，例於貢院前賃屋作小寓。是科，余與壬甫兄徑自吳興會館往。館在宣武門外半截胡同，而貢院在崇文門内，相距十里而遥。同試者皆詫之。東坡《送蜀人張師厚赴殿試》詩云：『一色杏花三十里，新郎君去馬如飛。』末句即用坡語。東坡此詩有石刻，在彭城雲龍山，作『一色杏花紅十里，狀元歸去馬如飛』。不知誰所改也。十里、三十里姑置不辨；而送之赴試，非試畢送之歸，何云『歸去』乎？從集本是。

名場得失不須猜，相約清游訪古槐。薄暮歸鞍駐門外，喜蟲幾輩已先來。會試出榜前一日，闈中既寫榜，其消息即絡繹傳出，報喜者紛然，凡與試者未免怦怦。壬甫兄乃邀周雲笈承謙及余至龍樹院小飲清談，戒不得言科名得失事，薄暮方還。而余中式六十四名，亭午已得信矣。老仆孫福曰：『因不知主人所在，故未來告。』余笑曰：『總待明日榜出方信，此時知之，猶嫌早也。』龍樹院以有龍爪槐一株故名。

金殿簪毫賦暮春，豈因花落見精神。如何謬被羣公賞，也算巍峩第一人。保和殿覆試詩題『淡烟疏雨落花天』。余首句云『花落春仍在』，大爲曾文正公所賞，謂：『咏落花而無衰颯意，與小宋《落花》詩意相類。』言於同閲卷諸公，置弟一。覆試第一，俗亦謂之『覆元』，然視『會元』、『狀元』則迥不如矣。

鵷行列坐殿西東，官樣文章總未工。莫笑退飛如六鷁，本來野鶴翅氄氃。余殿試二甲第十九，朝考一等第二十九。

自憐家世本單寒，得隸仙曹亦大難。聖主量材親點注，書生本色秀才官。五月初三日引見，蒙恩改翰林院庶吉士。

長安道上看花還，再看新安江上山。白嶽曾游黄海未，隔几橋險怕躋攀。辛亥春，仍館新安，至七月而還。是歲作白嶽之游，黄山則未及游也。隔几乃黄山中橋名。

芸館三年職未供，且來試聽禁城鐘。一椽聊寄銅駝陌，慙媿諸君負笈從。壬子春入都，散館。休寧汪儀卿、黟縣李簡庭，皆門下士也，相隨北上，從余學，且應京兆試。

萬户千門不易摹，彤廷率爾竟操觚。天恩許注蓬萊籍，免作仙人項曼都。散館，引見，蒙恩授編修。是年散館題爲《乾清宫賦》，以『表正萬邦宏敷五典』爲韻，今刻《賓萌外集》中。

柳巷南頭小院開，紙窗布幕足徘徊。白沙鑪子黄泥罐，領略窮官風味來。余初入京，寓南横街之圓通觀，散館後移寓棉花胡同，及聞眷屬將至，又移寓南柳巷。

老母康強婦孺歡，燈前笑語共團欒。阿兄亦尚留都下，同守寒罏到歲闌。老母率眷屬入都。時壬甫兄充實錄館謄錄，亦同寓。

一行鵠立玉階前，金闕觚棱欲曉天。自笑廿年村學究，也來試賦早朝篇。是年十月，皇上御門辦事，奉派侍班。

小臣生值道光元，三十年來覆幬恩。今日青袍拜陵下，神功聖德媿難言。咸豐三年春，謁慕陵。有詔命恭親王恭代。時臣樾奉派隨同行禮。慕陵不立聖德神功碑，遵遺詔也。

恭逢鉅典舉臨雍，同向橋門聽鼓鐘。殿上玉音宣朗朗，敷陳太甲與中庸。是年二月八日，皇上臨雍，派翰林官二十人聽講，臣樾與焉。是日講義爲《尚書》『惟天無親，克敬惟親』四句，《中庸》篇『致中和』一節。

天涯燕壘乍經營，又駕南轅出鳳城。自笑浮生真似夢，一椽仍復住臨平。四月中，乞假送老母還南，仍住臨平之印雪軒。

是時烽火徧東南，小隱東湖喜尚堪。柏酒桃湯沿俗例，龍居佛日恣幽探。甲寅正月在臨平，與諸親友以酒食互相招延，亦極里居之樂。四月中又徧游龍居、佛日諸勝。

更向清溪問舊棲，一泉一石總留題。雖然忝竊名山席，竟未看山到剡溪。是年春，回德清上先人冢，遂游北門外慈相寺，有《半月泉》、《蟠龍石》諸詩。浙撫黃壽臣前輩薦余主嵊縣講席，然竟未赴也。

迢迢纔共鵲南飛，忽忽仍隨鴈北歸。薄宦未成親已老，臨行清淚滿萊衣。是年十一月入都銷假，內子及兒女輩奉太夫人仍住臨平。

驚看大地盡干戈，出柙將如虎兕何。一日夜馳三百里，輕車剛繞賊中過。時賊踞高唐州及連鎮，大兵圍之未卽克。因繞道兼程而進。

詞曹無事太優游，史館還容一席留。欲向青編求故實，自將志傳署兼修。乙卯春，派充國史館協修。凡初入史館者例須自署願修何書，大率皆署列傳，余欲考求國朝事實，署志傳兼修，然在職不久，此志仍未逮也。

全家依舊到燕臺，亦是間關冒險來。只惜慈輿已南去，幾時笑語再追陪。壬甫兄以知縣官閩中，奉太夫人南去。姚夫人仍率兒女輩到京，寓閻王廟街。其時高唐、連鎮已肅清，然揚州尚爲賊踞，南北不通，仍繞道而來也。

旰食宵衣聖主心，小臣文字效微忱。雖當天步艱難日，稍抒憂勞借舜琴。四月十三日，考試試差人員，上以『舜在牀琴』命題。時海宇多故，宵旰憂勤，余借題發抒，以『舜在牀琴』見古聖人不懟不竦，遇變如常，并旁引文王之羑里鳴琴、孔子之匡邑被圍弦歌不輟以明先後聖之同揆。

紛紛星使出詞曹，自問無才敢濫叨。誰料聖恩偏最渥，竟容玉尺兩河操。自五月朔以後，典試諸差以次簡放，自問已無所望，乃八月初二日蒙恩，放河南學政。材輕任重，隕越始此矣。

宮門曉日聽傳宣，天語親承御座前。自奏臣年三十五，敢將增損説官年。赴宮門謝恩，蒙召見一次。問及臣年，奏曰：『三十五歲。』上問：『是實年否？』奏曰：『是。』按，宋岳珂《媿郯錄》云：『士夫相承，有官年、實年之別，間有位通顯或陳情於奏牘間，亦不以爲非。』是官年、實年宋已有之。是歲余實年三十五，官年則未及此也。

秋風使者建旌旂，高駕軺車出帝畿。路向呂翁祠下過，暫時入夢莫相譏。十月下旬出都，過邯鄲呂翁祠，有詩云：『我亦偶然來入夢，忽乘薄笨忽輶軒。』詩載集中。

七十慈親壽且康，今年八月未稱觴。笙歌繁薈衣冠盛，補慶生辰在大梁。太夫人今年正七十，八月中生日，恭值孝靜成皇后大喪，未及稱觴，乃於大梁使署補祝。

嶽色河聲無古今，使臣仗節徧登臨。力除蕭艾求蘭蕙，此事當年過用心。丙辰二月，始出棚考試。學使之職，當以求才爲主，而以防弊爲賓，果拔得一二真才，便爲無忝厥職，小有冒濫，無傷也。余當年轉以防弊爲主，此乃少年用意未當，奉職不稱，正以此也。

先人三載客覃懷，鞿馬鈴騾數往還。今日停驂無限意，雪泥何處問緱山。先大夫曾應山右康蘭皋中丞之招，客懷慶府之緱山村者三年。余按試覃懷，經由其地，不勝風木之感。

溱洧追思鄭大夫，請從兩廡祀先儒。衡量蘧瑗雖無媿，未免沿訛禮殿圖。余疏請以鄭公孫僑從祀文廟兩廡，援蘧瑗爲例。詔下部議，從之。然蘧伯玉自唐宋以來錫封從祀，蓋以文翁禮殿圖本在弟子之列也。若子產，舊無此説，乃以伯玉誤而使子產序從其誤，至今想之，殊未愜也。

俎豆尊嚴崇聖祠，聖兄未預聖心悲。敬陳末議成先志，配享從今有孟皮。余又請以聖兄孟皮配享崇聖祠，從之。先大夫《印雪軒詩鈔》有《詠古詩》四章，其次章爲孟皮未與配享而發，余此疏敬成先志也。

一年兩度整歸裝，慰勞賓朋酒一觴。要舞更聽歌要曲，紅氍毹上小排當。冬夏試畢還署，每張筵演劇，慰勞幕中諸友。前任張子青前輩之故事也。

每逢山水亦尋論，三載清游總聖恩。領略中州好風景，南登伊闕北蘇門。行部所至，遇佳山水亦間一游覽。河南府之龍門、衛輝府之百泉，皆中州勝地也。

命宮磨蝎待如何，喚醒東坡春夢婆。已到神山仍引去，蓬萊亦是有風波。丁巳秋，因人言免官，即移寓挑經教胡同度歲。

崎嶇水陸走歸途，故里荒涼錐也無。竊比滄浪蘇子美，從今蹤跡寄姑蘇。戊午春，自汴梁歸，因豐沛間寇盜充斥，故繞道走山東而入江南境。既至吳下，又以故里無家，賃飲馬橋屋暫寄妻孥。此余寓吳之始。

十年春夢付東流，尚冀名山一席留。此是覃求經義始，瓣香私自奉高郵。是年夏間無事，讀高郵王氏《讀書裸志》、《廣雅疏證》、《經義述聞》諸書而好之，遂有意治經矣。

筆墨翛然得自如，從前束縛盡銷除。不須更治詞曹事，館閣文章殿體書。余學篆隸書亦始此。

五柳園中景物妍，三庚戌似有前緣。眠雲精舍微波榭，寄頓琴書僅一年。是年冬，賃居石氏五柳園，有『鶴壽山房』額，乃嵇文恭公爲石琢堂前輩書。文恭爲雍正庚戌翰林，琢堂前輩爲乾隆庚戌第一人，余則道光庚戌翰林也。因題曰『三庚戌室』。然余居此屋，自戊午至庚申，雖歷三載，實不及二年也。

爲戀園林花幾叢，遂教倉卒走怱怱。停橈寶帶橋邊望，已見姑蘇一炬紅。庚申春，杭州失守，已知不可爲矣。因戀園林風景，未忍決然舍去。及金陵大營潰，賊兵與潰卒蟬聯而下，常州失守，乃始倉卒出城，泊寶帶橋遙望，姑蘇城外已一片火光矣。

仙人潭上暫停舟，只博萍蹤半月留。見説越中山水好，且因避地作清游。自姑蘇至新市鎮，句留半月，而蘇州失守後，嘉興繼之，其地亦不可居，乃渡錢唐江入越。

越中大好七星巖，奇絶真疑造物劖。更渡曹娥江上去，仙姑山境隔塵凡。既至紹興，寓偏門外，因至七星巖一游，山水奇勝。已而，紹興亦不可居，乃度曹娥江至上虞。其地有仙姑山，懸崖飛瀑，更爲幽絶。

會逢朝議練鄉兵，戎馬崎嶇勉一行。大局已非材力短，故鄉父老恕書生。團練大臣邵幼村師奏派余辦德清團練，因又還德清數月，未幾即謝去，仍寓上虞。

租得南門屋數椽，姚墟舜井足流連。何來山寇猖披甚，學海堂書讀未全。辛酉春，於上虞南門内賃屋以居。庭院清曠，稍可讀書。於上虞令胡君堯戴處假得《學海堂經解》半部，余得讀此書，實始此也。俄聞有山寇將至，又移居城外之查浦。是年秋，上虞失守，胡君死之。所假之書竟未及歸。後爲戴子高持數種去，尚有數種，今在俞樓也。

槎浦真居窮海濱，前江後海迥無鄰。小樓風景淒涼甚，只有烽烟夜夜新。槎浦，一小村聚，前臨曹娥江，後負大海。土人謂之『前海』、『後海』。余賃小樓三間居之。入夜，推窗四望，每見烽火燭天也。

更來海上駕牛車，草舍三間不可居。牛屎堆邊問張祜，不知風味比何如。紹興失守，槎浦亦不可居，乃坐牛車走海濱，租一草舍，暫爲棲止。其屋故牛宮也，初入其中，氣味甚惡。

四明江上夜航船，徑達黄崎江岸邊。惜未當年留此處，飽餐番蔔或成仙。時又間關而至寧波，附航船至定海。俄而寧波又陷，定海人亦皇皇謀入山。余問山中佳乎？曰：『山中亦佳，但不易得稻米，所常食惟番薯耳。』番薯亦名番蔔，見明李日華《紫桃軒又綴》。

歷碌飈輪徹夜忙，初來滬上尚傍徨。如何奴輩游行去，算看蚩尤戲一場。余自定海附輪船至上海，其地爲外國租界，人情皆恃以無恐。余至之次日，賊兵適至，距上海止數里，中隔一橋，夷人來往自如，華人亦往觀，但不敢過橋耳。余從者數人，亦隨衆往觀。

漫天飛雪夜模糊，黄浦江中浪更麤。如此風濤如此雪，還偕婦豎飲屠蘇。余賃一舟，於黄浦江中度歲。除夕大雪，岸上雪深五六尺。

同治初元二月春，全家航海到天津。風濤兵火餘生在，且把窮途託故人。壬戌春，附夾版船至天津。其時輪船之價甚貴，余上下内外二十餘人，故不坐輪船，而坐帆船。自滬至津，亦止七日。崇地山侍郎方以通商大臣駐天津，而天津府爲今潘偉如中丞，皆故人也，因遂流寓其地。

烽烟稍遠暫安居，一住津門三載餘。諸子羣經兩平議，篋中草草有成書。《羣經平議》成於是時，《諸子平議》亦成大半矣。

舊日空囊已索然，齋廚危欲斷朝烟。饔飧晨夕艱難甚，借到毋鹽重利錢。寓津三載，生計甚窘，惟恃借貸以給。《史記·貨殖傳》毋鹽氏捐金出貸，其息十之，此古來貸錢取息之最重者。

兩度芒鞋踏軟塵，半因舊友半新姻。須知薜荔庵中客，非復芙蓉鏡下人。壬戌歲，重入都門，與諸同年話舊。甲子春，又以次女于歸許氏，親送入都。時大兒婦母家亦在京師，即與定議，秋間迎娶。

艱難辛苦半生過，還喜妻孥累不多。一歲三完婚嫁事，明年五嶽未蹉跎。甲子春遣嫁次女，秋間爲大兒娶婦樊氏，其年冬又命二兒就姻於姚氏，明年再歸長女於王氏，則婚嫁畢矣。

平議成書世未傳，每愁枉費此丹鉛。高貲萬萬張長叔，爲刻明堂考一篇。是歲，天津張少巖汝霖取《羣經平議》中《世室重屋明堂考》刻之，余書行世實始於此。張君乃天津富人子也。張長叔見《漢書·貨殖傳》。

侍郎仗節鎮津關，常共清談麈尾間。欲向丁沽修志乘，殺青未竟又南還。崇地山侍郎屬余修《天津府志》，然無經費，無任採訪者，姑就故書中鈔撮而已。乙丑秋間，因二兒在吴下大病，南回視之，故未竟其事也。

歸到吴中跡似萍，金獅無復舊門庭。蒼頭黄耳今何在，化作幽燐數點青。余所賃石氏五柳園在金獅巷，乙丑重來，惟頹垣碎瓦而已。所留一僕一犬，皆死於賊。

軍門敬謁李臨淮，尚念當年桂籍偕。報道故人吴下至，皋比一席早安排。肅毅伯李少荃相國，時以蘇撫攝兩江總督，甲辰同年也。余往見之，承薦，主蘇州紫陽講席。

身世飄零門户衰，老懷頗望抱孫兒。如何杯珓神前卜，偏得黄花菊一枝。時二兒婦懷任，將免身，内子姚夫人使老嫗卜問男女，嫗適持菊花一枝以歸。夫人望而笑曰：『黄花乃女子之祥也。』已而，孫女慶曾生。

黄鸝橋畔舊朱門，三十年前酒一樽。今日偶然來作主，白頭遺老共談論。冬十月，移寓紫陽書院。時書院燬於兵火，猶未建復，假黄鸝坊橋一巨室爲之。此屋在道光時吴氏屋也。余於丁酉之秋曾飲於其室，後吴氏不能有，歸之邵氏，邵氏亦不能有，今爲書院。而余以一飯之客，轉爲此屋暫作主人，異矣。有松田老人者，太夫人之族弟，吴氏舊賓客也，年七十餘尚在，時來話舊，每爲憮然。

春風絳帳對諸生，竟驗前言徐子平。批尾生涯從此定，居然還我舊文衡。丙寅二月二十日開紫陽之課，中丞以下咸集。余因憶丁巳秋初罷河南學政，寓居汴梁，有庚戌同年徐春衢光第，善推祿命，爲余言：『君不久當仍掌文衡。』余笑而不信也。然自丙寅以後，主江浙講席二十餘年，雖不足言文衡，要不離乎文字也。乃歎術者之言，於後事不盡無見，但如霧裏看花，雲中見月，不甚了了耳。

滬上年來志局開，南園羣彦許追陪。體裁繁宂仍疏漏，自笑經生非史才。上海修縣志，設局南園，時應敏齋同年以蘇松太道駐上海，延余主其事。後鎮海縣修志，亦余主之。然余實非史才也。

平議津門刻未全，浙中又費棗梨鐫。蔣公祠下今經過，深感當時百萬錢。《羣經平議》在天津止刻一卷，旋議於都下刻之。余南回，遂不果。乙丑冬，見蔣果敏公於杭州，出錢百萬，任剞劂之費，遂於丙寅歲寫定開雕，至丁卯歲告成。今蔣公祠即在俞樓之左，余過其祠下，猶極不忘其厚意也。

兩年剞劂了羣經，諸子猶憐未殺青。記得舟窗看列子，一天微雨泊唯亭。《羣經平議》刻成，因鋭意成《諸子平議》。丁卯正月二十一日，余如上海，微雨，泊唯亭，於舟中成《列子平議》一卷，蓋是年日記簿猶存，故可考也。

湘鄉相國鎮金陵，咫尺龍門喜一登。廿日節堂留小住，連朝高會聚良朋。丁卯五月，余自上海乘威林密輪船至金陵，謁曾文正師。師留宿署中，并招集江南諸名士陪余讌集。

禪房花木綺筵開，上相偏宜下士陪。除郤摩訶迦葉外，無人可配佛如來。李雨亭方伯、王曉蓮、龎省三兩觀察招陪文正師讌集妙相庵，作竟日游。文正師語雨亭諸君曰：『君等欲飲我酒，苦無陪客。同城僚友皆君等儕輩，非客也。若客，則我亦主人，不敢僭也。陪客其無逾蔭甫乎？』此詩即述此意。

相侯招作後湖游，翠蓋紅衣十里稠。所惜莫愁湖久廢，未能一上勝棋樓。將發金陵，文正師又招游玄武湖，同看荷花。時莫愁湖荒廢已久，尚未修復，故未往游也。

兩載三吳月旦評，吳中文筆最崢嶸。明年改主談經席，勸駕殷勤馬北平。余主紫陽講席，止丙寅、丁卯兩年，然人文頗盛。吳清卿河帥、張幼樵學士、陸鳳石侍讀皆預焉。旋受浙撫馬端敏公之聘，辭紫陽而就詁經，因選刻《紫陽課藝》兩卷，以存文字之緣。

金鵞山土一抔黄，畚挶經營帀月忙。二十二年心願畢，竟無可待愧瀧岡。先大夫殁已二十二年，尚浮厝德清西門外金鵞山之原。丁卯冬，余偕内子姚夫人回德清治葬，奉前母蔡、嵇兩夫人祔焉。泊舟西門外一月。

詁經精舍聖湖湄，坐擁臯比愧轉滋。願與諸生同黽勉，講堂許鄭兩先師。戊辰二月二十五日於詁經精舍開課。

辰月辰年喜氣濃，錦綳綉被護新茸。不知他日能超否，且向懷中抱阿龍。戊辰三月，二兒婦舉一男，余得抱孫矣。以其生於辰年，故小名阿龍。

新居暫卜大倉前，草草琴書又一遷。罍毁瓶傷偶然事，原無貧鬼在門邊。余既辭紫陽之席，未可久居書院，因移寓大倉前。其屋素有怪異，前後居者皆不吉，然余居年餘，亦無他也。

相侯招我去游山，上白雲高未易攀。郤上香山高處看，太湖七十二烟鬟。閏四月，曾文正師以大閲來蘇，枉顧余寓，約游木瀆，遂同登天平山。山有上白雲、中白雲、下白雲之名，師直至上白雲，余與丁禹生中丞至中白雲而止。師下山笑曰：『蓋二客不能從焉。』次日又登香山而望太湖。

秋風九月到西湖，且喜湖樓影不孤。攜得老妻同倚檻，烟波亦是兩鷗鳧。九月初六日，與姚夫人同至西湖，住詁經精舍之第一樓。

亭前促膝鬬清談，巖畔題名掃翠嵐。更看洞中天一線，佛光隱約見瞿曇。皆與内子同游西湖事。冷泉問答、理巖題名，今皆畫入《雲萍録》中，並是年事也。靈隱一線天，窺之隱隱有佛像，内子見，余則不見。

彭宣謝病此間游，借住西湖第一樓。傾蓋相逢已知故，白頭那得不綢繆。己巳春，彭雪琴尚書來浙，借詁經精舍第一樓養痾。一見如故，遂與定交，後又申之以昏姻，皆始於此。

爲看名山到會稽，禹陵南鎮徧留題。香罏峯頂南天竺，一望千山總覺低。是年四月，以事至紹興，謁禹陵，登南鎮。南鎮之巔曰『香罏峯』，其上有觀音殿，署曰『南天竺』。

一廛未許卜杭州，鶴市鷄陂理舊游。租得潘文恭舊第，馬醫長巷巷西頭。余擬遷居杭州，而看屋數處，皆不當意，乃於吴下賃馬醫科巷潘文恭舊第。四月七日遷入居之。

萊妻五十鬢藍鬖，設帨良辰六月三。借此花前謀一醉，笙歌細細酒醰醰。是歲内子姚夫人行年五十矣。六月初三，其生日也。初意家庭稱慶，不聞於外，而來祝者頗衆，因觴之於便坐。天氣新晴，笙歌小作，亦一樂也。

三日飈輪走八閩，萊衣重拜太夫人。兵戈擾擾關河遠，不奉晨昏十六春。庚午正月，航海至閩，省視太夫人起居。時壬甫兄官福防同知，即寓其署。

故人於此建旍旄，念舊深將厚意叨。話到先皇垂問語，小臣哀淚滿征袍。英香巖相國時爲閩浙總督，爲余言咸豐間入覲，文宗猶詢及樾，有『人頗聰明，寫作俱佳』之諭。

閩越遺祠尚未頹，爭傳古蹟釣龍臺。只嫌祀典荒唐甚，從祀還宜更正來。閩越王無諸廟配享四人，皆無考。余與壬甫兄言，擬易以繇君丑、繇王居股、越衍侯吴陽、越建成侯敖。福防同知駐南臺，閩越王廟正在其地，然相沿已久，非旅人一言所能遽易也。

嘉殽絡繹出郇廚，深費羣公酒百壺。一事蘇杭皆不及，家家蒸鴨似蒸瓠。相傳昔有一將軍攜京庖至閩，故都中填鴨之法流傳閩中。余此來也，督撫藩臬皆以酒食招延，所食鴨與京師無異。

爲戀晨昏未遽旋，不辭一月此流連。倘先十日悤悤返，入海應從李謫仙。余之如閩也，所乘曰飛星輪船。此船一再往來，已及二十日，又將自閩至滬，使人來問，而母兄見留，余亦願以一月爲期，因辭之。飛星船甫開出口即觸石而沈。

西溪最好是春秋，梅子黄時未足游。因愛小橋流水好，且從古蕩一探幽。西溪之勝，在春初梅花，秋末蘆花。余於五月往游，非其時也，然小橋流水，亦自有致，集中無詩，然則此不宜遺矣。

甫從浙水返金閶，一病光陰兩月長。術者讕言差可信，生來年命厄敦牂。是夏，大病兩月餘始愈。其年太歲在庚午，憶甲午歲，余亦曾大病，術者言余午年有厄，或非無見乎？

半百年華逝水流，愧無世業付箕裘。遞中附得家書到，兒子分符古魏州。余是年五十矣。生日後一日，得大兒紹萊書，知奉檄攝大名府同知。

詁經精舍始儀徵，且喜人文近日興。一十九人攀桂去，三人天府又同升。庚午浙江鄉試，詁經精舍肄業諸生中式者十九人，又有三人以優行貢成均。科名之盛，亦近今所罕也。

兩平議已播東瀛，第一樓書亦告成。卻憶湘鄉諧語在，竟將性命博微名。余所刻羣經、諸子兩《平議》流播人間，遠及日本，辛未春又刻《第一樓叢書》三十卷。曾文正師嘗語人曰：『李少荃拚命做官，俞蔭甫拚命著書。』嗟乎！殺君馬者路旁兒。斯言其殆諷我乎？

吳中傳報相公來，軍將敲門婦子猜。深感殷殷推許意，舟窗親自一箋裁。時曾文正師又以大閱至蘇，未至十里，馳一騎致書於余。發視，得五言古詩一首，推許甚至，今附刻集中。

詩筒代我寄彭箋，折盡郵亭驛使鞭。一日馳行五百里，儼如充國奏屯田。余以五十生日詩託曾文正師寄彭雪琴尚書，明年得雪翁復書，言此詩附五百里火牌飛遞，十四日而至。按，宋程大昌《演繁露》謂：趙充國在金城奏邊事，以六月戊申上，七月甲寅得璽書。略計其奏，一日行五百里。

浙東山水徧登臨，自過金華山愈深。桃嶺看雲石門瀑，沿途都付短長吟。壬申春日，自錢唐江泝流而上，由金華、處州、溫州至福寧省視太夫人起居。此行往返得《襍詩》五十八首，又有《閩行日記》一卷，刻《曲園襍纂》中。山水之勝，友朋之樂，敘次頗詳，故此可略也。

長吟一路到溫麻，拜見慈顏喜更加。官舍清閑無箇事，荷鋤太守自栽花。至福寧，見太夫人康健。壬甫兄守福寧郡，公牘清閑，衙齋寬敞，花木扶疏，手自栽種，甚可喜也。

小住溫麻兩浹辰，阿兄親送出城闉。誰知明歲重來日，不見聯牀聽雨人。三月十三日，自福寧還。壬甫兄與新舊霞浦令劉君夙寅、程君九希皆出送於城外。與壬甫兄握手而别，自此遂永訣矣。

先祖遺書幸尚完，當年手寫四書端。童孫今日重編定，小字蠅頭子細看。先祖南莊府君有《四書評本》，逐章逐節逐句逐字一一評論，使聖賢立言本旨昭若發矇，洵家塾善本也。余從福寧攜回吳下。其書皆蠅頭小字，朱墨襍糅，因手自寫定，以便誦讀。護蘇撫恩竹樵方伯、署蘇藩應敏齋廉訪、署蘇臬杜筱舫觀察醵資刊刻。

滬上南園似舊佳，又煩講席此安排。雪泥蹤跡恩恩甚，今日猶存樸學齋。滬上南園，即往年修志書處。癸酉歲，沈仲復中丞時以松蘇太道駐上海，即其地設詁經精舍，延余主之。余因改園中湛華堂爲樸學齋，以示黜華崇實之意。余主是席止三年，然樸學齋額則至今存焉。

籃輿有約到雲棲，白髮彭郎興不低。左手持杯右持筆，六章詩在席間題。癸酉三月，楊石泉中丞招余同彭雪琴尚書作雲棲之游。雪琴左持杯，右執筆，即席成詩六章，其意興之盛可見。撫今思昔，爲之憮然。

明鏡湖邊雨乍晴，閒搖鏡舫此游行。偶將畾飯留坡老，瓦釜還添豆腐羹。招雪琴尚書同坐鏡舫游西湖。宿雨新晴，光景甚妙。雪翁喜蔬食，因命廚人添製豆腐一大盌。

裏外西湖處處游，今年溪澗始探幽。嚴陵瀨與桃花嶺，兩勝都歸一處收。西湖勝處，年來游覽幾徧，九溪十八澗之游，則自癸酉春始。余頻年如閩，取道浙東，舟行以嚴灘爲最，陸行以桃花嶺爲最。今觀九溪十八澗，實兼有其勝。

一慟鴒原淚滿膺，悤悤行李發西興。此行不爲看山去，鴈蕩天台總不登。余在西湖聞壬甫兄之訃，即度錢唐至西興，舟行至蒿壩，自是水陸兼程，由嵊縣、新昌取道台、溫而至福寧。天台、鴈蕩皆經由其地而不及登也。

台州太守最綢繆，知我南行爲具舟。竟日待潮船未發，樵夫祠畔一登樓。過台州，陳鹿笙太守爲具舟。以待潮未發，太守遂偕余至東湖，訪東湖樵夫祠。有東湖書院，與杭州西湖詁經精舍第一樓風景略相似。

信宿黄巖夕又昕，興公愛我倍殷殷。相招委羽山前去，更拜遺祠鄭廣文。至黄巖縣，孫歡伯明府爲具車徒。車徒未集，小留一日，歡伯招游委羽山，又至廣文書院。書院奉唐鄭虔栗主，故名，以虔嘗爲台州司户也。

朝來門外具車徒，道險還須健卒扶。行過琳溪三太息，何曾風景與前殊。自黄巖陸行至福寧，以道多伏莽，陳鹿笙太守、孫歡伯明府皆使健兒護送。琳溪即壬甫兄去歲使人相迓之處也。

曉發楊溪飯棗阬，道旁程子蓋重傾。試從龍首山邊聽，只賸淒凉小鴈鳴。將至福寧，程九希明府仍出郭相迓。回憶去歲，壬甫兄與程明府送余城外，不勝風景不殊之歎。楊溪、棗阬皆地名。龍首山有望海樓，去年讌集處也。李長吉《送小季至廬山》詩云『小雁過鑪〔一〕峯』，吴正子注云：小雁，恐爲長吉之弟。

【校記】

〔一〕鑪，原作『鐘』，據李賀《勉愛行二首送小季之廬山》詩改。

五七纔過未盡哀，悤悤迎得版輿回。豬肝不免羣公累，洗滌征塵酒一杯。距兄亡三十五日，俗所謂五七也，爲作佛事資冥福。越三日，遂奉太夫人北還。長路崎嶇，高年困頓，沿途適館授餐，不能不有累諸公，抱愧多矣。

行程一月達姑蘇，水陸舟車佛力扶。好使閨中心願遂，綵衣重得拜慈姑。是行也，余過山水危險處必禱於佛，得安然至吴下寓廬，亦幸矣。『綵衣何日拜慈姑』，内子往年在大梁使署所作詩也。

莊巾老帶豈非仙，卻恐慈懷未釋然。戲爲山妻作生日，同披命服拜尊前。余罷官以來，仍還初服。然可以傲公卿，不可以事老母。適兒子紹萊以道銜爲余請二品封，春間領到誥軸，乃於六月初三内子生日改服命服。

清溪小住已淩兢，寒到吴江分外增。破費濁醪剛四斛，壯夫二十共椎冰。是年冬，余送先兄嫂之柩至德清，而自還吴下。舟過平望，北風大作，一夕冰合。乃雇壯夫二十輩打冰，酬以酒資，以杜詩斗酒三百錢計之，所予酒錢可買酒四斛也。

自杭州開船，行十三日而抵姑蘇。余蘇杭往返，未有遲滯如此者。

榕城開府親家翁，此日尊前笑語同。攜得嬌孫陪末坐，主賓蘇坐各西東。閩撫王補帆同年，余兒女親家也。甲戌春，述職入都，道出吴下，乞假養痾。余招飲於春在堂，戒勿邀他客，惟孫兒陛雲陪侍末坐。余與補帆對飲清談，竟日乃罷。按，明人以主賓東西對坐謂之『蘇坐』，言蘇俗脱略，故然也。見《明人尺牘藏弆集》中。

賃廡吴中梁伯鸞，忽思手自創門闌。兔葵燕麥秋風裏，買得荒區數畝寬。太夫人至蘇，以屋小謀遷徙，苦無當意之屋。馬醫巷潘氏屋本分三宅，余所賃東宅也。其西宅毁於兵火，蕩焉無存，而地頗寬。乃買其地創立宅舍。

半年辛苦築行窩，地近無妨日日過。欲試胷中有丘壑，畫宫於堵看如何。鳩工庀材，經營半載，因相距甚近，余與内子日日親往相度。

迴環小築屋三楹，又鑿方池一水清。自笑虚聲總無實，流傳海外曲園名。屋旁有餘地，如曲尺然，乃疊石鑿池，襍栽花木，是謂曲園。今海内外皆知有曲園矣，實則甚小，無足觀也。余虚名過實，類如此。

己分長爲吴下蒙，豈能石室拜文翁。浪教梁益虚名播，春在堂書滿蜀中。吴仲宣制府、張香濤學使及薛觀唐侍郎蜀中書來，延余主講受經書院。余以奉母居吴未能赴，然余書頗流播蜀中，聞張子紱孝廉、廖季平進士言，蜀士之讀春在堂書者，十人而九。

吴中屋就便移居，位置琴樽已有餘。相國賜題門外榜，德清太史著書廬。乙亥四月，吴中新屋落成，十九日遷入。居之門外懸李少荃相國所題榜，曰『德清俞太史著書之廬』。

白髮慈親坐北堂，朝來冠蓋滿門墻。梁園七十曾稱慶，二十年來又此觴。是歲，太夫人年九十矣。因值國恤，改於七月十二日預祝。吴下諸公，自中丞以下咸集。回思太夫人年七十時，余在大梁使署稱觴，其盛與今等。至太夫人八十歲時，余適在津門，以二兒病倉卒言旋，竟未及以一尊爲壽。私冀將來年登百歲，再有此舉，竟不及矣。

曲園花木奉慈輿，老母春秋九十餘。新爲兩孫開笑口，一膺鄉舉一真除。丙子歲，兒子祖綏舉於鄉，大兒紹莱題補北運河同知，皆太夫人晚年一樂也。

著書敢信便長留，自笑名心尚未休。又爲曲園成襍纂，盆池卷石冀千秋。著《曲園襍纂》五十卷。

滬濱更啓子雲亭，幾輩論詩並受經。博士公孫年六十，外黃兒止十三齡。是年，馮竹儒觀察於滬上設求志書院，延余總其事。余力辭，乃以經學、詞章兩齋自任。夏間開課，經學取朱逢甲第一，年六十矣；詞章第五爲王保奭，年止十三。後保奭未來見，亦不相知。朱君字蓮生，長余兩歲，今年逾七十，精神矍鑠，猶肄業院中也。

七年講席忝菱湖，竹杖何曾到此扶。今日論文一杯酒，小園花木亦堪娛。潮郡菱湖鎮有龍湖書院，省中自中丞、方伯、廉訪以下無不輪課，他處所罕見也。余自庚午歲承楊石泉中丞薦主斯席，至丙子歲，凡七年從未一至其地。丁丑春，自蘇至杭，繞道菱湖，親至院中。小有泉石花木，風景頗勝。

年來朋舊半凋零，昔日黃壚怕再經。太息淩霄兩枝竹，不能留向歲寒青。恩竹樵方伯恩錫，開藩吳下，與余唱和甚歡，詩詞往返，自辛未至丁丑七年，無月無之。丁丑冬，入覲京師，歿於途次。馮竹儒觀察竣光，備兵上海，其祖子皋先生乃先大夫同年，有世講之誼。創設求志書院於上海，其規模甚大，其用意亦甚深。丁丑春，乞假至伊犁迎其父柩，戊寅春歸至上海，遽捐館舍，未竟其用。余擬合爲《哀兩竹歌》，因循未果，故詳記於此。

仙籍蓬萊久占先，小名尚聽喚燈前。如今春在堂前看，無復隨園句一聯。余以袁隨園詩『已煩海内呼前輩，尚有慈親喚小名』，屬恩竹樵方伯寫爲楹帖，懸春在堂前。戊寅八月，太夫人見背，此聯不復懸矣。

十年馬鬣幸平安，蕭瑟秋風宰樹寒。松柏丸丸稍缺處，天生一樹是靈檀。自丁卯冬爲先大夫營葬金鵞山之原，十餘年來幸尚平安，太夫人歿，即合葬焉。其西南一隅栽樹多不活，忽於其地生檀樹一株，余命培植之，至今高數尋矣。

諸君爲我築俞樓，待到春風始一游。誰料斯歌便斯哭，舊時明月不勝愁。戊寅歲，門下諸君子爲我築俞樓於孤山之麓，而彭雪琴尚書成之。余遭太夫人之喪，求及往也。己卯春，始偕内子同往，匝月而歸。歸未兩月，内子旋卒，奉其柩仍至俞樓，歌斯哭斯，曾不旋踵，亦可歎矣。周少隱《竹坡詞》云：『月到舊時明處，與誰同倚闌干。』余即以『月到舊時明處』爲詁經望課賦題，使諸生賦之。

老彭愛我異朋儕，千里良緣一語諧。記得湖樓初納采，病妻手檢鳳頭釵。丁丑歲，彭雪琴尚書過蘇州，余攜孫兒陛雲出見，時甫十歲。雪翁一見即屬意焉，以漢玉佩一枚相贈，旋由同年勒少仲中丞爲媒，聘其長孫女爲婦。己卯春，余與內子同至湖樓，雪翁亦在西湖退省庵，遂行納采之禮。內子手出金玉二釵爲聘。

右台山下築新阡，爲有遺言未忍捐。我亦自營生壙在，他年於此共長眠。內子姚夫人將死，遺言願葬杭州，乃買地於右台山下。己卯五月窀地窆棺，余亦自營生壙於其左。

郤念湖隄卜築初，諸君爲我費躊躇。欲酬徐辟彭更意，再著俞樓襍纂書。時又援《曲園襍纂》之例著《俞樓襍纂》，亦五十卷，冀以著述傳其名，以酬諸君雅意。所謂「徐辟彭更」者，此樓徐花農太史始之，彭雪琴尚書又廓而大之。杭人元夕懸燈謎，以「俞樓」二字隱《四書》人名二，曰「徐辟」、「彭更」，亦天然巧合也。

文字論交誰最深，門墻徐穉最關心。一詩焚向亡妻告，爲報花農入翰林。庚辰歲，門下徐花農入翰林。余於姚夫人忌日焚寄一詩，末云：「只有門墻徐孺子，新登蘂榜大羅天。」蓋花農從吾游最久，文字相知亦最深，余期之亦最切也。

先人愍忌近端陽，遙計生年百歲長。敬引丁雄飛舊例，薄營齋供在禪房。先大夫於乾隆辛丑歲五月六日生，至光緒庚辰滿百歲矣。薄營家祭，幷於寶積寺禮佛。謂之愍忌者，國朝韓泰華《無事爲福齋隨筆》引《元秦王夫人施長生錢記》秦王三月廿五日愍忌，四月四日薨辰。是愍忌爲生日也。又《顧亭林文集》有《丁貢士雄飛亡考生日》詩，是世俗所謂「冥壽」由來已久，且見於名人文集矣。及乙酉太夫人滿百歲，亦援是例行之。

自爲亡婦築新塋，又築山中屋數楹。郤怕空山太孤寂，更營書冢傍柴荆。是年，於右台山買地，築屋一區，是爲右台仙館。又於門外築書冢，埋余所著書之稿。

清閑山館儘徜徉，翁媪居然共一堂。尚有綺疏遺恨在，特教臥室署茶香。右台仙館中設二位，左曰「曲園先生」，右曰「曲園夫人」。嘗戲語同人曰：「安知異日不爲右台山中土地公婆乎？」茶香室乃姚夫人所居室名，余右台仙館臥室即襲其名，命長女錦孫書之。

仰看山雲俯聽泉，晨昏仍不廢丹鉛。右台仙館茶香室，私冀書傳地亦傳。余既葺右台仙館，乃著《右台仙館筆記》十六卷，而《茶香室叢鈔》亦託始於是年。今《續鈔》、《三鈔》次弟成書，凡八十卷，又有《茶香室經說》十六卷。

嬌孫舞勺未成童，小比肩人亦與同。傳語親家須諒我，最難留待是衰翁。余既爲孫兒陛雲聘定彭雪琴尚書之孫女，是歲陛雲止十三歲，非冠娶時也。然余年來屢遭骨肉之變，日見衰病，恐不能久待。乃力言於雪琴親家，於是年十二月十六日迎娶成禮。孫婦長孫兒一歲，而同拜堂前，長短略相等，親友聚觀，以爲佳話。

諸君好事屢經過，共和東坡石鼓歌。福壽院中一殘甓，卻教我輩費摩挲。辛巳清明後三日，汪柳門侍郎、徐花農太史過右台仙館小飲，後游法相寺，得一斷甓，有『福壽』二字，異之。攜歸，寘之右台仙館，余因用東坡《石鼓詩》韻作歌紀其事，和者甚眾，詳見花農所刻《名山福壽編》。然此甓余後又得其二，蓋宋時仙姑山福壽院中物也。

名山竊據已堪羞，西爽亭前工又鳩。襲取小蓬萊舊號，遙遙相對小瀛州。吳叔和比部又爲築伴坡亭、靈松閣於俞樓之後，有便坐，頗高敞。花農名之曰『小蓬萊』，其意以彭雪琴尚書退省庵外有『小瀛州』三字額，故以此配之也。其實小瀛洲、小蓬萊皆西湖上舊有之名，今兩處均非其舊也。余因作《小蓬萊謠》二百首，人有以便面求書者輒書此付之。西爽亭在俞樓後山，花農謂是李敏達西爽亭故址，遂以名之，實亦想當然耳。

湖山壇坫妄稱尊，骨肉凋零不可論。我爲虛名消薄福，大靈何必款天門。是年八月，大兒紹萊卒於天津。

聚沫摶沙總不真，殷勤猶念外家親。青廬草草迎新婦，他日無慙泉下人。姚夫人有孤姪名祖詒，自幼失怙，恃育於余家。是年十月，爲娶婦杜氏。

青山何處卜牛眠，骨肉何妨聚一阡。我比澹臺殊未達，尚思相見在黃泉。壬午四月，葬大兒紹萊於右台山，即與余夫婦同兆域。其中爲余夫婦之塋，左葬大兒，而爲大兒婦築生壙焉。其右亦營馬鬣，預爲二兒夫婦葬地，但未窆耳。墓域外有地，亦連屬之，大兒有妾于氏，守節不嫁，俾他年歸骨於此。

殘牙零落亦堪哀，雙齒新塋土一抔。誰料流傳瀛海外，湖山小隱有詩來。內子姚夫人遺有墮齒，壬午歲，余亦墮一齒，乃合而瘞之孤山之麓，題曰『雙齒冢』。日本人湖山小隱長愿聞而豔之，賦詩寄贈。

虛名一竊竟難逃，毛穎陶泓日日勞。願引襍流停止例，三年以內不揮毫。余以哀老多疾，戲作小詩，布告海內諸君子，以壬午八月爲始，停止作文三年，凡以碑傳序記求者概不應。是時各直省以仕途壅滯，往往請停止分發三年，余戲援此例也。其後又有再展三年之説，然亦究不能謝也。

海外詩歌亦自工，別裁僞體待衰翁。頹唐舊日輶軒使，采盡肥前築後風。日本國人以其國詩集一百七十餘家寄中華，求余選定。自壬午冬至癸未夏，爲選定四十卷，又補遺四卷。其國之詩，自元和、寬永以來略備於此矣。日本向無總集，此一選也，實爲其國總集之大者，頗盛行於海東也。

正選東瀛海外詩，一聲臘鼓太悽其。老夫和淚鐙前定，慧福樓中詩與詞。是年十二月，次女繡孫卒於杭州。明年，余至杭，從女壻許子原索其遺稿，則未死之前自付一炬矣。幸子原尚有能記憶者，余處亦有其手寫之稿，合之，得詩七十五首、詞十五首，因寫而刻之，曰《慧福樓幸草》。慧福，乃女所居室名也。

再到湖樓意索然，更無愛女話燈前。玉童嬌小引珠幼，都向香山伴樂天。癸未至杭，距繡孫之卒逾月矣。攜其一男二女以歸，命兒婦輩撫之。玉童乃白樂天外孫，引珠則女也，均見白集。

大兔兒山咫尺間，經營便是女牀山。右台相距無多路，月夜他年共往還。癸未十一月，女壻許子原葬繡孫於大兔兒山，其地距右台山甚近。

欲建先祠願未酬，且於山館祀春秋。權宜定博先人喜，記踏槐黃到此遊。是年，於右台仙館又築室三楹，乃於其中一室奉高曾祖父之位，春秋祀之。其地在于墳、法相寺之間，距城非遠，游者必至。吾祖、吾父當日至杭應試或亦曾遊其地乎？

斟來冬釀滿金尊，婦子燈前笑語溫。今歲老夫作生日，懷中新抱女曾孫。余生日向無酒食之事，是歲值長曾孫女琟竇生，至余生日，乃其雙滿月之日也。薄具壺觴，與兒婦輩同飲。嗣是，每歲循之矣。

門生汪籍逐年多，已愧無功効切磋。誰料竟成蕭穎士，執經請業有新羅。甲申歲，日本東京大藏省官學生井上陳政字子德，奉其國命，游學中華，願受業於余門下。辭之不可，遂留之。其人頗好學，能爲古文。

童孫何敢預儒流，郡試居然第一籌。牽率老夫心亦喜，不辭兩月共乘舟。孫兒陛雲應府縣試，余送之往，二兒婦攜孫女慶曾從焉。故里無家，以船爲家，舟居者幾及兩月。陛雲縣考第二，府考第一。

香雪樓頭香滿樽，樓前幾樹宋梅存。更搖燕尾舟邊櫓，徧歷丁山湖裏墩。乙酉春，如杭州。道出唐西，於超山報福寺看梅，小飲香雪樓。樓前有老梅數株，云宋時物也。所坐曰燕尾船，泛於丁山湖，湖中多墩，往年人家多避兵於此。

曾聞海外有櫻花，竟自東瀛寄到華。莫惜移根栽未活，也曾一月賞奇葩。余前年選東瀛詩，見其國詩人無不盛稱櫻花之美，思一見而不可得。乙酉春，井上陳子德以小者四樹植盆中，由海舶寄蘇。寄到之時，花適大開，頗極繁盛，歷一月之久始謝。移植地下，則皆不活。

纔送吾孫泮水游，蟾宮攀到一枝秋。僅堪童子軍中冠，終讓元龍在上頭。孫兒陛雲是年五月中應院試，以第一名入學，至九月之望，浙江鄉試榜發，中式第二名。是科解元爲陳君陔。

莫惜蘭閨未弄璋，洗三亦有酒盈觴。最奇坐客三兵部，一老尚書兩侍郎。是年十二月十七日，次曾孫女珉竇生，十九日洗三，適彭雪琴親家自嶺南還，薄治湯餅，小集賓朋。蘇撫衛靜瀾中丞、滇撫譚敘初中丞皆在坐。彭雪翁時官兵部尚書，兩中丞皆兵部侍郎銜也。一小女子洗三，而坐客適有兵部堂上官三人，林下得此亦奇。

都盧母子與翁孫，歲歲相沿舊例存。長路不須偕計吏，大家相送到都門。丙戌二月四日，余親送孫兒陛雲航海入都，應禮部試，二兒婦及孫女從焉。蓋自送縣府試以來，凡試皆然，成爲故事矣。

津沽一日駐行旌，相見依依朱仲卿。回憶當年同患難，至今殊異衆門生。到天津，見門下士朱伯華觀察。

庚申歲，余在吳下聞警，倉卒出城。時伯華亦在蘇，已無舟可具矣，余招之同舟而行。自浙西而至浙東，相從兩載，感内子姚夫人撫視之恩，事之如母。

潘家河畔小行窩，九列諸公日見過。科老自憐人亦老，客來前輩竟無多。到京，寓潘家河沿，小屋數楹，杜門不出，而日下諸公頻有見過者。計此兩月中，客來二百有餘，曾入翰林者四之一。然惟張子青相國、徐壽蘅侍郎爲余前輩，餘皆後輩矣。

老我頽唐一角巾，春明故事豈堪循。如何亦作唐裴皡，來見門生門下人。花農去年分校秋闈，得士十七人。至是，援門下門生之例，見余於寓廬。

華筵孤負酒如澠，屈指年來竟未曾。今日又添新律令，相公招我不曾膺。余自戊寅來，不赴讌會。丙戌出都，過天津，李少荃相國謂余曰：『聞君在都中不破例，今已出京矣，此例可爲我一破乎？』余曰：『在中堂前不敢言不破例。然此後又得一新例矣，有招飲者，則謝之曰：過天津時，李中堂招飲，亦不曾赴。』相與大笑。

坐擁皋比十九秋，無邊風月此中收。如何一炬神丁火，焚卻西湖第一樓。丙戌十月初六日，詁經精舍第一樓灾。時余在右台仙館，夜半守者來告。樓中有『風月無邊』四字額，彭雪琴尚書所書。

老夫從不作生辰，湯餅今朝戲款賓。屈指戊辰到丁亥，西湖已歷廿年春。丁亥春日，開詁經之課，溯自戊辰，至此二十年矣。因招精舍肄業諸生在俞樓小集，有詩云：『一樽戲爲諸君設，二十生辰湯餅筵。』

大小烏蓬泛鏡湖，越中山水足清娱。柯亭夕照蘭亭雨，并入丹青十九圖。丁亥三月至越中，登南鎮，謁禹陵，徧探吼山、七星巖之勝，有詩十九首。門下士宋澄之明經爲繪作十九圖。越中烏蓬船有『四道龍門』、『三道龍門』之名，余所賃，一三道，一四道。是游也，二兒婦及孫兒、孫女皆從。

春水棲溪盛水嬉，翁孫四代共觀之。不知多少移春檻，一一都從水面移。戊子春，回德清掃墓，過唐棲鎮。適值水嬉，遂維舟，與二兒婦及孫女、曾孫女同觀之。水嬉甚盛，聯合兩舟，上施五彩，於其中演劇。每一舟來，必演劇一齣，如是者凡二十餘。

久住山中事事便，一家眷屬總欣然。彭庵蒓菜陶莊筍，法相挑來錫杖泉。是年春，余與二兒婦及孫女慶曾、曾孫女琟寶居右台仙館，幾及一月，頗極山居之樂。時彭雪翁退省庵守者頻採湖蒓相餉，而山上陶莊有一老僧，日日擔筍來賣，水則錫杖泉，分自法相僧廚，瀹茗最妙。

童年蹤跡在臨平，老去重來倍有情。史埭戴橋都歷歷，兒曹總覺不分明。四月中，至臨平重訪舊游。徧歷史家埭、戴家橋諸處，不覺憮然。兒婦、孫女輩皆不能喻也。

婉婉嬌孫伴老夫，一朝遣嫁老懷孤。惟欣花燭連金榜，算得青廬佳話無。戊子夏，余以孫女慶曾許嫁宗湘文觀察之子舜年，字子戴。其秋，子戴登賢書，十二月十三日入贅於寒門。余製大金字八分，懸樂知堂兩壁，曰『金榜題名』、『洞房花燭』，一時傳爲佳話。

跋涉舟車我不堪，任教孫輩試風簷。惜之一歎惜哉又，惱亂尚書老鄭庵。己丑會試，余不復親送。孫兒陛雲與孫壻子戴先後入都，榜發，薦而不售。其卷皆在潘伯寅尚書處，並以額溢見遺。於陛雲卷批『惜之』二字，子戴卷批『惜哉』二字。姊夫、妻弟竟出一轍，亦奇矣。鄭庵乃伯寅尚書別號。

博得安閑便是仙，科名繼起但憑天。書城新創城隍祀，護我圖書三四年。余書室中積書如城，因思有城必有城隍，爲作《書城隍歌》。

自述詩皆信口占，志銘碑傳已堪兼。篇章不是難盈皕，妄冀他時尚可添。《曲園自述詩》成於己丑五月，凡一百九十九首。

補自述詩

十二年前自述詩，而今再補昔年遺。飄零一管江郎筆，兩助黔敖小救飢。余前作《自述詩》，迄於光緒己丑五月。憶戊子鄉試，余曾作《擬墨》七篇，刊刻以售於人，得洋錢一百四十，以助直隸、山東之振，區區小惠，前詩固未及也。及己丑秋，江浙大水，又值鄉試，余又作《擬墨》四篇，賣得洋蚨二百二十，仍以助振。

吾孫報罷已南回，頭白尚書歎惜哉。誰料多情劉給諫，三千里外寄詩來。己丑，余孫會試不中，鄭盦尚書所爲發『惜之』一歎也。乃房考劉次方侍御綸襄，深賞其文，惜其薦而不售，賦詩二章，屬花農寄贈，其意深可感矣。

輶軒使者赴河汾，回首湖樓意轉殷。不惜遠貽牲醴費，一杯祭告右台墳。花農在余門下久矣，余屬望甚隆，卽姚夫人亦深望之。光緒己丑，花農典試山右還，遠寄牲醴之費，屬於右台山姚夫人墓下祭告。其拳拳於師門有如此。

右台仙館屋三楹，樹色泉聲總有情。今歲山中居最久，廣將襍詠索諸生。庚寅春，余居右台仙館稍久，因以《山居襍詠》二十題課精舍諸生。

衡陽一老去騎箕，噩耗傳來始尚疑。二十二年如一夢，只存千六百言詩。余自乙巳春與彭雪琴尚書相識，至庚寅歲二十二年，在右台仙館聞公之訃，以詩哭之，凡一百六十韻。

不覺行年到古稀，感懷身世一歔欷。諸君莫費殷勤意，留唱虞歌送襚衣。是歲余年七十矣。余不作生日，豫以一詩徧告親朋，勿送壽禮，亦勿贈壽言。此詩卽用其語。

象寶山中卜墓田，老夫親送壻歸泉。烏烏一曲歌蒿里，算我生辰奏管弦。是年長女壻王康侯卒，卜葬吳下象寶山中，余親送其葬。其日乃十二月二日，正余七十生日也。

肥前築後眾詩人，遠寄詩歌意最真。笑我壽言皆不受，翻勞海客祝生辰。余七十生日，謝不受祝。辛卯歲七十有一矣，東瀛諸君子以詩文補祝，裒然成集，不得已受之，乃有《東海投桃集》之刻。

外家伯姊雪盈顛，自幼提攜最見憐。此後臨平重艤棹，更誰白髮話當年。辛卯春，歸周氏伯蘭外姊卒。姊長於我十三歲，年八十四。余婦同母姊妹四人，今無一存矣。

朝經暮史老無成，猶有童心尚未更。新製勝游圖兩幅，笑隨兒女擲明瓊。是歲製《勝游圖》及《西湖攬勝圖》，均刻《曲園三要》中。

串月何須詑石湖，鏡中明月不曾孤。遂教拜倒嚴夫子，傳受牟尼一串珠。春在堂西偏設一鏡屏，月夜於鏡中斜睨之，化一月爲五，多或至九，乃悟石湖串月亦此理也。同年嚴淄生學得其法，大喜，自稱「串月弟子」。

門墻徐穉最關情，十載清班久有名。病枕傳來消息好，使星已照五羊城。辛卯八月，花農拜廣東學政之命。余時在病中，聞之甚喜。

偶將西法一傳神，骨肉都盧十二人。聊寓合家歡樂意，原知幻影本非真。是歲，用西法照全家小像，共十三人，有詩紀之，并有小記，刻入《春在堂詩編》。

剛直云亡已再期，刻成奏議刻成詩。公名豈籍文章壽，後死難將此責辭。時刻《彭剛直奏議》八卷、《詩》八卷。壬辰春至湖上，拜公祠，即以一册交守祠者，置公神龕。

落拓江湖大布衣，羣公垂愛頗依依。蘇州論齒杭論爵，此會人間亦自稀。是歲，在蘇州，有潘蔚如、任筱沅兩中丞及盛旭人觀察同時見訪，與余賓主四人，合成二百九十七歲。未幾，至杭州，崧鎮青中丞、劉景韓方伯、黃澤臣廉訪、王心齋觀察又同日訪我湖樓，皆不期而集者，一時以爲盛事，並有詩紀之。

偶乘良夜小排當，引得鄰兒興欲狂。都向俞樓看影戲，魚青蛇白總荒唐。村落間有演影戲者，余從未一觀也。壬辰秋，偶於俞樓一演之，所演爲《青蛇傳》。按，西湖舊傳有白蛇、青魚兩怪，鎮壓雷塔下，此本無稽，今又作青蛇，則訛而又訛矣。

門墻最久是朱游，一誤刀圭命竟休。猶憶姑蘇城外路，亂離同坐太平舟。朱伯華觀察，在余門下垂三十年，卧病津門，服西醫藥而卒。回憶庚辛歲蘇城失陷，余挈之出城，同坐太平船，相依如骨肉。今聞其卒，爲之流涕。

瓊花仙種世間無，聚八仙開竟不殊。湖上山中隨處有，一株分種到姑蘇。浙藩署有瓊花，癸巳春，劉景韓方伯折以相贈，山中人見之皆笑，曰：『此聚八仙也，徧地皆是。』驗之，果信然。瓊花與聚八仙，實二而一者也。余爲賦《杭州瓊花歌》，又爲著《瓊英小録》，自此頗聞於時。余移一株，歸種吴下寓園。

往事如烟不足論，梁園舊雨久無存。誰知今日三台路，白髮門生拜墓門。劉鐵樵珊瓚，河南南陽人，余視學時取列高等食餼者也。甲午歲以即用知縣來浙，知余在右台仙館，親至山中，展亡婦姚夫人之墓。

最憐孫婦性和柔，宜室宜家事事周。一十五年春夢短，哀門福薄不能留。孫婦彭氏，即剛直公孫女，賢婦也，歸吾孫十五年而卒。余深悼之，謂吾家福薄，不能有此賢婦。

流播全書春在堂，頗嫌繁重費車航。偷來石印西洋法，此後巾箱易弆藏。門下士曹小槎孝廉，以吾《全書》行世已久，而卷袠繁重，舟車攜挈爲難，因用西法石印，以廣流通。

吾孫正待赴京華，蜑雨蠻烟阻客槎。留得杏園春色在，不妨遲看一年花。乙未會試，吾孫以海上有警不赴。

瓶梅偶爾得春暄，結實枝頭儼在園。姑徇吾家賢婦意，爲孫戲寫瑞梅軒。是歲，春在堂東軒瓶梅結實，二兒婦以紀文達家瑞杏軒爲比，因爲書『瑞梅軒』三字。

華堂重啓合歡筵，更爲吾孫續斷弦。本是外家兄與妹，新人應似舊人賢。十一月初八日，爲孫兒續娶許氏，乃吾外孫也。自幼失母，居吾家，彭氏孫婦極與相得。此舉亦彭之遺意也。

一出黌門首屢回，今年泮水又重來。刻成試草教人看，六十年前老秀才。光緒丙申，距余入學之歲六十年矣，俗有『重游泮水』之説。余因將當年院試之題重作一篇，刻《重游泮水試草》。

狙擊曾收博浪功，一周花甲太悤悤。鹿鳴不預何妨補，此意無人達九重。光緒丁酉，距余中副榜亦六十年矣。余嘗謂，舉人有鹿鳴宴，六十年後重遇是科，準其重宴鹿鳴；副榜雖無鹿鳴宴，然至六十年後重遇是科，宜準其補宴鹿鳴，亦朝廷加惠士林之盛意也。然空存此議而已。

尤生好學又深思，無奈叢蘭天敗之。爲我編年殊未竟，爲君作傳可曾知。臨海尤瑩，字麓孫，沈潛好學，佳士也。余深望其振起樸學，不幸短命，余甚惜之。曾爲我作《年譜》，粗具草稿，又爲《春在堂全書目録》，則未成也。余爲作傳，存集中。

一卷曾將幸草刊，每思愛女涕汍瀾。誰知慧福樓頭淚，繡墨軒中又一彈。丁酉五月，孫女慶曾暴卒於溫州，事詳余所爲傳，不具説矣。慧福樓，吾次女所居，《幸草》，其所著詩詞也。繡墨則孫女軒名。

白蠟明經老自憐，不能補踏鹿鳴筵。幸逢徐邈來持節，文字湖山兩有緣。光緒丁酉，徐壽衡同年來典浙試，出闈相見，握手歡然。

傳來消息日邊佳，北望長安眼屢揩。三十年前詩句在，期君儤直到南齋。花農拜南書房行走之命。余從前用『堪』字韻與花農唱和，有云『御齋儤直最宜南』，蓋望之久矣。

吾孫十八早登科，奈此頻年蹭蹬何。六上春闈纔一第，雖然僥倖已蹉跎。吾孫年十八即膺鄉薦，自丙戌至戊戌，歷會試七次，實赴者六次，始成一第，而年亦三十有一矣。

金榜傳來滿縣誇，補全鼎足免齟齬。狀頭榜眼吾鄉有，二百餘年一探花。德清自入國朝來，有狀元一人、榜眼二人，惟探花無有，至光緒戊戌，吾孫陛雲以第三人及第，邑人皆喜曰：三鼎甲全矣。

正喜青雲得路遙，無端異論起囂囂。聚奎堂上新闈墨，一卷文章殿本朝。是科闈墨，吾孫作亦與焉，未幾卽有廢時文之議。

高據西湖第一樓，居然三十一春秋。明年勇撤談經席，坐看滔滔逝水流。余丁酉歲主講詁經，三十年矣，卽擬力辭，然念時勢至此，或藉孱軀稍留大局，故又留一年。今則横流更甚，斷非區區螳臂所能枝柱矣。因力言於廖穀士中丞，堅辭斯席。自今思之，不得謂余無先見也。

精廬半載又生塵，重向吳中問故人。我似老僧宜退院，桃花潭上起汪倫。余辭詁經，繼之者爲黄漱蘭侍郎，不半年而歿。精舍諸生乃環請劉景韓中丞延余再主斯席。中丞兩次手書敦促，余乃薦汪柳門侍郎自代。

欒社于祠古有之，老夫衰朽豈相宜。如何未赴靈山會，已是香花供養時。精舍諸生知余不復再來，因言於劉景韓中丞，爲余設長生位於第一樓。余力辭不得，至今猶在，然終擬撤去之也。

舊盟還證鏡臺邊，不覺悠悠六十年。可惜萊妻先下世，未能花燭再開筵。余於道光己亥成婚，至光緒己亥，花甲一周，惜老妻久逝，否則循俗例，有重諧花燭之舉矣。

曾孫三抱盡非男，臘八生男亦美談。兒婦前宵曾有夢，將無轉世是瞿曇。己亥十二月八日，陛雲舉一子，余始有曾孫矣。前三日，二兒婦夢一僧入室，云將託生於此，故余取乳名曰『僧寶』。

七十纔過八十來，不勞吉語頌臺萊。從前詩句分明在，又爲親朋誦一回。庚子歲，余八十生日，仍援七十歲之例，賦詩一首，敬謝壽言壽禮。

弧矢虛懸靜不喧，不容腥血到炮燔。年年臘月逢初二，世世兒孫守此言。十二月初二，余生日也。戒庖人勿以腥血入饌，謂之淨竈，自今年八十生日爲始，願此後世世子孫勿違吾戒也。

吾家譜牒本無傳，今歲居然訂一編。高祖遺言猶在耳，紹衣還望後人賢。吾家舊無譜牒，但知始遷德清南埭者爲元提舉希賢公而已。蓋見於《同里沈氏家譜序》，固不得而詳也。余參考新昌、上虞兩《俞氏譜》，則自第一世至第十八世希賢公乃始可考。自希賢以下又三世亦可考，其後又幾世而至吾高祖則不可考矣。吾高祖之生，當在康熙初，嘗曰：『興吾家者，必在六房。』以吾曾祖行六也，至今似有小驗。然吾高祖在二百年前，不知何以遠見及此，因作《述祖德篇》，述此語以勉我後人。

衰翁白首臥吟窩，諺語讕言筆底多。正始雅音收拾起，一時傳唱謬悠歌。辛丑歲，余八十一矣。老境頗唐，詩境亦多率筆，有《新年襍詠》，皆用俗語，又有《謬悠詞》十二首，亦以諺語成詩也。

老去汪倫情轉深，每將良會集同岑。吾孫忝附諸賓末，一席居然八翰林。是年春日，汪郎亭侍郎招集楊定甫、費屺懷、喻志韶、曹石如、潘西笙、蔣季和，同集其寓，吾孫陛雲與焉。一主七賓，皆翰林也，吳下傳爲盛事。

重洋來學有陳良，誰料中年賦國殤。遺像悽然何忍對，封題珍重寄扶桑。日本人栖原陳政就學於余門下，庚子之變，死於京師。其用西法所照小像猶在，并其妻其女亦在焉。余對之悽然，時適有使，寄還其家。

中庭覆醢有餘哀，又報東瀛貴戚來。詩卷長留巢父在，畫圖更爲放翁開。是歲，有日本人長岡護美來見。乃其國戚里也，封伯爵，頗風雅，以詩集見示，歸後又以小照寄贈。

相傳宋槧有尚書，此本曾歸足利儲。惜我耄荒經學廢，迢遙遠寄待何如。日本足利學藏有宋刻本《尚書正義》，護美君翻刻寄贈。按，阮文達作《校勘記》，所據宋本即此也。然文達止見《盤庚》以下諸篇，蓋未見其全。余得見之，幸矣。

屋壁山巖孰討論，鑾書爨字滿乾坤。手題丁氏藏書錄，筆墨中間有淚痕。丁修甫昆仲以《武林藏書錄》索題，爲賦長歌，鋪敘乾隆開四庫時盛事，以寓傷今思古之思。

一時風氣驟開新，渺渺重洋去問津。笑汝外家兄弟輩，朝鮮日本總比鄰。時王氏、許氏外孫及余從孫輩，多有遠赴朝鮮、日本者。

太息崦嵫已夕陽，欲扶衰老苦無方。商山芝草殷勤寄，深感多情陸侍郎。陸鳳石侍郎自西安以商山芝草遠寄。

邛杖傳來自蜀中，尚書望我太從隆。扶綱植紀非吾事，一手攜書一杖笻。奎樂峯制府自蜀中寄贈邛竹杖三枝，其來書，有『扶掖大雅，楮柱名教』語，余不敢當，賦長歌謝之。『一手攜書』句，用韓偓語也。

春在堂前桂盛開，偶招月上女歸來。明年此會還能否，且盡花前酒一杯。春在堂有四桂樹，花開頗盛，每歲思一賞之，輒不果。今年無事，又無風雨，招歸王氏長女來共飲，徘徊竟日。

園中高柳太危顛，竟付誅鋤亦自憐。始信陶公真有福，長留五柳在門前。園中柳樹甚多，有二樹枝葉扶疏，與墻屋有礙，因伐去之。然意亦良不忍也。既悼以詩，此又及之。

孫舍欣添第二男，誰知一現等優曇。異時好把靈蓍揲，再索無功更索三。是年陛雲舉第二子，未百日而殤，亦頗惜之。

風流文采數徐陵，火色鳶肩已上騰。萬里青雲俄一跌，俞樓何不再同登。花農由庶子超遷閣學，權兵部侍郎，兼拜經筵講官之命，仕途亦云盛矣，俄以人言免官。余勸其南歸，再尋俞樓觴咏之樂。然花農未能從也。

九十春光強半過，無端一病竟成疴。如來衰相分明見，不是當年老伏波。壬寅清明日，余晨起，初無恙也，至靜室誦經畢，趺坐片時，俄覺虛陽上升，汗出如雨，登時昏厥仆地，蓋亦舊疾也。然此後精神委頓，竟不能復原矣。

幸有懸車舊例存，惟於一室度晨昏。三吳開府朝來訪，報謁無能再踵門。病後客來，概以一刺報之，恩藝棠中丞來，亦言明不報謁也。

往事追思總似烟，玉堂回首倍依然。淒涼一曲毬場歎，寫入瀛洲道古篇。有自京師來者，言翰林院舊地已爲洋人拋毬場矣。聞之喟然，爲賦《毬場歎》。

微名何意動天潢，手寫楹聯寄草堂。贏得杜陵小兒女，都來省識汝陽王。肅親王善耆自京師寫楹聯見贈，又以西法照相寄贈。

恭逢玉詔下求才，鴻博科停經濟開。吾邑人文從昔盛，特科留待我孫來。時有詔，仿博學鴻詞科例，開經濟特科。漕帥陳筱石侍郎以余孫陛雲應詔。考康熙、乾隆兩開鴻博科，吾邑未有與者。陛雲得此，亦幸矣。

慧福樓頭淚未乾，而今長女之摧殘。老夫翻羨山妻福，兒女雙雙送入棺。七月十四日，歸王氏長女卒。余子女喪其三矣。回憶老妻臨卒時，二子二女皆在，真福分也。

蜀道崎嶇使節臨，無端風鶴太驚心。監臨使者傳飛電，兩字平安抵萬金。吾孫典試蜀中，適蜀有拳匪之亂，甚爲懸懸。八月十七日，得監臨吳蔚若學使來電，云『三場完竣，主考平安』。舉家大慰。

盼得軺車蜀道回，蜀山蜀水盡摹來。爲言華嶽曾經過，采得琅玕作杖材。陛雲自蜀乞假歸，於輿中用西洋法將佳山水照印成小片。異日以此爲藍本，渲染成畫，亦佳也。又過華山，采取墨竹數枝，爲余作杖。

曾領鄉筵酒一巡，重來白首尚如新。試將兩浙從頭數，數到鯫生十九人。余甲辰恩科舉人，例應於明年癸卯正科重賦鹿鳴。

自出承明歲月長，春明舊事付黃粱。誰知四十六年後，又隸微名到玉堂。時有詔，開復原官。溯自罷官，至今四十六年矣。

衰年豈復事登臨，一别西湖戊到壬。難得吾孫歸自蜀，不妨舊夢再重尋。余自戊戌歲後不到西湖，閱四歲矣。今年因陛雲試畢假旋，又與同至西湖。

既非欒社與于祠，竊據湖樓豈所宜。今日老夫試神勇，也同張子撤皋比。西湖第一樓設余長生位，雅非余意也。親至湖樓，撤而去之，爲之大快。

底事年來目力差，儘揩兩眼總麻茶。笑余八十二齡叟，初試人間六十花。短視者例不昏花，余短視不深，故昏花仍所不免。今年買昏鏡試戴之，似視物較清。昏鏡有深淺，余所用者，猶六十花也。

靜室明窗不啓櫺，廿年功課未曾停。自從一病清明日，荒了金剛般若經。余每晨起，必至靜室誦《金剛經》一過，垂二十年矣。今年清明日一病，精力益衰，遂罷此課。

罷誦金經近一年，清晨疏食故依然。老夫竊此趙清獻，葷血朝來不上筵。余晨必誦經，故早餐必素食，今經課雖停，而清晨素食如故，殆將終吾身矣。趙清獻公早不茹葷，見葉夢得《避暑錄話》。

西湖甫撤長生位，誰料龍湖又繼之。只博老夫拈險韻，庚桑楚尚未堪尸。余主講菱湖鎮之龍湖書院，今年亦辭退。菱湖諸君子謀於院中爲余設長生位，余以詩力辭，有云「畏壘奚煩遽立尸」。

試向蓬山證夙因，悠悠五十四年春。偶鐫小印鈐書尾，海内詞林第二人。余於道光庚戌入翰林，至光緒癸卯五十四年矣。檢認啓單，惟四川伍肇齡是丁未前輩，餘皆後輩也。因鐫一印章，曰「海内翰林第二」。伍君乃吾兄癸卯同年，去歲吾孫典試蜀中，屢與相見，精神矍鑠，步履如飛。

嚴家餓隸醜難堪，竟播書名徧朔南。蒙古賢王殊好事，一牋倩我寫夔庵。癸卯春，蒙古喀喇沁王，名貢桑諾爾佈，號樂亭，寄紙來，求書「夔庵」兩大字。

吾孫久已忝承明，散館還叨第四名。一二三名相次坒，笑他鼎字變成貞。陛雲童試第一，鄉試第二，殿試第三，今年散館第四。胡效山觀察以詩賀，云「科名也合羲經義，不外元亨與利貞」。余和云「往日忝曾分鼎足，須知鼎卽古文貞」。以籀古文「鼎」「貞」同字也。

聯翩蜀士試梁園，榜發欣看十輩存。我是武夷君老矣，不妨都喚作曾孫。壬寅科，於大梁舉行會試，蜀中中額十四名。及榜發，而吾孫去歲典試所得士居其十。

鴻博科停經濟開，吾孫恭應特科來。居然僥倖登高等，紫電飛傳第二回。余孫陛雲應經濟特科，第一場取一等三十一名，覆試拔置一等八名，均由電局馳報。

嬌小曾孫愛似珍，憐他塗抹未停匀。晨窗日日磨丹研，描紙新書上大人。小兒初學字，以朱字令其以墨筆描寫，謂之描紙。『上大人孔一己』等二十五字，宋時已有此語，不知所自始。曾寶雖未能書，性喜塗抹，每日爲書一紙，令其描寫。

房幃夜半聽啼聲，又得明珠一顆擎。戲語曾孫小僧綽，從今喜汝作人兄。癸卯年六月二十七日丑時，孫婦又舉一男。

本是嬰齊字子斖，而今零落已無多。秋來二齒惟存一，再啖紅綾奈老何。余近年只存二齒，今秋又落其一。

不幸虛名滿世間，幾人推許幾嘲訕。自知不是王夷甫，枉費先生著辨姦。歸安鄒嶔，不知何許人也，自山西貽書，痛詆云：『公之議論著述，足以死亡中國人士而有餘。』余讀之悚然。憶丁酉歲，曾與浙撫廖穀似中丞書云：將來必有兩種議論，一謂：曲園三十年來造就人材不少，一謂：兩浙人材，皆敗壞於曲園一人之手。不圖今日果有此言，則亦不足與辨也。後世當自有定論乎？

此後行藏不再談，已將身世付優曇。曾披蓮社高僧傳，遠永年皆八十三。《自述詩》止此矣。余今年八十有三，《蓮社高僧傳》慧遠、慧永，年皆八十三而終。

佚诗

佚詩

序

康侯處又藏有《好學爲福齋詩鈔》六卷，亦故人孫蓮叔爲我刻於新安者也。後編《春在堂詩》，多從芟薙。然其詩皆作於庚戌以前，蕭條客館之中，酒冷茶殘，一箋手劈，至今讀之，光景如在目前。詩雖不工，亦何忍竟棄也，因援《佚文》之例，録存如干首，題曰《佚詩》。

辭家至江右口占〔一〕

朔風催上遠行舟，屈指鄉山半月留。多借奇書壯行色，預量寒意理征裘。故人會〔二〕見扶摇上，吾輩原期汗漫遊。自笑年年蹤跡换，此身真箇似雲浮。

【校記】

〔一〕《日鈔》、《好鈔》此題爲卷二第二篇。

〔二〕會，《好鈔》作『曾』。

鸕鳥船〔一〕

我行錢塘江，遂登鸕鳥船。船盡蘆與箬，黃篾重重編。其下如砥平，其上如圭圓。前頭看後頭，可容四五筵。中若鳥道窄，旁如蝸舍連。東西席相嚮，上下牀俱聯。臥爲重累人，立仍地行仙。〔二〕船尾一枝櫓，搖者三長年。輕愛五兩借，重憐百丈牽。緊余擁被坐，頗覺事事便。牛腰束書厚，龜殼支牀堅。兩頓供粗糲，一覺恣酣眠。榜人欲視遠，洞啓後與前。風力雖苦猛，眼福頗幸全。敢誇江山助，或結烟波緣。江邊漁父印，如我真可鐫。壬甫兄嘗欲以『酒徒大半取封侯，獨去作江邊漁父』鐫一私印，二語乃辛稼軒〔三〕詞也〔四〕。興至復援筆，歌成聊扣舷。絕勝茅屋底，一椽纔及肩。

【校記】

〔一〕《日鈔》、《好鈔》此題爲卷二第三篇。

〔二〕『臥爲』一聯，《日鈔》無。

〔三〕實爲陸游詞《鵲橋仙》『華燈縱博』一闋中句，此處小注曰『乃辛稼軒詞』，誤。

〔四〕『也』下，《日鈔》小注多『結語本此』，而無『興至』以下二聯。

謝臯羽西臺歌〔一〕

燕京晝晦風雨雷，黄土潭中神物回。文山道人大事畢，先生痛哭登西臺。臺邊黯黯愁雲繞，楚歌一聲出雲表。埋骨還須問緑荷，招魂已見來朱鳥。朱鳥朱鳥來何方，爾勿悲鳴思故鄉。此間山高水又長，絶勝飄泊零丁洋〔二〕。

【校記】

〔一〕《日鈔》、《好鈔》此題爲卷二第九篇。

〔二〕『爾』至『洋』，《日鈔》作『幾年漂泊零丁洋。何如相從入汐社，詩中世界無滄桑』。『洋』下，《好鈔》多『不然從我入汐社，詩中世界無滄桑』。

晚泊蘭溪〔一〕

濛濛暝色泊城隈，斜臥風前百尺桅。繞郭人家燈半上，滿江寒意雨初來。惟將藥裹殷勤檢，是日張僕及同舟徐君均中寒。不管花枝爛漫開。今日屠門欣得肉，夜深自向芋罏煨。

【校記】

〔一〕《好鈔》此題爲卷二第十一篇。

常玉道中〔一〕

撲面寒吹萬壑風，束裝遊子太匆匆。一條路入亂山裏，幾箇人行曉色中。

層巒疊巘儘縱横，只有中間一徑平。看取滿山都是雪，今朝真向玉山行。

行人如蟻走山邊，滑滑泥深亦可憐。卻羨擔夫爭道急，一肩慣鬭萬蹄先。山中以騾負重，其行甚遲。

白竹兜兒駐道旁，悤悤一飯飽黄粱。屏風關外重回首，自此青山非故鄉。是日飯於草坪。過草坪即屏風關，入江右境矣。

【校記】

〔一〕《日鈔》此題爲卷二第十四篇。《好鈔》爲卷二第十七篇，較刻本《佚詩》多一絶，詳見『詩文輯録』。

薄暮大雪抵玉山〔一〕

紇干凍雀最堪憐，欲卸輕裝更〔二〕惘然。萬壑濕雲攜袖裏，一天乾雨撲城邊。客中又〔三〕有將分袂，同行徐君名瀅，紹興人，自江干與之俱發，至〔四〕此而别。篋内猶〔五〕餘未了篇。多謝盪平聲風一樽酒〔六〕，免教寒粟起雙肩。

【校記】

〔一〕《日鈔》此題爲卷二第十五篇。《好鈔》爲卷二第十八篇。

〔二〕更，《日鈔》作『轉』。

〔三〕又，《日鈔》作『人』。

〔四〕至，《日鈔》作『自』。

〔五〕猶，《日鈔》作『詩』。

〔六〕『多謝』句，《日鈔》作『且喜盪風樽酒好』。

除夕〔一〕

從前二十三除夕，守歲年年總在家。忽向客中聽臘鼓，劇思歸去乏飛車。屠蘇杯冷故園酒，鼓吹聲高官舍笳。此景極知無足戀，殘星一任曉横斜。

【校記】

〔一〕《日鈔》此題爲卷二第十八篇。《好鈔》此題爲卷二第二十二篇。

穀日游水南寺并序〔一〕

城之南爲冰〔二〕溪，戴叔倫詩所謂『冰爲溪水玉爲山』也。寺〔三〕又在溪之南，乃唐閻立本捨宅所建，寺後有如覆釜者，即其墓也。

危橋架木走横斜，落日山中起暮霞〔四〕。三尺公琴丞相墓，一聲清磬梵王家。隄沿冰水客尋路，井汲雲根僧煮茶。寺後一井，曰雲根。衹〔五〕惜端明遺講院，松關晝掩未容撾。寺左爲宋汪應辰讀書處，今于其地建書院，門掩不得入〔六〕。

【校記】

〔一〕《日鈔》此題爲卷二第十九篇，小注作『有序』。《好鈔》此題爲卷二第二十三篇。

〔二〕冰，《好鈔》作『水』。

〔三〕寺，原本無，據《日鈔》補。

〔四〕『落日』句，《日鈔》作『欲叩禪扉趁暮霞』。

〔五〕衹，《日鈔》作『只』。

〔六〕入，原作『久』，據《校勘記》改。

苕溪生歌并序〔一〕

予去年十一月十九日至懷玉，又十日而汪調生道鼎至，共處月餘。因爲此歌以贈之，即送其還浙。調生生於吾湖，故號苕生，亦稱苕溪生。

苕溪生，人中豪。長靿靴，短袖袍。面不皺，頭不顖。善飲酒，一大瓟。喜讀書，千牛腰。薄武安，輕票姚。叩軍門，陳芻蕘。書生莽，將軍驕。不我用，無嘵嘵。壬寅江南用兵，苕溪生進五策，有尼之者，不果用。

玉之山，青如描。冰之溪，白於洵。君鸞鳳，我鶂鶬。本異枝，俄同條。月之夕，霜之朝。排書槴，横經橈。鬭競病，辨磝碻〔二〕。廿一史，本與標。三千年，頭與尻。細分抍，互搜牢。鬼可罵，佛可燒。春風起，呼輕舠。下嚴瀨，乘胥濤。君行矣，翔且翺。僕悕矣，廓以寥。單絃奏，獨繭繅。孤羆坐，隻鶴嘷。惜君去，爲君謠。雲冥冥，風蕭蕭。

【校記】

〔一〕《好鈔》此題爲卷二第二十四篇。

〔二〕磝，原作『嗷』，據文意改。

寄茗溪生〔一〕

飄泊誰憐客裏身，頗欣佳伴得汪倫。一燈覓句過除夕，九等論才到古人。明月有時還更至，好花何地不成春。故鄉占盡湖山勝，懷〔二〕抱知君定一新。

【校記】

〔一〕《好鈔》此題爲卷二第二十八篇。

〔二〕懷，《好鈔》作『褱』。

予侍大人於毘陵最久，與主人汪蓮府儉諸君最相得也。追念舊遊，了了如昨，而已五年于茲矣。因成四律，以誌陳迹〔一〕

爲愛蘭陵酒一卮，曾經五載此棲遲。牙旗秋卷周郎宅，社鼓春喧季子祠。花接金閶遊冶地，草連銕〔二〕甕太平時。雪泥蹤跡分明在，會有梁間舊燕知。

借得香山一隻舲，城東消夏更游春。紅梅閣上迎仙客，黄菊籬邊訪野人。危塔尚看千尺聳，故宫曾迓六飛巡。艤舟亭爲南巡駐蹕之所。卽今俛仰風塵裏，悔不花農共卜鄰。

終歲唐灣簫鼓忙，豈惟競渡盛端陽。低排彩幄跳師子，跳獅子〔三〕，燈戲也。高駕雲車坐窅娘。雲車以五色裝成，坐二女郎于上，一夫荷之而行。莫笑種花思慶朔，更聞奪壻唱瑤光。鄙人自是沾泥絮，祇〔四〕怪東風爲底狂。

主人倜儻有誰如，千里移家賦卜居。洗釜呼童烹躢菜，躢菜葉皆鋪地而生，似人以足躢之者。登盤勸客食鮰魚。出江中，極肥美。秋光已覺詩中滿，有《詠菊詩四集》之刻。酒客常防坐〔五〕上虚。今日相思雲海隔，蓮府諸君已回新安。探懷〔六〕空賸去年書。

【校記】

〔一〕《日鈔》此題爲卷二第二十三篇。《好鈔》此題爲卷二第二十九篇。『侍』下，《日鈔》多『家』字。最，《日鈔》、《好鈔》作『甚』。

〔二〕銕，《日鈔》作『鐵』。

〔三〕跳獅子，《日鈔》無。

〔四〕祇，《日鈔》作『只』。

〔五〕坐，《日鈔》、《好鈔》作『座』。

〔六〕懷，《好鈔》作『褱』。

古烈女詩〔一〕

桑下相逢本偶然，黄金翻似試嬋娟。妾身願學田光死，一使人疑不值錢。秋胡婦。

英雄失路妾無家，天遣相逢此水涯。一飯是情一死節，免人錯認路旁花。溧陽〔二〕女。

【校記】

〔一〕《日鈔》此題爲卷二第三十三篇。《好鈔》此題爲卷二第三十九篇。

〔二〕陽，《日鈔》作『水』。

五月五日夜飲，漏三下罷歸，漫書所見〔一〕

酒罷笙歌歇，人歸燈火微。蚍蜉緣案走，蝙蝠繞檐飛。黠鼠驚逃穴，飢蚊喜撲衣。明朝看此句，夢語等依稀。

【校記】

〔一〕《日鈔》爲卷二第三十四篇。《好鈔》此題爲卷二第四十篇。

七月四日還浙應省試〔一〕

爲有〔二〕浮名未許删，秋風游子唱刀鐶。敢將倦翮追黄鵠，且把歸心問白鷴。作客生涯如酒薄，回家行李比詩孱。多情賸有江山在〔三〕，依舊青青送我還。

【校記】

〔一〕《日鈔》此題爲卷二第三十六篇。《好鈔》此題爲卷二第四十二篇。

〔二〕爲有，《日鈔》作『鷄肋』。

〔三〕在，《日鈔》作『好』。

自淳安以上路愈狹而灘愈高，視曩往江右風景有異，偶成三絶句〔一〕

自尚淳安郭外過，臥聽邪許耳邊多。一灘究竟高多少，我欲于中放木鵝。

亂山突兀插晴空，灘路盤旋一線通。今日水中真有骨，試拈字義問荆公。

人間行路本來難，旅思還隨眼界寬。看取歸時船下水，輕風吹過木樨灘。

【校記】

〔一〕《日鈔》爲卷三第八篇。《好鈔》此題爲卷三第十篇。『視』至『異』，《日鈔》無。偶成，《日鈔》作『得』，《好鈔》作『因得』。

天寒宵永，惟睡相宜，漫成一律，時大雪前一日

憑君檢點客中樂，只是瞢騰睡裏多。但覺衾裯朝尚煖，不知風雪夜如何。寒燈有穗真吾伴，凍筆無花倦爾呵。爲問當關催叔夜，豈如法喜守東坡。

寒窗無事，將駢散二體文手録一過，漫書其後〔一〕

凍筆呵來總未融，字欹墨淡不求工。窗糯妬我先教〔二〕黑，燈火憐人肯放〔三〕紅。今日我書生紙上，他年誰付死灰中。幾回檢點還堪笑，不值青錢三百銅〔四〕。

【校記】

〔一〕《日鈔》此題爲卷四第八篇。

〔二〕先教，《日鈔》作『頻催』。

〔三〕肯放，《日鈔》作『早吐』。

〔四〕『幾回』一聯，《日鈔》作『千金敝帚徒珍重，何補相如四壁空』。

屯溪觀劇，戲寄蓮府諸君

江邊三日臥風桅，日日歌場背水開。一朵紅霞依舊好，兩番黄海不虚來。衹憐客裏萍身暫，難博人前柳眼回。戲作小詩君一笑，不須更寄嶺頭梅。

攤街肉此二題皆臨平歲終風俗，先君有詩，載《印雪軒詩集》。〔一〕

攤街肉，家家買肉酬神福。市上數青銅，廚中膾紅玉。平時鼓刀人，至此手俱束。臨平過送竈日，屠户皆閉，賣肉者盡邨〔二〕民矣。村中多少牧豬奴，歲終競學支離屠。當街隙地無勞租，竹扉葦扇街頭鋪，花豬一具雪作膚。去年肉苦多，今年肉苦少。一臠肉，束以藁。啖肉先生嗔價昂，市兒尚詫青蚨小。團團落日雞子黄，夕市已散歸踉蹌。勿愁肉貴明年荒，且喜宿逋差足豪門償。俗以肉多而賤，主來年豐，否則反是。

【校記】

〔一〕《日鈔》此題爲卷四第十一篇。此二題，《日鈔》作『與下題』。

〔二〕盡邨，《日鈔》作『俱村』。

乾蕩魚蕩，上聲。臨平呼魚池曰蕩。〔一〕

乾蕩魚，村氓生計耕且漁。門前瀲灩水一渠，水中鬣鬣〔二〕千鱗舒。朔風吹蕩蕩欲竭，箇箇銀刀跳活潑。戽斗翮如銜尾鴉，漁叉迅若穿雲鶻。〔三〕曉市乍動漁人來，青魚白魚沿街堆。臨平歲終酬神，例用青鰱〔四〕、白鰱兩種魚。呼僮買到猶穿鰓，夜深〔五〕燈火神筵開。餕餘更付糟糠氏，此味頗宜麴秀才。〔六〕今朝魚賤買者衆，明日蕩中重打涷。勿云竭澤愁無魚，來春多買魚秧種。

【校記】

〔一〕《日鈔》此題爲卷四第十二篇，小注作『俗呼魚池曰蕩』。

〔二〕水中鬣鬣，《日鈔》作『一渠水活』。

〔三〕『朔風』以下二聯，《日鈔》作『養魚在一年，取魚在一日。平時瀦水今洩水，蕩中水乾魚乃出』。

〔四〕鰱，《日鈔》作『穩』，下同。

〔五〕夜深，《日鈔》作『家家』。

〔六〕『餕餘』一聯，《日鈔》無。

凍梅〔一〕

新紅舊翠盡空條，衹〔二〕賸梅花守寂寥。冷伴相逢應一笑，凍魂未返待三招。月明惟有樹臨水，風緊更無人過橋。爲問春光在何處，林梢隱約酒帘飄。

老榦〔三〕横空自鬱盤，幾忘風雪夜漫漫。一爐燈火人同瘦，滿地霜華影亦寒。范叔誰知天下士，鄭虔雅稱廣文官。楊家縱有冰山在，不值梅妃冷眼看。〔四〕

【校記】

〔一〕《日鈔》此題作『梅花』，爲卷四第十三篇。

〔二〕衹，《日鈔》作『止』。

〔三〕榦，《日鈔》作『幹』。

〔四〕『范叔』以下二聯，《日鈔》作『傲骨也如名下士，酸風頗類廣文官。莫誇消息南枝早，歷盡奇寒更耐看』。

將之新安，次韻答周雲笈承謙

故人爲我意躊躇，知我歸期逼歲除。客久賴兄諳父病，家貧仗婦課兒書。夢懸石鼓山頭月，信盼桐廬江上魚。一事羨君脩得到，不煩白首倚門閭。

次馬讌香丙奎《述懷詩》韻自遣

一枝秃筆本無花，倚此謀生計更差。若論功夫銅有滓，敢云聲價玉無瑕。客心久已同禪鴿，鄉夢還來擾睡蛇。觸熱人間殊自笑，故園豈并乏茶瓜。

願買烏巾山下田，便移家去住林泉。稍申慈母晨昏養，更結空王香火緣。丘隴常依先世舊，科名留待後人賢。不知此志何時遂，尚少錢神論一篇。

檢舊書，得枯蓮一瓣，感賦

六郎風貌詫當年，憔悴而今劇可憐。竟把枯禪來學佛，非同遺蜕去成仙。舊盟未必鷗能記，末路偏於蠹有緣。回首池中同植在，紅衣正試曉風前。

分詠新安古蹟六首

大風莽莽竟亡秦，天遣神仙作漢臣。雙箸算成天下局，一椎驚起隴頭人。赤松未遂尋師約，黄海堪容辟穀身。或者祖龍方大索，曾來此地掃荆榛。隱張山，在績溪，相傳留侯嘗隱此。

户封十萬亦堪豪，不負當年汗馬勞。楚漢之間分土易，韓彭而外置身高。地如甌越諸王小，忠或番君一例褒。眼看功臣葅醢盡，孤城尚據萬山牢。梅鋗故城，在祁門。

三康名重緑林知，來此蕭條寄一枝。江上死拼膏賊刃，山中生已建神祠。丰裁倍峻登朝後，姓氏潛更避地時。我是餘不亭下客，擬來墩畔拜雲旗。孔貞侯愉讀書墩，在歙縣。

有此田園便可回，何須更遣督郵催。山中懷葛風猶在，世上唐虞局又來。一洞桃花天地小，五株楊柳義熙栽。閑雲到處皆堪住，莫訝先生此翦萊。淵明舊里，在歙縣。

白也風流一世傾，閒來此地訪宣平。月從采石磯邊送，雲在黄山頂上迎。妃子憐才還有意，神仙避客太無情。一樓卻勝長安市，免被中官換姓名。太白酒樓，在府治。

越州舊宅罕經過，又遣閑雲此結窩。何地不堪明月對，吾鄉畢竟鱖魚多。扁舟泛雨攜蓑笠，古屋經春鎖薜蘿。見我來時應一笑，此人太不喜烟波。張志和宅，在祁門。

鮑四山瑞駿孝廉爲余言黄山之遊，奇甚亦險甚，余素乏濟勝具，變慕爲畏，作小詩紀之，貽故鄉諸君問黄山者〔一〕

山路盤旋一髮麤，那堪凹凸盡危途。游山本是名流事，畫出書癡匍匐圖。路險處非匍匐不能過。

一局殘棋千古看，峨然頭上進賢冠。洪荒竟倩何人鑿，預識周秦以後官。丞相觀棋石〔二〕。

瓔珞莊〔三〕嚴妙相留，臨崖一望意先愁。一分垂足無人敢，都向山中作卧遊。絶壑下有石觀音像，必卧於

崖上，探頭出視，方得見之。若欲立視，則俯臨萬仞，無此膽也。〔四〕

人間浪説筆如椽，看取靈根上插天。可惜文人無此手，筆花閒放白雲邊。石筆生花〔五〕。

山中幾處款僧扉，有僧寺三，可憩。最好憑欄看落暉。何處閑雲不收拾，飛來飛去濕人衣。

蓮花峯頂漫相招，安得凌空〔六〕百尺趫。自問觀空空未得，不來輕度斷凡橋。山中橋名。

【校記】

〔一〕《日鈔》此題爲卷四第十九篇。紀之，《日鈔》作「紀其語」。

〔二〕石，《日鈔》作「峯以形似得名」。

〔三〕莊，《日鈔》作「端」。

〔四〕《日鈔》小注作「絶壑下有石觀音像，然俯臨萬仞，無敢立視者，臥於崖上，探頭出視，乃得見之」。

〔五〕「花」下，《日鈔》多「亦峯名也」。

〔六〕凌空，《日鈔》作「仙家」。

寒夜書懷

霜華壓屋夜淩兢，寒意和愁一夕增。筆底性靈襟上淚，客中伴侶案頭燈。狂歌自署無心子，枯坐人疑有髮僧。慚愧故人呼畏友，近來添得百無能。故人謂馬讌香。

遷居〔一〕

又挈琴書到此停，五遷蹤跡竟如萍。阿兄未共東頭屋，稚子堪橫北面經。潘令閑居虛〔二〕有賦，劉郎陋室豈無銘。烏巾山下先人宅，空賸嵐光入坐青。余家自德清遷臨平，於今五遷矣。〔三〕

【校記】

〔一〕《日鈔》此題爲卷四第二十四篇。

〔二〕虛，《日鈔》作『應』。

〔三〕《日鈔》此注在『萍』字之後。

病中偶成〔一〕

東風久意〔二〕挂帆行，無奈經旬守藥鐺。病樹一株徒臃腫，落花三徑又清明。欲拋長鋏〔三〕終無計，小住鄉山亦有情。檢點方書還自笑，養生我待問莊生〔四〕。

閑門一任網蠨蛸，獨向空齋守寂寥。瓶内插花紅躑躅，鐺中煮藥黑逍遥。留人石鼓湖邊月，招我錢塘〔五〕江上潮。何日布帆安穩挂，烟波極目路迢迢。時將客新安。

【校記】

〔一〕《日鈔》此題爲卷四第二十五篇。

〔二〕意,《日鈔》作「擬」。

〔三〕拋長鋏,《日鈔》作「謀棲遁」。

〔四〕「養生」句,《日鈔》作「此中塊壘總難平」。

〔五〕塘,《日鈔》作「唐」。

孤鸞曲爲烈婦王氏作。婦績溪人,程君紹炳之配也〔一〕。

石照山前石鏡明,孤鸞對鏡夜悲鳴。悲鳴終夜無人識,如訴冰心一片清。一片冰心雙淚血,不堪舊事從頭説。回憶絲蘿新締盟,書生門户都清絶。王家青到女兒箱,程門白映嬌兒雪。一雙嘉耦玉無瑕,灼灼夭桃豔似霞。詠絮笑隨夫問字,牽蘿苦累婦持家。紙閣寒多同對月,蓬門春少共尋花。夫壻才華原絶世,祇〔二〕憐四壁支無計。薪水艱難郎意傷,米鹽淩襍儂心細。麥飯葱湯夜款賓,節羹民粥朝營祭。鵝管能開子晉顔,牛衣不灑仲卿〔三〕涕。瓊枝玉樹正葱蘢,天上俄來吹雺風。王粲貧常游汗漫,秦嘉歸已病惺忪。未將食籍完萡甕,先把餘生付藥籠。腰帶減來緣食少,心肝嘔出爲詩工。低眉佛遠呼難應,高手醫來技已窮。生尚神清憐叔寶,死方才盡惜文通。此際愁雲吹復集,此時恨海填還溢。翦紙難招化鶴魂,懸壺豈止啼鵑泣。便擬三更了此生,泉臺或者追猶及。縹緲神先紫府遊,伶仃魂已青亭立。無端數事觸心頭，敢謂孀閨一死休。尚少清聲堪繼鳳，尚無吉地可眠牛。楹書擇付孤三尺，杯酒親澆土一抔。一笑吾生無憾矣，而今始得從夫死。去拜尊章白髮前，去陪夫壻黄泉底。〔四〕地下團欒〔五〕地上孤，千秋伉儷從今始。畢命朱絲三尺繩，盟心古井一泓水。從來苦節總宜酬，不見尼山録柏舟。黄鵠已憐生獨活，青鸞况乃死同遊。慷慨從容皆一念，英雄兒女等千秋。始知海底珊瑚折，遠勝天邊榆樹留。〔六〕我作長歌告彤史，清風先到雲藍紙。絶妙慚無黄絹辭〔七〕，採風會有繡衣使。

【校記】

〔一〕《日鈔》此題爲卷四第三十七篇。

〔二〕衹，《日鈔》作「只」。

〔三〕仲卿，《日鈔》作「王章」。

〔四〕「去拜」一聯，《日鈔》無。

〔五〕欒，《日鈔》作「圞」。

〔六〕「慷慨」以下二聯，《日鈔》無。

〔七〕辭，《日鈔》作「詞」。

送晏白華茂才綵省親山右

槭槭空林霜滿天，送君西去意茫然。男兒馬首三千里，老女蛾眉二十年。婦解吟詩夫豈俗，兒能問絹父尤憐。河陽一縣花千樹，添得芝蘭在膝前。

表裏山河亦壯哉，羡君吟到白登臺。韓侯故國詩情在，鼓子荒城霸業衰。汾酒雅宜名士共，秦雲都化美人來。自憐久署村夫子，安得相從眼界開。

天涯蕭瑟感離羣，纔幸相逢袂便分。燕市春風須待我，期于庚戌年京師相訪。雁門秋色正迎君。千盤峻岅何妨試，一曲陽關不可聞。别後登樓望西北，故人定有氣凌雲。

月下偶作〔一〕

滿地霜華夜色寒，客中愁緒起無端。長貧未了虀千甕，久病難消藥一丸。辛苦謀生資兔穎，蹉跎失計負漁竿。不因明月多情甚，對此蒼茫怕倚欄。

天上清輝奈冷何〔二〕，細將全影認山河。烏孫故國傳烽遠，赤子中原待哺多。時新疆有小警，并聞河南大無。百萬金錢愁姹女，三千鐵甲戍〔三〕蓬婆。〔四〕書生豈有匡時策，衹〔五〕向空齋獨嘯歌。

【校記】

〔一〕《日鈔》此題爲卷四第三十八篇。

〔二〕『天上』句，《日鈔》作『天上瓊樓可許過』。

〔三〕戍，原作『戌』，據《校勘記》改。

〔四〕『百萬』一聯，《日鈔》作『萬里悲歡同此景，一宵風露屬誰何』。

〔五〕衹，《日鈔》作『止』。

黄佩魚金鼎茂才以其姬人蔣清鳳小照乞題

黄郎家近黄山下，弱冠才名噪終賈。羊祜生原有夙根，馬卿貧亦能閑雅。爲有坤靈扇底緣，手攜玉杵訪嬋娟。證從蓬島三生石，閲徧華嚴十種仙。一朝喜聽靈妃瑟，西臉南眉總非匹。再拜天邊始影星，感君鍾出傾城質。黄童自昔號無雙，蔣妹于今推第一。折柳未容沙吒利，散花竟近維摩詰。金母能容便有緣，瓦姑未卜先知吉。青鸞引到六萌車，天上神仙下紫虚。夜月同參珠母島，春風先到玉人居。畫眉筆爲鈔書秃，封臂紗因刺繡除。大婦宛同乾阿嬭，諸郎都拜女相如。蛾眉宛轉承恩始，鳥爪玲瓏記曲餘。郎坐清陰調鳳鳳，妾拈佩玉唤魚魚。魚魚鳳鳳相憐惜，不解蕭郎常作客。一去羊城年復年，夢中何處尋郎迹。寄遠難憑白燕釵，懷人怕展緑熊席。昨夜春風到草堂，送人夫壻轉家鄉。尉陀臺上雲猶白，陸賈囊中金更黄。愛把異聞徵桂管，戲將新寵索珠娘。珠娘顔色渾如玉，娟娟丰韻天然足。紅蝦杯小臉常春，金齒屐高趺〔一〕不束。蜜唧親含勸客嘗，蘭橈閑繫隨郎宿。長共鴛鴦住水濱，東舷西舫皆金屋。檳榔登頰曉猶赬，茉莉滿頭宵更馥。蝙蝠能分嬌面紅，鸚哥也學脩眉緑。問君喜看日南花，豈是囊無珠十斛。始信家中有鳳凰，鶯鶯燕燕皆凡俗。走也生花筆已枯，無端索句走奚奴。要求昔昔新翻曲，道有真真舊繪圖。君把抽觴煩子貢，我思脱帽看羅敷。未容仙子凌波見，已得香名信口呼。一曲鳳兮君弗惱，須知我本楚狂夫。

【校記】

〔一〕跌，原作『趺』，據《校勘記》改。

《硯因》、《硯證》圖爲汪蓉洲[採]賦有序〔一〕

蓉洲夢一老人持贈一硯，署曰『海天浴日』。越兩月，得硯於賈人，與所夢略似，面有『壽』字，環以蝙蝠五。視其背銘，乃乾隆丙午歲高君香亭夢老人贈硯，覺而依形〔二〕製成者也。蓉洲因兩夢之吻合，謂有數存乎其間，乃繪《硯因》、《硯證》兩圖而徵詩焉。

謂夢爲幻耶，夢硯乃得硯。謂夢爲真耶，所夢非所見。即此二義不分明，安得夢裏老人重覿面。得毋此老所贈者，別有精瑩石一片。萬一他日五都市，奇光燭天硯自獻。海日蒼涼海水飛，與夢竟不爽一線。〔三〕轉恐君於此，去取兩非便。守故〔四〕既使真者笑，取新又令〔五〕舊者怨。吾言未竟君大噱，所見毋乃近童丱。無論神物有變化，非可刻舟去求劍。而且所得果良材，何必妄生分別念。種蘭可使芷代芳，召尹不妨邢自薦。獨不聞古今一夢耶，萬事過眼如霜霰。六十年中兩入夢，不過蕉〔六〕鹿偶然驗。楚弓無得亦無失，魯鼎誰真復誰贋。聞君此論有深省，蠶績蟹筐〔七〕事百變。是真是幻故置之，爲君援筆書此卷。

【校記】

〔一〕《日鈔》此題爲卷五第二篇。

〔二〕依形，《日鈔》作『如所夢』。

〔三〕『海日』一聯，《日鈔》無。

〔四〕故，《日鈔》作『似』。

〔五〕令，《日鈔》作『恐』。

〔六〕蕉，原作『焦』，據《校勘記》改。

〔七〕筐，《日鈔》作『匡』。

蓮叔招看牡丹，卽席有作

香風濃繞牡丹臺，欲看名花趁半開。人道阿嬌金屋住，我疑長吉玉樓回。名高未免人爭識，品重難教婕浪催。坐對韶華還一笑，不知誰是謫仙才。

又二絶句〔一〕

管領春風豈等閑，珊珊仙骨下人間。芳心當日分明甚，不媚金輪媚玉環。

姹紫嫣紅各自春，一枝偏鬬玉精神。沉香亭畔君王笑，來箇朝天素面人。

【校記】

〔一〕《日鈔》此題作『牡丹絶句』，爲卷五第四篇，僅有第一首。

蓮叔有紅葉讀書樓，客至輒止宿焉。然賓朋徹夜，更鼓逼人，每不能睡，戲作小詩，以告主人〔一〕

曲似盤中小似舟，客來強半此句留。羽觴絡繹晨方散，鼉鼓分明曉未收。我輩固宜束高閣，仙人方配住層樓。他時陳榻如重下，甘讓元龍在上頭。

【校記】

〔一〕《日鈔》此題爲卷五第五篇。『有』下，《日鈔》多『小樓曰』。

《環翠園圖》爲汪瞻園茂才題有序〔一〕

環翠園者，乃瞻園族祖昌朝大夫所築也。前明萬曆間，歲大無，大夫以工代賑，坎其地爲湖，豐其土爲山，而園以成，因署所居〔二〕堂曰環翠，而園亦以名焉。園中之景见於明殿撰朱君之蕃之詩者，凡百有一十，盛矣哉！今園已廢，而湖亦淤爲田，惟嘉福庵巋然獨存。余客其地，嘗〔三〕往游焉。瞻園因出是圖乞詩，爲題四律。

平楚鬱蒼茫，當年環翠堂。夕陽餘宰樹，大地失湖光。春雨招提寺，秋風碌碡場。昔人游詠處，強半付耕桑。

見説園初啓，名流競款扉。橋能隨地曲，泉欲向天飛。上客珠爲履，高僧苧作衣。于今三百載，喬木尚成圍。

幸留〔四〕斯卷在，陳迹未全無〔五〕。正叔名園記，王維别墅圖。自宜勤護惜，且勿感荒蕪。朱老題詩在〔六〕，淋漓墨未枯。

我來三載住，香火有前因。爲拜木居士，曾尋禾主人。雲烟雖換舊，風景又從新。看取桃潭水，長流萬古春。

【校記】

〔一〕《日鈔》此題爲卷五第七篇。

〔二〕所居，《日鈔》作『其』。

〔三〕嘗，《日鈔》作『曾』。

〔四〕留，《日鈔》作『遺』。

〔五〕『陳迹』句，《日鈔》作『猶見舊規模』。

〔六〕『朱老』句，《日鈔》作『有客留高詠』。

《梅村集》有《和元人齋中襍詠》八律，戲效其體，即用原韻

枯桐將半死，俗眼有誰開。因爇非吾意，求知亦可哀。火攻誠下策，炊種竟奇材。猶勝胡笳拍，迢

迢塞外來。焦桐。

秦灰燒不盡，作者各留名。人欲長恩祭，天教脈望生。蠅癡鑽許透，蝸曲篆能成。領取書三昧，休同蠻觸爭。蠹簡。

丹青好顔色，也爲歲寒凋。已惜曹衣皺，誰憐吳帶飄。癡兒將餅易，弱女當花描。零落將軍後，秋風老緯蕭。殘畫。

腰間三尺劍，世上幾千年。牛斗曾衝後，龍淵未鑄前。故人頻挂樹，壯士不論錢。欲共蒙莊説，先删盜蹠篇。舊劍。

青餘一方鐵，白盡腐儒頭。殘瀋何年積，微名幾輩收。圓難如玉帶，曲竟等珊鉤。不必銅臺瓦，香姜已足愁。破硯。

短檠休便棄，知我一生心。世上光難借，兒時味轉深。已消花豔豔，曾伴漏沉沉。老學庵燈火，風霜未許侵。廢檠。

明鏡還如月，秋宵不吐輝。舊游徐穉在，往事樂昌非。恰稱塵容對，難憑素手揮。玉臺人久別，定卜幾時歸。塵鏡。

斷碣初離土，摩挲認未真。文章專媚鬼，書法或通神。紙上銀鉤古，人間宰樹新。何如無一字，頑石不知秦。斷碑。

清奇古怪四首〔一〕

此先君子《印雪軒集》中題也，瞻園茂才擬以消夏，因邀予同作。〔二〕

攬轡登車意慨然，俟河安得歲盈千。名流厄運關唐祚，玄理空談誤晉賢。臺古人將巴婦拜，堂新我欲蓋公延。乾坤何幸逢昭代，海宇無塵二百年。清。

豈果輪囷擅異材，平生頗負氣如雷。黄鬚自愛生兒好，青眼聊因相士開。定遠平平非將略，阿奴碌碌總凡才。南華文法淮陰戰，都是空前絶後來。奇。

此生原只與今居，敢慕尊盧及赫胥。杜老詠懷雖有寄，桓榮得力恐徒虚。蘭臺捧出葫蘆本，竹簡摹來科斗書。〔三〕陽五姓名人尚識，鬚眉莫問近何如。古。

鑿井何曾果得羵，竟煩邑犬吠狺狺。人驚入火宋無忌，我笑談詩敬去文。莫訝槖駝非習見，未妨魑魅與同羣。山濤胥次從來少，一任狐鳴總不聞。怪。

【校記】

〔一〕《日鈔》此題爲卷五第十一篇。

〔二〕《日鈔》無此序，而有小注『先君子集中題也』。

〔三〕『蘭臺』一聯，《日鈔》作『葫蘆難覓蘭臺史，科斗空留汲冢書』。

聞説

聞説淮南北，狂瀾徧數州。土狁難制浪，石燕況逢秋。水勢欺平地，江聲怒上游。尚憑一抔土，辛苦鎮黄流。

已怪天長漏，無端海亦飛。風翻黄雀急，浪挾緑魚肥。滚滚鮫龍入，荒荒雞犬稀。江南財賦地，何以慰宵衣。

題晏雪研女士訴真《冬青書室集》〔一〕

女士和州人，幼隨父官滇南，晚又隨其弟宦江右。慤期不嫁。工畫，能詩文。予與其姪白華茂才友，而〔二〕於蓮叔處得見其〔三〕稿，并聞蓮叔將以付梓。因賦此章。

新紅宿翠都零落，惟有冬青一樹緑。冬青樹底阿誰家，貼蘚黏苔幾〔四〕間屋。屋中舊住女相如，明月清風伴獨居。蠅鼻燈前親檢韻，牛皮篋内手抄書。少小從親行萬里，蠻花犵鳥皆堪喜。蜀相祠邊銅鼓荒，滇王城畔蘆笙起。纔返鄉山又豫章，馬當風利蒲帆駛。身世飄飄南浦雲，胷懷湛湛西江水。東塗西抹儘流傳，手撫冬青亦自憐。天上媊媧原不偶，山中毛女獨成仙。貧除詩卷無長物，病藉丹青養暮年。賴有弟堪同白首，不圖婢亦久黄泉。女士婢曰藏珠。君家阿買吾曾識，話到義姑猶熟悉。班姬才調重蘭臺，魯女幽貞高漆室。一樹冬青百首詩，豈徒黄絹擅新詞。紅閨一片心頭血，寄語興公好護持。

末二句乃先人〔五〕題談氏二女史〔六〕集語也。所云興公，謂孫秋士先生。今借指蓮叔〔七〕。

【校記】

〔一〕《日鈔》此題爲卷五第十二篇。「室」下，《日鈔》多「詩」。

〔二〕友而，《日鈔》作「相遇」。

〔三〕「其」下，《日鈔》多「詩」。

〔四〕幾，《日鈔》作「數」。

〔五〕先人，《日鈔》作「先君子」。

〔六〕「史」下，《日鈔》多「詩」。

〔七〕「蓮」上，《日鈔》多「孫」。

蓮叔見示《秋日襍詠》，亦成二律〔一〕

爲愛秋風一味涼，偶隨清磬至禪房。踏來紅葉僧鞋冷，供到黄花佛座香。百八寒鐘催暝色，兩三老衲話斜陽。憑誰爲補伽藍記，見説南朝寺盡荒。秋寺。

蠅鼻挑殘小似星，秋宵漏永尚熒熒。著書辛苦頭將白，説鬼荒唐燄忽青。破屋風霜容易逼，寒閨刀尺幾曾停。短檠寂寞真吾伴，不向燈光佛乞靈〔二〕。秋燈。

【校記】

〔一〕《日鈔》此題爲卷五第十三篇。

〔二〕『不向』句，《日鈔》作『一任奚奴睡不醒』。

送蓮府之毘陵〔一〕

天涯蕭瑟感登樓，又送飄飄下瀨舟。君道菊花曾有約，我憐桃葉未同游。纔將春水迎歸棹，早見秋霜上客裘。爲語龍門須早返，清娱猶未慣離愁。

【校記】

〔一〕《日鈔》此題爲卷五第十六篇。

貧士四詠，次先人《印雪軒詩集》原韻〔一〕

豈有青葱織翠裾，一寒至此太蕭疏。異時或與蚨同反〔二〕，此日難言鳳不如。半夜牛衣妻歎息，數行鯽墨客軒渠。冰霜傲骨憑誰共，只有梅花尚繞廬。典衣。

腹中飢火苦難消，貿貿然來暮復朝。連日塵封鐺折腳，幾家飯熟米長腰。胡奴厚意休孤負，漂母高風久寂寥。恥向人間受嘑蹴，家貧自緯舊時蕭。乞米。

囊中錦與筆頭花，博得妻孥笑語譁。意不求工獅搏兔，文宜諧俗鳳隨鴉。無分醬酒皆堪覆，任换鵝羊總足誇。西抹東塗何日了，自憐此事竟無涯。賣文。

獨行踽踽又涼涼，逼上誃臺竟莫償。甘被親朋呼債帥，轉留老弱守窮鄉。望門何處投張儉，焚券於今少孟嘗。一笑不如來飲酒，醉中日月足相〔三〕徉。避債。

【校記】

〔一〕《日鈔》此題爲卷五第十八篇。

〔二〕反，《日鈔》作「返」。

〔三〕相，《日鈔》作「徜」。

登金雞峯作歌〔一〕

一峯翹然立，乃得金雞名。金雞不飛亦不鳴，昂首似與青天爭。天風蓬蓬吹我上，其上梵宇何崢嶸。憑欄俯視空一切，眼底頓覺羣山平。千蹊萬徑細如髪，一環堵乃新安城。我來新安已五載，碌碌徒負山神盟。偶然至此一登眺，黄山白嶽爭來迎。青鞋布韈亦易耳，所苦世故纏其身〔二〕。吁嗟乎，勞勞塵夢幾時醒，要聽金雞鳴一聲。

【校記】

〔一〕《日鈔》此題爲卷五第二十篇。

〔二〕『所苦』句，《日鈔》作『何以辨此猶未成』。

閲蓮叔詩，有觸旅懷，書四十字

衰親與病婦，相對話天涯。道我客行久，如何鄉信賒。此情頻入夢，無夕不思家。羡殺孫莘老，兒扶母看花。

山人又以畫一册見贈，遂書其後〔一〕

一花與一葉，何莫非化工。化工不可見，可見皆人功。刻玉與葉似，翦綵與花同。葉亦非不綠，花亦非不紅。其天既已失，但可欺兒童。吾欲求其天，庶幾惟畫中。作畫必求似，所學徒雕蟲。作畫不求似，所好非真龍。不求似而似，乃與其天逢。是故吾老鐵，山人〔二〕自號老鐵。其畫與詩通。一花一葉耳，生趣常無窮。借問何能然，真氣盈其胷。

【校記】

〔一〕《日鈔》此題爲卷五第二十三篇。山人又，《日鈔》作『蓮叔』。

〔二〕山人，《日鈔》作『蓮叔』。

述懷

一燈形影鎮相親，與我周旋止此身。早竊聲名憂不壽，少耽著述恐長貧。吟詩太苦心神病，作字難工腕鬼瞋。飲水是寒還是暖，人知不及自知真。

汪蓮府和余新安舟次韻，由毘陵寄示，因再疊答之

得君一紙報平安，何日歸舟果上灘。但得團欒共兒女，不妨脱略到衣冠。年華逝水無多戀，世事浮雲莫細看。只有閉門高臥好，從容睡到日三竿。

艱難辛苦止求安，世路由來險似灘。名士于今同畫餅，錢奴幾輩又彈冠。男兒别有千秋事，俗子休同一例看。戲作狂言君莫笑，鮎魚要上最高竿。

雨夜作歌〔一〕

吾不識，雨嗔喜，又安知，雷雌雄。但恐水潦太盛〔二〕傷田功，又恐長淮水竟與黄河通〔三〕。河臣昨者抗疏入，黄金百萬頒司農。千金萬金鑄此一抔土，然後可以約束鼉鮫龍。大江蜿蜒走入海，其勢

本非河流同。上流太急下流壅，一怒遂欲淮揚衝〔四〕。雨師幸勿助其虐，當念民力東南窮。巾山逋客可憐蟲，偶然來此千山中。日食不盡米五合，卻願天下皆年豐。年豐穀賤一飽易，老翁擊壤吾其從。

【校記】

〔一〕《日鈔》此題爲卷五第二十九篇。

〔二〕盛，《日鈔》作『甚』。

〔三〕『又恐』句，《日鈔》作『又恐星宿海上與天河通』。

〔四〕淮揚衝，《日鈔》作『無江東』。

蓮叔三十初度，以四律爲壽

不作常談侑壽觴，且從初度話生平。名山壇坫新增席，香國敦槃舊主盟。我輩文章宜放蕩，天生才子總聰明。華年三十詩千古，皓首經師愧盛名。

霞谿深處足清娛，一幅團欒家慶圖。長吉堂前呼阿嬭，老坡膝下抱於菟。才高自許小名士，官貴人稱中大夫。更喜入閨良友在，畫眉筆底幾曾枯。

越水吳山路幾千，勝游屢上木蘭船。英雄本色仍兒女，風雅真傳卽聖賢。襍劇場中雙捉壻，麗情集内小遊仙。焚香欲進長生祝，綺語都堪供佛前。

自慚面目等吳儈，偏得君家倒屣迎。不是孫賓能愛客，誰容趙壹喚仁兄。生遲一歲龍蛇判，君以庚辰生，余以辛巳生，故云。交定千秋鹿豕驚。祝史諛詞吾不慣，新詩要鬬管絃清。

蓮叔以三十自壽詩見示，又依韻和之

魚袋腰間久佩銀，年華三十正青春。我思風月許元度，人道神仙梅子真。亦擁豪華偏不俗，但拈筆墨總無塵。從來郊島皆寒瘦，如此詩人有幾人。

四載新安汗漫游，閑雲自爲好風留。盟從白水心俱淡，交到梅花福已脩。大器每期成馬援，請談常得共羊求。一枝禿筆三升墨，題徧〔一〕君家紅葉樓。

莫將世事置胷中，我輩原非田舍翁。但覺雞蟲無得失，安知蠻觸有雌雄。一舟烟雨霞溪水，萬壑松濤台麓風。賓戲客嘲都不曉，近來耳比鶡冠聾。

卅年陳迹屢推遷，且喜琴樽舊結緣。入坐尚餘端午酒，稱觴剛啓第三筵。嬌兒書課增前日，老母精神勝昔年。天與才華兼與福，劉綱夫婦豈非仙。

【校記】

〔一〕徧，原作『偏』，據《校勘記》改。

大台山人將余所致書札裝成二册，聞之滋愧〔一〕

寄書不獨報平安，無限清狂在筆端。一月須糊一斗麵，緑珠盆内幾曾乾。自三月至此，云已得四十餘函，而草草筆墨在所汰棄者，猶不在此數也。收拾都歸一卷裝，只慚筆墨太頹唐。書成總似悤悤寫，不識荆公有底忙。

【校記】

〔一〕 此題已見於《詩編》卷二，非『佚詩』也。